SUNRISE
ON THE RIVER　董化平 著

江河日上

中国出版集团　现代出版社

图书在版编目（CIP）数据

江河日上 / 董化平著. -- 北京：现代出版社，2023.5
ISBN 978-7-5231-0322-7

Ⅰ.①江… Ⅱ.①董… Ⅲ.①长篇小说－中国－当代 Ⅳ.①I247.5

中国国家版本馆CIP数据核字（2023）第085080号

著　　者	董化平
责任编辑	杨学庆

出 版 人	乔先彪
出版发行	现代出版社
地　　址	北京市安定门外安华里504号
邮政编码	100011
电　　话	(010) 64267325
传　　真	(010) 64245264
网　　址	www.1980xd.com
印　　刷	三河市金泰源印务有限公司
开　　本	710mm×1000mm 1/16
印　　张	33
字　　数	425千字
版　　次	2023年11月第1版 2023年11月第1次印刷
书　　号	ISBN 978-7-5231-0322-7
定　　价	59.00元

版权所有，翻印必究；未经许可，不得转载

CONTENTS 目 录

01　神秘雨衣人 001

02　消失的副市长 017

03　王武之死 034

04　临危受命 051

05　夜市冲突 069

06　妥善迁址 084

07　填埋场污染 098

08　金属中毒 117

09　百亿项目 132

CONTENTS

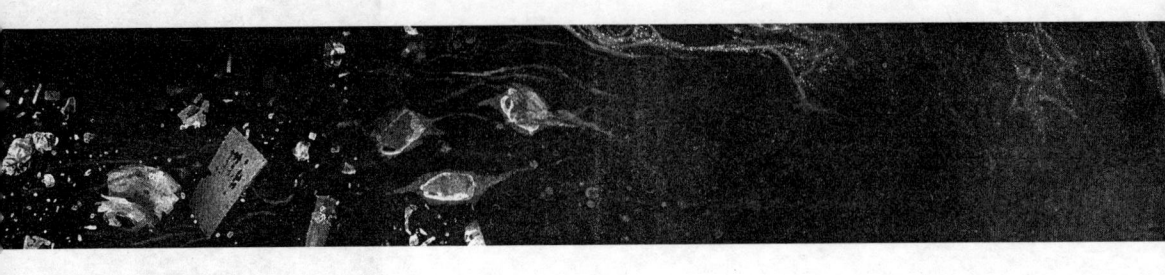

10　腹背受敌 147

11　追杀 167

12　巧化危机 183

13　环保公司 208

14　水质监测 219

15　名门望族 235

16　神秘女子 261

17　永失吾爱 270

18　垃圾迁移 289

19　处分名单 307

20　血染江水 323

目 录

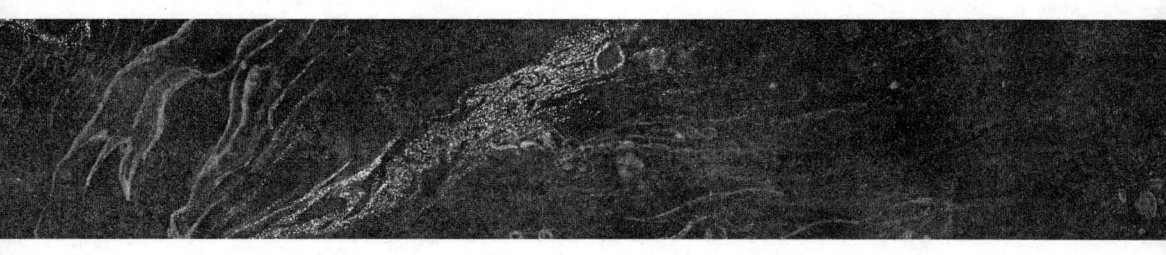

21　眼见未必为实 341

22　桃色新闻 359

23　潜逃 379

24　天降100万 405

25　六价铬中毒 422

26　化工产业园 431

27　重要线索 448

28　监控录像 464

29　残酷真相 482

30　致良知 499

31　幕后黑手 512

江流天地外,山色有无中。

——王维

齐江,一条闪着银色光芒的气势磅礴的大江,从遥远的天边蜿蜒而来,劈开夏商两周的山石,冲刷汉唐明清的泥土,大自然的山石土岸向不可阻挡的齐江弯腰膜拜,听任她在中国的版图上冲出一道波澜壮阔的轨迹。千里齐江从一个天尽头流向另一个天尽头,最后东流入海结束她的征程。江风掺杂着千百年流传的齐江曲酒的香气,湿润又凛冽,送走一代又一代江畔行人,无数古人颂扬这条大江的诗篇,遗落在倾斜的酒壶、摇曳的江月之中。齐江的豪迈,就在于她自带醉意。微醺的齐江早就懒得去看历史上竞相渡江的金戈铁马与艨艟巨舰,南下北上征战不已的岁月,在她蒙眬的睡眼里随着浩荡江水沉浮东去。

逝者如斯,一条让人敬畏的大江不仅要奔腾不息,更要宠辱不惊。

01

神秘雨衣人

　　春节前夕,齐江之上,一轮朝日映照江面,微波荡漾,江水平缓东去,在冬日的清晨里泛着薄薄的雾气。远处的城市轮廓在薄雾里若隐若现,一艘渔船静待江面,站在舷边的渔民将渔网撒出一个漂亮的圆,慢慢落入水中。渔民对自己的撒网技术非常满意,眼神中满是期待,舷旁的水面漂过几尾肚皮翻白的鱼,渔民皱了皱眉头,不免有些晦气,他朝手心吐口唾沫,站到舷边开始收网。网很沉,渔民使出浑身力气,看来这一网收获颇丰。渔网一点点近了,渔民开始兴奋起来,手中的力道也加了几分。渔网终于上了船,几十条齐江名产鲢鱼滚落在船舱。渔民一脸笑容,满脸皱纹一起舞动起来,但是很快他的笑容像是被冻住了一样,只见几十条鱼毫无活气地躺在那里,连挣扎的力气都没有，都是将死未死奄奄一息。渔民俯身仔细察看，却发现网中死鱼和随网带上来的江水都像打翻了墨汁一样泛着黑色，散发着一股难闻的怪味。渔民腿一软，瘫坐在船舷上。渔船下面，一大团黑色的江水正在扩散蔓延，犹如一头狰狞的怪兽肆意游荡……

H省齐江市，一个位居齐江中游的经济大市。

齐江市蓝天宾馆，国家生态环境督察组驻地。一个宾馆女服务员胆怯地捂着鼻子，站得远远地指着走廊上的一个黑色塑料袋。督察组的一名男组员蹲下身子小心翼翼地去解袋子。

"看清楚是谁扔的吗？"

女服务员一脸惊恐地使劲摇头。

男组员一边解袋子，一边让同事去查看监控录像，打开袋子，竟然是半袋子死鱼！死鱼散发着刺鼻的臭味，在场的人不约而同都捂住了鼻子。细嗅之下，那种臭味并不是腐烂的臭味，更像是某种化学废料的味道。

监控视频显示在宾馆后厨门边隐约闪过一个裹在塑料雨衣里的人，看不清楚他的面目。这个"雨衣人"随着送菜的车辆一起从后门进入宾馆，躲过了宾馆和政府的工作人员，将死鱼袋子扔在了走廊上，而死鱼袋子的位置又恰恰是监控死角。

"这个人有很强的反侦察经验！"反复查看监控录像的几个组员得出一致意见。

就在此时，另一个组员匆匆地从外面回来，手里拿着一封信："王组长呢？有大事发生了！"

生态环境督察组组长王戎是一个年约六旬的精瘦老头，满头银发，曾经在多个省份进行生态环境督察工作，在他手中被问责处分的干部不计其数。一些被他处理过的干部偷摸送他一个外号"宁撞阎王，莫遇老王"！此时，他正查看那一段视频，眉头紧锁。

王宬问："那封信里写了什么？"

方才那个拿信的组员有些紧张地把信递给王宬："这是署名为'迟到'的那个举报人第三封信了，与前两封信不同的是，这次举报信里不仅有详细的齐江市污染案件信息，还直接指出了这三次案件都和一只隐藏在齐江市领导层的大老虎有关。"王宬面色沉重，把举报信后面的署名仔细看了好几遍："这个'迟到'是我们的老朋友了，从他前两次举报的问题来看，消息来源确实很准，看来是一个了解齐江市底细的人啊。你们查过举报人的情况了吗？"

组员有些无可奈何地说："我查过了，姓名和地址都是假的，属于匿名举报，但是污染问题都是真的，看来他不想和我们正面接触。"

王宬攥着举报信在屋子里踱步："迟到，迟到，他选择这个化名是什么意思？"

组员："是不是蕴藏着这个意思——'正义可以迟到，但不会缺席'？"

王宬："信到了我们手里，死鱼同时也扔在我们眼皮底下，这也太巧合了吧。看来，送鱼的人和那个'迟到'很可能是一个人。如果是这样，他的署名就不是这种寓意了，应该是抱怨我们行动迟缓！"

一个组员赞同王宬的分析："估计这个'迟到'接连写了两封举报信，但是看到我们两个月迟迟没有动作，以为我们无动于衷，所以他把一袋子死鱼扔在我们面前，看看我们的态度到底是怎样。"

王宬："从举报线索来看，这个'迟到'掌握了不少齐江市内幕，不仅知道我们的住处，而且提供的案件线索准确，最为重要的是举报信中指出暗藏的大老虎名字和中纪委移交给我们的线索一致，看来这里面问题不少啊！"

几个组员忧心忡忡，有人说："看来齐江市的干部队伍被腐蚀得很厉害，如果我们把案件披露，肯定又要倒下一大批干部。"

王宬叹息："污染和腐败本来就是一对孪生兄弟，一个破坏环境，一个伤害民心，最后受伤的都是国家和百姓。"他又问，"那袋子死鱼送去检验没？看看是什么污染源，我们不能弄错了目标。"一个组员回答说，已经将样品送去省里进行检验。

组员请示下一步行动，王宬想了想说："是时候摊牌了，我们要和齐江市委、市政府的领导们亮亮底牌，否则他们会心存侥幸，齐江市的百姓也会对我们失去信心。"

"污水横流，终归还是要有中流砥柱！看看我们扔出的炸弹，在齐江市是引发地震还是海啸。"随着王宬的话音刚落，整个督察组的人齐刷刷站起来，个个神情严肃，他们知道，一场大战要来临了。

齐江市政府礼堂，台下黑压压坐满了齐江市的领导干部，会场气氛压抑凝重。国家环保督察组正在向齐江市市政府反馈督察意见，督察组组长王宬神情凝重，指出齐江市在生态环境工作中存在六大问题：

一、治理黑臭水体措施不力，每天超过20万吨污水直排齐江，其中有部分违规审批的涉污企业，竟然排放工业污水，致使齐江流域保护区生态环境被严重破坏，造成跨省污染；

二、盲目追求GDP数据，突破环境底线屡屡上马一些工业和化工项目，先后在齐江沿岸建设石化、水泥、冶炼等多个项目；

三、"退耕还湿"工作弄虚作假，虚报工作成果，违规在湿地区域建设旅游和娱乐场所；

四、整治雾霾污染滞后，"蓝天工程"落而不实，违规注册10吨以下燃煤锅炉145台；

五、垃圾分类工作停留在纸面上，没有形成社会联动氛围，全市最大的长兴垃圾处理厂常年超负荷运行，垃圾渗滤液长期得不到有效处置，累计渗滤液污染超过75万立方米；

六、齐江市凤山县金矿将尾矿矿渣违规填埋，污染数百户村民饮用水水源，致使在环保督察期间和国庆节期间两次群体进京上访，分别被国家生态环境部和国家信访局点名批评。

除了这六大问题之外，环保督察组还向齐江市移交了421个具体问题，要求齐江市限时办理解决，数量占到H省环保案件总数的四分之一左右。

会议结束时，整个大礼堂一片沉默，连退场的干部们都是垂头丧气的模样。市委书记廖宇正和市长李子平等几个领导对视一眼，却都没有说话，大家都心知肚明，齐江市肯定要"火"了，而且这把"火"来势凶猛。国字脸的廖宇正眉头紧锁，花白的头发下一个显眼的"川"字深深地刻在额头上。李子平戴着一副金丝边眼镜，染过的头发乌黑浓密，整齐地向后边倒去，他看着比廖宇正年轻不少，其实两人年岁相当。

王宬把市委书记廖宇正和纪委书记严哲单独留下，向他俩通报督察过程中了解到的腐败问题线索，其中最重要的一条线索是中纪委移交过来的，涉及齐江市一位重量级的领导干部，督察组经过详细调查以后，已经将调查情况递交到H省纪委。王宬的通报简短精要，并没有提及涉案人员的姓名，但是已经在廖宇正和严哲心里激起惊天巨浪，两人面面相觑，没有料到"大老虎"真的就隐藏在自己身边。

廖宇正想到一句话"屋漏偏逢连夜雨"，白白净净的严哲想到的是自己纪检部门的失察之责，两人对视一眼，脸上都是震惊与苦涩。

会场外的领导们围在一起，揣测王宬单独会见市委书记和纪委书记的意图，常务副市长刘耕野有些幸灾乐祸："'王阎王'直接把市委书记和纪委书记找去了，肯定是涉及腐败案件。看这架势，涉及的人级别还不低呢！"刘耕野的话无异于再次扔出一枚炸弹，这些市领导人的面色难看，交头接耳猜测了起来。

李子平使劲咳了一声，制止住大家的议论："老刘，你别在这里危言耸听，妄加揣测，大家还是赶紧回去按照督察组的反馈意见，研究怎么整改落实吧。"一群人各自阴沉着脸散去。

王宬约谈廖宇正和严哲，心里最忐忑的却是主管生态环境的副市长王武。王武在座位上坐立不安，偷偷环顾左右，似乎每一个人都在窃窃私语议论他。虽是冬天，王武依然感觉到一滴冷汗正从自己的耳后慢慢滚落，那种冰凉的感觉从他的发际一直滚过脖颈，最后没入后背，像是一条蛇钻了进来。王武长得像一尊佛，方面大耳一脸福相。此时，福相却变成苦相，王武已经预感到大事不妙，他听到了传闻，由他审批的电解锰加工厂造成江水污染，有人把死鱼扔到了督察组面前，据说还有暗藏猛料的举报信。王武作为市政府领导班子里唯一一位在齐江市工作超过二十年的人，齐江市的每一桩生态环境问题他都心中有数，有的是他的责任，有的是历任领导留下的问题，没有别人比他更了解这笔烂账了。自从督察组进驻齐江市以后，王武每天都在惴惴不安地盘算自己会受到什么样的处分，警告、记过他都可以接受，只要不是免职或者更严厉的处分。一想到这里，王武就偷偷念几句佛号。作为齐江市土生土长的副市长，王武在工作上一直很强势，市委书记廖宇正和市长李子平也比较尊重这个"地头蛇"，与其说尊重不如说是忌惮，因为王武是齐江市本土官员的代表，是与齐江市其他来自"五湖四海"的官员们分庭抗礼的旗帜性人物。据说，市长李子平多次与王武发生龃龉，对他意见很大，曾在市委常委会上抱怨王武负责的工作领域"水泼不进"。

王武低着头匆匆离去，有人向他打招呼，他也视而未见，神不守舍地离开了会场。

第二天，国内各大新闻媒体连篇累牍地报道了齐江市的生态环境问题，齐江市从H省的领头羊一下子褪去光环，成为全国瞩目的焦点。齐江的街头一夜之间出现了很多指手画脚讨论环保的百姓，他们不仅咒骂被污染的环境，更关心污染背后的黑幕什么时候揭开。

放在火炉上煎烤的齐江市祸不单行，通过环保督察组移交的线索，又一个地雷在齐江炸响了——齐江市生态环境局和下属分局爆发腐败窝案，市局一、二把手因为收受企业贿赂相继被纪委留置调查，据说涉案金额超过1000万元，齐江市生态环境局与各县区分局涉案人员近30人。

市委书记廖宇正听到纪委书记严哲的汇报后，气得把手里的文件都撇了一地，拍桌子大骂："齐江的水被他们弄黑了，齐江市的脸也被他们丢尽了！给我严查，一个腐败分子也不能放过！"

纪委书记严哲赞同地说："现在我们确实需要快刀斩乱麻，既要给督察组一个交代，也要给齐江市老百姓一个交代，否则现在从机关到社会，以讹传讹，谣言满天飞，对我们的队伍形象和工作都造成不利影响，急需我们展示决心和重塑形象。"

廖宇正慢慢冷静下来，说："你说得很对，腐败毕竟是一小撮分子，并不代表我们齐江市所有的干部都烂掉了。我们还是要相信大家、依靠大家，要正本清源，重塑形象，一手抓治污，一手抓治人，两手都要硬、都要赢！"

严哲又向廖宇正建议，最好抓紧时间将涉及腐败的干部在齐江市层面进行处理，如果转交到省纪委甚至中纪委，那样就很被动了。廖宇正虽然深感为难，但还是同意了这个建议，他一方面想降低对齐江市的负面影响；另一方面也有自己的私心，毕竟他的晋级呼声越来越高，他可不想在这个节骨眼上出问题。廖宇正心里决定了，他要和市长李子平一起去会会那个"宁撞阎王，莫遇老王"的王戎，只要能减小负面影响，弯腰求情也是值得的。

出乎廖宇正意料，李子平并不同意去向王戎求情。在市委大门口，廖宇正和李子平险些因为此事发生争执。

李子平："廖书记，我们这样贸然去找他们，影响不太好吧？尤其督察组长是那个'王阎王',我怕求情不成还要惹一身骚。"

廖宇正:"事到如今,我们只能豁出脸去,求督察组暂时不要上报,暂缓向社会公开,最好争取由齐江市纪委先行处理,这样才能争取一些主动权。"

李子平一脸为难,明显不太支持去找督察组求情:"廖书记,这些事情和你我都没有什么关系,他们是查人还是向社会公开,我们都不能横加干涉,现在这样去找他们是违反规定的。"

廖宇正皱皱眉头,压住心中的不满,他对自己这个搭档的想法很是了解,李子平为人最大的特点就是明哲保身,擅长躲避责任,大难临头首先要撇清与自己的关系。廖宇正有点不高兴地说:"老李,这个时候不是撇清自己的时候,不能为了划清界限而损害齐江大局。那么多干部腐败掉了,那么多生态问题摆在那里,咱俩作为主要领导能脱得了干系吗,还能独善其身吗?我们谁也无法置身事外!"

李子平使劲摇头,并不认可廖宇正的说法:"越是这样,我觉得咱们越是不能掺和进去,否则就会变成他们口中的官官相护,地方保护主义。谁的孩子谁来抱,谁的责任谁去扛。"李子平这么说是因为他听到了一些消息,觉得督察组掌握的那些猛料和自己关系不大。

李子平的态度让廖宇正更加生气,说话声调都拔高了:"老李,我看你是还没意识到这件事情的严重性。这个炸弹如果炸响了,齐江市就会被炸个面目全非,咱俩作为主要领导能逃脱问责?我们的前途还能一帆风顺?"廖宇正知道李子平最关心的是自己的前途,所以直截了当点出了问题的严重性。

见廖宇正急火攻心,按捺不住情绪,李子平也开始有些迟疑,他试图缓和气氛:"廖书记,我们这样去求情能管用吗?你不是不知道,那个王成是个软硬不吃的'鬼见愁',这样去求情只怕会适得其反啊!"

廖宇正叹了一口气:"我何尝不知道这个王成铁面无私,不近人情，但总要去争取一下，死马权当活马医了。不仅督察组要去，省委我们也要主动去做深刻检讨！"

李子平阴沉着脸，最后还是妥协了："好吧，廖书记，你我现在是一条绳上的，不，一条船上的人，我陪你走一趟就是了。不过我有话在先，那个'王阎王'要是翻脸了，我也没什么办法。"

与黑云压城的齐江市相比，数千公里之外的广州市却是阳光明媚。此时，在广州市举办的"绿色发展·环境经济学"论坛上，H省生态环境厅副厅长林寒江正在演讲，四十出头的林寒江短发白衣，戴着一副黑框眼镜，略有些书卷气，看似有点懒洋洋的眼神偶尔闪过一丝精光，透露出内心的倔强和果敢。

此时，林寒江镜片后的眼神，正配合着他演讲的内容越来越明亮——

"我们很多人对'人定胜天'这句话有误解，都把这四个字当作征服自然、改造自然的金科玉律，其实是错误的。这句话出自荀子的《天伦》：'大天而思之，孰与物畜而制之！从天而颂之，孰与制天命而用之！'在这篇文章中，荀子说的天，是自然规律的意思。天与人的关系：一是顺应天，即顺应自然规律，不与天争；二是制天，就是利用自然规律，改造条件。以唯物主义观点看，'人定胜天'是不可能的，只能顺其势而利用、改造。'人定胜天'的现代意义，首先是掌握自然规律；其次，使人类脱离动物低层次生存，使人类和自然的互动不再是一种低层次的被动，变成掌握'道'——也就是自然规律的精髓。掌握自然规律的另一个方面，就是让自然与人类都向有益的方向发展，这是更高层次的'人定胜天'。人类历史整个就是顺应规律、改造自然的历史……"

台下响起一阵掌声，林寒江借机会喝口水，他注意到台下原来有些昏昏欲睡的人，大部分都被他的讲话唤醒，专心聆听他的发言，不禁有些小得意。

会议大厅最后一排是媒体席，一个三十出头的白衣女子站在记者们的身后，认真听着林寒江的每一句话，表情时而赞许时而摇头，她不时低头看看手表，显然还有要事在身。一旁的助手提醒她："苏总，广州项目方的李总要去机场给您送行，我们要是去晚了，不太礼貌吧……"被称为"苏总"的白衣女子看了一下时间："再听三十分钟，我们准时出发。"

"我们不要过分陶醉于对自然界的胜利。每一次这样的胜利，自然界都会对我们进行报复。这种报复是很强烈的，往往会让我们人类付出惨重代价。"林寒江引用完恩格斯的话，点开身后屏幕上的PPT文件，展示"世界十大污染事件"的图片和文字介绍，包括切尔诺贝利核污染、日本福岛核电站核泄漏、印度博帕尔工业化学事件等，触目惊心的图片和血淋淋的伤亡数字让台下所有人都清醒了过来，专心听他的讲话。

"要把生态环境保护放在更加突出的位置，像保护眼睛一样保护生态环境，像对待生命一样对待生态环境。人因自然而生，人与自然是生命共同体，人类对大自然的伤害最终会伤及人类自身。生态环境没有替代品，用之不觉，失之难存。生态环境还是人类文明存在和发展的基础，历史上的文明古国都发源于生态环境良好的地区，但因为生态环境遭到破坏导致文明衰落的例子比比皆是，'历史地看，生态兴则文明兴，生态衰则文明衰'。所以说，生态环境保护是功在当代、利在千秋的事业，建设生态文明是中华民族永续发展的千年大计。就像习近平总书记说的那样，'国际社会应该携手同行，共谋全球生态文明建设之路，牢固树立尊重自然、顺应自然、保护自然的意识，坚持走绿色、低碳、循环、可持续发展之路'。"

齐江市的生态环境督察组驻地蓝天宾馆，廖宇正和李子平正不停地向王宬检讨。

廖宇正："王组长，齐江市的生态环境工作出现这么多问题，还牵扯到这么多领导干部，我身为齐江市委的班长，负有不可推卸的责任，这几天我心里愧痛交加，一直在反思。"

李子平在旁边连连点头："是是是，我这个市长也要反省。"

王宬看了二人一眼，对这两人联袂来访的目的心知肚明，故意不作声。

李子平殷勤地给王宬倒上一杯茶，王宬语气冷冰冰地说："我们还是节省点时间吧，书记和市长两位主官携手前来，到底意欲何为？"

廖宇正身体前倾靠近王宬："能不能请王组长暂缓将齐江市的情况上报省里和部里，给我们齐江市一个主动改错的机会。我们争取在最短时间内拿出对腐败问题的处理意见，集中力量解决污染问题，确保在短期内有所改观。"王宬看了廖宇正一眼，没有回答。廖宇正继续说，"齐江市的环境问题已经在全国公开通报，如果再有腐败问题被披露，将会给齐江乃至全省都造成很大的负面影响。还请王组长考虑我们的难处，看能否给我们一次改正的机会？"

李子平在旁边随声附和道："请王组长放心，污染问题我们会限期整改，腐败干部我们会严肃处理！请王组长相信我们齐江市委、市政府，我们一定不会让督察组失望的。"

王宬摸着自己的银发，有些嘲讽地看着二人："督察组来齐江市两个多月，在实地调查过程中也了解到一些情况，如果齐江市的生态环境工作在二位的领导下能够团结一致，尽心尽力，我想不会出现这么多问题，也不会牵扯进去这么多干部。"王宬话里有话，暗指二人面和心不和，致使生态工作和干部队伍建设都出现了问题，这让廖宇正和李子平两人羞愧难当。

廖宇正一个劲儿地自我批评："王组长批评得是，齐江市出了这么多问题，我这个班长难辞其咎。但还是想请王组长暂缓上报，给我们齐江市一个主动改错的机会，我们保证痛定思痛，抓紧整改，严肃处理后续问题，绝不会徇私枉法。"

王宬哈哈一笑，有些自嘲地说："书记、市长你们来之前，肯定也掂量过我的外号。'宁撞阎王，莫遇老王'嘛，我都和阎王爷齐名了，哈哈，受之有愧啊。"廖宇正和李子平对视一眼，都是满脸尴尬。王宬继续说："你们的心情我可以理解，你们齐江市主动拿出解决问题的办法，先行处理腐败干部，确实可以争取主动，但是这样做，又置我们督察组于何地？置中央派督察组的意义于何地？为什么在我们来之前你们不知道主动呢？板子打到身上才想起改正错误？"

廖宇正和李子平都是一脸羞愧，一时间无言以对。

王宬："不瞒二位，齐江市的情况我们已经通报给省委和部里了。至于省里是直接办案还是移交给你们齐江市纪委，我不便过问。什么时候向社会公布，这要部里统一决定，我无权干涉。我们都要遵守政治纪律和政治规矩，还请二位理解。"

王宬的话冷冰冰的，廖宇正难掩失望，表情有些发僵。李子平又给王宬倒茶水，王宬推开茶杯："实不相瞒，我这组前一个督察的省，出面向我求情的是省委书记和省长，我也是这般答复的。我奉劝二位领导不要把精力浪费在这上面，有这精力和时间还是赶紧研究一下防污治污的具体措施吧。明天我们督察组就要启程转战下一个省，我还有要务在身，就不奉陪了。"

王宬下了逐客令，说完起身离去，把两人晾在了那里。

廖宇正一脸铁青，李子平见王宬走了，气得自己一口喝干了那杯推来让去的茶："书记，我说不该来吧，这个'王阎王'真的是油盐不进，谁来求情也没用。"

廖宇正有些沮丧，叹了口气："你以为我想低声下气求人啊，还不是为了齐江市的名誉和形象？既然如此，就让我们一起迎接暴风雨和口水唾沫吧。"他似乎觉得这话并不能缓解自己的担忧，又补充道，"你我这条船，说不定也抗不过这场暴风雨……"

李子平举着茶杯，一脸错愕地愣在那里："书记，有这么严重吗？"

廖宇正满脸忧虑，说道："接下来，只怕无论是生态环境，还是政治生态，我们都将成为省里乃至全国的负面典型。齐江市，马上就要破鼓万人捶了……"

身在广州的林寒江已经讲完环境的重要性，正在讲解他的专题"环境经济学"，演讲的内容包括全球背景下的环境经济分析、空间维度的环境经济分析、运用经济手段进行环境管理等。台下有一个政府官员模样的人主动举手提问："林副厅长，用经济手段进行环境管理具体包括哪些措施？"

林寒江回答他："经济手段不倡导单独运用，在环境管理中它是与行政的、法律的、教育的方法相互配合使用的一种方法。它通过税收、财政、信贷等经济杠杆，调节经济活动与环境保护之间的关系、污染者与被污染者之间的关系，促使和诱导经济单位和个人的生产和消费活动符合国家保护环境和维护生态平衡的要求。通常采用的方法有，征收资源税、排污收费、事故性排污罚款、实行废弃物综合利用的奖励、提供建造废弃物处理设施的财政补贴和优惠贷款等。"他看着那个官员，笑道，"如果您是主政一方的大员，经济手段运用好了，不仅可以预防环境污染，还能给您增加财政收入。如果您能少看一会儿手机，也许就能获得环境财政双丰收！"听众一阵大笑。

站在记者身后的白衣女子摇头，似乎并不赞成林寒江的调侃："林寒江，你总是喜欢逞口舌之快，得罪人于无形之中，早晚要吃亏的。"她脱众而出，举手提问，"请问，从我们企业经营者最关心的角度，政府应如何处理环境保护与经济发展的关系？"

林寒江猛然见到这位白衣女子，眼神一亮，竟然激动难抑，险些当众叫出她的名字。隔着黑压压的参会嘉宾，两人目光交错，像久别重逢的老友，却囿于这个场合无法打招呼。场面一下子沉寂下来，很多参会嘉宾都以为林寒江被这个问题难住了，纷纷回头去看那个白衣女子。白衣如雪的苏姓女子不卑不亢地迎接众人的目光，她抛出的问题有些故意为难林寒江的意思，神色里藏着一丝林寒江才懂的挑衅。

林寒江看着白衣女子，慢慢稳住情绪，轻咳一声掩饰尴尬，说："这个问题很宏观，解释起来可能要长篇大论。为了节省时间，我斗胆借用习总书记的话，可以用'两条鱼、两座山、两只鸟'来回答。"

参会的人又齐刷刷转向林寒江，听他怎么用鱼和鸟解释这个问题。林寒江略作停顿，喝了一口水，厘清思路，说："习总书记在不同阶段曾经提出过关于经济发展与环境保护的'两条鱼、两座山、两只鸟'的论述，很多学者也进行了阐释。

"'两条鱼'是经济发展不应是对资源和环境竭泽而渔，生态环境保护不应是舍弃经济发展的缘木求鱼，而是要在发展中保护、在保护中发展。没有经济发展的支持，生态环境保护既没有资金保障也没有技术基础，这也是'环境库兹涅茨曲线形'为什么呈现'倒U形'的原因，生态环境会随着经济发展变得严重，但当经济发展到一定程度以后又开始逐渐改善。

"'两座山'指的是绿水青山就是金山银山，在东北地区和西藏等高寒地区则是'冰天雪地就是金山银山'。依据'五位一体'发展战略，绿水青山与金山银山不是矛盾的，而是高度统一的，不能顾此失彼，更不能两层皮搞对立，自然优势可以转化为经济优势，保护生态环境就是保护生产力。哪个地区的自然资本越多、绿色银行账号越大，这个地区的经济社会发展安全系数、潜力前景就越突出。

"'两只鸟'说的是防止'鸟去笼空'，要在'腾笼换鸟'中实现'凤凰涅槃'。解决生态环境问题要从经济发展入手，需要转变经济发展方式，调整产业结构，转换经济发展动力，必须改变过多依赖增加物资能源消耗、规模粗放扩张、高耗能高排放的发展模式。'腾笼换鸟''凤凰涅槃'，'鸟'是矛盾的主要方面，'笼'是矛盾的次要方面，不能被动地听任'鸟去笼空'，要主动地培育和引进吃得少、产得多、飞得高的俊鸟，主要集中在循环经济、低碳经济和美丽经济等领域。"

林寒江把枯燥的理论用一种略带幽默的方式阐述出来，引得台下一阵掌声。提问的苏姓女子也优雅地鼓掌表示钦佩，她自言自语道："林寒江，想难倒你一次还真的不容易。"

"破坏生态环境的举动往往都是被利益驱使，犹如一头出笼猛兽，如果不加以约束，最后会吞噬我们赖以生存的世界。所幸，我们还有制度为栅、良知为锁，努力将这头猛兽关进牢笼。"林寒江的演讲结束语引用了英国社会学家本杰明·惠奇科特的一句话——世界比我们伟大，不会按我们的想法行事；我们比世界渺小，必须遵循它的法则。画面定格在这句话，几个听众轮流上来和林寒江合影，林寒江微笑着配合他们。忙着合影的他目光却一直情不自禁地在人群中搜索白衣女子，可惜那个白衣如雪的身影已经消失了。

林寒江的手机屏幕一直在闪，演讲这一个小时里来了好多电话。一条微信首先跃入眼帘：演讲得很好、很精彩，但是有些空洞，不接地气。我今天出差路过此地，利用登机前一个小时来听你的演讲。听你声音有些感冒了，注意身体。苏娜。

苏娜就是刚才的白衣女子，是林寒江以前参加学术交流时认识的一个朋友，曾经在南方某省电视台担任主持人，后来跳槽到一家全国一流的房地产集团，成为赫赫有名的楼盘操手。两人以前曾经在一个房地产与生态环境领域的论坛上有过碰撞，当时两人观点不同，在论坛上激烈辩论，被某网站撰文抨击，说二人的观点之争暗示了政府和商界在"环境保护与企业利润"之间是天生的对头，难以调和。没想到两人不打不相识，后来成了异地朋友，偶尔在微信里问候点赞。

林寒江曾经和苏娜讨论过自己回归学校的想法，得到苏娜的大力支持。苏娜比他更进一步，建议他干脆跳到企业，和她一起下海，林寒江虽然没有答应，但是也有些心动。苏娜刚才的提问，着实考验了一下林寒江的学识和反应。林寒江举目四顾，只见苏娜的白衣背影在门口一闪而过，他想要追出去，却被论坛举办方的人拉住，只得悻悻作罢。

另一条微信让林寒江心情突然黯淡，演讲成功的喜悦瞬间化为乌有。那是一个微信名为"隔壁老王"的人发来的：急！请速来齐江！

林寒江听闻齐江市现在水深火热、黑云压城，心中顿时泛起一种不祥的预感。

02
消失的副市长

廖宇正和李子平求情不成，督察组不留情面地向上级移交了问题，齐江市市委书记廖宇正被责令向省委做深刻检查，市长李子平被约谈批评。H省省委派出巡视组进驻齐江市，进行深入调查并进行问责，廖、李二人一时仕途黯淡，前途难测。按照齐江市以往主要领导的成长惯例，市委书记一般能晋升副省长甚至省委常委，廖宇正在齐江市任市委书记已经快四年，齐江市的经济增速始终在全省数一数二，廖宇正上调省里的呼声一直居高不下，而市长李子平也踌躇满志，早就做好了接替市委书记的准备。督察组的一纸通报和牵扯出来的腐败问题，让踌躇满志的两人如坠冰窟，原来板子打在身上是这个滋味。

齐江市分管生态环境的副市长王武，很多人都奉承他面带佛相，一定长命百岁。被人奉承久了，王武自己都相信了这些拍马屁的话，慢慢觉得自己有佛光庇佑，佛法加持，他不仅在自己胸前暗暗佩戴一块价值不菲的冰种翡翠佛像，还偷偷在老母亲的房间里供奉了一尊弥勒佛佛像，经常去拜佛祈愿。王武的老母亲快八十岁了，双目失明瘫痪在床，王武是齐江市有名的大孝子，不管工作多忙，他每天晚上都回家给老母亲做饭、洗脚、擦拭身体，照顾完了老母亲，然后再去工作或者应酬。提及王武，熟悉的人都说他是孝心纯正才修得一脸佛相。

齐江市生态环境系统腐败窝案爆发以后，王武在自己办公室里整整闷坐了两天，烟灰缸堆满了烟头，把办公室熏得像桑拿房一样。傍晚时分，王武终于从烟雾弥漫的办公室里走出来，政府办公室的肖秘书拿着政务单子在走廊里向他汇报："王副市长，明天早上九点有一个重要的会议，需要您主持。"

王武失魂落魄地摆摆手，根本没有心思听肖秘书的话："明天再说吧。"

肖秘书一脸诧异："王副市长，明天就来不及了。"

脸色蜡黄的王武梦游一样走了出去，根本不理会他。肖秘书只能呆呆地站在走廊里看着王武的背影跟跟跄跄地远去。

走出市政府大楼的王武，在暮色里回头看着政府大楼，那里是他工作了半生的地方，如今已是面目可憎，他心里一片凄凉：明天？我还有明天吗？

隆冬时节的齐江市，笼罩在令人窒息的阴冷灰暗之中，一条沉重喘息的大江缓缓东去，北岸的城市在阴云之下瑟瑟发抖。

"冻死了，我在齐江市读书的时候感觉也没这么冷啊！"从广州来到齐江的林寒江第一感觉就是寒气刺骨，他不由得裹紧了身上的衣服。

突然改道齐江，林寒江还没有和妻子小雪打招呼呢。他住进宾馆以后，马上和小雪视频："对不起老婆大人，王武突然说有重要的事找我，我现在刚到齐江，明天不能赶回去陪你体检了。"

视频中的小雪略微有些诧异，哼了一声："王武这人平时还挺稳重的，这么着急找你应该是有要紧事，你忙去吧。"

林寒江充满歉意地说："谢谢老婆大人理解，下次去医院我一定陪你去。"

小雪佯装嗔怒："你才没事总去医院呢，你这人对我的许诺就和你演讲一样，没有一句实在话！我看了你在广州演讲的视频，华而不实，既像背课文的政治老师，又像卖不出票的单口相声，举办方还给你做成视频在网络上宣传，我担心你的领导看见了，还不批你不务正业啊？"小雪给林寒江发过去一个视频链接。

林寒江大笑："知我者老婆大人也，我自己也觉得讲得别扭，以后一定改正。领导说我不务正业也无所谓，反正我早晚要和他们摊牌的，仕不成则学。"

小雪又叮嘱道："到了齐江市，你、王武和耿正三个死党凑到一起肯定又要喝大酒，尤其耿正那个长发老怪嗜酒如命，你可别和他们拼酒。"

林寒江有些担忧："最近国家督察组一直在齐江市，看这情况，我觉得王武可能有事，而且我这眼皮总跳，估计是不能喝酒了。"

小雪说："你怎么和老妈一样，变得神神道道的。齐江那边阴冷，你这次出门没带厚衣服，别冻着了。"

失魂落魄回到家中的王武，第一件事就是去母亲房间里的弥勒佛佛像前点上一炷香，低声祈祷几句，然后到厨房焖上一锅小豆饭，又做了整整一锅土豆炖牛肉。老母亲牙口不好，却特别爱吃儿子做的这道菜，王武每次都把土豆做成糊糊状，用汤匙喂老母亲。伺候老母亲吃完饭，王武又给老母亲洗脚、擦身子，最后又用篦子给老母亲梳头发。王武轻声对老母亲说："妈，我给您请个保姆服侍您吧？"老母亲虽然失明，却觉察到了儿子的异样，她摸索着儿子的手臂，问他怎么了。王武没有回答，两滴浑浊的泪水从他的眼角一直滚到肥硕的脖颈。

服侍老母亲睡下，王武悄悄从弥勒佛佛像里掏出几张银行卡和两串钥匙，默默揣进自己的口袋里，那是他多年来收受的贿赂，都存在母亲的名下。他来到女儿的房间坐了一会儿，掏出电话想给在国外留学的女儿打个电话，想了半天又放下了，他不想让女儿担心。为了避免成为裸官，王武和妻子早就离婚了，妻子在国外陪读，两人已经很少联系。王武把妻子和女儿的合照端详了半天，心中不知是悲是悔，最后长叹一声推门而去。

在楼下僻静处，王武拿出手机不知给什么人打电话："希望您念在我帮过您的情分上，以后帮我照顾一下老母亲。我母亲又瞎又瘫，给您添麻烦了，老弟我给您磕头！……"举着手机的王武竟然真的跪在水泥地上使劲磕头，砰然有声。

王武开车去接林寒江，两人一见面，林寒江就说："胖子，我想吃当年学校门口的烧烤了，不知道那家店还在不在。有时候半夜饿了，我就特想吃那个烧烤，老想起你我还有长发老怪一起撸串喝酒的日子。"

王武说："看来你也老了，喜欢怀旧了。"

林寒江点头："我是真老了，闲着没事的时候就老想起以前的日子，想念我们'三剑客'在齐江大学的趣事。"

"三剑客？你还好意思提？"王武"嗤"一声，"你还算风采依旧，我可是快入土为安了……"

林寒江："这话听着怎么这么不吉利呢？"

车子驶上高架桥，林寒江在车内贪婪地看着齐江的夜景。

林寒江满怀感慨："胖子，你还记得不？当年我们三个夜游齐江，回去晚了，学校关了门，我们就想着翻墙进去，结果因为你爬不上去，最后我们仨只能在江边坐了一宿。"

王武似乎对这个话题没什么兴趣，他询问起林寒江的家庭情况："你最近怎么样，还没把教书讲课的梦想扔下？小雪还好吗？"

林寒江苦笑，看着窗外飞驰而过的景色，有些无奈："我已经准备申请去齐江大学了，王清源校长也希望我回去。至于组织上是否批准，我也不知道。"林寒江沉默了一会儿，又说，"小雪还是病恹恹的，呼吸系统老毛病了，对雾霾、灰尘都十分敏感，经常咳嗽，每一次流感都逃不过。医生建议我们去海南居住，说是对她的身体有好处。"

就在此时，林寒江的手机微信响起，他点开来看，发现是另一个同学耿正给他发来的，内容正是国家督察组对齐江市的通报。网络上的传播速度要快过正式文件传阅，林寒江这几天请假出差，听说齐江市出事了，但是一直没有见到正式文件。此时林寒江看着旁边开车的王武，隐约猜到了王武着急见他的原因。

齐江大学附近，王武领着林寒江走进一家"东北虎"烧烤店。林寒江大喜过望，在店里转着圈左看右看："二十三年弃置身，二十三年转眼过去了，没想到这家店居然还在。这些年我来齐江大学讲过不少次课了，却没想到这家店一直还在营业。"

王武低头点菜："老板换了几茬了，早就物是人非了。但是生意一直不错，铁打的烧烤店，流水的大学生。我偶尔也和朋友过来小酌。"

林寒江看着店里的几桌顾客，都是年轻青涩的面容，不禁感慨起来："当年我们三个人厚着脸皮自封齐江大学'三剑客'……岁月真是一把杀猪刀，这都把我们摧残成中年油腻大叔了。现在要是再提'三剑客'，估计这些孩子都能笑掉大牙！"他看着靠窗的那张桌子，回忆起往事，"胖子，我们三个当年就喜欢坐那个位置，在那张桌子上干完了多少啤酒啊！尤其是你和耿正，每次喝完酒都是我左架一个右扶一个回宿舍。"

王武扔过来一句话："你也没好到哪里去，喝多了去和女生表白，被人家男朋友追了半个校园，要不是我帮你拦住，你早就被扔进齐江喂鱼了，这事你没和小雪坦白过吧？"

林寒江一脸尴尬："哎，胖子，赶紧打住，不说这个话题了。耿正家就在齐江大学附近吧！都到他地头了，不喊他出来摆酒迎客？"

王武："毕业以后，我就很少见到他了，今晚是我有事求你，和他挨不着。"

林寒江低声道："胖子，你说的急事到底是什么事？把我从广州直接拽到齐江。"

王武看看周边的几桌客人，面色沉重："现在人多，一会儿再说吧。"

林寒江面色也凝重起来，他知道王武平时特别爱开玩笑，这么郑重其事，情况一定非同小可。

沉默了一会儿，林寒江打破尴尬，说："胖子，你还为那件事记恨耿正？你这么大的肚子白长了，副市长的肚里撑不了船？别为当年的事耿耿于怀了。"

王武转头喊来服务员，要了几瓶啤酒，说："那件事把我一生都改变了，我怎么可能会忘？"

林寒江劝他："胖子，你这些年怎么只长酒量，不长心眼儿呢，要不是耿正顶替你留在了大学，哪有你现在这个八面威风的副市长啊？"

王武一仰脖干了一杯酒："别和我提'副市长'这三个字，当年如果我留在学校，就不会有今天的下场。我宁可蹲在烧烤炉子前面烤肉串，也好过现在当什么副市长，我这一生都被耿正给改变了！"

林寒江没想到王武对耿正如此怨恨，不由得愣在那里。王武只顾自己喝闷酒，左一杯右一杯地喝个不停。

林寒江终于忍不住，低声问王武："我看到生态环境督察组对齐江市的通报了，省厅办公室也发给我了。胖子，你没有牵扯其中吧？"

王武的眼圈忽然红了起来，双手捂住自己的脸，过了好一会儿才说："兄弟，我发现自己做人真是失败，大难临头才发现只有你这么一个可以托付后事的朋友。"

林寒江立即警觉起来，放下筷子和酒杯："胖子，你到底出了什么事情？收钱了？"

王武沮丧地看了一下，见左右没人才掏出几张银行卡和两串钥匙，推到林寒江面前。林寒江吃惊地看着卡和钥匙。

王武："我这一辈子，富贵和享受在这上面，最后厄运和报应也在这上面。兄弟，我完蛋了！"

林寒江有些发蒙："胖子，你的意思是……？"

王武痛苦地闭上双眼，一仰头干了一杯酒。他喝得很快，啤酒沫子从嘴边一直淌到胸前："兄弟，不瞒你说，这些都是我给企业审批开绿灯，他们逢年过节孝敬我的，现在都是我的催命钱！"

林寒江被震惊得说不出话，呆呆地看着王武。王武摇摇头，又倒上一杯酒："我跟老婆早离了，为了脸面和孩子，这些年一直没有公开。离婚以后，我所有的合法收入都给她娘俩了，我还给孩子买了一份保险，保证她没有工作的时候还能有块面包吃。我知道这些钱烧手，一直没敢让她们沾边，这些钱我都存在我老娘的名下，现在我把这些交给你，你帮我交给纪委吧。我这次肯定是完蛋了……"

说到此处，声音颤抖的王武已是声泪俱下。

店里剩下的一桌客人，看见王武失态痛哭，以为遇见了醉酒闹事的酒鬼，赶紧结账离开，店里只剩下王武和林寒江两人。

林寒江的担心变成了事实，他恨恨地用手指着王武，抬起又放下，涌到嘴边的骂人话最后还是咽了下去："胖子，你早干什么去了，现在才想起交给纪委，是不是人家已经开始查你了？数额很大吗？"

王武痛苦地点点头，泪水滚进了酒杯。林寒江长叹一声，靠在椅子上："胖子，你就没想过你的老母亲，你要是出事了，她能承受这个打击吗？"

王武泪流满面，就着泪水大口吞咽啤酒，面前的酒瓶子已经堆了五六个，他说："兄弟，我现在好后悔啊！后悔收了这么多钱，后悔来当这个官。我现在感觉最对不起的就是我的老母亲，她又瘫痪又失明，我要是不在了谁来照顾她啊？"

林寒江无限惋惜："你这些年辛苦挣来的孝子名声，辛苦打拼来的地位，算是彻底被这些钱给葬送了！"

王武哭了一会儿，抹抹脸上的泪水，又给自己起开一瓶酒。

"别喝了。"林寒江拦住他，"你听我说，只要不到最后一刻，都还有回头路，赶紧向纪委自首吧。"

王武推开他的手，坚持要喝："我真的很后悔走上仕途。当年我本来想争取留校，却因为抄袭了一篇论文，被耿正举报了，结果耿正留校了，你林寒江去了环境研究院，后来考进了省厅，而我……阴差阳错入了官场，总想着要证明自己不比你们差。是，我是当上了副市长，我也以为自己出人头地了，可是现在来看，我走的根本就是一条绝路！我为什么要当这个官啊？"

林寒江替耿正抱屈："你冤枉'长发老怪'了，当年真不是耿正举报的，我曾经问过他，他向天发誓没做过这事。"

王武："这孙子肯定没和你说实话，我当时只跟他开玩笑说过抄论文的事。天知地知我知他知，他就是为了争取留校的名额，才使出这种龌龊招数把我挤走的。"

林寒江见他成见如此之深，只能苦笑摇头。王武叹息一声，说：

"脚上的泡是自己踩的，我虽然怨恨是因为耿正走错了路，但是这些年收了这么多钱，却是我自己的错，怨不得别人。兄弟，不瞒你说，这些年来我偷偷拜佛，每天烧香祷告，是因为我经常被噩梦惊醒，度日如年。我一方面担心自己出事被抓进去，潜意识里却又盼着有一天能一了百了，解脱了，就再也不用担惊受怕了。现在这一天终于来了……兄弟，你帮我拿个主意吧。"王武又将卡和钥匙推到林寒江面前。

林寒江问他："你将这些东西交给我，那接下来打算做什么？"

王武下定决心，长叹一声："我准备明天就去纪委投案自首。"

林寒江神色黯然地拍拍王武的肩膀，说："你总算迷途知返。这么做是对的，尽力争取一个宽大处理吧。"他端起酒杯敬王武，两人的酒杯轻轻一碰，多少旧日情谊和今日悔恨，尽在不言中。

林寒江把那几张卡和钥匙推还给王武，说："你去纪委自首交代问题，这些东西还是你亲自上交为好，坦白从宽，悔过自新，如果由我转交性质就不一样了。"

"我现在心里很乱，想要去自首，但是又担心自己后半辈子都出不来了，所以把你喊来，想听听你的意见。"

"如果不去自首，你还有别的办法吗？"林寒江问他。

王武沉吟一会儿，低声说："有一个朋友劝我离开，他可以安排我出去。"

"你要学电视剧里的丁义珍？"林寒江使劲摇头，力劝王武道，"我不赞成你走这条路，想想红色通缉令上的那些逃犯，出了国门你一无所有，只能听人摆布，能不能活着都是问题，人没了都不知道是怎么没的，就算是活着早晚还得被遣送回来。那些红通逃犯，哪一个能有好下场？"

王武默不作声，用牙又咬开一瓶啤酒，给林寒江和自己倒满。

"胖子，赶紧打消这个念头，这是死路一条啊！你还是抓紧时间去纪委自首交代问题，争取宽大处理，即便最后判了，至少人安稳啊。"

"我把你从广州喊回来，就是想听听你的意见。在这世界上我只有你这一个朋友可以讨论生死，托付后事了。"王武闭上眼睛长叹一声，"好吧，我听你的话，明天一早就去纪委！"他一仰头，把一瓶啤酒灌下去，点滴不剩。他举着空瓶子端详半天，说："从今以后，我就是这个破瓶子了！"说完抓起瓶子就要摔，林寒江一把夺了过去。

王武说："我专门把你从广州喊过来，听听你的意见只是其一，其实还有一件更重要的事想求你。"说着他推开桌椅，"扑通"一声跪在林寒江面前。林寒江吓了一跳，赶紧去拽王武，王武说："兄弟，我把老母亲托付给你了！我另外还求了一个人帮我照顾老母亲，可是我不敢完全相信他啊。寒江，我没有别的人可以托付了，求你答应我吧！"

林寒江使劲去拽王武："你这是干吗，起来再说。"但是王武的体重让林寒江感觉自己是在倒拔垂杨柳。王武坚持向他磕了三个头，"砰砰"作响，林寒江只好答应道："胖子，你放心吧！以后我会尽全力照顾你的母亲。"

王武如释重负，瘫坐在地上，泪水滚滚而落。

林寒江和王武喝到半夜才分开，回到宾馆他想给小雪打电话，看看时间已近凌晨一点，只好作罢。王武的事情，让林寒江心生波澜，久久不能入睡。他想起在齐江大学读书时三个好朋友的快乐时光，王武外表憨厚、随和，内心却很要强，一脸佛相却没有悟透"贪"字；耿正潇洒浪漫，艺术气息浓厚却内心精明，在自我的小圈子里活得怡然自得。

"王武像佛，却是一个假佛；耿正像仙，不过是一个野仙。我像啥，总不会像怪物吧？"林寒江吐着酒气问自己，"我在他俩心目中是什么样的人，他俩又该如何形容我？"辗转难眠的林寒江一直到凌晨四五点才睡去。

王武在办公室里忙了半宿，凌晨五点就把肖秘书从被窝里喊到办公室,他将一沓自首材料和银行卡、钥匙都交给肖秘书,叮嘱他务必亲自交给纪委主要领导:"这是我的身家性命,一定要亲手交给纪委严哲书记。严书记如果不在,你就交给市委廖宇正书记!我还有一件重要的事要去办,办完了我会亲自去纪委报到。"

睡眼惺忪的肖秘书一脸惊恐,没想到领导把这么重要的东西交给自己,手都有点哆嗦了。他战战兢兢地问王武:"领导,您要去哪里?上午还有会呢。"王武没有回答他,开车一溜烟走了。

郊外的齐江岸边,王武站在堤岸上看着江水发呆,堤岸上一团一团奔涌的晨雾把他包裹其中,让他一会儿阴阳莫测,一会儿缥缈无踪。他对眼前这条大江充满恐惧,因为小时候有一次他差点被淹死在这条江里,所以半辈子怕水,从来不敢像别的孩子那样在江里游泳。他之所以一大早来到这里,是因为有一个人答应帮他照顾老母亲,此刻他按照约定在这里等对方出现。眼前的滚滚江水让他头晕目眩,但他还是耐着性子等。虽然林寒江也答应帮他照顾母亲,但是林寒江终究不过是个工薪族,能力有限,而这个人手眼通天,一定会让他母亲衣食无忧、安享晚年。为了让母亲有个舒心的地方养老,王武可以舍弃一切。办完这件事,他才能了无牵挂地去纪委。

江边雾气越来越浓,冬季的时候,齐江的雾经常八九点钟也不愿散去,搞得整个城市都半睡半醒的。此时浓雾另一端隐隐有车灯闪亮,传来几声鸣笛,王武把烟头踩灭,向车灯奔去,车里应该就是他要等的人。

车门慢慢打开,一个头戴棒球帽的精悍人影破开晨雾站在王武的面前,并不是他想见的人。

王武突然感到浑身发冷,那个人影仿佛是一把锋利的尖刀,寒气逼人。

"你是……"王武有些警惕,脚步不自主地后退。

"是这个人让我来帮你的。"对方冲王武晃晃手机上的一串号码。

"我的事,他答应了?"王武又燃起了希望。

那个人盯着雾气萦绕的江面,嘿嘿笑了一声,又重重叹了一口气,好像在惋惜什么:"'老中青'让我向你问好!"

"老中青?"王武满面惊恐地看着对方,浑身冰冷。

齐江上的雾越来越浓了……

九点钟准时上班的纪委书记严哲,还没进办公室就被肖秘书堵住了。严哲只看了一眼王武的自首材料,就被上面的数字震惊了——王武坦白自己这些年累计收受企业贿赂5300余万元,这个数字已经破了齐江市官员受贿纪录了!材料中还交代,那两把钥匙分别是一座海南豪华海景别墅的钥匙,以及别墅中一辆玛莎拉蒂SUV的车钥匙。

"王武他人在哪里?"平时慢条斯理的严哲感觉到自己的语气变得急迫。

肖秘书不知所措,说:"我也不知道,五点左右他就自己开车出去了。"

严哲看一下手表,已经快过去四个小时了,他立刻警觉起来,王武会不会已经潜逃了?严哲马上掏出手机向廖宇正汇报。

不到十分钟,齐江市公安局院内一片忙乱,数辆警车拉响警笛,呼啸着冲向机场和车站等地。

副市长兼公安局局长的赵驰身材魁梧,似乎有几分军人气质,却是一个出了名的滑头,一听说王武可能潜逃了,立刻警觉这是一个棘手的案子,可能还会牵连方方面面的利益,他可不想卷入其中。赵驰准备让主管刑侦的副局长金波去处理,廖宇正在电话里对他一阵咆哮:"赵驰,你不要再当缩头乌龟了!这个案子必须由你亲自主抓,我限你十分钟内赶到我的办公室!"赵驰只好铁青着脸匆匆下楼,临上车还是把金波喊着一起过去接受任务。

睡梦中的林寒江被一阵急促的敲门声惊醒，他迷迷糊糊地开门。两名西装笔挺、胸口佩戴党徽的男子站在门口，语气严肃："请问是林寒江同志吗？"

林寒江一脸惊诧："我是林寒江，你们是？"

领头的人说："我们是齐江市纪委的，王武失踪了，我们需要请您配合调查。"

林寒江被这个消息吓了一跳，昨夜王武不是说好了要去纪委自首的吗？他一边抓紧穿外套一边在思索王武为什么会突然失踪，他问纪委的人："王武会不会和他老母亲在一起？"纪委的人摇头："我们能找到您，说明该找的地方全都找遍了。"

齐江市纪委谈话室内，林寒江对面坐着齐江市纪委书记严哲和公安局局长赵驰。严哲打破僵局："林副厅长，实在抱歉，刚才省纪委的领导也给您打过电话了，因为您是省管干部，我提前请示了省纪委主要领导。我们找您也是没有办法的事情，根据我们掌握的情况，王武失踪前曾和您在一起，对吧？"

林寒江："他是什么时间失踪的？"

赵驰："今天早晨五点十分，他把自首材料和银行卡交给秘书，而后他本人就失踪了。"

严哲："我们请公安的同志调取了王武的行动轨迹，发现他五点多就开车出了市区，现在下落不明。不知您这里是不是有什么线索？"

林寒江："昨晚我们确实在一起喝酒，但是分开后，就没有再见过了。"

赵驰虽然有些滑头，但是很有职业敏感性，他问林寒江："林副厅长,能否告诉我们王武为什么要见您?您和他见面交谈了什么?"

"他约我见面,就是想听听我的意见。我得知他牵扯进齐江市的环保案件,劝他赶紧向纪委自首,他也答应我今天一早就去纪委。"林寒江把他和王武的见面情况一五一十地告诉了严哲和赵驰,但是看这二人的神情有些半信半疑。

赵驰又问:"林副厅长,您是从广州专门赶来和王武见面,昨晚又一起在齐江大学附近的烧烤店喝的酒?"很明显,赵驰已经调查了林寒江的行程。

莫名其妙被警察调查一番,让林寒江有些不高兴,他反问赵驰:"赵局长,我利用休假时间参加广州的学术论坛,然后到齐江和同学见面喝酒,没有违规犯法吧?"

赵驰嘿嘿一笑:"您说的这些肯定没有问题,但如果是您促使了王武出逃,那就要请您好好解释清楚了。"

林寒江登时就火冒三丈:"赵局长,您说是我让王武出逃的?请您拿出证据来!"

"王武为什么见的是您,而不是别人,您能给我们解释一下吗?"

"因为我们是关系很好的同学,他在向纪委自首之前想听听我的意见,而且想让我以后帮他照顾他母亲。"

"可是王武本人并没有去自首,他金蝉脱壳,没影了,您怎么解释?"赵驰依然咄咄逼人。

严哲赶紧打圆场:"林副厅长,您别介意,赵局长是着急想尽快找到王武,如果您想到什么线索,请一定及时告诉我们。"

"对不起二位,我和王武分开以后,就一直在酒店睡觉,你们可以查看酒店的监控,后来王武的行踪我确实不知道。"林寒江无奈地摊开双手。

赵驰说:"我们已经在机场、高铁车站等地布了警力,全力寻找王武的下落。根据我们的判断，王武应该是畏罪潜逃了，我们已经向省厅发出了协查通报。林副厅长，对不住了，在找到王武之前要委屈您留在这里了。"

门口出现两名纪委工作人员，旁边还站着两名警察，林寒江震惊万分："你们这是把我监禁了？"

赵驰面沉似水，严哲倒是赔着笑脸说："林副厅长，您别着急，事情很快就会有答案的……"

齐江市委廖宇正办公室内，严哲和赵驰向廖宇正汇报情况。

严哲说："根据我们查看的昨晚烧烤店的监控录像以及询问服务员，当时林寒江确实是劝说王武向纪委自首，他回到酒店后也确实没有外出。"

赵驰却不同意："严书记，现在的犯罪分子可是诡计多端，表里不一，监控里看到的往往都是烟幕弹。林寒江完全可以说一套做一套，他躺在酒店的床上也能指使王武出逃。"

廖宇正把手里的茶杯往桌子上重重一顿，杯中的水溅了出来，他有些焦躁："现在最重要的问题不是这个从天上掉下来的林寒江，而是王武！王武到底在哪里？是藏起来了还是跑出去了？赵驰，你要给我一个准确的答案！"

赵驰不敢对视廖宇正喷着怒火的眼睛，低声说："廖书记，我们已经出动了全部的警力，向省厅和周边各市发出了协查通报，搜查半径已经遍及全省。目前，目前还没有发现王武的踪迹。"

廖宇正看看手表，已经是上午十点，他越发焦急："距离王武失踪已经快五个小时，如果他坐飞机出逃，现在已经在太平洋上空了。"

严哲和赵驰面面相觑，却无计可施。廖宇正叹了口气，似乎也意识到自己的焦急失态："如今我们齐江市已经是全国焦点，这次又出了一个外逃贪官，肯定要再次成为全国口诛笔伐的靶子了，祸不单行啊！"

严哲问："廖书记，现在是不是要上报？"

"事情既然发生了，我们就要给上级和齐江百姓一个交代，我马上给省委汇报，严书记你也要向省纪委汇报。你们赶紧研究弥补的措施，看看有什么建议。"

严哲说："当务之急当然是找到王武的踪迹，我建议为了避免类似事件发生，涉案人员应该由纪委和公安部门严密监控，对几名证据确凿的重点涉案人员应该抓紧时间进行抓捕，避免再有涉案人员外逃。"

廖宇正："事态紧急，我同意严书记的建议，你们这就去执行，绝不能再发生外逃事件。赵局长，你们要想方设法找到王武的下落，活要见人，死要见尸！我们齐江市生态环境被通报，又爆发腐败窝案，再出一个外逃贪官，我们还有脸坐在这里吗？"

赵驰立刻表态："请书记放心，我们已经做了周密安排，一定在最短时间内找到王武的下落。我也有一个建议，我们想继续监视林寒江，他是王武最后联系的人，可能知道王武的下落，我们要看看王武会不会再联系他。"

廖宇正抱着胳膊在屋子里转了一圈，一时间有些犹豫，最后终于下定决心："赵局长，林寒江毕竟是省里的干部，是否涉案还没有证据，你们只能秘密监视，不能冤枉无辜。严书记，你要稳住他，做好和省里的沟通解释工作。"

严哲和赵驰急匆匆出去，廖宇正颓然地坐在椅子上，看着外面渐渐消散的雾气。雾气深处隐约传来警车的呼啸声，像锥子一样刺进廖宇正的心里，让他备感焦躁。

"这个死胖子，把齐江全毁了！"廖宇正狠狠地骂了一句。

尖锐的警笛声撕碎了齐江这座城市的平静，街头巷尾变得骚动不安，一些真假难辨的消息在坊间迅速传播。有的说副市长王武携带巨额资金潜逃东南亚，他老母亲房间里的佛像都是用纯金打造的，连地板下面都铺满了钱，和电视剧里的情节一模一样；有的说王武比电视里的丁义珍厉害，背后有关系，海外有接应，一见风声不妙立刻化装易容，机场有人接应，直接飞走了……还有人仿佛亲身经历，有鼻子有眼地讲一些涉案的官员和老板的下场：某局的局长像小鸡崽一样被警察拎着从办公室塞进警车，一位老板登上了飞机又被警察请回。估计齐江官场要空出好多位子，一些挣昧心钱的企业也要凉了……

天气愈加阴冷，齐江城上空一大片阴云正在聚集，看来又将迎来一场大雪。

齐江市纪委谈话室内，被关了快一天的林寒江已经有些着急。他对纪委工作人员说："小同志，我和王武只是同学关系，昨天晚上我是和他一起吃饭喝酒了，但是这不应该成为你们监禁我的理由，我要见你们的领导！"

工作人员面无表情地站在那里，以沉默代替回答。

林寒江无奈地在房间里转圈，工作人员被他转得眼晕，干脆不去瞅他。

林寒江开始软磨硬泡："小同志，放我出去，我可以帮你们去找王武，我知道他的家庭和同学关系，也许能帮上忙呢。"

工作人员不为所动，林寒江又开始和他套近乎。

就在此时，严哲推门进来了。林寒江大喜过望："严书记，王武找到了？"

严哲点点头："确实找到了。"

林寒江大喜，激动地抓住严哲的胳膊："这个死胖子现在到底在哪里？"

03
王武之死

　　严哲惋惜地摇摇头:"你说的死胖子,现在确实是'死胖子'了。王武在齐江下游被发现了,投江自杀。"

　　"自杀?!"林寒江无比震惊,他松开拉住严哲的手,紧紧抱住自己的脑袋,他不敢相信昨天晚上还在一起喝酒的老同学今天就这么没了。

　　"他在车里留下遗书,说自己祸害了齐江,最后以身殉葬齐江,算是洗刷自己的罪行。"

　　林寒江声音近似呻吟:"怎么会自杀?他昨晚明明答应我要去自首的。他的老母亲还在,他怎么会忍心自杀?"

　　严哲:"王武应该是觉得自己罪行深重,涉案金额巨大,一时想不开就畏罪自杀了。他在自首材料里交代，不仅受贿了五千多万，还在三亚有一套受贿得来的海景别墅、一辆豪车，我们已经安排人员去海南查封。谁能想到这个大孝子，竟然是个双面人。"

林寒江慢慢坐回椅子上，想起昨晚王武向自己磕头的神态，他喃喃自语道："原来那时候他已经心萌死志，而我却没有想到他会自寻短见，我真该死……"林寒江自责地敲打着自己头。

严哲："林副厅长，我知道您此时心里一定很难过，但人死不能复生……节哀吧！您和他是同学，我和他也是同事，心里何尝不难过。王武的自杀，对他个人来说是咎由自取，对组织来说却是监管失责。他个人付出了生命的代价，我们齐江也要好好反思其中的教训。"

林寒江慢慢冷静下来，抬头看向严哲："严书记，他的遗书中可有提及他的母亲？"

严哲愣了一下，努力回想："好像没有。怎么了，有什么问题吗？"

"王武是一个大孝子，不应该在遗书里忽略对母亲的安排啊？"林寒江对王武的自杀有些疑虑。

严哲不以为然，他随警察查看了现场，遗书也读过，没什么可疑之处，他说："王武的遗书是写给组织的，没有提及他母亲也很正常。"

"他遗书里具体写了什么？"

严哲努力调动记忆，说："好像是'我对不起组织，是我弄脏了齐江，唯有以死谢罪洗刷罪恶；请组织上派一个干净的人前来，救救齐江……'很简单，就这几句话。"

"是王武的笔迹？"

"是电脑打印出来的，我们已经在王武办公室的电脑里找到了文件，是今天早晨写的，时间吻合。"严哲向林寒江解释道，看来这一天下来纪委已经做了详细的调查。

林寒江把脸埋在手掌中，久久没有说话。过了一会儿，他问："严书记，我是否可以离开了？"

严哲歉意地拍拍林寒江的肩膀："抱歉哈，林副厅长，您可以回到宾馆去休息，但是暂时还不能离开，因为王武案子重大，您又是最后见过王武的人，必须配合相关部门调查。我们已经向省纪委请示了，请您理解。"

林寒江点点头，表示理解，他苦涩地自嘲道："没想到，我也成涉案人员了……"

林寒江在纪委工作人员的陪同下回到宾馆，只见妻子小雪和他的同窗好友耿正焦急地等在房间门口。小雪是省城一所中学的语文老师，留着齐肩的短发，眉眼弯弯仿佛会说话，有着一种大家闺秀的沉静与温婉，神态中又带着些惹人爱怜的柔弱。而齐江大学环境学院的教授耿正满头灰白，头发随风飞舞，他戴着粗边黑框眼镜，有点仙风道骨的诗人气质。

林寒江吃惊地问："小雪、耿正，你们怎么来了？"

小雪看见林寒江，带着几分怒气还有关切奔过来说："你消失了一整天，电话也打不通，我给耿正打电话才知道齐江这边王武出事了，都在传他畏罪潜逃，我一着急就赶了过来。你没事吧？"

林寒江愧疚地抱住小雪，耿正见状在后面用手掩住嘴，使劲地咳了一声："都老夫老妻了，别在这里秀恩爱了。"

小雪回头恼怒地瞪了耿正一眼，耿正赶紧捂着嘴躲在一边。小雪问丈夫："王武到底发生了什么事？"

林寒江看看纪委的陪同人员，说："我们进房间再说吧。"

纪委陪同的人员知趣地等在外边。

等林寒江将这一天一夜发生的事情详细地告诉小雪和耿正，尤其是转述严哲的话，小雪和耿正都不敢相信，他们有些接受不了王武的真实面目和投江自杀的下场。

小雪唏嘘不已："不敢相信，王胖子这就没了？他长得一脸佛相，我还一直开玩笑说他能长命百岁的……"

林寒江懊悔地打了自己一巴掌，说："我到现在还无法相信胖子会自杀，昨晚我俩还在一起吃烧烤，今天人就没了。他拜托我照顾他老母亲的时候，我还以为他是担心自己被关进去后没人照顾他母亲，压根儿我就没往绝路上想。要是我当时想到了这一点，也许胖子他……"

耿正捂脸叹息："胖子临死还在质疑我，还在因为毕业留校的事怨恨我。你还能和他喝上一顿酒，而我就在附近，他却至死都不想见我，唉……"

林寒江："他跟我感慨我们三人命运不同，还说自己十分后悔走上今天的路……现在人没了，过去的恩怨过节就不要再提了。找个时间，我们去看看王武的母亲吧。"

耿正点头称是，说："你们远来是客，这件事我来安排吧。胖子质疑我对他使过阴招，我就用这件事向他在天之灵证明我的清白。"

小雪起身去整理林寒江的行李箱，说："王武那么孝顺的一个人，为什么还会捞那么多钱呢？在三亚置办别墅，他也没住上几天，有什么用？真弄不懂他的心理。"

耿正叹息道："唉，人哪，走上了错路想回头很难的。"

屋子里一阵沉寂，耿正忽然想起一件事情，问林寒江："对了寒江，你调来齐江大学任教的事怎么样了？"

林寒江说："齐江大学那边已经答应了，只等我去找省委组织部提出申请了。"

耿正："过来怎么安排？副校长兼任环境学院的院长？"

林寒江："是，王校长是这么说的。我现在没心思想这些了，就希望这一地鸡毛能早点收拾干净。"

林寒江和小雪忙着整理行李，没留意到坐在房间角落的耿正神情有些黯然。

齐江市委连夜召开市委常委会。会议开始之前，大家议论纷纷，全是关于王武的。王武是齐江市有名的大孝子，谁能想到，这个大孝子竟然是个双面人，在齐江市是大孝子、工作狂，在海南却是香车豪宅挥金如土的富豪。最让人哭笑不得的是，王武竟然信仰尽失，迷信拜佛，而且把存储贿款的银行卡放在天天祈拜的佛像里，不知道他到底拜的是什么。王武的自首材料，牵扯出齐江市数家违规批建的污染企业，都是王武伙同领导暗箱操作、打招呼照顾的不达标企业，涉及电镀厂、合金钢材公司、垃圾处理厂等多家企业，其中有两家企业的老板已经外逃了。

王武案件对齐江市官场的影响已经不是地雷，而是一场地震，无异于在齐江市的熊熊火堆上又倒了一桶油。齐江在网络媒体上已经不仅仅是关注的对象，而是口诛笔伐的舆论聚焦点，对"污染与腐败孪生的齐江"进行批评的文章被到处转发，齐江市官场人人自危，谣言满天飞。

枯瘦干瘪的刘耕野素来和胖乎乎像佛爷的王武不和，二人明争暗斗了好多年，齐江官场戏称二人为"胖瘦头陀"。多年面和心不和的"胖头陀"自杀了，这让刘耕野有些幸灾乐祸，趁着大家等候廖宇正的时间他侃侃而谈："听说从'王佛爷'身上牵扯出齐江市数家违规批建的污染企业，都是他伙同生态环境局暗箱操作、打招呼照顾的不达标企业，涉及六七家，好像有两个企业老板提前得到了风声，现在不知道跑到哪里去了。他们死的死、跑的跑，给齐江留下一摊烂泥臭水。"

一旁的李子平面色有点阴郁，咳嗽一声提醒刘耕野："老刘啊，不能因为王武出事了，就一股脑儿把事情全推到王武身上，那些被国家生态环境督察组点名的企业，有的是历史遗留问题，有的也是经过市政府集体讨论过的。我们要实事求是，不能因为王武自杀了，就说是王武一人决策导致了污染问题。当然了，至于王武背后收受企业贿赂，那完全是他个人问题。"

不了解李子平的人听了这番话，都会以为李子平是为王武洗刷责任，而了解两人关系的人都会暗中冷笑，李子平这话里其实暗藏玄机，是利用王武的事情敲打刘耕野、赵驰等一批齐江本地干部——齐江的污染问题你们这些人也有责任。果然，刘耕野听明白了李子平的意思，一张瘦脸变得阴晴不定。列席的赵驰干脆低头翻弄资料，仿佛没有听到李市长的话。

会议室里不少参会人员在小声议论，这窃窃私语中少有惋惜，更多的是幸灾乐祸甚至唯恐天下不乱的窃喜。有人调侃道："王副市长这个远近闻名的大孝子，现在变成'大笑子'了。"周围的人一起偷笑，多了几分难以言说的默契。有人接话："我听说在王武老娘床底下的暗箱里搜出一整箱的现金，不比电视剧里演的少。"另一人说："现金算啥，听说三亚的别墅装修得像皇宫呢！"

纪委书记严哲敲了敲桌子，严肃地说："同志们，社会传言的东西，请大家不要相信。王武自杀的案子省、市纪委正在全力查办，请大家不要以讹传讹。我们在这里不负责任的言论，传到外面的后果可想而知。"

就在此时，廖宇正走进会议室，会议室里的窃窃私语立刻停止了。廖宇正面无表情地坐下来："同志们，现在开始开会。第一个议题，请刘耕野同志汇报一下全市经济运行情况。"

刘耕野知道自己汇报的内容并不是这次会议的重点，他的声音空洞而干枯："一月份，齐江市各项经济指标如下……"

会场上一片愁云惨雾。市委书记廖宇正目光空洞地看着前面，心里想的是怎么向省委检讨；市长李子平一直低头看会议材料，却很久没有翻动一页，心里想的是接踵而来的批评追责是否会波及自身；正在汇报的常务副市长刘耕野无精打采，汇报的经济数字个个都像他的人一样干巴枯涩，巴不得赶紧结束会议。

齐江市纪委和公安局将王武定性为畏罪自杀，并以此上报省纪委和省公安厅。王武的自杀，犹如一块巨石在齐江市的官场里激起滔天浊浪，让每一个人都忐忑不安、心事重重。会前，廖宇正在电话里向省委书记陈庭坚汇报情况，还没等廖宇正承认错误，陈书记就打断了他的话，说这件事要和省纪委一起向省委常委会做汇报。廖宇正心里顿时一阵冰凉，他知道在会上少不了要深刻检讨，陈书记的严厉是出了名的，自己最近确实有点祸不单行，晋级之路恐怕凶多吉少。

第三天上午，被关在宾馆里两天的林寒江已经等得不耐烦了，不停地发牢骚："这齐江市纪委葫芦里藏着什么药？不好好去查案，把我困在这里算怎么回事？我找他们领导去！"

小雪安慰他："你这臭脾气又上来了，别乱说话。这事也怨你自己，谁让你千里迢迢跑来和王胖子见面，把自己变成嫌疑人了？我们身正不怕影子斜，在这里管吃管住，就当和我一起休假了！"

小雪话音刚落，敲门声就响起了。林寒江打开门一看，是严哲。林寒江话里带刺："严书记，又带我去过堂？"

严哲歉意地笑笑："林副厅长，实在对不起，我是来正式通知您，现在问题已经调查清楚了，您可以回省城了。"

林寒江和妻子对视一眼，有种如释重负的感觉，不过他嘴上还是带着怨气："严书记，确定我没事了？"

严哲有些尴尬："此事确实和您无关，是我们工作不周，给您造成麻烦了。对了，林副厅长，还有一件重要的事要通知您，省委组织部来电话，请您赶回省城以后，立刻去省委组织部报到。"

严哲和别的纪检干部不太一样，对人很是客气，虽然和林寒江是平级，但是和林寒江说话一直用敬语。

林寒江一脸疑惑:"省委组织部这么着急找我,是要给我一个处分?"

严哲说:"应该不会的,我们已经向省纪委正式反馈了,您与王武自杀案并无关系。不过省委组织部因为什么找您,我就不知道了。"

林寒江说:"谢谢你们给我的证实,让我从犯罪嫌疑人又回到自由身,我得感谢你们啊。"他的话里含着不满和嘲讽。

小雪在身后偷偷掐了一下林寒江,提醒他别发牢骚了。严哲更为尴尬:"林副厅长,你们赶紧收拾东西吧,我就不打扰了,告辞。"

一肚子怨气的林寒江说:"慢走,不送。"但是小雪使劲把他拽出去,夫妇俩还是装模作样将严哲送出门去。

小雪关门回身,埋怨林寒江:"这个纪委书记挺客气的,不像有的纪委干部盛气凌人,人家大早晨特意跑来通知我们,你干吗那样阴阳怪气地对人家,显得小肚鸡肠的。"

林寒江往床上一倒:"表面斯文客气,往往背地里口蜜腹剑,我对这样的人一向敬而远之。再说了,他们把我关了两天两宿,还不让我嘴上讨回点公道啊?"

"嘴上的公道都没意义,不能太任性。"小雪有些担忧,"省委组织部为什么着急让你去报到啊?会不会处分你?"

林寒江皱皱眉头:"就算给我处分我也认了,省委组织部不找我,我还要去找他们呢。我正琢磨放弃副厅长的职务,申请去齐江大学任职,齐江大学那边王校长已经向上级请示了,把我调过去担任副校长,同时兼任新成立的环境学院院长。齐江大学还答应给我研究的'环境经济与资源管理'课题一笔研究经费呢!"

小雪听丈夫这么说,转忧为喜,俯下身给林寒江一个亲吻:"这样太好了,我早就盼着你换个轻松点的工作,省得累死累活还担风险。什么时候能调走啊?"

林寒江："这事要两边一起使劲，学校那边问题不大，现在就看我怎么向组织部申请，组织部只要点头这事就成了，我一直还没有机会和组织部说呢。"

小雪开心地和丈夫拥在一起："太好了，你总算做了件值得表扬的事。王武没了，闹得我整夜没睡踏实，梦见自己被沉在水底憋得难受，我都快憋死了你也不来救我，哼！"小雪使劲捶了林寒江一拳，说，"官场险恶，我总担心你也……"

林寒江打断她："放心吧，谁变黑了你老公也不会变黑。"

小雪说："我不担心你变黑，而是觉得你这人言行无忌，又有点特立独行，容易吃暗亏。你要离开体制，我也为你高兴，这样你就可以实现著书、立言、育人的梦想了。"

林寒江故意向妻子邀功："我是为你着想，你不是嫌省城的空气不好嘛，一直想去南方定居，我这是帮你实现梦想。我从体制内出来只是第一步，我的终极目标是带你去一个山清水秀、空气湿润的南方小城定居养老。"说着，林寒江把脸凑过去想让小雪吻一下，小雪轻轻赏了他一巴掌："'长发老怪'说今天要去看王武的老母亲，你赶紧换衣服，别晚了。"

林寒江立刻像泄气的皮球："我是真不敢去见老太太啊，我都不知道怎么和老人家说。"

林寒江夫妻到王武家里的时候，耿正已经等了半个小时了。耿正心很细，雇了一个小保姆来照顾王武的老母亲，小保姆手脚伶俐，把饭都做好了。

林寒江一边喂王母吃饭，一边和老人家唠起自己读书时跑过来蹭饭的往事。小雪嫌林寒江笨手笨脚，把他扒拉到一边，自己给老人家喂饭，不过她毕竟也没干过这些，弄得汁水淋漓，最后还是被小保姆替换下来。

"阿姨，王武要长时间出差，临走前他给您找了个人来照顾您的日常起居。"林寒江担心老太太听不清，贴着她耳朵大声说道。

王母摸索着林寒江的胳膊，有些激动："寒江、耿正，你们读书时总来我家吃饭，现在好多年也不来了，现在阿姨眼睛看不见了，不能给你们做好吃的了。"耿正过来使劲握着王母的手，眼角有些潮红。

耿正说："阿姨，以后我会经常来看您的。寒江离得远，来一趟不容易。阿姨放心，胖子出差的这段时间，我们会替胖子照顾好您的，您还是跟以前一样，把我们当自己的儿子一样使唤就好。"

王母："好，好！我知道这些年胖子和你有了过节，他是人胖心眼小，耿正你大人大量，不要和他一般见识。"耿正连连点头，眼角的泪水终于忍不住滑落下来。

大家叙旧了一阵，林寒江看看时间，说："阿姨，我有事在身，今天还要赶回省城，那我就先走了。"他向耿正和小保姆低声嘱咐了几句，正要转身离开，老太太却忽然摇着轮椅摸索着送出来，老泪纵横道："寒江、耿正……"两人闻声回头看着王母。

王母泣不成声："你们是王武最好的同学，大半辈子的朋友，帮他选个好点的墓地吧……"

林寒江和耿正顿时忍不住泪水夺眶而出。

"阿姨……"林寒江想安慰老人家，却不知怎么开口。

王母强忍着悲伤："你们不用瞒我，我知道，他已经走了……这是他的命啊，他小时候算命先生就说他中年大凶，他自己也偷偷拜佛，还是没用。"

耿正："阿姨，您放心，我们会找个靠江的、山清水秀风水好的地方……"

王母颤抖着双手拉着林寒江和耿正，叮嘱道："好，谢谢你们！王武已经走了岔路,你们要好好的,千万不要像他一样再走错了路……"

林寒江在回省城的路上又接到电话,是H省省委组织部打来的,要他尽快赶回去,说部领导要找他谈话,具体什么内容没有明说。

动车上林寒江思绪万千,他决定借这个机会把自己一直犹豫的申请调离的事情摊牌。齐江大学那边有意请他过去担任副校长,同时兼任新成立的环境学院院长,齐江大学还答应给他近几年潜心钻研的"环境经济与资源管理"课题一笔研究经费,这个诱惑对林寒江来说远远大于仕途进步。他有些厌倦了官场的压力与风险,尤其王武这件事对他也是不小的触动。林寒江知道自己平时有些恃才傲物,言行上得罪了不少人,仕途已经到了"天花板",正好借机转行,去实现他和小雪的梦想。

当天晚上,H省省委组织部。

主管干部的副部长李进找林寒江谈话,向他宣布组织的决定。省委决定任命林寒江为齐江市政府党组成员、副市长,接替原副市长王武的工作。

这个突如其来的决定让林寒江目瞪口呆,他做梦也没想到自己会去接替王武的班。林寒江因为急促变得有些语气结巴,他向副部长解释自己的想法,说自己正要申请去齐江大学,那边已经万事俱备,虚位以待了,请组织上再考虑一下其他人选。李进面无表情,只是说这是组织决定,请林寒江尽快交接工作,去齐江市报到。

林寒江知道现在的齐江市水深火热,是全省乃至全国谈论的热门话题,齐江市已经是"地雷阵"和"污水坑",谁愿意跳进这个万劫不复的陷阱?李进公事公办的态度,激起了林寒江的倔脾气,他扔下一句话:"如果硬要派我去齐江,大不了我辞职不干了,当个教书匠去,齐江市副市长你们还是另选他人吧!"林寒江拂袖而去,把李进晾在那里。

第二天早上，林寒江和妻子小雪去公园散步，每天绕着公园走上几公里，是夫妻二人的习惯。小雪体弱多病，林寒江就用这个办法逼着她加强锻炼。省城的天空经常飘着一层薄薄的雾霾，到了冬季供暖时期这种雾霾尤为严重。小雪呼吸道过敏，吸入雾霾就会流涕咳嗽，所以她出来散步时总是戴着口罩。听说组织上要安排林寒江去齐江市任职，小雪也很不开心，她说："你在那边刚洗脱涉案嫌疑，又要派你过去接任王武，你没和组织部说过你和王武的关系？最不适合接任他职务的人，就是你林寒江。"

林寒江黯然摇头，他和李进说了自己和王武的关系，省委组织部肯定也了解案件的情况，但是李进并没有正面回答，只是坚持让他服从组织安排。

小雪又和丈夫说他们中学也在流传关于齐江市的流言，一些人说齐江市还隐藏着更大的老虎，一年后国家督察组还要杀回马枪，要追责处理人的。林寒江苦笑不语，这些消息省厅里传得更甚。

小雪问丈夫："为什么选你去齐江市做救火队员，不是别人？"

林寒江沉默一会儿道："估计是我的研究课题害了我，从上到下都知道我是学这个专业的，又搞过课题研究拿过津贴，还一直在生态环境系统工作，组织上可能想要理论结合实际，就把我派过去了。"他知道妻子不同意他去齐江市任职，心情不好，于是故意逗她，"或者是组织上考虑要派一个帅一点的人过去，我这颜值肯定脱颖而出……"

小雪白了他一眼："我原来就提醒过你，做行政工作了，尽量少一些抛头露面，你偏偏不听，今天讲课、明天论坛的，天天生态环境不离嘴，这下可好，被扔进污水坑里踩地雷了吧。明年督察组回来复查，你就是背锅侠！"

林寒江讪讪地笑，心里却知道妻子说得很对，自己平时有点恃才傲物，身上的书卷气总是藏不住，以前有领导批评过他，说他不适合走仕途,更应该追求在学术上有所突破。小雪说:"现在组织部研究干部也不提前征询意见,都已经宣布决定了,估计很难改变,你准备怎么办?"

林寒江搔搔头,苦笑道:"我能怎么办?只能拖两天看看吧,万一组织发善心,尊重我个人意见呢?"

夫妻两人默默走着,小雪虽然戴着口罩,还是对雾霾天气过敏,打了两个喷嚏。林寒江怜惜地搂住妻子的肩膀,说:"今天走的步数差不多了,空气不好,我们回去吧。"小雪擦着鼻涕和眼泪,抱怨道:"我记得小时候的省城很少有雾霾,就这些年,空气越来越差,不戴口罩都出不了门。"

林寒江叹息道:"我申请去齐江大学,也是想为你换个环境,齐江毕竟有水,空气湿润,谁知道耿正那厮说,这两年齐江的冬天雾霾比省城更严重,都是化工颗粒,辣眼睛。"

小雪不停地用手绢擦鼻涕,鼻子都擦红了。林寒江望着灰蒙蒙的天空道:"我还有七年工龄就满三十年了,到时候我们俩就申请提前退休,一起去海南找个没有雾霾的小城市定居。或者我到齐江大学教书,学校之间交流机会比较多,我再找个机会跳到海南的学校。到时候我挣钱养家,你种花做饭,一起养老。"

小雪"哼"了一声:"我听得耳朵都磨起茧子了,啥时候能实现你的伟大梦想啊?"

林寒江无言以对,只能继续讪笑。小雪和体制内的其他领导夫人不一样,别人都希望自己的丈夫能步步高升,她却一直希望林寒江能早日离开官场,投身教育行业或者做一个自由职业者。这和小雪的心理阴影有关,小雪的父亲原来就在体制内,是一个基层部门的领导,他在整顿辖区集贸市场时得罪了一个欺行霸市的地头蛇,这个地头蛇抓住他工作上的一些小问题不放,小题大做,添油加醋,多次到纪委部门实名举报。后来纪委给了小雪父亲一个党内警告处分,说他"可能影响正常的执行公务"，小雪父亲为人宁折不弯，一怒之下向组织申请调离，去了一个犄角旮旯的闲职，但是不久就抑郁成疾，等到发现时已经病入膏肓。父亲临终之时拉着小雪的手，叮嘱她："不要当官，不要当官……"所以，小雪一直以自己身体不好为理由，千方百计鼓动林寒江离开仕途。

两天后的傍晚，林寒江被电话叫到省委组织部。林寒江有些忐忑不安地坐在小会议室里，小会议室墙上挂着"不忘初心　牢记使命"八个字。林寒江看着这八个字有些发呆，他心里知道，该来的还是来了，少不了要挨组织部领导一顿批评或者训诫，不知道来的是谁，总不会惊动常委部长吧？

让林寒江惊掉下巴的是推门进来的不仅有省委常委、组织部部长黄义德，还有省委书记陈庭坚，H省的最高领导。

林寒江惊愕地站了起来，有点手足无措。

陈庭坚一头灰发，两道又粗又浓的眉毛像刀子一样挂在额头，让他看人时的眼神更显凌厉，他对林寒江点点头："林寒江同志，请坐。"

林寒江心里"咯噔"一下，不知道自己是以什么姿势坐下来的。在H省流传着一个说法，陈庭坚如果称呼一个人"全名+同志"，随之而来的往往是一场劈头盖脸的《海燕》里的暴风雨。

果不其然，陈庭坚的凌厉眼神从上到下打量他一遍，直接开门见山道："林寒江同志，按照常理，你的任职谈话不应该由我来。但是听说你对这次组织安排你去齐江市任职的决定有些想法，所以我就来了，看看拒不服从组织安排的人是三只眼还是三头六臂。说说吧，你什么想法？"陈庭坚的话里明显含着怒气。

如果是别人，在陈庭坚的气势和眼神之下，恐怕早就心里怯了几分，但是林寒江自有他的知识分子的傲气，最初的惊愕过后，他反倒定下神来，暴风雨里不是也有高傲的海燕嘛，有什么大不了的。林寒江双手放在膝头，平静地看着陈庭坚说："书记，我觉得自己更适合去学校教书，搞点学术研究。实不相瞒，前期我已经和齐江大学联系好了，正准备向组织部申请到学校任职。去齐江市任副市长，恐怕超出我的能力范围，能否请组织考虑一下别的人选？"

气氛一下子有些尴尬，陈庭坚开门见山，林寒江也毫不遮掩。屋子里沉寂了几秒，林寒江已经做好了接受暴风雨洗礼的准备。但是预想中的暴风雨并没有来，陈庭坚眼神有些温和，问林寒江："寒江同志，我听组织部介绍你说，你是国内研究环境与经济课题的知名人物，那么我问你，你研究这个课题的初心是什么？"陈书记把"初心"二字咬得很重，似乎是想在"初心"这个问题上和林寒江论个明白。

林寒江一下子愣在那里，他眼前的墙上就挂着"不忘初心"几个大字，从他读书到工作，从来没有人问他研究这个课题的初心是什么。是想成为名满天下的学术专家？想赚得盆满钵满实现财务自由？还是想创造机会给自己和妻子换一种舒适恬淡的生活方式？林寒江脑海里一瞬间蹦出好几个"初心"，但是他自己都立刻否决了。

"也许，我研究这个课题除了和我所学的专业有关，也包含着试图把环保的意义和实现途径告诉世人的初衷。其中，也不乏有些我自私的想法，想在学术领域出人头地，去获取自己喜欢的工作和生活方式，这也是我想申请去齐江大学任职的原因。"林寒江有些不安地交叉着十指，他抵挡住了陈庭坚凌厉的目光，却在他的"初心"拷问下有些自乱阵脚，但是他的回答十分诚恳，努力坚持和齐江大学扯上关系。

陈庭坚点点头，似乎很赞许林寒江的坦诚，他身子往后靠在沙发上，露出些疲惫的神态。那一瞬间，林寒江发觉这个H省的最高领导并没有平日里的高大魁梧，也会有疲惫的时刻。

陈庭坚说："既然你说了'也许'，说明你自己对这个问题也还没有明确的答案。在你的内心深处，你还是想利用你的学识做一些事情的，否则你当年也不会学而优则仕，从科研机构考到行政机关。"陈庭坚故意用"也许"的口吻来试探林寒江，也暗示他对林寒江的履历做了一番研究，"现在，你是放着副市长不当，却要去大学当教授？"

林寒江自嘲地笑一笑，算是回应了陈庭坚的判断："书记，此一时彼一时，当年我确实是一腔热血报考的公开遴选岗位，可这么多年过去了，我感觉自己还是适合做点学术研究，从事行政岗位确实有点勉为其难，尤其做一个大市的副市长，感觉自己经验和能力都不够。"

陈庭坚话锋一转："寒江同志，你的学术领域我不敢评判，但是即便你成为这个领域的顶尖专家，我敢说，你在面对生态环境这张试卷的时候，也不会得高分。你充其量只能得50分，不及格。"

林寒江一脸疑惑地看着陈庭坚，有些不理解他的话。自己的业务水平被如此轻视，即便对方是省委书记，他的自尊心也不能接受。

"假如一张完整的试卷分为'知'和'行'两部分，你穷尽一生研究的也不过是'知'这半截，这部分哪怕你拿了满分，也只有50分，是一个不及格的学术者。我们中国人讲究'知行合一'，你的'行'在哪里？初心是知，使命是行，知识研究得再透彻，但是没有与人民同呼吸、共命运、心连心，没有给老百姓解决实际问题，那也只是空中楼阁。所以我说，你还有50分是白卷。"

林寒江有些不服气，辩解道："我的'行'在课堂上，我会教育出更多优秀的学生，他们撒到哪里都是种子，我帮他们明白保护生态环境的意义，学习掌握……"

"可是我觉得你是畏难而退，临阵脱逃，你怕齐江的污水弄脏你的白衬衫！"陈庭坚浓眉上扬，目光炯炯地盯着林寒江和他的白衬衫，让林寒江有些羞愧。

"书记，我不是临阵脱逃，但是比我更适合这个岗位的干部大有人在……"

陈庭坚摇手打断了他的辩解，说："寒江同志，你也犯了一个普遍性的错误，就是总喜欢把自己当成一个旁观者，看着别人去踩地雷。地雷爆炸了，看热闹的人便会分成赞许、批评、嘲讽、咒骂等不同派别，却没有人去想，为什么踩地雷的人不是自己呢？这就是我们国人的现状，寒江同志，你也身在其中啊。"

林寒江惶惑不已，无法应答，后背有些汗津津的。

陈庭坚又说："我们的齐江市现在就是一颗炸响的地雷，后面可能还有更多的地雷阵，现在全国的人民都关注着呢。将来有一天，你林寒江在讲坛上也可以拿齐江市做负面典型，夸夸其谈，但是你能面不改色地告诉你的学生们——当年我在省委书记和组织部部长面前，身轻如燕地跨过了这个地雷阵，你能吗？你没忘初心，可是使命，你也没有担当！"

林寒江后背的汗水已经渗透了衣衫，他不敢直视陈庭坚的目光，低声说："陈书记，我这个人研究点学术还可以，去当齐江市的副市长，没有经验，恐怕能力也不足。最为关键的是我和去世的王武还是同学，他自杀前最后一个见的人就是我，他向我托付了后事，因为这个原因，我在齐江市被纪委和公安监禁了三天两夜。综合这些因素，我恐怕是不适合去齐江接替王武的，请领导慎重考虑。"

组织部部长黄义德在旁边插话道："寒江同志，这个问题你多虑了。我们已经和齐江市委核实过情况，这件事情恰恰说明了你和王武是有着天壤之别的，你是一个经得起考验的干部，王武在遗书里提到的'派一个干净的人救救齐江'，我们认为你就是最恰当的人选。"

陈庭坚微笑了，他知道自己其实已经说服了眼前这个有点桀骜不驯的知识分子，他说："寒江同志，我相信你的能力和你的品性，否则组织部也不会层层筛选把你的名单放在我面前。一味地谦虚往往是逃避的借口，我和省委其他同志都相信齐江市将是你学以致用最好的舞台。"

04
临危受命

与此同时,南方某省会城市的一家大型房地产集团。风尘仆仆的苏娜刚回到办公室,两个年轻的女白领便跑进她的办公室,像小妹妹一样缠着她,向她讨要礼物。

一个短发女生说:"苏姐,你出差半个月,想死我们了,我俩天天盼着你回来带礼物给我们呢。"

另一个长头发的女生拽着苏娜的胳膊,说:"苏姐,这些天我听你的劝告,和那个渣男分手了,我盼着你赶紧回来和你说说心里话呢。"

短发女伴嘲笑她:"是啊,自己躲起来哭了一天一宿,眼睛肿得跟桃子一样,没脸见人。"

苏娜看了长发女生一眼,说:"你的眼泪真不值钱,为了一个脚踩两条船的男人哭肿了眼睛?不值得！"

苏娜从包里掏出精心挑选的化妆品送给她俩，两个女生兴奋得抱着苏娜又蹦又跳。苏娜又拿出两本书，上面夹着一张写着林寒江姓名和地址的便条，她递给短头发的女生："一会儿我去向董事长汇报，你帮我把这两本书快递出去。"两个女生接过书，看见林寒江的名字，低头窃笑。

苏娜正在整理文件，不明白两个女生窃笑的原因，问她俩："两个傻丫头，偷偷笑什么呢？"

短发女生："苏姐，这个林寒江是你什么人啊？你都给他寄五六回书了，是不是我们未来的姐夫啊？"

苏娜瞪了她俩一眼，道："别费心思瞎猜了，这个人是我的一个好朋友，正在写一本环境经济学方面的书，我只是帮他收集一些资料。"

短发女生摇摇头："我们才不信呢，就凭我们心高气傲的苏姐能给他寄五六回书，这一定是个有故事的人。"

苏娜抱着文件往外走，说："你俩省省心思吧，我做事情只凭感觉，不在乎别人揣测。"两个女生对视一眼，互相吐吐舌头。

长发女生还拽着苏娜的胳膊，问她："苏姐，听说集团在这个城市的项目已经基本完工了，正要研究裁人呢，是真的吗？"

苏娜说："我也听说了，今天会议研究的内容就有这个议题。"

两个女生闻言立刻一片愁云惨淡，情绪低落。

长发女生一脸沮丧，说："完了，我是失恋又失业。"

苏娜口气很冷静："鸟尽弓藏，抱着一棵树吊死的人都是傻子，也许我也该给自己找一条退路了。"

齐江市公安局，副局长金波面前摆着一堆王武的案卷，墙上还有不少自杀现场的照片。金波是从军队转业到公安战线，精明强悍，言谈举止间透着军人的飒爽干练，又有点桀骜不驯的玩世不恭。金波在齐江市公安系统威望很高，送走了几任局长，自己却一直困在副局长的位置上前进不得。局长赵驰是从省厅下派来的，长于沟通联系，但是在业务上没有金波在行，遇到事情赵驰一般都会把金波推到前线，久而久之赵驰更像是一个甩手掌柜，市委书记廖宇正曾经为此多次批评过赵驰。

金波看着现场勘查报告，皱起了眉头。他在屋子里转了两圈，最后下定决心去敲局长赵驰的门。

赵驰正对着镜子系领带，他每一次参加会议之前都会好好整理自己的穿着打扮。

金波快人快语："赵局，我觉得王武的死有问题。"

赵驰吃了一惊："什么意思？不是已经认定为自杀了吗？"

金波扬了扬手中的一张照片："从现场痕迹勘查来看，还发现了一辆车的轮胎痕迹，这个线索并没有追查下去。"

"那个现场人来车往，有车辆痕迹不是很正常嘛。"赵驰不以为然。

"部下告诉我，在现场发现了一处浮土上的交叉车痕，这辆车的痕迹是压在王武车辆轮胎痕迹之上，说明到达现场时间晚于王武，那么车上的人有两种可能，一是他可能目睹了王武自杀，二是他与王武可能见了面甚至是杀死王武的凶手。"

"那也不能排除可能是王武自杀后，偶然路过的一辆车吧？"赵驰提出问题，但是语气也有了一些怀疑。

"你想，那个地方在郊区的江边，早晨天还不亮，可以说是人车稀少，谁会没事跑那里去？而且，最可疑的是这辆车不是一般的车，从轮胎痕迹来看，这种车很少见，我判断这辆车一定很值钱！"金波笑道，"我已经交给痕迹鉴定人员了，相信他们会给我一个答案。"

赵驰反而乐不起来："你的意思是要推翻王武自杀的结论？纪委已

经认定这个结论了，而且也以此为结论上报省委了。你弄出这么一个事情来，诚心要让市领导难堪啊。"

"怎么上报是他们的事，我只关心事情的真相，这是我的职责。而且，赵局，还有一件事也让我怀疑。"

"你的疑点真够多的，说吧。"

"一个奉母至孝的大孝子，在遗书里怎么一个字都没有提及他的老母亲，尤其他母亲又瘫又瞎，没有生活自理能力，这不能不让人起疑。"

"那你想怎么办？查下去？"赵驰看着金波，神情里看不出支持还是反对。

金波语气坚定："我想安排一组人追查下去。王武是一个大贪官，可也是一条生命，而且他身后肯定暗藏着不少秘密。"

"如果王武不是自杀，那么真凶是谁？你认为谁最有可能？"赵驰问金波，金波也回答不出来，他冲着赵驰无奈地摊摊手。

"好吧，我同意。"赵驰松开系好了的领带，语气有些犹豫，但是面对金波的坚持又不得不表态，当然他也好奇这个幕后真凶到底是何方神圣。赵驰想了想，又说："老金，你可以去查，可是有一条纪律必须遵守，追查也只能秘密追查，有结果第一时间告诉我！"

"放心吧，赵局，谁查案能举着大喇叭喊着口号去找线索？"金波讨得将令十分高兴，他做事不在意形式，只求实用，"秘密追查"只是那些高高在上的领导不接地气的说辞。

金波回去立即安排人追查轮胎痕迹，同时又让人调查王武的通信记录，几个部下领命而去。

"等一等！"金波冲其中一位部下喊道，"一旦检验科确定了车型，立刻给我排查自杀现场周围的交通监控，那里距出城口大约十公里，把周围几个可能的出入口的监控都给我仔细看几遍！"

H省省委组织部。

林寒江内心还在剧烈挣扎,支撑他没有妥协的是对妻子小雪的承诺,他有些可怜兮兮地看着面前这个言语犀利的领导:"陈书记,我的爱人身体一直不好,她还有一个老母亲,需要我的照顾,两地分居实在不方便……"这是林寒江最后的挣扎了。

陈庭坚并没有直接回答他,目光转向旁边组织部部长,说:"老黄,你到我们省几年了?"

黄义德笑一笑说:"三年半了。"他是从外省调过来的干部。

"你的家里人怎么安排的?"陈庭坚问他,黄义德当然明白书记的话外之音,这是演双簧给林寒江看的。

"我老伴是一个病秧子,每天瓶瓶罐罐泡着,三五天一趟医院,在老家还有几个亲戚照应,没法跟我过来。这样也好,我在这里一人吃饱全家不饿。"黄义德笑着回答。

陈庭坚问黄义德的话,其实就是回答林寒江的答案,林寒江自然明白,他看着黄义德的笑容,有几分同情,也有几分敬佩。

陈庭坚又说:"前几天我去一个县里考察,很多人在汇报材料时都夸自己'学以致用,知行合一',我就在想,我们到底有多少人真正地去学了,又有多少人真正地去践行了学习的知识?我记得前几年有一本书《一篇读罢头飞雪,重读马克思》,里面就提到这个问题,我们张嘴就是'认真学习马克思主义',可是我们真的学习了吗?这个现象推而广之,就是我们现在面临的问题,'不忘初心 牢记使命'更多是挂在嘴上,行动上还是一个矮子。"陈庭坚的话让对面的林寒江脸色有些不自然。

陈书记继续说:"齐江市的问题,无论是谁在课堂上讲、在文章里写,都是可以的,但是问题就摆在那里,谁来解决?我们这些人就是要解决问题的，要以问题为导向，不能回避问题。寒江同志，人非要经历一番不同平时的劫难才能脱胎换骨，成为真正能解决问题的人，齐江市对你来说、对我们全省来说，都是一张刻不容缓的考卷啊！"

林寒江后背的汗水已经偷偷淌成小河，鬓角也已湿了。他知道陈庭坚这话虽然是有感而发，主要目标还是他，他去齐江市赴任的命运已经不可更改。这些大领导太擅长通读人心，太会做思想工作了。

屋子里一阵静默，陈、黄二人都注视着林寒江，等着他表态。林寒江低头沉思一会儿，猛然抬起头，直视陈庭坚："请组织放心，我林寒江同意去齐江市，把我的所学用在解决实际问题上！"既然事情不可更改，不如索性悍然冲锋，这是林寒江深藏在骨子里的血性。

"早就该是这样的态度嘛！"陈庭坚右掌在沙发扶手上用力一拍，说，"老话说得好，'纸上得来终觉浅，绝知此事要躬行'，我们从来不缺研究理论和研究技术的人才，但是缺少'知行合一'的实践者和执行者，你林寒江为什么不能去实践一下呢？时代是出卷人，我们是答卷人，人民是阅卷人，你林寒江有没有胆量和勇气把齐江市作为自己的讲台和试卷，把你的研究课题交给800万齐江人民来阅卷评分？"

陈书记的话让林寒江心中一阵激荡，以天地为试卷，以民生为考题，这是林寒江以前从没想过的大境界，他有一种醍醐灌顶的激动，腾地站起来，道："对不起，书记、部长，你们批评得对，是我林寒江执迷于自己的学术研究和家庭得失的小道之中，没有认识到'知行合一''学为民用、学为天下用'的大道，我向两位领导承认错误，我明天就去齐江市报到！"

陈书记冲组织部部长微微一笑，站起来握住林寒江的手："组织部看重的是你的专业知识，而我看重的是你敢做、敢扛、敢认错！既然你敢于去闯这个地雷阵，我也不能太不近人情，我们做一个约定如何？"

"什么约定？"林寒江一时没明白，以为陈书记又要给他加码。

"我给你一年时间，在环保督察组回头看之前如果有效解决了齐江市的生态环境问题，就把你调去齐江大学，满足你著书育人、钻研学术的愿望。副厅级干部调动，你以为私下和王校长鼓捣就能成了？没有我和黄部长点头，你是去不了的！"陈书记对林寒江伸出右手，要与林寒江击掌立约。

林寒江一阵激动，痛快地与陈书记击掌立下军令状："陈书记，请您放心，在环保督察组复查之前，我一定会扭转齐江市的生态环境现状，给800万齐江人民一个满意的交代，给全省一个满意的交代。如果我做得不好，不用你免我，我自动辞职！"

林寒江走后，黄义德称赞陈书记会做思想工作，连压带劝，林寒江不仅乖乖就范还浑身带劲地去赴任。陈庭坚摇摇头："不是我会做思想工作，他的事情还是他自己的内心说了算。"

黄义德有些不理解，陈庭坚说："我们体制内的人形形色色，做官做人的动力各不相同，有的人是为了名望，有的人是为了权力，而林寒江是为了证明自己的价值。他这样的人，心里头藏着一个渴望证实的灵魂。"

"那他为什么还要申请去学校教书，和组织讨价还价？"黄义德有些愠怒。

陈庭坚冲他摆摆手："不能这么非黑即白地评价一个干部，林寒江这种自视清高、渴望证实自己的人，并不是把仕途作为唯一追求，让他去教书育人他会努力做最出色的老师，让他去烤羊肉串他能当名满天下的厨子，他骨子里有一种古代士人的清高傲气，把证明自己看得比名利更重要，这样的人敢认错但是绝不低头，我坚持用他就是用这股劲儿！"

黄义德笑道："没想到陈书记和他只详谈一次，就这么了解他。"

陈书记起身向外走去，说："你们组织部选人用人是最难的工作，人是决定性的因素,只看测评票和考核数据是很难真正识别一个人的。人和空气水土一样,都是自然资源的一分子。水土能被污染,人也能被污染;治污重要,治人也是一样!"

黄义德连连点头:"希望林寒江这股清流,能将齐江市的污泥冲刷干净。"

提到困境中的齐江市,陈书记面色立刻阴沉下来:"靠一个人的力量很难改变一个城市,我们不仅要给林寒江支持,更要相信和依靠齐江市的广大同志们。林寒江这个人,能成大事,也能犯大错,你们要盯紧他。"

林寒江从省委组织部出来时,已是华灯初放,天空中依然笼罩着薄薄的雾霾,在光影的上空堆积出一种压抑和虚幻感。他对着雾霾深吸一口气,问自己:"以前都是想躲开雾霾,我怎么从来没想到去挑战它呢?"劝君莫作等闲看,此时他不由得想起李鸿章的这句诗,"好吧,我就用自己的白衬衫去蹚蹚齐江的黑水。"

林寒江头也不回地走进雾霾和灯光交织的世界,也走进了一个未知和凶险的世界。

回到家中,小雪和母亲正等着林寒江吃饭。林寒江和小雪没有子女,小雪的母亲和他们一起住,老人家满头银发,虽然年近七十但是身体硬朗,日常家务从来不让他俩插手,林寒江经常自嘲是衣来伸手饭来张口,就是家中的寄生虫。

林寒江端着饭碗,却食不知味,不知道怎么和小雪说自己去齐江市任职的事。他犹豫了半天才说:"今天省委领导找我谈话了,是工作的事。"

小雪一看丈夫的神情,就猜个八九不离十:"你答应去齐江市了?"

林寒江默默地点点头,他知道自己点头的含义,意味着很长时间内这个家庭都要靠这对母女来支撑了，他心里一阵愧疚。

小雪把饭碗一推，闷声说："我不吃了，胃难受。"

老妈却很通情达理，说小雪："看看你那样子，男人就应该去做大事，去齐江市没什么不好，又不是上战场。"

小雪委屈地看着母亲："妈，我小时候你和爸爸就叮嘱我，君子不入险地，遇见烂泥坑一定要绕着走，别把自己陷进去了。可是现在，齐江市就是一个烂泥坑，他不但没绕着走，还跳了进去！"

老妈白了小雪一眼："这事也不是寒江能做主的，组织上让他去，他能不去？你就别耍小孩子脾气了。"

林寒江在旁边帮腔："你这个人民教师思想觉悟落后了，还是咱妈老党员境界高。"

小雪更加委屈，眼圈都红了，说："这些年，他无论做什么我都是支持，从没有半句怨言，就是这一次，我心里总觉得不踏实，担心他会出事。"

老妈使劲白她一眼："别瞎说，能出什么事？"

"你忘了爸爸临终前说的话了吗？"小雪的眼泪奔涌出来。

这句话击中了老母亲的痛楚，她也放下了筷子，屋子里气氛一下子凝重起来。小雪回到自己房间把房门一摔，蜷在床上默默流泪。

林寒江站起来帮岳母洗碗，老人家嫌他碍事要推开他，林寒江说："让我洗一次吧，以后想吃您做的饭菜不容易呢。"过了一会儿，他又低声嘱咐岳母，"小雪身体不好，她常吃的几种药我都给放在床头柜子里，她总是丢三落四，妈您要看着她吃药。"

"寒江，你去了一个人生地不熟的地方，还是小心一点，不要得罪人，尤其不要得罪那些小人，一旦出事了，没有人会给你撑腰的。"

林寒江明白岳母和妻子担心的事，连连点头。

第二天早晨，省城车站。林寒江满怀歉意地轻轻抱一下小雪，在她耳边轻声说:"对不起亲爱的,我保证每半个月就回来一次。"

小雪的眼睛有些湿润,她一宿没睡,半夜就起来给丈夫收拾衣物。丈夫在大庭广众之下的亲昵拥抱让她有些害羞,她赶紧推开他:"你说的话就和你讲的课一样,没有一句是真的!"

林寒江宽慰她:"齐江两岸湿润,适合我们居住,大不了以后我们就搬过去。按照我们移居南方的梦想,我们至少又前进了400公里。"

快到发车的时间,小雪突然问丈夫:"你和我说实话,你答应去齐江,是不是还有一层原因?昨天在老妈面前我没有问你,你是故意瞒着我的,对吧?"

林寒江被小雪问得张口结舌,不知道怎么回答。

小雪说:"最了解你的人是我,你夜里叹一声气,我都知道你想的是什么。你是对王武的死因心存怀疑,你答应去齐江一定和这个有关系,你不相信王武会自杀,你想去齐江找出真相。"

小雪一双大眼盯着丈夫,让林寒江无言以对,他藏在内心的想法被最了解他的妻子识破了,他只能使劲搂住她瘦削的肩膀。

小雪眼中涌出了泪水:"我最担心的就是这个,齐江市一个烂泥坑,它吞没了王武,我不想你也被吞进去!答应我,别去做傻事。"

林寒江安慰小雪:"放心吧,我不会去抢警察的活儿。找出真相,那是警察的事。亲爱的,相信我,我完成了任务就全身而退,事了拂衣去,深藏功与名,多大的功名利禄也比不过我夫人的梦想!"小雪被丈夫的话逗得破涕而笑。

看着丈夫拖着行李箱挤进人群,小雪追着他一直到检票口,冲他喊道:"我已经跟耿正打过招呼了,到了齐江他会照顾你的。"

林寒江回身向小雪挥挥手:"放心吧,耿正这个'长发老怪'比你还会照顾人。等着我,一定会实现的!"他用手向妻子比了一个心形,那代表的是两人移居南方的梦想。

林寒江消失在人群中，孤单的小雪站在原地有些忧伤。

人生就是这样，很多时候梦想与现实之间总是隔山隔海，你拼尽力气去追赶梦想，却跑不过现实的变幻。可惜人生如棋，落子无悔，有时候你迈出的一步，已经决定了你一生的方向。未来的林寒江如果回首往事，他会不会对自己赴任齐江市的决定后悔呢？如果林寒江能预先知道自己即将面临的险恶环境，那些改变了他一生命运的惨痛代价，他还会做这个决定吗？

齐江市政府大楼，一栋有些年头的建筑，在周围高楼大厦的掩映下，显得平凡斑驳，却散发着在岁月里沉浸过的威严。林寒江的报到仪式有些仓促，甚至潦草，市委书记廖宇正去省里开会，并没有出席，只有市长李子平带着几个副市长参加。

省委组织部的同志介绍了林寒江的履历，说："省委知道齐江市现在的情况，生态环境督察任务很重，事关齐江乃至全省的荣辱，刻不容缓，林寒江同志报到就是进入火线，要立刻进入角色。当然了，他的正式任命还要等齐江市人大表决以后再公开宣布。"

李子平点点头，说："在这里，我代表市政府班子表态，支持和拥护省委的决定，一定全力支持和配合林寒江同志开展工作。现在是齐江市最为困难的时期，省委安排林寒江同志来齐江市任职，是对齐江市的强力支援，希望林寒江同志能利用自己的知识和资源，带领齐江市的生态环境工作走出低谷，在国家环保督察组复查之前打一个翻身仗，为齐江市正名！"当着省委组织部同志的面，常务副市长刘耕野等几位副市级领导也都例行公事地表示欢迎林寒江来齐江市任职，只有刘耕野发牢骚似的说了一句："齐江市现在不但生态环境压力重，经济指标也面临下行压力，尤其是工业产值，希望林副市长在抓生态环境问题时，也要适当考虑一下齐江经济的困难。"

李子平轻咳一声，刘耕野就没再说下去。林寒江心说：还没有开展工作，唱反调的人就跳出来了，看来齐江的水确实很深啊。副市长兼公安局局长赵驰和林寒江数天前有过一面之缘，当时赵驰力主监视林寒江，但是今天的赵驰和林寒江就像不认识一样，连视线都没有交集。林寒江几次寻求机会想和赵驰目光交流无果，他是想向赵驰表达友好，借机消弭几天前的误会，但是赵驰像一个太阳系之外的恒星一样，林寒江发出的信号他根本接收不到。

林寒江的表态发言也很简单，他只说了三句话："第一，服从和拥护省委的安排，今后我就是齐江市的人了，愿意与齐江市荣辱与共；第二，我将以问题为导向，努力带领全市生态环境战线的同志们，坚决打一个翻身仗；第三，我以前一直在学校和省生态环境厅工作，缺少基层工作经验，虚心向各位同事学习，也请大家多批评、多担待我工作上的不足。"林寒江注意到，市长李子平自始至终面无表情，看不清他内心的想法。常务副市长刘耕野却有些不以为然，嘴角挂着一缕时有时无的冷笑。其他的人似乎都刻意在回避林寒江的视线，隐约透露着井水不犯河水的谨慎。

林寒江的报到仪式就这么在一片言不由衷的掌声中草草结束。廖宇正的缺席、李子平的木然、刘耕野的冷笑，让林寒江预感到将来的工作一定不会顺利，掣肘之事必定少不了。

肖秘书带林寒江去办公室，打开屋子，新刮的大白味道扑鼻而来，肖秘书略带歉意地解释道："原来的王副市长，不，王武嗜好抽烟，是一杆大烟枪，墙壁都熏黄了，机关事务局刚给刮完，味道有点大……"

听说是王武的办公室，林寒江不由一阵唏嘘，他环顾一圈空荡荡的房间，找不到一丝王武曾经存在过的痕迹。肖秘书向他解释："机关事务局的同志担心你忌讳，把原来的东西全都扔了，新的桌椅和办公用品马上就到。"

林寒江心中暗暗叹息，现在齐江市上下都忙着撇清与王武的关系，就像扔掉他的物品一样干脆决绝，连他的秘书都不敢再称呼他"王副市长"，生怕惹祸上身。林寒江吩咐肖秘书："把王武原来的办公桌给我留下来吧，我和他相识多年，也算是留个纪念。"肖秘书一脸惊疑，却不敢细问。

林寒江一连两天去找市委书记廖宇正报到，却都被告知廖书记不是去开会就是在下边考察，只能过几天再和林寒江见面。这种"礼遇"，有些出乎林寒江的意料。

中午午餐时，初来乍到的林寒江站在大厅的自助餐处排队打饭，听见前面有两个人在小声议论："听说新来的副市长已经报到了，省里对咱们齐江市不太满意，直接空降一个副市长来，一个萝卜一个坑，来一个副市长，直接把一条线的人晋升的路都给堵死了，不知道有多少人在生闷气呢。"

另一个人说："市委廖书记推荐的副市长人选被省里给否决了，再加上原来的王武出事了，说明省里已经对齐江市的干部不再信任了，廖书记可能也要受影响，听说廖书记也很有脾气，故意拖着不和新来的副市长见面。"

林寒江在后边听得真切，皱起了眉头，原来市委书记是因为这个才拒绝和自己见面的。

第二个人看来消息灵通，又说："听说新来的副市长来头不小，是省委书记亲自点的将，带着尚方宝剑来的，要问责倒查齐江的环保问题，恐怕又要有一批人倒霉了，我们齐江市总是风波不断啊。"

第一个人感慨地叹息一句："鸡蛋里挑骨头，说你有问题就有问题，整来整去，不是东风压倒西风，就是西风压倒东风，我们这些小喽啰还是老老实实坐在城头看风景吧。"

市政府办公室的肖秘书到处寻找林寒江，看见林寒江站在队尾，赶紧过来请他去小餐厅就餐。那两个小声嘀咕的人才知道站在后面的人就是新来的副市长，不约而同地张大了嘴巴，林寒江向他俩微微一笑，晃晃空空如也的双手，说："我来齐江，连吃饭的筷子都没准备，哪来的尚方宝剑？"

肖秘书给林寒江安排住处，考虑到林寒江是一个人，想把他安排到齐江宾馆居住。齐江宾馆是一个三星级宾馆，就是原来的市政府招待所，现在已经转制为企业，但是齐江市老百姓还是习惯性叫它"招待所"。

林寒江拒绝了这个安排，说："住进一个三星级宾馆，有点不太方便，我还是去齐江大学借一间宿舍住吧。"

肖秘书以为林寒江没看上齐江宾馆，赶紧向领导汇报。林寒江在电话里向机关事务局局长解释半天："我以前是齐江大学的兼职教授，定期来讲课，虽然现在不让兼职了，我一年也要为齐江大学做十几次公开课报告，齐江大学给我一间斗室安身不算过分吧？而且，齐江大学环境学院的老师们都是我的朋友，住到那里，方便查阅、整理资料，我手头还有课题报告，需要经常查一些资料。"

林寒江没有麻烦机关事务局的人，而是打电话让耿正开车过来接自己。

耿正现在是齐江大学的红人，不仅在环境工程方面颇有建树，还精通诗词音律，曾经以"环境与诗意生活"走上"百家讲坛"，现在还经常在抖音上露一脸，向观众普及垃圾分类和环保小常识。耿正的诗人气质要远远多于环保学者气质，他戴着一副黑黑的方框眼镜，灰白的头发随风飘舞，林寒江对他的头发随时随地飘舞一直很好奇，曾经笑话说他是自带吹风设备，无风天气也能让头发跳上一段舞。耿正说这就叫"怒发冲冠"，因为这个世界太肮脏，让自己这个环境学教授心里总是有无法熄灭的怒火，什么时候世界变干净了，他的头发就不会跳舞了。

两人一见面就互相打趣，耿正嘲笑林寒江："你是不是得罪什么人了，被人一脚从省里踢到这个烂泥坑？"

林寒江也埋汰耿正："你的眼镜配上跳舞的头发，我怎么看你越来越像那个诗人呢？"

"哪个诗人？"提及诗人，耿正还是很关心的。

"就是那个曾经粉丝无数，前几年因为破坏别人家庭惹上官司，后来得了抑郁症割腕自杀的那个，名字就在嘴边却忘了。"

耿正"嗤"地一笑："在我面前提他，影响我食欲，他写的那些酸腐文字也配叫诗人？我初中时蹲在厕所里写的诗都比他香！"文人相轻的毛病，耿正不但几十年没改，还经常发扬光大。

林寒江看着耿正开来的宝马SUV，一脸惊奇，绕着车转了一圈，踢了轮胎一脚，说："你这个穷酸诗人，也开上宝马了。宝马雕车香满路，你的'笑语盈盈'在哪儿呢？"

耿正一边帮他搬东西，一边自吹："士别三日当刮目相看，我大小也是走上过'百家讲坛'的人，香车美女还能少得了？"

"怎么，被富婆包养了？"林寒江一脸坏笑地问。

耿正捶一下自己的腰："倒退个十几年也不是不可能，现在嘛，搬个箱子都直不起腰了。"

林寒江还要和他胡侃，耿正一本正经地说："别闹了，齐江大学的王校长还在等咱俩呢，别耽误时间了。我和你说，这是他命令我把你送过去的，否则我可不敢见他，见一回被骂一回。"

王校长是林、耿二人读书时的老师，马上就要退休了。林寒江不敢怠慢，赶紧随着耿正驱车去见恩师。

一进到校园，林寒江看着物是人非的校园景色，感慨万千："毕业以后也回来过多次，但都是一门心思讲课，没有旧地重游的心情，唯有今天，和当年第一次报到的心情差不多。"

耿正一边开车一边嘲笑他："那次报到你是怯生生的学生，这次报到你可是炙手可热的副市长大人，啧，学校也不净水洒街欢迎一下！"

林寒江把头探出车窗，呼吸一下校园的空气，唱起齐江大学的校歌："百年沧桑，弘毅自强，风雨声声育桃李，山河青青满芬芳……"对面斑驳的足球场上正在进行一场比赛，看着那些生龙活虎的年轻学子，林寒江想起了当年的自己："老怪，你还记得我们当年的校园足球联赛吗？我是右前锋，你踢后卫，胖子是守门员，有一次我们被物理学院给踢个3：0，那个丢脸啊，院里的女生啦啦队给我们在跑道边摆了一桌子的汽水糕点，我都没脸去吃啊。尤其是你和胖子，在场上因为丢球内讧，吵得脸红脖子粗，被人一阵嘘……"

林寒江的回忆本来兴高采烈的，一想起王武，立刻黯然下来，耿正也叹了一口气，没有说什么。

白发苍苍的王清源校长一见林寒江，就说："齐江市多了一个副市长，齐江大学却丢了一个副校长，你说我是高兴还是不高兴？"王清源对得意门生林寒江一直青眼有加，曾多次劝说他从仕途返回校园。

林寒江赶紧向老师解释自己和省委陈书记的约定，等一年之后齐江市治污工作差不多了，自己还是有机会到母校任职的。

王校长摆摆手，说："省委组织部的领导已经和我说了，你来齐江市的来龙去脉我都知道，我这里副校长一大堆，多一个少一个没什么影响，这个位置我可以给你留着，但环境学院院长的位置可是一直等你来执掌江山，无论是教学质量还是学院管理，我都放心不下啊。"

林寒江指着耿正说："老师，您别忘了，您还有一个学生就在环境学院呢。"

王清源看着耿正，有些生气："天天诗词歌赋，忙活什么公益活动，还跑到抖音上卖弄，不好好研究自己的专业，非要到处去展现自己的浪漫情怀，他要是当院长了，还不得把环境学院的招牌给砸了？"

耿正面露愧色，对林寒江说："你自己的事，别往我头上推啊。我是老师的不肖学生，你就别让我天天在老师面前晃悠了，惹他心烦。"

齐江大学准备邀请林寒江来担任副校长兼任环境学院院长之前，王清源和学校党委书记曾经找过耿正谈话，耿正听说林寒江要来，表现得十分豁达，认为林寒江比自己更适合这一位置。耿正对王校长说："林寒江专业比我精通，又有行政经验，是最好的人选。我做一些公益事业还可以，真要把我放在行政岗位上，我就露怯了。"

"你还算有自知之明，以后把你的头发和你的心思都给我收拾收拾，好好钻研一下自己的业务。"王清源对耿正总是很严厉。

耿正惭愧地低下头，暗地里对林寒江使个眼色，示意他赶紧结束见面。批评完耿正，王清源转头对林寒江说："齐江市政府不比省厅，更不比大学，水深浪急，你做好心理准备了吗？"

林寒江对老师说："心理准备虽然有，但是也属于摸着石头过河，不知道结果怎么样。"

王清源叹口气，道："路虽然千条万条艰难险远，但是做人还是要坚持'仁信诚敬'，你呛几口水是免不了的，既然选择了这条路，好坏都要你自己走下去，你好自为之吧。有王武这个前车之鉴，我相信你不会走错路的。"说起王武，三人又一阵唏嘘。

师徒三人唠了一会儿家常，王校长看看手表说："我老伴儿身体不舒服，晚上我得回去做饭，我就不管你们了，你俩自己喝酒去吧。"这老爷子竟然下了逐客令。

两人往研究生宿舍搬东西，林寒江偷笑说："我印象里，老爷子就没招待人吃过饭，逐客令也不换个花样，最可怜的就是师母，在他嘴里几十年了一直身体不舒服。这么多年老爷子冷冰冰的脾气也没变温和一点儿，一辈子活得和海瑞一样，否则他早就飞黄腾达了。"

"你就知足吧,老爷子对你算是好的。"耿正摸着自己的头发大发牢骚,"平时在校园里看见他,我都宁可多绕半里地躲着走,否则见面就是一顿训斥。他要是年轻几十岁,都能拿打火机把我的头发点了!"

林寒江大笑,问耿正:"老师不管饭,师兄总得管一顿饱饭吧?"

林寒江住进齐江大学研究生公寓,他自己以为是小事一桩,却成为齐江市政府背后议论他的借口。一些人窃窃私语:"新来的副市长看来真是要和齐江官场划清界限,安排好的宾馆不住,直接住进齐江大学,看来这是要拉下脸来大干一场的节奏啊!"这些人干脆借用古诗,背后给林寒江起了一个绰号"独钓寒江雪",说他孤僻不近人情。林寒江要是知道这个绰号,一定很开心,因为当年他和小雪谈恋爱时,就曾以"寒江雪"作为二人的昵称。

中午,林寒江坐在办公室里看文件,廖宇正的秘书敲门进来,说廖书记回来了,想请林寒江过去见一面。林寒江合上文件,沉思了两秒钟,说:"请转告廖书记,实在抱歉,我马上要去开一个重要的会议,那边已经通知了上百号人在等我,我开完会再去廖书记那里报到。"

林寒江的话并非推托之词,他下午确实要去开会,但是要说没有个性使然,那就不是林寒江了,既然你市委书记故意给我颜色看,我林寒江也不是膝盖发软的奴才。

05
夜市冲突

　　齐江市生态环境局的礼堂，坐满了市局机关的工作人员和下属县区分局的班子成员，足有一百多人。这是林寒江到任以来，作为分管副市长第一次召开这么大规模的生态环境系统会议。

　　后来很长时间，齐江市生态环境领域的工作人员都对林寒江的第一次会议印象深刻。林寒江没有带任何讲话稿，只是抱着一台笔记本电脑走上台去，电脑连通以后，背后的投影屏幕上出现一张表格，是林寒江的照片和个人履历表。市局爆发腐败窝案以后，一直没有任命新局长，市委组织部从原来的班子成员里选了一个排名最后的人主持工作，叫郝仁敬，大家都戏称他"好人精"。郝仁敬还有三年多就要退休了，为人木讷老实，当惯了老好人，在原来的班子里一直属于靠边站的人物，现在爆发腐败窝案，原来的一、二把手都落马了，还有一个副局长在配合调查，只能把郝仁敬推到前台，颇有点"蜀中无大将，廖化作先锋"的意思。郝仁敬虽然业务不错，却缺少驾驭全局的魄力和能力，市局和县区分局已经一盘散沙，谣言满天飞，人人自危，工作陷入半瘫痪状态。

郝仁敬手里捏着一张反复修改过的主持人用语，刚想给大家隆重介绍林寒江的情况，却被林寒江制止了，在台上顿时有点手足无措，坐也不是，站也不是，把面前的茶杯都碰倒了。

林寒江自我介绍，开场白很简洁："客套话就免了吧，我习惯用表格和数据说话，通过这张表格，你们就会对这个叫林寒江的人有一个直观的了解，他的家庭、学历、任职等情况，全在这上面，除了家庭存款数额，该有的都有了。"

台下一阵笑声，都觉得新来的副市长有些与众不同，很平易近人。有些尴尬的郝仁敬赶紧放下稿子，带头鼓起掌来。

林寒江接着道："大家都知道，现在是齐江市生态环境系统最为艰难的时期，过去的是非对错，我不去评判，只有一句话，请大家相信组织。另外，我想送大家两句话，第一句话是'沧浪之水清兮，可以濯吾缨；沧浪之水浊兮，可以濯吾足'。你若是清水，别人就用你来正衣冠；你若自弃做了浊水，就怨不得别人拿你来洗脚。"

台下的人一片静穆，所有人都知道林寒江说这句话的意思，毕竟腐败窝案还没有结束，很多事情还没到水落石出的时候，人人心里都在想着自己是清水还是浊水。

"第二句话是'境当逆处要从容'。越是艰难之时，我们越要团结一致，昂然向上。我们这支队伍担负的是治雾霾治污水、战空气战土壤的重任，首先就要扫除我们心里的雾霾和污水，唯有如此，我们的队伍才能有战斗力。一个人要有精气神，一个团队更要有精气神！"

台下响起一片掌声，毕竟谁都不希望自己的工作单位一直沉沦谷底，不仅集体形象和荣誉受损，大家的绩效工资也只能拿最末等。此时有人在台下接口道："副市长，我们再也不想被人扣发绩效工资了。"

"说得好，不想被扣绩效，就要知耻而后勇，用实际行动迎头赶上！"林寒江向那个人做了一个点赞的手势，接着在电脑上点开了三张图片，显示在屏幕上，"这三张图片，大家仔细看看是哪里？"

台下的人都伸长了脖子端详着三张图片，后排的人干脆站起来观看。

第一张图片是一张黑白照片，一处芦苇丛生的江湾处，一名挑着水桶的解放军战士的背影正穿行在芦苇丛中。第二张图片里是两只浑身洁白、长腿赤喙的水鸟正在水边啄食。第三张图片远处是几组龙舟竞赛，近处的水边还有数名儿童争相跳进水里嬉戏。后两张照片虽然是彩色的，但是也年代久远，画面有些模糊。台下的人辨认良久，都不敢确认是哪里。后来有一名灰白头发的老职工站起来，指着第三张图片说："20世纪六七十年代，我们的齐江每逢端午节和国庆节都要搞龙舟比赛，我那时候就经常在江边游泳，看龙舟竞渡，热闹得很。"他指着图片里游泳的孩童们，很肯定地说，"没错，这就是我们的齐江！"

其他的人都议论纷纷，似乎不敢把朝夕相见的齐江和照片里的齐江画上等号。

"没错，这三张照片都是齐江，就是在我们眼皮底下日夜流淌的齐江。"林寒江肯定了老职工的话，"在来齐江市报到的路上，我做了点功课，在网上搜了一些齐江的资料，结果我在一篇后人纪念齐江市著名摄影家李德志老先生的博客中，发现了这三张照片，都是李老师生前的摄影作品，拍摄时间分别是1949年、1959年和1979年。几十年的沧桑如流水，这三张照片背后的故事却没有消逝。"

台下的人停止了议论，都想听听照片背后的故事。

林寒江像讲评书一样，一一为大家揭晓照片背后的故事："第一张照片拍摄于1949年，正是新中国成立前夕，当时解放军兵临齐江城下，准备渡江消灭城中负隅顽抗的残敌。李德志老先生当时刚刚二十岁，是解放军某部的一名宣传干事，他被部队首长安排去采访渡江尖刀连连长，结果这位英雄连长面对照相机镜头比面对敌人枪口还紧张，死活不肯接受采访，李德志只能跟在他屁股后面寸步不离，最后就拍下了这位连长从江里给老乡家挑水的照片，还是一个背影。几天后，这位连长就牺牲在我们齐江城内，现在他的英灵安息于齐江市的烈士陵园。"

听到是一位牺牲在齐江的革命先烈，台下一阵唏嘘惋惜，却猜不到林寒江到底想说什么。

"第二张照片里的水鸟，我们大多数人都没有见过，但是一定听说过。这两只鸟就是有'东方宝石'之称的国宝朱鹮，古诗中'朱鹮戏新藻，徘徊流涧曲'说的就是它。20世纪我国境内曾有14个省份有过发现朱鹮的记录，70年代左右一度以为它灭绝了，直至1981年夏天才在陕西洋县重新发现，当时仅残存7只。早在1959年的时候，我们齐江发现了朱鹮的踪迹，李德志老师在江边足足蹲守了一个多星期才拍下这张珍贵的照片，当时《齐江日报》还专门报道过此事。可惜，从那以后齐江再也没有发现过朱鹮的踪迹。现在我们见到的朱鹮，多数都是人工种群繁殖的，算上野生的全国也不过两三千只。"

"第三张照片，是齐江市为了响应中央正式批准广东、福建两省开始改革开放的重大决定，于1979年组织的龙舟比赛活动。当时，江边的一群儿童跳进水里游泳，恰巧被李德志老师收进镜头。"林寒江指着刚才的老职工开了个玩笑，"也许刚才这位老大哥，就是当时带头跳进江水的孩子王！"会场里顿时响起一片哄笑。

林寒江话锋一转："这三张照片除了给我们讲述历史故事和时代沧桑，还告诉了我们一个被时间忽略的事实。"林寒江停顿下来，目光扫过整个会场，"这个事实就是，几十年前的齐江水是可以喝的，是可以引来国宝朱鹮的，孩子们是可以放心跳进去游泳的！请在座的同志们举手回答我，现在谁还会直接饮用齐江里的水？谁还会放任自己的孩子跳进江里游泳？原来远近闻名的齐江名产'齐江鲢鱼'越来越少了，在市场上已经很少见到了。"

林寒江看着环保系统的干部们，台下的人大都苦笑着摇头，没有一只手举起来。

林寒江也苦笑着摇头，他的苦笑不是为了寻求与听众的共鸣，更像是一种自我谴责，他说："新中国成立七十多年了，改革开放也四十多年了，我们的经济实力越来越强，人民生活越来越富足，齐江市也从当年的小县城发展成800万人口的经济大市，但是我们的母亲河齐江失去了清澈，失去了神韵，成为劣五类水质，不仅鸟类不来，连我们齐江人都不愿意亲近它，那么我想问，我们的齐江到底是在进步还是在倒退？"

林寒江又在屏幕上点开三张照片，说："我来齐江市的第一天傍晚，就去江边拍下了这三张照片。"

第一张照片是江畔一座大型工厂的几根烟囱，排放的烟雾在斜阳的余晖中直冲云霄。台下眼尖的人立刻喊出工厂的名字："那是齐江钢铁厂。"第二张照片是一根粗大的污水管正把污水排进齐江，一圈黑墨般的污水正在扩散。第三张照片是一处江水拐弯处，淤积了大量的白色垃圾。有些细心的人对比之后喊出来："这就是当年发现朱鹮的江湾！"

所有的人都明白了新来的副市长用这六张照片对比的意义以及他想说的话。台下的议论慢慢归于安静，所有的目光都集中于林寒江。

林寒江站起身来，慢慢走到屏幕中的六张照片下，投影仪的光线将他分割得阴晴不定。林寒江沉默了几秒钟，这几秒钟似乎很漫长，因为所有参会的人都体会到了他肩上的压力。他开口了："齐江的水，确实脏了，但是齐江的环保人还没有垮掉。齐江这条从历史流到今天的大江，就是我们所有环保人的战场，等待我们的将是一场艰苦的战役，洗刷污染、洗刷耻辱的战役！成功了，齐江的水将会为我们洗去耻辱；失败了，我们所有环保人将无颜去见齐江父老。我相信，齐江的水浸润着先烈的鲜血，它会鞭策激励我们去重构美好家园，找回乡愁，实现梦想！我们一起努力吧！"

林寒江的语气并不算慷慨激昂，甚至有些疲惫，但是很诚恳。他说完，静静地站在六张照片的斑驳光影里，心里没有半点以往讲课时的得意和骄傲，反而充满了压力和忧虑。他知道，他的齐江之路此刻正式踏上征程。

会议室里爆发出热烈的掌声，经久不息。

会后，郝仁敬向林寒江介绍中层干部，林寒江与他们一一握手，却发现名单上的五位科长只来了四位，还有一人没有前来。原来是资历最老的科长周成功没有来参会，周成功担任正科已经十六年，却一直无法再进一步。郝仁敬让办公室的人去找周成功，办公室的人回来说，周成功正带人处理老百姓投诉小锅炉排放问题，无法来参加会议。郝仁敬歉意地解释："这个老周就是这个脾气，干活没得说，就是不爱和领导打交道，多大的领导来他也躲得远远的。"看来周成功这样做，已经不是第一次了。林寒江不由得对周成功这个人有些好奇。

林寒江在现场开了一个业务会，让郝仁敬梳理出环保督察组督办的一系列问题，明确了每一个问题的责任单位和责任人，画出解决问题的鱼骨图，实施挂图作战。林寒江在会议室里现场督办各项工作，他对郝仁敬说："以后这个会议室就是我的第二办公室，督察组督办的工作我每周至少调度一次，纵然你们心烦，我也会没事就过来。"

郝仁敬额头见汗："我们巴不得领导每天来检查指导工作，怎么会心烦？"林寒江笑笑不语，他知道郝仁敬等人内心一定是沮丧无比。

一名科长过来请示郝仁敬："郝局，这个吴昊还给他安排具体工作吗？"

郝仁敬有些犹疑:"这个人啊,要不就算了吧?"

林寒江接过话茬:"吴昊是谁?他为什么要搞特殊?"

郝仁敬苦笑着向林寒江解释道:"这个吴昊是一个抑郁症患者,常年不正经上班,每次给他安排工作他都会百般推托,甚至和领导打滚撒泼。要是批评他,他要么说自己病情受刺激加重了,要你赔偿医药费,要么就偷摸写信投诉你……此人在局里无人敢惹。"

林寒江皱起眉头,他最讨厌这种机关里的"怪胎",眼前正是借这种人祭旗立威的好时机,他对郝仁敬说:"命令之下,没有例外。不承担任务、不正常上班的人就应该按照相关规定,该批则批,该罚则罚,这样的人辞职了我们欢迎,不辞职就要服从规定。就从他这个月的出勤考核开始,该扣的钱一分不能少,就说是我林寒江让做的。"

郝仁敬和科长对视一眼,都是一脸苦笑,却不好反驳副市长的话。林寒江初来乍到,急于整治机关懒散的作风,但是他不知道自己这头一脚踢出去就粘上了一只癞蛤蟆。

傍晚,市委办公楼,市委书记廖宇正和林寒江终于见面了。林寒江看着面前这个只比自己大三岁却一头灰白头发的市委书记,突然有点同情他。齐江市发生这么多事情,目前压力最大的人就是和自己握手的这个人。廖宇正客气地向林寒江解释自己没能参加省委组织部送干部仪式的原因,以及这几天在下边考察的行程安排,林寒江看着廖宇正满头灰发和未老先衰的面容,以及他诚恳疲惫的解释,觉得食堂里那两个大嘴巴的话并不可信,他自己似乎有点以小人之心度君子之腹了。

"寒江同志,数天前我就听说你的名字了,没想到我们这么有缘,短短几天时间,峰回路转竟然成了同事。"廖宇正一句话就让林寒江有些尴尬,因为几天前他在齐江还是一个被监视的涉案嫌疑人。

林寒江言不由衷道:"也许组织上了解我和齐江有着剪不断理还乱

的渊源，又把我派回来了。"

落座后，廖宇正没有和林寒江过多寒暄，直截了当地问他："被国家环保督察组点名督办的六大问题，还有数百个转办的具体问题，你准备从哪里开始着手？"

林寒江这几天也在梳理这个问题，他想了想回答道："六大问题里我准备先从长兴垃圾处理厂的垃圾渗滤液问题、凤山尾矿填埋问题先行整治，这两个问题责任明晰，应该快刀斩乱麻。然后集中力量开展黑臭水体和蓝天行动整治，沿江的污染企业由于涉及企业关停和产能升级，我准备先去企业摸摸情况，再制订整改方案。"

廖宇正点点头，说："我今天也去长兴垃圾场实地看了一下，垃圾渗滤液问题就像秃子脑门上的虱子一样摆在那里，却没有人主动管一管。原来的承建单位老板和王武沆瀣一气，王武一出事，他立刻就跑路了，扔下这么大一个烂摊子。75万立方米的渗滤液，就像一个巨大的毒疖子，日夜不停地腐蚀齐江的肌体。"

林寒江前期并不知道垃圾处理厂背后的猫腻，听到这个消息有些生气，说："我找时间先去长兴垃圾处理厂实地考察一下，拿出一个解决办法。"

廖宇正伸手按按自己的太阳穴，似乎有些不舒服，说："我今天在长兴垃圾处理厂发脾气了，骂人了，把好几个部门领导大骂一顿。出现问题不可怕，可怕的是我们对待问题的漠然，一些人甚至心知肚明在等着问题爆发，这才是最可怕的地方。回来的路上我就在想，污染的问题仅仅在土壤和水体吗？恐怕最大的污染在我们的思想和精神上！"

林寒江看着廖宇正灰白的头发，突然有了一丝理解，这个市委书记并不像是躲在幕后指手画脚、玩政治手腕的那种人，而是一个每时每刻都在迎战压力和忧患的船老大，他努力想驾着齐江这艘漏水的船驶出激流漩涡。

廖宇正对林寒江说:"寒江同志,你是环保科班出身,我希望你明天就带领生态环境局、城建、国资公司等部门去长兴垃圾处理厂,拿出整治办法。承建单位老板跑了,我们不能干等着,就由我们国资公司接手吧。"

林寒江思考了一会儿问廖宇正:"廖书记,这里面可能要涉及一些人被追责的问题,您看怎么处理?"林寒江故意拿外面的传言试探廖宇正。

廖宇正叹息一声,看着林寒江说:"寒江同志,请你不要有顾虑,我已经在市委常委会上表态了,不仅仅是长兴垃圾场,齐江市的每一起生态环境问题,我们都要依法依规进行处理,该问责就问责,该抓人就抓人,决不姑息!治污,先治人!"

"治污,先治人!"林寒江轻声重复这五个字,也懂得了廖宇正那一声叹息的深意,他说,"以前我在课堂上曾经为很多生态环境问题开方子拿整治方案,却从没有身临其境地体会,每一个整治方案背后都可能影响到一些人的晋升甚至乌纱帽。"

廖宇正沉重地点点头,说:"影响到一些人的晋升和乌纱帽,总比影响到一个城市的百姓安居乐业和身心幸福要好。寒江同志,我们此时不能心软啊,我也是双脚站在污水之中的时候,才领悟到对生态环境工作的懈怠与纵容就是对人民的犯罪啊!"

廖宇正的话让两人都一阵沉默,林寒江叹息道:"生态环境问题总是要向发展进程索取代价的,这个代价也是我们必须承受的啊。"

廖宇正问林寒江国家环保督察组转交的421件具体问题怎么解决,林寒江回答道:"我已经和生态环境局进行了梳理分析,这421件问题有约三分之一集中在'齐江夜市一条街'上,主要包括油烟污染、噪声扰民、餐厨垃圾等问题。看来要想彻底解决这个问题,我们要有壮士断腕的决心才行。"

"你的意思是?"廖宇正用眼神询问林寒江。

林寒江的回答简洁有力："关停！"

　　廖宇正看着态度坚决的林寒江，神情由凝重慢慢变成了微笑："好吧，寒江同志，我同意你的意见。这条街是齐江的一个顽疾，十多年了都没有根除，现在需要你果断出手了。"

　　齐江夜市一条街已经成立十多年了，最开始是由一些沿街小饭店夜间摆摊经营，后来逐渐成了气候，吸引了很多商贩前来经营烧烤。说是"夜市一条街"，其实就是"烧烤一条街"。夜市绵延七八百米长，很多从外地来齐江的游客晚上都爱来这条街吃些特色小吃。由于大多是烧烤摊位，时间一长，这条街慢慢出现了餐厨垃圾、噪声、油烟等多重污染，周围居民平日连窗户都无法打开，意见很大，各种举报信件如雪片般飞来，强烈要求市政府关停这个夜市。国家环保督察组进驻H省以来，这条街成为百姓举报的重点目标。除了附近居民的强烈反对之外，夜市后面的中山公园里还有一个国际环境监测点，利用大数据平台监测全市的环境质量，距离夜市直线距离不到一百米远，致使齐江市的环境监测指标多次被警告。

　　按照林寒江的要求，郝仁敬在市政府办公会上汇报了关停夜市的方案。郝仁敬上任以来第一次向市领导班子汇报工作，有些紧张，方案读得结结巴巴，手心都攥出汗来。汇报完后，会场气氛有些尴尬，几个副市长都默不作声，既不反对也不支持，林寒江预想中的支持声音一个都没有出现，他也有些发蒙。

　　过了一会儿，李子平轻咳一声打破沉默，问郝仁敬："方案制订得很详细，说明你们确实动了脑筋，不知道你们事前是否征求过相关部门的意见？"

　　"市长，我们事前已经征求了城管、执法、市场监管以及消防等部门的意见，大家一致同意关停这个市场。这个市场不仅污染环境、噪声扰民，而且商铺密布，存在着极大的消防隐患……"

李子平打断他的话："部门意见征求了，分管副市长呢？关停夜市是件大事情，容易引发连锁反应，你们怎么能不征求各位副市长的意见，就把这个议题摆到会议上来呢？"

　　李子平这话表面上是在批评郝仁敬，实际上是说给林寒江听的。郝仁敬脸色涨红，求援似的看着林寒江。

　　林寒江也有些下不来台，说："市长，这事不怨老郝，是我考虑不周，没有提前征求各位领导的意见……"

　　出人意料的是刘耕野主动帮腔："郝局长，你们说的那些大气指数我虽然不在行，但是我知道那个夜市确实存在着很大的安全隐患，还有不少明火烧烤的商铺，一旦火烧连营，那可不得了啊！从这个角度考虑，关停也是符合实际情况的。"

　　一直闷不作声的赵驰开口了："郝局长，你们有没有考虑过夜市的数百户商贩，关停之后他们的生计如何安排？这个问题处理不当，恐怕就会像李市长说的那样，引发群体性事件甚至连锁反应。你们想想，几百户商铺后面至少是几千张等着吃饭的嘴，夜市如果关停了，这些人还不得跑到大街上游行示威啊？"

　　林寒江隐隐觉得有些纳闷，常务副市长刘耕野主抓安全生产，从安全隐患的角度同意关停还算说得过去，公安局局长赵驰平时极少就政府议题表态，今天为什么会从商户生计的角度予以反对呢？市长李子平逼着生态环境局征求副市长们的意见，似乎也是另有目的。这些市领导各怀心事却不明说，留下一堆谜语让林寒江去猜。

　　林寒江说："夜市的上访信件和投诉举报案件占到全市生态环境督察的三分之一还多，要想解决督察组督办的六大问题，夜市一条街是一个绕不过去的坎儿，我的意见还是要壮士断腕，该关停就要关停。"他的话并没有得到回应，会场里一片奇怪的沉默。

　　李子平的最后定调既没有同意，也没有反对，他说："这样吧，我们今天不要在这里争论,寒江同志牵个头,一边对夜市的环保问题进行环保整改,一边组织各个部门研究一下,为下一步夜市何去何从拿个可操作性的方案出来。"

当天晚上,林寒江带着郝仁敬暗访夜市一条街。从远处眺望夜市,整个夜市笼罩在浓浓的呛人的烟雾中,烧烤的味道在周围肆无忌惮地乱窜。街口有两个硕大的垃圾箱,被各种餐余垃圾塞满,一辆垃圾车喘息着开过来,像一头年迈的巨兽吞噬了这些垃圾,剩下一些肉串签子散落在地上,像是被故意抛弃的供人嘲笑的痕迹。垃圾车蹒跚着消失在烟雾中,但是不过一会儿工夫,两个垃圾箱又被塞满了。夜市两侧的居民楼也沉浸在这种油腻的烟雾中,不时有人探头出来对着下面的街面咒骂,也有人垂下一个小竹篮子,于是羊肉串和麻辣烫就省却了奔波,攀着这条"捷径"迅速上升。

林寒江是第一次走进这条夜市,他特意从商亭的间隙钻过去,查看商铺后面的环境卫生,只见几个污水井盖都溢着黑水,看来这里的下水管道经常堵塞,旁边的墙根处堆满了各种快餐盒、塑料袋等白色垃圾,还有不少便溺之物,估计是夜市街上那些喝多的人留下的"到此一游"的痕迹。林寒江看了半天,皱着眉头退了回来。郝仁敬挤进去看看,直接捂着鼻子跑了出来。

林寒江站在烧烤的烟雾中,让人把附近中山公园里的国标环境监测点的数据发过来。很快,这个点位的监测数据配着文字说明发到林寒江的手机上——二氧化硫、二氧化碳、一氧化碳、臭氧、氮氧化合物等气态污染物全面超过国家颁布的《环境空气质量标准》。林寒江把数据给郝仁敬看:"你们以前就没有整治一下这个夜市?尤其这里离国家监测点位这么近?"

郝仁敬环顾一下周围的人群,低声对林寒江说:"林副市长,你可能不太了解这个夜市的情况。三四年前，我们局里就提出将这条夜市关停或迁址，但是因为这里牵扯多方利益，后来又因为各级领导更替，这事就不了了之搁置了。"

"多方利益？你给我具体说说。"林寒江一下子就想到了白天政府会议上刘耕野、赵驰的奇怪表态，还有李子平模棱两可的态度。

"这事我也只是道听途说，没有证据。"郝仁敬有些吞吞吐吐地说，"齐江市的老百姓都传言，说这个夜市的经营公司后台很厉害，有人说是公安系统的背景，所以很多时候整治这条街都是雷声大雨点小，没有实际效果。后来市里也提出过迁址的方案，但是迁址以后的运营要由国资公司下面的子公司负责，原来的运营公司当然不肯放手，争来吵去，这事就搁下了。"

"你说的还是避重就轻吧，如果矛盾只是局限在两个公司之间，估计早就解决了，还能拖到现在？"林寒江听出了郝仁敬的弦外之音，直接点破。

这个郝仁敬，也难怪大家背后叫他"好人精"，就是个谁也不想得罪的主儿，见林寒江这么逼他，他脸都涨红了，最后下了好大的决心才说出实情："听说以前市政府研究过这事，刘耕野赞同迁址，因为他是国资公司的主管领导，肯定要为下属争取利益；而赵驰坚持维持原状，有人说原因就像百姓们传言的那样……我也不知道真假。李市长谁也不想得罪，只能左右平衡。"

林寒江瞬间懂得了刘耕野和赵驰发言的目的，原来背后还有这么多钩心斗角，他来齐江市点起的第一把火，就面临东风西风夹击的境地。在这呛人的硝烟中，郝仁敬也在观察林寒江，想看看这个空降的副市长会如何抉择。

第二天晚上，针对夜市一条街的联合执法行动正式开始。五十多岁的周成功虽然没有参加上次会议，却是这次联合执法行动最为踊跃的一位,他带着联合执法组成员提前在夜市张贴通知,要求整改不到位的商铺限期关停。

晚上八点多,林寒江和郝仁敬带着联合执法组进到夜市,不料出师不利,一进到夜市就被近百名商贩包围起来。商贩们不知道从哪里得到的消息,说政府要从此彻底取缔夜市,不管他们的死活了,一石激起千层浪,商户们早就憋足了劲儿等着大闹一场。

联合执法组的工作人员都是从相关部门抽调来的,遇到这种剑拔弩张的场面都悄悄后退,几个生态环境执法大队的干部也向后挪着脚步,林寒江只能孤身一人站在最前面。"这条街对周围居民的生活环境已经造成了重大影响,而且超过了全市生态环境投诉案件三分之一的比例,被国家生态环境保护部严令督办,请各位业户理解政府的举措,克服困难配合我们。"林寒江反复向商贩们宣讲环保政策和这条夜市存在的环境问题,讲得口干舌燥声嘶力竭,但是没有人听得进去。林寒江讲课时的口才在这条街上一文不值,他追求的儒雅的课堂风度在这里就像小丑一样。

商贩们越聚越多,情绪越来越激动,林寒江第一次感到自己身单势孤。回头看去,只有郝仁敬和周成功陪着自己,林寒江掏出电话想找警察,周成功拉住他的手,说:"林副市长,最好别让警察介入,暂时还没到那个地步,警察来了只会激化矛盾。"林寒江没有经历过这种场面,见周成功这么说他只好放下手机。

周成功挺身站到最前面,对着一个领头的商贩喊道:"李五,你这是聚众抗法,还不快让大伙儿散了,你们选几个代表,有什么要求可以和市领导谈。"

李五是一个三十多岁的寸头男人,中等身材却显得力量十足,他手里攥着一块板砖,身后簇拥着一群拿着塑料凳子的商贩。李五从小就住在这条街上,经常手拿板砖与人打架,被街坊们称为"板砖李五",曾因为过失伤人罪入狱,出来后就在夜市里经营一个烧烤摊,由于讲义气,夜市街上的商贩们都尊称他为"五哥"。

李五怒火冲天,对周成功道:"老周,大伙儿都知道你是老实人,你别在这里为虎作伥!"他指着林寒江骂道:"什么狗屁市领导?你们才不会管我们的死活,夜市关了,你们让我们这些人喝西北风啊?"

楼上的居民们纷纷探出头来看热闹,一个老大妈替联合执法组帮腔:"天天烟熏火燎,一年四季都开不了窗,你们只想着挣钱,还让不让我们活了?"邻居们一片附和声,七嘴八舌地谴责楼下的商贩。

突然来了外援,林寒江喜出望外,仰头对老大妈说:"阿姨、各位邻居们,大家可以下来一起协商怎么解决这个问题。"林寒江本想拉这些居民加入自己的阵营,壮大声势,谁知他的算盘打错了。

"你们也不是什么好东西,他们一心想着挣钱,你们就一心想着收钱,谁把老百姓的死活放在心上?"老大妈根本不领情,连执法组的人一起骂。

不知道哪个窗户里扔下半瓶矿泉水,正砸在对峙的人群中间,水花四溅,吓得双方连连后退,楼上居民像看小品一样哈哈大笑。

一个年轻的商贩被溅了一身水,把怒气发到周成功身上,大骂:"滚一边去!你敢关夜市,老子就带着一家老小上你家吃饭去!"骂完就举起塑料凳子向周成功砸过去。林寒江眼看周成功就要被砸中,赶紧伸手去拽他,而此时一直盯着林寒江的李五出手快似闪电,直接把手里的板砖砸向了他。林寒江肩膀挨了一板砖,被打了一个趔趄,眼镜都掉在地上。

副市长被打了,现场顿时陷入一片混乱。此时远方传来警笛声,两辆警车呼啸而来,原来外围的执法组成员已经偷偷报警了。

被警察押上警车的李五扭头向林寒江大喊:"你不让我活,我也不让你活!你砸我饭碗,我就砸你吃饭的家伙!"

"关夜市!关夜市!"被烟熏火燎的居民们整齐地大喊。

"要吃饭!要活着!"夜市里的商贩们声嘶力竭地回击。

06
妥善迁址

联合执法行动就这么一片混乱地收场了,关停夜市没有成功。焦头烂额的林寒江带领联合执法组回到局里,连夜召开会议研究如何进一步推进工作。铩羽而归的联合执法组成员对夜市的去留也产生分歧,郝仁敬等人主张关停,周成功等人主张整治。

林寒江问周成功:"原来你不也是坚持关停吗?怎么被他们一闹就改变主意了,害怕了?"

周成功摇摇头说:"不是害怕,是调查过才有发言权。原来我们制订方案的时候,是关在办公室里就我们几个人讨论,根本没掌握那些商户的真实想法。今晚这一场闹腾,其实就是一场实地调研。起码现在我们知道之前的方案是有偏差的,我们既要解决督办问题,也要解决这些人的生计问题啊。"

林寒江对周成功的观点很赞同，说："老周，你说得很对。也许，我向廖书记承诺的'关停'两个字太鲁莽了。我在讲课的时候无数次提醒听众不要拍脑门决策，但是今天我林寒江到齐江市的第一把火就烧偏了！我承认错误！"参加会议的联合执法组成员都有些愣了，这个副市长不但亲口承认自己第一把火烧偏了，而且坦诚承认自己做错了，不像有些领导明知自己错了却从不承认，看来这个"独钓寒江雪"确实和常人不一样。

林寒江拿出几份材料放在桌子上，是生态环境部主要领导在《纪检监察报》上发表过的一篇文章，还有《对群众反映强烈的生态环境问题平时不作为、急时"一刀切"问题的专项整治方案》。林寒江说："这个方案我在省厅时还带领分管处室学习过，相信你们齐江市也应该学习过，但是一到实际工作中我就给抛之脑后，脑袋一热就犯了拍脑门决策的错误，请大家抽时间再学习学习。我很感谢周成功提出的建议，希望以后工作中大家也能及时大胆地提出自己的建议，帮助我、监督我，因为我知道，'一言堂'的拍板、急功近利的决策往往都是错的。"

郝仁敬有些羞愧，没有说话。周成功连连摆手："林副市长你可别夸我了，我也是一个直性子，当时研究方案的时候，最想拆了这个夜市的就是我，因为那些投诉信件堆得像山一样高，都需要我去回复。关停夜市当然是最简单的办法，但是不给这些商贩一条活路，我们就是满腔热血地做错误的事情。"

林寒江掂掂材料，开玩笑地说："这个时候让大家学习文章，是不是有点像小时候电影《地雷战》里学习《论持久战》的情节啊？完了，我自己都记不清是《地雷战》还是《地道战》了。"

大家哄堂大笑，气氛瞬间放松下来，大家纷纷讨论这个情节是《地雷战》还是《地道战》里的，有的干脆打起赌来。

林寒江问大家："关停，阻力这么大，很容易造成群体性事件；整改,只是治标不治本,解决不了核心问题,夜市周边的老百姓肯定不依不饶。怎么办?"会场里顿时安静了下来,这是一个两难的选择。

"其实,还可以有第三个方案,就是迁址。"郝仁敬在旁边小声说。

"迁址?迁到哪里?"林寒江不是没想过这个方案,但是这么大体量的夜市迁移,既没有合适的地方,又可能造成新的污染。

郝仁敬说:"一年多以前,齐江市正修建'水幕灯光秀'广场,当时生态环境局和商务局曾经联合提过一个建议,建议市里将夜市一条街迁址到新建的水幕灯光秀广场西侧空地,那里远离居民区,白天游人众多,但是晚上就有些萧条,需要发展夜间经济来积聚人气,当时上面采纳了这个建议,但是后来出于种种原因,广场建成了,夜市却没有搬过去。"

林寒江眼睛一亮,有些兴奋:"既然原来已经有过方案,市政府会议上为什么没有人提起?"

"知道这件事来龙去脉的领导大约有十个,可是有十分之三怕说出来得罪人,于是便装聋作哑;还有十分之三担心把任务落到自己身上,于是退避三舍;另外十分之三揣着明白装糊涂,选择了明哲保身;至于最后那一个人,恐怕就得既要干活,又要得罪人,还得承担风险。"

"老郝你分析得很精辟,看得比我明白。"林寒江苦笑道,"以前下去调研时,有一个基层单位领导向我诉苦,说单位里的工作人员'三分之一在干,三分之一在看,还有三分之一在捣乱'。现在看来,即便是市级领导也难逃这个窠臼啊,这才是比污染更可怕的'污染'。"

林寒江的有感而发让大家沉默了,郝仁敬冲林寒江暗暗眨一下眼睛,提示他这事牵扯某些市领导的传言,不能在这里讨论。

林寒江让人连夜去找原来的建议方案,他准备明天重新向主要领导汇报一下关于夜市的去留问题。

郝仁敬见大家都离开了，偷偷提醒林寒江："林副市长，夜市迁址不是问题，一个月突击足以解决，但核心问题是迁过去谁来经营。"说完他笑嘻嘻地看着林寒江，他想知道这个"独钓寒江雪"到底是站到刘耕野一边还是赵驰一边。

"我觉得经营公司不是问题，现有的公司只收钱不管事，完全可以置之不理。国资公司方面也不要插手，他们的管理方式过于死板，一管就死，夜市在他们手里肯定火不起来。"林寒江沉吟一会儿，说，"在新的方案里可以建议组建夜市商会，由商会进行自营或招募运营公司，完全按照市场化来操作。"

"你的意思是双方都不得罪？"郝仁敬眯起眼睛。

"选择一个最佳方案就一定是得罪人吗？"林寒江有些不以为然。

"双方都不得罪，其实是双方都得罪了。"郝仁敬一边收拾东西一边小声嘀咕道。

林寒江回到学校时已是深夜，车子无法进入校园，他只能把车停在外面马路边。挨了一砖头的肩膀隐隐作痛，林寒江在房间里对着镜子使劲揉着红肿的肩膀，不由得反思自己的行为。他一边对着镜子给自己肩膀擦活络油，一边问自己："我做的是对还是错？在生态环境与民生之间应该怎么平衡？"他在镜子上画了一个大大的"？"。

第二天早晨，林寒江早早起来，却发现自己的车不见了。他以为失窃了，正要报警，学校的门卫过来告诉他，大早晨交警的拖车将他的车拖走了。林寒江有些纳闷，他的车虽然没有停在车位里，但是晚上路边停车很常见，为什么把他的车拖走？郁闷的林寒江只能打车去市政府，他刚到市政府门口，就被聚集在门前的上百名夜市商贩拦住了。原来李五被拘留，激怒了夜市的商贩们，他们连夜聚集起来，天不亮就围堵了市政府大门。信访部门的同志反复劝解无效，商贩们齐声喊着"释放李五,反对关停夜市,要求见书记和市长"的口号。由于正是早高峰时段,市政府门口引来大批群众围观,两辆特警防暴车也赶到附近待命。

林寒江被堵在人群里进退不得,市政府楼上的小会议室里,市长李子平正和公安局局长赵驰通话:"老赵啊,你调派点有经验的警力过来,别把矛盾激化了,我们齐江市最近够出名了,千万别再出乱子。"

赵驰在电话里说:"市长,我已经安排副局长金波去现场处置了,但是涉及生态环境局的事,还得请他们的领导出面解释清楚,否则很难平息众怒。"

"老赵,夜市商贩集体上访的原因,你比谁都清楚,你这是把我们都架在火上烤啊!"李子平话里有话,既提醒赵驰此事和他有关,又希望他出面平息群访。

"市长,把你们架在火上烤的不是我,是生态环境局的领导。我是爱莫能助啊。"赵驰推得干干净净,虽然没有直呼林寒江的大名,但是他和李子平都心知肚明。

李子平面沉似水,放下电话对身边的刘耕野说:"生态环境局的领导?指望那个三脚踢不出一个屁来的'好人精',他能安抚住这些人?新来的林寒江情况不熟,没啥经验,添乱有余,灭火不能指望。要不,老刘你辛苦一下?"刘耕野是齐江市的老人,很多领域都工作过,在齐江市威望较高。

刘耕野把脑袋摇得像拨浪鼓,说:"解铃还须系铃人,谁惹的祸谁去灭火。我还有一个经济调度会要参加,唉,前门出不去了,我只能从后门溜出去……我们齐江市政府怎么和地下党一样?"刘耕野说着风凉话夹着包溜了,把李子平晾在那里直翻白眼。

林寒江和闻讯赶来的郝仁敬被商贩们团团围住,嗓子都喊哑了,却无法劝退众人。赵驰在电话里说的公安局副局长金波来得也很快,他将林寒江从人堆里拽了出来。林寒江看见金波的警服,突然眼前一亮,他明白事情的关键点在哪里了。

林寒江拉着金波跳上警车，让司机赶紧开车，留下可怜的郝仁敬被商贩们推来搡去。

金波在车上一头雾水，问林寒江："林副市长，我们这是去哪里？"

"昨晚打我一砖头的小贩在哪儿，是不是还关着呢？"林寒江问金波。

"是啊，还在拘留所呢。"提到李五，金波还带着气，"这小子放出来还不到一年，嚣张得无法无天了，连市领导都敢打？"

"这样吧，你把这个人交给我处理，要快！我们现在就去拘留所把他放出来。"林寒江说道，"平息今天的事和夜市的事，都落在他身上。"

金波一头雾水，不明白一个打人被拘的小商贩怎么会这么重要。

林寒江和金波进到拘留所里，金波吩咐一名警察，赶快把李五带出来。李五出来看到林寒江，一脸的不服气："怎么，要把老子送到哪儿？要枪毙不成？！"

林寒江一脸歉意，说："李五兄弟，我是来保你出去的。你那一砖头打得好，打醒了我，让我把问题想明白了！"

李五满脸不相信："你这大领导，是不是喝醉了酒没醒啊？我打了你，你还来保我出去？"

金波把李五推出来："别啰唆了，赶紧和我们办正事去吧！副市长来接你，你别蹬鼻子上脸啊。"

林寒江让金波去办理手续，他抓紧时间给廖宇正打电话请示："廖书记，今天早晨的群体上访是我昨天关停夜市引起的，我向您检讨！我现在有一个解决方案，时间紧急，只能在电话里向您汇报一下。"林寒江不等廖宇正说话，就把他昨天晚上关于夜市迁址的想法一股脑儿汇报给廖宇正。

廖宇正听完林寒江的汇报，沉默了一会儿，说："这个迁址的建议去年就有人提出过，当时有些部门认为商户的工作不好做，所以一直没有成行。你如果能借助环保督察的机会，把夜市迁址过去，彻底解决夜市的扰民问题，是可以的。"

"廖书记，我马上就要向商户们宣布这个决定，否则很难平息今天的集体上访，可以吗？"

廖宇正想了想说："如果按照程序来，又是讨论又是开会的，不知道拖到哪天。事急从权，你去宣布吧，程序上的问题我替你解释。但是如果你不能圆满解决夜市的问题，你就陪他们在门口坐着吧！"廖宇正的话毫不客气，但是林寒江答应得也毫不迟疑。

放下电话的廖宇正隔着玻璃向外眺望，他看的是远处市政府门口的人群："林寒江，你在省厅做事的方式，来到地方只能让你寸步难行，你很快就会四处碰壁的。"

廖宇正其实也清楚夜市背后的复杂关系，当林寒江在他面前信誓旦旦说出关停夜市的时候，他就已经预料到了这个结局，他只想看看林寒江怎么解开这一团乱麻。

当林寒江和李五从车里下来，一起站在大家面前，上百名商贩一下子安静下来。

李五神色有些激动，大声说："弟兄们，我李五谢谢大家的仗义。我昨晚一时冲动打了林副市长一板砖，但他大人大量不记仇，今天还亲自把我保出来。我李五一向恩怨分明，在这里我郑重向他道歉！"说完，李五向林寒江使劲鞠了一躬。

听了李五的话，商贩们慢慢退开，把围在中间可怜兮兮的郝仁敬放出来。郝仁敬衬衫的扣子被扯掉了两个，一脸狼狈。

李五又向商贩们大声道："刚才在车上，林副市长向我解释了，他对夜市有一个长远的考虑，并非我们想的那样不顾我们死活，大家能不能静下心来听他的解释？"

商贩们半信半疑的目光集体转向林寒江，等着他开口。林寒江坦然走进人群，说："其实道歉的应该是我，我应该向所有商户道歉，我为了完成环保督察组督办的案件，忽视了大家的生计问题，是昨晚李五兄弟的一砖头打醒了我。所以今天我在这里提出一个解决方案，也算是正式征询大家的意见，好不好？"

人群一阵议论，昨晚带头动手的年轻人在外边喊："这才像是共产党的干部，不问青红皂白上来就关啊停的，那是土匪作风！"

信访局的同志毕竟应付群体上访经验丰富，看到局势有所缓解，立刻递给林寒江一个无线麦克风。林寒江接过麦克风，说："我代表市政府向大家宣布——夜市一条街不是关停，而是迁址！从今天开始，一个月内，政府将把夜市迁移到'水幕灯光秀'附近。新的夜市一条街名称不变，规模扩大，所有硬件设施必须达到环保检测标准。"

听到迁址"水幕灯光秀"附近，商贩们一阵欢呼，因为都知道那里环境优美，临近著名的网红打卡地，远比现在的小街小巷条件好。不过，一年前就曾有传言，说政府要将夜市迁移过去，当时大家很是高兴，但是后来一直没有施行，如今见林寒江重提此事，大家不免有些将信将疑。

林寒江又说："迁到新的夜市以后，所有的商户将不得在街面上明火烧烤，一律采用新式环保烧烤炉，对购置的环保烧烤炉政府将按一定比例予以补贴。"

"迁去新的夜市以后，除了生态环境标准的红线以外，我还要和大家约法三章。"林寒江继续说道，"第一，夜市一条街要在工商联的指导下，尽快成立行业商会，实行行业自律和行业规范，优化升级夜市的业态结构，商会可以自营也可以招募专业公司运营；第二，新夜市开业以后，市、区、街道三级要对夜市进行精细化管理，与夜市商会共同提高夜市经营水平，实现风貌管控和业态引导；第三，市区宣传文化部门要加大力度对新夜市进行宣传报道，提高夜市美誉度，对负面问题也要揭露批评。夜市商会也要经常组织节庆活动，把新夜市打造成为全市夜间经济发展的一个亮点。在这里我想提醒大家的是，夜市不等于夜间经济，大家一定要学会提升或转变自己的经营业态，不能再祸害一条街了！"

原来的夜市经营公司只管收取管理费，对夜市的经营和发展根本不在意，商贩们对他们早已深恶痛绝。听了林寒江的约法三章，商贩们报以一片掌声。就这样，一场超百人的围堵政府群体上访得到了平息。

拖延日久的夜市问题被林寒江快刀斩乱麻解决了。林寒江并非莽撞，他当然知道背后的利益博弈如蛛网一般繁杂，他能做的只是闭上眼睛把自己当成一块石头，投向这片蛛网，至于有什么后续影响，那就听天由命吧。

两次面对群体性事件，书生气质的林寒江没有后退半步，也得到了郝仁敬、周成功等一大批基层干部的赞许。生态环境执法大队的干部们都在背后议论："要是以前的领导也这样带领我们干活，什么油烟噪声、扰民上访的，早就整治好了！"

最后离开的李五握着林寒江的手说："对不起林副市长，道歉的话我就不说了，我是代表一条街的兄弟姐妹们向你致谢，我们终于有机会从人人喊打的过街老鼠变成正规军了。我们以后也不会给你丢脸的，更不会给政府惹麻烦，请副市长放心！"

林寒江哈哈大笑，拍着李五的肩膀说："咱们来个约定，一个月后，我去你的店里喝酒，尝尝你的手艺到底怎么样！"

李五激动地点头同意。

看着散去的商贩们，林寒江身心疲惫，对周成功等人道："这可比讲十堂课还要累啊。"

楼上的市长办公室里，李子平听着林寒江在政府门口的讲话，一脸阴沉，问办公室的肖秘书："谁给他的权力，说迁址就迁址，还要补贴什么环保炉？他连我都不请示，一点规矩都不懂吗？"

肖秘书在李子平耳边小声说："听说林寒江向那边请示了，得到了那边的支持。"肖秘书手指的方向是市委大院的方向。李子平的脸更阴沉了，恼怒地说了一句："他是想做第二个王武吗，凡事都要和我唱对台戏？"

早上六点刚过，林寒江就站在长兴垃圾处理厂的门口。薄雾之中，这个处在荒郊野地里的垃圾处理厂没有一丝一毫的生气，歪歪斜斜的铁门虚掩着，旁边的简易房里空无一人，估计是看门人逃班了。林寒江皱着眉头走进场区，几辆挖掘机耷拉着脑袋停在那里，像是没有睡醒的莽汉。王武出事以后，负责垃圾处理厂的施工公司也作鸟兽散，公司经理下落不明，整个工程停滞下来。林寒江捏着鼻子绕过堆积如山的固废垃圾，刺鼻的臭味熏得他脑袋发涨。到了夏季，这里恐怕难以驻足，半个城市的垃圾都集中在这里，至少也能滋养半个城市的蚊子苍蝇和老鼠臭虫。

"改造这个垃圾处理厂的工程量不小啊！"林寒江自言自语叹息道。

薄雾之中，远处的一辆挖掘机下面依稀站着一个人影。林寒江以为是垃圾场的工作人员，就冲他喊："老哥，麻烦问一下，这个垃圾场一天能倒多少吨垃圾啊？"

人影没有回答他。林寒江走了过去，看清楚了些，眼前人身材瘦削，一头白发，看来年纪不小了。林寒江又问："老哥，现在这个场区还有多少人留在这里？有没有人负责工程施工？"

对方慢慢转过身，看着林寒江说："你好，林副市长。"

林寒江大吃一惊，竟然是王宬，刚刚撤走的生态环境督察组组长。

"王组长，您不是走了吗？"

"督察完了就不管了？去了外省我也可以回来啊，问题不解决我随时随地杀回来。"

林寒江在省厅的时候，知道这个"王阎王"的厉害，今天在恶臭熏天的垃圾场里相遇，情况恐怕不太乐观。

林寒江试探着问："王组长，估计书记和市长都不知道您回齐江市了，我通知他们过来？"

王宬摆摆手道："我见他们做什么？我这次回来要看的是垃圾，不看人。"

林寒江心中忐忑，不知道王宬突击检查垃圾处理厂是什么原因，只能陪着他在垃圾堆里转来转去。王宬问他，对长兴垃圾处理厂升级改造的方案有什么想法。林寒江认为原来的方案并没有大的问题，只是执行的人出了问题，现在市委决定由国资公司接手承建，生态环境局全程监督。对于施工过程，林寒江提出来在原有的基础之上还要综合考虑垃圾处理厂所在区域的地层结构和地质构造、地下水位深度和走向、降水量和积水最大深度以及周围水系流向、洪泛周期年等因素。王宬对林寒江的分析比较认可，问他是否还有其他问题。林寒江想了想说："传统的垃圾填埋、焚烧等处理办法虽然稳妥，但是长远考虑还是要引进新型垃圾分类处理设施，对垃圾进行风选磁选等分类，负压储存分滤水，引进新技术焚烧发电，还有降低焚烧气体指数等，只是时间有限，在环保督察'回头看'之前很难全部完成。"

王宬眉毛一扬："你这是给我打预防针？让我'回头看'的时候手下留情？"

"不，不是这个意思。"林寒江赶紧改口，"我们克服困难，努力在规定期限内完成任务。"

王宬追问他:"如果完不成呢?"

林寒江顿时语塞,因为他深知要在一年的时间里全部完成这些改造任务是何等艰难,他没有这个把握和能力。

"不要工作还没开始,就学会说大话和套话,这样的干部忽悠别的领导还行,在我眼里一文不值!"

"完不成任务,我也没脸继续干了,只好解甲归田,辞职去当一名教书匠。"林寒江越来越弱的语气已经暴露了他内心没有丝毫把握。

"胡闹,意气用事!"王宬使劲拍拍手上沾的泥土,说,"我已经从陈庭坚那里听说了你的事,他用激将法软硬兼施把你调来齐江市,还击掌立誓,纯属胡闹!"

林寒江不敢吭声,静静地听王宬说下去:"把生态环境工作当成打仗攻山头,或者想短期内落地一个大项目,那种短平快、一刀切的思维都是要不得的,不仅做不好环境整治,甚至还会引来反弹!人会说假话,但是垃圾不会,它总有一天会报复说假话的人!"

王宬深一脚浅一脚地在垃圾场里穿行,林寒江像个小学生一样跟在后面。王宬语重心长地对他说:"我们督察组是规定了整改时间,那是督促各地加强整治的措施,不是要求你们'大跃进'搞突击时间表。我们既要抓紧时间整改,又要尊重客观规律,不要在污染之上再搞一个政绩工程。"

两人手脚并用,好不容易从垃圾场里跋涉出来,王宬回身用手指着垃圾场的周边画了一个大圈,说:"就拿这个占地数百亩的垃圾场改造项目来说,算上后期的焚烧发电工程,谁敢说一年之内全部竣工,谁就是轻敌冒进,真能办成的话,我这督察组长位置请他来坐!"

林寒江面色有些发红,连声答应:"是,我确实有一些急躁冒进的想法,想毕其功于一役。"

王宬叹了口气："我本来对你们齐江市这个垃圾场的整改问题是一点信心都没有，但是早晨六点能在垃圾场里遇见主管副市长，让我又有了三分信心。今天算你捡便宜，否则我会继续问责你们齐江市行动迟缓。"

　　林寒江有些惶恐："王组长，要不去市里休息一下，我把书记和市长请来和您见一面？"

　　"见他们干什么，再听一次他们的套话、假话？你回去告诉他们，以后我还会来的，齐江市的几个整治问题我会一盯到底。他们会骗我，但是垃圾不会！"王宬使劲跺脚上的泥土，有些心疼那双脏得不成样子的鞋，"没时间了，我一会儿还要去机场赶飞机，鞋子脏成这样子，人家空姐不会把我撵下去吧？"

　　王宬临走时对林寒江说了一句："你们齐江有一个化名'迟到'的举报人，在督察期间数次给我们提供有价值的线索。从他举报的消息来看，应该是个掌握内部情况的人，但是我一直没有见到这个人的庐山真面目。你要是知道这个人的底细，记得告诉我，我要会会这个神秘人。"

　　林寒江一头雾水："谁是'迟到'？我没听说过。"

　　王宬叹了口气："也罢，不用刻意去找了，该浮出水面的早晚都会浮出来。"

　　林寒江看着王宬的背影，突然对这个"宁撞阎王，莫遇老王"的王宬充满了敬意。他表面上像一块万年花岗岩一样冰冷无情，内心深处却是熔岩激荡，比谁都更操心环境问题。今天能在长兴垃圾场里遇见他，相信以前督察整改的问题，这个"王阎王"也是神不知鬼不觉暗查的，就像他说的，"人会骗人，垃圾不会"。

　　林寒江把郝仁敬等几个相关部门的领导喊来，站在垃圾堆里部署整改工作，他反复强调这事马虎不得，说不定王宬哪天心血来潮就会杀一个回马枪。几个部门的领导一大早被林寒江喊到臭气熏天的垃圾场，心里都在暗骂，这个新来的副市长是想出政绩想疯了吧？

　　林寒江的车被送回来了，拖他车的是交警支队一个刚参加工作的小警察。小警察态度很好，反复向林寒江承认错误。林寒江也一本正经地向小警察解释，自己确实违章停车了，应该接受处罚，扣分交罚款都可以，拖车的费用自己也愿意承担，只是请对方开出发票。林寒江的故作姿态把小警察弄得面红耳赤，不知道怎么回答。林寒江是故意这么说的，他隐约猜到了自己的车被拖走的真正原因，有人想借此警告他，在齐江市，你林寒江不能太目中无人。这个人是谁？八成是那个赵驰。

　　小警察临走时郑重其事地递给林寒江一封信，说是赵驰局长让他亲手交给林副市长的。林寒江并不急于拆开，只是微微一笑，心说原来真的是这个家伙在背后捣鬼。

　　看着小警察狼狈不堪离去的背影，林寒江在心里嘲笑自己：妈的，林寒江你原来也这么虚伪，说假话也不眨眼。林寒江久久端详着那封信，心想，这赵驰借拖车警告他，是在向他宣示存在感，是一种赤裸裸的霸气匪气！为何又会给他转来一封信呢？这封信里写的是什么，不会是和他直接摊牌吧？"

　　林寒江慢慢拆开了信。

07
填埋场污染

晚上,齐江大学研究生宿舍,林寒江的住处。耿正来电话说:"晚上你别出去跑步了,在屋子里等着,我介绍一位朋友给你认识。"

林寒江调侃他:"是谁啊?是你的狐朋狗友,还是你天天挂在嘴上胡吹的女朋友?"

耿正笑骂:"你少动歪心眼儿,有女朋友也不能介绍给你认识,我替小雪看着你呢。你只要有一丝邪念,我就去小雪那里举报你!至于是谁,见了面你就知道了。"

七点多钟,耿正带着一个风度翩翩、五十多岁的男人走进了林寒江的宿舍。

林寒江和这个气度非凡的男人握手,总感觉似曾相识,却记不起名字来。耿正在旁边提醒林寒江:

"好好想一想，咱俩读书时最佩服的人是谁？你那时候在寝室里，把臭脚丫子支在我床上，说'大丈夫当若是也'的人是谁！"

林寒江眼睛一亮，惊喜地叫道："钱起！钱起学长？"

那个叫钱起的男人哈哈大笑，说："我的学弟里走仕途的没有几个，数你进步最快。耿正经常在我耳边提起你，说你到齐江市来任副市长了，我想尽一下地主之谊。耿正说你白天没时间，我俩只好晚上来堵你了。"

林寒江一脸惭愧，握着钱起的手说："和学长比起来，我只能算是没给咱们母校丢脸，学长才是母校的骄傲。我不知道学长也在齐江，否则早就应该登门拜访的。"

钱起与林、耿二人是同一所学校毕业，年长他们十岁左右，林耿二人读书时最崇拜的偶像就是钱起。钱起大学没毕业就已经创办青峰公司，是他们那一代校园学子的偶像；到三十五岁时，他已经是齐江首富，青峰公司已经扩展为一个数百亿资产的大型集团；过了五十岁，青峰集团已经进入全国民营企业500强，他把公司总部从齐江移到上海，成功挂牌上市，钱起也成为名噪一时的商界传奇人物。

耿正插话道："学长本来要找一个好地方为你接风，我说这家伙身在仕途，谨慎得很，莫不如我们拎着吃的打上门来吧。"耿正亮出带来的袋子，催促林寒江，"还愣着干啥，在你的狗窝里给挪个地方吧！"林寒江赶紧把桌子上的资料扔到床上去，帮着耿正把带来的吃的喝的摆上桌子。

三人把酒言欢，酒喝得飞快。林寒江借着酒意，问钱起一个问题："学长，我有一个问题，读书的时候我就很好奇，结果一晃眼二十多年过去了，我也没找到机会当面问你，不知道今天是否可以得到你的解答？"

钱起和耿正都有些好奇是什么事，钱起端起酒杯和林寒江碰杯，说:"你尽管问吧,包括我自己账号上的存款几位数,外边有几面彩旗不倒,我绝不隐瞒!"

林寒江哈哈大笑,说:"这些事我才不关心,我就想问你是不是特别喜欢唐朝诗人钱起,就是那个'大历十才子'之一的钱起,不但名字一样,连青峰集团的名字,也是从钱起诗作《省试湘灵鼓瑟》的典故化来的吧?"

钱起一愣,满脸惊讶的表情,他把酒杯斟满了,一口干掉,说:"师弟,都说你是环境经济学的专家,没想到你的唐诗造诣也很深啊!你说对了,我的名字、集团的名字都是从钱起和他的诗作里化来的。这些年我接触过的政府官员成百上千,猜对我这个秘密的你是第一人!来,我再敬你一杯!"

原来钱起读高中的时候就喜欢唐朝"大历十才子"钱起的作品,到了痴迷的程度,为此他把自己的名字改成"钱起",创办的公司也从钱起的作品里取名。钱起酒兴高涨,当场为两个学弟朗诵唐朝诗人钱起的《省试湘灵鼓瑟》:

善鼓云和瑟,常闻帝子灵。
冯夷空自舞,楚客不堪听。
苦调凄金石,清音入杳冥。
苍梧来怨慕,白芷动芳馨。
流水传潇浦,悲风过洞庭。
曲终人不见,江上数峰青。

钱起的声音浑厚纯正,中气十足,把这首应试佳作的心境和韵味拿捏得极准,尤其"曲终人不见,江上数峰青"两句,钱起反复吟诵数遍,看来是对这两句尤其偏爱,他的青峰集团就是从这两句诗中取名的。虽然在斗室之中，钱起的吟诵似有绕梁之音，让林、耿二人眼前不禁浮现一幅江流千里、青峰叠嶂的山水画面。耿正眼前浮现的是大江奔流东去、青山起伏依旧的悠远，林寒江眼前浮现的是孤帆碧空曲终人散、天下盛宴难免离别的苍凉。

林寒江和耿正一起鼓掌，三人一饮而尽，酒酣胸胆，耿正带来的一瓶白酒已经见底了。原来，钱起从新闻媒体上看到生态环境督察组批评齐江生态环境问题的报道，特意从上海返回齐江市，决心为自己的家乡改善生态环境贡献一分力量。青峰集团在齐江钢铁公司中拥有15%的股份，齐江钢铁由于经营不善，又因为紧邻江畔，工业废水对齐江污染严重，和沿江的化工产业园、水泥厂等企业一起被环保督察组点名督办。钱起准备借机会收购齐江钢铁股份，成为第一大股东，然后与他旗下的青峰钢铁合并，关停原来的齐江钢铁公司。

林寒江上任以后，除了夜市迁址、垃圾场建设等工作，沿江企业的污染问题一直是他的一块心病。钱起的并购思路等于给林寒江送来一把钥匙，为林寒江解开了心中最大的难题，就是沿江污染企业的转制和整治问题，林寒江这些天一直为这个问题苦苦思索。钱起的并购方案如果得以实现，国家环保督察组督办问题中最难的一个案子就会迎刃而解。

听了钱起的介绍，林寒江备感兴奋："学长是给我送治头疼的灵丹妙药来了，这是给齐江市治理污染大业雪中送炭啊！"

高兴万分的林寒江跑下楼，敲开便利店的门买来三瓶北京二锅头，三人一直喝到凌晨。钱起的酒量甚豪，这么多白酒下肚丝毫不见醉意。耿正已经醉得伏桌酣睡，而林寒江则舌头打卷地给小雪打电话："亲爱的老婆，你猜……猜一下，我今天遇见谁了？"

小雪睡梦之中被吵醒，一听就知道林寒江喝多了，有些生气："这都几点了你还在喝酒？你那些狐朋狗友我都认识，除了长发老怪，还能有谁？"

林寒江被妻子呵斥得一脸囧相，钱起在旁边哈哈大笑，凑过来朗声说："我是寒江学弟的狐朋狗友，也是他的学长。我听说寒江学弟连省委书记都敢撑，却从来不敢撑自己的夫人。弟妹，你若到齐江来，我一定好好招待你们伉俪！"

电话那端的小雪没想到还有外人在场，有些不好意思，叮嘱林寒江少喝点酒，就匆匆挂了电话。

钱起站起身对林寒江说："夫人命令不可不听，我明天上午，不，应该是今天上午还要飞南方，等我回来，我们师兄弟三人再把酒言欢。"林寒江挣扎着要送钱起，脚下却发软，一下子坐到床上。

赵驰转给林寒江的那封信，是一个署名"张小志"的警察举报凤山县金矿违规填埋的问题。赵驰作为张小志的上级领导，手里有他的举报信件可以理解，但是这种涉及环保问题的举报信赵驰完全可以转给督察组或者相关部门，为什么要转给自己呢？林寒江百思不得其解。林寒江问郝仁敬是否知道张小志这个人，郝仁敬说张小志是一名基层警察，十分热心环保公益活动，经常利用闲暇时间去各地寻找环保问题，然后反馈给相关部门，去年还被评为"齐江市十大环保志愿者"，在环保志愿者圈子里是一个小有名气的人物。

"他发现的环保方面的问题，为什么要报给公安局的领导呢？他身为警察，不应该弄不清这个职责吧？"

郝仁敬也纳闷，说："以前评选环保志愿者的时候，咱们局里也了解了一下张小志的经历，据说他本是市公安局刑警队的，但是因为工作中犯了错误，几乎被扒皮，后来就给发配到了下面的县城派出所。他这么做，是不是在领导面前邀功表现呢？"

林寒江沉吟半天，说："这个张小志挺有个性，有机会一定要认识认识他。"

第二天，林寒江在市政府走廊里遇见行色匆匆的赵驰，问他："赵副市长，那封信……"

赵驰哈哈一笑，说："是我的一个部下闲逛时发现的环保问题，也不知真假，他稀里糊涂竟然把问题反映到我这里。我想幸好没有把信送给生态环境督察组，否则我们齐江又得出乱子，所以我就转给你，你看着处理吧。"赵驰热情地拍拍林寒江的肩膀，转身走了。

赵驰突如其来的亲近姿态，让林寒江有些纳闷，这个人一边干出拖车警告他的匪气举动，一边又帮他压下举报的问题，到底葫芦里卖的什么药？

耿正在齐江市被称为"环保诗人"，他不仅是环保学者，还兼任了齐江市环保协会的常务副会长职务，经常带头组织一些环保公益活动，是齐江市的环保名人。耿正这些年醉心于公益事业和诗词音律，在专业领域上有点吃老本，否则王清源校长也不能见他一次批评他一次。

凤山县金矿矿渣违规填埋、致使村民水源被污染的案件被督察组点名以后，凤山县政府向齐江市递交了一整套环评报告和整改措施，向上级保证在规定期限内完成矿渣填埋处置，不存在污染水源问题，并请来专业机构进行环保测评。但是当地村民对凤山县政府的解释并不认可，除了两次集体进京上访之外，还在省市持续上访，省委巡视组、扫黑除恶工作组都接待过村民的集体上访。

林寒江向凤山县了解情况，得到的答复和凤山县政府的说辞完全是一个模板。林寒江有些不托底，于是想委托耿正以环保协会的名义私下去调查一番。他给耿正打了个电话："你们环保协会也改变一下活动方式吧，别老是天天宣传、讲课什么的，不解决实际问题。你们能不能帮我一个忙，去做一个调查研究？"

耿正在电话里摆足了架子："副市长大人求我，我的出场费很高的哦!"

"一瓶酒,四个小菜,你也就值这个价了!"

耿正叫起屈来:"你这是打发叫花子啊,能不能加两个海鲜?"

林寒江不愿意再和他磨牙,直截了当地说:"凤山金矿矿渣填埋的事,有没有兴趣?"

耿正在电话里想了一下:"好吧,这个地方值得我出马。"林寒江的电话已经撂了,耿正还在磨叽,"说好了啊,事成之后你得请喝酒,喝你一顿酒太难了……"

耿正利用周末休息时间,带领他的两个爱徒、环境专业研究生李云城和田小小去凤山县调查金矿污染的情况。

李云城和田小小从高中时代就是一对恋人,后来一起考入齐江大学的环境学院,在导师耿正的引领下,双双成为齐江市环保协会的骨干志愿者,协会的很多公益活动都是由这对恋人策划组织的。

耿正三人开车来到凤山县北岭村,就是金矿矿渣填埋的村子。村子坐落在两座大山中间,一条无名的小河从村子中央蜿蜒而过,在几十公里外注入齐江。看到这个地形,耿正立刻皱起了眉头,因为矿渣填埋的位置距离河流和村落太近了。三个人悄悄接近填埋场附近的山坡,看到有几个工人和一辆挖土机正在施工,耿正让李云城偷偷去近处拍点照片,观察一下覆土厚度和填埋池的设计施工等情况,他和田小小则去下游的河里采集水样,回去化验一下数据,然后写一篇分析报告给林寒江。

耿正说:"凭我的经验,这个填埋场十有八九藏着猫腻!"

耿正和田小小取完水样,去村子里找村民询问情况。问了几户村民,都对这个矿渣填埋场骂不绝口。一些村民把耿正当成微服私访的领导,争相向耿正举报填埋场的施工单位简直就是黑社会,他们对村民谩骂威胁，村民多次堵住村路，不让装矿渣的卡车通过，施工单位和村民们多次发生冲突。有村民告诉耿正，金矿原来并不在北岭村，是因为原来的填埋地装不下了，县里领导随手一指就在这里又建了一个填埋场，压根没有征求村民的意见；还有村民说县里为这个填埋场拨付了一笔补偿款，但是到现在村民们连一分钱的影子也没见到。

耿正和田小小听说施工单位这么跋扈，不禁为李云城担忧起来。田小小正要上山去找李云城，填埋场那边就传来一阵吵骂声。

耿正和田小小刚跑到村头，就看见李云城被几个填埋场工人推搡着走过来。耿正低声对田小小说："快把水样藏起来，看来惹祸了！"他掏出电话给林寒江打电话："我们在北岭村遇到麻烦了，快过来救我！"

耿正只说了一句话，电话就被抢走了。原来李云城在填埋池拍照片时被对方发现，工人来抢他的手机，发生了争执。

好在村民们人多势众，把耿正和田小小掩护起来，与扣住李云城的那些工人形成对峙，双方在村头吵得天翻地覆。施工单位一个戴红色安全帽的小工头躲在人群后面打了一通电话，满脸得意地走过来，对着村民们大喊："我们所有的手续都齐全，你们这是阻碍我们正常施工，我们田老板已经报警了，你们等着挨抓吧！"

"你们是贼喊捉贼！警察都和你们一丘之貉，没一个好东西！"一个七十多岁的老大爷愤怒地大喊道。

耿正有些好奇，偷摸问身边的村民："老爷子怎么连警察也骂？"村民向他诉苦，原来前几次双方争执时，派出所的警察也都出警了，但是因为施工单位手续齐全，只能把堵路的村民训诫一番，有一次甚至把带头的村民带回派出所做笔录。警察的偏袒行为更加剧了村民们的抵制，施工单位也变得更加有恃无恐了。

果不其然，一辆警车呼啸而来，跳下几名警察，把双方隔离开来。

带队的是一个三十岁左右的圆脸警察，他把耿正等三人叫到一边问话："你们是哪里的？为什么到施工工地偷拍？"

耿正看着这个警察，觉得似曾相识，却叫不出对方的名字。耿正把自己的工作证递给圆脸警察，换来的是一脸的嘲笑："耿教授，我认识你，齐江市的环保名人嘛！你一个大学教授，不好好上课，跑这里捣什么乱？"

"捣乱？你凭什么说我们是捣乱？"田小小火气上冲直撑回去，"你问了事情经过吗，就说我们捣乱？证据在哪里？他们也是当事人为什么不问？村里的大爷大娘都是证人为什么不问？"田小小一顿连珠炮似的反问，把警察噎得直翻白眼。

警察把工作证还给耿正，冲着杏眼圆睁的田小小"嘿嘿"一乐："小姑娘，你别发那么大脾气，方一被发到抖音上，你可就是网红了！"耿正听出警察的话里有话，回头一看，那个戴红色安全帽的小工头正在偷拍他们，耿正和李云城对他怒目而视，小工头讪讪地躲开了。

"我要是网红，你就是一个是非不分的黑警察。"田小小还在硬撑圆脸警察。

圆脸警察见偷拍的人退开了，脸上露出一丝苦笑，问三人："你们不过是老师和学生，能解决这个问题吗？还是赶紧回去吧。"

耿正一脸倔强："我和我学生的手机都被抢走了，这是抢劫！我们是代表齐江市环保协会来的，不弄清楚问题不会回去的。这个问题我解决不了，自然会有解决的人过来！"耿正相信，林寒江肯定会来的。

圆脸警察变得和善了些，说："村民和施工方争执五六回了，县里和镇里也多次召开协调会，最后责成派出所保护施工单位正常施工，我们也是奉命而为。这件事，我建议你们还是去找能管事的部门吧。"圆脸警察看起来并不像是田小小说的黑警察，似乎有些难以说出口的无奈。

李云城指着山坡上的填埋场，义愤填膺道："金矿矿渣填埋场放在那里，稍微有点良心的人都知道，刮风会造成粉末污染，下雨会造成河流污染，你们还保护他们正常施工？"

圆脸警察看着李云城，冷静地说："小伙子，你将来有一天肯定会懂得，良心有时候不能代替饭碗。"

田小小和李云城还要和圆脸警察理论，耿正拦住了他俩，他也看出了圆脸警察的无奈。

北岭村支部书记老关赶过来，问清了缘由，在各方之间打圆场。老关从工人那里把耿正和李云城的手机要回来还给他们，又让小工头转告田老板不要惹是生非。小工头没再说啥，带着工人回填埋场继续干活了。

那个七十多岁的老大爷对村支书老关似乎也痛恨不已，用拐棍指着老关和圆脸警察骂："姓关的，你是一个吃里爬外的汉奸！姓张的，你是一个助纣为虐的走狗！"姓张的警察并不生气，和老关一起把围观的群众都劝散了。

林寒江带着周成功赶到北岭村时，闹哄哄的人群已经散去，只剩下耿正三人在村头等他们。林寒江看着填埋场的地理位置，眉头和耿正一样皱了起来。五个人绕着填埋场前前后后走了好几圈，又沿着河流回到村头的小桥边。林寒江看着填埋场，沉思许久，最后长叹一声道："长兴垃圾处理厂案子的名单还在我的桌子上，今天看这情形恐怕又要增加一份名单了！"

李云城和田小小不太明白这副市长话里的意思，耿正和周成功却能理解林寒江的压力。

耿正试图劝说林寒江："你初来乍到齐江，这三把火别烧太猛了，得罪人多了，终究不是好事。他们现在息事宁人，我们也没什么损失，要不回市里再研究一下？"

林寒江转头问周成功："老周，你什么意见？"

周成功憋了半天，吐出五个字："对事，不对人。"

林寒江苦笑道："既然是毒疖子，早晚都要破，择日不如撞日，我们今天就挤破它！"

林寒江下定决心，拨通了电话。

北岭村，矿渣填埋场。

林寒江静静地坐在那里，看着山坡下鱼贯而来的几辆轿车扬起的尘土。灰色的尘土就像一条盘旋而来的灰色巨蟒，向林寒江等人逼迫过来。

凤山县分管生态环境的副县长张镇和生态环境分局的女局长王玉芝，听说新来的副市长林寒江突然出现在北岭村矿渣填埋场，心里不免有些打鼓，赶紧带着几个部下驱车赶来。

看到县里领导来了，填埋场工地的工人们聚拢过来，散去的村民们也三三两两走上山坡，那辆警车也载着姓张的警察等人驶了回来。人人都在猜测，填埋场今天要发生大事了。

张镇和王玉芝也是生态环境系统的老人了，在生态环境系统浸淫多年，林寒江在省厅的时候和他们偶有交集，今天握手寒暄的时候都是各怀心腹事，尤其林寒江并不是一个善于掩藏自己脸色的人，脸上的怒气仿佛挂着一枚手榴弹。

"林副市长，我向您汇报一下这个填埋场的来龙去脉。"王玉芝拿着一份环评报告，向林寒江汇报道，"凤山金矿在三十公里之外，因为产生的矿渣越来越多，原来的填埋场已经不堪重负，后来经过专家选址，县政府常务会议决定，在北岭村新建一处填埋场。"王玉芝是一个聪明伶俐的女人，短短几句话不仅把建设填埋场的原因说清楚，而且有意无意把责任也撇清了。

那份环评报告林寒江曾经看过，从报告上根本看不出有什么问题，但是站在现场，林寒江知道这个填埋场的产生就是一个领导拍脑门决策、生态环境部门曲意逢迎、评估专家颠倒黑白、基层干部瞒上欺下，多种因素综合作怪而诞生的产物。

张镇看着林寒江铁青的脸色，过来想解释一下："林副市长，这个填埋场被环保督察组通报以后，凤山县高度重视，多次开会研究，拿出整改补救措施，我们主要做了以下几方面工作……"

林寒江打断张镇背书一样的汇报，对方毕竟是副县长，林寒江还是给他留了点情面："凤山县的整改措施，还请张副县长向齐江市政府做一次正式的汇报吧，我今天不做评判。我今天来这里，主要是对生态环境系统的干部进行一次现场业务拉练。"他转头问王玉芝："王局长，我想请问你，金矿矿渣如果填埋不当，一般会有哪些危害？"

王玉芝一路上把各种辩解的理由都想到了，却没想到林寒江上来就考她业务知识，一下子蒙在那里，涨红着脸答不上来。

沉默了良久，王玉芝身后一个小伙子怯生生地替她回答："副市长，一般来说，金矿矿渣对环境污染大体有三种途径：一是矿渣在风化过程中逸出某些有害气体，经大气传播而进行污染；二是极细的矿渣砂粒含有选矿药剂以及金属离子，受风吹的作用，使周围环境受到污染；三是如果遇到汛期，矿渣连同雨水流入农田、河流，对附近水域和地下水造成危害。"

"你说得很好。"林寒江对小伙子点点头，"矿渣填埋的覆土厚度应该是多少？"

受到鼓励的小伙子张口就答："一般覆土厚度不少于400~600毫米。"

"好，你现在就去测一下这个填埋场的覆土厚度。"林寒江指着面前的填埋场说，小伙子有点迟疑地看着张镇和王玉芝，不敢抬腿。

张镇瞪了他一眼："让你去你就去！"小伙子一溜烟跑下去测

量覆土厚度，他先后测了几个点位，就站在填埋池里向上边的人喊："110~150毫米！"小伙子怕林寒江再问他问题，干脆站在填埋池里不出来，估计他在测量覆土的时候一定恨不得扇自己几个耳光，多嘴惹祸，回到局里还不得被女局长撕了？

林寒江继续在问："凤山县去年的降水量是多少？"

这个问题把所有凤山县的干部都问住了，气氛一时有些尴尬。周成功掏出一个小本查了一下，说："去年凤山县总降水量3560毫米，暴发山洪3次、泥石流1次。"

"这个填埋场距离山下的河流大约多远？"

周成功目测了一下："2公里左右。"

"这条河流入齐江有多远？"

这个问题连周成功都回答不上来，旁观的村民有人接茬儿，说："从这里到齐江岸边，顺河走47里，走公路36里。我走了半辈子，肯定没错！"接话的是那个骂人的老大爷。

林寒江沉默下来，所有人都知道他的问题隐含着什么。张镇的面色一阵红一阵白，王玉芝后颈都冒汗了。

山风呼啸，填埋场的沙砾卷起一股微小的旋风，打着卷儿飞上天空，扬起的尘土像细雨一样洒在所有人的身上，却没有人敢去拍，生怕发出声响引来林寒江的诘问。

林寒江沉默一会儿，他已经平静下来，问王玉芝："王局长，《中华人民共和国固体废物污染环境防治法》我们都组织过学习培训，其中的第六十四条、第六十七条，你还记得吗？"

王玉芝心里已经把林寒江恨得牙痒痒，对这个让自己出糗的人干脆不予理睬，你能把老娘怎么样？张镇也有点下不来台，干脆也不吭声。

"你们谁能帮我查一下原文？"林寒江对周围的人说，他感觉到了对面两个人的情绪变化，也不好再咄咄逼人。

田小小手最快，在手机上查到了，大声读出来："《中华人民共和国固体废物污染环境防治法》第六十四条，在发生或者有证据证明可能发生危险废物严重污染环境、威胁居民生命财产安全时，县级以上地方人民政府环境保护行政主管部门或者其他固体废物污染环境防治工作的监督管理部门必须立即向本级人民政府和上一级人民政府有关行政主管部门报告，由人民政府采取防止或者减轻危害的有效措施。有关人民政府可以根据需要责令停止导致或者可能导致环境污染事故的作业……

"第六十七条，县级以上人民政府环境保护行政主管部门或者其他固体废物污染环境防治工作的监督管理部门违反本法规下列规定的，由本级人民政府或者上级人民政府有关行政主管部门责令改正，对负有责任的主管人员和其他直接责任人员依法给予行政处分；构成犯罪的，依法追究刑事责任……"

田小小还要继续解读"下列规定"包括哪些内容，林寒江制止了她。林寒江环视一圈村民和凤山县的人，说："对不起大家，我林寒江今天确实有些过头了，问了你们很多问题。我检讨自己今天的行为举止，可能会让一些人不满，我可以道歉。但是，我想说的是，矿渣废物中的有毒有害成分往往具有不可降解性能，所以对矿渣废物填埋场的要求很高，填埋场的设计、施工、运行和维护必须严格按相关标准进行，在这件事情上决不能不顾科学依据，一味逢迎领导意志。市委廖书记有一句话我很赞赏——对生态环境问题的懈怠和纵容，就是对人民的犯罪！眼前的填埋场，明显存在偷工减料、施工不达标等问题，它的后果我们闭着眼睛想也能想到。我想请张副县长叫停这个填埋场施工，想请王局长按照法律法规履行自己的管理职责。现场提取的土壤样本和水体样本，我们将带回齐江市进行检验。一周后，我们将带着检测数据回来，用检测数据说话，到时候我一定给大家一个满意的答复。今天的业务拉练到此为止。"

林寒江问周成功:"一周内能出结果吗?"周成功肯定地点点头。

林寒江转身就走,把凤山县的人晾在那里。北岭村村民却响起一片掌声,那个骂人的老大爷笑得露出了半嘴豁牙:"你们这些官商勾结的浑蛋玩意儿,可算有人收拾你们了!"

村民们一直把林寒江等五人送上汽车,还在飞扬的尘土里鼓掌。

当天半夜,林寒江在睡梦中就被一个威胁电话吵醒了:"姓林的,老子从此就和你耗上了,不死不休,你等着吧!"声音嘶哑狠毒,仿佛不把林寒江撕碎了就不痛快。

林寒江惊问:"你是什么人?"

"姓林的,你为了自己当官,把别人的饭碗都砸了,你会有好日子过?"

林寒江火气上来,提高了声音:"你到底是什么人?我没空陪你磨牙。"

"林寒江,你还是早点滚出齐江,滚回省城吧,否则你是没有好下场的!"电话挂断了,这个声音不仅阴毒,更像是经过技术处理,仿佛从一个空箱子里传出来的,刺耳又怪异,让人听起来浑身难受。

这个电话之后,林寒江无法再入睡,干脆爬起来写他的研究课题,最近事情太多,他的写作进程远远滞后了。

从北岭村带回来的水样送去化验,化验结果让林寒江痛心不已:部分相对密度在4.5以上的金属元素及其化合物检验指标异常,有的指标超标三四倍,说明这个浮皮潦草的矿渣填埋场中的重金属已经通过地表径流和地下水系,对这一地区造成了污染。他忧心忡忡道:"北岭村恐怕已经被污染了,不知道污染程度如何,希望这个该死的填埋场污染面积不要太大。"

周成功带人去北岭村对农户家中水井进行检测,证实了林寒江的猜测，半个村子的水井检测结果超标。林寒江一边让郝仁敬等人赶紧研究转移矿渣填埋的方案，一边又给卫健委领导打电话，赶紧抽调医护人员赶到北岭村对村民们进行体检。

医护人员还没进驻北岭村，几家网站的消息就已经出来了——《凤山县矿渣违规填埋，造成大面积饮用水污染》，标题触目惊心，但是内容基本一致，似乎是统一口径的新闻通稿。

"林寒江，你要干什么？！"被网络新闻激怒的廖宇正在电话里对他大声责问，"你还嫌齐江丢人现眼的事情少吗？"

据说当时正在召开书记专题会，廖宇正听到这个消息，当着李子平等人的面发火了。廖宇正在电话里怒气冲天，他身边的李子平却不动声色，只是眉毛略微挑了一下，似乎对廖宇正的愤怒无动于衷，电话那端的林寒江所作所为更是与他无关。

林寒江倒是很冷静，在电话里说："廖书记，不是我在给齐江搞事情，我是在为齐江止损，防止事情恶化。"

"不经请示就组织村民抽血检验，让网络曝光饮用水污染也是止损？我们现在是摁下了葫芦浮起了瓢！你处理事情能不能低调一些？能不能先向市委、市政府汇报一下？我的林寒江同志！"

"廖书记，我是要给市委、市政府汇报的，目前正在等村民的体检结果，有了结果就知道这次事情的严重性了。至于网络上披露的消息，我也不知道他们是从哪里得到的。"

廖宇正压住了怒气，也压低了声调："结果什么时候能出来？"

"我再催催他们，最快今天晚上就能出来。"

"好，就以今夜十二点为限，我在这里等你的汇报！"

南方某省会城市，苏娜所在的公司。

苏娜的一个小女同事偷偷溜进她的办公室，贴着她的耳根说："苏姐,听说公司今天来了一位贵客,几个老总一起接待的。"

苏娜眼睛都不抬:"什么贵客贱客,与我有什么关系。"

小女同事又说:"万总刚才让我把你的档案送进会议室,不知道什么意思。"

"我的档案?"苏娜有些诧异。

小女同事使劲点头:"是的,就要了你一个人的档案。苏姐,你是不是要有好事了?"

仿佛揭晓答案一样,苏娜办公桌的电话响起,公司董事长万总让苏娜立刻去会议室。

"好事?好事长什么样子我都记不起来了。"苏娜扔下一句话,匆匆赶了过去。

会议室里,公司几个领导正众星捧月一样围着一名中年男人在说话,苏娜看着这个气宇轩昂的男人,似乎有些面熟,却想不起在哪里见过。

万总要给二人做个介绍,却被男人打断了,他说:"相逢未必要相识,我提出的要求,如果苏总监答应了,以后我们就是好朋友,自然不必介绍。如果苏总监不答应,我们就是陌路人,没有介绍的必要了。"

万总在旁边尴尬地赔笑。

苏娜落落大方地问:"不知道这位先生提出的要求是什么?"

"苏总监,我久闻你是楼盘推广领域的高手,能否请你先回答我一个问题:如果让你操盘宣传推广一个百亿级的房地产项目,你会怎么做?"中年男人上来就抛出一道题来考她。

苏娜略一沉吟,答道:"在我的宣传概念里,所有的宣传作品都是一样的,没有规模体量的差别,只有用心与不用心的区别。"

中年男人赞许地点点头,专心聆听。

苏娜说:"一个好的宣传作品,要具备'入眼、夺心、摄魂'三要素。"

"入眼、夺心、摄魂？"中年男人好奇起来，"愿闻其详。"

"'入眼'就是让人看了顺眼，不反感，喜欢点赞也可以，这只是最初级的标准；'夺心'则需要视觉震撼，冲击心灵，能让人过目不忘、久久品味，这是第二级的标准；相比而言，'摄魂'是最难的，它要让观众参与进你的宣传作品，融合替代，化身为你作品的主角，体味你作品的感受，我认为这才是宣传推广的最高境界。"苏娜的解释言简意赅。

中年男人眼睛发亮："苏总监，你以前曾经做过可以'夺心摄魂'的宣传案例吗？"

苏娜环视一下在场的几位老总，说："对不起，囿于财力和技术等问题，我也没有尝试过。"

苏娜的坦诚，让旁边的万总脸上一阵尴尬。

"如果在另一个城市有这样一个项目，有这样一个机会，你会不会考虑过去实践一下？把你的概念变成活生生的建筑，夺心摄魂地立在那里？"

苏娜明白了对方的来意，联想到刚才说的查看档案，原来是想让自己跳槽，对方竟然在自己老板面前公然挖角，可谓霸气。但这种霸气的邀请，让苏娜隐隐有些不快。她平静地回答："对不起，我没觉得这个城市和这个公司有什么不好，暂时不想离开。"

苏娜的话其实是在维护自己的老板，谁知万总并不领情，说："小苏啊，你要好好考虑清楚啊，机会难得，我劝你还是要珍惜这个机会……"

中年男人再次止住万总的话，看来他很不喜欢别人打乱自己的谈话节奏："苏总监，不管你在万总这里的年薪是多少，到了我那里，我都给你乘以3，项目竣工之日，还有单独的分红。我不喜欢研究薪酬数字，这不是我的工作，会有具体负责的人和你谈。我只关注结果，你给我夺心摄魂的作品，我给你业界最高的待遇！就这么简单。"

中年男人咄咄逼人的诚意，根本无视万总等人的存在，苏娜确实有些迟疑，不知道该答应还是拒绝，她说："感谢您的诚意邀请，能不能让我再考虑一下？"

中年男人看了看手表，说："我只能给你十二个小时考虑，因为十二个小时之后我就在去往美国的飞机上了。你如果同意，就打这个电话。"他把一张手写的纸条推给苏娜，然后起身离去。

万总等人前呼后拥地去送中年男人，苏娜坐在那里一动不动，这个突如其来的邀请让她有些措手不及，但是也有一些暗暗的得意，毕竟被人认可是一件值得高兴的事。苏娜其实这阵子也在暗暗寻找跳槽机会，这样一个充满诱惑的机会突然从天而降，不能不让她心动。

万总送完人回来，像一个老太太一样苦口婆心地劝苏娜："小苏啊，你就不要再犹豫了，多好的机会啊，我要是你，肯定眼睛都不眨就答应了！"

"万总，我是您公司的人，您为什么着急赶我离开啊？"苏娜不理解万总为什么在那个气宇轩昂的男人面前奴颜婢膝，竟然逼着自己的部下改投门庭。

万总苦笑道："你知道那人是谁吗？我们公司背后的大股东，你是我公司的人，我还是人家的喽啰呢。人家说是来聘请，还不如说是调人，不能拒绝的！"

"这人到底是谁啊？"

"青峰集团的钱起啊，还有谁能有他的霸气？"万总的语气不知是钦佩还是牢骚。

苏娜吃了一惊，怪不得看着那人有些面熟，原来那张脸经常在媒体上出现。青峰集团的实力，苏娜早有耳闻，万总的公司和青峰集团比起来，差距只能用一个词形容：九牛一毛！

08
金属中毒

林寒江晚上十二点并没有去向廖宇正汇报，他把廖宇正请到了齐江市人民医院。化验结果出来了，北岭村一共有23名村民血液中重金属超标，林寒江立刻安排他们去齐江市人民医院集中诊治。

廖宇正走进医院病房的时候，正好看见一个不到两岁的幼儿在拼命啼哭，孩子的母亲满脸泪水和护士合力安抚，哄着孩子抽血化验。廖宇正的脸色立刻变得铁青，像挂了一层霜，他低声问："这孩子也是受害者？"

林寒江点点头，他的脸色有些憔悴："书记，不幸中的万幸，这次污染区域并不是很大，我们对北岭村和附近村落都进行了检验，血液中检测到重金属超标的村民一共23人，年纪最大的75岁，最小的就是这个孩子，症状有轻有重……"

"凤山县的领导来了吗？"廖宇正打断林寒江的汇报。

"县委书记和县长还在路上，常务副县长张镇来了，正在隔壁给村民们解释。"

廖宇正来到隔壁门前，屋子里挤满了北岭村的村民，都是检验结果超标的患者和家人，个个义愤填膺，恨不得把张镇拖出去打一顿。常务副县长张镇脑门子上挂满了亮晶晶的汗珠，一个劲儿地向村民作揖解释和道歉。

廖宇正挤过人群，径直站到张镇面前。张镇像看到了救星一样，伸出双手要和廖宇正握手，廖宇正抬手一巴掌抡在张镇的脸上，清脆凛冽，像是在屋子里放了一个炮仗。

这一巴掌打傻了张镇，也惊呆了林寒江，更吓住了七嘴八舌的村民。林寒江没有想到一向沉稳的市委书记廖宇正竟然会动手打部下，这要是传出去肯定是轰动性的新闻，盛怒之下的廖宇正似乎根本没有意识到这一巴掌给自己带来的风险。林寒江赶紧拉住廖宇正的胳膊，连拉带劝地把他从人群中拽出来。村民中有人认出打人的就是市委书记廖宇正，这一巴掌似乎替大家宣泄了怒火，一群人不约而同地给廖宇正鼓掌，有人喊道："廖书记，你好好管一管吧，这样的官员早该打了！""廖书记，要不是您这一巴掌，我们今天也要打他一顿！"还有人不依不饶："打他也不解气，这样的官应该一撸到底！"

捂着腮帮子的张镇额头上的汗珠更密了，亦步亦趋地跟在两人后面。

在医院的小会议室里，怒气未消的廖宇正刚落座，张镇就凑了过来："书记，我错了，您打得好！感谢您这一巴掌，不仅给我解了围，也打醒了我，让我认识到自己工作中的麻木。"

廖宇正哼了一声，不去理他，扭头问了林寒江一些处置情况。张镇殷勤地给廖宇正倒水，故意端出一副懊恼的表情："书记，这两年不在您身边，没机会挨您的骂，我犯的错是越来越多了，真希望您有空能多批评我几回。"

林寒江听了张镇的话，感觉浑身起鸡皮疙瘩。他心里反问自己，就算是自己犯了错，被上级领导当众掴耳光，自己肯定不会捂着腮帮子说一些阿谀奉承的话，百分之百是要和领导拍案而起。错误可以认，被人当众掴耳光那是万万不能忍的。

廖宇正手指着外面，声色俱厉："我问你，张镇，如果外面那个小孩子是你的儿子，小小年纪就重金属中毒，你做何感想？"

张镇的眼泪立刻滚了下来，不停地忏悔："书记，我错了！是我们没有认识到矿渣选址的危害性，盲目决策，给老百姓造成这么大的伤害，我实在是痛心疾首……"张镇的声音里带着几分哽咽，分不清是真是假。林寒江怀疑他是在演戏，这是一个被仕途耽误了的演员，眼泪召之即来挥之即去，他如果走上舞台银幕，影响力绝对不是一个常务副县长所能比拟的。不过，林寒江心里也泛起一个疑惑，如果张镇是一个"戏精"，那么对面的廖宇正呢？

林寒江默默退了出来。他去找医生商量诊治方案，医生建议赶紧给村民们购置一些牛奶面包等食品，一方面是给大家宵夜果腹；另一方面是因为重金属中毒会使体内蛋白质凝固，大量喝牛奶，牛奶中的蛋白质会和重金属起反应，减少对人体机能的损害。有几个中毒比较严重的村民，已经明显具有水俣病和骨痛病的症状，四肢和面部出现红色斑疹，肾功能受损，个别严重的还伴有咳嗽、胸痛、呼吸困难、绀紫等急性间质性肺炎等临床表现，医生建议这些患者必须立即住院治疗。

林寒江亲自带人把附近超市里的牛奶面包抢购一空，食品络绎不绝地搬进病房，分发给中毒的村民和他们的家人。等林寒江攥着一块面包疲惫地坐在医院长椅上，已是凌晨三点，他啃了两口冰冷的面包就无心再吃了，因为那个中毒的孩子痛哭的声音响彻走廊，像小猫的爪子在挠他的心，让他痛苦不堪。他以前讲课时，关于日本福岛核电站泄漏、印度博帕尔工业化学事件等污染案例和伤亡数字信手拈来，但是那些数字都是没有生命的，而今天这个孩子的哭声却让他有一种胸闷的窒息，他一度怀疑自己心脏出了问题。

第二天，林寒江从会议室里出来时，看见公安局副局长金波在走廊里等他。上次商贩们集体上访围堵市政府大门时，林寒江和金波有过合作，林寒江对金波的干练十分欣赏。

林寒江问他："找我有事？"

金波看着身边乱哄哄的人，眨眨眼欲言又止，林寒江会意，把他领进自己的办公室。

一进办公室，金波就故意大惊小怪道："林副市长，你的办公室太寒酸了，墙上没有字画，屋里没有绿植，这哪像副市长的大雅之堂啊？你看看我们赵局的办公室，几乎就是一个博物馆加植物园。都是副市长，你也得装点一下自己的门面啊。"

"我是一个俗人，不会欣赏字画，挂那些玩意儿，只能是附庸风雅。我还是一个懒人，养花花枯，养鱼鱼死。"

林寒江的自嘲让金波哈哈大笑。林寒江问他："说吧，找我到底是什么事？"

金波马上变得一本正经，关心地问林寒江："林副市长，看你满眼血丝，昨晚没睡好？"林寒江苦笑着摇头，他昨晚根本没睡，早晨是从医院直接来单位的。

"我还以为你心里有事睡不着呢。"金波的话里隐含着嘲讽，林寒江似乎听出来了话外之音。

"你今天过来，肯定不是专门来关心我睡眠问题的吧？"

金波咳了一声："好吧，不和你绕圈子了，这样说话太累了，我们直奔主题吧。你作为王武的同学，难道不觉得王武的死，好像有点……"林寒江正在倒茶的手一下子僵住了，金波故意顿了一下说，"……好像有点蹊跷？"

屋子里针落可闻，林寒江把茶杯慢慢递给金波，说："你是找我调查王武的案情？"

金波啜饮一口茶，故意躲着林寒江的目光，说："林副市长，我说话直来直去，你别见怪啊。王武死前见的最后一个人是你，你千里迢迢赶来齐江，然后你俩在大排档喝酒到半夜，天不亮王武就不明不白地死在齐江里。后来，你又从省里空降下来接替王武的职务……这一切，给人感觉是这世上哪有这么多巧合啊，还都集中在你身上。老实说，我一直觉得你的嫌疑很大。"

"现在呢，还觉得我是犯罪嫌疑人？"

金波没有正面回答，说："如果不是我查清楚了，王武在齐江里吞咽江水的时候，你还在宾馆里蒙头大睡，我简直怀疑你就是凶手。当然了，这样也不能排除你遥控别人作案的可能。不过，让我不解的是，我想不出你的作案动机。"

"这么说，我现在也一直在你的调查对象之列？你刚才说我心里有事，其实是想说我'心里有鬼'吧？"林寒江盯着金波的眼睛说。

金波有些尴尬地笑笑，算是默认了林寒江的说法。

林寒江长吁一口气，说："你的怀疑让我很高兴，说明齐江市至少不都是糊涂蛋。你觉得王武死得蹊跷，其实我也是如此！"林寒江把"也是如此"四个字咬得很重。

这回轮到金波诧异了，他有些好奇地端详着林寒江。林寒江继续说道："我不觉得王武是自杀，理由有三。第一，王武是大孝子，不可能在遗书里只字不提老母亲，他为了托付老母亲，都能向我下跪磕头，怎么能在遗书里把老母亲忘了？第二，他既然已经向纪委递交了自首材料，为什么又去自杀，有这必要吗？第三，就算他是畏罪自杀，他死之前完全可以将这笔钱，哪怕是一部分用来给他老母亲安置晚年，而不至于像现在这样，是我和耿正两人在雇人照料他没有生活能力的老母亲。置老母亲于不顾，一头跳进江里，这不符合王胖子的作风。"

林寒江的分析是基于对王武性格的了解，对金波的依靠证据判断是一个补充。金波听得连连点头，他问："王武死了，谁会是最大受益者？"

林寒江苦笑："这个问题应该我问你，因为我也不知道。目前只能说他的死，保护了一批和他有利益输送的人，很多线索都断了，无法再追查下去。这些人是谁？商界的，官场的？"

金波手里还攥着现场车辆轮胎痕迹的照片，但是他没有向林寒江提及这事，在他心中林寒江的嫌疑还没有完全排除。他问林寒江："你那天晚上和王武喝酒，他有没有什么异常？异常的话，异常的举止？"

林寒江闭上眼睛揉着太阳穴，一夜没睡让他思维有些困顿，他使劲回想那天的情景。王武最后和他说的话像破碎的玻璃一样，一片片向他飞过来，扎得他头痛欲裂。林寒江闭上了眼睛，却清晰地记起了王武的话："……有一个朋友劝我离开中国，他说可以安排我出去……兄弟，我把老母亲托付给你了！我另外还求了一个人帮我照顾老母亲，可是我不敢完全相信他啊……"

林寒江猛然睁开眼："应该还有一个人，或者说至少有一个人，这个人曾经想安排王武外逃，也可能答应替王武照顾老母亲。这两个人，究竟是不是一个人，那就需要你去查了。"

金波拿起林寒江的钢笔，认真地记下他说的话。

林寒江说："你应该动用技术手段，查一下王武最后的通话记录啊，肯定能找到线索。"

金波撇撇嘴，带着一丝嘲笑："要是等到你提醒再去查，我这身警服早该脱了！王武死之前的通话记录，除了你之外，还有他的秘书，最可疑的是有两个境外的神秘号码，追查不到来源。你这个老同学不简单哪，境外都有援兵。当然了，也不能排除你躺在宾馆床上指挥这一切。"

"你还是怀疑我？"林寒江皱起眉头，紧盯着金波笑眯眯的眼睛，不过从他眼睛里看到的更多是玩笑而非怀疑。

金波笑呵呵地对林寒江扬一扬手里的纸："排除你嫌疑的最好办法，就是帮我找出真相，抓住真凶。"

林寒江微微一笑说："我不在意自己是否是嫌疑人，如果抓到真凶，我一定替王武好好谢谢你。你知道吗，我答应省领导来齐江任职，其中有一条无法说出口的理由，就是我觉得王武死得不明不白，我需要来齐江找出真相。"

林寒江的开诚布公让金波有些诧异，他说："林副市长，我很佩服你，你明知王武的死因有异，但是来齐江以后一直不动声色，很能隐忍。你是在等待机会？"

"不是我能隐忍，我不仅在等待机会，也在等待值得相信的人，因为我不知道齐江市谁能值得我相信。"林寒江说话的时候，一直盯着金波的反应。林寒江说的是实话，偌大的齐江市他并不知道该相信谁。

金波似乎没有听懂林寒江的意思，他站起身来环顾林寒江的办公室，新刮的大白还带着一些呛人的味道，原来王武留下的痕迹基本荡然无存，就像他的人一样，人走茶凉至少还有一盏茶，而他更多的是过眼云烟皆幻灭，了无痕迹。

金波说："王武在这房间办公的时候，我从来没来过，说实话，我不喜欢他这个人，死一个贪官，我心里其实暗叫痛快呢。但是，林副市长，我以一个老刑警的眼光观察，你和这个楼里的人不一样，希望你能成为让我竖起大拇指的领导，千万别打脸我的判断哦！"金波的话戏谑中掺杂着真意，让林寒江心中隐隐有些触动。

林寒江看着金波："你是齐江市唯一想替王武申冤的人，我替他谢谢你，我也希望你不要辜负我的信任。"

"我不在乎别人的信任，尤其你们这些当领导的。这种话说多了就和那个什么一样，也没见谁给我加官晋爵。"金波努力憋回去冒到嘴边的脏话，做一个告辞的手势，说，"我只对一个词负责，那就是'真相'。"

林寒江送金波出门。他觉得金波这个人很有个性，也许在金波的眼中，没有上级下级之分，只有好人坏人之分，在他眼里真相胜过一切。果然，金波回头劝林寒江留步，他似笑非笑地对林寒江说："林副市长别送了，您别怪我这人说话没大没小，职业病老改不了，几十年和那些犯罪分子周旋养成的臭习惯。我只能向你保证，王武的案子我会一直盯着，无论牵扯到谁，包括你！"

林寒江哭笑不得。

王武死了，谁会是最大受益者？金波的话像一把锋利的凿子，拼命往林寒江脑袋里钻。如果王武之死真的是一场阴谋，那他已经站在阴谋的边缘了，这场阴谋会不会也把他吞噬？林寒江看着面前白得刺眼的墙壁，产生了幻觉，似乎有人推着那面墙壁向他挤压过来，让他窒息……

林寒江心情焦躁，几次催促郝仁敬等人抓紧时间制订出凤山县矿渣解决方案，他承诺村民一周给予答复，就决不能食言。

更让他烦躁的是，那个威胁电话又打了过来。他向金波咨询求助，无奈那个威胁电话每次都换号码，无法监控，而且好像还使用了变声软件。金波建议他找机会录音，他可以用声音比对技术进行排查，林寒江懒得去做。

一周后，林寒江重新站在北岭村填埋场。凤山县委书记和县长以及张镇、王玉芝等人，还有相关部门的领导都来了，维持秩序的警察比上次多了数倍，上次那个被田小小一顿抢白的圆脸警察也在其中。北岭村的村民倾巢出动，足有上百人，那个豁牙老大爷指挥着几个年轻人，拉出了一面十几米长的大条幅，上面写着：绿水青山就是金山银山！生存权益重于泰山！

林寒江走到麦克风面前，说："一周前，我在这里说的话，仅仅是代表我自己的观点，而今天我在这里说的话，是受中共齐江市委、市政府委托。"

全场一片肃静，都在等待这位副市长带来的消息，张镇和王玉芝等人脸色都有点不自然。紧接着，林寒江宣读了齐江市委的决定：

一、凤山县北岭村矿渣填埋场项目立即停工，新的填埋地址由市生态环境局与凤山县政府重新选址，已经填埋的矿渣由凤山县政府转移清运，防止再次污染。

二、经市生态环境检测所检测，北岭村填埋场确实对周围水域、土壤等造成污染，由市生态环境局、凤山县政府立即进行修复治理。部分重金属中毒的群众，由凤山县负责做好治疗和理赔工作，并责成主要领导向中毒群众公开道歉。

三、这次填埋场地选址、设计、施工等环节存在很多问题，反映出了我们有关部门的淡漠、懈怠，盲目决策，弄虚作假，甚至涉黑涉恶，对此，齐江市纪委监委和公安部门已经介入调查。

这个决定让凤山县领导干部们集体失声，书记、县长面色凝重，张镇和王玉芝等人如丧考妣。而北岭村的上百村民则爆发出惊天动地的欢呼声，那面"绿水青山就是金山银山，生存权益重于泰山"的条幅被几个人合力举在空中，当作一面旗帜挥舞。

林寒江看着这个场景，心里没有一丝一毫的高兴，反而更加沉重，等场面平静下来，他说道："今天早晨，我去医院看了那个中毒的孩子，一个刚刚蹒跚学步的孩子，还没体会到世界的美好，就因为水体污染而重金属中毒，医生说他将来可能会产生语言障碍，严重的时候会四肢麻木、动作失调，甚至会偶发癫痫。他的母亲拽着我的胳膊，一个劲儿地问我'为什么'。此时此刻，孩子的亲人就站在人群中，说实话，我无颜见他们。同志们，为什么会发生这样的事？我们这些做规划、做决策的人，面对这个孩子时是否心有愧疚？"

现场一片静默，村民之中传来抽泣的声音，估计是那个孩子的亲人。

"在生态环境方面，政府决策和民意相悖，这样的问题还有不少吧？我们天天把'党执政后的最大危险是脱离群众'挂在嘴边，可是有些决策和执行过程中的问题，却不知不觉离群众越来越远。政府的公信力，还经得起几次损耗？换位思考，如果你的亲人因为环境污染而留下一生的后遗症，这样的伤害你能禁受住几次？"

全场鸦雀无声，只剩下一阵山风呼啸。听了林寒江的话，每个人都在思索不同的问题。

周成功把一沓材料分发下去，原来林寒江和周成功这几天讨论出了一个金矿矿渣科学利用的方案，结合凤山金矿矿渣的实际情况，提出了三个建议：一是覆土造田，可以厚压覆土进行种植，扩大耕田面积，但是要防止形成粉尘二次危害；二是有机处理，利用有机废弃物，对金矿矿渣粉尘采取可降解性固化、封闭，选择适当种子和基质使植物迅速发芽、成长以达到植被利用目的；三是开发利用，利用金矿矿渣中某些硅砂、砂岩等开发建筑材料，掺杂一定量的石灰制成砖坯，然后送入碳化室碳化成砖，减少取土毁地，而且经济效益也相当可观，矿渣还可以制造各种保温、隔热、隔音材料。为此，林寒江利用在省环保厅工作的资源，为凤山县和另一个市的砖厂进行对接，把矿渣变废为宝，作为制作建筑砖的原材料。

下山经过北岭村时，村子里的豁牙老大爷拉住林寒江，说是要请他体验一下村里从明朝时留下来的礼节。

林寒江纳闷道："明朝的礼节？我可是从没听说过。"

豁牙老汉喊了一嗓子："起！"立刻上来四个年过半百的男子，合力把林寒江举起扛在肩膀上。林寒江冷不防被举在半空中，吓了一跳，耿正和周成功等人也都大惊失色。

豁牙老大爷笑呵呵地向他们解释一番，原来明朝的时候，北岭村出过一个知县，他为民请命，公开抵制朝廷颁布的毁田种桑的命令，后来得罪了朝中权相，被朝廷饬令罢官。村民们为了感念知县的恩德，选了几个村中的长辈，将他抬起来整整送了十里路。后来，这就成为北岭村的习俗，遇见敢为民请命的好官，就由村子里的长辈把他抬起来穿过村子，接受村民的敬意。听了他的解释，众人才放下心来。

耿正笑道："历史上，一些地方的习俗是给青天大老爷送'万民伞'，这把人扛在肩膀上穿街过巷，还是第一次见到。"

林寒江坐在村民的肩膀上，晃晃悠悠穿过村子，看着下面一张张热情友善的脸，有些激动，他冲老大爷喊："我不过是纠正了一个错误，还算不上为民请命，乡亲们给我的礼遇太高了，我承受不起啊！快把我放下来……"村民们根本不听，抬着他穿村而过。

林寒江的车刚刚发动，就接到一个陌生电话，林寒江苦笑着对耿正说："估计又是那个浑蛋玩意儿来恐吓我了！"耿正也叹气摇头。

电话接通，却不是那个阴狠嘶哑的声音，而是一个铿锵有力的男人声音："感谢林副市长，张小志代表体制内有良知的人向您敬礼！我曾经向您反映过金矿的事，感谢您能为民做主！敬礼！"林寒江恍然大悟，原来这个人就是写举报信的张小志。

林寒江向车窗外望去，外边正在施工修路，尘土飞扬，那个圆脸警察张小志在尘土中站立如松,向林寒江的车辆庄重地敬礼。车辆渐渐远去,张小志敬礼的手一直没有放下……

一个警察匆匆跑来,对张小志说:"人家都走没影了,还敬礼?赶紧跟我去找人吧!"

"找谁?"

"填埋场那个田老板,纪委要找他了解情况,结果一打电话,人躲起来了!"

张小志皱起眉,带着一丝不屑说:"这个土鳖消息还挺灵通,腿脚也够快,不过放心吧,土鳖终究成不了龙王,跑不了。"

当天夜里,衣衫不整的田老板在他凤山县相好的家里被张小志揪了出来。田老板一脸谄媚地给张小志递烟:"张警官,这是怎么了?不是说好了保护我们施工吗,怎么来抓我了?"

张小志点燃烟,把一口烟雾全吐在田老板的脸上,戏谑地说:"没错啊,是在保护你施工啊,不保护你怎么知道你躲在这个窝里?"

田老板还要套近乎,被张小志在屁股上踢了一脚:"别和我磨嘴皮子,有话去你该说的地方说吧!"

张小志拎小鸡一样把田老板揪上警车,田老板相好的女人追出来给他送来裤子。田老板一脸哭相:"我是和县里的王局长签了正式的施工协议,怎么就翻脸不认账了呢?政府也要讲诚信不是?"

……

一周后,齐江市委会议室,正在召开市委常委会。

林寒江向常委会汇报了夜市迁址进展,以及长兴垃圾处理厂和凤山金矿两个案件的整治情况。结束的时候林寒江说了一句话,让参会人员震动不小,他说:"齐江市的环境污染问题,每一个问题看起来都很简单，但是背后都藏着错综复杂的关系，攻克这些利益关系要比解决污染更难，既要治污，也要治人。"

廖宁正对督察组督办案的迅速提出表扬，又对全市的生态环境工作提出一些要求。李子平、刘耕野等其他常委都没有说话，气氛有些凝重，因为大家知道，下一个议题就是纪委书记汇报的干部问责情况，又要有一批干部因为生态环境问题倒下了。

林寒江不是市委常委，没有参加后面的会议。他回到自己的办公室，心里烦躁得像外面雾蒙蒙的天气。他知道，这些干部的倒下，和他有着直接关系。

手机屏幕闪亮，一条微信跳了出来："你放着好好的厅官不做，为什么要跳进齐江这个烂泥坑？你这是自毁前程！苏娜。"

林寒江看着苏娜的微信，苦笑起来，这个高傲的女人就像照片里的朱鹮，水质不好的地方肯定不会栖息的，林寒江要是向她解释自己来齐江的原因，她肯定不会理解。林寒江想了半天，不知道怎么回复她，最后还是避重就轻，绕开这个话题，他只回了五个字："谢谢你的书！"

很快，市委那边传出来干部处理的结果，两个案子一共追责干部17名，其中凤山县的副县长张镇被免职，生态环境分局局长王玉芝因为涉及企业贿赂等问题，被纪委留置，其他人或被记过或被警告，最严重的施工单位负责人田某由于涉及黑恶势力，被移送公安机关进行审查。

纪委在调查过程中还发现了一条线索，凤山县之所以将矿渣填埋场选址在北岭村，是北岭村书记老关和上级镇政府主动去县里申请的，因为县里会为建设填埋场划拨一笔80万的补偿款。张镇等县领导正为填埋场选址头疼，见到有人主动申请，当即大笔一挥就批在北岭村，至于环评问题，自有生态环境部门和那些专家去处理，为了得到这笔补偿款，镇政府和村委会上下串联，在民意调查上作假。款子拨到镇里以后，老关和镇政府领导商议一番，没有将这笔钱补偿给村民，而是准备用这笔钱为北岭村修一条沥青公路，原来的土路已经十多年没有修了，这条沥青公路修完了就可以把北岭村和凤山县的国道直接相连。目前，纪委正在继续追查镇、村两级的责任。

林寒江听说这个消息，看着窗外发了半天的呆，那条尘土飞扬的土路、那个质量低劣的矿渣填埋场，还有那个尘土中敬礼的身影，一直在他眼前不断浮现。

为村民修路没有错，违规乱建矿渣填埋场却是错的。村支书老关辛辛苦苦几十年，呕心沥血不谋私利，他兢兢业业做的事情却是错的，该怎么评价他……

凤山金矿的案子告一段落，林寒江也渐渐明白赵驰为什么把那封举报信转给他，他在不知不觉中被赵驰套路了一回。原来，凤山县分管生态环境的常务副县长张镇以前是市委书记廖宇正的秘书，廖宇正在县里当领导时，张镇就跟随他，怪不得他一见面就给了张镇一记耳光。赵驰知道凤山金矿的事肯定会追责一批人，张镇作为分管领导难辞其咎，他就故意引林寒江这把火去烧廖宇正。但是，赵驰期盼的火并没有熊熊燃烧，廖宇正那边没有任何声响和异议。据说，市委常委会上，廖宇正是第一个表态同意张镇免职的处分，市委书记对自己当年的秘书尚且如此，别的涉案人员想求情也不敢了。

郝仁敬忧心忡忡地对林寒江说："林副市长，别人装子弹，你来扣扳机，你被人当枪使了。"

林寒江苦笑不语，郝仁敬怂恿他："要不，你找机会和廖书记解释一下，缓和缓和？"

"缓和什么？"林寒江有些不客气地说，"除了我这个新来乍到的人之外，你们齐江的干部几乎都知道张镇和廖宇正的渊源，其实你们都在期盼着我和廖书记碰撞出火花来，看看谁的火更大，谁能把对方烧了，其中也包括你，是不是，郝局长？"

郝仁敬一脸羞愧，看来被人说中了心事。

林寒江接着说："我待人以诚，希望人以诚待我。老郝，我实话告诉你，就算你提前告诉我这二人的渊源，也不会改变我的做法；就算我事先洞悉了赵驰的想法，我也会照做不误。廖书记如果理解我，我自然无须解释；他若不理解我，我又何必解释？谁要讲人情关系，就请他对医院里那个孩子讲去！"

林寒江的话让郝仁敬满脸通红，坐在那里久久没有说话。

林寒江来到齐江的两把火烧得火光冲天，丝毫不顾忌会触怒某些人，媒体对治污工作连篇累牍宣传报道，一些人对林寒江的做法拍手叫好，但也有明眼人预感到林寒江要碰壁了。林寒江奉命到齐江治污，却把齐江官场的水给搅浑了，多少人都在静观林寒江如何收场呢。

09
百亿项目

新的"齐江夜市一条街"正式营业了。

在夜市商会的组织下,开街仪式搞得轰轰烈烈,舞狮耍龙闹了半天。夜市商会邀请了很多市里领导,但是副市级以上的都没有到场,大都以不适宜参加商业活动为借口婉拒了。林寒江也学乖了,他知道这条特色街交织着齐江市两个主要领导的意见分歧,虽然这条街是他力主建成的,但是他也不想这个时候公开站队。他借口自己要开会,躲过了开街仪式,但是当天晚上他还是去特色街"吃逛"了一回,夜市的情况毕竟在他心里放不下。

这晚他要在李五的店里请耿正、李云城和田小小吃饭,兑现之前答应耿正的诺言。

夜市里人流如织,熙熙攘攘,特色街建起了制式统一的临街店铺和外摆商亭，显得规范整齐。李五的小铺在夜市里一点都不起眼，小铺里既有烤串也有火锅，生意虽然不错，就是店铺面积太小了，只能摆两张桌子。

林寒江的职业病又犯了，围着商亭前后转圈，查看排烟设施、排污管道、烧烤炉、垃圾箱等死角。新的夜市在这些方面做得不错，实行了物业精细化管理，分类垃圾箱摆放规范整齐，定时有环卫工人进行清理。

"李五兄弟，我看过规划图纸，这条街上有面积稍大一些的店铺，你怎么没租一个？"林寒江一边招呼耿正等人坐下，一边问李五。

李五在环保炉子那边忙着烤羊肉串，说："面积大的店铺在街另一头，靠近灯光秀那边，一年租金10万呢，我准备先挣点钱再挪过去。"

"和原来的老街相比，你觉得有什么变化？"

李五一边熟练地撒着孜然芝麻，一边说："最大的变化就是干净整洁了，来的人再也不用捏鼻子了，也没有扰民的麻烦，原来那条街天天有人用脏水泼我们，哈哈……"

"不会是有人提前编好了词，教你们说的吧？"林寒江故意逗李五。

"你把我李五当成什么人了，我看不上的人，给多少钱我也不会说他一个好字！"李五又抓过一把熟筋烤起来，"我们自己成立的商会，前几天组织大家评选什么'热情服务标兵''网红才艺标兵'，我这人既没有才艺又不会哄顾客，只被评了一个'卫生安全标兵'。"李五有些得意地指着自己胸前的一个心形红色标签，那上面印着"卫生安全标兵"几个字，还有李五的大头照。

耿正竖起大拇指，说："吃的行当，能做到安全、干净就是最高奖赏，你牛！"

耿正出来吃饭一般都是自备白酒，刚坐下他就掏出一瓶白酒放在桌子上。

李云城看着白酒有些迟疑，田小小倒是豪爽，直接把自己的酒杯倒满。

林寒江打趣他俩："你们小两口整天像麻花一样拧在一起，天天秀恩爱，今天向我们两位老师坦白交代吧，是青梅竹马还是偷摸早恋？"

李云城性格有些内向，在林寒江面前略有拘谨，红着脸不好意思说，田小小却是泼辣大方，说："青梅竹马算不上，我俩从高中开始就在一起，在一起的原因很简单——他贪图我的美色，我是贪图他的作业，谁让他从小到大一直都是学霸！当时老师和家长都想棒打鸳鸯，我们这对鸳鸯就像齐江里的水鸭子——禁打耐活！"

林寒江嘴里的酒险些喷出来，他被这个豪爽的女孩子逗得哈哈大笑。耿正又向他描述田小小连珠炮怒怼警察时的情形，林寒江端杯敬田小小："巾帼不让须眉！这一杯酒敬你的七分豪气、三分侠气！"

田小小仰头干了，又回敬林寒江："这一杯酒敬你在填埋场的业务拉练，七分斗智，三分斗勇！"说得林寒江都有些不好意思了，只能干了杯中酒。

田小小又敬他一杯："这杯酒敬你简直像神探夏洛克一样，一路问题问下来，句句戳人软肋。我和李云城在边上听见凤山县的人嘀咕了，他们本来是准备和你解释填埋场的责任划分的事，没想到你以业务拉练为名，一点机会都不给他们，还让他们无法辩解。我先干为敬！"

林寒江哭丧着脸问耿正："你的学生喝酒怎么比你还厉害？这不仅是女中豪杰，还是酒中豪杰啊！"

耿正也凑热闹，问林寒江："你拿《中华人民共和国固体废物污染环境防治法》收拾那个女局长，这招挺损啊，难为你还能把法条记得清清楚楚。"

林寒江大笑："我当时装得严肃，其实心里也在打鼓，因为我也记不住啊，所以让你们用手机查嘛。幸好你们几个在，如果没有人配合我查法条，下不来台的就是我了！"四人一起哈哈大笑，又干了一杯。

李五给他们端上来一大盘肉串，田小小夸他烤串的手艺好，说还要约同学们来吃。李五憨厚地笑着，林寒江邀他一起喝一杯，李五推托说还要招呼客人，不好意思过来。

耿正替王玉芝等人可惜，说："那么多人的前程都折在环保案子上，以前总觉得政治问题、经济问题是高压线，现在来看，生态环境问题也是达摩克利斯之剑。"他和林寒江碰一下杯，说，"你也小心点，这么多人因为你而倒下，肯定有人要琢磨你，你的三把火也适可而止吧，你多少也得讲点政治。"

"你说的政治，是官场上的油滑政治吧？"林寒江理解耿正的好意，但是他既然已经走入地雷阵，只能前进不能后退了。他和耿正碰了一下杯："你要是在医院里看见那些中毒村民的痛苦，就会觉得我这把火烧得太小了。尤其那个孩子，还不到两岁，将来可能连路都走不稳，造孽啊。"耿正等人听了连连叹息。

林寒江绕开这个话题，给他们三个讲起老关和警察张小志的事，大家一阵感慨。

田小小拍手道："那天在现场，我就觉得老关可疑，他明显是拉偏架，向着施工公司的人说话。至于那个姓张的警察，我虽然骂他是黑警察，但是觉得他不像坏人。"

李云城推她一下："你这是事后诸葛亮。"

田小小扔给他一个白眼："你懂什么？这叫女人的直觉，就是一个字，特准！"

"这明明是两个字，你喝多了吧？"

田小小柳眉倒竖："我乐意！你不服就喝酒！"

李云城立刻怂了，不敢吭声。

耿正叹息道："每个人都是多面体，有的面上写着'善'，有的面上写着'恶',综合在一起,就是'有善有恶',总之每个人都是有故事的人。"

林寒江逗他:"你的故事嫂子肯定不知道,否则早就把你挠个满脸桃花开!哪天我给嫂子参一本,把你的赵钱孙李女朋友们全都揭露出来!"

耿正不和他斗嘴,看看白酒没了,起身抱来一箱子啤酒,放在两人中间,林寒江立刻告饶,这是耿正收拾林寒江最有效的手段。

这是林寒江到齐江市以来,吃得最开心的一顿饭,四个人一直喝到快半夜才各自回去。

李云城酒量不好,半夜回到家里已经有些摇晃。他抱着马桶一通吐,把母亲惊醒了,李母给他端来一杯热水,问他是和谁喝酒的。李云城舌头有些发硬:"我、我是和副市长林寒江喝酒的,他也喝多了!"李母不相信儿子竟然能和副市长一起喝酒,以为是他醉后胡言乱语。

李云城自幼父亲去世,是母亲把他拉扯长大的,李母是齐江钢铁厂的普通职工,母子二人蜗居在一个斗室之中,家境贫寒。李云城和田小小相恋多年,现在正商量着两人硕士毕业后举行婚礼,但苦于没有婚房,李云城对此很是焦躁,李母也跟着上火。前几天,李母听说青峰集团收购齐江钢铁后,原来的齐江钢铁要停业,大多数职工都要分流下岗,李母也在其中。青峰集团并购齐江钢铁的条件之一,就是要妥善安置好原有工人。青峰集团准备将齐江钢铁的厂区旧址用作房地产开发,其中规划了几栋回迁楼房,作为齐江钢铁职工的安置补偿。李母知道消息后,拿出自己的全部积蓄,又东借西凑弄了30万元,准备作为首付给儿子买一套结婚新房。

李母把这个喜讯告诉了儿子,李云城虽然喝多了,也因这个喜讯激动得手舞足蹈,抱着母亲转了好几圈。看着儿子蜷缩在行军床上睡去,李母想起这些年来母子二人的艰辛,不由潸然泪下。一阵剧烈的咳嗽涌来，李母怕惊醒了儿子，赶紧捂着嘴躲到厨房，然而这咳嗽一发不可收拾，最后李母咳得撕心裂肺，捂着肺部痛苦地蹲在地上。她从角落里拽出一个小纸箱，里面全是各种药，她混着泪水大把地吞下药片。

齐江市政府会客室。

青峰集团总裁钱起最近成了齐江市政府的贵客。今天钱起带着几位集团高管，向市领导李子平、刘耕野等人介绍了青峰集团并购齐江钢铁的一揽子计划，包括并购以后青峰集团计划推动原有的钢铁产能升级、拓展销路，以及稳妥安置原厂工人等举措，得到了李子平、刘耕野等人的大力支持。刘耕野也借机向李子平汇报，他前期带着发改局、财政局、工信局、招商局等领导已经与青峰集团多次磋商，测算出青峰集团并购齐江钢铁以后，税收贡献将从原来的1500万元增加到3700万元左右，此外对齐江市的固定资产投资、工业产值等也将做出巨大贡献。

钱起趁热打铁，向市政府递交了在齐江钢铁厂原址开发房地产的规划方案，准备投资开发一个超过100亿元的"齐江胜景"楼盘项目。钱起让属下展开一幅规划效果图，他指着效果图向李子平和刘耕野等人介绍。"齐江胜景"项目既有房地产，包括给齐江钢铁职工的回迁安置房，也有美术馆、VR影城和五星级酒店等临江的大型文化商业设施。

刘耕野正被省发改委的"百亿项目"考核指标逼得焦头烂额，一听说是过100亿元的大项目，当时眼睛就亮了，紧紧握着钱起的手："钱总，你可是我们的贵人啊！如果说你并购齐江钢铁是雪中送炭，那这'齐江胜景'就是锦上添花啊！"

李子平也很兴奋，说："我代表市政府对青峰集团的大手笔投资表示欢迎，市政府办公室要抓紧时间把这个项目提报政府常务会研究，通过以后再报市委那边，看看是否需要上市委常委会。"

刘耕野对这烦琐的程序有些不屑："现在都在讲提升营商环境，

提高企业服务的效率和质量，拖到那边研究完了，黄花菜都凉了。依我看，干脆双管齐下，一边推动项目落地，一边走程序吧。"

参加会议的郝仁敬本来想提出一些意见，但是看到政府一、二把手这个态度，到了嘴边的话又咽下去了。

林寒江正在现场检查小锅炉排放问题，电话里听完郝仁敬关于"齐江胜景"项目的汇报，吃了一惊："钱起和我研究过并购齐江钢铁的计划，从减少排污和产能升级的角度出发，我是十分支持这个项目的，但是他们从来没有和我说过要在原址开发房地产的事情啊。那片厂区就在齐江江畔，应该考虑到江水污染的因素。"他让郝仁敬和周成功赶紧去实地考察一下，整理出生态环境部门的意见。

两天后，市政府召开常务会。市发改局汇报了"齐江胜景"项目的进展情况，认为齐江市缺少这样的百亿元项目，建议市政府加快促进项目落地，并加大扶持力度。

刘耕野在补充介绍这个项目时，说："我认为当前齐江市税收和规模工业产值下降幅度明显，在环保督察组通报污染企业以后，原来主要支撑全市工业指标的工厂和产业园，要么减产要么停业，全市经济下行压力巨大。在这个困难时期，急需引进新的大项目，为齐江市经济发展注入血液和活力。'齐江胜景'项目，不仅是一个房地产项目，还包括文化、旅游、线上线下新零售、商贸服务等业态，符合中央提出的高质量发展精神，我很看好这个项目，它一定会成为齐江市经济结构转型升级的'新引擎'。"

参会的其他领导也纷纷对刘耕野的观点表示认同，李子平见状正要拍板，不料林寒江突然语出惊人："我反对这个项目！"

全场的目光一下子集中到林寒江身上，他说："首先声明，青峰集团并购齐江钢铁的计划是符合市场规律的，对此我没有反对意见。我反对的是在原厂区开发商业地产和建设商业项目。"此言一出，会场上不少人开始交头接耳，林寒江接着说，"百亿元的项目确实很诱人，但是要看它落地在哪里。如果这个项目坐落于齐江岸边，势必会对齐江水域造成污染。我和生态环境局做了一个实地考察，我们也准备了一份书面材料，不建议在那里开发房地产。"

随着林寒江的发言，郝仁敬拿出一摞材料给各位参会领导发下去。发到李子平身边时，李子平皱起眉头，从眼镜片上方乜斜了郝仁敬一眼，有些不满地说："早干什么去了？这个时候才反对？"郝仁敬满脸通红地退了回去。李子平虽然声音不大，但是坐在他两侧的几位副市长都听见了。

林寒江也听见了李子平的责备，有些尴尬，但是他继续说了下去："几十年前，把齐江钢铁厂布局在江边，就是一个绝大的错误，如果说那时候我们没有认识到环境污染的危害还情有可原，但是今天我们决不能再忽视环境污染的危害了。在紧邻江边的地方再起一座新城，只会重蹈覆辙，再一次人为地造成恶性循环，旧患未愈，又添新疾。我们实地测量，原来的厂区距离齐江不到200米，那里不能再搞房地产开发了。"

刘耕野没有看发来的材料，有些不满地问："那林副市长的意思，齐江沿岸就不能搞开发了？"

林寒江说："当年在齐江岸边规划和布局一系列工厂，是因为那时候我们还没有强调生态保护红线的意识。从2017年开始，中办、国办联合下发了《关于划定并严守生态保护红线的若干意见》，制定了严格的生态保护制度，对生态功能保障、环境质量安全和自然资源利用等方面提出更高的监管要求。以我们齐江市来说，应该借助这次环保督察的机会，在整治关停沿江污染企业以后，按照江河、湖库、海岸向陆域延伸一定距离边界的原则，积极划定齐江的生态保护红线，以及永久基本农田、城市开发边界的'三区三线'。在这个基础上再谋划城市空间格局，我们以后的城市规划和产业规划都要建立在这个'三区三线'基础之上，决不能再犯以前的错误了。"

刘耕野突然啪地把手里的材料扔在桌子上，引来所有人的目光。他的话有些阴阳怪气："林副市长，按照你的逻辑，为了达到环保标准，我们就不要发展了，不要提升经济了？"

"不，不是这个意思。生态环境也是生产力，划定生态保护红线不是不要发展，而是要寻求更高质量的发展。生态保护红线原则上按照禁止开发区域的要求进行管理，严禁任意改变用途，要确保生态功能不降低、面积不减少、性质不改变。"林寒江向大家扬扬手里的材料，说，"我和局里的同志整理出一份意见，除了阐述为齐江划定生态红线的重要性之外，还给大家提供了一个城市案例，就是湖北宜昌。"

参会的人都低头看材料，刘耕野不屑去看，故意把茶杯碰得叮当乱响。李子平倒是很沉稳，重新戴上花镜做出浏览的样子。

"湖北宜昌和我们齐江在沿江产业布局、环境保护问题上有很多类似之处。宜昌城市紧邻长江，产业也有化工，而且是宜昌主要的支柱产业，年产值近2000亿元，沿江有大大小小各种化工医药企业，甚至有相当一部分是拥有十万余名工人的巨无霸型重化工企业，'重化工围江'问题导致宜昌的生态环境不堪重负。习总书记视察长江时，指出'当前和今后相当长一个时期，要把修复长江生态环境摆在压倒性位置，共抓大保护，不搞大开发'。为此，宜昌划定了沿江一公里生态保护红线，请大家注意，是'一公里'！"林寒江特意加重了"一公里"的语气，希望引起大家的重视，"宜昌对红线内的化工等污染企业坚决关停或迁址，要求到2020年宜昌市长江沿线一公里内化工企业全部'清零'。有一家化工厂建厂已有四五十年，经营得红红火火，但是也要服从统一布局，仅迁址就损失3亿~5亿元；另一家宜昌市纳税大户、已运营10载且年销售超5亿元的化工公司，刚从国外购置一批生产设备，就被强令拆除。

我认为，齐江市应该好好学习宜昌市治理环境污染的决心和魄力。"

会场一片沉默，有的人在翻看材料中的宜昌案例，有的人在偷瞄李子平和刘耕野的态度。李子平感觉出会场的尴尬，干咳一声说："寒江同志，你的材料和介绍确实让我们看到了和宜昌的差距，但是宜昌经济体量不是我们齐江能相比的，他们治理环境污染有魄力有底气，确实是大手笔，而我们齐江不行啊，沿江企业关停迁址，我们的经济指标就要一落千丈，我和耕野同志就要被省领导狠批，耕野你说是不是？"李子平又把球踢给刘耕野。

刘耕野瘦小干枯的脸上挤出一丝苦笑，也拿出一张纸，说："我给大家简单介绍一下今年齐江市的几项经济指标情况吧。截至目前，今年齐江市GDP增速为-3.6%，税收为-7.5%，固定资产投资为-13.8%，规上工业产值下降最多，达到-39%，是历史最低点。同志们，现在我们的经济运行情况不是市长和我挨批的问题，而是我们大家很快就要开不出工资的问题。寒江同志，我不是反对你的环境治理措施，也不反对你的生态红线，齐江市目前的财政还是一个吃饭财政，我想请问你，是先保障'吃饭'还是先保障'环保'？"

刘耕野确实是一个官场老油条，他抛出的这个问题让林寒江也觉得很难接住。会场里所有人的目光都聚焦在林寒江身上，都想听他怎么回答"先吃饭"还是"先环保"的问题。林寒江想了想说："这是一个'暂时退'和'持续进'的问题，也是一个'壮士断腕'的问题，我认为我们要有壮士断腕的决心和勇气！宜昌市其实也面临过这样的问题，他们被关停的25家化工企业涉及年产值20多亿元，但是宜昌的'生态革命'并未停止。我们齐江要向宜昌学习走一条'生态优先、绿色发展'之路。"

赵驰在旁边一直默不作声，一般这种研究经济工作的议题，他作为公安局领导是不表态的，但是今天他罕见地发声了："经济指标这些数字我没有发言权,但是我担心画完了生态红线,沿江企业关停或迁址,那可是数千人啊,这些人的就业和生存问题怎么办?这可是影响全市稳定的大局啊!"很明显,赵驰从自己分管领域出发,也站在了林寒江的对立面,他提出的问题确实是林寒江目前面临的最棘手的难题。

　　林寒江说:"这个问题我确实考虑过,迁址的企业还好办,难就难在关停企业的人员安置问题。我们不能关了就不管了,应该发动企业、政府资源整合,多想办法多找渠道来安置这些人。"不得不承认,他目前确实还没有切实可行的方案。赵驰闻言有些嘲弄地笑笑,没有说话。

　　刘耕野冷笑一声:"寒江同志,你是不当家不知柴米贵。不客气地说,你那些'生态优先、绿色发展'就是赔钱买卖,只烧钱不挣钱,不负责任、不问后果地整治。你们现在不仅烧钱,还找出一堆理由来阻止政府增加税收!"

　　林寒江也不客气地撑他一句:"习总书记强调过,宁肯不要钱,也不要污染,生态环保是我们的必答题,不是选择题!地方财政收入下降、支出增多,不是没有压力,但是不能以此为借口就放任破坏环境,把矛盾留给后来人。为了还齐江一江清水,这个腕必须断!"

　　"你林寒江为了完成你的政绩,可以不管齐江的死活,到时候你高升或者拍拍屁股走人了,留下让我们这些齐江人喝西北风?"刘耕野越说越激动,这是他心里一直抵触林寒江的原因。市委书记和市长尚且对他这个老资格的"坐地户"尊重有加,但是林寒江自恃是省里下派的干部,压根不把他这个常务副市长放在眼里,甚至省市一些部门都在传言林寒江是来接他的位置的,所以刘耕野一直把林寒江视为潜在的对手。

　　"耕野同志,我的个人进退和齐江的环境治理没有任何关系,不需要你为我操心。但是我们不能为了数字好看而弄浑了一江清水,不能为了吃眼前饭而弄丢了子孙后代的秋水长天、落霞孤鹜!"林寒江也有些激动起来。

"寒江同志，我们不是吟诗作赋的诗人，而是肩负一个城市几百万人口衣食住行的领导干部，我们考虑问题要全面，不能以偏概全！"刘耕野寸土不让，枯瘦的脸上也有些微微发红。

"环境好了，才能促进经济的高质量发展，这并不矛盾，而是相辅相成的问题。牺牲环境为代价追求的指标数据，是一种低质量的发展，贻害后世的发展！"

"好了好了，你俩别吵了！"李子平终于开口说话了。刘耕野、赵驰和林寒江的唇枪舌剑，其实是李子平希望看到的局面。林寒江是空降进齐江的沙子，甚至是一枚钉子，李子平对他很是提防，但他毕竟是省委书记点将来的，还是要给几分面子的。再说几个副市长在政府常务会上争吵起来，这事传出去也是笑话，逼得他不得不出来打圆场："不要因为工作意见不同而伤了和气，影响我们班子的团结。这个项目，你们一方面从经济角度考虑，另一方面从环保角度考虑，谁都没有错，我建议把这个议题提报给市委常委会吧，我们认真听听市委的意见，然后再做决定。"李子平无奈之下，只能和稀泥。

会议不欢而散，很多政府系统的人私下议论，说新来的副市长果然傲气冲天，在政府常务会上硬撅一、二把手谈好的项目，根本没把他们放在眼里。这个"寒江雪"不仅孤僻，还很孤傲。

耿正听说了这件事，晚上带了一袋子水果跑到林寒江的宿舍，责怪林寒江："你啊，就是一头脱缰的倔驴，这个倔脾气几十年没改，你的凤山金矿、长兴垃圾场、夜市一条街三把火烧得不错，你就不能见好就收，老老实实地干活，和和气气地做人？"

林寒江双手捂住后脑，闭上眼睛，显得十分疲惫，说："老兄，你以为我吵架上瘾啊？我关上门反省，自己也后悔啊。可是，在那个会议上，我要是不反对，没多久密密麻麻的楼盘就戳在齐江岸边了！"

"好多城市都在江边河边盖楼，怎么到你这里就不行了？"

林寒江睁开眼睛，使劲瞪耿正一眼："你也是研究环境的，能昧着良心同意这个决定？为了眼前这点利益，把子孙后代的家园都给卖了？"

耿正扔给他一个苹果，说："良心？现在还有几个人讲良心，谁不追求利益啊！"

林寒江又把苹果扔回给耿正："气得牙疼，不吃了。对了，你一个教书先生，怎么消息如此灵通？我刚在会议上吵完架你就知道消息，你在市政府有卧底？"

耿正哈哈一笑，说："你小子撅的项目是钱起学长准备投资100多亿的心血，青峰集团时刻关注着呢，你唾沫星子没落地，他们就知道了。学长和我打电话了，你小子是一点都不讲情面啊。"

林寒江捂着腮帮子说："老兄，不管钱起还是吴起、白起，我研究这个问题的时候只对事不对人，这个问题不是讲情面就能过去的，我不能对不起自己的职责和良心啊。我可不想为了一点情面，让后来几代的齐江人戳我脊梁骨！"

"齐江本地人都没急眼，你一个外来户这么义愤填膺！"耿正拍拍他的肩膀，"好啦，我理解你的脾气和秉性，已经帮你向学长解释了。钱起学长并没生气，还要约你吃饭呢。"

林寒江有些汗颜，说："我跟学长的项目唱反调了，这饭吃起来有些尴尬，还是过阵子再说吧。"

市政府常务会议上两个副市长为了一个百亿项目吵得面红耳赤的事，市委书记廖宇正也听说了，所以他把这个议题放在市委常委会议议程的最后，想充分听听大家的意见，因为他自己心里也有些踌躇，生态环境问题不容忽视，但是齐江市也要发展啊。

林寒江列席参加常委会，再次重申齐江生态红线的重要意义，不同意破坏红线开发房地产和商业。结果常委会意见也无法统一，参会人员意见各执一词，支持李子平和刘耕野的人明显占据多数，支持林寒江意见的只有两三个人。廖宇正见这个局势，也有些左右为难。林寒江心里着急，他知道如果常委会通过这个项目，就很难挽回了。

这个时候，和林寒江一起列席会议的自然资源局局长洪程在林寒江旁边低声叨咕一句："都没有人问一下土地权属的事……"

洪程的声音很轻，像是给林寒江提醒，又像是自言自语。

林寒江瞬间明白了，有一个很重要的问题被他忽略了。洪程想点明这个问题，又怕得罪某些领导，只能偷偷装上火药，让林寒江来扣动扳机。李子平和刘耕野也许是知道这环节的，如果是这样，就是他们故意不说出来。

林寒江没有时间多想，他举手向廖宇正示意，他要发言。廖宇正正在为难，看见林寒江举手，就说："寒江同志，你还有什么要补充的？"

林寒江站起来说："我们暂时不要争论发展重要还是环保重要，因为还有一个更重要的问题。这个问题如果不解决，一切都无从谈起，就是齐江钢铁厂土地权属的问题。"

林寒江继续说："我听说，齐江钢铁厂原来是从省国资委划到齐江市代管，后来在齐江市进行改制，直至今天的并购，但是厂区的土地所有权应该还是在省里，我们应该向省里请示这片土地如何使用。"

林寒江的建议虽然把皮球踢向上级，却给廖宇正解了围，这样可以双方都不得罪。廖宇正当即拍板，向省政府起草请示。

刘耕野偷偷看了一眼李子平，李子平面沉似水没有说话。他们二人其实很明白土地开发的流程，对齐江钢铁厂的土地权属也心知肚明，他们原本想绕开这些障碍，先促成这个项目落地，将来项目建起来了，就算省里问责也是木已成舟，而且还经过了市委常委会讨论，集体决定集体担责。

林寒江落座的时候,洪程在桌子下面偷偷给他竖一个大拇指。林寒江看着他点赞的手势,心里却一阵悲凉。地方政府很多不科学的决策大概都是这么产生的,没人敢说真话,在官场等级面前,有时候良知失语,真理败给潜规则。

林寒江走出会议室的时候,没有一个人和他说话,甚至很多人故意回避和他的视线接触。林寒江孤独地走着,心里有一种抑制不住的疲惫。

不到两天,省政府的批复就回来了,批复中明确答复钢铁厂并购以后,省国资委保留原划拨方式处置土地使用权,不建议利用齐江钢铁厂地块开发房地产和商业设施。这期间,林寒江确实找到原来的生态环境厅、省国资委的领导,又在分管副省长门前足足等了一个半小时,向他们痛陈这个项目的利害关系,取得了省里的支持。

刘耕野拿着批复找李子平:"肯定是林寒江捣鬼,他是省里的人,这么做就是故意绕过齐江市。他在上边动动手脚,就把我们百亿的项目给废了!这个'独钓寒江雪',就是拿齐江市当他的踏脚石,我们小瞧了他的能量。"

李子平把批复看了半天,叹了一口气说:"省里既然批复了,我也不好反驳。老刘,你去和青峰集团的钱总解释一下吧,不要对我们齐江失去信心,我们还可以寻求别的合作机会,这个五百强民营企业我们不能放弃。"

"我都不知道怎么和人家说啊,还是你们主要领导沟通一下吧。"气恼的刘耕野拉着脸走了。

一辆飞驰的迈巴赫车中,钱起的手机屏幕亮了,他拿起手机一看,是那张省政府批复的照片。钱起逐字逐句看了半天,默默地删除了照片。

"林寒江啊林寒江,你小子是真不讲情谊啊。"

10
腹背受敌

周末,齐江市繁华的中央步行大街,齐江市环保协会和生态环境局联合搞了一个"垃圾分类、人人有责"的公益宣传活动。林寒江本不想参加,但是架不住耿正和郝仁敬联合起来软磨硬泡,他愣是被两人拖到了现场。

活动现场,数百人拥挤在舞台前,参加活动的大都是环保志愿者,来自齐江大学等几所高校的师生。田小小正在台上主持互动节目,看到林寒江被耿正和郝仁敬架到现场,大喜过望,在台上大声说道:"感谢林寒江副市长参加我们的垃圾分类宣传活动,大家掌声欢迎林副市长为我们致辞!"

几所高校的师生们报以热烈的掌声,为林寒江等人闪出一条通道。

林寒江低声埋怨耿正:"真是有什么样的老师就有什么样的学生,这丫头上来就把我架到火上烤!我什么也没准备啊。"

耿正一把将林寒江推到台上:"别磨蹭了,痛快上去说几句吧,你那口才不用在这个地方就是浪费!"

林寒江站到麦克风前,清清嗓子说:"同学们,昨天晚上我在齐江大学宿舍楼前面,被一个条幅极大地震撼了!那条幅上面写着'未按时间地点乱扔垃圾,你就是人群中的垃圾',我在条幅前深深检讨,看来我以前就是你们说的'人群中的垃圾'。"

台下被这个开场白引得一阵哄笑,都觉得这个副市长没有什么官架子,和平日里见到的领导不一样。

林寒江止住台下的笑声,指着台下的女大学生们说:"我看过一个小段子,说你们这些女大学生都爱喝珍珠奶茶,那么如何帮助你们戒了这种容易变胖的饮料呢?只需告诉你:珍珠是湿垃圾,杯子是干垃圾,杯盖是可回收垃圾,你们还会再喝吗?"

台下笑得人仰马翻,尤其那些女大学生,好多人都笑出眼泪了。

林寒江还要讲下去,忽然觉得头顶和后背一凉,一盆水从后面全泼到了他身上。站在台侧的田小小发出一声惊叫,一个穿得花里胡哨的年轻人已经像老鼠一样钻进商场里,台上只剩下一个塑料盆在滴溜溜乱转。台下那些师生还没看清发生了什么事,很多人还在捂着肚子笑呢。林寒江尴尬地站在台上,浑身上下都在淌水,那水又臭又黑,八成是拖地的水。耿正和郝仁敬赶紧上来护着林寒江走到台下僻静处。郝仁敬要去追那个人,被林寒江拦住了。那些师生都在傻傻地看着这一幕,他们都不相信:一个副市长在大庭广众之下,被人兜头泼了一盆脏水!

三人匆忙进到耿正的车里,郝仁敬要打电话报警,林寒江脸色发青,说:"算了吧,脸已经丢了,就别再闹得人人皆知了。"

林寒江虽然主张息事宁人,但是他的手指有些痉挛,显然是在拼命克制自己内心的愤怒，这是他平生第一次遭受这样的羞辱。

耿正找出一包纸巾，帮林寒江擦拭身上的脏水，对他又劝又责备："别生气了，我都提醒过你，你来齐江得罪了那么多人，不知道有多少人琢磨你。你这性子宁折不弯，容易吃亏，这次人没受伤就好，你也别往心里去。"

林寒江默默擦着脸颊上的脏水，目光有些凝滞，不知道心里怎么想的。

耿正问郝仁敬："你们最近得罪谁了，被人用这种流氓手段报复？"

郝仁敬摸着自己的老脸，想了半天说："能用这种流氓无赖手段的人，八成是那个朱光明！"

"朱光明是谁？"林寒江一脸疑惑。

耿正接口道："原来是这个浑蛋！这个人我知道，齐江市第一大土豪！这个第一大土豪不是说他实力雄厚，而是说他平时为人土得掉渣，偏偏使钱又豪迈过人！"

"这人我听都没听过，怎么可能得罪他？"林寒江还是有些莫名其妙。

郝仁敬说："我们这阵子搞的'蓝天行动'，正在排查一些小型锅炉和烟囱，准备拆小联大，等到供暖季结束后，就要拆除违规排放的锅炉烟囱。进入拆除名单的锅炉烟囱大部分隶属朱光明名下的金龙供热公司，他早就放出话来了，要给我们好看。"

林寒江已经平静下来，他冷静地看着郝仁敬，说："他们既然还能有精力琢磨这些歪门邪道，说明我们的工作力度还是不够。你们尽快把拆除小锅炉烟囱的实施方案报给市委和市政府。对了，还有齐江沿岸企业要尽快进行污染程度调查，一并拿出实施方案上报！"林寒江的语气里透露着些冷酷，对那些施展龌龊手段的人，不能和他们纠缠细枝末节，那样就正好落入他们的圈套，而是要直击其要害。

耿正暗自叹息一声，不再说话，开车载着林寒江离开了活动现场。

宣传活动多亏了田小小，反应很快，赶紧组织互动节目，化解了当时尴尬的氛围。不过新来的副市长被人在闹市泼了一身脏水，这事很快成为齐江市街头巷尾的一桩八卦新闻。

生态环境局上报的两个方案，被市政府搁置了半个多月，林寒江几次催促李子平，都被李子平以方案不成熟，还需要广泛征求各方面意见等理由推托，后来林寒江直接找到廖宇正，说："一年的时间已经快过去四分之一了，我们上报的治污方案还迟迟不能通过，我们一点动作没有，将来怎么向环保督察组和省委复命？"

廖宇正当着林寒江的面给李子平打电话，催促两个工作方案上会的事。李子平向廖宇正发牢骚："这个林寒江眼里只有你一把手书记，没有我这个市长，几件事情都隔着我直接找你，每次都弄得我很尴尬。"

廖宇正替林寒江解释："他这个人性子就是这样，倒不是故意想让你为难，只是想快点把事情办成，有时候难免会不按程序办事。我们还是从大局出发，尽量支持他吧。"

"我感觉他不是不懂程序，而是自以为是'钦差大臣'，没把这些条条框框放在眼里。廖书记，早晚有一天他也会挑战你的权威的。"

廖宇正倒是很大度："只要他林寒江能完成生态环境整治工作，这些条条框框就算被他砸碎了，我也认了。"听了廖宇正这么说，李子平不再言语。

在廖宇正的催促下，市政府常务会总算通过了生态环境局上报的两个方案。这两个方案明确了拆除小锅炉烟囱的时间、沿江污染企业按照500米生态红线关停、红线外污染企业按照污染程度进行关停或迁址的时间和步骤。这两个方案的发布在齐江市引起了不小的震动，一些涉污企业如同惊弓之鸟，不少人哀叹这个"独钓寒江雪"下手真狠，真的要在齐江来一场暴风雪。

齐江老百姓平日里都流传：齐江市有两尊佛，一尊是官场上的王武，另一尊就是生意场上的朱光明。这两尊佛以前过从甚密，自从王武出事以后，朱光明觉得自己在政府里失去了"内援"，一心想和新来的副市长林寒江搭上关系。

此时，朱光明正把脚搭在桌子上，摸着自己肥硕的后颈，听手下的人向他汇报。

一个三十多岁的黑色西装男人说："老总，我们已经托人三次邀请副市长林寒江过来参观，也表达了老总您请他吃饭的诚意，但他就是不答应。"

朱光明使劲拍着自己的后颈，骂道："这个姓林的兔崽子，太不给老子面子了！我堂堂金龙公司，掌管着全市三分之一的供暖，二三百万人的冷暖都要看老子脸色行事，他也太小看我了。"

西装男人身后还站着几个衣冠楚楚的年轻人，在朱光明面前大气都不敢出。朱光明自己平时布衣布鞋，佛珠不离手，像一个在家居士一样，其实他每餐必是大鱼大肉、名烟名酒，而且他要求手下必须学习外资企业的管理模式，首先从衣着打扮开始模仿，所以金龙公司的员工出去全是黑西装黑皮鞋，简直就是日韩电影里社团组织的做派。

"你们还有什么好办法，让我和新来的什么'寒江雪'见一面？"朱光明问那几个年轻人。

几个年轻人连头都不敢抬，为首的三十多岁的男人欲言又止，朱光明指着那几个年轻人骂道："你们几个都给我滚出去，一群废物！"

三十多岁的男人等手下都出去以后，贴近朱光明的耳朵说："老总，实在不行的话，还是用对付那个谁的招数对付他吧？直接拿钱去砸他！"朱光明眼睛一亮，点点头道，"好吧，阿成，还是你考虑得周全,你去准备一下。今时不同往日,我还是忍一忍他吧。"

林寒江以前在省城的时候,一直有夜跑的习惯,来到齐江市以后,由于工作繁忙,天气又冷,跑步的事就变成了三天打鱼两天晒网。最近见天气开始转暖,偶尔不加班的时候他也会去附近公园跑跑。

这天晚上,林寒江刚跑到齐江公园门口,一辆黑色的大奔就悄无声息地滑行过来,挡住了他的去路。林寒江正诧异间,一颗油光可鉴的大脑袋从车里钻出来,满脸笑意的朱光明向林寒江拱手道:"哎呀,惊了林副市长,罪过罪过。鄙人朱光明,在林副市长您管理的企业混口饭吃,我向您赔罪了!"

林寒江看着朱光明手腕间"哗哗"作响的佛珠,心想:这尊佛终于沉不住气,主动找上门来了。看着朱光明伸过来的那双肥嘟嘟的手,林寒江沉吟了一下,还是和他轻轻握了一下手,说:"有什么急事,能让朱老板黑灯瞎火地来堵我?"

朱光明一脸愧疚,说:"哎呀,林副市长,您日理万机,我几次去办公室找您汇报工作,您不是开会就是去现场,始终没能见您一面。我就是想找机会向您汇报一下金龙供暖公司的事……"

林寒江马上制止他:"朱老板,金龙公司的事还是请你去局里谈吧,在这里说工作不合适。我今晚来公园就是想跑跑步出出汗,朱老板要是有兴趣,一起跑一会儿?"林寒江故意打量着朱光明快堆到地上的肚子,诚心给他出难题。

朱光明喘了口粗气,抹抹额头上的汗,说:"林副市长说笑了,我这身板别说跑步了,连走路都要拄拐,痛风患者!"他挪过来,贴紧林寒江的耳朵说,"林副市长,听说您还住在大学宿舍里?齐江市亏待您了啊,这事连老哥哥都看不过眼,本来想私下做主给您在齐江买套房子,一则不知道您的喜好,二则担心给您个人申报房产时带来麻烦,所以老哥哥就自作主张，给您带了点现金来。"

朱光明晃晃"哗哗"作响的手，那个叫阿成的西装男人和司机从后备厢里抬出来两个行李箱，放在林寒江面前。那两个行李箱似乎重量不轻，把林寒江看傻了。朱光明又晃晃肥嘟嘟的手，那两个人立刻退得远远的。朱光明关心地对林寒江说："林副市长，您找个时间在齐江买套房子，把夫人接过来，免得两地分居，这也是老哥哥的一点心意。"

林寒江指着两个箱子问朱光明："都是钱？不少吧？"

朱光明笑得像佛爷一样，伸出"哗哗"作响的那只手，对林寒江使劲张开五根手指头。"五百万？"林寒江确实有些吃惊。朱光明抹抹额头的油汗，说："这是老哥哥的一点心意，您别嫌少，以后还有什么需要，尽管找我！"

林寒江撸起袖子，过来试着拎那两只箱子，他使出了很大力气也拎不动："朱老板，你这点小心意，我是拎不动啊！"

朱光明心中冷笑：天底下没有不吃腥的猫，也没有钱砸不倒的官。他脸上的笑容更加灿烂了："我都替您考虑到了，您想放在哪里，我这司机今晚就给您送去，绝对不会有别人知道。"

林寒江哈哈笑道："朱老板，谢谢你啊，你让我开了眼界，知道500万有多重，也让我知道我没有拿500万的命。"

朱光明没料到他会这样说，一时不知怎么接话，只是讪笑着摸摸脑袋。

"不过朱老板，房子我是不需要的，我住在哪里也不需要朱老板操心。"林寒江话锋一转，对朱光明道，"我还是奉劝你一句话，如果你这500万没有地方扔，还是拿去买点设备吧，降低你那些锅炉的硫化物排放浓度。"

朱光明脸上的笑一下子僵住了。

林寒江看看手机上的时间，说："对不起了啊，我得跑步去了，你们愿意跑就一起来啊。"说完就大摇大摆跑进公园，把朱光明晾在夜色里。

林寒江也小瞧了朱光明的韧性，这个家伙还真是一个能屈能伸的人物，公园门口的挫折并没有打消他的念头。第二天，他又抱着厚厚一摞材料来生态环境局堵林寒江。林寒江正和郝仁敬、周成功等人研究"蓝天行动"，朱光明的大油脑袋就在会议室门口似隐似现。林寒江合上文件，一脸苦笑，低声对郝、周二人说："这家伙还真是难缠，把我的行踪摸得很准啊，看来不把我收买了是不会罢手的。"

"朱老板，既然来了，就请进来吧！"林寒江冲门外大声喊道。郝仁敬和周成功起身想离开，林寒江向他俩摇摇手，示意他俩坐下一起看看朱光明演的哪出戏。

朱光明喘着粗气，把肥大的身躯挤进门来，一脸笑容地说："哎呀，真是巧了，几位领导都在，我正好向几位领导汇报一下金龙公司的小锅炉整改问题。"说着把一份装帧精美的材料册递给林寒江，又分别给郝仁敬和周成功也递上一份材料。

林寒江打开那份铜版纸印刷的材料，只看了一眼就变了脸色，把册子劈面扔回给朱光明。郝仁敬和周成功都吓了一跳，心想平时儒雅的林寒江怎会这么有失风度。

朱光明条件反射地伸出缠着佛珠的胖手去接，没有接住。册子掉在地上，竟然弹出一张金色的银行卡。

林寒江冷笑道："朱老板，昨天晚上的500万是重如泰山，今天的银行卡是轻如鸿毛啊。不管是泰山还是鸿毛，我林寒江都承受不起，我劝你还是把心思用在正道上吧。"

朱光明一张胖脸变成酱紫色，弯腰很努力地去捡那张卡。郝仁敬和周成功对视一眼，明白了林寒江话里的意思，他二人赶紧把手里的材料塞给朱光明，虽然那里面没有卡，但是也像热山芋一样烫手。

林寒江喊来局办公室主任，话语里带着些怒意："我们还要开会研究拆除小锅炉的事情，你替我送一下朱老板吧！你们办公室的人也请注意，以后我们开会的时候，不是谁想进来就能进来的！"

　　被赶出来的朱光明一路喘着粗气，狼狈不堪地钻进他那辆大奔里。

　　会议室里，周成功激动地对林寒江说："林副市长，你是一个爷们儿！我服你！"

　　林寒江有些不懂，问周成功："此话怎么讲，我拒接贿赂不是很正常的事吗？"

　　周成功无限委屈，说："这个朱光明以前可是我们的太上皇啊！"

　　原来，这个朱光明以前也经常来，但是那时候他可是如履平地，颐指气使，把原来的局长当马仔一样呼来喝去。他提出的要求，市领导批示，局领导落实，稍有不满意，朱光明就在局长办公室里大声叱骂，原来的局长还得赔着小心解释，生态环境局的工作人员敢怒不敢言。周成功曾经因为拒绝金龙公司提出的要求，被原来的局长批过很多次，他从来没想到朱光明也会有被轰出去的一天。

　　林寒江叹息一声："没有天理了，政府官员竟然被这些无良商人呼来喝去，看来污染最重的不是我们的生态环境，而是我们的人心！"

　　郝仁敬也有些激动，他擦擦眼镜片，说："我们能把朱光明轰出去，就能把齐江的蓝天抢回来。以前看见朱光明，我是敢怒不敢言，现在有你为我们撑腰，我们终于可以扬眉吐气了！"

　　研究完工作，郝仁敬和周成功劝林寒江还是要提高警惕，说朱光明这人最能死缠烂打，什么龌龊的招数都能使出来，还是小心提防一点为好。林寒江不以为意，笑道："齐江市是我们共产党的天下，朱光明总不会像杜月笙、黄金荣那样，把我扔进齐江去'栽荷花'吧？现在全国都在开展扫黑除恶专项斗争，他这种人应该自求多福才是。"

　　周成功还是有些担心："林副市长，你没在基层工作过，有些人坏起来是会让人瞠目结舌的，小心一点不是坏事。"

林寒江不以为然："那我就拭目以待，看看他们能怎么让我瞠目结舌吧。"

恼羞成怒的朱光明回到金龙公司，大发雷霆，据说拍桌子把手腕上的佛珠都震散了。他把怒火发泄到别人身上，让那些黑西装黑皮鞋的人贴着墙根站了一溜，挨个儿大骂一顿！

一名经理进来战战兢兢地向他请示，说有一个小区供暖因为温度不达标，被媒体曝光了，几十个住户把供暖公司的大门堵住了，该怎么处置？

"去，你也滚那边站着去！"朱光明像一尊怒目金刚满地打转，那名经理大气不敢喘，乖乖挨着墙根站着。

最后还是朱光明的心腹智囊阿成凑了过去，大着胆子和朱光明嘀咕几句。

朱光明听了一拍自己的后颈肥肉，大笑道："好吧，就按照你的办法去做。你要是不能替我出了这口恶气，就把我喂给你吃的全给我吐出来！"

几天后，一波寒潮天气袭击齐江市，偏偏此时，金龙公司故意降低供热温度，致使市内大面积供暖不达标，市民们蜷缩在寒气逼人的屋子里，白天还能出去活动活动，夜里根本无法入睡，房产局的投诉电话几乎被打爆了。金龙公司又安排了一些人到群众中挑唆，说是环保部门为了减排硫化物而故意要求降低供热温度，很快便有两三百名不明真相的市民被挑唆到市信访局上访。上访群众聚集在信访局门前，造成交通瘫痪，信访局长和房产局长苦苦解释，每当气氛有所缓和的时候，金龙公司在上访群众中掺的"沙子"就借故起哄。

一个斗鸡眼男人跳在台阶上，振臂大喊："他们说了不算，他们都是骗子，我们去找市委书记和市长，不解决供暖问题决不罢休！"

众人被忽悠得一起喊："见书记！见市长！"

斗鸡眼又从包里掏出一条白纸横幅，上面写着"只顾政绩，不顾百姓死活！林寒江天怒人怨，请你滚出齐江"，一大群人举着白纸横幅，呼啦啦向市政府游行进发，一路招摇过市，把几条道路堵塞得水泄不通。一些被堵住的司机掏出手机进行直播，林寒江的大名被迅速扩散到网络上。

林寒江当时在省城开会，并不知道齐江市闹出了这么大的动静。耿正将网络视频发给他，他才知道自己又出名了，但是他身在数百公里之外，无法向群众解释。

李子平和廖宇正先后给刘耕野打电话，让他赶紧出面平息此事。刘耕野虽然不愿意插手此事，但是在两位领导的要求下，只能不情不愿地允诺下来。不过这点事情确实难不住刘耕野，他调来公安警力，拦住游行的队伍，收缴了横幅，然后指挥信访局和房产局派工作人员把上访群众全部领到生态环境局办公楼门口。

做完这些，刘耕野在给领导的电话里怒道："游行队伍我拦住了，围堵市政府我化解了，至于后面的事，我可不管了，谁的孩子谁抱去！"

苦了郝仁敬和周成功，两人被围了五六个小时，苦口婆心费了无数唾沫才把老百姓劝退。

其实，真正让上访群众偃旗息鼓的是朱光明，他接到了一个电话，警告他不要把事情闹大了。握着电话的朱光明肥大的脑袋点得像鸡啄米一样，看来这个打电话的人让他十分畏惧。

林寒江赶回齐江的时候，上访群众已经散去了，供热温度也恢复了。唯一留给他的就是那个斗鸡眼男人写在生态环境局墙上的几句打油诗：治污不行，降温先行。冻一激灵，滚回省城！看着郝仁敬找人把这几句话用涂料盖住，林寒江面色铁青，久久无语。

郝仁敬安慰林寒江："林副市长，您别生气，基层工作就是这样，挨骂是家常便饭，时间久了，您也就不会当回事了。"

林寒江："这算是给我的下马威吧？不过我这人也有一个臭脾气，别人放马过来，我就奉陪到底！"

金波一直对王武留下的遗书心存疑窦，想把王武办公室的电脑找来查看一下。办案干警告诉他，王武的电脑已经被纪委工作组收走了，要想看电脑里的内容，只能去求纪委书记严哲想想办法。于是金波去求赵驰出面找一下严哲，谁知赵驰一口拒绝："没事找事，我可不想往纪委那些人身边凑，要去你自己去啊！"

金波一脸愁容："人家是市委常委，我和他差了好几级呢，一个副职怎么敢僭越求见？你也不是不知道我的为人，不爱去打扰那些领导。"

赵驰："老金，咱们可是有言在先，王武这案子只能暗地里查，你明目张胆地去找纪委要电脑，不等于向全齐江的人宣告我们不认可纪委的结论，在重新调查王武的死因吗？再说了，当时自杀的结论是我们公安局出的，现在公开否定自己？"

"赵局，这事我还想刨根问底呢。当时我在外围追查王武，等我赶回来时，局里已经认定了王武是自杀，这是不是有点草率啊？"

赵驰冲他摆摆手："当时我们是配合纪委查案，纪委说定性为自杀，我也不能公开反对吧？再说，当时急切之间根本没有发现这些疑点，省里着急要一个说法，只能以自杀定性报上去了。"赵驰的话倒不是推卸责任，当时确实如此，省市相关部门需要在最短时间内澄清事实。

金波有些委屈："现在调查一个凶杀案，我们却要偷偷摸摸，又要到处求人？"

赵驰反应很是敏锐，抓住金波话里的漏洞："谁说的凶杀案？你有证据了？老金，这个案子首先要讲政治，你可别轻易定性啊！"

金波双手一摊，说："证据很可能就在那电脑里呢，除非你想办法让我查看王武的电脑。"

赵驰已经不胜其烦，说："你自己想办法吧，我还得赶去开会。"

赵驰这个滑头说走就走，把金波晾在那里直翻白眼。

金波抽空又去找林寒江，想让林寒江帮他去找纪委书记严哲。

听了金波的请求，林寒江有些为难，这个金波心里只有办案和真相，对官场的规则和忌讳并不了解。他一个主管环保的副市长，怎么能为了公安局的案子去找纪委书记沟通协调呢？林寒江心里轻叹一声：怪不得这个金波沉浸公安系统多年，送走了一任又一任局长，自己却始终不能转正，原来根子在这里。虽然为难，但是考虑到王武的关系，林寒江还是答应了私下里去找严哲了解一下情况。

见林寒江终于松口，金波高兴之余又发牢骚，说："林副市长，你说我们现在做事最累最难的是什么？"

"是什么？"

"是我们自己在内部给自己设置障碍，制造困难，内讧、内耗、内卷。"金波说出的词还挺时髦。

林寒江看着金波，不由得一阵苦笑，这个金波原来比自己还"轴"。

第二天，林寒江开会时遇见纪委书记严哲，把他拽到一边，低声把金波的请求转告他。

严哲一脸为难，说："王武的案卷和相关证物都交给了省纪委办案组，我也无权要回来。"

林寒江央求他，能不能和省纪委协商一下。严哲踌躇再三，最后答应去试试。

齐江市准备召开一季度经济工作通报会议，刘耕野在会议室门口和李子平研究了一下财政支出情况。李子平问刘耕野："近期财政资金缺口这么大，具体什么情况？"

刘耕野掐指头算账："最近政府化债和环保投入资金太大，有点承受不了，长兴垃圾处理厂2.1亿，夜市建设7000万，环保炉补贴3000多万，还有'蓝天行动'小锅炉拆除和热网并联，等等，至少还要1.5个亿，放在我桌子上还没批呢……再加上还贷5个多亿，快10个亿的大窟窿。李市长，你把我这身老骨头拆了也堵不上这个大窟窿啊！"

李子平满脸不悦，催他："别哭穷了，快说说办法吧。"

刘耕野一脸无奈，说："有几笔支出，我只能暂时压下来，还有全市的一季度绩效工资，我看也先停停吧，等资金缓解了再补发吧。"

李子平也皱起眉头，有些迟疑："这么做很容易激怒大伙，众口铄金啊！"

刘耕野双手一摊，说："那我没办法了，反正是没钱发绩效了，要不市长你去和大家解释解释？"

李子平面色难看，扔下一句话："你看着办吧。"匆匆离开了会场。

市长在开会之前脸色难看地离开会场，已经让参会的人暗自揣测，等主持会议的常务副市长刘耕野宣布暂缓发放一季度绩效，会场里顿时炸了锅！

刘耕野在会议上说："实在对不起大家啊，我在齐江市工作三十年，第一次这么惭愧地向大家道歉。因为受政府化债的压力，以及近期在生态环境整治方面投入资金较多，致使财政资金缺口很大，只能暂缓发放大家一季度的绩效，希望大家能理解。"台下的人闹哄哄地议论，因为这是齐江市历史上第一次出现这种情况，绩效暂缓发放了，以后是不是连基本工资都开不出来了？

刘耕野安抚大家："目前，只是由于一些环保项目的支出较大，超出了预算，我们一定会想办法解决的。请大家理解支持，相信齐江市会渡过难关的。"精于计算的刘耕野不动声色地将矛盾引向林寒江。

刘耕野这一番"项庄舞剑意在沛公"很快就收到了效果，齐江市政府部门一季度测评中，生态环境局又位列最后一名。

郝仁敬拿着测评结果来找林寒江，说："林副市长，您看大家辛辛苦苦换来的就是这样的结果！我回局里怎么和大家交代？"说着他把测评结果扔到了林寒江面前，显然这个老好人也动了真火。

林寒江当然知道这个结果其实是针对自己的，是他连累了生态环境局的同志们。他看着测评结果，默然无语。

"去年年底因为局里主要领导出事，测评中被一票否决。今年大家铆足了劲儿打翻身仗，加班加点几个月都没休息，最后测评结果还是倒数第一，太不公平了！"郝仁敬一肚子委屈，愤愤地拍了一下桌子。

林寒江安慰郝仁敬："老郝，好好宽慰一下局里的同志，毕竟只是一个季度，今年我们还有四分之三的时间去扳回来，大家不要泄气。"

郝仁敬苦笑，说："林副市长，您觉得我们还有扳回来的可能吗？"

这一句话击中了林寒江思虑的痛处，他长叹一声，喃喃自语："是啊，想扳回来确实很难很难。"他站起来，走到窗前，看着外面城市上空薄薄的雾霾，沉默了半天，说，"雾霾不是雾霾，是观念和势力。"

"林副市长，您说的什么意思？"郝仁敬没听懂林寒江的话。

"我在省城下定决心来齐江市的那一天，天空里也是这样的雾霾，在那天之前我都是想着怎么躲避雾霾。雾霾弥漫,我大不了窝在屋子里就是了,从没想过去挑战它。我来齐江就是要和它打一场仗。眼前的雾霾,仅仅是雾霾吗?不,它是一种观念,甚至是一种势力,我们身在其中,被它缠绕笼罩,无处发力又无处可逃。那么我们该怎么做?"

身后的郝仁敬坐在那里,也陷入沉思。

林寒江又道:"如果不去挑战雾霾,我们就只能臣服于它的缠绕笼罩,最后窒息而死;如果去挑战雾霾,我们可能会拨云见日,夺回蓝天碧云,也可能灰头土脸,甚至头破血流。老郝,你说我们该选择挑战还是接受窒息?"

"林副市长,您的大道理我都懂,可是再好听的道理也没有考核成绩和绩效工资有说服力。全局上百口人,谁会听我讲大道理啊?这个局长,我看还是换人来当吧。"

林寒江一时无语,只能好言安慰郝仁敬坚持下去。

良久,郝仁敬哭丧着脸问林寒江:"林副市长,我斗胆问您一句,省里给您一年时间,您有没有考虑过结果是什么样?"

林寒江沉默一会儿说:"说实话,我想过,无数次想过。无非是两种结果:一种是惨胜,将来遇见什么困难不可预判,付出的代价不可估量;一种是惨败,我林寒江身败名裂狼狈而回,齐江环保人集体折戟沉沙。总而言之,不论惨胜还是惨败,我林寒江的结果都离不了一个'惨'字。"

"那您觉得值得吗?"

"是否值得,不是由我们评判的,是由齐江八百万人的心去判定的。"林寒江说,"我相信我们今天的委屈,总有一天会给我们一个交代。如果我们这个时候后退放弃,就永远没有证明自己的机会了。老郝,我们做事情靠的是责任和良知,你真的那么在意领导表扬和考核名次吗?"

"我也不想在意，可是话语权在人家手里啊。您想挑战雾霾，可我想躲到没人关注的角落；您将来能展翅高飞，可我连翅膀都不敢长出来！"老好人郝仁敬难得一见地发牢骚，可见他心里委屈到了极点，"林副市长请您放心，工作我不会耽误，但是以后冲锋陷阵得罪人的事，您还是另请高明吧。"说完他抓起那张测评单看了一眼，狠狠地揉成一团，扔进垃圾桶，推门而去。

郝仁敬几近撂挑子的发泄，让林寒江心里也是痛苦不堪。有时候你努力做事，却四处碰壁；你认为自己的路正确，背地里却有成千上万的人指责你。真正让人疲惫的，不是工作任务，而是看不见的掣肘。

林寒江打电话给耿正："晚上带瓶酒过来吧，陪我喝点儿。"

耿正在电话里叫道："太阳从西边出来了，你小子也有馋酒的时候？"

耿正来的时候，看着林寒江憔悴的神态，关心地问道："怎么了，是那个恐吓电话又折腾你了，还是在为被泼脏水的事生气？"

林寒江苦笑道："一盆脏水，我还没放在心上。至于那个电话，没事就给我解一下闷，我都习惯了，有时候还能聊两句。"

两杯白酒下去，心情郁闷的林寒江已经有了些醉意，他向耿正诉说自己的苦闷，说："为什么做点事情这么难呢？我想把齐江市的生态环境问题给解决好，还给老百姓一个干净美丽的城市，可是我现在好像身上拉着一张千钧重的网，割不断脱不了。这网上还有倒刺，不断地把一些乱七八糟的东西拽过来，把我压倒拖垮，我好累。"

耿正似乎也深有同感，他给林寒江倒满酒，说："我们每个人都背着一张网，亲人朋友、家庭事业都在这上面挂着呢。每个人的网联起来，就串联成社会，所以社会就是一张网。这张网只会越来越重，最后把我们压垮。"

林寒江醉眼蒙眬地问耿正:"就没有一个办法,能从这网里逃出去?"

"有啊,古人就有办法,看你想学不想学。"耿正把酒杯一顿说,"学学范蠡、陶渊明,带着你的小雪泛舟五湖、采菊东篱,脱离这俗世折磨。"

林寒江长叹一声,说:"贤人隐士的生活,你以为我没想过?可惜这个时代,已经不适合这种人生存了,五斗米虽然不多,如果没有了它我还真得去喝西北风。"

"你可以到学校里工作啊,两耳不闻窗外事,一心只教圣贤书。"

林寒江摇摇头说:"一年之后,如果上级允许我就弃仕从教。但是大学仕途也没什么区别,只不过换了个地方而已。雾霾之下,世间哪有净土啊?"

这话似乎让耿正深有共鸣,他一仰脖干了一杯酒,说:"人生如棋,就怕走错路,只要一步走错,你一辈子都陷入被动。"

林寒江吐出一口酒气,问他:"怎么了?你这厮走错路了不成?"

耿正笑道:"我是说你,好好的厅官不做,跑来齐江受这些腌臜气,现在把自己弄得进退不得、左右不是人吧?"

林寒江颓然低头,耿正说的话确实让他心生悔意。耿正拍拍林寒江的肩膀,说:"说实话,作为一个齐江人,我真希望你老老实实做官,和和气气做人,当一块圆乎乎的鹅卵石没什么不好啊。"

林寒江乜斜着他,一脸的不相信:"真心话?"

耿正点点头,又摇摇头,他站起身来摇摇晃晃转了两圈,有些激动:"好吧,算你了解我,有时候作为你的老同学,我又不希望你真的被齐江的水磨圆了棱角,我希望你能保持自己的个性,不要随波逐流。你是齐江的一股清流,有了你这样的人,齐江的水才能真正地变清。所以,我看你在齐江的所作所为,有时候想劝阻你,有时候想支持你……

我都被你折磨成精神分裂了。"两人互相拍着对方的肩膀哈哈大笑,都笑出了眼泪。

这顿酒本来是林寒江想寻醉,结果却是酒量极好的耿正喝醉了,离去时他已经有些踉踉跄跄。

林寒江收拾桌子的时候发现耿正的包忘记带走了,他把包扔到一边,不料包里却掉出一本书。林寒江捡起那本书,是一本旧的简装版《传习录》,他的思绪一下子被带到二十多年前的大学时代。那时候,他抱着这本《传习录》坐在寝室里,对面的耿正向他手舞足蹈地表演,朗诵王阳明的《啾啾鸣》:

丈夫落落掀天地,岂顾束缚如穷囚!
千金之珠弹鸟雀,掘土何烦用镐镂?
君不见,东家老翁防虎患,虎夜入室衔其头?
西家儿童不识虎,抱竿驱虎如驱牛。
痴人惩噎遂废食,愚者畏溺先自投。
人生达命自洒落,忧谗避毁徒啾啾!

那时耿正在准备参加班级元旦晚会的节目,他给自己策划了一个幽默诗朗诵,一边朗诵一边扮出老虎吃人的样子,笨拙的样子把林寒江笑得在床上打滚。

王武端着一盆水进来,被两人的样子吓了一跳,林寒江跳起来抓住王武:"王胖子这体型最适合扮演老虎,是一只威猛富贵虎。耿正你顶多是一只病猫,还是营养不良的那种……"三人在宿舍里打闹,把水盆都碰翻了。

后来毕业分别时,林寒江就把这本《传习录》送给了耿正,林寒江记得这本书最后一页上还有两人共勉的两段话。

林寒江慢慢翻到最后一页，上面的笔迹已经微微发黄了：

"险夷原不滞胸中，何异浮云过太空。夜静海涛三万里，月明飞锡下天风。"这是林寒江书录的王阳明诗作《泛海》，他记不起自己默写这首诗的心境是什么样的，二十多年前的往事已经成为一堆难以拼接的碎片。

"为了自己相信的正义要勇敢去拼，不要做缩头乌龟，否则就是活千年，不过是千年的禽兽。"这是耿正书录后人学习《传习录》的名言，那时候耿正的头发一定是剑拔弩张的吧。

大学毕业前夕，王武和耿正已经有了芥蒂，"三剑客"貌合神离分崩离析，如今更是阴阳两隔。林寒江看着签名，那时两人的笔迹青涩潦草，却透着一股自信与坚持。林寒江鼻子一阵发酸，合上了书。

林寒江掏出手机给小雪打电话，小雪在电话里听出了他舌头有些不利索，责备地问他："怎么喝这么多酒？"

"没事，和'长发老怪'喝了点酒，就喝几杯。"

"你是不是遇见不顺心的事了？"心有灵犀的妻子感觉到了林寒江压抑在胸中的烦闷。

那一瞬间，林寒江突然感觉自己很软弱。他很想在电话里和小雪倾诉，告诉妻子自己错了，他有些后悔来齐江，说出口的却是："亲爱的，我没事，我在这里很开心……"

11
追杀

  金波来到公安局痕迹检验中心，王武自杀现场那张轮胎痕迹照片的结果出来了。技术人员向金波解释，由于现场未能妥善保护，没有对实际痕迹进行取模，只能通过放大照片中的轮胎花纹进行比对。经过分析，照片中的轮胎痕迹很可能是来自国外进口的迈巴赫，概率约有90%。金波问能不能准确看出是哪一款车型，技术人员有些为难，说照片中的痕迹太模糊了，实在无法准确判断。

  "这种天价进口豪车，整个齐江市不会超过10台，老子查得起！"金波发狠了，命令部下去交警支队把全市的迈巴赫逐个排查一遍，看看王武出事的那天早晨这些车都在什么位置。

  墙上电视正播放对凤山金矿违规填埋案件的报

道，齐江电视台的记者神通广大，竟然采访到了举报者张小志。张小志在采访中畅所欲言，完全没打算藏着掖着，言语和神态中充满了一种挑战的骄傲，似乎在向那些污染环境的人宣战。他说："我曾经是一名刑警，在我的眼里，破坏环境等同于杀人越货，找出真相是我恪守的信仰！"

电视台记者很会煽情，问张小志："张警官，很多环保志愿者把你视为守护齐江的城市英雄，请问你敢于向污染挑战的动力来自哪里？"

张小志目光坚定，仿佛千万观众正在他面前屏息聆听："我要保护这个城市的清白，也要讨回自己的清白。我的动力就是我坚信终有一天我会重回刑警队！"

金波站在电视机前看完这段采访，向身边的警察摇头叹息："我理解这小子重回刑警队的想法，但是通过举报立功的方式，我有点接受不了。"

旁边的警察说："金局，听说张小志已经写了好几封调回刑警队的申请，都在赵局那里堆着呢。"

"人事调动那是赵局的事了，我不过问。"金波又叹一口气转身离开，仿佛有点惋惜，却不知是为谁惋惜。

原来三年前，初出茅庐的张小志在市公安局刑警队工作，是金波的手下。有一次两个盗窃电动车的小蟊贼被张小志当场抓捕，结果小蟊贼趁张小志不注意，从二楼跳下去，其中一人右脚跟腱断裂，另一人胳膊骨折。后来这两人被送到医院治疗时，竟然找来晚报记者和律师到医院采访，诬陷张小志在执法时殴打他们，他俩是为了躲避殴打才被迫跳楼的，二人甚至将张小志告上了法庭。当时这个案子在全市闹得沸沸扬扬，引发了好多人对警察执法行为的讨论，有人在网络上质疑张小志执法时为什么没有摄像。在法庭上，张小志为自己苦苦辩解，请求那些坐而论道的大老爷多从实际情况想一想，他黑灯瞎火撵出去一两里地，上哪里找摄像？身上佩戴着执法记录仪的同事在另一个方向堵截没赶过来，难不成还要等人聚齐了才能去抓盗窃犯？他独自一人与两个犯罪嫌疑人搏斗，搏斗的伤痕反而成了殴打别人的罪证？但是，对方律师死死咬住张小志打人的证据，声称自己的当事人就是不堪殴打被迫跳楼的。最后这场官司张小志输了，公安局赔偿对方医药费，张小志被记过一次，被调离刑警队下派到凤山县某派出所。

…………

此时的张小志正驾车返回凤山县途中，电话突然响起，他接通电话："姐，有什么吩咐？"

一个略带甜媚的声音传出来："亲爱的弟弟，你在电视上的表现太帅了，比那些小鲜肉强多了！"

"表现好有什么用？还不是得老老实实回小县城当我的小警察？"

"哎呀，弟弟，你别着急，你的事我已经给你办了。我和赵驰说了好几遍了，他敢不答应？你就等好消息吧。"

"那需要我怎么感谢姐姐呢？"

电话那端传来一阵娇笑："你还好意思和我说谢谢？明天你来我这里一趟吧，我们面谈……"

心领神会的张小志吹着口哨，脚下使劲把油门踩到底，车子几乎飞了起来。

郝仁敬骨子里是一头老黄牛，虽然没有了犄角，但依然是一头老老实实干活的老黄牛。他和林寒江发完牢骚，闹了两天情绪，还是主动自觉地把工作捡起来了。林寒江让他牵头组织环保监测站和水利等相关部门，成立齐江水质检测领导小组，聘请几名齐江市的环保专家组成一个第三方团队，耿正作为齐江市的环保名人也在其中，由第三方团队对齐江水质进行综合检测。依据上次的工作方案，水质检测结果将作为一道红线，污染严重的企业必须关停或搬迁。同时，通过招标平台向社会公开招标建设污水处理厂，准备封死齐江沿岸的排污口，彻底解决污水直排入江的问题。

这项工作在齐江市引起了很大反响，成为全市关注的焦点。郝仁敬那里接到了不少说情的电话，他去找林寒江汇报工作，人还没进屋电话就响了，只能一脚门里一脚门外地敷衍对方："对不起啊，这个检测数据出来以后，要上报市政府，还要向社会公布的，你就别难为我了，我做不了主啊。"

听了郝仁敬的话，林寒江和郝仁敬对视苦笑，这几天林寒江也接到很多说情的电话，甚至还有过去的老领导。

郝仁敬向林寒江汇报了第三方团队的工作方案，先由周成功带领环保专家团队去湖北宜昌市学习沿江治污工作经验，等专家团队回来后立即开展工作。

林寒江叮嘱他："关键是制定完善工作的流程、标准和规则，我们要用标准和规则推动工作前进，也要用标准和规则保护工作的人。这项工作一旦实施起来，即便是制定规则的人也不能更改。我们处在人情网络之中，只能用这个规则来约束自己、保护自己。"

郝仁敬有些替林寒江担心："检测结果出来了，估计沿江的几家企业基本都要关停，齐江市的工业指标全靠它们了，你这是打断了齐江市的一条腿，那几位还不得和你翻脸啊？"郝仁敬说的是李子平、刘耕野等人，他的担忧其实林寒江早就想过无数回了。

林寒江也有些无奈，说："这个恶人只能我来做了，就像我上次说的，这是一个'暂时退'和'持续进'的问题，我相信他们慢慢会理解的。有时候，我们都是被自己的工作业务圈子局限了视野，并没有绝对的错与对，很多事情水落石出之后，我们才知道当时抉择的对与错。如果你老郝分管经济，有人要关停你的支柱企业，估计你也要跳起来。"

郝仁敬摇摇头，有些试探性地说："林副市长，和你接触这么长时间，我发现你其实有一个弱点。"

"什么弱点？"林寒江微微一愣。

"你从不先以恶意揣测别人，对人缺少提防之心。"郝仁敬说，"这个弱点，在太平世界里会让你成为君子，在尔虞我诈的战场上会让你成为牺牲品。"

林寒江有些吃惊，这话不像郝仁敬的风格啊，这个一直胆小老实的老好人，其实很多问题都看得入木三分。不过林寒江不觉得事情有他说的那么严重，笑话他："一个环保工作而已，哪来的战场？你别扰乱我的军心啊！"

郝仁敬走了以后，林寒江还在偷偷品味他的话，他承认这个好人精把他看得很准。林寒江一直信奉一条做人原则：不要先以恶意去推测别人，否则自己就先恶了，一旦如此，就是你丧失良知的开始。林寒江没有想到，他信奉的做人原则，有一天会被人说成是他的弱点。

虽然有些春寒料峭，林寒江还是套上运动衫去公园跑步了。这是他多年养成的习惯，以前他写东西遇到瓶颈或者心情不佳的时候，就出去跑几圈。他记得以前曾看过记者采访日本作家村上春树，问他为什么一个人孤独地跑马拉松。村上春树回答说，我写过的每一个故事，都源于灵魂深处，写小说就是一个不断往深处走的过程，在这个过程中，我会沾染上一些黑暗，但跑步可以帮我抖落它们，跑步就如驱魔，这就是我为什么喜欢跑步。这段话林寒江很喜欢，他也深深理解村上春树所说的写作和跑步都会遇到"撞墙"的感觉，他在写东西的时候遇见过，而今在工作中他也遇见了，这是一堵看不见摸不着却又真实存在的"墙"。偌大的齐江市里，林寒江就是一个孤独的马拉松跑者。

林寒江跑得大汗淋漓，胸中的烦闷缓解了不少。他双手拄膝停下来大口喘气，喘了半天，才发现自己跑得太远了，竟然一直跑进公园后面的树林里了。他四下环顾，周围连路灯都没有，黑黢黢的，阴森幽暗。他擦擦汗，正要回去，却突然发现十几米外有两个黑影拦住了他的去路。黑影一声不响地慢慢向他靠近。他浑身一激灵，突然意识到了危险，那是一种本能的反射，他想起耿正的话："你也小心点，这么多人因为你而倒下，肯定有人要琢磨你……"

看着两个正在逼近的黑影，林寒江立即做出决定，跑！他转身就跑，跑得极快，敏捷得就像他大学时跑400米一样，那时候他的中途冲刺并不逊色于学校的体育特招生，每年的学校运动会和足球比赛，他总能吸引来一堆学妹粉丝。

林寒江穿过树林，越过灌木丛，听身后刮碰树枝的声音，那两个人正在拼命追赶他。

一个声音在急切地喊："快，截住他！"

另一个声音在骂："妈的，跑得还真快！"

林寒江跑得耳畔生风，他从公园里钻出来，本以为会跑到大街上，没想到眼前却是一条黑咕隆咚的死胡同，只有一盏昏暗的路灯戳在胡同口。慌不择路的林寒江毕竟不是齐江人，对这里的道路根本不熟，他想从胡同里退出来时已经晚了，那两个气喘吁吁的黑衣人已经在路灯下堵住了去路。

一个脸上有疤的家伙手拄着膝盖大口喘气，嘴里骂骂咧咧："大市长，你接着跑啊！"

两人都把一只手缩在衣袖里，显然藏着家伙。刚才骂他的那个男人脸上数寸长的刀疤，在灯光下狰狞地跳动。

林寒江的肺几乎要爆炸了，身上的热汗已经变成了冷汗。这条胡同是一个绝佳的作案现场，他紧张得有些灵魂出窍。他想张嘴喊"救命"，却发觉这两个字似乎卡在咽喉深处，喊不出来。

就在这千钧一发之际，一辆倒骑驴板车闪电般从两个黑衣人身后冲了出来。板车上是一个精壮的男人，把板车蹬得像要飞起来一样，重重地撞在一个黑衣人的后腰上。黑衣人飞出去数米远，径直栽倒在了林寒江面前。脸上有疤的黑衣人反应不慢，手中寒光一闪，向那个精壮男人腹部刺去一刀，精壮男人一侧身用胳膊夹住黑衣人的手，一块砖头结结实实地砸在黑衣人脸上刀疤的位置……不到两秒钟时间，精壮男人已经将两个黑衣人全部打倒，对面的林寒江看得目瞪口呆，张开的嘴都忘了合上。

两个黑衣人挣扎着爬起来，互相搀扶着一瘸一拐跑进夜幕里，那个被车撞飞的男人似乎伤得不轻。

此时，精壮男人转过身来，问："林副市长，你没事吧？"

林寒江这才看清他的脸，赫然是李五！

"李五兄弟，原来是你！"

原来李五在夜市收摊回家，路过公园时正好看见林寒江被人追得像兔子一样跑进死胡同，他立刻蹬着板车冲了过来。

经过刚才的险情，林寒江手脚发软，扶着路灯在那里喘气，声音都有些颤抖："这两个人追了我好远的路，李五兄弟，谢谢你救了我！"

李五问林寒江："那两个是什么人啊，我看着不像抢钱的，是你的仇家？"

林寒江鬓角的汗水已经淌进嘴里了，他苦笑着说："我也不知道是劫匪还是我的仇家，谢谢李五兄弟，天无绝人之路，今晚要是没有你，我这一百多斤还不知道能不能站得起来呢。"

李五拍拍自己满是泥土和菜叶的板车，说："林副市长，你别嫌我的车埋汰，来，我送你回去吧。"

林寒江不好意思麻烦他，说："这么晚了，这里离齐江大学又不远，我自己能走回去。"

李五一脸不屑："你这人死要面子活受罪，这里离齐江大学五六公里呢，你现在要是能自己走回去，我就叫你一声大爷！"

林寒江试着向前迈步，才发现自己不知道是跑脱力了还是惊吓过度，腿脚只打哆嗦，完全不听使唤。李五把他的狼狈相看得清清楚楚，又冲他使劲拍拍倒骑驴，林寒江只好一脸羞愧地爬上了李五的板车。

李五蹬着那辆咣啷作响的倒骑驴一直把林寒江送到宿舍楼下，才哼着小曲离开。

仗义每多屠狗辈，林寒江看着李五远去的背影，心中一阵慨叹。那两个人不知道什么来路，但是明显杀气腾腾来意不善，要不是李五及时相救，今晚自己会是什么下场？前几年林寒江曾听过一起案子，一个负责土地审批的领导因为得罪了房地产开发商，被老板的手下深夜堵住，就在小区门口挑了他的两条脚筋，后来虽然开发商锒铛入狱，但是那个前途无量的领导也从此在世人面前消失了。你断我财路，我就毁你一生，这个世界凶残起来的时候，法律也不能维持平衡。林寒江拖着抽筋的腿，慢慢挪上楼。

当天晚上，林寒江几乎彻夜未眠。他想起郝仁敬说的那段关于"战场"的话，没想到这么快就应验了，他差点就成了战场上的冤死鬼。

林寒江拨通郝仁敬的电话，把晚上的事和他说了。郝仁敬在电话那边说："林副市长，你应该报警，这个事情百分百是朱光明那个王八蛋搞的鬼，软的不行就来硬的，以后他还会继续威胁骚扰你的！"

林寒江也提醒郝仁敬："你和老周都要小心点，提防这个家伙狗急跳墙！"

和郝仁敬通话后，林寒江想给公安局金波也打个电话，但是考虑再三，他还是放下了电话。毕竟没有真凭实据，暂时不能把朱光明这个流氓怎么样。凤山县金矿的事给自己惹来骚扰电话，这个"蓝天行动"又给自己招来更难缠的对头。被免职的张镇、移交司法部门查处的王玉芝，再加上面慈心狠的朱光明，这个齐江市表面风平浪静，实际是暗流涌动，还有多少妖魔鬼怪等在前面？想到这里，林寒江有些不寒而栗。

林寒江想起李五，这个当初砸了他一砖头的小贩，如今却成为他的救命恩人，真是造化弄人。

救命之恩当涌泉相报，林寒江决定资助李五在夜市里租一个面积大一些的商铺，改善一下经营条件。他是一个说干就干的人，第二天一大早就给耿正打电话："快借我10万块钱，等着急用！我让小雪给你转账，你先给我拿现金过来。"

耿正在电话里嘲笑他："这么急用钱？你是要跑官还是跑路啊？"

"你少废话，快点拿钱吧，肯定是做好事！"

"唉，你这人怎么借钱还和黄世仁似的，好吧好吧，立刻办好。"

晚上八点多，林寒江刚回到宿舍，耿正推门进来，把装着10万块钱的兜子扔给他，故意埋汰道："你这个木头脑袋，你也不和小雪说清楚，我俩在电话里猜了半天，不知道你急着用钱干什么！白天她给你打电话，你也不接。她的钱都在理财基金里呢，让我先给你拿钱过来应急。"

林寒江拍拍脑门，白天忙着开会，小雪的来电他给摁了没接。他扯下一张纸，给耿正写了一张借据。

耿正哈哈大笑，当着他的面把借据撕得粉碎，说："你这是恶心我呢，几十年的老同学，如果连这点信任都没有，这世界就真是垃圾场了！"

李云城和田小小手牵着手站在水幕灯光秀前面，田小小正拿着手机自拍，她让李云城脑袋贴近一些。李云城看着周围的人群，有些害羞，笑得特别不自然，田小小生气地掐他一下："哎呀，你这个傻木头，照出来简直和恐怖片一样！"

"恐怖片里女主角一般都能活到最后，男的死得都很惨。"李云城看着照片里的自己，也叹气摇头，"我从小到大就不爱照相，谁像你走到哪里拍到哪里。"

田小小使劲白他一眼："这是本姑娘青春的印记，潇洒走一回，不记录下来，将来老了就只剩遗憾了。"

"小小，金融系那个公子哥昨天又给你送花了？"李云城略带醋意地问。

"是啊，好大一捧玫瑰花，漂亮死了！"

李云城表情苦涩地站在那里，说不出话来，田小小赶紧挽住他的胳膊："哎呀，你这人真是，我是和你开玩笑的，那捧玫瑰花我转身就送给宿舍看门的大妈了，把大妈乐得嘴巴都咧到耳后了。你以后去找我，她肯定不会再为难你！"

李云城是一个敏感又自卑的人，他昨天去女生宿舍找田小小，正好看见那个富二代堵着田小小献殷勤。李云城躲在远处没敢靠近，当他看到田小小接过了花走进宿舍楼，难过得转身就走。

"小小，我妈厂子要建一批楼房，她给我们凑了首付款，想让我们明年毕业就……"李云城吞吞吐吐地向田小小说明李母的心意。李母不敢告诉儿子自己身患重病，只想快点把儿子的婚事办了。

田小小脸上飞起一抹绯红，说："我才不想那么早结婚呢，我还要自由自在多玩几年。"她虽然这么说，心里却有些甜蜜和憧憬。她和李云城相恋多年，双方家长都巴不得两人早点成家，但是两人家庭条件都很一般，都在为婚房的事头疼。

李云城笨嘴笨舌说不过田小小，就拿母亲的话吓唬田小小："我妈说了，你要是不答应，她以后就不给你做糖醋排骨吃。"

田小小生气地扭过身子，说："你这个傻透腔的破木头、烂木头，你这是向我求婚吗?"她转身向广场外跑去,"李云城,你还欠我一个求婚仪式!"

李云城愣了一下,立刻傻笑着追了过去。

清晨,齐江南岸的半山高尔夫球场,轻雾如纱,从远处的山峦倾泻下来,越过球场,一直弥漫到齐江两岸,齐江城犹如一个白纱遮掩的贵妇,慵懒地卧在那里。东方一轮朝阳正喷薄而出,将蜿蜒的齐江照耀得金光耀眼,一条金色的缎带悄悄系在贵妇白纱的腰上,这个慵懒的贵妇又平添了一抹妩媚。

一身白衣的钱起呼吸几口山间的清新空气,用力挥杆,将高尔夫球击向空中,远处一只不知名的山鸟被惊起,抗议似的尖叫着逃之夭夭。

钱起是一个很会保养的人,每天早晨都要挥杆打上一个小时,每当他站在半山球场,心里就会泛起一种难以言说的满足感。远处若隐若现的齐江市就如他别墅客厅中的巨幅山水画,蜿蜒东去的齐江就是他门前的游泳池,他的心中不知不觉涌出一种君临天下的壮志,而这种壮志又让他的眼神更加迷离难测。每次照镜子,他都对自己高深莫测的眼神很是欣赏,那种让人一眼就能看穿心思的人注定成不了大事。他经常提醒自己,心里的事至少要藏得比齐江还深一些,那样才能保护自己的软肋。

电话铃声不知趣地响起,被破坏了心情的钱起皱了皱眉头。他本来不想接,一看号码却变了脸色,他立刻把球杆扔掉,毕恭毕敬地接起电话。

电话里一个有些沧桑的声音传了过来:"你啊,沉不住气很容易坏了大事。"

钱起脸上闪过一丝倔强和不服,但是他立刻恭顺下来,仿佛那个声音会千里透视,就在身边注视着他,让他的脸颊有些抽搐,声音也有些紧张不安："是，是，我错了，我以后不会了。"

"小不忍则乱大谋嘛。"那个声音有些虚无缥缈甚至老态龙钟，却有一股逼人的气势。对方只说了两句话就挂断了，钱起拿着手机在那里愣了足足有一分钟才醒过神来。站得远远的秘书燕赵此时跑过来，接过钱起的手机，同时向他报告了一个喜讯——青峰集团麾下的环境公司凭借技术设备优势和较低的价格一举中标，拿下齐江市污水处理厂标的。钱起没有半点高兴，反而愤怒地用力挥杆，把球打得不知去向。他挥舞球杆砸着眼前的草坪，砸得碎草乱溅，直到把球杆砸弯。他把球杆摔给燕赵，又要回电话，拨给了耿正："你邀请一下寒江师弟，看他什么时候有时间，来我的半山别墅坐坐，我们师兄弟三人喝点小酒。"

"这个家伙架子大得很，我请了好几次都不出来，他自知有些对不起你，没脸见你。"耿正话里透露着些无奈。

钱起哈哈一笑："齐江市就这么大，这家伙还能永远躲着不见我？师兄弟三人喝点小酒，不算是违反规定吧？你和他说，我诚心相邀，主要就是敬佩他的坚持原则，这个世界上能坚持原则的人越来越少了。我半生做事，无论是敌是友，只要他能严守原则，我都高看一眼！"

耿正答应道："好吧，我今天再去请他一次，他要是再拒绝我，就只能学长你亲自出马了。"

刚才还愤怒地砸着草坪的钱起转瞬就变得兴致勃勃，他嘱咐耿正："你和这小子说，他要是来喝学长的酒，我就给他的环保事业再送一份大礼！"

钱起的秘书燕赵是一个小伙子，一听名字就知道是河北人。燕赵刚从常春藤联盟密歇根大学毕业回国，就有幸进入青峰集团给老板服务。此刻他远远看着自己的老板，一会儿怒火冲天，一会儿如沐春风，情绪转换没有丝毫障碍，不由佩服得五体投地。

钱起的青峰集团虽然美女如云，但是他的秘书换了几个一直都是男的。有些富豪不管走到哪里都带着一个美艳的"花瓶",钱起可不想当那样的俗人。钱起第一眼见到燕赵就喜欢这个年轻人,因为从他身上,钱起看到了自己年轻时的影子。燕赵不是慷慨悲歌之士,他的个性冷静而隐忍,有三分野心,还有三分危险,剩下四分看不透彻。但是,钱起就喜欢这种感觉,宁肯与不可把控的猛兽为伍,也决不和猪一样的队友合作。

齐江大学环境学院邀请林寒江利用周末时间为学院师生做一场报告,题目是"沿江城市污染治理与高质量发展",林寒江毕竟寄人篱下,推辞了几次最后只能答应下来。他没时间专门准备,就拿上次关于宜昌市的研究材料做蓝本,增加了一些两个城市的对比数据。以前林寒江接到这种邀请,总是要提前半个月进行准备,而现在却是临时抱佛脚,有点敷衍的意思。

讲课前,林寒江和耿正站在礼堂角落里说话,林寒江检讨自己:"我发现自己对课题研究没有以前认真了,工作忙、没时间不过是借口,真正的原因是我变懒了,心态有些随波逐流,不再精益求精了。"

耿正嘲笑他:"你是身在官场是非多,齐江市多了一位能干的副市长,学术界只好少了一个林专家。"

林寒江苦笑,说:"我的书都写不下去了,有好几次我写几个字就困得睡过去了,趴在桌子上睡了一宿,没办法,太累了!"

耿正低声埋怨他:"学长请你好几次了,再不去他可生气了啊。"

"我是真不好意思见他啊,你能不能帮我推一推?"

"学长说了,他是敬佩你的坚持原则,公私分明,他平生就佩服你这样的人,所以一定要我把你请去。你别把学长想象的那么小肚鸡肠,他要是没有这个肚量,能打下这一片江山?人家可是民营企业500强的老板,你别以己度人。"

林寒江没有办法，翻翻手机里的日程安排，答应耿正这个周末过去向学长请罪。

林寒江在台上讲话的时候，注意到第一排的边上坐了一个皮肤白皙的长发女生。她认真地记着笔记，每一张PPT都要拍照片，比起其他昏昏欲睡的学生，这个认真的女生引起了他的注意。

林寒江在枯燥的数据中间甩出几个小包袱，逗得全场大笑。那个女生端起手机"咔咔"拍着，林寒江敏锐地感觉到她拍的不是PPT，而是他。

报告结束时，全场响起一片掌声，林寒江诚恳地向大家致歉："由于时间仓促，这次报告准备得不是很充分，难免有疏漏之处，请老师和同学们谅解。"他的坦诚让掌声再度响起，由原来的礼貌性鼓掌变成有了温度的鼓励。环境学院的师生都在传说林寒江与省委书记的约定，认为他早晚会到齐江大学任职，所以对林寒江有种特殊的亲近。那个女生落落大方地走上讲台，将一束精巧的鲜花献给林寒江，然后像一个追星族一样和他合影，台下闪起一片闪光灯，这让见多识广的林寒江都有些不好意思了。

台下，坐在学生中间的李云城偷偷问田小小："这女生是谁啊？把林市长当成明星了。"

田小小斜了李云城一眼："你连她都不认识，怎么在齐江大学混的？这是外语学院新来的校花，叫罗真子，虽然不是学环境的，现在天天找我要加入环保志愿者协会呢。"

"又是一个校花，以前的校花不是你吗？你被后浪拍在沙滩上了？"李云城故意逗田小小。

田小小不屑地"哼"了一声："校花？我才不稀罕呢！什么前浪后浪，本姑娘是礁石，前浪后浪都给砸碎！"她见李云城一边退场一边回头张望罗真子，就暗暗在他胳膊上使劲掐一把，李云城一声痛叫，引来周围不少学生的目光。田小小若无其事昂头前行，李云城痛得龇牙咧嘴却不敢抗议，揉着胳膊亦步亦趋跟在她后边。

罗真子的交际本领很强，短短几分钟就已经和林寒江聊得十分投机。送林寒江上车的时候，她还隔着车窗亲热地和林寒江挥手作别。

远处台阶上的李云城和田小小看到这一幕，不由得对视一眼，彼此都把到嘴边的话咽了下去。李云城终究忍不住，问田小小："你想说什么？"

田小小有些失望地说："英雄难过美人关，林市长也是人啊，看来也不能例外。完了，又一个英雄在我心里悄然崩塌。"

"不至于吧？你别把林寒江想得那么龌龊，人家不过和校花说了几句话，就崩塌了？"

"哼，我们等着看吧，本姑娘的直觉一向准得惊天动地，不会错的。李云城，我警告你啊，以后你只要有一丝一毫的不轨企图，都难逃我的慧眼！"田小小把自己的大眼睛瞪得溜圆，又狠狠掐了一下他的手臂。

李云城疼得龇牙咧嘴，一脸沉痛状："你这是拿我出气！我女朋友的校花宝座被人夺了，现在只怕环保志愿者协会的位置也不保啊！"

田小小眼睛又瞪起来，朝着李云城又伸手做出掐人的样子，李云城撒腿就跑。

林寒江委托夜市新成立的商会，以李五的名义租了一间商铺，面积大约有30平方米。当他把钥匙放在李五面前时，李五像被火炭烫了一样跳了起来，拼命摇手，说："林市长，这可不敢当，你我非亲非故，我可不能要！"

林寒江笑道："你我非亲不假，却一见如故。'白头如新，倾盖如故'，就是说我们这样的交情，我帮你租一间店铺，有什么不能要的？"

李五还是拼命摇手，说："你的钱也不是大风刮来的，我不能占你的便宜，无功不受禄。"

林寒江说:"我的钱算是暂时借给你的,你将来赚钱了再还给我就是了。你一个爽快人怎么也这么磨叽?"不由李五多说,林寒江把钥匙直接塞进了他手中,"我一会儿还要去办事,就不在这里耽搁了。"

看着林寒江的背影,李五攥着钥匙大声问:"林市长,你真的拿我当朋友,不记恨我当着那么多人的面打你一砖头?"

林寒江大笑:"一砖头,一条命,哪个更值钱?和你做朋友,是我赚了!"

铁骨铮铮的李五,看着手中的钥匙,眼中泛起了泪光。

金波满怀期待的车辆排查结果出来了。

齐江市一共有六辆进口迈巴赫,其中五辆车在事发时都有不在现场的人证物证。排查的警察向金波汇报:"这五辆车可以排除作案嫌疑。"

"剩下那辆呢?"金波锁紧了眉头。

"那一辆更不可能在现场了。"警察说,"两年前,这辆车因为车祸已经报废了。当时媒体还炒过一阵子,有一个车辆维修厂的小技工深夜偷摸把这辆豪车开出去兜风,结果撞死了一名环卫工人,车撞到高架桥桥墩上,起火烧毁了。环卫工人家属拿到一笔赔偿金,小技工进了监狱,车辆赔偿的案子现在都还没结论呢。"

金波听说过这个案子,当时是齐江市一个小八卦新闻。想到苦苦追查的线索到这里又断了,他有些恼火:"那五辆车的车主都是谁,都核实准确了?"

警察把手里的一沓档案资料递给他。

金波翻着档案,一个名字跃入他的眼中,他顿时眼前一亮,立即吩咐道:"这个人,要立即重新核实案发之日人、车的行迹!"

金波把档案重重拍在桌子上,那上面写着:钱起,青峰集团董事长。

12
巧化危机

周五晚上，钱起的半山别墅。正是满月时分，一轮圆月在东山升起，映照得齐江晶莹似练，在两座高山之间蜿蜒穿行。江水拐弯的地方正对着半山别墅，按照风水书中的说法，这是一处藏风聚气、玉带缠腰的风水宝地。半山别墅所在的山腰清辉遍地，松涛阵阵，恍若静谧的仙境。对岸的齐江城灯火璀璨，却充满了俗世的热闹气氛。隔开仙境与俗世的，就是日夜奔腾的齐江。

林寒江站在半山别墅的门前，眺望着灯火斑斓的齐江城，对乱发飞舞的耿正说："学长好眼光，这个别墅的位置真是万里挑一啊。大江千里萦绕而来，两山万古对峙迎客，鹤汀凫渚，穷岛屿之萦回；桂殿兰宫，即冈峦之体势。好位置，好风水啊！"林寒江一时诗性勃发，故意在耿正面前掉书袋，他背诵的是《滕王阁序》的诗句。

耿正悄悄对他说："这是学长请的香港风水大师勘定的位置，说这里是鹤鸣九皋之地，学长一听就大喜过望，立刻投了这个数拿下这块地！"耿正朝林寒江比画了五个手指头，林寒江不知道他说的是五千万还是五个亿，只能长叹一声："贫穷限制了我的想象力啊！"

听说林寒江来了，钱起降阶相迎，握着他的手说："学弟，你可是太难请了，让我这个当学长的好没面子！前几天遇见母校的王校长，我都不敢说和你认识，连请你吃饭都做不到，我这个学长当得有愧啊！"

林寒江也有些赧颜，说："这是我的不对，俗务缠身，一直没时间登门拜访学长，实在惭愧。"

"我以前不知道王清源校长竟然是你的恩师，这个世界真是好小啊。"

林寒江没想到自己的恩师竟然也和钱起熟悉，于是便问起二人是怎么相识的。钱起拍着林寒江的肩膀，大笑道："三十年前，我和他的关系就如今日你和耿正一样！"

耿正打断二人的客套，指着天上的明月说："今天是个好日子，天上月圆，我们师兄弟三人也难得相聚，你俩就别再客套了。古语有云'月盈则亏，酒满则溢'，错过了今天，都不是好日子，错过了今天的兄弟酒，什么酒也不香。"

林寒江奇道："我只听说过'月盈则亏，水满则溢'，是哪个古人把水换成酒的？"

头发在风中跳舞的耿正大言不惭道："当然是我啊！举杯邀月，对酒当歌，你还能对水当歌？周五不喝酒，人生路白走。今天不喝酒，你对得起月亮，对得起学长的酒吗？"

钱起被耿正的"周五不喝酒，人生路白走"逗得哈哈大笑，他嘲笑耿正："你在百家讲坛上就是这么讲诗意生活的？"

耿正出口成章："周五不喝酒，人生路白走；周六不端杯，人生好悲催；周日不喝醉，马路谁来睡？"

钱起和林寒江都被他逗得笑岔了气，钱起捶着自己的后腰，连呼："精彩精彩！高手在民间啊，看来没睡过马路，都不好意思说自己会喝酒！"

三人拾级而上，林寒江指着两侧的几丛修竹，大加赞叹："宁可食无肉，不可居无竹。学长的别墅不仅占据了绝佳的风水位置，装饰得也很有禅意。"

钱起听到林寒江也看出这个别墅的风水位置，不由得兴奋起来，拍一下林寒江的肩膀："学弟，你真是我的知己啊！你从我的名字猜出我喜欢的诗人，又从我的山舍竹院看出风水不同，就凭这个，咱俩今晚就得喝个不醉不归！"

林寒江看着天上的圆月、远处的大江和眼前的修竹，似乎千般烦恼都被抛进江中，不由得叹道："因过竹院逢僧话，又得浮生半日闲。也罢，今晚我就陪两位睡一回马路！"

进到别墅餐厅，桌子上已经摆了六七个精致小菜，都是山蘑野菜之类清淡雅致的菜肴。林寒江仔细察看菜肴，越是清淡的菜品越见功力，足见厨师是一个很有品位的人。一瓶茅台酒放在桌子中间，耿正手快，一把就将茅台酒抄在手中，仔细端详一番，叫道："学长，这酒可是你的珍藏啊，至少二十年了！"

钱起微微一笑，道："我三十岁那年，正是事业草创之时，应邀去茅台酒厂参观，千里迢迢从贵州背了几瓶酒回来。一眨眼二十多年过去了，我的青峰集团成长壮大了，这酒却只剩最后一瓶了。今晚我和两位师弟一起品尝，纪念我们逝去的年华！"

耿正迫不及待地倒酒，林寒江看桌子上摆了四只酒杯，有些诧异地问钱起:"学长,还有一人是谁?"

钱起故作神秘地笑笑,说:"这个人是谁一会儿自然分晓,但是这个人给你出了两道题,要考考副市长大人。"

林寒江一愣:"考我?难道认识我?"

钱起点点头,说:"何止认识,简直就是老朋友!"

林寒江如坠云里雾里,想破脑袋也想不出哪个老朋友会出现在这个酒局中。他用目光询问耿正,耿正的眼睛已经沉迷在酒瓶子上,根本不看他。林寒江推耿正一下:"你这厮也给我打埋伏,提醒一下!"

耿正双眼像是被茅台酒钩住了,哼着小曲气他:"不能说啊不能说,说了学长会把我踢进江里喂王八!"

林寒江只好问钱起:"既然说了是考我,那么考题在哪里?"

钱起指着桌子上的菜肴,说:"这桌子菜就是第一道考题,你如果通过这桌菜猜出了出题人的姓名,这个人就会出来陪你痛饮一场!"

桌子上的菜肴竟然是考题,林寒江被这人的怪异出题吸引住了,他也想知道这人到底是谁。他问钱起:"如果我猜不出来呢?"

钱起说:"第一道题猜不出来,这人就只喝水不饮酒;如果第二道题也猜不出来,这人就悄悄离开,不会出来和你见面。我听说,这个人轻易不下厨,但是这次为了你,不避庖厨,洗手做羹汤,把我家里原来的厨师都撵出去喝茶了。"

林寒江第一次遇见这样有趣的酒局,反而激起了他的好胜心:"如果两道题我都猜不到,那我今天也不喝酒了!"他走到桌子前仔细端详那几道菜肴,其他几道菜肴倒还平常,只有中间那一盘造型精美,引起了林寒江的注意。圆形的影青瓷托盘上,用蛋羹绘出了一道弯曲的江水,江水两侧用翠绿的野菜堆成高低两座山峰,山峰脚下还有嶙峋怪石,浪花拍溅。最让人惊叹的是江水之上竟然用一小段黄瓜雕成一只小小竹排,竹排之上又用胡萝卜雕出一个吹笛子的渔翁,神态安逸,栩栩如生,整道菜仿佛一幅山水画,动静结合相得益彰。林寒江忍不住赞叹道:"以前在书上曾经读过,古时有名厨以唐诗'轻舟已过万重山'意境制作菜肴,巧夺天工,让人不忍下箸,眼前这道菜就有如此神韵。"钱起和耿正都点头称是。

林寒江脑子飞快运转,还是猜不到答案。他不好意思直接承认,于是故意拖延时间,给二人讲起他从野史中读到的一则小故事:后周显德二年,周世宗柴荣实施了大规模灭佛运动,除了有皇帝题字的寺庙可以保存,其他的寺庙全部拆除,僧尼遣返还俗。当时全国有三万余所寺庙遭此厄运,其中有一名比丘尼梵正因精于厨艺,享有盛名,柴荣便让人从遣散的僧尼中找到她,问她:"僧侣众多却不事农桑,只会晨钟暮鼓吃斋念佛,于国有何用?"梵正没有回答,只是起身行礼请求为皇上做一道菜,以此表达对皇上的崇敬之心。柴荣寻求梵正的本意就是想品尝她的厨艺,当时大喜过望,立即召集文武官员,一起观摩品尝佛门名厨的绝世手艺。一个时辰不到,二十盘菜被宫女太监传上殿来,每一盘菜都是一道绝美的风景画,让柴荣和文武百官啧啧称奇。而等到梵正重新上殿才是真正见证奇迹的时刻,梵正将二十盘菜组合在一起,组成了一幅令人叹为观止的山水长卷,有见多识广的官员当场惊呼:"这是唐代大诗人王维的《辋川图》!"《辋川图》中有辋水、文杏馆、金屑泉等亭台楼阁二十余处,鳞次栉比烦琐复杂,梵正却用脍、肉脯、肉酱、瓜果、蔬菜等食材将其原样复制,技艺可谓巧夺天工。柴荣和文武百官被震惊得目瞪口呆,梵正从图中殿宇一角取下一块"腌瓜",对柴荣说:"贫尼只是一腌瓜而已。"柴荣不解,梵正答道:"《辋川图》即陛下江山,贫尼取一腌瓜,即为陛下守住一隅之地,便是佛道。"柴荣恍然大悟,明白梵正是以名画入菜、以菜喻理规劝自己,天下江山如名画,僧尼儒道自有自己的角色,自此以后柴荣的灭佛之举就弱化了很多。梵正以菜品绘制《辋川图》,为天下僧尼请命,可谓功德无量。

听了这个小故事，钱起和耿正一起叹服，耿正更是摇头叹息："没见识过菜品组成的《辋川图》，没品尝过诗词名画做成的菜肴，我以前讲的'诗意生活'简直就是做菜不放盐，淡而无味！"

林寒江道："今天看到这道菜，我才晓得老百姓街巷相传的一句话的含义。"

钱起和耿正都好奇，耿正问他："什么话？"

"原来传说都是真的！我原来读书中的菜品神技，一直以为不过是文人的夸大之词。今天看了这道菜，原来真的可以把诗词意境化作菜品，让我大开眼界。"林寒江显然对这道菜肴佩服得五体投地，不住地赞叹。

耿正捶他一拳，让他不要转移话题，赶紧说出答案。林寒江苦笑道："大厨的名字没有猜到，这道菜肴的名字我倒是猜个八九不离十。"

钱起问："难道是你说的'轻舟已过万重山'？"

林寒江摇头："如果以'轻舟已过万重山'命名此菜，恐怕又落入古人的俗套，不符厨师的本意。"

钱起有些好奇："那你说说，这道菜该怎么命名？"

林寒江略一沉吟，说："这道菜应当取意于学长最喜欢的那句诗'曲终人不见，江上数峰青'。"

耿正偏要和他犟："我觉得'轻舟已过万重山'很贴切啊，你说的'曲终'又在哪里？"

林寒江指着吹笛子的渔翁，说："'曲'在老渔翁的笛子中，以物喻义，尚不算难，最难的是如何体现出'终'字的韵味，以静蕴动，实属神来之笔。"林寒江指着山峰下怪石嶙峋的地方，说，"蛋羹做的江水在此处惊涛拍岸，浪花飞溅，说明江水流速很快，竹筏上的老渔翁只怕一曲刚完，已是消逝远去不见踪影，这就是'终'字的神韵所在。"

钱起和耿正恍然大悟，连声称赞林寒江观察得细致入微。耿正忍不住拿出手机拍这道菜。林寒江又说："这道菜立意深远，巧夺天工，构思细腻，我猜多半是出自一位兰心蕙质的女子之手，莫不是学长金屋藏娇的嫂夫人？"

钱起连连摇手："好兄弟，你可别害我，你嫂子此时正在加利福尼亚晒太阳呢。我要是敢金屋藏娇，她都能抢一架飞机回来和我玩命！"

隔壁的书房里传来几声拍掌的声音，原来做菜的人躲在书房里，掌声是对林寒江分析的认可。

林寒江探头想看个究竟，却被钱起拦住："既然开始考试了，就不能耍赖作弊。"

林寒江一脸为难，说："我把齐江所有认识的女性都过了一遍筛子，两位嫂夫人不是，连我家的小雪我也想到了。我都怀疑耿正你是不是暗中把她接来了，但是她也做不出来这样雅致的菜品……我实在想不出来还能有谁？"

钱起哈哈大笑："既然你猜不出来，那就遵守考试规则，你今晚就无缘和大厨一醉方休了，进入下一题。"

书房里传来几声"叮叮铮铮"的调试古筝声音，然后弦音一紧，一曲浑厚古朴、悠远绵长的《高山流水》传了过来。钱起目露赞许，似乎一脸的开心得意；耿正闭上眼睛，晃着酒杯迎合音韵，嘴里还轻声念叨："巍巍乎高山，汤汤乎流水。"林寒江却神飞物外，思绪一下子飞到白练般的齐江之上，随风起舞随浪沉浮，曾有一个白衣女子问他："你为什么要跳进齐江这个烂泥坑？你这是自毁前程！"

一曲终了，钱起和耿正使劲鼓掌，林寒江却淡淡一笑，有些落寞和无奈，他轻声说："苏娜，你来了。"

灯光下，一个高挑的白衣丽人走了进来，犹如朱鹮临水、幽兰入室。有的女人天生就会让人感到眼前一亮，满室生温，苏娜就是这样的人。她看着林寒江，微笑道："林寒江，可惜你只猜对一题，我们只有见面的缘分，却终究没有同醉一场的情谊。"

钱起和耿正期待的那种久别重逢的惊喜，并没有出现，林寒江和苏娜都是平静如水，所有的相遇都是久别重逢，而所有的重逢不过山水依旧。

四人落座后，林寒江问苏娜："你怎么也到齐江来了？"

林寒江的话外音只有苏娜懂得，苏娜曾经埋怨他自毁前程来到齐江，现在她又是为了什么来齐江？

苏娜看着林寒江，意味深长地笑笑，没有说话。

钱起替苏娜解释："两位学弟，我正式向你们介绍，青峰集团政府和媒体关系总监苏娜女士，昨天刚刚上任。"

林寒江一下子怔住了，这个消息比刚才苏娜突然出现更让他吃惊，也就是说，苏娜也来了齐江市工作，而且以后因为工作的关系他们会经常见面。原来钱起把苏娜请到青峰集团以后，知道苏娜和林寒江认识，所以极力促成二人相见，于是就有了这么一个"考试"的环节。

耿正要给苏娜倒酒，苏娜拒绝了，说："既然他第一道题没有猜到我的名字，我就只喝白水不喝酒，这是游戏规则。"苏娜的认真，一下子就让耿正僵在了那里。

"酒可以不饮，醉岂能不醉？今天晚上苏娜是醉翁之意不在酒，林老弟是酒不醉人人自醉啊。"钱起打个哈哈说，"不管是考试规则还是游戏规则，只要是规则我们都得遵守，这酒苏娜确实不该喝。该罚的是寒江，谁让他没猜出名字来。"

林寒江一脸委屈，说："我以前既没见过也没吃过苏娜做的菜，这道题对我难度太大，这酒罚得不公平。"

苏娜轻轻哼了一声，说："林寒江，你无论在讲课还是在生活中都有一个不足，可能你自己还没有发现。在你思路上的所有细节，你都会观察得细致入微，分析得头头是道，就像你刚才分析那个'终'字的蕴意，我都被你折服了，你确实从菜中猜到了我的本意。但是，如果问题不在你的思路范围之内，你却经常瞪着眼睛视而不见。我在这道菜肴里已经给你很明显的提示了，你却故作高深去分析什么含义意境，忽略了眼皮底下的事实。"

林寒江被批评得满脸惭愧，这世上从来不给他留情面的人也就是苏娜了，两人一直都是相互关心却又针锋相对。

苏娜指着那道"曲终人不见，江上数峰青"的菜说："我用蛋羹做的江水，其实是大写字母'S'，用野菜堆起的山峰，其实是一个倒伏的大写字母'N'，连在一起就是我名字拼音的缩写。你领悟了意境，却忽略了细节。林寒江，我以前经常说你不接地气，你肯定心中不服，这么明显的暗示摆在这里，你却去揣摩什么诗意和野史，让我说你什么好？"

听到这里大家才恍然大悟，都被苏娜的细腻心思所折服。林寒江一仰头把杯中酒干了，说："你批评得对，我认罚！"

"寒江，我和耿正既羡慕你又感谢你啊，美女大厨的厨艺我们是沾了你的光才能品尝到的。"

"她是你青峰集团的总监，怎么是沾我的光？"

钱起调侃道："人家苏总监说了，只有林寒江前来，才配得上品尝她的手艺。我和耿正在苏总监眼里，连葱姜蒜末调味品都不算。"

虽是调侃，林寒江心中还是一阵感动，他看一眼苏娜，苏娜脸色微红，嘴上还是不饶人："林寒江和我从来都是见面就吵架，要不是钱总张罗这个饭局，他一辈子也休想吃到我做的菜。"苏娜知道林寒江要来赴宴，在菜肴上花了好多心思，没想到林寒江却不顾明晃晃的暗示，始终猜不到自己的名字，让躲在隔壁的她心生闷气，说明这个林寒江心里压根儿就没有她的存在，要不是他第二道题猜到了答案，傲气的她今晚肯定会悄然而去。

"对了,你怎么会从古筝声中猜到我的名字?你从来没听过我弹古筝,莫不是有人偷偷给你提示?"钱起和耿正连忙否认,替林寒江澄清。

钱起见苏娜和林寒江又要斗起嘴来,赶紧张罗大家吃菜:"考试结束了,赶紧吃菜,菜都凉了。"

耿正举着筷子不忍心夹菜,问苏娜:"这么好看的菜能吃吗?我有点舍不得下筷子。"

苏娜笑道:"再好看的菜也是给人吃的,否则就是厨师的失败。"她亲自动手,把那道独具匠心的菜肴给大家分到盘中。

钱起举杯:"相逢有酒且教斟,高山流水遇知音。今晚,我们兄弟相聚了,你们知音也相遇了,书归正传,今天的酒一是为了祝贺寒江学弟和苏娜总监在齐江相遇,二是我要送给寒江一份环保大礼!"

林寒江放下筷子,他不知道钱起说的环保大礼是什么,有些好奇。

钱起笑道:"前几天,青峰集团拿下了齐江市的污水处理厂标,为了避嫌,那时候我是绝对不敢请寒江学弟吃饭的,请了他也不敢来。为了表达我们青峰集团致力于生态环境事业的诚意,我们一定要高质量建设好污水处理厂。同时,我们的环境公司经过调研考察,发现齐江市还缺少一座综合性垃圾分类处理厂,青峰集团有义务、有能力把这个空白填上,这就是我送给寒江学弟的大礼!"

林寒江一阵激动,站起来双手端杯,说:"感谢学长,不计较我搅黄了你的'齐江胜景'项目,又如此大度地帮助齐江市环保事业,我心里实在是愧疚难安。千言万语,都在这酒里了!"说完,他和钱起碰一下杯,一饮而尽。

林寒江正为长兴垃圾处理厂的二期垃圾分类工程发愁呢,此时青峰集团雪中送炭,能为政府节省一大笔支出。

钱起大笑道:"一个项目夭折了,但是我青峰集团在齐江市发展的雄心壮志不会夭折,东方不亮西方亮,我相信'齐江胜景'一定会成为齐江的一道胜景!所以我把苏娜总监请过来了,以后还请寒江学弟多多照顾!"

林寒江心情激动,敬钱起一杯:"学长如果真的投资建设垃圾分类处理厂,我就算喝多了栽进垃圾堆,我也认了!"

苏娜用清水和林寒江碰杯,欲言又止,这个聪明的女人隐约有些明白了钱起重金请她前来的用意。她明白了,林寒江明白吗?

那天晚上,林寒江师兄弟三人都喝多了,钱起和耿正直接栽在别墅里的沙发上酣睡过去。林寒江挣扎着要回齐江大学,苏娜说她也要回市内,可以把林寒江顺路带回去。

在车上,苏娜冷笑道:"其实那两个人酒量都比你好,他们是故意装醉,给我们创造独处的机会。"

林寒江摇下车窗,吹着江风,苦笑着说:"装醉的不止他俩,还有我。"他看着苏娜的侧面,问她,"其实我也想单独问问你,为什么要来齐江?"

这个问题已经是林寒江今天晚上第二次问苏娜了。

苏娜一声冷笑,说:"我要是说贪图青峰集团的高薪,你一定心里骂我庸俗;我要是说我为了你而来,你和我都不会相信。你想听什么回答?"

林寒江有些纳闷:"钱起怎么知道我和你熟悉?"

苏娜说:"我是昨天刚来青峰集团,钱起说要请你吃饭,我说我也认识你,他就让我给你制造点噱头和惊喜。"

林寒江心里猜到了,可能是耿正把林寒江与苏娜是知己的秘密透露给钱起的,但是他不能说出口,那样会伤了苏娜骄傲的心,也会让钱起学长心生芥蒂。苏娜来了,以后的青峰集团就会让林寒江在道义和情感上处于一种纠结的境地。林寒江看着车窗外无言东去的齐江，叹息道："也许世界真的太小了，或者说冥冥之中自有安排吧。"

林寒江下车时，苏娜问林寒江："我也有一个一晚上都想问你的问题，你从没听过我弹古筝，怎么会知道是我？"

"我要说我和你心有灵犀，你一定说我不靠谱；我要说我像伯牙子期一样会用音乐交流心意，你一定骂我吹牛！"林寒江模仿苏娜的语调说道。他掏出手机，对着苏娜晃晃，说："几年前，你把自己弹的古筝《高山流水》录成彩铃，我都听好几年了！"

林寒江大笑着离去，把苏娜气得一个劲儿地按喇叭。两个人的斗智斗口，林寒江罕见地赢了一回。

林寒江今晚喝酒故意装醉，其实是担心自己在钱起和耿正面前失态。他和苏娜的友情，始于欣赏，止于知己。苏娜就是江面上的一只高傲的朱鹮，远处看是一幅水墨丹青，靠近了她就会振翅高飞，林寒江从没想去惊扰这幅画。

齐江钢铁厂的厂区已经有些破败，除了堆满各种钢材，还有一些杂草在厂区里肆无忌惮地蔓延。工人们三三两两地聚集在厂区里，几个工人骨干来回穿梭着，告诉大家要等原来厂里的工会主席魏森的通知。魏森得到消息说，副市长林寒江今天会带队到钢铁厂、化工产业园调研。提起这个林寒江，很多工人都骂声一片，说他是省里派下来的钦差大臣，来到齐江市一通瞎折腾，先是让全市供暖温度不达标，又让全市的公务员和事业单位的绩效工资发不出来，最让人愤怒的是他把青峰集团要给齐江钢铁厂下岗工人盖的安置房也给否决了，工人们对此反应激烈，一直闹着要堵路上访。原来的钢铁厂萧条了好几年，一直半死不活地硬挺着，当时的厂领导还有几分政治敏锐性，尽力做好工人们的安抚解释工作，但是随着青峰集团并购成功，原来的领导层被大换血，中层干部也是十不留一，工人们一下子失去了主心骨，成了一盘散沙。后来青峰集团又拿出一个所谓的优选方案，对普通工人按照年龄和知识结构进行筛选和淘汰，被淘汰的工人有300多人，他们除了拿到一笔安置费之外，还得到了低价购买安置房的承诺，李云城的母亲就是其中一位。如今期盼已久的安置房项目被林寒江给否决了，激起了下岗工人们的怒火，他们酝酿已久，要找市领导要个说法。

带头组织大家要说法的是原来的工会主席魏森，他本人因为没有被青峰集团接纳，一直怀恨在心，所以经常鼓动大家向企业和政府要说法。魏森听说副市长林寒江要来钢铁厂，立刻发出通知，准备给林寒江一点颜色瞧瞧。

林寒江在车上还和郝仁敬等人推敲关停污染企业的方案，并不知道钢铁厂已经变成一个包围圈，等着他跳进去呢。

他们一行人刚从面包车上下来，厂区里多年没响过的高音喇叭就发出一阵雄浑的音乐：团结就是力量，团结就是力量！这力量是铁，这力量是钢……这个音乐就是魏森发给大家的信号，听到信号的工人们立刻拥到厂区办公楼面前，把林寒江几人包围得里三层外三层。

魏森充分发挥他作为工会干部的特长，已经提前给大家分好工，还进行了彩排预演。有人充当了乐队指挥的角色，带领以李母为首的一群年纪偏大的女工人，喊着整齐划一的口号："要安置！要就业！要生存！"喊口号的同时还要配上手势，每个人的右手食指齐刷刷地指向林寒江。几十名头戴蓝色安全帽的男工人互相挽着手，在最外围形成一个严密的包围圈，防止林寒江等人逃脱。一些年轻的女工人，魏森让她们用手机全程摄录被包围的人的言行，然后发到朋友圈里扩大影响。还有几个人趁乱冲到办公楼楼顶，在那里用高音喇叭播放音乐，并从楼顶垂下一条十几米长的白布条幅：誓死维护工人生存权益！

与钢铁厂工人们分工明确、气势逼人的阵势相比，夜市一条街的商贩们简直就是乌合之众。郝仁敬从来没见过这个阵势，被唬得脸色煞白，他贴近林寒江的耳朵问："怎么办？是报警还是冲出去？"

林寒江来到齐江以后，经历过几次集体上访，反而比郝仁敬镇定。他对郝仁敬摆摆手，示意少安毋躁，不要激化矛盾。林寒江静静地站在那里，忍受着女工人们的点点戳戳，他心想你们总会有喊累的时候，最后还是要靠谈判来解决问题。

钢铁厂现在的控股方青峰集团安排一个中层经理出来解围，却被魏森等人一通谩骂推搡。不知道谁暗中推了经理一把，将他从台阶凌空推下，摔得满脸淌血，青峰集团的属下立刻报警。现场一片混乱，警车和救护车先后赶来，市内一些媒体记者也闻讯赶来。

魏森的自媒体攻势运用得还是很成功的，不到半个小时，齐江市副市长林寒江被数百名工人围堵在厂区的视频和报道在网上飞速扩散。正在上课的李云城和田小小看到了，市长李子平看到了，在省城开会的市委书记廖宇正看到了，甚至省委陈书记也接到了公安和信访部门的报告，他让人给廖宇正打电话，让他赶紧返回齐江平息此事。

包围圈中心的林寒江神色肃然地站在那里，犹如一名胸有成竹的拳击运动员，平心静气地等待对方首脑人物的出场。而魏森一直等到女工们喊得上气不接下气的时候，才摆足了架子出场，他要让青峰集团和齐江市政府领导看看自己的威望和能力，青峰集团不选择自己是犯了一个天大的错误。魏森披着一件灰色的呢子大衣，有一种前呼后拥、睥睨众人的感觉。他露出满嘴被香烟熏黄的龅牙，带着几分不屑问林寒江："你就是那个'独钓寒江雪'啊？"

从魏森站在面前的那一刻起，林寒江就断定对方是一个哗众取宠、喜欢卖弄的人，估计这也是青峰集团拒绝他的主要原因。郝仁敬借此机会把魏森缠访、闹访的种种劣迹介绍给林寒江，说此人不除，钢铁厂分流人员就算拿到补偿也会永无宁日。恰在此时，几辆警车鸣着警笛驶进厂区，魏森有些吃惊地回头观望，林寒江在那一瞬间捕捉到了他眼神里的惊慌，事情闹大了，已经超出了他的心理预期。林寒江顿时了然于胸，这一瞬间，他已经有了对付魏森的办法。他反问魏森："没错，我是林寒江。你又是谁？"

"问我是谁，说明你孤陋寡闻，从钢铁厂到齐江市，哪有不认识我的？"魏森看着包围圈中的林寒江，有些扬扬自得。

"你知道你的行为涉嫌聚众闹事，扰乱治安，致人受伤，要被公安机关拘留吗？"

"凭什么拘留我，我是为了几百个下岗的兄弟姐妹请命，你们不管我们的死活，还不让我们维护自己的生存权益，天理何在啊？"魏森原地转了一圈，夸张地摊开双手，演戏一般鼓动着周围的工人们，"大家说，天理何在啊？"工人们一片鼓噪响应他。

外围的几辆警车一字排开，金波从车上下来，向旁边的人了解情况。包围圈里的林寒江向金波挥一下手机，示意他去看自己的手机。金波心领神会地打开手机，那上面只写着八个字："拿下主谋，分而化之！"

林寒江微笑着，似乎刚才被手指头点戳的人并不是他，他对工人们大声说："各位工友，你们提出的'要安置、要就业'，我可以代表政府跟你们谈，但是请你们不要采取过激的方式，伤了别人也害了自己！"他指着刚才青峰集团经理摔伤的地方，那里还有一摊鲜血，"刚才这个年轻人与你们并没有深仇大恨，却被你们的人推下台阶，现在进了医院，如果他是你们的子女晚辈，你们会忍心这么做吗？"

工人们一片静默，情绪稍微平和下来。他们大都是内心善良的人，刚才动手的人听了林寒江的话都在反思自己是不是做得过头了。有几个魏森的手下大喊："青峰集团榨干我们的血汗，却不管我们的死活，把他们推下台是民心所向，大快人心！我们强烈要求政府主持公道，维护我们职工的合法权益！"

林寒江双手下压，安抚大家的情绪，大声说："青峰集团并购是市场行为，大家如果有意见和疑义，政府可以组织企业和你们工人代表谈判。"

魏森又跳出来，大喊："我是全体工友的代表，我和你谈！"

林寒江看着魏森，还是一脸微笑，却多了一丝嘲讽："你代表不了全体工友，我也不会和你谈。你既然作为带头人，就应该为刚才的伤人事件负责！"他故意把魏森晾在一边，转身面对工人们说，"我想请工友们选出五名代表。我有一个条件，这五个人一定得是生活最困难的！我和代表们谈，我愿意倾听你们的意见，和你们一起研究解决的办法。"

"你想和谁谈就和谁谈啊？我们凭什么要听你的，兄弟们，他是在挑拨离间！"魏森意识到林寒江在分化他们，就算林寒江不看他，他也要拼命跳到林寒江眼皮底下。

林寒江面向工友们："大家是想解决问题，还是想在这里干耗着？我相信，你们是愿意通过正当途径解决自己利益问题的，而不是听从这个人挑唆鼓动，聚众闹事。"

魏森在旁边像个小丑一样围着林寒江跳来跳去。林寒江不给他说话的机会，伸手指着他："至于你，会有人和你谈的，谈话的地点应该是公安局拘留室！"

林寒江的话震慑力十足，一下子就把魏森的气焰扑灭了。魏森不由自主向后退去，却被两双有力的手按住了肩膀，他一回头，惊恐地发现是两名警察，原来是金波带着两名警察挤进了人群。

金波是接到市委书记廖宇正的命令紧急赶来的，廖宇正在电话里命令他一定要配合林寒江处置好这起群体事件。而廖宇正自己却被省委书记批了一顿，直接告诉他不用去省城开会了，火速赶回齐江处理此事。

火冒三丈的廖宇正此刻正在从省城返回的路上。

魏森挣扎着扭动身躯，大喊："警察抓人了！警察抓人了！你们凭什么抓我？！"

金波厉声说："摔伤的人已经指认是你把他推下台阶摔伤的，你涉嫌伤人，请你跟我们回去把事情说清楚！"

魏森大喊："冤枉啊！不是我推的，你们抓错人了！"两个警察不由分说，把魏森推出人群带上警车。其实，摔伤的经理并没有指认是谁下黑手的，金波处置突发事件经验丰富，他看到林寒江指着魏森斥责，就知道林寒江发给他八个字指的是谁了。蛇无头不行，金波果断瞄准蛇头出手。

事实证明，金波的果断一击，真的是效果明显，一下子就把对方的计划全部打乱了。看到带头的魏森被警察带走，工人们一阵惊慌骚动，有几个人冲过来抢人，与警察撕扯在一起。一个工人爬到面包车顶上，把一瓶酒精泼到自己身上，掏出打火机吓唬警察，喊道："别碰我啊！谁来我就点火！"

现场一阵大乱，林寒江赶紧跳上台阶，大声喊道："各位工友不要惊慌，公安干警只是带走挑动聚众闹事、涉嫌伤人的带头分子，与其他人并无关系。请大家安静，尽快选出你们的代表，与政府和企业进行对话。谁要是阻拦公安干警执法，就要为刚才的伤人事情负责！"

林寒江的话很有分化效果，跟着起哄抗议是一回事，为伤人后果担责任又是一回事。动手的几个工人迟疑着停下来，另一些跃跃欲试的工人互相观望着停了下来。警察和钢铁厂保安拽出水龙头和灭火器，在车下对准那名企图"自焚"的工人。

警车发动了，魏森还在扯着脖子歇斯底里地大喊："和他们干到底！干到底啊！"然而并没有人响应他，人群骚乱了一阵，慢慢平息下来。毕竟这个情节魏森并没有进行演习彩排，而且从这细节说明魏森只是带头组织闹事的，并没有达到让工人们死心塌地信赖拥护的程度。

魏森在车里声嘶力竭地骂："林寒江，你等着，老子和你没完！没完……"

车顶上一身酒精的工人看见魏森被抓走，现场并没有闹起来，不由得乱了手脚。他把打火机一扔，向警察满脸堆笑道："误会，误会！我这不是酒精，只是我自己喝的散装老白干……"说完，很自觉地双手抱头蹲下来。见他滑稽的模样，众人哄堂大笑，现场的气氛顿时缓和下来。

没有了魏森的捣乱挑唆，局面很快就平静下来。工人们闹哄哄地讨论一阵子，选出了五名代表，包括李母在内的三女两男。林寒江客气地邀请他们进办公楼进行对话。

魏森被控制住了，但是他引发的关于钢铁厂失业工人生活保障的问题却在网上发酵，掀起一轮舆论浪潮，很多传统媒体和新兴媒体都把目光转向齐江市。有很多人在网上参与讨论，一些专家学者也参与进来，对齐江市的做法展开论战，为了生态环境搞"一刀切"，不讲代价地关停企业是否合理？为了督办案件达标而牺牲了普通群众的利益，是否违背了高质量发展的初衷？

省委书记的命令和舆论的压力一齐压在廖宇正的肩上，他坐在车上面色凝重，眉头皱成一个深深的"川"字。他一边看着网信办给他发来的现场视频，一边给林寒江打电话，电话拨了好久却无人接听，估计是现场太嘈杂。网上传来有人企图"自焚"的视频，廖宇正心急如火，他又给李子平打电话，却一直无法接通。他心里暗骂一声："这个滑头，肯定又躲起来了！"副市长兼公安局局长赵驰倒是接电话了，但还是天天挂在嘴边的那句话："请领导放心，我已经安排金波在现场处置了！但是工人们的目标是林寒江副市长，还是请他出面解决为好。"

廖宇正气得把手机扔到一边："所有的事情都要别人出面解决，你怎么从来不出面？遇到事情就是安排副局长处置，你当甩手掌柜当上瘾了！"

现场唯一能和廖宇正保持通话的只有公安局副局长金波，他向廖宇正汇报说："为首的闹事分子已经被控制了，自焚就是一个闹剧，已经平息了。林寒江副市长正在组织工人代表和企业代表对话，其他工人还在厂区聚集观望，但是现场工人们的情绪有缓和的趋势，请书记放心，目前来看矛盾不会进一步激化。"

廖宇正略略放下心来，他把脑袋靠在座椅上，感到一阵前所未有的疲惫。现在齐江市遇到突发的社会群体性事件，市长李子平一般都会溜之乎也，市委副书记在中央党校学习，政法委书记空缺，现在只能让一个分管生态环境工作的副市长冲在最前面，如果林寒江扛不住……廖宇正有点不敢想会出现什么后果。他突然有点同情林寒江，他看着这个省里空降下来的副市长，就像看着一只在齐江泥滩地里左冲右突、左右碰壁的小螃蟹，茫然无助，却又竖起两只前螯，勇敢无惧。

钱起和苏娜带着几个青峰集团的高管赶到现场，林寒江便邀请钱起和苏娜作为并购方代表，一起和工人代表们进行对话。钱起说他从网上看到林寒江在厂区被工人围堵，便立刻带着几位高管赶来解围。他向林寒江保证青峰集团的事一定会圆满解决，这事关乎企业形象和他本人的良心，关键时刻青峰集团绝不含糊。

其实，钱起之所以这么痛快表态，是因为他在来的路上又接到那个神秘人的电话，电话里只传来一句话："把事情压下来，不要闹大了。"钱起不敢怠慢，立刻带人飞一样赶了过来。

林寒江和钱起使劲握握手，心想解铃还须系铃人，青峰集团有这个态度事情就不难解决。

苏娜从林寒江身边走过时，低声说了一句："看不出你还挺有手段，既会分化人心，又会打蛇七寸。"

魏森被警察带走，少了鼓噪闹事的源头，工人们理性多了，但是还聚集在办公楼外面，等待着对话结果。

李云城和田小小在视频里发现了李母的身影，也焦急万分地赶了过来。听说母亲作为代表之一在里面和林寒江谈判，李云城急得汗都下来了。田小小倒是很镇静，说："你怕什么？林副市长还能把你母亲吃了？"

李云城满脸懊丧，说："这么一闹，我以后没脸见林副市长了。"

田小小使劲白了他一眼："看你那熊样，公道自在人心，要看谁占理！工人们要是有理，别说副市长林寒江，就是副省长来也得认错！"

工人代表和政府与企业的三方对话进行得很顺利，并没有林寒江预想的那样唇枪舌剑。李母等几名代表经过商议，向政府和企业提出两条诉求：一是请政府和企业为这些失业工人安置一些适当的就业岗位，减轻生活压力；二是政府和企业要兑现并购分流人员时的承诺，承建钢铁厂失业工人安置房。

林寒江本来对这两点意见还有些踌躇，不敢全盘答应，但是钱起的态度很爽快，他主动把话题接了过来："青峰集团作为并购方，在安置失业工人工作中存在疏忽漏洞，没有做到以人为本，我们将认真反思这次教训。对工人们提出的两条建议，青峰集团将全力承担，人要安置就业，楼要开工建设！我们青峰集团绝不会给政府添麻烦，绝不会损伤工人们的权益。"

钱起的慷慨表态，不仅让工人们喜出望外，也让林寒江放下了心里的一块大石头。他向大家提议："既然达成了一致意见，我们干脆一起去外面向工友们说个清楚，避免出现信息误传谣传，再次引发矛盾。"

林寒江是担心青峰集团为了暂时稳住局面而忽悠工人代表，所以有意让他们当着工人们的面许下承诺，钱起很痛快地答应了。

钱起站在台阶上，他的非凡仪态一下子吸引了全场的目光。林寒江本来想先垫个场，向工人们介绍一下钱起，但他发现钱起根本不需要，有些人天生就是人群中的焦点，钱起就是这样的人。在熙熙攘攘人群之中，钱起的气场会把所有人都变成配角。

青峰集团的员工给老板递过来一个喇叭，钱起摆摆手示意不用，他的中气很足，不用喇叭也能把声音送到每一个人的耳朵中。钱起说："青峰集团对不起大家，让兄弟姐妹们受委屈了！我们在前期并购过程中存在疏漏和不足，让大家的利益和感情受到了伤害，我郑重向大家道歉！"

李母身边有人小声嘀咕："这个就是收购钢铁厂的大老板，看看人家这气度！"

另一个人说："人家是民营企业500强，很多年前就是齐江首富，青峰集团员工的待遇都是全省最好的。唉，羡慕死我了，要是不被分流多好啊，看着那些被青峰集团接收的人，我都眼红！"

李母并没有参与讨论，面无表情地站在那里，双眼只盯着自己的脚尖。

钱起继续道："'齐江胜景'的房地产项目确实夭折了，但是青峰集团投资齐江的决心没有变，我们集团董事会经过研究决定，还将继续并且加大在齐江市的投资力度，我们将动用集团所有力量在齐江打造一个方圆十平方公里的特色小镇，现在已经得到国家部委的支持，马上就要在齐江市落地了。"

大家都被钱起的宏伟蓝图吓了一跳，包括林寒江。他用眼神询问苏娜，苏娜向他微微摇头，示意自己也不清楚。

钱起的男中音别具魅力："我向各位兄弟姐妹保证三点：一是安置费一分不少，这一点大家没有疑义吧？"

工人们没有出声，青峰集团并购以后出手很大方，安置费确实已经发放到位。

"二是安置就业一个不缺,特色小镇运营以后,将为全市解决3000多个就业岗位,原钢铁厂在籍工人我们将优先录用,我在此向大家保证!"工人们一片喧哗,能成为青峰集团的员工,确实诱惑很大。

"三是原来的安置房承诺完全不变,特色小镇建起来的第一批楼房就是你们的,因为你们将是特色小镇的参与者、建设者,你们也将是第一批进驻者!请大家相信我,相信青峰集团,我们一起努力!"

工人们的喧哗不由自主地变成热烈的掌声,钱起魅力十足的男中音已经成功地把大家引入一幅充满希冀与诱惑的画卷,刚才还是唇枪舌剑对峙的双方,转瞬就成为一个阵营的参与者和建设者。

林寒江觉得钱起真的是为大场面而生的人,谈笑间群访灰飞烟灭,他自愧不如。一场舆论热炒的群体上访,因为钱起的非凡表现而偃旗息鼓,顺利将"危机"转变为"机遇",无形之中还给青峰集团打了一次广告。

钱起讲完以后,林寒江见局面得到控制、问题也得到了答复,他本不想再说话,但是此时所有人的目光都转向他,作为市政府领导,他不表态是不合适的。他从台阶上走下来,走到人群中,站在李母等几个年纪偏大的女工面前,弯下腰向她们深深地鞠了一个躬。现场一阵惊诧,各种闪光灯不停地闪烁,大家都不明白副市长为什么向这几个女工鞠躬。

随后,林寒江开口了,他的声音很轻,远远没有钱起的洪亮,外围的工人们都挤过来,想听听这个"罪魁祸首"说什么。

林寒江说:"在没有到钢铁厂调研之前,我一门心思想把这个污染企业关停或者迁走,看图纸的时候我甚至想把这个点位抹掉。但是,今天你们给我上了一堂最好的调研课。我们治理污染,不仅要杜绝污染的根源,还要考虑城市的发展,更要兼顾老百姓过上美好生活。在这个问题上，是我脑子发热，只想着完成任务，忽略了大家的感受，我犯了错误！"

现场一片肃静，副市长主动向大家认错，确实出乎工人们的预料。或许是被他的坦诚所打动，大家的情绪平静了下来。

林寒江说："为了考核指标而完成的治污，只算完成了一半，兼顾高质量发展和美好生活的治污，才是我们最终的目标。总结起来就是三句话——污染要治理，工人要安置，生活要保障！"

他继续说道："前一阵子，有一个小商贩拍了我一砖头，他让我懂得了拍脑门下命令的害处；今天这堂调研课，也让我醍醐灌顶，让我明白了既要生态环境也要生活幸福，才是治污工作的出发点和落脚点。所以，我谢谢你们！今后，我们政府将会努力配合青峰集团，将钱总说的三个保证落到实处，否则即便是钢铁厂关停了，污染治理好了，我们的任务也还不算完成！我们前期的工作出发点偏了，为此我向大家道歉！"说完，他再次鞠躬，现场响起一片掌声。

外围观看的田小小带头鼓掌，她一边拍着巴掌一边用胳膊撞一下李云城："看到了吧，林副市长不是不讲道理的人，用得着你瞎担心？"

李云城左右看看一脸犹豫，田小小使劲瞪他一眼，他赶紧也鼓起掌来。大家的掌声越来越热烈。

李母和一群女工也纷纷向林寒江道歉，说："对不起林副市长，我们不该骂你。"

林寒江苦笑："将来如果不能兑现诺言，你们依然可以像今天这样骂我！"

外面的信访局、属地街道以及生态环境局等工作人员见情势缓和，趁机过来做劝解工作。李云城和田小小也过来劝李母回去，工人们三三两两地散去。办公楼顶上扯着条幅的工人由于搞不清下面发生了什么，扯着脖子大喊："什么情况？怎么都散了，这条幅还要不要了？"

有人大声回答他:"条幅你留着吧,将来他们要是不讲信用,我们还得挂!"

林寒江再次握着钱起的手,向他表达感谢,帮助政府解了难题,也给工人们解了后顾之忧。钱起拍拍他的肩膀,说:"来日方长,将来青峰集团还需要你的大力协助。"

林寒江握着钱起的手使劲摇摇:"我们答应工人们的话一定要兑现,不能没有信义啊!"

钱起哈哈大笑,道:"放心吧,信义二字是青峰集团的命根子!我和你兄弟同心,其利断金!"

苏娜目光含笑,对林寒江说:"以后你讲课如果能像今天这么真诚,我保证不会再嘲笑你。"

林寒江等人已经离开,厂区里只剩下青峰集团的几个人。走到门口的李母忽然挣脱李云城的手,疾步走到正要上车的钱起面前,狠狠扇了钱起一巴掌,说:"钱起,希望你这次不要再骗人了!"

钱起狼狈不堪,捂着脸站在那里看着李母,满脸通红却没有说话。他手下的人要冲过来,钱起伸手制止了他们,哑着嗓子说:"都不要动手,我们回去吧。"

挨打的钱起有些灰溜溜的,一点也没有刚才在数百人面前侃侃而谈的神采,苏娜有些吃惊地看着这一幕。

李云城和田小小都吓傻了,田小小低声喝彩,说:"阿姨太厉害了,这个家伙瞅着就像奸商,打得好!"

李云城愣了一会儿,才扶着母亲离开。

林寒江向工人鞠躬致歉的视频和照片,当天在网上掀起一阵议论高潮,有褒有贬,有赞有骂,成为齐江市街谈巷议的话题。视频也摆到省委陈书记面前,他听完事情经过以后,点点头说:"我曾经说过林寒江'敢做、敢扛、敢认错',看来我没看走眼。我们党员干部向百姓认错是好事情，不用大惊小怪，至少说明他尊重百姓，尊重事实。"

廖宇正回到齐江时，事情已经平息，他看完视频沉默良久，最后说："林寒江不计较自身荣辱得失，给我上了一课，给我们齐江的信访、处突工作都上了一课，有时候方法和手段并不重要，重要的是情怀和良知。"

刘耕野是和李子平一起看完那个视频的，他不屑地"哼"了一声："哗众取宠，还没脱掉讲课老师的做派。"

李子平默然不语，不知道在想什么。

那天晚上，林寒江又接到苏娜的微信："林寒江，你不再飘在空中了，恭喜你，你终于脚踩在土地上了！"

林寒江想了半天，给她回了一句："希望不是踩在烂泥上！"

13
环保公司

林寒江去生态环境局的时候,郝仁敬没有在会议室里汇报工作,而是硬拉着林寒江围着办公楼转了一圈,弄得林寒江一头雾水。原来,生态环境局由于没有院落和停车场,工作人员的车辆都是停在附近马路边。虽然这里是三级马路,并不影响交通,但是最近交警盯上了他们,每天都有交警来贴罚单,局里很多人都被罚了数次,最多的一个人被贴了10张罚单。

郝仁敬低声说:"林副市长,是不是我们上次在夜市那件事上得罪人了?"

"你有证据吗?交警开罚单是只针对我们,还是普遍性的?"林寒江心里像是被塞了一堆破棉絮,说不出的难受,但是又不能公开发火。

"我让人在周边都查看了,就是针对我们来

的。"郝仁敬一张老脸像霜打的茄子，林寒江站在那里沉默无语。

郝仁敬又说："领导啊，现在局里好多人都不敢开车上班了，怨声载道的，让他们下去执法检查也推三阻四的，我这局长当得抬不起头啊。要不，领导您考虑一下把我换了吧。"

"你又来了，天天打退堂鼓。"林寒江看着几辆贴着罚单的车，闷声说，"你是抬不起头，我却是要低下头……"

周成功带着几位专家去湖北宜昌学习治污经验，回来之后召开了一个小型的经验交流会，专家们向林寒江详细介绍了宜昌的水域治理经验。林寒江让郝仁敬、周成功抓紧时间实施齐江水质检测工作，时间不等人，他知道自己必须面对齐江市生态环境整治最大的难题。无论是"地雷阵"还是激流漩涡，他已经做好攻坚的准备了。

李云城和田小小跟随导师耿正参加了第三方专家团队，作为团队的编外技术人员，协助专家开展水质检测工作，也为他们的论文课题收集数据。

两个年轻人第一次参加这么大规模的治污工作，显得有些兴奋。会议间歇两人抱着一摞材料来找林寒江，向他介绍两个新的生态环境科研项目，一个是利用"电动力学修复重金属土壤污染"，另一个是"人工浮岛修复水体"，对解决钢铁厂迁址后的土壤修复、齐江水质污染将会大有帮助。林寒江眼睛一亮，让他俩好好给他介绍一下，因为钢铁厂迁址以后的土壤修复工作，正是让他头疼不已的难题，但是齐江市目前还没有成熟的技术和专业团队能做这件事，而沿江企业整顿以后齐江水域的治理也需要新的技术来修复水体。这让林寒江寤寐思服的两大难题，没想到两个年轻人给他送来了解决方案。

林寒江仔细翻看着技术资料，问他俩："你们从哪里了解到这两项新技术的？是你们齐江大学环境学院的？"

李云城摇摇头,说:"不是我们大学的,是齐江市一个民营科技企业,他们组成了一个小型团队正在钻研这两个项目。"

原来李云城和田小小马上就要研究生毕业,在准备毕业论文时接触到这家民营企业,他们的科研团队是由一群环境专业出身的年轻人组建的。这家企业诚心邀请李云城和田小小毕业后加入他们的团队,但是李云城还拿不定主意。

田小小建议林寒江:"林副市长,有时间您可以去这家企业看一下,将来治理齐江一定会用得上这样的科技企业。"

林寒江答应道:"等忙完这阵子,你俩带我好好去学习一下。我们既要学习先进城市的经验,也要学习身边的成果,毕竟他们对齐江市更有发言权,三人行必有我师。"

看着挽手离开的小情侣,林寒江突然心生感慨。他发现自己好像真的老了,在学术上丧失了不断追求的劲头,尤其到齐江市以后,对科研动态缺少了以往的敏锐性。

难道我以后真的只能做一个行政干部,就这样终老此生?林寒江似乎一眼能看到自己的暮年,这让他有些恐惧,他使劲摇摇头,否定了心里冒出的想法。

第二天早上,林寒江办公室。

林寒江一个人在齐江身无牵绊,每天早晨七点左右就来到办公室读书或看文件。这天他刚坐下不久,门外就传来几下轻微的敲门声。他暗暗皱了下眉头,这个时间来办公室找他,八成不是好事。出乎林寒江意料的是,来人竟然是周成功。

周成功黑黝黝的脸庞泛着看不出来的红色,看来走进副市长的办公室费了他不少勇气。

周成功别别扭扭地和林寒江说着客套话:"林副市长,下面人都说您是最勤奋的市领导，每天都是第一个到办公室的。"

林寒江暗笑，这个老实巴交的人都被逼着拍马屁了，看来是有事要求他。他不想让这个老实人太尴尬，直接问他："老周，这一大早你不是来找我寒暄的吧，有事就直说吧。"

周成功脸上的红已经从黑皮肤里钻了出来，他几乎有些磕巴了："林副市长，真不好意思，不好意思这么早就打扰您……我来麻烦您，是想和您说个事。"

林寒江给他倒了杯水，心想周成功可能是想求他帮忙解决职务问题。经过这几个月的工作接触，林寒江见到的和听到的基层干部，很多人都对周成功竖起大拇指，都为他十六年正科却无法提升而抱屈。其实不用周成功来找他，他已经私下和郝仁敬研究过了，准备给全系统的干部树立一个勤奋能干的榜样，这个榜样就是从来不争不抢、默默无闻的周成功。

林寒江看着支支吾吾、欲言又止的周成功，干脆把话挑明了，他说："老周，你的职务问题，我已经和郝仁敬研究过了，局里正向市委组织部申报呢，你的年龄虽然过线了，但是工作实绩和民意测评摆在那里，提拔你应该没有什么障碍，请你相信局党组。"

谁知周成功一听这话，连脖子都红了，站起来连连摇手，说："林副市长，您误会我了，我来找您不是为这事……我是想求您帮忙，为一个环保科技企业融资，这个企业眼瞅着就要支撑不下去了。"

这下子轮到林寒江脸红了，他太以己度人了。他赶紧详细问周成功："这个企业叫什么名字？业务方向是什么？"

"这是一家小型民企，主要从事环保科技研究，叫'净土环保科技有限公司'，是一群大学生毕业后创建的。"

林寒江想起李云城和田小小推荐的民营企业，于是在桌上的文件堆里把那些资料找出来，递给周成功："你说的民营企业，是不是这家？"

周成功有些诧异:"林副市长,你也知道这家企业?"

林寒江点点头,说:"不算了解,只是有人曾经和我提起过,你给我说说这家企业的情况?"

谈及企业,周成功立刻从尴尬里解脱出来,他向林寒江汇报了这家企业的具体情况。

原来,几年前周成功在参加环保科技会议时引进了这家小公司,帮助他们在齐江市注册落户。他们的研究方向是土壤修复和水体修复,目前的技术水平在H省首屈一指,但是因为比较冷门,市场上还不太认可,公司现在融资不成功,已经难以为继,眼看着就要关门歇业了。周成功最后说:"这家企业近两年一直在苦苦挣扎,多次想迁移到南方城市,我都把他们挽留了下来。他们是看在我当年帮忙的分儿上,才勉为其难留下来的。最近他们中标了一个外省的工程,需要垫资才能施工,无奈他们企业资金链快断了,急需资金注入,他们想尽了办法一筹莫展,所以我今天才会来求副市长您帮忙。"

林寒江问他:"一个小型民营企业有这么重要吗?人家要走你还不让走?"

周成功有些急了,说:"林副市长,说句您不爱听的话,齐江市治理污染,没有我周成功无关痛痒,没有您,也不过是工作受些影响,但是没有这些人,齐江市的污染就无法根治,这可是千秋功罪的事情啊!"

"千秋功罪,这么严重?"林寒江有些疑惑地看着周成功。

周成功坚定地说:"我之所以拼命把他们挽留下来,就是知道齐江市早晚有一天会用到他们。因为他们这群人、他们所掌握的技术,才是齐江市抵抗污染的堤岸啊。"

林寒江看看手表,对周成功说:"我今天上午本来有一个会议,我不去参加了。这样吧,咱俩现在立刻出发,让我见识一下这个企业,见见这群年轻人。"

周成功激动地站起来，说："林副市长，您真是讲效率的领导，我替他们谢谢您！"

"你少拍马屁了，这不是你的风格！"林寒江穿上外套就往外走，周成功乐得满脸开花跟在后边。

省城，小雪学校门口。骑手小哥给小雪送来99朵粉色的玫瑰，今天是林寒江和小雪的结婚纪念日。小雪使劲嗅嗅花香，要不是在校园里，她都能开心得跳起来。小雪抱着玫瑰花回到办公室，一个女同事逗她："你家市长大人太会秀恩爱了，远隔几百公里也没有忘了娇妻，让我们这些人羡慕嫉妒恨啊。"

小雪心里像抹了蜜，却故意装出气哼哼的样子："他一走就是几个月，家里什么事都不管不问，现在拿点破花就想糊弄我，哼，我等他回来算账。"

几个女老师围过来凑热闹："破花？你要是不要，我们几个可都给瓜分了啊！"小雪赶紧护住花束。

"小雪，你告诉你的林大官人，下次别送花了，哪怕买一个蛋糕送来也行，让我们姐几个大吃一顿！"

幸福的小雪本来想给林寒江打个电话，看看时间，估计这个时候他不是开会就是忙其他工作，于是她给林寒江发了条微信："亲爱的老公，谢谢你的花！"

过了半天，林寒江回复她："什么花？"

这个工作狂，还和我装糊涂？小雪有点生气地把手机往桌上一拍。

齐江市郊区，一栋还在装修的五层小楼，绿网包裹的楼体边缘，一块"净土环保科技有限公司"的牌子孤零零地挂在那里。公司只占据了最顶层的五楼，下面四层楼是正在装修的快捷酒店。林寒江从包裹着木板的电梯里一出来,就被走廊里一幅大型挂图吸引住了,那是一幅齐江市土壤污染分析图。看着图中大片污染严重的红色区域,林寒江的眉头不由得皱了起来。

"我们齐江市,已经是一座被污染包围的城市。"周成功在他身后悄声说。

由于林寒江是突然造访,公司经理刚好不在,林寒江就和几个技术人员座谈起来,询问他们用电动力学修复被重金属污染的土壤都存在什么优势和不足。几个技术人员并不知道对面的人就是副市长,以为是一个普通的客户,就七嘴八舌地向林寒江介绍起这门技术。

电动力学修复技术作为一种新兴的土壤原位修复技术,具有除污染物范围广、成本低、效果好的特点,但是也有其不足,在修复过程中电极阴阳两极会出现pH酸碱度高低不同,土壤中的电极施加直流电后,电极表面主要发生电解反应,阳极电解产生氢气和氢氧根离子,阴极电解产生氢离子和氧气,很容易造成极化现象和聚焦效应,成为电动力学修复的瓶颈。净土环保科技公司在原有的修复技术之上,又引入对重金属离子具有吸附作用的纳米纤维膜技术和电渗析法、生物联用法等技术,保持系统的稳定性和污染物去除的均匀性,可以有效解决这一问题。

林寒江研究的专业是环境经济学,对这些纯粹的技术问题只是一知半解,他认真地记录下来一些技术问题,以及这些年轻的技术人员对齐江市的土壤、水体污染情况的介绍。一个穿着白大褂的技术员看林寒江有点不像生意人,就问他:"这位先生,我看您不像是为了这个项目来的吧,您是政府部门的?"

周成功刚想介绍一下林寒江,林寒江向他使个眼色,说:"我就是想来了解一下贵公司的技术优势,学习一下最新的环保技术,和政府没有关系。"

那个年轻人显然对政府部门的人没什么好感,他指着周成功说:

"整个齐江市生态环境局,除了周老师以外就没什么好人,不是腐败分子就是滥竽充数的外行。我们公司替齐江市做了大量的调研和研究工作,既没有得到重视,也没有得到扶持。你们的营商环境,啧啧,要不是周老师再三挽留,我们早就迁到南方去了。"

林寒江苦笑,冰冻三尺非一日之寒,看来想要扭转生态环境系统的负面形象,还要付出更多的努力。他问年轻人:"你们除了做重金属污染土壤调研分析,还做了什么其他分析?"

年轻人把林寒江领到隔壁的小会议室,指着墙上的一张挂图说:"这是齐江流域的水体污染分析图,还有用'人工浮岛'技术修复水体的科研项目。为了这张图上的数据,我们在齐江沿岸足足做了半年的分析,往返行程两三千公里。"

和旁边的土壤污染分析图一样,水体也是用绿、蓝、橙、红等颜色代表污染的不同程度,林寒江看着蜿蜒曲折的齐江,几乎大半个流域都是橙色或者红色,那是一种触目惊心的颜色,让他呼吸不畅。他在省委书记面前接受立下约定的时刻、在遭到数百群众上访叱骂的时刻、在被恐吓电话骚扰的时刻,都没有此刻站在这两张图面前这么压力如山,甚至有一种灰心丧气的感觉。他忽然意识到他和陈书记约定的一年时间,简直就是一个心血来潮的笑话。当时两人根本不知道即将进攻的是什么样的阵地,就这样鲁莽地立下了约定,就好比托着一点摇摇欲坠的烛光,却满怀信心地想要用它去照亮广袤无垠的旷野。林寒江站在那里,感到从未有过的疲惫,从省到市,从陈书记到他自己,在治污这个问题上都犯了一个轻敌的错误。

这时经理王辰匆匆忙忙从外面赶回来,握着林寒江的手一直致歉:"没想到林副市长会在百忙之中抽空莅临我们这个小公司,我们一点准备都没有,公司又乱又破,让您笑话了,实在惭愧。"

林寒江摇摇头,说:"这是我到齐江市以来,最受震撼的一次,你们这两张图让我感觉自己肩负泰山，如履薄冰，惭愧的应该是我。"

刚才出言嘲讽齐江市环保系统的年轻人，没想到林寒江竟然是副市长，吐吐舌头躲得远远的。林寒江却不以为忤，主动邀请他一起参加座谈。

听完王辰关于企业发展的汇报，林寒江问他一个问题："你这几项科研成果，在齐江市有没有应用？"

王辰面露难色，看着周成功不知道怎么回答，还是那个年轻人快人快语，说："王总，你忘了？前几天你还让我统计一下科技成果转化应用的事，别说齐江市，就连H省，我们的应用率都是零。这几年要不是我们在南方做了几单生意，早就喝西北风去了。"

其实王辰不是不知道，只是不忍心让林寒江难堪，既然手下都说开了，他也就不再隐瞒，说："不瞒副市长，要是从企业发展的角度考虑，我们公司早就该迁到南方去了，那边的科技产业园区不仅给我们提供办公区域，还答应给我们扶持资金，但我们一是故土难离，二是周老师多次挽留，所以一直这样悬着。"

林寒江叹息一声，说："现在我们在工作中有一种误区，学习先进经验时往往有'外来的和尚好念经'的想法，对身边的技术和经验却视而不见。齐江市被国家生态环境督察组通报以后，省内很多城市都纷纷跑到南方去学习，外地的经验固然有其先进的地方，本地的做法也不可妄自菲薄，毕竟他们更了解实际情况。你们公司关于齐江市土壤、水域的污染情况调查，让我震惊和震撼！我震惊的是我们的城市生存环境之恶劣，震撼的是这几年你们默默付出的巨大努力。"

王辰和那个年轻人没想到会被市领导表扬，都有点不好意思。王辰红着脸说："我们公司还做得很不够，我们这些人做技术钻研还可以，跑市场跑政府都不是我们的强项，这几年全靠周老师帮忙。"

林寒江对周成功说："现在正在抓营商环境建设，党员干部联系走访企业，我以后就负责这家企业了。以后他们公司的融资、扶持政策等事情就直接找我吧，我就是他们的联系员。"

王辰激动得站起来，险些把水杯碰倒，连声说："谢谢林副市长！这太不敢当了，以后我们还是找周老师吧。"

林寒江摇摇头说："我在省城和陈书记曾经击掌立约，齐江治污不成就把我罢免了，今天你敢不敢也和我击掌立约？"

"立什么约？"王辰有点迟疑，不知道林寒江会提出什么条件。

"我会帮你们把科研成果转化应用到实际治污工作中，我也会帮你们解决发展过程中遇到的困难，甚至将来把你们打造成全省生态环境领域的明星企业。"说到这里他话锋一转，"但是有一个条件，就是在齐江市治污工作没有取得阶段性成果之前，不要离开齐江市。"

王辰爽快地与他击掌："能在家乡本地发展壮大，我们当然不愿意抛妻弃子去外地。"

"你们提出的资金问题，我马上会去与相关部门协商，帮你们申请科技贷款，一周之内就给你们一个满意的答案！"林寒江更加爽快。

小会议室外面，那群年轻人听说副市长亲自为他们解决资金问题，不由得发出一阵欢呼。先前嘲讽齐江市环保系统没好人的小伙子满面赧颜，握着林寒江的手，说："林副市长，对不起，我收回我的话，你们生态环境局还是有好人的，您和周老师都是！"会议室内外一阵大笑。

林寒江往外走时，问王辰："你们公司将来发展的目标是什么？有什么宏图大志？"

王辰苦笑道："公司刚成立时，我做梦都想着能成为科技板块上市公司，现在我做梦时想的是能拥有自己公司的实验室，我们的实验室现在还是租用别人的。还有，我们在齐江做水体采样分析时，急需购置一些监测和检验设备，否则我们很多理论只能停在纸面上。"

林寒江看着王辰瘦削的脸庞，仿佛看到当初的自己，从气吞万里到脚踏实地负重前行，其中的转变，除了岁月阅历的增长，还有层出不穷的生活磨炼。他拍拍王辰的肩膀，说："购置监测检验设备的事，我会帮你们联系渠道。我相信你们公司很快就会有自己的实验室，一定会实现你最初的梦想。"

林寒江最后向王辰提出一个小请求，能不能把齐江市土壤污染分析、水体污染分析两张图给他也打印一份，他要挂在办公室的墙上，时刻提醒自己的责任。他说："今天我看到这两张图时，第一反应是无助甚至是丧气，想把这座城市从污染包围中拯救出来，压力和难度不是一般的大。但是，又是这两张图给了我勇气和信心，因为我知道，绘制这两张图的人，会为齐江市筑起一道安全的堤岸！你们和老周这样默默无闻的人，就是这道堤岸！"

回去的车上，周成功感动得直搓手，有些语无伦次。他说："我曾经多次向前任局长和副市长王武介绍过这家企业，却从来没有得到重视，您是第一个光顾这家公司的市级领导，看来齐江市的生态环境真的有希望变好了。"

林寒江在反思，最近很多工作都犯了急功近利和轻敌的毛病，只想着用最短的时间、最快的效率解决各种问题，但是今天在这家小公司的两张图上，他看到了生态环境的整治之路是漫漫修远。改善生态环境不能只靠突击式解决问题，既要治标，还要治本，从整治污染、优化产业直到改变生活习惯、强化环境意识，培养全民族的生态环境基因。不能把希望寄托在一个领导或者一代人的身上，要永远都在路上，是千秋大计、千秋功罪。

这时林寒江的电话响了，田小小在电话里紧张地对他说："林副市长，我们有一件重要的事情要向您汇报……对，特别重要！"

林寒江有些吃惊，这两个年轻人从没用过这种紧张的语气和他说话，他心中隐隐升起了一种不祥的感觉。

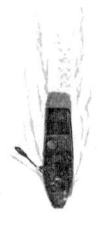

14
水质监测

"水质检测结果有猫腻!"这是李云城和田小小一见到林寒江就冲口而出的话。林寒江被吓了一跳!

众多企业关注的水质检测工作刚刚开展,郝仁敬带着团队在江边忙得不可开交,进行了大量的水体采样和检测工作。采样的水体编号后由第三方团队进行检测。为了防止出现技术上的问题,同一份水体样本要先后进行预检和复检两道程序。李云城和田小小跟随耿正的团队,在水质检测的过程中,两人一时兴起想看看自己的技术水平到底如何,于是对部分水样偷偷预检了一次,化验结果表明污染指标主要集中在石化工业园的水体样本上,石化废水中的难降解及有毒污染物约占总污染物的70%左右。

两人拿着自己的检测结果,和专家团队最后的检测结果一对照，都吃惊得瞪大了眼睛。因为从环保检测站最后反馈的检测结果表明，水体样本各种检测指标均显示正常，似乎石化工业园并未对齐江水质造成污染。李云城和田小小警惕性很高，认为这里面极可能有问题，所以赶紧给林寒江打电话。

林寒江听完他俩的介绍，想了一会儿问道："你俩能确保自己的化验结果是准确的？"

他俩对视一眼，李云城迟疑着说："应该、应该没有问题吧！"

田小小不满意地推了他一把，坚定道："林副市长，化验是我和他一起做的，结果很明确地摆在那里。我们相信自己的检验技术，不会有问题！"

林寒江一脸疑惑地说："那最后的结果怎么会大相径庭？莫非……"

"没错，我们俩也讨论了半天，我们觉得有两种可能。"田小小快人快语，说，"一是你手下的环保检测站提供了假数据，二是水体样本被人暗中替换了。"

林寒江觉得匪夷所思，说："谁会这么大胆，还这么愚蠢，在这么多人眼皮底下替换水体样本或提供假数据？这可是明目张胆的犯法！"

面对林寒江的质疑，李云城有些动摇，红着脸着说："林副市长，您别多想，也可能是我们水平不行，结果有误差。"

田小小不满意地"嗤"了一声："你这个人立场一点不坚定，化验的时候说自己十拿九稳，小菜一碟，现在又不相信自己了，软骨头！"

李云城涨红着脸辩解道："最先怀疑的是你，也许是你美剧韩剧看多了，看什么都疑神疑鬼神经兮兮的，哪来这么多坏人啊？"

田小小杏眼瞪得溜圆，说："哎呀，你还敢说我了，你这是抗议还是起义啊？"

林寒江笑着制止小情侣的斗嘴，说："不管怎么样，这件事你们要保密，千万不要和别人说起。我让郝仁敬暗中调查一下，如果惊动了别人，不仅会造成负面影响，还会伤了这个团队的士气和团结。"

李云城连连点头，田小小似乎还不满意，说："齐江市的人都知道，您手下的那些人都是腐败窝里出来的，什么事做不出来？那个'好人精'也不像好人，您也得小心他，所以我俩才直接给您打电话……"

李云城没让女朋友说完，赶紧把她拽走了，林寒江苦笑不语。众口铄金，齐江市生态环境系统的形象在老百姓心目中何时能好转，他也不知道。

虽然田小小提醒林寒江连郝仁敬也不能相信，但他还是把这件事和郝仁敬说了，如果谁都不相信，那他就真的寸步难行了。

郝仁敬对这个消息也是大吃一惊，连呼道："这些人疯了！这种事也敢干？！"

林寒江倒是冷静下来："这种事宁肯信其有，不可信其无，那么多说情的都没成功，谁能保证他们不玩阴的？你还是稳妥一点，悄悄调查一下。"

"我们检测站的人应该没有问题，我相信他们。"郝仁敬肯定地说。

林寒江严肃地责问道："别人的所作所为你怎么能知道呢？你敢替他们做担保吗？"

郝仁敬耷拉着脸，一声不吭地走了。

当天晚上，林寒江坐动车赶回省城的家中，已经快半夜十二点了。

岳母出去旅游了，只剩小雪一个人在家。她睡眼惺忪地看着林寒江把一盒精美的蛋糕摆在自己面前，像看外星人一样看着自己的丈夫："你怎么突然就回来了？"

林寒江有些歉意地对妻子说："这不是想给你一个惊喜嘛！结果，在齐江车站蛋糕不小心被人挤扁了，我只能送给车站保洁的大姐了。然后在车上我又联系咱家附近的蛋糕店，加急订了一个，所以耽误了点时间。"他看看手表，说，"还好，在我们的结婚纪念日倒数25分钟时，我赶回来了。"

小雪心中一阵感动，抱住风尘仆仆的丈夫，说："白天不是已经给我送花了，何苦大半夜跑回来？"

林寒江一愣，一本正经地问："什么花？我没送你花啊？"

小雪也愣了，两人一齐转头看着客厅茶几上那一束鲜艳的玫瑰花。林寒江拥抱着妻子，故意开玩笑："这么好看的花儿，不是你的追求者要乘虚而入把我顶替了吧？"

小雪嗔怒地打了他一下，林寒江说："不对啊，就算真的有想插足的人，也不能选我们结婚纪念日送花啊？这不是明摆着帮我摇旗呐喊，巩固后方基地嘛！"

小雪懒得听他贫嘴，赶紧去切蛋糕了。两人一边吃蛋糕一边猜测这花是谁送来的，猜了一圈，把耿正都想到了，也弄不准是谁做好事不留名。

第二天早晨五点多，小雪送林寒江到高铁站坐车。小雪开车，林寒江蜷在副驾驶位置上困极而睡。

看着丈夫疲惫憔悴的脸，小雪百感交集。

"我不在家的时候，不管是谁送来什么东西，千万不要接。"林寒江特意叮嘱妻子，这束来路不明的玫瑰花让他隐隐感觉不安。

小雪哼了一声："你是担心后院失火，我在家被人腐蚀了？"

"恐怕没有那么简单。"林寒江忧心忡忡，却又说不出到底是哪里不对。

省委陈书记对林寒江平息齐江钢铁厂工人群体访的做法大加肯定，H省日报派出记者到齐江市进行调研采访，在日报头版刊发了《根治污染、产业升级、保障就业——齐江治污新模式》的文章，大力宣传青峰集团并购齐江钢铁厂，治污与产业升级并举的做法，得到了省委陈书记的批示：齐江市知耻而后勇，探索出了一条改善生态环境与追求高质量发展的有效途径。

市委书记廖宇正专程去省委详细汇报了齐江治污工作的进展，得到了省委的肯定。廖宇正回来以后，立即召开全市干部大会，在会上表扬了林寒江和生态环境系统的工作成果。郝仁敬代表全系统在会上立下军令状，一定要在环保督察组复查之前有效解决所有督办问题。

看着慷慨陈词的郝仁敬，台下的林寒江却丝毫高兴不起来。林寒江和廖宇正小声交流过，他是反对这种把"小胜"当作"大胜"宣扬的，他认为远远还没到庆祝的时候。廖宇正反驳他说："我也知道离最后的胜利还很远，但是你不认为整个生态环境工作需要提振士气吗？整个齐江市更需要树立信心。"

林寒江想了想，还是不去激怒廖宇正。他说："廖书记，你是高瞻远瞩的统帅，我就是一个过河的卒子，视野里只有一条路，思考问题太狭隘了，我还得向你学习。"

廖宇正皱皱眉头，说他："你这个人啊，还是别说奉承话了。奉承话从你嘴里说出来，比挖苦的话还难听十倍。我这么做还不是为你和你的部下加油鼓劲，为你们干活减少点阻力？"

林寒江看着廖宇正的眼睛，说："廖书记，其实你比我还着急在生态环境工作取得突破吧？"

廖宇正被说中心事，他确实盼着能有拿得出手的成绩，迅速扭转他在省委的失分印象，晋升副省长甚至省委常委的念头时不时还在撩拨他的内心。他说："齐江市就如一个掉进烂泥坑里的孩子，你负责洗净孩子身上的污泥，我负责洗净别人眼里的污泥，我们殊途同归，都是为了这个城市。"

林寒江叹了一口气，说："廖书记你说得没错，我只是觉得我们还没有到庆祝胜利的时候,就如一条船刚刚驶入齐江上游,还不知道前面有多少险滩急流等着我们,稍有不慎就要翻船。不能因为省委书记的一个批示我们就盲目高兴,要想彻底洗净孩子身上的污泥和别人眼里的污泥,拍脑门决策和急功近利的想法都是危险的。"林寒江想起王辰公司的两张图,他实在没有任何"胜利"的感觉,这种"胜利"都是人为炮制出来的,但是有时候上下都很需要这种自我安慰的"胜利"。他在想,找机会让齐江市的领导层一起看看那两张图。

廖宇正上台发言的时候,林寒江听着廖宇正充满激情的声音,不禁有些晃神,廖宇正到底是一个想做事的领导还是一个想成功的政客?

刘耕野手里捏着报纸,站在李子平的门口,话里含酸:"李市长,原来我们齐江市的高质量发展是林寒江治理污染弄出来的,和我们这些抓经济的人一毛钱关系也没有啊。我想不明白,治理一下环境污染就是高质量发展了?"

李子平安慰他:"报纸上也没说是林寒江一个人的功劳,是我们齐江市的整体成绩,一篇报道文章而已,你就别斤斤计较了。"

"省委书记可不这么看啊,他认为是林寒江在齐江市折腾出来的成绩。这小子能和陈书记套上近乎,成绩都算他身上,让我们这些土生的齐江干部如何想?"刘耕野愤愤不平。

李子平倒是难得的大度,说:"要论上层人脉,你老兄恐怕比他还要深厚;要论本地和外地的区分,我不也是从外地空降过来的?五湖四海,都为了一个目标,还是保证班子团结和谐,把我们的工作做好吧。"

刘耕野没能寻得共鸣,气呼呼地转身而去:"既然和我一毛钱关系都没有,那我们就在钱上见真章!"常务副市长负责审批经费支出,很多治污的经费单子都在刘耕野的案头压着呢。

其实李子平心里何尝不是打翻了五味瓶,让廖宇正和他蒙受着羞辱的生态环境工作，竟然成全了林寒江。廖宇正那家伙下手得早，直接把成绩揽了过去，抢了本该是他的荣耀。他以后也得见机行事，既不能得罪人，也不能白吃亏，得罪人的事还是让刘耕野去做吧。

　　林寒江第一次敲响了赵驰的办公室房门。赵驰对他的来访似乎没有准备，错愕了一下立刻热情地迎上前来，又是握手又是拍打肩膀，马上拿出一盒大红袍熟练地泡茶。

　　林寒江借机打量赵驰的办公室，除了办公桌、沙发、茶几之外，剩下的空间都被一盆硕大的罗汉松盆景占去了。这盆罗汉松比人还高，苍翠欲滴，造型怪异，犹如一条从岩石里腾空而起的巨蟒，看树干至少要有近百年的树龄了。办公桌对面墙上挂着一幅关泽霈的《红梅图》。林寒江吃了一惊，瞪大眼睛细看，这个关泽霈就是著名画家关山月，如果是真迹，这一幅画足可以买下半层楼。他想起金波曾经对他说过的话，赵驰的办公室是博物馆加植物园，看来所言非虚。

　　赵驰见林寒江盯着那幅画出神，哈哈笑着说："看来林老弟也是识货之人啊。不过，你别被骗了，那只是一幅荣宝斋的木版水印仿品，仿得几可乱真，所以我就收藏了。"

　　林寒江虽然不懂字画鉴定，但是凭直觉就觉得赵驰的话里含着水分，这幅画怎么看都不像是木版水印。

　　赵驰递过来一杯茶，林寒江啜饮几口才发觉手中的茶杯竟然是景德镇官窑的谪仙杯，也是价值不菲。

　　两人不咸不淡地扯了几句，林寒江挑明来意，请赵驰给生态环境局的停车问题关照一下。这是林寒江来齐江之后第一次主动求人，赵驰一脸惊讶，连声说："怎么会出现这样的事？真是大水冲了龙王庙，自家人去拆自家人的台！"

　　既然低头求人，林寒江索性弯腰到底，他故意装出一脸为难："生态环境局那些人也不容易，辛苦挣点工资，结果都捐给你们交警了。我这个分管市长都没脸见他们了，所以我向赵老哥求情来了……"

赵驰豪爽地一挥手，说："千万不要这么客气，这件事情老哥我现在就给你办了！"说完，就掏出手机打给交警大队，让他们不要再针对生态环境局的车贴罚单。交警大队的队长似乎在电话里给他解释原因，赵驰虎下脸来："我不听原因，只看结果，立刻，马上！"

林寒江配合地冲赵驰竖起大拇指，称赞他的雷厉风行。赵驰说："生态环境是咱们齐江的生命线，公安部门一定给你们保驾护航，自己人拆台的事绝不能干！"他把"拆台"两个字咬得特别重，似笑非笑地看着林寒江。林寒江当然明白赵驰指的是夜市一条街的事，对方既然没有点明，他干脆装糊涂。

"寒江老弟，你别见怪。可能是你刚来齐江不久，我部下这些人有些欺生，我一定狠狠批评他们给你出气。"

林寒江赶紧谦虚几句："这事不能怪交警大队，局里那些人沿街停车成了习惯，正好借此机会把那条街划上停车位，以后规范管理就好了。"

赵驰的注意力并不在停车问题上，他见林寒江主动来访，心想正好利用这个机会跟这个有口皆碑的"独钓寒江雪"打好关系。他给林寒江续满茶，说："寒江老弟，你和去世的王武是同学，我和王武是无话不谈的好朋友，他的去世让我很伤心。"赵驰用手比画一下市委、市政府的方向。"在这个圈子里，我和他是这个！"他把食指和中指并在一起，冲林寒江做了个手势，林寒江看懂了，那是"盟友"的意思。

"老王走错了路，一死了之。他没了，剩下我的日子也不好过。"一脸悲戚的赵驰指着窗外东边市政府的方向，"估计我也早晚要被东边的那一位挤对走，兔死狐悲，政府这一块被他一点点垄断了。"

赵驰话里说的"东边的"是指市长李子平。林寒江认真想了一下才弄明白，他放下谪仙杯，有些不解地问："有这么严重吗？不都传说他要任接市委书记，不会轻易树敌吧？"

"那也得等到西边的那一位高升啊，给他腾出位置。"

赵驰称呼领导都不直呼名字，而是用方位代替，"东边"是市长李子平，"西边"是书记廖宇正。林寒江每次都要在脑海里快速辨别一下，才能跟上赵驰的思维。

"现在，齐江出了乱子，估计东边、西边都要凉，两人短时间内升迁无望，都要换个打法，消除异己，巩固自己的地盘。"

林寒江只能沉默地喝茶，他初来乍到，根本不知道齐江高层的风向，尤其赵驰给他的感觉一直是井水不犯河水，摸不清是冷是热。赵驰从原来对他暗中掣肘，到此时突然对他说了这么多推心置腹的话，是真心结交他还是另有目的？

两人又聊了一会儿，林寒江起身告辞。赵驰使劲握着他的手，摇了好几下，说："寒江老弟，以后想喝茶了就过来，我这里赝品、仿品不少，但是茶绝对保真！"

林寒江连声称谢，说："改日我请你喝茶，以后我们环境执法时还得仰仗公安的大力支持！"

赵驰突然低声问林寒江："王武没了，你觉得谁最开心？"

林寒江一惊："谁最开心？肯定是那些和他有瓜葛的企业老板呗？"

赵驰哈哈大笑，眼神里却写满了神秘："你们做环保的查找污染源头，我们当公安的追查案件真相，殊途同归，道理一样。王武是齐江的数朝元老，根基比我厚实多了，所以自然是某些人肉里的刺，肉里有刺是什么感觉？哈哈！"

林寒江满腹疑虑地走了，他也想不通谁把王武当成肉里的刺。赵驰刚才说的话，还有金波之前说的"王武之死谁是最大受益者？谁最开心"，他们到底在暗示什么？

林寒江和周成功在一处居民区检查"蓝天行动"进展情况，那个小区里有一个金龙公司的锅炉房和大烟囱，居民多次向政府呼吁拆除这根害人的"毒刺"。

林寒江和周成功在烟囱底下正比画呢，一群跳广场舞的大妈围了过来。为首的大妈推了一辆轮椅，上面坐着一个戴着口罩、满头灰发的老太太，老太太不停地喘着气，似乎她的肺已经成了个破碎的风箱，呼吸之间痛苦又虚弱。

周成功一见轮椅上的老太太，竟然像看见猫的老鼠一样，不自觉躲到了林寒江身后。周成功这个人，在面对烧烤街的商贩威胁要打他时，尚且不退半步，眼下见到一位老太太竟然这般胆怯，让林寒江大为不解。

林寒江问他："老周，你怎么了？被一个老太太吓软了腿？"

"什么老太太啊，她还没我岁数大呢。我不是怕她，是没脸见她！"

林寒江更是纳闷，对面的老太太怎么看也得有七老八十了，有种风烛残年的感觉，怎么会比周成功还小？

周成功把林寒江拉到一边，小声给他讲起这个老太太的故事。

原来这个戴口罩的老太太名叫郑玉琴，是齐江市的英雄，以前是齐江市人民医院的医生，2003年非典期间曾经主动报名奔赴小汤山，后来在小汤山感染SARS，虽然痊愈但是留下了后遗症，双侧股骨头坏死，几经治疗也只能在轮椅上度过余生。她其实还不到五十，但是被病痛折磨得衰老不堪。郑医生回到齐江市以后，养成了一个习惯，就是除了吃饭喝水以外，绝不摘下口罩，同时她从白衣天使转变成了一个坚定的环保维权者。前几年，郑医生患上了肺癌，她认为自己之所以得了肺癌，除了在小汤山留下的病根之外，很大因素是因为小区中的烟囱排放物造成的污染，常年的空气污染导致她病情加剧，演变成肺癌。因此，她不断地投诉市生态环境局，要求改善城市空气质量，并对她的病情予以赔偿。在她的带动下，齐江市民已经组织了一个小群体，都是投诉大气污染造成的身体伤害。

周成功曾经多次接待过郑医生，他虽然深深同情这名女英雄，却无力解决这个问题，所以一看见郑医生，他就愧疚得要钻进地缝里。

林寒江主动走过去，弯下腰紧紧握住郑医生的手，说："郑医生，我向小汤山的英雄致敬！"

郑医生咳了两声，眼睛里闪过一丝光亮，蜡黄的脸虽然大部分被口罩遮住，似乎也飞起红晕。她说："我不当英雄很久了，你们很多人都叫我'老巫婆'，巴不得我早点咽气！"

旁边的周成功赶紧摆手，说："老妹妹，你可不要嘲笑我了，我从来不敢对你有一点不尊敬，只是你提的要求，我实在是无力解决啊。"

"你们这些当官的人，要是自己家住在这个烟囱底下，早就给拆了，老百姓求爷爷告奶奶也没人管。"郑医生周围的大妈们一阵起哄，七嘴八舌地谴责周成功，谴责生态环境局不把老百姓死活放在心上。

林寒江硬着头皮对郑医生说："您的诉求，我一定回去好好研究，争取早日给您一个满意的答复。"林寒江其实也是满腹忐忑，说的是客套话，他自己都觉得心虚。

郑医生摇摇头，制止了身后的一群姐妹的喧哗，说："陈年痼疾，我也不指望林副市长一朝一夕就能拿出解决办法。今天在这里提出这种问题，我未免太小家子气了。"郑医生的大度理解，反而让林寒江有些不好意思。

"听说你们要把这根'毒刺'拔出去，还我们老百姓一片蓝天，我是代表邻居们来感谢您的。"郑医生的声音很虚弱，却彬彬有礼，一点也不像林寒江以前遇见的上访人员。推着轮椅的大妈接口道："林副市长到我们齐江不久，给我们做了不少好事，拔掉了我们的肉中刺，我们再也不用被熏得咳嗽淌眼泪了，大家给他呱唧几下！"跳广场舞的队伍果然有默契有纪律，一声令下，全场立刻响起一片掌声。

郑医生上下打量着林寒江，把林寒江看得心里没底，她突然指着自己的口罩，问林寒江："林副市长，您觉得这根烟囱和口罩有没有关系？"林寒江稍微愣了一下，但很快明白她的意思，她是说因为环境污染才致使她戴上口罩，林寒江点头回应："有关系！我们的工作以前确实有很多欠缺……"

"齐江里变质的江水和口罩有没有关系？"郑医生不想听他解释，又抛出第二个问题，林寒江略一思索，点头道："有！"

"齐江市很多市场和美食街里卖的果子狸、穿山甲和口罩有没有关系？"

林寒江有些惶惑，这个问题是公共卫生领域，超出了他的业务范畴，他不敢轻率回答。郑医生的连番发问也让他体会到当日他在北岭村质问凤山县相关人员时的感受，原来被人连续质问是这般尴尬痛苦。林寒江回答的时候自己都感觉底气不足："应该有吧……"

郑医生没有再追问他，说："生态环境和公共卫生互相依存，都会把我们置于死地，环境破坏了，各种疫情灾病就会杀人，虽然你可能明白这些道理，但是你没有亲身体会过，是不可能理解这种痛苦的。"她停下来大口喘着气，努力抑制住自己有些激动的心情，"我很久没看见齐江市的领导了，你们平时都让那个周科长糊弄我，今天能看见副市长，我确实有些激动。"

林寒江赶紧安慰她："您慢些说，我听着呢。"

郑医生咳了几声，脸色憋得发红："报名奔赴小汤山医院的那天，正好是我三十岁生日。当时年轻啊，我把这份勇气和责任当作生日礼物送给自己，走得义无反顾。但是等我回到齐江市的时候，是坐在轮椅上回来的。"郑医生声音有些哽咽，周围的大妈们也停止了喧闹，都向未老先衰的郑医生投去同情的目光。

"在我最好的年纪，我失去了行走和奔跑的权利，我连和这些邻居姐妹一起跳广场舞的机会都没有。我躲在被窝里哭，等哭够了我安慰自己，我是为别人拼过命的人，我是为了国家失去了这个权利。我就这样自己安慰自己，自己愚弄自己过了好几年。但是等到又有一天医生告诉我，我得了肺癌，只剩三两年的寿命，我看着眼前这根天天喷吐毒雾的烟囱，我想问，是谁又剥夺了我活下去的权利？"气息虚弱的郑医生一口气说了这么多话，已经喘得厉害，推轮椅的大妈轻轻给她捶着后背。

在这些大妈面前，林寒江觉得自己的面颊已经不由自主地发红，后背偷偷冒汗，这个坐在轮椅上喘息的女医生给他的压力甚至超过省委书记陈庭坚。他无言以对，只能不安地搓着手，掩饰自己的窘态，他瞬间理解了为什么周成功见到郑医生就像老鼠见到猫一样。

"治理污染对你们来说是工作，对我这样的人来说却是活命。我腿脚不利落了，就把自己关在家里看新闻读报纸。总书记说把环境安全纳入国家安全体系，大道理我研究不懂，但是我知道，中央领导的每一句话、每一件事落到我们老百姓身上，既是鸡毛蒜皮的琐事，也是性命攸关的大事。你们要是能设身处地去调查去了解，就能知道我们这些普通老百姓的不容易。你说，是不是这个道理？"

林寒江面带羞愧，连连点头。

"不过，林副市长来齐江还是做了很多好事的，我们谢谢你！"郑医生调整了呼吸，克制住了情绪，话说得很有分寸。

林寒江惭愧地摇头："我们的工作做得不好，烟囱没倒，江水没清，老百姓出的考卷我们答得不好，让你们失望了。"

郑医生摇摇头，似乎对林寒江的话并不满意。她对林寒江说了一句话，声音很虚弱却让林寒江心中一阵震荡："林副市长，其实你不用和我们讲什么大道理,什么时候老百姓不用戴口罩了,就是你们的高质量高标准。等你们真正懂了这件事的时候,我再找你们探究赔偿的问题。"

林寒江不知道郑医生说的赔偿问题是什么,他低声问周成功,周成功低声回答:"她要求我们赔偿她疾病损失,象征性的,只要一块钱!"周成功小心翼翼地竖起一根手指。

"这有什么满足不了的?"林寒江纳闷。

"她,她还要求齐江市政府公开向她道歉……"周成功黝黑的脸上写满了无奈。

林寒江听了,张了下嘴,欲言又止。

"林副市长,我一个人戴口罩没什么,要是有一天全中国的老百姓都戴上口罩,那才叫可怕!"郑医生摇着轮椅离开了,那一群跳舞的大姐像小学生一样跟在她身后,没想到这个说话都没有力气的郑医生有着极高的号召力。

郑医生临走的话,让林寒江反复咀嚼,最后只能摇头叹息。在这个英雄女人面前,林寒江觉得自己就是一个不成熟的小学生,无论是人生襟怀还是苦难阅历,像郑医生这样每天倒数着生命时间的绝望,他从不曾体会过。在书本理论和平常工作中体会生态环境的影响,终不如在自己血肉之躯上的感受来得真切。

让林寒江始料不及的是,钱起上次在齐江钢铁厂承诺投资建设的休闲小镇竟然选址在齐江沿岸的湿地区域附近。钱起眼光很毒,那里是齐江沿岸的最后一块处女地,风光优美景色宜人,紧挨着湿地保护区域,却是一处限制建设区,并没有划进生态保护红线范围之内。所谓限制建设区,就是在城市总体规划中划定的不宜安排城镇开发项目的地区,如果确有建设必要时,安排的开发项目应符合城市整体和全局发展的要求,并应严格控制项目目的性质、规模和开发强度。青峰集团拿着国家部委关于同意建设特色小镇的批复,以及省委书记在那篇报纸文章上的批示复印件,还有解决齐江钢铁厂工人安置问题的请示,找到了齐江市政府,提出要在这个限制建设区开发建设一个休闲小镇,总投资额达到380亿,是齐江市近几年来最大的投资项目。

上次在常委会上提醒林寒江的自然资源局局长洪程是个滑头,不敢妄自同意这个项目,就把皮球踢到政府来了,需要各个相关部门拿出意见来。郝仁敬知道消息后,不敢怠慢,赶紧向林寒江汇报。

林寒江和郝仁敬埋头在规划图上看了半天,测算着项目地址与湿地区域的距离,两人都神色沉重。林寒江长吁一口气,说:"这个青峰集团,给齐江市出了一道大难题啊,一边是生态,一边是发展,又要工人安置,又要绿水青山,怎么办?"他对郝仁敬说,"我担心的事情终于来了,这才是我们最大的考验。"

郝仁敬也拿不定主意,他说:"380亿的投资项目,市委、市政府都高度重视,李子平和刘耕野两位市长都把这个项目作为重点项目来扶持,那几个经济部门更是把青峰集团当成齐江市的财神爷和大救星了。这个时候我们要是唱反调,恐怕会激起众怒。"

林寒江在地上转了一圈,踱到窗口,双手抱胸看着外面,说:"如果我们同意了,在湿地的周边建一个近十平方公里的小镇,未来几年湿地区域势必要被污染甚至萎缩,'齐江之肺'被破坏了,齐江沿岸不就是又一个祁连山或秦岭吗?"

"可是上次我们在齐江钢铁厂答应工人们的几个条件,完全是依赖这个项目的落地才能实现,如果这个项目黄了,不但我们的承诺无法兑现,工人肯定还会闹起来。"郝仁敬忧心忡忡的,他说的不无道理。

林寒江沉默了半天,没有接郝仁敬的话,因为他也不知道该怎么抉择。环保督察组点名批评齐江市"退耕还湿"工作弄虚作假,虚报工作成果，违规在湿地区域建设旅游和娱乐场所，与青峰集团选址的区域近在咫尺。原来弄虚作假的一些当事人正在被纪委追责处理，湿地区域存在的几个旅游和娱乐场所，林寒江已经让生态环境局起草了拆除的方案，这些违规建设的旅游娱乐场所正是青峰集团齐江分公司前期所建的试点。现在违规建设的场所还没有拆除，青峰集团又要打政策的擦边球，在附近建设一个近十平方公里的小镇。

连续几天，林寒江都在两难的境地中煎熬，天天辗转反侧到后半夜。那张生态规划图都他看了无数遍，一边是"齐江之肺"的大片湿地，一边是380亿的投资项目和数百名失业工人就业和安家的地方，林寒江每次看见规划图，肩上都是一沉。

这边林寒江备受煎熬，那边青峰集团却忙得热火朝天，项目的可研报告、立项审批请示等纷纷摆到市政府案头。同时，他们又高薪聘请了国内最顶尖的规划设计团队，专门针对保护湿地区域进行研究，准备拿出一系列方案确保不会破坏湿地区域。苏娜带着一群年轻人，点灯熬油在做宣传推广方案，准备把这个项目做成青峰集团的巅峰之作，尤其这是苏娜到青峰集团以后的第一个项目，她倾注了自己全部的心血。

晚上，林寒江一个人在宿舍中发呆。一阵敲门声响起，进来的是耿正和李云城，原来他俩在试验检测过程中，听到很多环保系统的人都在议论休闲小镇项目的事，所以过来找林寒江了解一下情况。

林寒江有些诧异："你们怎么知道这个项目的事？"

耿正说："现在是信息社会，半个齐江市都在谈论那个休闲小镇呢，你以为这种事情还能保密多久？"

李云城在旁边说："我早晨坐公交车，看见车站广告橱窗里都换了'齐江盛景'的宣传效果图，有的公交车身上也喷了宣传广告。"

林寒江看着耿正苦笑道："不用问，这样的宣传肯定是苏娜的做事风格。"

15
名门望族

与此同时,青峰集团的办公大楼里,政府和媒体关系总监苏娜正带着一群年轻人加班。这个知性干练的白衣丽人对属下说:"今天的宣传攻势效果不错,宣传阵地已经占据了齐江市主要公交线路沿途的广告橱窗,但是我感觉还不够震撼,还不够夺人心魄!一个好的宣传方案,不仅要入眼,还要夺心,我们所做的一切就是要为'夺心'而战!"她看了看腕表,满怀信心地说,"今晚八点,我要让全齐江市的人都记住我们的楼盘。明天早晨八点,我要让全省的人都为青峰集团竖起大拇指!"

一群年轻人吃惊地看着苏娜,都被这个新来的总监的气魄震撼住了。

苏娜没有理会他们的吃惊,问一个项目经理:

"晚上八点的事,他们准备好了吗?"

项目经理点点头说:"苏总放心,八点准时呈现!"

林寒江宿舍。

耿正看着林寒江疲惫憔悴的神色,说:"不用你说,我知道你是遇见了难以抉择的事了。这件事无论赞成还是反对,对你来说都是一个考验。"

李云城去洗耿正带来的水果,林寒江问耿正:"换位思考,如果你处在我的位置上,你会选择哪一边?"

耿正按住自己跳舞的头发,难得严肃地想了一会儿,说:"这不是换位思考的问题,而是人生阅历的问题。如果倒退二十年,我肯定会像你上次一样,无论阻力多大,我都会抱着炸药包冲向敌人的碉堡。"

林寒江和他对视一眼,不约而同地背诵起当年写在《传习录》后边的话:"为了自己相信的正义要勇敢去拼,不要做缩头乌龟,否则就是活千年,不过是千年的禽兽!"

背诵完两人一起大笑,林寒江的笑声有些调侃,耿正的笑声却多了几分沧桑。

李云城惊诧地看着两个长辈这样放声大笑,他压根不知道这段话对两人的特殊含义。

林寒江使劲拍着自己的胸口,理顺自己的气息,问耿正:"你说要是二十年前你会抱着炸药包冲锋,现在呢,现在还会抱着炸药包冲锋吗?"

耿正笑得岔气,干脆躺在林寒江的单人床上,说:"现在我是不会做那种傻事了,冲上去又如何?同归于尽就是最好的结果了,更大的可能是我成为炮灰,人家碉堡岿然不动,这地球因为没有了我的累赘,反而转得更快、更顺畅。"

林寒江没想到老同学变得这么颓废消极,他盯着耿正的眼睛,问:"是你的真心话?"

耿正也看着林寒江的眼睛,慢慢点头,说:"是我的真心话。我今天来,就是要和你说真心话的,我想劝你不要再做傻事了。青峰集团这个项目,我猜你肯定会跳出来反对的,但你改变不了这个事实。寒江,见好就收吧。"

李云城把水果端到桌上,两个长辈却都没有吃。耿正坐直了身体看着林寒江,情绪有些激动:"寒江,其实我的性格是不会去抱炸药包冲锋的,现在不会,二十年前也未必。我说的是你,那个抱着炸药包义无反顾冲上去,最后被炸得尸骨无存的人就是你!二十年前你会,现在你还会冲出去,因为你骨子里有一种英雄情结,你最大的错误就是以为一个人能改变这个城市。"

林寒江第一次听到老同学这么评价自己,一时默然无语。耿正是真的了解他,老师王清源也曾经如此评价过他,说他既有英雄情结也有隐士情怀,一半侠气一半逸气,成由如此,败也由如此。

"这话怎么听着像王校长的口气?老怪,你学得挺像啊。"

"学什么啊,压根就是老师的原话!"耿正长叹一声,"王校长把我们几个看得入木三分,几十年了,我们几个人到中年也没跳出他画下的框框。"

林寒江也有同感:"几十年过去了,回头想来,王老师还是最了解我们的人。"

"你猜王校长怎么点评王武的?"耿正又舒服地躺下去,双手环枕。

"怎么点评的?说给我听听。"林寒江被勾起了好奇心。

"有一年,王武陪一群环保专家来齐江大学考察,还做了一个工作汇报,王校长听了一半就出去了。我正巧躲在外面抽烟,被他逮了个正着，谁知他竟然没尅我，眼睛看着我，嘴里说的却是王武……"

"哎呀，你别磨叽了，到底怎么说的？"

"他说，王武身胖心窄，他的心胸挡不住自己心里的洪水。"

林寒江一阵默然，看来王清源对王武的下场早就有了预判。

"前几天，老师在我面前也说起过你，说你是抱着一种拯救这个城市的情怀而来的。你想做这个城市的英雄，岂不知，在你决定来的那天，就已经注定了你的悲剧色彩。"

"老师真的是这么说的？"

耿正点点头，说："我觉得老师说得没错。从我这个局外人的眼光来看，你不过是陈庭坚扔过来一个蹚地雷阵的小卒子，一块激起齐江臭水的小石头。廖宇正和李子平也利用你，利用你斩将立威，破除积弊，反正他们不会受损伤。"

林寒江张口想辩解，耿正伸手制止了他："你听我说完。我问你，就算你治污成功，锦衣凯旋，你会得到什么？功劳是陈庭坚、廖宇正和李子平的，即便你加官晋爵，那是你的追求吗？你只会像唐朝的李泌一样，事了拂衣去，深藏功与名，他们用你也是看准了这一点。"

这是林寒江认识耿正几十年来，第一次听到他这么长篇大论分析自己。耿正毕竟是在"百家讲坛"上讲过课的，口才如江水一样滔滔不绝。

林寒江拿起一个橘子去堵耿正的嘴："你说完了？我可以说话了？"

耿正不接橘子，气哼哼地又躺回床上，说："轮到你说了，我听！"

林寒江张了张嘴，却不知道怎么反驳，他承认耿正分析得对。沉默了一会儿，他只能把橘子剥开，分给耿正一半。

李云城在旁边怯生生地说："林副市长、耿老师，其实青峰集团要在湿地附近建设特色小镇，既是打政策擦边球，也是利用并购企业、产能升级、安置工人、投资大项目等举措绑架政府，迫使政府答应他的要求。"

林寒江眼睛一亮，没想到一向木讷老实的李云城看问题竟然如此见解独到，这些问题林寒江早就想明白了但是从没说出口。他问李云城："这是你的观点？"

李云城在林寒江的注视下，有些脸红，说："是我和小小讨论出来的，我俩吵了半天，不过我俩对青峰集团的观点是一致的。"

林寒江问他："你也是学环境的，青峰集团建设特色小镇项目，你内心深处是支持还是不支持？"

李云城更紧张了，他不停地搓手，说："如果从我学的专业来说，我是不支持的；可是从我的生活经历来说，我只能选择支持。"

林寒江一愣："这话是什么意思？"

李云城说话总是慢条斯理："现在城市更新的项目，不仅要看生态属性，还要看社会属性。就以青峰集团这个项目为例，我认为社会属性更重要。"

林寒江来了兴趣，把身体转向李云城："来，说说你的理由。"

李云城声音像小学生讲故事一样："我从小是在钢铁厂的工人家属区长大的，那里的人大都是钢铁厂的苦劳力，辛苦劳累一辈子日子也不可能大富大贵，所以我母亲一直教育我要努力学习，只有学习好了才能跳出这个厂区，才有能力过上自己喜欢的生活。钢铁厂快倒闭的时候，院子里的叔叔阿姨们消沉颓废，整天窝在家里，院子里天天有人吵架干仗，连家属区里的小超市都要跟着关门歇业。后来，青峰集团说要建设特色小镇，帮助他们解决就业和安置问题，小区里又有了活气，叔叔们又开始约在一起喝酒吹牛，阿姨们又开始跳起了广场舞，日子又恢复到以前的模样。就拿我母亲来说，她也变开心了，她天天盼着特色小镇早日开工,说要给我买套房子,让我早点结婚……"

听着李云城动情的诉说,林寒江眼睛里的光亮却渐渐黯淡了,原来李云城也是支持这个项目的。

"其实,我知道湿地对一个城市的重要性,它是城市的肺,没有了它,城市会得病。可是那些底层的人,不单单是钢铁厂的工人,还有那么多我们不认识的人,他们也需要一个重新活一次的机会。如果青峰集团请来的规划团队做好了湿地防治措施,我想……我们不应该拒绝这个机会。"

李云城的声音很轻、很怯弱,林寒江认识他以来第一次听他一口气说这么多话。他怯生生的声音把那些失业工人的期盼一滴不落地传递给了林寒江。林寒江彻底沉默了,他可以和耿正辩论不休,却不能无视李云城身后站着的数百名甚至更多的人。林寒江在沉思,把手里的橘子皮撕成细细的碎片,就如他此刻的思绪,已经在头脑里碎成一盘散沙。

耿正看出林寒江的动摇,接过话来:"青峰集团这个特色小镇,国家部委批准了,省委陈书记对青峰集团的产能升级和并购安置也批示肯定,市委还开会表扬了这个做法,你为什么还要跳出来当恶人呢?你只要顺其自然就可以,就算将来出了什么问题,首要担责的人也不是你。寒江,咱俩是几十年的老同学了,我劝你,不要太执拗了。我们眼前的齐江流的不仅仅是水,还有千百年来的英雄血,你想当英雄我不反对,但是我真心不想你当一个流血的英雄。"耿正的诗意是和他的情绪成正比的,情绪激动的时候他的话总会有一种"酒酣胸胆"的感觉。

林寒江笑着说:"别吓唬我,我可不想当一个血流满面的英雄。你的话让我想起了那张照片里的尖刀连连长,他是把生命葬送在齐江了,我还要陪我的老婆大人实现伟大梦想呢。"

耿正"哼"了一声:"我为什么苦口婆心劝你见好就收,那个神经兮兮的恐吓电话,半夜被人拿刀追杀……你不是忘了吧?你啊,离流血就一步之遥了！我可不想让弟妹后半辈子还要改嫁……"

林寒江气得把一串葡萄狠狠扔在他身上："你这张乌鸦嘴！"

耿正一头乱发触电一样直立起来，心疼得大叫："浪费啊！这是新疆的葡萄，好多钱买的呢！"

李云城在窗口突然惊叫一声："你们快过来看！"

齐江大拐弯处矗立着四栋百米高楼，是齐江市的地标性建筑，很多宣传齐江的照片都是以这四栋高楼为背景。此时，这四栋高楼被灯光映照得像四根擎天玉柱，在每一栋楼上同时变幻闪现出一个巨大的宋体字，合起来就是"齐江胜景"。这四个字瞬间点亮了齐江的夜空，在齐江的天际线上闪耀出睥睨一切的气势，夺人心魄。

这一晚，齐江城被这四个字点燃了热情，满城的齐江人都被这一幕震惊了，牢牢记住了"齐江胜景"这四个字，这就是苏娜要的"夺心"的宣传效果。

"苏娜出手，必属精品。果然气势惊人，非同凡响！"林寒江透过窗户看着那四个骄傲的大字，由衷赞叹道。

耿正也被这个气势夺人的宣传手段折服，说："就算钱起学长的情分你可以不理，但是苏娜呢？你如果毁了她的心血，她会原谅你吗？"

林寒江此时想的不是苏娜，而是钱起。也许钱起力邀苏娜加盟青峰集团的用意就在这里，你林寒江可以不讲校友情分，对知己苏娜也会这般绝情？钱起真是一个下棋布局的高手，也许他从那时开始就已经在布局落子。此时的林寒江恍然大悟，如果苏娜是钱起落下劫争的一子，那么耿正呢？这两个人是他生命中最重要的朋友，却都被钱起摆布在棋盘上，他突然有了一种处处受制于人的感觉。

欣赏了半天苏娜的大手笔，林寒江突然笑容满面地对耿正说："其实你们都想复杂了，这件事情对我来说很简单，只是坚持与妥协的问题，没有你们想的那么复杂，不会诞生英雄，更不会流血。我相信这件事一定会十分圆满地解决的。"

耿正不信："江山易改，本性难移。我才不信你能突然开窍，你要是能变圆滑一点，我陪你大醉三万场！"

林寒江反问耿正："你记得我写在《传习录》后面的是什么吗？"

"王阳明的《泛海》诗。"耿正张口就来，"险夷原不滞胸中，何异浮云过太空……"

林寒江把耿正上次喝醉了忘在这里的包扔给他。耿正从包里拿出《传习录》，看着王阳明的《泛海》诗和自己写的那句话："为了自己相信的正义要勇敢去拼，不要做缩头乌龟，否则就是活千年，不过是千年的禽兽。"他有些动容地伸手摩挲发黄的字迹，小心翼翼地，仿佛手里是一件易碎的瓷器。

林寒江也很感慨，他想起了当年和耿正临别时互相勉励的情境，二十多年前那一幕犹在眼前。耿正不知道想起了什么，感慨之中似乎夹杂着些颓丧。

第二天，H省日报用一个整版刊登了一则宣传广告，一幅宋代王希孟的《千里江山图》，配上"曲终人不见，江上数峰青"两行行书小字，落款是"青峰集团·齐江胜景"，通篇没有任何宣传用语，乍一看，很多人都看不懂。而广告的右下角有一个二维码，扫描关注公众号后就会发现别有天地——是一个用齐江沿岸风光做背景的水墨动画视频，讲的是唐朝天宝十年，士子钱起进京参加进士考试，在齐江岸边遇见鼓瑟的美女湘灵，两人一见钟情，一起畅游齐江，后来钱起高中进士，鲜衣怒马回到齐江岸边，与苦苦等候的湘灵一起吹笛鼓瑟，徐徐没入画面深处，而点睛之笔就是那个烟火弥漫、青峰隐隐之地，他们的归隐之处就是现在"齐江胜景"所在地。

这个广告虽然将湘水转嫁到齐江，但是唯美的画面和人物造型、浓厚的国风，一下子迎合了读者们的传统审美观念。这个视频一时成为网上热门的话题，里面的歌舞和服饰成为很多网红模仿的对象，点击流量很快突破百万人次，"齐江胜景"的宣传文案一时冠绝同行。

林寒江也为苏娜的创意点赞，在微信里对她说："你跳到房地产行业，实在是影视圈的一大损失！"

苏娜回了一句："我是一只逐利的鸟儿，只向高处而飞……"

晚上，下了班的林寒江满腹心事地走在街上，突然，一辆车停在他的身边，满头乱发的耿正露出半个脑袋，说："打你电话不接，招待所又找不到你，我只好去你单位堵你，没想到半路上捡了一个失魂落魄的傻子！"

林寒江掏出手机一看，好几个未接电话。原来下班前召开工作调度会，他将手机设置了静音却忘了打开。

耿正打开车门，说："上来吧，你在人家小情侣堆里走来走去，简直是大煞风景，影响齐江市容。"

林寒江坐上车，说："我怎么就混到大煞风景的地步了？我也是仪表堂堂的中年大叔，就算没有回头率，也不至于影响市容吧？"

耿正"嗤"地一笑："中年油腻男，再加上心事重重、沧桑憔悴，让我这样的路人甲看得心生恻隐，你都已经拉低齐江市的幸福指数了。"

"你这是要把我拉到哪里？"林寒江发现耿正把车拐上了一条岔路，不由得有点疑惑。

"你到齐江后还没吃过齐江特色的江鱼宴吧，今天我有一个朋友张罗吃鱼，我想起还有一个天天没有晚饭吃的人，就过来找他一起大饱口福去。"

林寒江皱了一下眉头，有些责怪："别又是你那些狐朋狗友吧？你知道的，我一般不参加那种聚会……"

"放心吧，我知道你的臭脾气和你们的八项规定，不会把你拐到沟里去的。"耿正打着方向盘，说，"除了我之外只有一个人，还是一个大美女，你就知足吧！"

林寒江一惊："苏娜？"

耿正哈哈大笑："你是典型的口是心非，嘴里说的和人家风马牛不相及，其实心心念念的还是她，在你眼里齐江只有她一个美女！苏娜冷若冰山，我哪敢去招惹她，况且齐江的美女又不止她一个。"

林寒江被耿正抓住了漏洞，无言以对，只能翻翻白眼以示抗议。

耿正将车驶入一个小巷子，最后停在一家名叫"王氏鱼馆"的店门口，说："这家炖鱼馆辉煌的时候，你和我都还穿开裆裤呢。我这是提前一周才订到的位子，我在齐江混了半辈子也没能吃上几回。还有，今天来的美女，能喝酒能赋诗，你就偷着乐去吧。"

林寒江一边往鱼馆里走，一边反击耿正："你那群狐朋狗友我早就领教过了，坐哪儿哪儿'湿'，一辈子也没见你们写出几首像样的诗来，就知道互相吹捧互相往脸上贴金，和你们坐一起，我都感觉浑身肉麻。"

这次轮到耿正冲林寒江翻白眼，说："今天这美女，肯定不一样！"

炖鱼馆的包房里，几把酸枝木的官帽椅子泛着暗黑色的包浆，在最细微处显示着鱼馆的沧桑，也昭示着自身的与众不同。听见他们的声音，早已坐在包房里的一位短发美女，大大方方地迎了过来。她向林寒江伸出手，说："齐江上下都在传说林副市长不食人间烟火，从来不参加酒局聚会，今天能赏光我这小店，真是蓬荜生辉！"

林寒江有些迟疑地和美女握了握手，觉得对方有些面熟，却一时想不起是谁。耿正在后边介绍道："这是化工产业园的王经理，单名一个彤字，不是枯荣的荣，而是月字加三撇，这个字就算是博士后也未必认得。"

林寒江恍然大悟，记起了眼前这个美女似乎在哪次会议里见过。他不好意思地笑笑说："惭愧，我以前遇到这个字，都是读成'肜'，要不是耿正教我，我恐怕要丢丑了。"

王肜微微一笑，说："从小到大我都被喊成'王肜'，已经习惯了。"

耿正开始掉书袋："这个'肜'字是商代的一种祭祀的称谓，一般是指正祭之后第二天又进行的小祭。"

王经理招呼二人坐下，说："耿老师好渊博，我的名字确实就是这么来的。当年我们齐江王氏祭祖，海内外来了很多王氏族人，祭祖的规模百年一遇，结果祭祖的第二天我就出生了，祖父因此给我起名叫'肜'。"

林寒江啧啧称赞："以'肜'字入名，一字虽小，却也看出王经理家世渊博，应该是望族之后。"

耿正拍拍身下的酸枝木官帽椅子，说："不但是名门望族，还是豪富之家，这间百年鱼馆就是她爷爷送给她的生日礼物。看看这几把椅子，都是百年老物件，我要是有一把，恨不得让椅子天天坐在我身上。王经理可倒好，摆在鱼馆里谁来都可以坐。"

王经理白了耿正一眼："老规矩，我们的赌约依然有效，只要你敢试，随时就可以把椅子扛走。"

耿正摩挲椅子的手像被火炭烫了一样，立刻缩了回去。

林寒江有些好奇："什么赌约？能让长发老怪不敢尝试，他可是死缠烂打，越挫越勇。"

耿正把一瓶白酒推到林寒江面前，说："你行你上！我和王经理的赌约就是只要我能把她喝倒，我就可以扛走喜欢的椅子。要不，今天你替我试一试？"

"你试过了？结果如何？"

"一年前我在这里和王经理喝酒，我俩立下赌约，两人三瓶白酒，喝完了我就可以把椅子扛走。最后，我把这死沉死沉的椅子一直扛到门口，结果身子出门了脚没出门，一下绊在门槛上，把我摔得姥姥不亲舅舅不爱的，脸皮都蹭破了。"耿正伸手去摸自己的脸颊，似乎那里还在隐隐作痛。

林寒江哈哈大笑，没想到嗜酒善饮的耿正竟然在娇小玲珑的王彤手下一败涂地。

"要不今晚你替我冲一回，帮我扛一把椅子回去？"耿正不怀好意地挑唆林寒江。

林寒江连连摆手："我对古董可没兴趣，更不敢和王经理比试酒量，现在我就甘拜下风！"

耿正一脸坏笑地向王彤揭发林寒江："我认识他半辈子了，从来没见过他喝醉，大学同学们现在还在议论，说林寒江的酒量是我们班级最大的悬案，至今没有结论。"

"你小子不地道，还没开始喝酒就已经把我出卖了！我看你是酒不醉人人自醉吧。"

"朋友嘛，就是拿来出卖的！哈哈……"耿正起开酒瓶，将三只杯子一一摆开，说，"齐江的老人们都知道，齐江鲢鱼必须配齐江大曲，差了一样就不地道了。"

林寒江按住酒杯不让耿正倒酒，正色说："喝酒之前，还是把话说明了吧。今天是不是另有深意？否则这齐江大曲让我胃难受，这古董椅子也硌得我肉疼。"

其实一见到王彤，林寒江内心就直觉今晚这局和沿江治污企业关停有关，八成是找他疏通关系来的。

王彤秀眉一挑，精悍洒脱之气外露："林副市长，您这话可是见外了，难道我们做生意的请您喝酒，就一定是有事相求？就一定会藏着利益勾当？"

林寒江说话直白不中听，王彤说话则是柔中带刚，两人没端酒杯就要碰出火花来。

耿正赶紧打圆场："好了好了，今天我们到这里来，不是为了副市长，也不是为了总经理，是为了那条鱼来的。"

仿佛为了配合耿正，他的话音刚落，便有两名服务员用一根系着红绸的粗木棍抬着一个数尺长的鱼形托盘进来，托盘里一条红烧鲢鱼香气扑鼻。

林寒江是第一次见到这道驰名已久的齐江名菜，不禁被这气派的上菜仪式折服，真是霸气。

耿正埋怨林寒江："你这臭脾气啊！你的眼里只有阶级敌人和势利小人，就不能有点诗情画意啊？别把人都想得龌龊了，王彤妹妹是我们诗社的小老幺，对你的大刀阔斧防污治污很是赞赏，私下里和我夸过你很多次了。今天她做东请你喝酒吃鱼，只谈风月，无关工作。"

听了耿正的解释，林寒江不由得有些赧颜，自己到齐江以后一直纠缠在各种矛盾旋涡中，成为各方利益博弈的焦点，对正常的人际交往已经有些迟钝了，说出来的话似乎含着三斤火药。他语带歉意地对王彤说："对不起，我的脑子一直陷在工作里，说话伤人，王经理您别介意。"

王彤毫不介意，微微一笑说："您若不伤人，受伤的就该是这座城市了。我虽然是黑名单企业的负责人，但是从良心上说，我也希望齐江水质优良，各个企业遵章守纪，大家都在一种良性的氛围中共谋发展。和能聚财，和也是生产力啊，没有哪个企业愿意和政府对着干，和老百姓的意愿背道而驰。"

"要是涉污企业都能有王经理这样的胸怀格局，我们就不会这么艰难了。"林寒江不由得对面前的美女经理刮目相看。

"请林副市长放心，我们化工产业园也会借助这个契机优化产业结构，提升产能，化危机为机遇。政府助我们一臂之力，我们就会借势反弹。化工产业园一直是齐江市的纳税大户，这个排头兵的位置我们可不想放弃！"

耿正赶紧打断两人的对话："说好了不谈工作，只谈风月，你俩从互相喷火到互相赏识，这个转变速度比翻书快多了。再谈工作，罚酒三杯！"

正喝着，一个满身酒气的醉汉推门进来，大咧咧就坐在王彤身边："美女老板，你家服务员狗眼看人低，凭啥……凭啥给我们桌上的鱼没有眼睛啊？哥哥我，没有眼睛的鱼不吃，不吃！"话还没说完，醉汉已经一头趴在桌子上，作势要呕吐。王彤粉面含霜，一脸嫌恶地站起来，喊来两个服务员，手忙脚乱把醉汉架出去。

醉汉被架出去之后，王彤满脸歉意地向林寒江解释："林副市长，实在不好意思，这里醉汉特别多，几乎天天都有闹事的……"

"没事，至少人家没扛走你的椅子！"林寒江哈哈一笑，带头去夹鱼肉，"有喝醉的人，说明你这里菜好酒好生意好！来，让我尝尝百年老字号的齐江鲢鱼。"

齐江的鲢鱼肉质与别处的鱼相比，细腻少刺，更重要的是这道菜用了齐江沿岸一种野生香蒿做调料，掩盖住了鱼本身的腥气。齐江鲢鱼闻名于世主要得益于这种稀有的香蒿。三人喝酒吃鱼，正谈笑间，王彤的手机响了起来，她向林寒江歉意地笑了一下，说："不好意思，我出去接一下电话。"

王彤走出包房门口时不经意说出了一个人的名字，林寒江听得心头一震，那是他熟悉的一位领导的名字，王彤喊这个名字的语气简直像至交好友一般自然。

林寒江眉头微蹙，看了耿正一眼。耿正在旁边一口鱼一口酒吃得不亦乐乎，对这个细节似乎浑然不觉。

林寒江用筷子使劲敲了耿正一下："老怪，这个名门望族的千金小姐到底什么来头？路子很野啊。"

耿正"嗯"了一声，吐出一根鱼刺，说："这么说吧，从明朝中期到现在，齐江城里真正稳如磐石的人不是你们这些当官的。你们虽然威风，也不过是城头变幻大王旗，铁打的衙门流水的官，人家才是不动如山的豪门世家。"

林寒江放下筷子，说："我以为钱起学长的青峰集团就很牛了，这又出来一个隐藏的武林世家，齐江城真是卧虎藏龙啊。"

"你不是一直标榜自己是王阳明心学门徒吗？今天我就带你拜真神来了，据说这个王彤就是王门后代，具体是多少代传人，近支还是旁支，我也说不清楚。"

林寒江肃然起敬，说："你怎么不早说呢？我还以为她是通过你来疏通关系，为化工产业园搬迁的事来的呢。"

"发现你越来越虚伪了，学坏了！"耿正乜斜林寒江一眼，干了一口酒说，"世家子弟你就高看一眼，化工产业园经理你就视若草芥？"

"我不是怕引火烧身嘛，不和那些企业划清界限、保持距离，我早晚不也得跟王武一样？"

"我不是让你做第二个王武，难道你在齐江就不需要得力的帮手？就算你浑身是铁，能捻几根钉？你在齐江赤手空拳就能打出一片天地？你就像盲人行走江边，早晚要栽进江里的。"

林寒江沉默不语，耿正又说："王家是齐江的百年望族，盘根错节，这个家族的影响力不是你我能想象的，就算青峰集团也不敢得罪他们。一个好汉三个帮，和他们结识，对你来说只有好处没有坏处，尤其对你未来的发展大有裨益。"

正说着，王彤推门回来，笑吟吟地对林寒江说："耿老师这个人说话总喜欢绕来绕去，很委婉，不得罪人。但是不得罪人就不能直奔主题，所以效率不高。我这个人和他不一样，我信奉世间一切事情都是可以谈判的。"看来王彤是在外边听到了两人的对话，嫌耿正说不到点子上，这才推门而入，接过话题。

"谈判？你要和我谈什么？"林寒江警惕起来。

"不错，我是要和你谈判，但是我代表的不是化工产业园，我代表的是我们王氏家族。"王彤向林寒江举起酒杯，她的脸色在酒精作用下显得微红，妩媚又精干。

林寒江捏着酒杯愣在那里，他不知道自己和王氏家族怎么会有过节。他脑子飞速运转，却想不出在哪里得罪过王氏家族。

王彤微微一笑，举起筷子轻轻一点，一粒惨白的鱼目就跃然出现在她的筷子之上，她左手又在耳垂一抹，一颗漂亮的珍珠耳坠挑在指尖，她将珍珠与鱼目靠在一起，两者在灯光下都熠熠发光。王彤说："鱼目混珠，最关键的因素不是鱼目怎么变成珍珠，而是将鱼目和珍珠放在一起的手！"王彤的手在灯光下白皙细腻，小巧玲珑，确实是一双值得端详的纤纤玉手。

"你的意思是说，王氏家族就是这只可以操纵鱼目混珠的'手'？"林寒江隐约有些明白了王彤的意思。

"不错，林副市长果然是聪明人！"王彤笑靥如花，更显妩媚，"我们谈的不是胜败，而是合作，各取所需，合则双赢。听说林副市长平日奉我家先祖心学为圭臬，我们本来就比外人更亲近一层，没有不合作的理由。"

"你们想和我怎么合作？"林寒江放下酒杯，看着那颗鱼目。

"我们家族遍及海内外，精英子弟从政从商不计其数，我们一直在积极寻找政界和商界的合作伙伴。能否成为我们的合作伙伴，这要看各自的命运和造化，因为我们的门槛很高。在齐江市政商两界，能被我们看上的人只有这个数。"王彤筷子轻轻一甩，将那颗鱼目甩到身后，而后轻舒兰花指，比出三根手指。她将珍珠耳坠挂在纤细白皙的手指上，在灯光下轻轻摇晃，说："齐江市里您这个年龄段，只有三个人，才是真正的珍珠，才有资格踏进我们家族的门槛。林副市长，恭喜您，您就是三人中的一个！"王彤巧笑倩兮，妩媚中又明白无遗地流露出一种高傲。

林寒江沉默不语，他已经完全弄清了眼前这个美女的来意，这场江鱼宴不是"鸿门宴"，却像是一场招聘洽谈会。

旁边的耿正也点燃一根烟，在烟雾中静静地看着自己的好友，看他如何回应一个数百年根基的名门望族的主动示好。

在王彤热切的注视之下，林寒江微笑道："你们家族对我高看一眼，让我诚惶诚恐，让我忽然间有种飘飘然要飞出窗外的感觉。不过相比这种飘飘然，我更想知道三人中的另外两人是谁，就像《笑傲江湖》里任我行佩服的三个半人，我很是好奇。"

王彤露齿一笑，更添几分妩媚，说："这是我们的商业秘密，评估一件产品、一个项目的价值，报价的底线只有我们内部人才能知道。纳入我们的名单的人，无论他是哪个领域，都是我们的核心秘密。"王彤的牙齿很白，在灯光下闪过一丝晶亮的反光，让林寒江不由自主在心中想起那颗被扔掉的鱼目。

"看来你们已经对我林某人做过评估了，应该会给我开出一个很难拒绝的价码。"林寒江习惯性地苦笑，"不过，你们应该知道，我们体制内的人如果和企业这样合作，恐怕是逃不过纪委追查的！"

王彤大大方方地将珍珠耳坠重新戴上，说："这种风险我们已经评估过了，请林副市长放心，我们家族是一个松散的团体，不是给你输送利益的企业，我们的所有事情都是合法合规，绝不会给你带来一点麻烦。相反的是，只要我们达成了合作意愿，我们可以给你减少麻烦，请相信我们具有这个实力。"

"其实，为了证明我们的诚意和实力，我已经提前向林副市长展示过了，还请林副市长原谅我的失礼。"王彤笑靥如花，"你们的结婚纪念日，嫂夫人对我选的玫瑰花还算满意吧？"

林寒江恍然大悟："原来那束花是你送的？"

王彤微微一笑："你既然是我们选定的三个人之一，我怎能不提前做些市场调研和价值评估？当时，有人劝我给你的结婚纪念日送一份重礼，我没有采纳。如果你是一个很容易就被世俗礼物折腰的人，只能说是我们走眼了。所以我思来想去，还是决定送贤伉俪一束玫瑰花，礼轻情意重。"

"你们连我的结婚纪念日都知道了，估计我在你们面前已经是一个透明人了吧？"

王彤笑笑不语，并不否认他的说法。

林寒江看着王彤，手指轻敲着桌子，不知道此刻他心里是怎么想的。

旁边的耿正在拼命抽烟，整个人都笼罩在烟雾里。他那一头乱发干脆躲进烟雾里，不敢面对唇枪舌剑的两人。

王彤又说："请林副市长放心，我的家族没有恶意，我们的合作只是心有灵犀，心领神会，没有什么白纸黑字和签字仪式，绝对是安全的。我们会帮你排除仕途上的困难，为你设计进取的路线，实现你飞黄腾达的梦想。简而言之，与我们合作有百利而无一害。"

林寒江还在沉默，眼睛一瞬不瞬地看着王彤，似乎被她的话语打动，神情有些恍惚。

王彤也看着林寒江，心里暗暗有些得意，林寒江你不贪财不好色，还是免不了对权力的渴望，是人就会有弱点的。王彤坚信自己谈判的实力，只要找准对方的软肋，这个世界没有什么事情是谈不下来的。林寒江这三个字，将是她名单上新增添的一个名字。

王彤对着林寒江举起酒杯，巧笑如花，目含深意。只要对面的林寒江识趣地举杯回应，这次谈判就算圆满收官，这就是王彤说的"心有灵犀，心领神会"的合作方式。

林寒江哈哈大笑，果然端杯站起，朗声说："今朝有酒今朝醉，不管明朝是与非。来，喝一杯！"

旁边的耿正赶紧扔掉烟头，也随之举杯站起来，道："烹羊宰牛且为乐，会须一饮三百杯。林夫子，王美女，将进酒，杯莫停。"

王彤也跷着兰花指端杯站起，轻声吟道："飞镜无根谁系？姮娥不嫁谁留……怕万里长鲸，纵横触破，玉殿琼楼。来，我们一起干一杯！"王彤不愧是诗社的才女，引用的是辛弃疾《木兰花慢·中秋饮酒》中的词句。林寒江当时并未领悟王彤的意思，他是几天以后闲暇时查过原著才弄懂王彤话里暗藏的玄机。王彤是在暗喻林寒江只有靠上王家这棵大树，才能飞黄腾达，实现自己的抱负。词中之龙的辛弃疾如果知道自己的词句被人如此曲解，只怕要吐血。

三人面带笑容相互碰杯，一饮而尽干了这杯酒。

再次落座后，林寒江吃了一口鱼肉，问王彤："我听市场里的人说，现在齐江水质不好，这种江鱼大家都不敢吃了，不知道盘中的鲢鱼来自何处？"

"林副市长真是心细如发，齐江里的水现在确实不太干净，鱼的个头也小，长不到这么大。我们在齐江的支流桃花溪租了一个小水库，专门饲养这种鲢鱼，水库四周种满桃树，桃树的花朵和桃子落进水里就是鲢鱼的鱼食，所以这种鱼吃起来隐隐有种香味。而且我这鱼馆每天只做100条鱼，除了我这里，别处根本吃不到纯正的桃花鲢鱼。"

"用桃花喂鱼，你们真是把心思用到极致了。本来就是稀有美味，再加上饥渴销售，难怪你们能独霸齐江。"林寒江的称赞诚心诚意，但也暗藏玄机，王彤淡淡一笑，并不在意。

林寒江又吃了一口鱼肉，闭上眼睛细细品味是否真的有桃花香气。过了半晌，他终于长叹一声道："有些东西只有你亲身经历过，才知道传言非虚。不是这世界太奇妙，而是你自己孤陋寡闻！"

"你说的是这桃花鲢鱼？"耿正看出林寒江表情有异，伸出去的筷子停在鱼身上。

林寒江哈哈笑着，使劲拍拍耿正的肩膀，眼睛却看着对面的王彤，一字一顿地说："我说的是地下组织部，在国外叫'院外集团'！"

王彤的柳眉一下子拧在一起，眼中闪过一丝精光。她意识到原来这场她胸有成竹的谈判并未成功，她低估了林寒江。

"承蒙你们家族看得起我，我却不想做一条桃花鲢鱼，哪怕顿顿喂我吃桃花和蟠桃，我还是喜欢嚼草吞泥。在一个小水库里栖身，虽然养尊处优，可是不知道哪天就被捞出来被厨师开膛破肚，然后送上餐桌，成为某些人的腹中之物。人为刀俎我为鱼肉的日子我可不想过。"林寒江边说边摇头，脸上带着嘲讽和调侃，仿佛真有一把刀正划过他的肚子。

耿正刚夹起一块鱼肚要放进嘴里，看见林寒江的表情，一下子僵在那里，他对林寒江的不近人情也有些不解，有些气恼。

王彤俏丽的脸上慢慢荡开一圈冷笑："林副市长，难道您是怀疑我们的实力和能量，觉得我们满足不了您的需要？"

林寒江立刻摇手："王经理您误会了，我对您的家族充满敬意，绝没有一丝一毫的不尊重，此生我都会将阳明先生的心学精义作为自己的人生信条，但是，阳明先生提的'知行合一'与'致良知'，他一定不会希望后辈以这种方式来实践吧？他当然也不希望后辈打着他的旗号，组织什么'院外集团'。"

王彤脸上微微一红:"先祖斗过权宦刘瑾,平过宁王之乱,靠的就是灵活变通、因势利导,如果一味食古不化、死记硬背,那就不是心学精义了。林副市长,不知变通的心学,是没法适应今天的环境的。"

"王经理,你虽然张口闭口家族,但是我相信你是代表不了整个王氏家族的,你们不过是借家族之名,谋个人之利。希望你们以后还是收敛一些,不要抹黑了这个世人敬仰的名门望族。"林寒江义正词严地回答道。

王彤微微冷笑,并未回答。

"你们列出的齐江三人名单,我是受之有愧,自忖没有能力无颜跻身其中。我知难而退,你们还是另选高明吧。"

耿正脸色有点酡红,拉着林寒江的胳膊说:"寒江,不要辜负了王家的一番美意,人家又不是给你行贿拉你下水,难得愿意主动帮你,你再好好想想吧。"

林寒江抹开耿正的手,笑道:"鱼也吃了,酒也喝了,谈也谈了,我实在是不胜酒力,先告辞了。"

王彤的眼睛眯成一条缝,像一只发怒的猫。她牢牢盯着林寒江,口气有些冷厉:"林副市长,从来没有人会拒绝我们,您要三思而后行。"

"怎么,你们还能把我这个副市长给免了?我拭目以待!"林寒江的话也带了几分酒意,他不看王彤的表情,转向耿正说:"老怪,你慢慢喝,我自己打车回去。"

说完,他摆出一副醉酒的架势,哼着自编的小曲傲然出门:"五花马,千金裘,呼儿将出换美酒,与尔同销万古愁……我自横刀向天笑,去留肝胆两昆仑,两昆仑……"

耿正有些尴尬,连声对王彤说:"他喝多了,喝多就失态,王总莫怪。"

王彤的脸色阴晴不定："刚才是你说的，他的酒量是你们班级的悬案，这么点酒就醉了？"

　　耿正追出来扶林寒江，林寒江推开他的手，在嘈杂的餐厅里回头大声说："谢谢王经理的鱼宴，这里真是一个醉酒的好地方，失礼莫怪！"

　　耿正目送林寒江离开，又讪讪地回到房间，一脸尴尬地看着王彤，神色之中似乎有几分畏惧。

　　王彤给自己倒满一杯酒，慢慢倒进口中，眼神闪过一丝凌厉，说："还敢和我说'我自横刀向天笑'？这样的机会恐怕不会再有了，是他自己不珍惜……"

　　耿正的脸更红了，不知道是酒意还是难堪："王总，要不我再劝劝他？"

　　王彤冷笑一声，把手里的酒杯扔在剩下的半盘子桃花鲢鱼上，算是对耿正的回答。

　　林寒江一个人走在夜色里，酒意被风吹醒了几分，他边走边回想自己和王彤的对话。面对这个年轻貌美的女强人，自己似乎有些反应过激了，说的话让人下不来台，尤其最后胡编乱唱的几句，简直就是把王彤当成针锋相对的敌人。他反问自己，是不是有些防范过头了？王彤不过是一个初出茅庐、模仿女强人做派的小丫头，面对她没有理由这般紧张。他朝着夜空呼出一口酒气，心里隐隐有些忐忑不安。老实说，王彤给他一种很强的压迫感，让他感觉如临大敌，甚至紧张失态。王彤的如花笑靥之下似乎藏着一张模糊不清的面孔，是倾国倾城还是青面獠牙？

　　林寒江走在夜色里，突然感觉浑身一冷，就如他那日夜跑遭遇黑衣人一样，一种不祥的预感瞬间弥漫全身。他猛然转身，身后是川流不息的车流，灯光耀眼，鸣笛声此起彼伏。林寒江苦笑，自己真的是一朝被蛇咬，有些紧张过度了。

林寒江踽踽独行，浑然不觉身后正在发生的一切。在他身后的巷子里一辆黑色的迈巴赫车悄悄滑了出来，慢慢汇入主街上车的海洋里。迈巴赫车的后面，一辆白色的丰田车又悄悄跟了上去……

魏森成了上访举报专业户，整日游荡在H省和齐江市纪委、信访局之间，甚至还跑了几次中纪委和国家信访局，同时，他还在网上散播了很多帖子。他上访举报的理由就是齐江市副市长林寒江与青峰集团勾结，侵吞国有资产非法并购齐江钢铁厂，严重损害了钢铁厂工人们的利益，暗藏着巨大的腐败案件。魏森在举报材料里字字血泪地控诉林寒江和青峰集团沆瀣一气，是齐江市隐藏的一只大老虎，恳请纪委部门扬起正义之剑，为齐江百姓除害。上次在齐江钢铁厂，林寒江指挥警察将魏森拘留，不仅将魏森在工人心目中的地位一举击垮，让他再也没脸召集工人们上访，而且也让青峰集团将他视为头号顽固分子，暗中命令所有在职员工不得与魏森接触，一旦发现将重罚甚至开除。原来一呼百应的魏森，如今成了灰溜溜的过街老鼠。

今天魏森又来到齐江市纪委，询问他举报的案件是否查实了。接待他的纪委工作人可能是言语上触怒了他，他将手里的一次性纸杯扔在了墙上的公示板上，和工作人员大吵起来。纪委的一名领导想劝解几句，魏森突然嘴角一咧，四脚朝天地躺到了地上。他双眼紧闭，嘴里喊着："要死了，要死了！我心脏病犯了，你们纪委的人骂我，要负责任啊！"秒变戏精，而且演得很精彩，立刻有好几个人过来围观。

值班领导摇头苦笑，掏出电话拨通120急救中心，说："……还是上次那个人，又躺下了！帮帮忙吧……"看来魏森的戏已经演了好几回了。

廖宇正看到了省里转来的案件处理通知，不由得皱起眉头。林寒江这只左冲右杀的小螃蟹成为别人的眼中钉肉中刺是早晚的事，还好他知道这件事情的前因后果，如果是上级直接处置，林寒江不知道要费多少口舌才能解释清楚。廖宇正把纪委书记严哲和信访局局长叫到自己的办公室，嘱咐他们在调查清楚的基础上，及时向上级反馈，既要把事情处理圆满，又不能让干事担责的人受委屈。

廖宇正让纪委在调查清楚之后，约谈一下举报人，如果执意诬告，就应该按照相应法纪严肃处理。

严哲面有难色，说这个魏森简直就是一只疯狗，谁和他接触谁就被他举报，在前期调查工作中，纪委和信访局的工作人员也屡屡被他举报，说是他们官官相护故意袒护林寒江，最后闹得谁都不敢招惹他。

廖宇正有些生气，用手指敲着桌子说，这样的人应该由公安部门接手，太嚣张了，至少也要给个行政拘留。

严哲一脸无奈，说公安部门确实介入了，但这个魏森是一个精神病患者，有证件有病历，在派出所大闹一场，救护车都来了，后来派出所也没有办法只能把他放出来，他还不依不饶，扬言去中纪委举报派出所的所长。现在公安和纪委信访的工作人员都不敢招惹他，你跟他好好讲道理他就亮出精神病患者身份；你不理他，他就写投诉信甚至上网造谣，谁有精力跟他耗上半辈子啊。

廖宇正被气得往后一仰，靠在椅子上。他问严哲，难道这样的人就没有办法处置，就可以逍遥法外？

严哲和信访局长面面相觑，都无可奈何地摇摇头。

廖宇正哭笑不得，说人无赖无耻到这种地步也属实少见，这样的人在过去是要拉出去打板子的，现在反而能作威作福，我们却束手无策、只能逆来顺受。不管怎么样，你们要研究一个办法，总不能任由他一直胡闹下去。

青峰集团，董事长办公室。

钱起在电话里向林寒江道歉，说："兄弟，老哥给你惹麻烦了，因为并购钢铁厂的事，让你也被泼了一身脏水。"

林寒江刚被纪委约见，费了半天口舌做情况说明，他对这件事倒是不以为意，说："学长多虑了，这点脏水我还是承受得起的。我们做哪件事能是一帆风顺的？还不都是沟沟坎坎，千难万难。但是我相信清者自清，浊者自浊，这世界也不是一个精神病患者能随意颠倒黑白的。"

"这件事对你的前程没有影响吧？如果耽误了你的前程，学长我就不是惭愧的问题，而是百死莫赎啊。"钱起的关怀情真意切。

林寒江微笑道："我的前程恐怕早就到了天花板，我是一个官场上的不合时宜者，我有自知之明，有没有这点脏水对我影响不大。"

"我们兄弟现在终于站在同一个战壕里了，没想到却是拜一个精神病患者所赐，真是黑色幽默啊。"钱起的男中音即使在电话里也一样让人如沐春风，但这话似乎另有深意。

林寒江说："请学长放心，这件事我是不会放在心上的。路边的一条疯狗冲你狂叫，你是和它怒目相向一起叫，还是不理不睬继续走你的路？"

钱起在那端哈哈大笑，似乎被林寒江的比喻逗得很开心。放下电话的钱起思考了一会儿，把秘书燕赵喊了进来。

燕赵恭恭敬敬地站在钱起身边，钱起在纸上写下一个人的名字，交给他，说："让这个人把这件事解决了。"燕赵立刻无声无息地走了出去，钱起冲他背影又补充一句，"把我的话传过去——钱不是问题，但是我最不能容忍的事就是被人冤枉！"

金波派了两个部下调查钱起在王武案发时的行程。

两人从齐江一路追到上海和杭州，用了快十天的时间，详细调查以王武死亡之日前后一周的时间里,钱起和迈巴赫车的行动轨迹。他们还调取了沪杭两地交通录像、走访证人,调查记录足足有几十页,最后得出了结论,王武案发前后一周时间里,钱起人和车一直在上海和杭州之间奔波,忙于洽谈生意,证人足有上百位,无论人车都不具备作案条件。

部下在上海向金波电话汇报,金波略感失望,但是也在意料之中,如果这么简单就能锁定犯罪嫌疑人,那也太小瞧对手了。从逻辑上分析,钱起是最有可能与王武案有牵连的,但是目前掌握的证据冰冷无情地排除了这一可能。

部下问:"现在看来,齐江市的迈巴赫车都排除了作案嫌疑,是不是把排查范围扩大到全省,或者其他地区?"

"你想大海里捞针,排查全国的迈巴赫?"金波竖起了眉毛,冲着电话喊,"麻溜给我滚回来吧,给你俩放两天假,陪陪媳妇儿和孩子!"

王武案现场发现的车痕,本来是金波满怀希望的一张底牌,没想到走进了死胡同。

"是不是哪里出了差错?"金波无可奈何地捶着自己的脑袋。

16
神秘女子

H省纪委大门前,像大烟鬼一样的魏森在门前逡巡。

举报林寒江现在成为魏森的精神支柱,电话、短信、举报信、发帖子,到底举报了多少次连他自己都记不住了,反正省纪委的门卫都已牢牢记住了他的面孔,一看这个大烟鬼又来了,赶紧像拦瘟神一样把他拦住,让他去登记。气得魏森跳脚直骂:"你们纪委官官相护,袒护贪官,沆瀣一气,我明天就去中纪委举报你们!我就不信,这朗朗乾坤还没有王法了?!"

魏森骂得正欢,忽然有人在后面轻轻拍了一下他的肩膀。魏森警觉地一回头,一副硕大的墨镜映入他的眼帘,墨镜下只露出半张柔媚冷艳的女人的脸,一头垂肩长发焗成暗红色的大波浪,时髦又沧桑。

自从上次在钢铁厂被警察从后面搣住抓走,魏森对所有在他身后出现的人都深怀戒惧,此刻他像被蛇咬了一样窜到一边,惊恐地看着这个漂亮的陌生女人,心想这个人不是警察就是控访人员。

女人看着惊恐的魏森,心里掠过一丝嘲讽。她问魏森:"就你这个兔子胆,也想扳倒林寒江?"

魏森一愣,问:"你什么意思?你是谁啊?"

女人冷笑:"我是谁不重要,重要的是我能帮你扳倒姓林的,让他身败名裂,帮你出这口恶气。"

魏森围着女人绕了半圈,上下打量她:"这位美女,你是给我下套吧?你是齐江市公安局的还是信访局的?想把我弄回齐江市,没门儿!我警告你,我有精神病,别碰我啊!"

女人极度蔑视地看着他,冷笑道:"我只给你一次机会,是跟着我去扳倒姓林的出口恶气,还是在这个大门口当一只千人骂万人烦的癞蛤蟆,你自己选择吧。"

"我为什么要信你?我连你名字都不知道。"魏森口气强硬,但是内心已经开始动摇。支撑他与林寒江为敌的最大动力,除了心中的愤恨,还有他故意作践这个不公平社会的快意。陌生的女人似乎深谙魏森的心理,一下子把最香的鱼饵扔在他的嘴边。

"你还有得选择吗?现在还有人能帮你吗?"女人成竹在胸地转身离去,魏森龇着黄牙眼珠转了几圈,一跺脚跟了上去。

在一条僻静的小巷子里,女人停住了脚步,墨镜下的眼睛仔细打量着魏森。魏森哈巴狗一样凑了过来,问她:"你有什么办法扳倒林……"

女人竖起一根指头,制止他继续说下去。她的语气有些凌厉:"天天把仇人的名字挂在嘴边的人,是没有勇气复仇的,只有把仇人名字刻在心里的人，才能做成大事。"说完她用手轻巧地捏出一个响指，柔媚又决绝。

魏森被她的气势震慑住，果然不敢再说下去。

女人又问："听说你有一个发小，家在省城，他身患胃癌，女儿还在读书？"

魏森眼睛一亮，问："你怎么知道他的？他叫……"

女人又及时止住了魏森要说出的名字，她从坤包里掏出一个信封扔给魏森，说："以后和我做事，不要把姓名挂在嘴上，我不喜欢。"

魏森接住信封，里面装了足有三四千元人民币。魏森手都有点哆嗦了，心想：这个娘们儿出手很大方啊。女人的声音依然凌厉："给你三天时间，把他给我找来，以后你俩就听我的指挥。报酬嘛，今天这些只算是订金。"

魏森有些不明白："我那发小，和那个姓林的有什么关系啊？"

女人冷笑一声："做事如下棋，讲究运筹帷幄谋划布局，一见面就穷凶极恶扑在别人身上撕咬的，充其量只是一条疯狗！"

女人款款离去，魏森站在那里发呆，不时用信封抽打自己的脸，脸颊的疼痛让他知道这不是做梦。

女人其实并没有走远，她穿大街过小巷，绕了一大圈又回到和魏森见面的地方附近，上了路边一辆车。

驾驶座上是一个帽檐压得很低的男人。

"这个大烟鬼没什么异常吧？"女人问男人。

男人一直在后视镜里监视摇摇晃晃远去的魏森，直到他消失看不见。他有些疑虑："这么个走路都打晃的人，说他是瘾君子还差不多，别坏了我们的事。"

女人一笑："我用的就是他的够坏、够毒、够无耻，只要钱到位，他肯定乖乖听使唤。"

男人一只手悄悄摸上女人的大腿，又顺势向上爬行。女人毫不在意，反而笑得更柔媚："别闹了，赶紧开车吧，那个老家伙今晚还要见我呢。"

男的似乎有些醋意，喇叭按得一声长鸣，旁边的路人被吓了一跳。

齐江江畔的四栋百米高楼，"齐江胜景"四个大字让人目眩，在城市的夜空里勾勒出一个虚幻又充满霸气的空间，似乎视线所及便是青峰集团的领地。

林寒江在楼下仰着脖子看了半天，对苏娜睥睨一切的大手笔更加钦佩。他今天请苏娜吃饭，算是正式欢迎她来齐江工作，同时感谢她给自己搜集的那些书籍。苏娜在电话里说她没胃口，还是去喝杯咖啡吧。林寒江费了半天心思，在网上搜到这里有一家很不错的咖啡馆，他决定在"齐江胜景"的光影里请苏娜喝咖啡。

"在这里请我喝咖啡，你是诚心寒碜我吧？"苏娜一见面，就点透了林寒江的小心思。

林寒江顾左右而言他，问苏娜："为什么你总是穿一身白色的衣服呢？我印象中你几乎一直是白衣如雪，几乎没见过你穿别的颜色。"

苏娜得意地转了一圈才落座，反问林寒江："先说好看还是不好看吧？"

林寒江忙不迭地点头，道："白衣人胜雪，轻风月鸣琴，不是衣服好看，是人漂亮！"

苏娜莞尔一笑："谁的诗，从来没听过呢。林寒江，你夸人的话还是少说，总是少了点诚意。"

林寒江一脸委屈："我也是熟读唐诗三百首的人，美人当前就不能吟诗奉承几句？"

"好吧，你的话我打个对折收下了。"苏娜解释道，"以前在电视台主持节目的时候，台里总是不让我穿白衣服，说是不上镜，但是我从小就喜欢白色，后来我选择离开电视台，这也是原因之一吧。"

林寒江听了这话吃了一惊："因为衣服的颜色，你就放弃无冕之王的身份？"

"身份地位、工作招牌什么的，在我眼里一文不值，我评价一个人的标准只有两点：价值、自由。价值是代表一个人自身能力的物质或精神的等价品，自由是一个人敢于说不的勇气和底气。"苏娜轻尝一口咖啡，别有深意地瞟一眼林寒江，说，"恰恰这两点，在你身上正慢慢消失，也就是说，你在我眼里越来越没有魅力了。"

林寒江有些惭愧和惶惑，只能低头默默搅拌着咖啡。苏娜是唯一一个能当面指出他缺点的人，而且她指出的缺点，永远是他无法辩驳的。咖啡香气弥漫，沁人心脾，他突然觉得他和苏娜两人在微信里无话不谈，距离很近，但是面对面坐在一处，反而有些拘谨，若即若离。难道是那些世俗的力量从中作梗，还是两人代表的不同利益难以融合？

林寒江放下咖啡杯，问苏娜："你们青峰集团的'齐江胜景'项目进行到哪个阶段了？"

苏娜白了林寒江一眼："林寒江，今晚你是请我来喝咖啡的，不是和青峰集团谈工作的。如果想谈工作，请你另找时间。"一句话就把林寒江撑了回去。

林寒江讪讪地笑了，在苏娜面前他永远都是被动的一方。

苏娜问他："说说你的书吧，写到什么程度了？"

林寒江讪笑变成苦笑："也许等我离开齐江了，我的书也未必能面世。心不静，写不下去。"

苏娜"哼"一声，赏了林寒江一个白眼："枉费我给你搜集那么多资料。说实话，无论你是副厅长还是副市长，我都觉得你入错行了，你的精彩之处被体制给掩埋了。"

林寒江反问她："你加入青峰集团就是正确的选择？能够实现你的人生价值？"

苏娜微微一笑，道："我从不否认，我就是一只逐利的鸟儿，谁给的价码高我就落在谁的枝头。青峰集团也罢，蜜蜂集团也罢，我看重的是我自身能力的等价品，最后用价值换来自由。"

"实现财务自由，寻找自己喜欢的生活？"

"没错，等我实现财务自由，我就'飘飘何所似，天地一沙鸥'。你的目标是隐居江南小城，我的目标是过上一段没有污染的人生。"

林寒江摇摇头，说："你不是沙鸥，你是朱鹮。"

"朱鹮是什么样的？那种大长腿的丑八怪？"苏娜并不了解林寒江心目中的朱鹮有多重要，她更关心朱鹮的颜值。

林寒江好不容易找到苏娜感兴趣的话题，他绘声绘色地给苏娜介绍朱鹮的特点和稀有性。

"你想想，全国才几千只，多珍贵啊！"

"几千只还叫珍贵？况且我才不想当什么国宝，万人瞻仰，哪里会有自由？我还是想和这个世界保持一点距离，厌倦了，我就飞走，不知所踪。"苏娜对林寒江口中的朱鹮并不感冒。

聊着聊着，林寒江的话题还是转了回来："青峰集团，到底是一个什么样的企业？"

"私下里向我打听青峰集团的底细，这才是你今天晚上请我喝咖啡的本意吧？"苏娜看着他，脸色有些不快。

林寒江被点破心事，有些尴尬，说："齐江市很多环保项目都和青峰集团有着千丝万缕的联系，我有些不放心，无论如何也要了解一下青峰集团的底细，有没有实力和诚意。"

苏娜把咖啡匙轻轻扔进杯子里，发出"叮"的一声："唉，你这个人，让我说你什么好？好好的气氛被你破坏了。"

"青峰集团里能让我信任的人，只有你了。"

"你想让我演无间道，算是找错了人。我虽然不会和青峰集团生死与共，可是食人之禄，我这点职业操守还是有的。"

感觉有些扫兴的苏娜起身告辞，临走时说："林寒江，抱歉了，我们这次不谈工作。也许下次我会请你喝咖啡，只谈工作，不谈私事。"

林寒江和小雪分别时，答应妻子每半个月回省城一次，结果最近都四个多月了也没有回去。小雪在电话里和他抱怨了几次，后来没有办法只能请了探亲假来齐江看他，车后备厢里装满了林寒江的换洗衣物和日常用品，还给林寒江和耿正各带了一大罐母亲腌制的咸菜，这让林寒江喜出望外。

林寒江邀请耿正两口子一起过来吃饭，耿正在电话里说："你们两口子久别胜新婚，我们才不去当电灯泡呢。等明后天吧，我和你嫂子尽一下地主之谊。"

小雪在旁边喊："长发老怪，我老妈给你做了一大罐咸菜呢，你不来我可给消灭了啊！"

耿正连声大叫："千万别啊，好多年没吃阿姨做的咸菜了，馋死我了！你给我看住了，不能让林寒江这只馋猫给吞了。"

林寒江带小雪去李五的小饭馆吃饭，路上给小雪讲起他和李五不打不相识的经过，听说丈夫挨了一砖头，小雪吓得脸都变色了。林寒江本想把自己半夜被人追袭的事告诉小雪，但又怕她担心，就没有提及。

新夜市人流如织，热闹非凡。这几个月林寒江带着生态环境和城建城管部门，在街路两侧增加了环保设施和亮化绿化设施，与新建的"水幕灯光秀"连接起来，让这条街成了齐江市的"网红打卡地"，很多年轻人和外地游客都会来这里游玩，品尝齐江特色小吃。

刚搬进新店的李五没想到林寒江竟然带着夫人来捧场，高兴得手忙脚乱，除了自家的肉串火锅，又搜罗了周边铺子的特色小吃一股脑全端上来，非要请小雪尝个遍。

林寒江和李五唠着小店的经营情况，小雪童心未泯，见李五店里的发财猫造型憨态可掬，就跑过去和它自拍合影。林寒江笑话她："你都多大了，还喜欢玩发财猫？"小雪不理他，乐呵呵地把照片发给母亲看。

听说副市长来夜市吃饭，附近十几个小商贩都丢下生意，挤到李五的店里要敬林寒江一杯。

当初那个拎着塑料凳子要砸林寒江的年轻人说："林副市长，你是最没有官架子的市领导，挨了我们打骂也不记仇，还帮我们办实事，我们这些人服你！"说完一仰脖子，把一瓶啤酒吹了下去。林寒江不敢应战，只能用一杯啤酒和这些人逐一碰杯，还不断告饶："我酒量不行，一会儿还得陪我家领导看看齐江夜景呢。"

李五过来打圆场，把这些人都撵跑了，他告诉林寒江："你千万别和他们喝酒，这些家伙把齐江喝干了也不会醉！"

小雪吓得吐吐舌头，说："别问齐江人酒量，手指大海的方向。青岛不倒我不倒，雪花不飘我不飘！"把李五逗得哈哈大笑。

小雪没想到在政府里孤家寡人的丈夫，竟然在这里这么受欢迎，问他："你以前不是特别讨厌在这种大排档吃饭，怎么现在又乐此不疲呢？"

林寒江吃着肉串，想了想说："在省厅时我可能或多或少有一种叫作清高的病，眼里只有天上星斗，却忘了身在人间烟火。现在我才明白，标榜自己与众不同的清高不过是无病呻吟，真正的清高应该是外表普通却内心坚韧。我以前一直是顺风顺水，俯不下身，低不下头，不知道在地方做事的难度，以前的我完全不适合在齐江工作和生活。"

小雪看着他说："你要是不再清高，甚至甘于流俗，我都会替你高兴。我最担心的是你内心深处藏着的与众不同会驱使你做傻事，你会为你追求的东西去对抗全世界,但是最后吃亏的还是你自己。"

"君子如玉亦如铁。放心吧,你老公不是瓷器,而是一个砸不烂的铁疙瘩。别人不砸这铁疙瘩,它自己肯定不会跳起来咬人。"

林寒江给妻子选了一根肉串,仔细摘掉烤焦的部分。小雪看周围无人注意,撒娇地说:"还是老规矩,你吃肥的我吃瘦的。"

林寒江故意反对:"抗议!每次都是我吃肥的,这次我们划拳决定。"

小雪哼了一声,说:"抗议无效!"不由分说把那块肥肉塞进林寒江嘴里。

两人开心地闹了一会儿,林寒江说:"我来齐江之前,无论做人还是做学问,其实都是浮在半空中。来了之后,尤其经历了几件事后,我才知道自己活得一点都不接地气,不懂老百姓心里想什么要什么,也不知道自己做的事情是对还是错。现在我最大的收获和改变是知道哪些事情值得义无反顾地坚持,哪些事情必须义不容情地反对。"

听了他的话,小雪一脸阴云:"江山易改禀性难移。你坚持的事情往往也是别人的利益焦点,你又不会那些心机算计,从来不会提防别人,刚而易折,吃亏的总是你自己。"

17
永失吾爱

林寒江不想让妻子不开心，就绕开这个话题，提出陪她去江边走走，正好今晚月色怡人，适合去江边赏月。

小雪开车，林寒江指路，车子很快驶出了城市的喧嚣，来到江边湿地。

林寒江也是第一次夜间来到湿地，他没想到月夜的湿地竟然这么美，一轮圆月悬挂空中，乳白色的清辉笼罩着大片的芦苇，微风瑟瑟，芦苇在微风的吹拂下和着月光的韵律婆娑起舞，天地交融，寂寥空旷。

"野旷天低树，江清月近人。"林寒江被眼前的美景震撼了，不由自主吟出这句诗。

小雪也被月夜的湿地惊艳到无言，她痴痴地看着月色下的芦苇，半晌才说："你一个学环保的，别在我这个中文系才女面前丢人现眼。此情此景，分明是'灯火万家城四畔，星河一道水中央。风吹古木晴天雨，月照平沙夏夜霜'。你也就记得'江清月近人'了。"她问，"记不记得以前我们也经常对着月亮比赛背诗，你从来都没赢过我？"

林寒江想起两人谈恋爱时的浪漫场景，不由得傻笑，说："背诵诗词，我当然比不过语文老师。我是保护环境的，保护你们这些文人墨客能够有借题发挥的环境，有了美景，文人才有灵气，诗词歌赋才能流传千古。"

小雪抬头仰望着那轮近在咫尺的圆月，悠悠地说："今人不见古时月，今月曾照古时人。人有悲欢离合，月有阴晴圆缺。寒江，我突然觉得我们都老了，梦想破碎，向往的生活找不到了……"

林寒江当然知道小雪说的梦想是什么，她念念不忘移居南方的梦想正在现实面前一点点消融，就像初春的残雪一样。林寒江也有些悲凉地看着妻子的脸，那一瞬间他明白两人的梦想就像皎皎明月，可望而不可即。他强颜欢笑，安慰小雪："人生有梦，大胆去追，万一实现了呢？"

小雪仰头看着圆月，眼角慢慢溢出一滴清泪，她是一个渴望恬淡宁静的女人，真心不希望丈夫在齐江这个泥坑里跋涉挣扎。她不想被林寒江察觉自己的低落，转身向芦苇丛走去，却惊起几只栖息的白鹭，在月影里腾空盘旋。她被飞起的白鹭吓了一跳，继而惊喜地背诵起李白的《秋浦歌》："渌水净素月，月明白鹭飞。郎听采菱女，一道夜歌归。"看来这芦苇、明月与白鹭，激发了她平时深藏的诗意。

林寒江在后面大笑，说："采菱那个小女子，快来给老夫唱一曲，唱得好听便重重有赏！"

小雪环顾着芦苇湿地，不无惋惜地说："月夜白鹭，蒹葭苍苍。已经是这样的美，要是秋天的傍晚，这里落霞孤鹜，秋水长天，不敢想象会美成什么样子。如果能在这里终老一生,其实也不必梦想移居南方了。"

小雪张开双臂,闭上眼睛,仿佛在拥抱月亮和芦苇丛:"云销雨霁,彩彻区明。落霞与孤鹜齐飞,秋水共长天一色。渔舟唱晚,响穷彭蠡之滨,雁阵惊寒,声断衡阳之浦……"林寒江搂住妻子瘦削的肩头,拍着自己的胸脯承诺:"这有何难,秋天芦苇叶黄的时候,我再陪你到这里来,从白天看到傍晚,从傍晚看到月出。"

小雪气恼地推开他,嗔怒道:"你还敢开空头支票?你在我这里都进入诚信黑名单了!"

林寒江赶紧表白:"这点小事我再兑现不了,我就是老妈天天喂的那条小流浪狗!"

小雪终于被他逗得转怒为笑,说:"小狗还知道每天早上在楼下等老妈呢,你一走几个月都没回去一次,小狗都比你有良心。"

林寒江一脸羞愧地咧咧嘴。

上车的时候,小雪还回头贪婪地看着升上中天的圆月,幽幽叹了口气,说:"片云天共远,永夜月同孤。寒江,这是我这辈子看到的最美的月亮了,以后不知道还有没有机会看到……"

林寒江赶紧打断她:"什么'永夜月同孤',不吉利。永远都有我陪你,月亮和湿地也永远在这里,谁也不能把它俩搬走了。只要你想看,我陪你看到老眼昏花。"

安慰小雪的同时,林寒江其实也在反问自己,月亮会在,湿地永远会在吗?此刻许下的诺言不过是又在欺骗小雪,也在欺骗自己。如果青峰集团的小镇矗立在这里,这里的美景就将化为乌有。

林寒江有些惋惜地回头看着月色中的湿地,那一瞬间他已经决定了,有些美丽的东西一定要去守护,哪怕拼上性命也不能放弃自己的初衷。

第二天早上，林寒江与小雪在齐江大学操场散步，自从上次夜跑遇险以后，他就改变了锻炼习惯，改为每天早晨在学校操场跑圈。

林寒江给妻子讲起自己在齐江大学发生的一些事情，尤其讲到他和耿正被老师王清源下逐客令的情节，把小雪也笑得前仰后合，说："可怜的师母，明明身体健壮得很，却一直被老公当作逐客令的借口，外人都以为她病了几十年呢。"

林寒江说："王校长就是这么一个怪人，研究学问像陈景润孜孜以求，做人却像海瑞不近人情，但是很受我们学生的尊敬。我想投奔齐江大学主要就是奔着王校长而来。"

小雪说："这些天我一直有些心惊肉跳，担心你一个人在齐江折腾出事，看见你没事我也放心不少。寒江，答应我，一年之约到期后，你还是转到学校来吧。现在老百姓都知道当官是高危行业，做事得罪人最后都要被追责。你的脾气秉性不适合走仕途，我们还是平淡到老最好。哪怕我们实现不了移居南方的梦想，我不敢奢求别的，只要咱们都平平安安，也就心满意足了。"

林寒江笑笑说："你是小说和影视剧看多了，没有你说的那么严重，我心中无愧，不怕鬼敲门。"

小雪还是忧心忡忡，说："你心中无愧，但是挡不住别人心中有鬼啊？"

林寒江默然不语，心想自己这几个月里确实遇到了不少鬼。昨晚他和小雪吃饭时，那个骚扰电话又来了，林寒江只听了一声就摁了，他不想小雪担惊受怕。

小雪对林寒江讲起自己同学的事情，前几天她大学寝室里的大姐在西南跳楼自杀了，因为她爱人牵扯进一起全国瞩目的大案中，和某个大老虎过从甚密，锒铛下狱。大姐一时想不开，就从二十五楼一跃而下。最可怜的是他们正在读高中的儿子，突然间从成绩优秀的宠儿变成无人依靠的孤儿。上周小雪姐妹几个听到这个消息,在电话里哭了一场,感叹人生不易,可是又能有什么用?

林寒江安慰小雪,说:"放心吧,我是一个有道德洁癖的人,不会沾染那些事情的,最多是得罪一些小人,遭受一些谗言诽谤罢了,不值一提。"

小雪正要说话,突然从身后传来一个银铃般的声音:"林老师早,好几天没看见你出来跑步了。"

林寒江回头望去,一个青春俏皮的马尾辫映入眼帘。林寒江看着那张漂亮的脸孔,有些小心翼翼地回忆对方的名字:"你是罗、罗真子同学?"

罗真子开朗大方,带着几分自来熟,说:"林老师,你最近也不讲课了,只能跑步的时候看到你。"

林寒江把小雪介绍给罗真子,罗真子捂住嘴惊叫一声:"哎呀,师母这么年轻,我还以为是学校的师姐呢。"说完立刻给小雪来了一个九十度的鞠躬。

小雪看着那束让人羡慕的马尾辫,微笑道:"你可别损我了,我都是老太婆了。"

罗真子很亲热地挽住小雪的胳膊,说:"叫师母把你叫老了,我还是叫你师姐吧。师姐,你帮我做做林老师的工作呗,我们外语学院正在举行辩论比赛,我们想请林老师当评委,学生会把邀请林老师的任务交给我了,我正愁怎么完成任务呢。师姐,你可得帮帮我。"说完就拽着小雪的胳膊撒起娇来。

小雪看了林寒江一眼,说:"他的事,我可不敢做主,去不去当评委让他自己拿主意吧。"

林寒江有些尴尬,没想这个女生这么大胆磨人。他咳了一声,说:"辩论比赛我是真不懂啊,我也不敢滥竽充数,你就别让我出丑了。尤其是你们外语学院，我这半瓶子醋的外语，去了简直自取其辱。"

罗真子拧麻花糖一样拽着两个人的胳膊磨了半天，林寒江还是婉言谢绝了，顺便把皮球踢给了耿正："评委你还是请耿正教授吧，他当评委可比我适合多了。"

罗真子只好噘着嘴巴悻悻地离开了。

小雪看着那束调皮的马尾巴一跳一跳地离开，有些感慨："年轻真好啊，真羡慕现在这些女孩子。"

林寒江倒是有些不服老，说："年轻是资本，但是很短暂。她们现在的青春，都是你我曾经的过往，我们是站在山顶看尽了风景再回头看这些半山腰的后来人，要说羡慕，应该是半山腰的人羡慕我们。"

小雪看着罗真子远去的背影，说："这个女孩真的很有个性，有一种天生喜欢表演和引起别人关注的能力，你看她跑步的方向都是和别人相反的。"林寒江循着小雪的目光看去，罗真子果然是顺时针沿着跑道在反方向跑步，和其他跑步的人都是擦肩而过，这样所有的人都会看到她。

小雪嘲笑林寒江："我现在才明白你为什么要住在大学校园里，原来这里的小学妹又养眼又有个性啊。"

林寒江哈哈一笑："不是我的菜，我多看一眼都是罪过！再说你早就把耿正那厮收买成卧底了，在我身边安插了一个锦衣卫，借我两个胆子也不敢啊。"

小雪"哼"了一声，问林寒江："她不是你的菜，那个美女总监苏娜呢？她不是也来齐江了吗？"

林寒江一愣："你怎么知道她来齐江了？耿正这厮还真是尽责啊，什么都告诉你。"

"这你可真的冤枉耿正了，苏总监大手笔大阵仗，天生的媒体红人，在省报和网络上大肆宣传青峰集团，我看过采访她的视频。现在大半个中国都知道她，我能不知道吗？"小雪白了林寒江一眼，话语中隐隐有些醋意。

林寒江有些尴尬，赶紧解释："向老婆大人保证，我和青峰集团肯定是泾渭分明，和苏娜总监是井水不犯河水……"林寒江正举手发誓，突然听见电话铃响，掏出手机却发现不是自己的电话在响，而是小雪的。

小雪有些纳闷："大早晨的谁会找我？"

接通电话，小雪只听了一句，脸色就变得和纸一样惨白。

原来今天早晨小雪的母亲去市场买菜时被一辆电动车刮倒，肇事的司机一溜烟跑了，邻居们帮忙把老太太送进了医院。

这个消息如同晴天霹雳，小雪一时紧张得语无伦次，只能一个劲儿地问："伤得怎么样，有没有危险？严重吗？"

林寒江从妻子手里接过电话，问清楚了情况，原来老太太并无大碍，只是轻微脑震荡，目前正在留院观察。

知道母亲没事，小雪也慢慢定下心神，林寒江立刻给市政府办公室打电话请假，陪妻子开车赶回省城。

在车上，小雪和母亲通上了电话，听到母亲的声音，她才稍稍放下心来，一边流泪一边庆幸。

林寒江宽慰妻子："老妈一辈子行善积德，肯定会逢凶化吉，你就放心吧。"

小雪有些生气，说："我刚一离开，老妈就出车祸，要不是来齐江看你，老妈怎么会出事？林寒江，都赖你！你要是不来齐江当这个破副市长，会有今天的事吗？"

林寒江心中有愧，不敢接茬。正在此时，他的手机响了，电话里传来耿正焦急的声音："十万火急！你在哪里呢？快点过来！"

林寒江吃了一惊，因为他第一次听见耿正这么惊慌失措，即便上次在北岭村被人扣住也没这般紧张。他问耿正:"天塌了,还是别人拿刀摁你脖子上了?老妈今天早晨被车碰了,我和小雪正往回赶呢?"

耿正在电话那端担忧地问道:"老太太没事吧?"

林寒江向他简短地说了一下事情的经过,抱歉地说:"多紧急的事情也要等到我回来再说,我马上就要上高速了。"

没想到耿正在电话里坚持要林寒江马上过去:"这个时候让你过来,确实有悖人伦,但是你若不来,恐怕我们前期做的水体检测工作就要前功尽弃,消息传出去,甚至会成为全省乃至全国的笑柄……"

林寒江有些焦躁,在电话里冲耿正喊:"你别和我拐弯抹角了,水体检测到底怎么了?"

耿正几乎是咬着牙在说:"出了大问题,我们怀疑团队出了内鬼。我和几名专家意见一致——这个消息传出去,后果将不堪设想!"

林寒江举着电话一下子愣在了那里。

小雪一脚刹车停在路旁,前边就是高速公路收费口,她对林寒江说:"你下车吧,长发老怪的话我都听到了。"

林寒江还在犹豫,不知道怎么和妻子解释,小雪却平静地说:"工作要紧,你还是先去处理事情吧,反正老妈也没什么大事,我一个人先回去就可以。"

林寒江弄不清小雪是在说气话还是真心支持他,试探着说:"要不这样吧,你先开车回去,我处理完事情傍晚坐动车赶回省城。"此时此刻,林寒江感觉就像独自一人站在跷跷板上,一头是家庭,一头是工作,理智上他想站到家庭那边,无奈却违心地滑落到工作那一头。

林寒江下车关门的一瞬间,似乎看见了小雪夺眶而出的泪水。小雪踩足油门,汽车轰鸣着远去,林寒江有些发呆地看着高速公路上川流不息的车辆。这个世界充满了伤害、欺骗和背叛,正因为如此,家庭才显得尤其温暖和重要。林寒江记不起是在哪本书上读到的这段话,但是他知道自己今天深深伤了妻子的心……

齐江市生态环境监测站里，耿正和另外两名专家神色凝重，把一份检测结果反复看了无数遍。耿正的头发又在无风起舞，旁边的郝仁敬紧张不安，不停地搓着双手。看见一脸怒气急匆匆赶来的林寒江，这四个人像是看到了救命稻草，一起围了过去。

"到底是怎么回事？哪来的内鬼？"林寒江首先问耿正。

耿正捅捅郝仁敬，说："还是让郝局长解释吧。"

郝仁敬把一沓检测报告递给林寒江，说："这是针对齐江沿岸污染企业的水体检测结果，上次你让我进行调查，我就暗中组织三名专家又进行了一次检测，预检和复检结果明显不符。今天早晨，耿教授和其他两位专家进行合议以后，认为是有人篡改了检测结果。"

林寒江想起李云城和田小小向他反映的问题，两个年轻人也认为是出了内鬼。他问："从采集水体样本到检测结果，整个流程有多少人参与？最可能是在哪个环节出的问题？"

郝仁敬一脸羞愧："林副市长，这件事情我们生态环境局负有不可推卸的责任，我们虽然制订了工作方案，但是实际操作过程中，并没有严格按照方案进行检测，参与检测的人员除了三位专家之外，还有他们各自的助手，也包括我们的、我们的站内工作人员……"郝仁敬越说底气越不足，声音越来越低，估计是想到了自己曾经在林寒江面前信誓旦旦说自己的部下绝对没问题的事。

林寒江翻了翻手中的检测结果，狠狠地把那沓纸扔在桌子上。这是林寒江少有的情绪失控，今天对他来说，实在是一个灾难日，诸事不顺。

见副市长发火，郝仁敬脸上的皱纹有些抽搐，他想解释几句，却又忍住了。

"出现这样的结果,到底是篡改数据还是更换了检测样本?"林寒江问郝仁敬,郝仁敬回答不出来。耿正接口道:"我和两位专家研究过了,认为这两种情况都有可能。我们几个也是疏忽大意,没有严格按照流程操作,更没想到会有人这么大胆。所以明知你家里有急事,我们还是坚持把你找来,请你理解。"那两位专家也点头表示赞同。

林寒江面色青白,努力抑制住内心的怒火。他沉默了一会儿,说:"我也是有责任的,我既没有强化完善检测流程,也没有对别人的提醒足够重视,更没有想到我们的对手会使出釜底抽薪的招数。"他转向郝仁敬,"你说得没错,我这个人不会先以恶意揣测别人,对人缺少提防之心,真的是我的缺点和弱点。"此时的林寒江,内心充满沮丧和懊悔。

屋子里一片沉寂,林寒江稳定情绪,勉强挤出笑容对几个人说:"第一次检测就算是失败了,责任算我的,没什么大不了的,我们权且当作是一次演习。齐江的水就在那里,第一次不行我们还可以再来第二次!我就不信邪了,我们这些大活人还能让浑水淹死?"

两位专家和耿正对视一眼,耿正试探着问:"重新检测从技术上来说不是难事,我们担心的是,既然有人丧心病狂到这种程度,我们坚持检测,会不会对我们这些人……"

林寒江和郝仁敬都明白耿正没说完的话是什么意思,这种明目张胆的龌龊手段已经让他们专家团队感到惊恐了。

林寒江问耿正:"这么一个阴谋诡计就让你打退堂鼓了?"耿正的乱发愤然起立,说:"我耿正还真没把这些鼠辈放在心上,我只是受另两位老哥委托,想知道背后都是什么人在从中作梗。"

林寒江沉默了一会儿,说:"从中作梗的人,说实话我们也不知道,关停污染企业肯定要触怒一些人的利益,看得见的和看不见的都会把我们视为眼中钉。但是,这件事情我们一定会坚定不移地做,该关停的企业我们一定毫不手软，请大家相信我们。如果各位仍然有顾虑，随时可以退出。"

专家们面面相觑，耿正第一个表态："我不会退出，我做的事是为了齐江，不是为了个人，也不是为了你们政府部门，我不会听到几声蝲蛄叫就不种地了！"

年纪最大的一位专家很是谨慎，说是要回去征询一下助手的意见，但是言外之意已经很明显了。林寒江心中苦笑，并没有挽留。

耿正和两位专家离开了，林寒江问郝仁敬："到底是专家团队还是我们自己的人出了问题？"

郝仁敬也是一脸茫然，他建议："要不我们报警，请警方过来调查一下？"

林寒江摇摇头："也许他们希望的就是这样，一旦警方介入调查，就会旷日持久地拖延下去，最后能不能找到真相还不好说。他们的目的是想把水搅浑，搅黄这件事情，而我们的目的就是拿到污染数据。他们要拖延时日，我们却要快刀斩乱麻，拿检测结果说话。下一步我们要重新调整工作流程、检测步骤和技术团队，尽快开始重新检测。他们越是要拖，我们越是要快！"

郝仁敬领命而去，林寒江喊住他又补充一句："以后检测流程要全程监控，要像警察审问犯人一样！我们要做好各种预案，现在不是简单的工作，而是战斗！"郝仁敬苦笑着答应，脸上的皱纹又深了许多。他转身离去的瞬间，腰背明显有些佝偻了。

小雪一边开车一边默默流泪，她虽然表面支持林寒江赶回去处理工作，内心却充满了委屈和痛楚，没有哪个女人希望自己丈夫是一个不顾家庭的工作狂。林寒江下车的身影让她伤心不已，自己与母亲在这个男人心目中还是没有事业重要。

因为记挂母亲的伤势，小雪把车开得飞快，400公里的路程只用了三个多小时。从省城高速收费口出来时，她的手机响了，她瞥了一眼，是林寒江打来的。她心中有气，故意不接电话。

手机又一次执着地响起，她柔肠百转，最终还是接起了电话。那个刚刚还让她泪流满面的男人关心的声音传来："你到哪里了？开车慢一点儿。"

小雪正要回答，突然一片山一样巨大的黑影从侧面撞了过来。她立刻感到自己变得很轻很轻，像冬天的雪花一样飞舞在空中，随风飘荡经久不落，天地倒置尘世茫茫。

林寒江关心的问话是小雪听到的最后一句话……

巨大的撞击声和小雪的尖叫声仿佛撕裂了400公里之外林寒江的心脏。他呆若木鸡地站在那里，面色苍白，那一瞬间他的意识从他的肉体里挣扎而出，似乎变成了某种飘浮在空中的透明物，居高临下看着失去了灵魂的自己，看着手机掉落地上，看着自己拼命奔跑却步履蹒跚，看着自己嘶声呐喊却发不出声音……

当天晚上，省城殡仪馆。

林寒江呆呆地站在小雪的遗体旁。小雪的面容依然清丽，仿佛只是静静睡了过去，嘴角微微上挑，似乎还要和林寒江说话，诉说两个人再也无法实现的梦想。

陪同的人低声告诉林寒江，小雪是颅内出血，人当场就过去了，没有什么痛苦。林寒江像一个木头人一样，紧紧咬住了自己的嘴唇，嘴唇上已经溢出了鲜血。

痛苦驱赶幸福原来如此决绝，让人不停坠落，如黑洞吸引之下的微尘，撕心裂肺却又无能为力。失魂落魄的林寒江挪到小雪身边，摸着她冰冷的面颊，慢慢跪了下去。生命中多少恩爱终成孤寂，往昔的憧憬许诺也终成泡影。林寒江此时心中充满了悔恨，如果他不来齐江市赴任，如果妻子不是来看望他，如果他也在那辆车上，也许他亲爱的小雪就不会离开他。林寒江眼中无泪，因为所有的泪水都默默倒流心里。陪同的人要扶起他，却被他拒绝了。心哀若死是一个抽丝剥茧的过程，林寒江跪在那里的身形正在枯萎，他身体里的活力似乎也在一丝一丝剥离，他已分不清自己是晕厥还是清醒。

　　一双有力的手从后面抱住了林寒江的肩膀，把他从冰冷的地上拉了起来，是从齐江市匆忙赶来的耿正。耿正让其他人都离开房间，他陪林寒江单独待一会儿。

　　看着目光空洞、摇摇晃晃的林寒江，耿正也不知道怎么安慰老同学："寒江，你要挺住，老太太还在医院里呢，这时候你可千万不能倒下。"这是耿正唯一能想到的激励林寒江的话。

　　林寒江傻子一样站在那里，充耳未闻。

　　他想起以前清明节陪小雪去给岳父扫墓，小雪站在细雨之中，说她最不喜欢的节日就是清明节，因为那是个令人悲伤的日子；她最不爱看的花就是菊花，因为花瓣上的哀思千丝万缕；她最不爱读的诗就是"执子之手，与子偕老"，因为执手之后就是放手。她还说，如果有朝一日她先去了，一定不要把她葬在墓园里，那里太拥挤了，会让她喘不过气，还会让她的鼻炎发作，一定要帮她选一个山清水秀的地方，把她葬在一个一年四季都开花的山岭上……当时林寒江赶紧捂住她的嘴，不让她说下去。那一年的结婚纪念日，小雪就写了首诗《四季开花的小城》送给林寒江：

　　我要去寻找
　　一座四季开花的小城
　　用那些花儿的芬芳
　　填上半生缺失的颜色

春天，拾一朵凋落的木棉
幻想插在当年的鬓角
那一低头的温柔
依然宛在昨天，娉婷而来
夏天，守一池喧哗的荷花
让手中书在蝉声里入眠
多少光阴沉闷，落入池水
心中的静来自梦中梵唱
秋天，摘一枝滴露的月季
去赴一个无人前来的约会
所有的故人啊
都在千里白云外
冬天，嗅一朵凌寒的蜡梅
听懂内心的孤傲
即便从此尝尽平淡如雪
也不要回头流连
四季流转，你我正在老去
正如美丽的花终会成空
就在倔强的画板上，为自己
画一朵永远怒放的心花
……

　　林寒江把妻子写的这首小诗做成书签，爱惜地夹在自己常读的书中。

　　找一个四季开花的小城终老一生，是他俩共同的梦想，而今小城没找到，梦想却已经破灭了。

耿正替林寒江打点小雪的后事，从订制挽联到遗体告别仪式，全都由他一手操办，他还抽空买了些水果和营养品去看望住院的老太太。老太太哭得眼睛都肿了，一见耿正就说是自己害死了女儿，她要是不住院，女儿怎么会匆忙赶回来以至于遭遇车祸……耿正足足安慰了老太太半天。

冷静下来的老太太拜托耿正要照顾好林寒江，说他性子犟，在齐江容易得罪人，让耿正多劝劝他。耿正拍胸脯答应下来，让老人家放心。

殡仪馆告别大厅里，林寒江木然地站在那里。很多人都赶来安慰他，包括从齐江市赶来的廖宇正和李子平，还有王清源和几位学校的朋友。林寒江像一个木讷的机器人一样和来宾一一握手，他的注意力集中在大厅里一只翩翩飞舞的灰色小蛾子身上，如果真的有灵魂，这只小蛾子一定是小雪的化身，是小雪回来看他了。看着那只翩翩起舞的小蛾子，无数个和小雪在一起的日子，那些开心、快乐、幸福、失落、伤心的片段，像电影一样钻进林寒江的头脑中。小雪，我很想你，我好后悔没有好好珍惜有你的日子……泪水蒙住了林寒江的双眼，他感觉世界空荡荡的，泪咽却无声，只向从前悔薄情。

王清源拍了拍林寒江的肩膀，似乎想说些安慰的话，却终于没有说出口，最后只是重重叹了口气，离开了。林寒江拼命忍住泪水，他其实很想抱着自己的恩师大哭一场。

廖宇正和李子平一前一后安慰了林寒江好多话，林寒江只是木然地看着他俩的嘴唇在翕动，却听不清他俩说什么。反倒是陪同前来的严哲的话，让林寒江更加不能原谅自己。严哲说："寒江老弟，我们齐江市对不起你啊，要不是你赴任齐江两地分居，就不会有今天的悲剧了……"林寒江握着他的手，机械地点头。

慰问的人都走了，只剩下耿正陪着林寒江，此时此刻，林寒江终于忍不住抱着小雪的骨灰盒放声痛哭。人总要放声一哭，所有的思念都化作蝴蝶，所有的往事都飞入冥冥，此时的泪水不须顾忌。林寒江在耿正面前哭得毫不掩饰，大滴的泪水滚落在怀中的骨灰盒上，那是林寒江为小雪挑选的四季开花图案，他说小雪一直向往去一个温暖如春、鲜花不断的地方居住，这是她的心愿。林寒江亲手在骨灰盒上刻上"寒江雪"三个字，让小雪在那个孤寂的世界里依然还有他的陪伴。

最后，他把妻子的骨灰盒寄存在殡仪馆，当着耿正的面许下誓愿："等齐江治污成功了，我会兑现诺言，带你远走，为你找一个没有雾霾，雾甜雨润，四季开花的小城，你再也不会咳嗽流涕了……"

两天后，省城交警支队，处理小雪这起交通事故的警察拿来笔录请林寒江过目。

肇事的司机叫吴成，是一个四十岁左右的男人，干了好几年长途货运司机，在事故中也断了一条腿，现在正在省人民医院治疗。他认罪态度很好，承认自己是疲劳驾驶造成的车祸，他愿意接受法律制裁，并主动提出要向小雪的家属下跪道歉。

林寒江默默看着那个名字，脸上的肌肉有些抽搐。过了良久，他说："不要为难他，我们必须尊重法律。"他选择了宽恕，他相信小雪在天之灵也会支持他这么做的。

林寒江站在省城的街头，看着这个熟悉又陌生的城市，想起他答应去齐江市上任的那天晚上，也是站在这个街头，面对着雾霾和灯光的世界，给自己选择了挑战雾霾的人生方向，如今依然雾霾重重，他却失去了生命中最重要的人。

林寒江把岳母从医院接回家里，安排好保姆照料，当天晚上他就坐上了去齐江的动车。看着灯火斑斓的省城越来越远，这座熟悉的城市如今让他心头滴血，他不是急于回去工作，只是想迅速逃离这里。这座城市到处都是小雪的气息，他们共同徜徉过的每一条街、每一处熟悉的建筑都让他心中刺痛。他想逃离这座城市，却无处可去，只能回到齐江市。省城让他伤心痛楚，但在齐江他身在异乡为异客，他到底属于哪个城市？

车厢里一对相濡以沫的老夫妻，你给我剥橘子，我给你倒热水，两位老人的恩爱平实质朴，毫不做作。林寒江呆呆地看了半天，想起小雪以前给他背诵的纳兰容若的词："你我暮年，闲看庭院。云卷云舒听雨声，星密星稀赏月影。花开花落忆江南，你话往时，我画往事。"那天葬礼上严哲的话也萦绕在他心头……确实，悲剧是从他选择来齐江开始的。如果不是他来齐江，小雪可能就不会去世，是他害死了妻子。林寒江悲叹一声，用手中的书盖住自己的脸，遮住眼角的泪花，心里充满了深深的悔意。

李云城从睡梦中被母亲的咳嗽声惊醒，他悄悄睁开眼，看见瘦削的母亲正躲在厨房里吃药。李母的咳嗽日益加剧，每次都咳得声嘶力竭，李云城已经隐隐预感到不好。他起来给母亲倒水，劝母亲去医院好好做个检查。李母咳得眼泪都出来了，却微笑着安慰他说："没事的，以前在厂子里上班时伤了肺，养养就好了。"

其实，今天李云城从学校回来，路过钢铁厂家属小区的小超市时，偶尔听到两个邻居在谈论母亲的病情，一个阿姨在感叹李母得了肺癌却不去医治，把钱攒下来要给儿子买房子；另一个阿姨叹息李母从来没享过福，一辈子都被儿子拖累了。两人看见李云城时都有些惊慌，立刻闭口不言了，而偷听被发现的李云城更加惊慌，低着头匆匆而去。

李云城虽然是钢铁厂家属小区里的第一个硕士生，是母亲此生最大的骄傲，但是他在街坊邻居面前总有一种自卑的感觉，不仅是因为单亲家庭缺少父爱，更是由于家境贫寒让他在别人面前谨小慎微。

看着满脸担忧之色的儿子，李母让他赶紧去睡觉，自己却又转身去给儿子收拾换洗的衣物。

李云城蜷缩在单人床上偷偷流泪，他一心想着要带母亲离开这个贫民窟一般的小区，让受了一辈子苦的母亲享受优渥的生活，却有心无力，只能在梦境面前垂头叹气。

凌晨，李云城突然听到母亲在轻声细语说话，他睁开眼睛一看，母亲正在桌子前轻轻擦拭父亲的遗像，一个人自言自语："老李，你在那边还好吗？我也快过去找你了，实在熬不住了……感谢你容忍我当年的过错，感谢你不嫌弃儿子，一直把他当作亲生儿子一样对待。现在他也长大了，马上就要硕士毕业了。小小那姑娘很好，和儿子很般配，他俩要是将来在一起，我也放心了……"一阵剧咳涌来，李母怜惜地把遗像抱在怀里，似乎怕弄脏了遗像，过了好久，她又说道，"老李，当年你一直要打那个骗了我的人，为我出气。那天我真的狠狠打了那个人一耳光，终于为你完成了心愿，替你做了你当年没有做成的事，你可以安心了……"

无意间听到这些的李云城犹如晴天霹雳，他原来并不是父亲的亲生儿子，而这一切和那个被母亲打了一耳光的齐江首富钱起有着千丝万缕的关系，难道自己和他……

在母亲刚才的话里，李云城慢慢理清楚了上一辈的情感纠葛，他懵懵懂懂二十多年，竟然不知道自己有如此曲折的身世。他躲在被子底下，使劲咬着自己的指头，原来命运和自己开了一个这么大的玩笑。从那一晚开始，他的世界彻底倾覆了。

造化弄人，命运无常，它让这个世界充满不可预知的变数，又给你制造种种无可奈何的痛苦。我们生活的世界很小很狭窄，并且充满了各种因果轮回，就如一阵轻风吹起经年尘土，弥漫之间可能邂逅前尘往事，也可能预示未来命运。原来，二十多年前李母和钱起确实有一段孽缘，那时候，刚刚踏入社会的李母与风度翩翩的创业者钱起偶然相识，李母被钱起的才识和气度所迷惑，很快就委身于他，但是李母这样的平凡女子怎么能降伏钱起君临天下的雄心，她不过是钱起众多女人中最不起眼的一个。李母对钱起的痴情就如花瓣上的朝露，春风一度之后便是霜刀雪剑的残酷。胸怀大志的钱起很快就把那个平凡的女人忘诸脑后，而有孕在身的李母后来迫于压力嫁给钢铁厂老实巴交的李师傅，李师傅以宽容的胸怀接纳了母子二人，将幼小的李云城视如己出。但是好人无好命，几年后李师傅因为长期接触污水废物得了肺病，不久就撒手人寰。临终前李师傅有一件事念念不忘，就是遗憾没能替妻子出口恶气，他最大的愿望就是想当众打那个始乱终弃的浪子一耳光。李师傅去世以后，李母被钢铁厂按照抚恤政策招工，顶替了李师傅的位置，没想到二十年后她也得了和丈夫一样的肺病。李母在工友建议下向单位申请了赔偿，至少保障医疗费用，谁想到还没等到批准，钢铁厂就被收购了，李母也成为分流人员。

18
垃圾迁移

重新出现在齐江市政府的林寒江让所有人都吃了一惊,短短几天时间,他整个人瘦了一圈,头上一层灰白,好像落了一层尘土,眼角的皱纹又深又密,连以往挺直的腰背也开始有些佝偻,几天的时间仿佛一下子透支了他十几年的生命。一些同事过来和他打招呼,对他的遭遇表示慰问,林寒江有些木讷地回应着,那个往昔在课堂上潇洒自信、侃侃而谈的林寒江再也不见了。

似乎未卜先知预料到林寒江今天会来上班,那个沉寂多日的骚扰电话又打来了,那头的声音经过变声软件处理,显得阴恻恻的:"林副市长,听说你家里摊上大事了,你说我该是庆贺有人多行不义必自毙呢,还是劝说你以后不要失道寡助呢?"话里带着几分嘲弄和幸灾乐祸。

林寒江多日的痛苦和愤怒被瞬间点燃，他对着电话怒吼："去你妈的！等你蹬腿咽气的时候，我也给你家人打个电话，庆祝你脱离苦海早日投胎畜生！"这是林寒江平生第一次这么凶狠恶毒地骂人。

"啧啧，副市长大人也会骂人啊？"那个声音有点猫戏耍老鼠的味道，既有嘲讽又含威胁，"要不我把你的录音给放到网上，让齐江的老百姓听听市长大人是怎么用粗话骂人的？你不要太嚣张，你这身官皮早晚有人给你扒了！"

林寒江毫不退让，继续对着电话大喊："你这个卑鄙的缩头乌龟、懦夫、可怜虫！你要是一个男人，就站到我面前来！我就是公职不要了，也要打掉你满嘴的牙！"

那个声音更加阴冷："看看我俩到底是谁先倒霉，我们走着瞧！"一阵冷笑从话筒里飘了出来，犹如刀尖划过玻璃，让人浑身发瘆。

电话挂断了，握着电话的林寒江面色由红而青，由青而白，在那里默立良久。刚才听到对方说要"录音"，他被提醒了，也偷偷按下了录音键，将两人对话的后半截录了下来。

忍无可忍的林寒江终于给公安局金波打电话，正式报警，请警方追查这个恐吓电话的来源。金波的行动很快，两个小时之后就回电向林寒江汇报调查结果。这个电话信号轨迹是在齐江市三环公路上，对方是在行驶的车辆中打的电话，很难定位，而且电话挂断之后对方选了一个没有监控的地方将手机卡丢弃。这个人的反侦查经验很丰富，难以追查到本人。至于那半截录音，由于对方使用了改变声音的技术软件，通过声音比对技术也很难找出线索。

林寒江有些诧异地放下电话，原来他的对手不仅是一个卑鄙小人，还是一个具有反侦查经验的聪明人，他倒有些低估对方了。

小雪的意外离世仿佛击碎了林寒江的魂魄，他发现自己难以集中注意力，干什么事情都仿佛是在梦游。别人向他汇报工作时，他眼前竟然浮现起以前和小雪手牵手逛街的场景，汇报内容他一个字都听不进去。连续几天时间，他整个人浑浑噩噩的，完全不知道自己是怎么过来的。

回到齐江大学，林寒江去找耿正想当面表达一下谢意。

此时的耿正穿着白大褂正在他的实验室里忙着，林寒江在门口看着耿正的身影，心里涌起一股暖流。他这些天简直就像行尸走肉一样，所有的事情都是耿正在帮他处理。有友如此，夫复何求？

林寒江疲惫地靠在门上，说："老同学，谢谢你！"

耿正转过身，摘下口罩，他对林寒江的来访似乎早有心理准备，但还是被林寒江憔悴的模样吓了一跳。他指着林寒江的头发，说："寒江，这才几天时间，你的头发几乎和我一样了。"

林寒江挤出一丝苦笑，说："伍子胥过昭关一夜白头，我以前一直以为是文人的夸大之词，等事情落到自己身上，才知道前人所言不虚。"

"寒江你是急火攻心，大劫之后怕是要有大病，你还是好好休息，注意调整身体。"耿正有些担心他的身体。

林寒江颓废地坐在椅子上，把脸埋进双手，说："我现在整夜都睡不着觉，一闭上眼就看见小雪。我从省城逃回齐江，以为能好一点，谁知道还是这样……"他的声音有些哽咽，也许是在手掌后面暗暗流泪，"我好后悔，后悔没有陪她一起回省城，后悔以前没有多花些时间好好陪她……"

以前两人见面时，总是互相调侃打趣，很少像这样沧桑低沉地说话。耿正双手环抱靠在桌子上，说："都说时间是治疗创伤最好的药，你和小雪感情深厚，也许这服药需要吃很长时间，但是我相信你一定能从这次劫难中走出来。"

林寒江沉默不语，在别人面前他需要掩藏自己的悲伤和颓废，但是在耿正面前，他不会掩饰自己的内心。他放下捂着脸的双手，很诚恳地说："老兄，谢谢你！这些天家里的事都靠你在张罗，岳母也特意嘱咐我要谢谢你！"

耿正使劲摇头，说："其实我心里很是自责，也许没有我的电话，有你陪着小雪开车，或许就不会发生意外。"

"知道我现在是什么感觉吗？就像天空四个角都塌陷了，无数洪水向我汹涌扑来，我连呼救的机会都没有。我的世界，他妈的完蛋了。"林寒江似乎已经心哀若死。

耿正苦笑，想安慰一下老朋友却不知从何开口。两人一阵沉默，似乎都想回避这个话题。耿正脱下白大褂扔到一边，对林寒江说："正好晚上没事，你陪我去见一个人吧？"

"见谁？"林寒江有些茫然地抬头问。

耿正不由分说拉起他的胳膊，说："走吧，就当是解闷了，去了就知道了。"

二人驱车向城郊驶去，正是下班高峰时间，路上车辆拥堵，车开得很慢。林寒江手机屏幕闪亮，一条微信飞了进来："我是今天才听说了你遭受的不幸，节哀！相信你一定会早日走出阴霾。苏娜。"

林寒江看着那条微信发呆，不知道在想什么。开车的耿正伸过头来瞄了一眼，问他："和我说实话，你到底和这个美女总监什么关系？"

林寒江苦笑："这个时候开这样的玩笑不适合，没心情。"

耿正也许是想让林寒江走出悲伤的心境，故意不依不饶地问："和我说说又有何妨？钱起学长和我曾经私下讨论过，觉得你俩是友情已满，爱情未到。学长还说，你要不是公职在身，很有可能就心有旁骛了，他说得对吗？"

林寒江面容看起来更加苦涩，说："那要麻烦你转告钱起学长了，怎么猜测我都没有问题，但是千万不要这么揣度他的苏总监。这么和你说吧，苏娜是一只特立独行的朱鹮，非甘泉不栖、佳木不落。她向往的是自由自在的生活，而我这种体制内的人，正是她讨厌的类型。"

耿正摇头表示反对，说："我看是神女有意，恰恰是你这个襄王无情。"

林寒江正色对耿正说："在我林寒江的眼里，男女之间的情谊可以分为两类：一类是适合做朋友的，就像我和苏娜；另一类是适合做家人的，就像我和小雪。如果我把适合做朋友的苏娜做成了家人，我和她就会针尖对麦芒互不相让，一定把彼此都刺得千疮百孔，必定不会有好的结局；而我和小雪是天生适合做家人的，我们会把彼此放在心上，考虑事情都会首先以对方为重心。我要求来齐江大学任教，将来准备去南方定居，都是因为我想为她换一个喜欢的生活环境。"

耿正摇头不信："我是相信男女之间是没有纯友谊的，难道你和她就游离这规律之外？"

林寒江很严肃地说："不管现在还是将来，小雪都是唯一适合我的家人，没有人能代替她。这个话题，以后请老兄和学长都不要再提起了。"

见林寒江如此严肃，耿正咧咧嘴，没再说啥。他本来是想调侃一下林寒江，缓解一下他的悲伤，不想却触及了他仍在淌血的内心伤口，确实有些不合时宜。耿正只能使劲按喇叭催促前面的车，以此掩饰自己的窘态。

车子停在城郊一处山林脚下的院落，院落占地很大，四周围着铁栅栏，院内绿树掩映，中间孤零零矗立着一栋白色的小楼。

林寒江有些惊疑地问："这是什么地方？你不会又把我拐来乱七八糟的会所，见什么名门望族的美女经理吧？"

耿正一脸不屑地哼了一声："我的副市长大人，我不会害你的，就算我把你拐进深山老林的会所，照你的脾气，你走瘸了腿也能走回去！

你想多了,这里不是会所,是一处养老院。"

林寒江更加吃惊,问:"大晚上的,你把我领到养老院来干什么?要给我安排后半辈子落脚的地方?"说实话,林寒江当时心里真的闪过一丝这样的念头,难道是耿正看他孤家寡人可怜,要提前给他预订养老的地方?

耿正抓住他的胳膊,半拉半拽地走进小白楼:"你想得挺美,等我们老得不能走的时候,能有这么一个封闭幽静的地方颐养天年就算是享福了。我现在可能真是年纪变老了,越来越恐惧老年生活,年轻时怎么活着都是很容易的事,年老了怎么迎接死亡才是最难的事。"

一个穿白大褂的护工把二人领到一楼尽头的房间,透过门上的玻璃,林寒江看见王武的老母亲正躺在床上不停地抹眼泪。一个中年女护工反复地劝老太太吃饭吃药,老太太嘴里含混不清地念叨:"我要找我儿子,我要他喂我吃饭……"

林寒江吃了一惊:"你把老人家送到这里来了?"

原来前几日,照顾老太太的保姆小江辞职回老家了,正赶上林寒江身遭巨变,耿正也没有和林寒江商量,就将老太太送到这处养老院颐养天年。

林寒江说:"这段时间事情太多,我都没时间去看看老人家,多亏有你啊。"

耿正苦笑:"王武一走了之,你又卖给政府了,这种琐碎的事当然得我去做了。"

"这么高级的养老院,老人家送到这里要花不少钱吧?不能让你一个人负担,我和你平分。"

"你这人有时候清高得招人恨,有时候又俗气得招人烦,反正都让人喜欢不起来。钱的事不用你操心,我拉你过来就是让你看看老人家。老太太最近状态不好,医生说是小脑萎缩……"

王武的老母亲来到养老院以后，时而清醒时而糊涂，糊涂起来就要找王武，总说王武还活着，就在她的身边，经常对着空气说话。陪护的护工被老太太说得心里瘆得慌，就经常打电话给耿正，让他来劝劝老人家。

　　耿正和林寒江走进房间，女护工看见耿正来了，赶紧低声把老太太的情况和他说了几句。老太太眼睛看不见，侧耳使劲听了一会儿，高兴地说："是耿正啊，你又来看我，王武怎么不来？我想吃他做的炖牛肉，他出差怎么总也不回来啊？"

　　林寒江赶紧过去握着老太太的手："阿姨，我是林寒江，我好久没来看你了。"

　　老人家枯瘦的手在林寒江脸上抚摩了半天，问他："耿正说你和王武一起去外地工作了，你来了，他人呢？"老人家思儿成病，已经忘记了当初她向二人托付王武后事的情形了。

　　旁边的耿正冲林寒江眨眨眼睛，林寒江明白他的意思，只好顺着老太太的话说下去。

　　耿正从护工手里接过汤匙，一边喂老太太吃饭，一边哄着她："王武又受重用了，被派到海外任职，要很久才能回来。他让我和寒江没事就来看看您，有我俩在不和他一样吗？您看您这不好好吃饭又不按时吃药的，王武回来该埋怨我们了。"

　　女护工也在旁边帮腔："老太太真有福气，儿子都当上大官了。您老要按时吃饭按时吃药，才能早点治好病，等着儿子来接您回家。"

　　两人连哄带劝，总算让老太太吃了几口饭。

　　护理生病的老人吃饭让耿正和林寒江两人手忙脚乱，尤其耿正一绺灰白的头发贴在额头，显得很是狼狈。好不容易等老太太躺下睡着，两人如蒙大赦，抹着汗水溜到走廊。

　　两人在走廊里沉默无语，耿正一根烟抽完了一半，才开口问林寒江:"你知道王武妻子的消息吗?"

林寒江叹了口气,说:"他们两口子其实早就办了离婚手续,只是碍于王武的面子和孩子的感受,一直没有公开。王武出事之后,他妻子立刻就奔赴国外和孩子团聚去了。王武也是预料到了会有这样的结果,所以才把老母亲托付于我。"

耿正摇摇头,叹息道:"夫妻是世间最难于揣测的组合了,有的夫妻是执子之手死生契阔,有的夫妻是大难临头各自飞。有什么样的人生,取决于你选择了什么样的组合。有时候我在想,人这一辈子其实就是一幕舞台剧,所有人的故事情节都是一样的,大同小异,从产房到婚房到病房最后到停尸房,英雄圣贤皆不能例外。"

林寒江也面露戚容,说:"我和小雪虽然是执子之手,却没有与子偕老的缘分,我辜负了她的期望,终究没有实现她的梦想。"他眼角发红,沉默了一会儿,又说,"有时候夜半读书,真的会有黄粱梦醒的感觉,历史一眼看穿,人生一眼看老。我们站立的地方曾经是先人挥斥方遒的地方,我们做的事情也很难超出先人尝试过的努力。所以惶恐之余,我会告诫自己,不要去奢求立德立功立言,只求尽力做一些不被后人骂的事情,心安就好。"

耿正又点起一根烟,仿佛带着恼恨与焦躁,把烟使劲吸进肺里。林寒江有些诧异地看着老朋友,这是他第一次见到耿正这么吸烟,一定是心中有着难以诉说的痛苦。

耿正仰天吐出一串烟雾,说:"寒江,我今天带你来这里,其实不是想和你商量老太太的后事,而是想拿王武的例子劝劝你。你俩虽然是前后任,却是两个南辕北辙的人,不在一个平行世界里。他贪钱成瘾,最后栽了进去,他的结局是他咎由自取;而你是一个有道德洁癖的人,我不担心你在金钱美色方面犯错误,却担心你孤傲清高,为了自己的理想不惜与全世界为敌,我害怕你也有一天会倒下。一颗正义的鸡蛋,是磕不过这满世界的石头的。"

林寒江双臂环抱，低头苦笑，说："小雪不在了，我如果倒下了，她的老母亲只怕也要沦落到这般境地，我想到这些自己都感到恐惧。老太太是小雪在这世上唯一的亲人了，我拼了命也要照顾好。小雪在时，我做什么事情都没有后顾之忧，如今她不在了，我觉得自己就是一个虚浮空中的人，没有了根基和后方，再也没有任性妄为的资本。说实话，我也不想做正义的鸡蛋了。"

耿正把烟头用脚踩灭，语重心长地对林寒江说："寒江，希望你能记得刚说的话，作为你资格最老的朋友，我最后一次劝你，以后做事不要太固执，不要太任性，不要轻易得罪人。我失去了一个老同学，不想再失去一个。"耿正一改往日的诙谐不羁，郑重其事的样子让林寒江有些接受不了。

林寒江有些愣愣地看着他，问："你今天带我来看王武的老母亲，其实是想给我现场教学吧？让我明白固执任性的下场？你是不是想多了，我又不是身在枪林弹雨的前线，不需要我抱着炸药包去炸碉堡。骚扰电话、小人坏话、造谣诽谤，我都有心理准备，没什么大不了的。"林寒江摊开双手，向耿正做了一个毫不在乎的表情，其实他心里很感激耿正的劝告，真正关心他的朋友才会如此苦口婆心地给他提醒。

耿正抹了一下自己不安分的头发，让它们听话地躺下去，他叹息道："你小子啊，从咱俩住进同一个宿舍开始，你就没听过我一句劝，从来都是一条道跑到黑，偌大的齐江市里，除了我只怕没有第二个人能这样劝你了。好吧，军队里的参谋有三次建议权，我前后好像也正式劝过你三回了，你要是再不听，就当我是放屁，以后我再也不会说了。"

林寒江见耿正有些急了，问他："'长发老怪'，你的头发都出卖你了，心里有事？是不是因为我在齐江做的事，有人给你施加压力了？"

耿正被林寒江一句话拉回了大学时代，每次他心里藏着事，都会被林寒江一眼看穿。他曾经怀疑林寒江是不是学过读心术，林寒江还借机敲诈了他一根鸡腿，最后才告诉他真相，原来他心里有事的时候，都会眉头紧皱眉梢上扬，带动他的头发挥拳欲立。林寒江调侃他的头发就是他的第二张脸，喜怒哀乐都挂在头发梢上。

耿正没有正面回答林寒江的问话，返身去看看王武的母亲，见老太太睡得很沉，他蹑手蹑脚地回来，对林寒江说："走吧，这附近有一家老爷子开的馄饨店，他家的馄饨是齐江一绝，我带你尝尝去。没吃过这老爷子的馄饨，没资格做齐江人。"

"上次你诓我去王家鱼馆也是这么说的，你这老怪，我就是太相信你了，老是上你的当。"

"你要想当这个城市的英雄，就得先了解这个城市，从哪儿了解？当然是从吃的开始啊！"

开车出来时，耿正回头张望着那栋小白楼，问林寒江："知道这个养老院是谁的吗？"

林寒江摇摇头，这个养老院他以前都没听说过，根本不知道谁开的。耿正说："这是青峰集团的一处秘密产业，我们的钱起学长消除罪愆的地方。"

"罪愆？什么意思？"林寒江有些无法理解。

钱起有一次喝醉了，曾经和耿正说，富人财富的积累都是建立在血淋淋的罪恶之上，钱挣得越多罪愆就越重。他不想和那些把钱捐给寺庙、学校的富豪一样，他们玩的是虚无，太俗气，他瞧不起他们。所以他就建了一座养老院，专门收留那些老无所依、濒临死亡的老人。他说只有这样，他才能睡得着觉。

"所以我把阿姨送到这里，这也算是帮你减轻负担，让你轻装上阵干你的伟大事业去！"

"学长的意思，是说他的财富也是积累在鲜血罪恶之上？"林寒江摇头否定了自己的猜想，"钱起学长，怎么看也不像是手上沾血的人啊。"

耿正的车子猛地一刹车，险些刮上一个闯红灯的外卖小哥，气得他摇下车窗骂人。

林寒江劝他息怒："这些人也是生计所迫，谁都不容易，别生气了。"

耿正愤愤地看着红灯："钱起学长还说过一句话，宽容大度必须建立在睥睨众生的基础上，没有实力的宽容就是矫情。"

林寒江闭上眼睛苦笑："富豪的心理确实和我们凡夫俗子不在同一水平线上。赶紧去吃馄饨吧，我都饿了。"

第二天，一份生态环境督察组转来的举报环境污染案件被送到林寒江的案头，后面还有督察组组长王宬的批示。

王宬的批示就三个字："林寒江？"一个加粗的"？"狠狠地缀在林寒江的名字后面，应该是让林寒江做出解释。

林寒江扫了一眼案件的内容，脑袋"嗡"的一声，脸色都变了。原来有人实名举报长兴垃圾处理厂垃圾渗滤液污染的泥土竟然被偷偷转运到附近县乡，在一些偏远农村直接倾倒进荒废的鱼塘里，齐江市的污染整治工作竟然变成一幕"垃圾搬迁"的闹剧！

林寒江几乎不敢相信自己的眼睛，他仔细看了好几遍才确定不是自己眼睛花了，更让他意外的是，举报人还是那个叫张小志的警察，他直接把信寄给了省外的生态环境督察组。生态环境厅也知道了这件事，省厅主要领导直接打电话给林寒江，请他尽快查实，限期一周之内向省厅报告处理结果。

林寒江难抑愤恨，他握紧拳头在桌子上狠狠砸了一下。长兴垃圾处理厂的整改工作是他牵的头，前期的施工方案和整改措施都是他带着相关部门研究的，工程走上正轨以后他因为忙于别的工作，确实对垃圾处理厂的整治工作有些忽视，但是他责成市局安排专人在工地上监督，他每半个月召开一次调度例会，没想到还是出问题了。

怒火攻心的林寒江抄起电话："郝仁敬，赶紧给我过来！"

"你给我解释一下这到底是怎么回事？！"郝仁敬一进门就被劈头吼了一顿。这是林寒江到齐江市以后，第一次对老实巴交的郝仁敬大发雷霆！

郝仁敬看到那份案件督办单，手都哆嗦了，连声说："这怎么可能？这怎么可能？我安排的人天天在现场看着呢，怎么会出现这种情况？"

"你别再替你的部下打包票了！"林寒江虽然言语严厉，但是情绪已经慢慢冷静下来，"我们最近遇到的这些状况，哪一件不是我们内部人出的问题？治污治污，人不治好，人到哪儿污染到哪儿！"

郝仁敬还心存侥幸，小心翼翼地问："要不我先把现场监督的那个副科长找来，我们当面问一下情况？"

林寒江果断制止了他，说："我是要了解情况，但先要问的人不是他，而是这个张小志！"他指着举报人的姓名，吩咐郝仁敬，"越快越好，我要尽快见到他！"

当一身警服的张小志出现在林寒江面前时，林寒江一下子就想起了这名圆脸警察曾经在漫天尘土中给自己敬礼的场景，不胜唏嘘。

林寒江热情地向张小志伸出手，对方却出人意料拒绝了他的热情。张小志挡开林寒江的手，公事公办地向他敬了一个礼，圆圆的脸上带着嘲讽和不信任。

有些尴尬的林寒江请他坐下，他却固执地站在那里，略带嘲讽地说："林副市长，您的时间很宝贵，我的时间也不是大风刮来的，把我找来有什么问题就尽管问吧。"

接连被拒绝的林寒江只好举起那封举报信，问张小志："这封信是你写的？"

"不错，是我，行不改名，坐不改姓，千真万确是我张小志写的！"张小志有些挑衅地看着林寒江，"我直接向督察组举报，就是为了绕过你和齐江市，还有省厅的这些人。既然督察组转交了回来，咱们也没必要打马虎眼儿了，直截了当点儿吧。"

林寒江有些奇怪，说："你既然发现了垃圾搬迁的问题，为什么不直接向我举报呢？我记得凤山金矿的事，你也曾直接给我打过电话啊？"

张小志冷笑道："此一时彼一时，那时候你刚到齐江市，我对你寄予厚望，而且你和凤山县的人也没有利益联系，所以我才会向你举报。但是现在不同了，我了解过市里的会议纪要，也问过建设公司的人员，你是长兴垃圾场整治工程的牵头领导，所有的计划和措施都是你批准的，所有的行动也是得到你允许的，你让我还怎么相信你？"

林寒江有些吃惊，一字一顿地问张小志："你是说'垃圾搬迁'的做法也是我批准的？"

"不止一个施工工人和运输司机向我证实的，你还想抵赖？"张小志的圆脸闪过一丝愤怒和无惧，"我既然是实名举报，就已经做好和你这种道貌岸然的人死磕到底的准备，你有什么招数尽管使出来吧，我不怕你！"他从包里掏出几张打印的照片，拍在林寒江的面前，说，"这是我拍的鱼塘的照片，至少有九个村子的鱼塘堆满了臭气熏天的污泥，都是从长兴垃圾场拉出来的。我这里还有村民和运输司机的证词，你能抵赖得了吗？你在凤山县尾矿的时候是一个英雄，但是今天，我不知道你是什么样的人！你这么快就腐化变质了？就和那些垃圾、污水一样！"

　　林寒江低下头一张一张地仔细查看那些照片，那些鱼塘里堆满了黑乎乎的污泥，虽然是照片，似乎也难以掩盖污泥散发出的臭气，让他本能地想要掩住口鼻。最后他从照片里抬起头，问张小志："我如果说这些事情我完全不知情，你相信吗？"

　　张小志的圆脸上布满了冷笑，说："我当了这些年警察，抓过很多罪犯，在我给他们戴上手铐的时候，他们没有一个会承认自己犯了罪。"

　　林寒江一时无法自证，他有些气恼地看着张小志那张圆脸。张小志也毫不示弱地瞪着他，仿佛看见了他戴上手铐的样子……两人就这样对视了几秒钟。张小志惋惜地说："林副市长，你曾经是我心目中的英雄，我和很多人一样，都曾经把你当成拯救齐江的希望，但是没想到你这么快就被拉下水，和那些人、那些污泥一样臭不可闻！"他越发惋惜地摇着头，既像是故意气林寒江，又像是自我感慨，"这世界上真的没有什么英雄，有的不过是一群被利益牵着鼻子的走狗！也许，你堕落得比他们更快。"

　　林寒江第一次被人如此恶毒地当面嘲讽，他拍案而起，想为自己辩解，但是手掌的震疼让他瞬间冷静了下来。他对张小志说："今天我不想和你争辩，但是我很快就会把真相交给你，那时候你再评判我是英雄还是走狗吧！你可以回去了，麻烦你把这些照片交给局里。"

　　张小志噙着冷笑转身而去，关门的瞬间又对林寒江说："林副市长，至于你是黑是白，我们就看最后的结果吧。如果你真的是幕后主使，我会用我这身警服来赌你的前程，我们走着瞧！"

　　看着张小志消失的背影，林寒江面无表情。

　　"我们走着瞧……"林寒江反复念叨着张小志扔下的这句话，他在张小志的眼神里读到了深重的憎恶。他颓然地倒在椅子上，看着天花板发呆。

　　脸色铁青的郝仁敬进来时，被林寒江憔悴的神态吓了一跳，还以为林寒江身体出了毛病。

　　"事情其实很简单，没有想象中的复杂。我们生态环境局确实负有不可推卸的责任，事情就发生在眼皮底下，我们却被蒙在鼓里。"哭丧着脸的郝仁敬向林寒江汇报，他回到局里把那个现场监督的副科长喊来，刚提起一个开头，那个副科长就冒汗了，当场承认了自己的错误，还恳求他帮忙向领导和纪委解释求情，争取从轻发落。

　　原来，在林寒江的组织协调下，原来王武时期因为贪腐问题而烂尾的长兴垃圾处理厂再次启动，由齐江市国资公司负责建设任务，国资公司委托下属子公司齐江市城乡环境建设公司承担现场施工任务。垃圾处理厂的建设工程没有问题，但是在如何处理垃圾渗滤液污染的泥土时，城乡环境建设公司犯难了。经过测算，被污染的土壤有75万多立方米，体量很大。按照林寒江和生态环境局制订的整治方案要求，这些污染土壤三分之一要进行卫生填埋，三分之二要进行土地利用。卫生填埋的处置方法简单、易行、成本低，污泥不需要高度脱水，但是污泥填埋也存在一些问题，会造成填埋渗滤液和气体的形成，填埋场选址或运行不当会污染地下水环境，填埋场产生的气体主要是甲烷，如果不采取适当措施会引起爆炸和燃烧。土地利用的处置方法目前是国内主流处置方法，污泥土地直接利用因投资少、能耗低、运行费用低、有机部分可转化成土壤改良剂成分等优点，被认为是最有发展潜力的一种处置方式。如果按照原来的施工方案，利用卫生填埋和土地利用的方式处置污泥，国资公司至少要投入3000多万的经费，国资公司经过测算，准备在这方面减少投入，他们和城乡环境建设公司上下串联，只将一部分污染泥土进行卫生填埋和土地利用，做好了虚张声势的表面文章，暗地里将大部分污染泥土偷偷倾倒进周边农村里的荒废鱼塘和水沟里，省下了大约1700万经费。这笔钱被用作国资公司和城乡环境建设公司的资金周转，可能还有一部分被用来发放补助。

生态环境局派驻现场监督的副科长，被施工单位几顿昏天黑地的大酒、一部最新款的华为手机、一份国资公司班子成员标准的施工补贴给收买了，选择了对施工单位的偷梁换柱行为睁一只眼闭一只眼。刚开始时，这个副科长还能坚持原则，对他们的行为表示反对，但是架不住施工单位的威逼利诱，他们说只要把垃圾处理厂按照工期建设好，正常运转，市里领导肯定高兴，谁会在意原来的污泥埋在哪里呢？就算是国家环保督察组回来复查，一年的时间那些污泥早就埋在荒草底下了，谁会挖开土层去查看？

林寒江听完，再次怒不可遏地拍案而起。伴随着一声巨响，他感觉手掌骨钝钝一痛。他问郝仁敬："这就是全部真相？还有没有别的事情隐瞒我们？"

郝仁敬坚定地摇摇头，说："那个副科长痛哭流涕，争取戴罪立功，我想他不会撒谎。"

林寒江对着窗外长呼一口浊气，似乎想吐出胸中的愤怒，他说："既然这样，赶紧报纪委吧，请纪委监委介入调查。如果需要公安部门介入，就点名请举报人张小志作为特邀人员参与调查，我们让举报人来为我们证明清白。"顿了一顿，林寒江握住自己发痛的手，说，"我们都有责任啊，失职了，丧失了对部下教育和监督的警惕性，以为自己没事，下面就不会出事。却不知，在臭气熏天的地方待久了，铁钉子会生锈，人也会变烂的……"

郝仁敬几乎要哭出来了，说："纪委和公安介入，只怕又要倒下一批干部了，我们又会得罪一大批人。"

林寒江的目光还停留在窗外，声音有些无奈，说："得罪人是轻的，在这件事上我和你都有渎职之责，难辞其咎，恐怕也要背上处分……"

林寒江愤怒之下拍在桌子上那一掌，当时他并没有在意，事后却感到手掌剧痛难忍，去医院拍片之后才发觉竟然是掌骨骨裂。医生给林寒江做了处置，说要足足打半个月的石膏，还建议林寒江控制情绪，不要轻易发火，肝火太旺对身体也有伤害。

手掌的受伤让林寒江更加焦躁，晚上写作时都无法利用电脑打字，连看书都不方便，他索性到学校操场跑步。

晚上九点多的操场只剩下一些校园情侣在散步，林寒江慢跑起来，因为不敢牵动受伤的右手，所以跑步姿势有些怪异。

林寒江特别欣赏村上春树"跑步可以驱魔"的说法，他也觉得跑步可以帮助他抖落身上的黑暗，汗水可以帮助他冲刷心中的抑郁。林寒江机械地挪动着脚步，小雪的面庞、烦心的工作，甚至还有养老院里王武老母亲的样子，都像幻灯片一样在他眼前浮现，尤其想到小雪去世的那天早晨他俩还在这片操场上散步，那是两人最后一次携手漫步。林寒江突然感觉身体像被抽空了一样，他一阵痉挛，痛苦地弯下腰，拄着膝盖吐起来，吐的都是苦水。

一阵香风袭来，一只手轻轻拍着林寒江的背。林寒江惊诧地抬起头，透过泪水模糊的眼，他看见束着马尾的罗真子吃惊的面容。她关切地问："林老师，你怎么了？"

林寒江从悲伤中挣脱出来，单手抹了一把脸上的泪痕，不自然地笑笑："没什么，跑岔气了，胃有点不舒服。"

"你的手受伤了？"罗真子指着林寒江手上的石膏问。

"没事，不小心撞伤的，养几天就好了。"林寒江强打精神回答道，心里却暗暗自责，不知道从什么时候开始自己说假话竟然说得这么自然了，连眼睛都不眨一下。或许撒谎是人的本性，大多数时间里，我们甚至都不能对自己诚实。

"林老师,你身体不舒服的话,我送你回宿舍吧?"罗真子看出林寒江的状态不正常,好意想送他回去。林寒江摇头拒绝了,独自向前面的黑暗处走去,他不想让人看见眼角还在溢出的泪水。

"林老师,你要注意身体,别太劳累了。"罗真子关切的声音远远传来。林寒江没有回话,却暗自苦笑,"林老师"是他喜欢的称谓,比"林副市长"的官称更让他感觉舒服。来到齐江市以后绝大多数的人都喊他副市长,其实他每次听到都有种不自在的感觉。而这个女学生喊他"林老师",可能是出于习惯,也可能是揣摩透了他的心理。

走远了的林寒江不由得偷偷回头去看罗真子,那个一身白衣的马尾辫一跳一跳地跑远了,跑的还是反方向。"真是一个特立独行的女孩!"林寒江感叹道。

19
处分名单

刚回到宿舍的罗真子接到一条微信,她手里的手机立刻就变得像是一块灼热的火炭,几乎掉到地上。手机屏幕上只有两个字:下楼!

罗真子惊恐地望向窗外,仿佛外面蹲着吃人的猛兽,她犹豫再三,还是战战兢兢走下楼来。宿舍门前的树荫黑影里,一个黑色西装的男人站在树下,一双阴冷的眼睛在黑暗里闪闪发亮。罗真子双手紧紧抱在胸前,像受惊的小鹿一样小心翼翼地走到黑衣人面前,不敢抬头看对方的眼睛。半天,她才鼓起勇气说了一句话:"成哥,您来了?"

那个叫"成哥"的黑衣人阴冷的眼神变得有些淫邪,双手护住前胸的罗真子在他眼里仿佛已经是一丝不挂。他的眼光在罗真子身上游走,罗真子恐惧地缩成一团，如果不是在宿舍楼前面，还有三三两两的学生路过，她恐怕就要跪在地上了。

成哥的声音带着戏谑："老板交给你的事办得怎么样了？今天老板特意让我过来问一下。"一道光闪过，这个成哥竟然是朱光明身边那个叫阿成的经理。

罗真子一阵哆嗦，舌头都有些打架："麻烦成哥告诉、告诉老板，我正在努力，那个人戒备心很重，我会有办法的，会有办法的……"

罗真子是学校里的校花，主持各种活动都是口齿伶俐侃侃而谈，在这个成哥面前，却口齿哆嗦，可见心里对这个人多么恐惧。

成哥伸出手抚摸着罗真子的长发，罗真子惊恐地躲避着，那只手顺势打了她一耳光。罗真子低叫一声，捂着脸"呜呜"哭了起来，不敢再躲避，任由那只手任意妄为。

成哥的话里满含威胁："老板说了，如果这件事你给办好了，你欠他的钱连本带息立刻一笔勾销，还可以送你出国留学。如果办砸了，就让我划了你这张如花似玉的脸……"成哥的手指轻轻掠过罗真子的脸颊，罗真子脸上立刻感到一阵恐惧的寒意，她捂着脸不敢躲也不敢叫，只是泪如泉涌。成哥阴冷地笑着，把罗真子的长发缠在自己的手指上，用力一拉，罗真子痛呼一声只能身不由己靠近他，成哥借势把她拥在怀里亲吻起来，罗真子拼命挣扎却不敢喊叫。

校园里响起了熄灯的铃声，成哥像一条蛇一样滑进黑暗里消失了，罗真子捂着脸跑回宿舍。

早晨，林寒江办公室。

林寒江还是像往常一样早早就来到办公室，他正在整理文件材料，突然传来一阵敲门声，推门进来的竟然是刘耕野，这着实让林寒江吃了一惊。刘耕野一直认为林寒江空降齐江市的目标是常务副市长，想方设法要把他撵走，所以在工作上给了林寒江很多掣肘。而林寒江也是眼里揉不得沙子，对刘耕野的刁难从来都是寸土不让，两人面和心不和的传闻，估计整个齐江市都知道。

刘耕野破天荒地大早晨主动拜访林寒江，确实让林寒江没有心理准备。刘耕野一脸关切向林寒江表示慰问，说那天他是参加省里一个重要会议去了，否则一定会出席小雪的葬礼。林寒江表示感谢，心里却知道这刘耕野是醉翁之意不在酒，一定是有重要的事情来找他。

寒暄了几句，刘耕野拿出一沓生态环境局的请款报告递给林寒江，满脸歉意地说："寒江，实在对不起你啊，这些请示在我这里拖延了不少时间。前阵子市里经费紧张，大家绩效都暂缓发放，现在终于缓过一口气来，我赶紧把这些请示都批了。我也告诉财政局长赶紧拨付款项，别耽误了你们的工作。生态环境工作别的忙我帮不上，资金方面我一定要做好保障！"

林寒江有些发蒙，郝仁敬已经找了他好几次，因为资金拨付不到位，很多生态环境整治工程都悬在半空，施工单位天天像黄世仁一样堵在郝仁敬的门口。林寒江知道是刘耕野在故意卡脖子，正准备向李子平甚至廖宇正汇报，如果不是因为家里出事，这件事情恐怕已经端到两位主要领导的桌面上。难道是刘耕野知道自己理亏，赶紧批钱向他卖个人情？但这也不是刘耕野的作风啊，按照他的行事风格，就算是廖宇正和李子平发话，他拨钱也要打几个折扣的。林寒江想不明白刘耕野的态度为什么突然一百八十度大转弯，他表面上客气敷衍着，心里却在等刘耕野亮牌。

果然，客套了一番后刘耕野终于步入正题。他神秘兮兮地问林寒江："寒江，听说纪委介入调查长兴垃圾处理厂的事了，不知道真假？"

林寒江心中一凛，果然是项庄舞剑意在沛公，原来刘耕野是奔这个目的而来的。林寒江故意含糊其词,说:"是啊,我听局里的人说了,垃圾场的施工单位和一些部门沆瀣一气,把污泥倒进农村的鱼塘,冒领工程款挪作他用,纪委已经开始调查取证了。"

刘耕野面色有些凝重,拍了一下椅子扶手,气愤地说:"这群人真不知道好歹,还敢顶风作案,拿我们的环保工作当儿戏,拿我们的纪律红线当儿戏,是该好好收拾收拾他们了!"

林寒江端起茶杯喝水,用眼角余光暗暗打量刘耕野的表情。刘耕野瘦削的脸庞黑里泛灰,典型的亚健康脸色,他严肃的时候如同在脸上挂了一个铁面罩,让人看不出喜怒哀乐,不严肃的时候比严肃时还难看。林寒江不知道刘耕野葫芦里到底卖的什么药,故意又扔出一个炸弹,说:"生态环境局也难辞其咎,派驻的监督人员被人拉下水,丧失原则帮着施工单位作假,现在已经被纪委找去问话了。"

刘耕野的眉毛略微挑了一下,林寒江的话果然触动了他关心的事,但是他的话依然滴水不漏,说:"多好的制度和流程,都架不住被人从内部攻破,我们很多干部倒下都是因为祸起于萧墙之内,一块臭肉弄坏了一锅汤啊。"

林寒江低头啜饮茶水,没有接话。

刘耕野点燃一根烟,又关切地问:"这事一旦揭露开来,估计又要有一批干部被处理了吧?现在正是国家严查生态问题的时候,他们这是顶风作案啊,肯定要严肃处理的。"

林寒江点点头,故意装出一脸苦笑,说:"习总书记前阵子刚批示了秦岭和祁连山的生态环境问题,又针对黄河、长江流域的生态保护发表了重要讲话,我们系统从上到下都在组织学习呢。这时候犯案,不但那些涉案人员要被严肃处理,恐怕连我们这些生态环境部门的负责同志,包括我在内,也要吃不了兜着走。"

刘耕野吃了一惊,烟灰掉在手背上,烫得他一哆嗦。他盯着林寒江说："寒江，你不会把自己也写进那份处理名单里了吧？你难道想把自己都炸了？"

林寒江越发苦笑，说："处分名单里有谁，不是我能做主的，这是纪委监委的职责。我能做的就是把事情的真相查出来，最后定性定责的事不是我能左右的。"

"寒江，你可不要意气用事。你还年轻，四十多岁的副厅级，前途无量的年轻干部，可不能因为这件事把自己前程给毁了。"刘耕野关切地劝说林寒江，说得情真意切。

林寒江已经大致揣摩出刘耕野的来意，他很可能是为某个涉案人员来打听情况和求情来的，至于前面的嘘寒问暖和签批请款报告，不过都是他主动示好的表示。看来这个涉案人员肯定和刘耕野关系匪浅，否则也不能让这个桀骜不驯的常务副市长向他的对手低头。

林寒江在脸上挤出一副痛苦的表情，说："没有办法啊，遇见这种事情了，我又负有领导责任，上级怎么处分我都得接着。你老兄是排名靠前的市委常委，市委常委会研究这事的时候，你可要替我多美言几句啊。"林寒江故意顺水推舟，试探刘耕野的真实来意。

刘耕野绕了半天终于听到自己想听的话，连连点头，说："寒江，你尽管放心，常委会上我会客观公正地阐述事实，对不知悔改的人一定要依法依规从重从严处理，对知错就改、工作中吃苦耐劳的同志也要本着治病救人、惩前毖后的原则，酌情考虑。这件事情如果能大事化小小事化了，对一些同志是好事，对我们齐江市的形象也是好事嘛，是不是？哈哈！"刘耕野难得一见地大笑起来，黑灰的脸上冒出一丝兴奋的红光。

两人又唠了一会儿闲话，气氛极为融洽，似乎已经冰释前嫌。快到上班时间刘耕野起身告辞，临走时他有意无意地说了一句："国资公司那个老胡，工作很勤奋，只是有时候脑子迷糊。这次犯了点错误，寒江你尽管批他骂他都行,但是要给他一次改过的机会,救人一命胜造七级浮屠嘛!哈哈。"

林寒江顿时明白了,这个国资公司胡经理才是刘耕野今天来访的主题,醉翁之意不在酒,而在国资公司胡经理。

刘耕野看着林寒江大笑,林寒江也看着刘耕野大笑,两人心照不宣。

对面办公室里的几个年轻人听到两位副市长的笑声,都以为势同水火的两个人已经化干戈为玉帛了。

林寒江和郝仁敬、周成功三个人驱车在齐江郊区的农村里转了一整天,按照那个副科长的交代,一共察看了凤山等三个县市的农村,先后发现了12个倾倒污泥的废弃鱼塘和水泡,比张小志举报的还多出三个来。周成功每到一个倾倒点位都拍照取证,详细记录在案。林寒江站在一个臭气熏天、蚊蝇横飞的鱼塘边上,看着满满一片鱼塘的污泥,皱紧了眉头。这一带地势低洼,水网纵横,把垃圾场的污泥倒在这里,很容易污染附近的水田和地下水系。等纪委和公安部门取证以后,要赶紧让城乡环境建设公司运到指定地点填埋和处置。

林寒江愤愤地说:"让他们加班加点二十四小时连轴转地给我干,车不停人不歇,累死了活该!"

旁边的郝仁敬立刻掏出电话,安排人员落实。

林寒江叹息一声,说:"原来他们偷工减料省下了1700多万的费用,现在要想彻底清理干净,估计费用翻倍都打不住。"

周成功用执法记录仪拍摄这一片鱼塘,他问林寒江:"林副市长,我就纳闷了,这些人是怎么想的?把污泥偷偷倒在这里,十米之外就是水田,一里地之外就是村庄,这些人是愚蠢迷糊还是胆大妄为?"

林寒江控制不住怒火,怒道:"这些人既不迷糊也不愚蠢,是侥幸、漠视、贪婪。他们比我们还聪明，因为他们很轻易就从我们的规则和制度中发现缝隙漏洞，还能利用这种缝隙漏洞去大发横财。主导这次事件的人如果就住在鱼塘边上，他们肯定不会这么拍板的，他们只想赚钱发财，别人是否遭殃与己无关。"

郝仁敬有些顾虑，担心这次的事情牵扯到国资公司和下属公司的领导班子，都是齐江市的老臣了，他建议给纪委上报情况时要慎重些。

林寒江沉默了一会儿，捡起一块石头，用左手费力地扔进污泥堆里，惊飞一团蚊蝇。他实话告诉二人，刘耕野曾经对他晓以利害、劝之以情，他当时确实有一点心动甚至心软，他明白息事宁人的好处，也不想得罪人。"但是今天我站在这个鱼塘边上，看着臭水横流、臭虫乱飞，我的心不得不硬起来。今天如果我们后退一步，明天这些污泥就会从鱼塘里泛滥而出，蔓延到对面的河流、田地甚至城市。你们说，我们能够后退吗？"

郝仁敬还是有些犹豫，建议这个烫手的山芋由纪委处理，对纪委的处理结果别人也不敢有反对意见，避免把矛盾集中到生态环境局身上。

林寒江问郝仁敬，是不是有人找到他，求他手下留情。郝仁敬被说破心事，满脸惶恐不敢应答。

林寒江给郝仁敬一个建议："处理干部是纪委的职责，把这件事情的来龙去脉说清楚、把责任理清楚，却是我们生态环境局不可推卸的责任。你如果觉得这个责任名单不好列，怕得罪人，那么我给你一个建议，就从我开始，从负有领导责任的林寒江开始，无论什么人，做了错事就应该受到惩罚！"

郝仁敬额头上的汗都冒了出来，连声说："林副市长，这可不行！我们都知道你和这事没有关系。真要处理人，也应该是处理我，你不能主动跳进这个火坑里！"

林寒江苦笑道："我们现在是一条绳上的蚂蚱，谁也跑不了。现在涉案的人员估计都盯着我呢，我要是毫发不伤，他们肯定也是避重就轻。我只有对自己不客气，那些贪婪、漠视、侥幸的家伙才能得到应有的惩治！"

平时像闷葫芦一样的周成功也表示反对，不同意林寒江舍身制敌的做法。他说："林副市长，你这是意气用事，你的个人英雄主义会坏了大局。"

林寒江一愣，周成功平时很少说话，但是说出的话往往都在要害上，所以平日里他对周成功很是尊重。他问周成功："什么大局？"

周成功说："整个齐江市治污工作的大局。现在齐江的生态环境工作刚刚起步，你是我们大家的主帅、主心骨，如果你背上处分，很可能就会招来对手的攻击，事情很可能会恶化。如果你不在了，我们前期的努力很可能就要付诸东流了。"

林寒江哈哈一笑："老周，你把我看得太重了，我个人的去留有那么重要吗？难道我不在了，齐江市的生态环境工作就要停滞了？"

周成功很严肃地说："如果有人借机让你离开这个岗位呢？如果接替你的人是第二个王武呢？那样的话，齐江市就真的掉进万劫不复的烂泥坑了。"

林寒江被周成功的担忧逗乐了，说："老周，你这是不信任组织啊。你想想，经过王武那件事以后，组织上还会选一个和他一样的人吗？"

周成功果断地反驳道："组织也不全是火眼金睛，那么多老虎、苍蝇不也都是组织选出来的？真正品评一个人的优劣还要从事情上看，从逆境里看，从担当上看。林副市长，你来齐江之初，我们也并不看好你，认为你不过是一个白面书生，没有什么经验。但是经过这几次的事情，大家都很服你，愿意跟着你干，所以你就是我们的主帅、主心骨。"

林寒江摆摆手制止两人的劝说："这件事就不要再争论了，我们做好自己的事，组织自会有决定。我想提醒你们二位的是，领导齐江市防污治污的主帅和主心骨不是我，是良知和使命！只要良知不灭，你便是光明。我们老讲'刀刃向内'，真正到了砍自己一刀的时候，就畏惧了？"

纪委审讯室。

国资公司总经理胡海洋是一个五十多岁的秃头男子，纪委办案人员在询问他情况的时候，他的脑门上汗水淋漓，一直用手抹来抹去，最后干脆连衣袖都用上了。当问到他为什么冒领工程款时，他立刻连呼冤枉："冒领？不能叫冒领，只能是挪用，没有办法啊，都是被副市长林寒江逼的。"

办案人员眼睛一亮："你是说是林寒江让你这么做的？"

胡海洋立刻又冒汗了："那倒不是，原来的夜市一条街管理费的30%是要上交国资公司的，我们好几十号人养家糊口都靠这笔钱。林寒江把夜市迁址以后，让商会重新成立了运营公司，我们人吃马喂就没有了来源，所以只好自谋活路，总不能眼睁睁饿死吧……"

"所以你们就想出了往鱼塘里倾倒污泥、冒领工程款的主意？"

胡海洋汗出如浆，依然叫屈："我们也是被逼无奈啊，他林寒江不管这些人的死活，我不能不管啊。"

齐江市纪委在生态环境局的配合下，仅一周时间就拿出了处理意见，上报到市委常委会。处理意见的第一条写着：分管生态环境、城市建设等工作的副市长林寒江，对分管的工作贯彻执行上级部署的任务、法律法规及相关文件要求不扎实、不到位，工作中存在失察，建议给予诫勉谈话。市生态环境局局长郝仁敬对生态环境整治工作没有及时跟进督促整改，监督不力，责任履行不到位，建议给予行政记过处分。国资公司总经理胡海洋等六名干部弄虚作假，违规倾倒污泥造成新的污染，冒领工程款用于发放补贴，建议另案处理并移送司法机关。

常委们看着纪委递交上来的处理意见，一片惊诧，尤其是刘耕野，恨得牙都咬得咯咯作响，好你个林寒江，你说别人弄虚作假，你和我才是玩虚的、玩狠的，一顿虚头巴脑最后还是狠狠捅了胡海洋一刀！

胡海洋以前一直是刘耕野的副手，两人在齐江官场上同气连枝，遥相呼应，胡海洋可以说是刘耕野最为倚重的心腹爱将。他万万没想到自己的臂膀会猛地被林寒江砍掉一边。

李子平看到这个名单也是心中暗暗一凛，没想到这个白面书生竟然是一个狠角色，把自己当作炸药包，宁可自己背处分也要把对手拉下马！

廖宇正虽然事前已经听了纪委的汇报，但还是有些佩服林寒江的勇气与决绝，没想到这只小螃蟹如此勇悍，并不在意自己的名誉，自断一螯也要打倒敌人。

这起雷厉风行的污染案子，在齐江市引起了巨大反响。举报人张小志成为齐江市的名人。与其他举报人"深藏功与名"的做法相反，张小志很高调地接受齐江各大媒体采访，几篇报道文章问世，原来默默无闻的警界小人物张小志已经被打造成不畏权贵、勇揭生态黑幕的城市英雄。因受到生态环境局邀请，张小志参与并目睹了整个调查过程，私下和周成功聊天的时候，他说林寒江虽然不是这件事的幕后主使人，但是他依然怀疑林寒江已经被拉下水，这次的处理只是让别人出来背锅。

周成功后来和林寒江聊起此人，宽慰林寒江，说这是当警察的职业病，看谁都像犯罪嫌疑人。林寒江晃晃自己缠满绷带的右手，只能苦笑。

看着报纸上一身警服、精神抖擞地敬礼的张小志，林寒江陷入了沉思，他脑海里浮现出那个站在漫天尘土里向他敬礼的身影……两个敬礼的身影在他眼前来回交错重叠，让他有一种难以言说的异样感觉……

自国家环保督察组问责齐江市以来，齐江市已经连续刮起几次生态风暴，被问责追责的干部至少有60人。与此同时，生态环境局屡开罚单，在《齐江日报》上直接公示，在齐江的街头巷尾引起一阵热议：某污水处理厂氨氮浓度超标2.1倍，被罚款90万；金龙供暖公司多处锅炉排放大气污染物超标，累计罚款230万；某厂涂装车间烘干过程产生的有机气体无污染防治措施，被罚款25万；某运输公司在厂区内向卸油槽倾倒废机油，不能提供合法的转移联单，被处罚16.5万。

郝仁敬看着部下汇总上来的数据和处罚名单，自己都吓了一跳，他有点担忧地问周成功："这样做会不会犯众怒啊？"

周成功却不以为然，又递给他一张单子："这是第二批处罚的名单，你赶紧找林副市长汇报吧。"

拍手称快的老百姓纷纷热议齐江刮起了环保龙卷风，而引起这场风暴的就是那个"独钓寒江雪"。很多人提起林寒江都附带一句：林寒江真是一个狠人，对自己都能下狠手！

金龙供暖公司，朱光明的豪华办公室。

朱光明的老板台前笔直地站了一排穿黑西装的属下，个个都在低头看自己的脚尖，不敢看暴跳如雷的老板。就在刚刚，朱光明正把桌子上的文件、报纸甚至眼镜盒都砸在了手下阿成的脸上，阿成的额头已经开始淌血，但是他不敢叫也不敢躲，因为那样会更加激怒老板。朱光明怒气未消，一下抄起桌上的铜质烟灰缸，阿成吓得双手抱住脑袋，好在朱光明还没有丧失理智，他把烟灰缸向阿成身后的几个黑西装部下甩去，靠边的一个年轻人右脚承受了烟灰缸的重量，忍不住发出一声惨叫，双手捂脚蹲在地上，疼得汗都出来了。年轻人的惨叫救了阿成，朱光明终于不再扔东西砸人，开始喘着粗气骂人。愤怒之中的朱光明不再像胖胖的佛爷，而是一头狂飙脏话的猛兽："你们这群狗娘养的！狗屁狗尿狗杂碎！就这么让我的公司被罚了两百多万？你们吃我的、喝我的，连这点事都摆不平？还不如我养的哈巴狗！"

众人噤若寒蝉不敢吭声，阿成脑门上的鲜血已经流到了眼皮上，他也不敢伸手去擦，生怕又招来老板的一顿发泄。骂完部下，朱光明感觉还未解气，又冲着窗外跳脚骂道："林寒江，我×你八辈子祖宗！你敢罚老子的公司，老子就让你躺着离开齐江！"

肥胖的朱光明跳起来又落到地板上的声势很是惊人，但也耗费了他巨大的体能，不一会儿就累得直喘气了。

总算挨到这头猛兽折腾累了，阿成万分小心地凑过去，低声说："老板，您布的那个棋子是不是……？"

朱光明摸摸自己的大油脑袋，斜了一眼阿成脑门上的血迹，似乎那道触目惊心的血迹与他并无关系。他冲另外几个部下烦躁地挥挥手："都他妈给我滚外边去，罚站两小时！"几个身着黑西装的属下如蒙大赦，赶紧溜出去站墙根。

朱光明背着手在屋子里转圈，阿成亦步亦趋地跟在后边。朱光明既像自言自语又像在问阿成："齐江市的官，我想砸谁就砸谁。这个林寒江我就不信邪了，既不爱钱又不好色，他娘的还是个男人吗？"

"这个林寒江是和别人不一样，听说他为了斗倒刘耕野，自己主动申请了一个处分，目的就是让刘耕野等人不能为胡总求情。这胡总说倒就倒了，可惜我们在他身上花的那些钱了。"阿成惋惜道。

朱光明行贿林寒江被拒，公司被罚重金，收买的"内援"国资公司总经理胡海洋又被移送司法机关，如今他恨不得把林寒江生吞活剥了。

阿成担心胡海洋骨头软，提醒老板要做好防范，万一胡海洋在里面把金龙公司供出来，要有一个应对之策。

朱光明使劲拍拍自己的头皮，他对这点倒不担心，胡海洋虽然贪财，却是一个聪明人，把他朱光明供出来只能加重自己的罪行，胡海洋知道什么该说什么不该说。他现在唯一担心的还是那个林寒江，金龙公司被他盯上了，肯定还会再来找麻烦，必须想一个一劳永逸的办法。

朱光明又转了几圈，痛风的脚支撑不住他的重量，他气喘吁吁地歪倒在沙发上，向阿成钩钩手指，阿成立刻像虾米一样弯下腰，把耳朵送到朱光明的嘴边。朱光明低声嘱咐他几句，阿成不停地点头，最后眉开眼笑地领命而去。

阿成走后，朱光明半躺在沙发上，自己嘿嘿笑了起来，笑声里藏着几分淫邪的味道："林寒江，这么大一个便宜白白送给你了，老子还真有些舍不得……"

早晨，林寒江办公室。刘耕野带着一脸的怒气，直接就推门闯了进去，把正在埋头批阅文件的林寒江吓了一跳。

刘耕野大马金刀地坐在林寒江对面，直视林寒江的双眼。林寒江从惊诧中镇定下来，推了推眼镜，坦然接住他的目光。如果武侠小说里那种刀气剑意真的存在，这两人已经用目光打了无数个回合。

刘耕野终于绷不住，满含讥讽说："寒江老弟，虽然你我意见不合，但我一直以为你是一个表里如一、言出必践的君子，从来没想到你也会玩两面三刀、背后使绊子的阴招，真是知人知面不知心！"

林寒江当然明白刘耕野的意思，他淡然一笑，说："老兄何出此言？我所做的每一件事情都是合规合矩、堂堂正正摆在明面上的，哪里来的阴招？说到阴招，还请老兄多多赐教。"想到平日里屡屡被刘耕野掣肘，林寒江的话中也是绵里藏针。

刘耕野干脆挑明了："胡海洋与你无冤无仇，你为什么就不能放他一马？非要把他送进去才开心？"

林寒江沉声道："老兄如果能百忙之中抽空去看看那些堆满污泥的鱼塘，就会知道什么叫开心，什么叫痛心！若你亲眼看见那些鱼塘的惨状,肯定不会这样问我。"

刘耕野双手撑住桌子边沿,站了起来,瘦削的脸上皱纹挤成一团,说:"胡海洋上有年迈双亲,下有读书的女儿,妻子身患癌症已是将死之人,你把他送进去了,他整个家庭都毁了!说句实话,我刘耕野也是懂规矩讲原则的人,组织上通过了的处分,我虽然有想法,但是我并不想向你发难。我轻信了你的话,只能怪我老眼昏花,识人不淑。但是昨天晚上,胡海洋的妻子拖着重病之身来我家求我,哭了半宿,让我无言以对。林寒江,你太冷血了!"

林寒江与胡海洋并不熟悉,确实不知道他的家庭情况,心里虽然有些同情,但这绝不是他逃脱法律制裁的借口。林寒江也双手撑住桌子站了起来,与刘耕野对视:"在治污这件事上,我们讲的是法理,不是人情。要是人情能代替法治,胡海洋有父母妻女,王武也有瘫痪老母,那些喝着有毒河水、吃着污染大米的老百姓,哪一个没有父母妻儿?我们要按照法律规章办事,不能被人情左右,被人情左右的干部,不是共产党员,是水泊梁山!"

两人隔着桌子互相怒视着,像一对好斗的公鸡,却又各自克制着自己的语气和声音,不想让外边的人听见。

对峙良久,刘耕野冷笑道:"林寒江,你已经得罪了齐江整个官场,你不要以为你是带着尚方宝剑的钦差,那把剑有一天也会斩了你!"

林寒江不卑不亢,报以冷笑:"我如果真有尚方宝剑,就不会处处被人下绊子了,那些丧失了良知的人就不会这么嚣张!"

"林寒江,你好自为之吧!我倒要看看是你扫清了齐江的垃圾,还是最后被当成垃圾扫出齐江!我们走着瞧!"刘耕野摔门而出,木门在他身后发出一声巨大的碰击声。

走廊里同时探出好几个脑袋,惊奇地看着刘耕野离去的背影。他们想不明白,几天前这两位副市长还在一起相谈甚欢,现在又水火不容的，怎么跟过家家的小孩子一样？

看着那扇痛苦呻吟的木门，林寒江苦笑着坐倒在椅子上。他和刘耕野早晚都要爆发一战，原来不过是互相忍耐着，而胡海洋成为两人公开翻脸的导火索，加速了这场战争的到来，原来的面和心不和以后就是势同水火了。

与刘耕野大吵一架，虽然暂时宣泄了自己心中的怒气和压抑，但是冷静下来的林寒江开始反思自责，控制不好情绪一直都是他的短板，看来自己的修心功夫还是远远没有到家。

齐江大学教学楼。

田小小在给李云城打电话，电话那头提示对方已关机。她气得暗暗骂一句："这个傻木头，躲哪里去了？两天了，既不见人也不接电话。"

原来，两天前那个富二代又来缠着田小小献殷勤，恰巧被李云城看见了，李云城自卑情结发作，一气之下关了手机避而不见。李云城虽然平时内向木讷，但是倔脾气上来了也是非同小可。

田小小正在生闷气呢，罗真子不知何时出现了，凑到她身边神秘兮兮地问她："师姐，林老师最近还过来参加环保活动吗？"

田小小对这个校花素无好感，尤其看不惯她哗众取宠的做派，于是冷冰冰地说："对不起，这个问题你最好去问他本人吧。"

即便在同性面前，罗真子也会拿出小鸟依人的嗲态，她抱着书本柔声问道："师姐，那你们协会最近有没有公益活动啊？我想参加一下。"

"活动日程安排在学生会的墙上贴着，你自己去看吧。"不愿意与罗真子纠缠的田小小扔下这句话就转身走了，罗真子看着她的背影"哼"了一声，神情也满是不屑。与此同时，李云城正徘徊在青峰集团办公楼下。他抬头看着巍峨的青峰集团办公大楼，心中浮想联翩，那个与他有着千丝万缕关系的钱起，就是这个商业帝国的国王，是一个说一句话就可以改变他命运的人物。李云城自从知道自己身世的秘密后，已经暗中对钱起做了很多调查研究，他搜集了无数关于钱起的访谈、报道，对钱起的公司情况、家人情况，甚至连他的汽车型号和车牌都了如指掌。李云城从小在钢铁厂家属区就备受伙伴们奚落，说他是一个没有父亲的野种，他忍气吞声多年，因此养成了自卑内向的性格。他一直都梦想着自己有朝一日能出人头地，为自己和母亲争回这口气。如今，关于自己身世的秘密在李云城的心中点燃了一个全新的梦想，他的目标已经不是考取博士或者找一份好工作，而是有朝一日能飞黄腾达，飞上枝头。他没有把这个秘密告诉田小小，他在等待机遇，一个彻底改变他命运的机遇。那个想要夺人所爱的富二代算什么，我李云城才是真正的"富二代"！

一辆迈巴赫从李云城面前疾驰而过。那是钱起的车，车窗颜色很深，根本看不清里面的人，但是李云城的直觉告诉他，那个可以改变他命运的人就在车里面。他们离得最近的时候，距离不过几米，李云城站在汽车尾气里，望着远去的迈巴赫，兴奋之情溢于言表。他想，改变他命运的机会就在他身边游走，只需要他勇敢地出手攫取。

"我叫李云城，你会记住我的，我一定会出人头地的！"李云城冲着消失的迈巴赫使劲挥挥拳头。

迈巴赫车里，钱起的电话响起，又是那个阴冷的声音："我们的资金链出了点小问题，你的项目要加快推进了。"

钱起立刻点头，毕恭毕敬道："是，我明白！我会加快进程的。"

"相信你不会让我们失望的，呵呵！"阴冷的声音消失在空气中。

钱起挂了电话，攥拳砸了一下座椅，低声骂道："吸血鬼！"

坐在前面的秘书燕赵和司机都吃惊地回头看着老板，钱起的神色瞬间恢复正常，仿佛刚才失控的人并不是他。

20
血染江水

　　郝仁敬一脸忧戚地站在齐江岸边,看着滔滔江水,心中有些愤懑不平。他参加工作几十年,一向任劳任怨,从没有争权夺利的念头,遇见那些惹火烧身的事情都是小心避开,大家背地里叫他"好人精",他也不以为忤。原来生态环境局一、二把手与市领导和企业打得火热的时候,唯独他洁身自好,宁可被排挤成边缘人物,也不去趋炎附势。没想到一、二把手卷进腐败窝案,一起落马,他这个板凳最末的人竟然出来主持全局工作,有人说这是老天爷公平,不让老实人吃亏。其实他是不愿意出这个头的,他自忖还有几年就要回家抱孙子了,最大的愿望就是混个调研员平安退休,不想在仕途末期还要蹚浑水。上任后的郝仁敬兢兢业业,如履薄冰,每天都谨小慎微,没想到这回居然因为垃圾场的"污泥搬迁"事件被行政记过一次。工作了半辈子，连批评教育都没挨过，这次竟然被直接记过了。他不由得慨叹，一百件事情做好了九十九件也没用，一件做错了就功亏一篑！

因为这件事，郝仁敬这几天血压飙升，牙疼得半张脸都肿了。早晨上班时，老伴还劝他，"岁数不小了，赶紧退位让贤吧，再这么折腾下去，不知道还会有什么无妄之灾砸你脑门上！已经晚节不保了，别再弄个身败名裂。"郝仁敬没有心情和老伴争辩，捂着腮帮子急匆匆从家里出来，赶到齐江岸边。

上次水样检测出了问题以后，郝仁敬心里也窝着一股火，本来要重新组织专家团队进行检测，结果被"污泥搬迁"的事给冲了。林寒江催促了他几次，要抓紧时间重新检测。郝仁敬一边再次召集专家团队，一边带着环保检测站的人亲自采集水样。他是一个爱钻牛角尖的人，发誓要亲自挖出这里面的猫腻。

检测站的一个年轻人驾驶着一辆小型冲锋舟驶了过来，冲锋舟离开水面，停在郝仁敬和周成功前方。年轻人的驾驶技术并不熟练，涌上来的江水把郝仁敬的鞋都打湿了。年轻抱歉地笑笑，说："对不起了局长，这破玩意儿是我从别的单位借来的，还没开熟练。"郝仁敬并不在意地掸掸裤子上的水，和周成功跨上冲锋舟。

年轻人发起牢骚："局长，和林副市长说说，拨点钱，我们检测站也买一个这玩意儿。我们天天在江面上跑，没有这家伙真不行啊。"

郝仁敬"嗯"了一声，并没有搭腔，其实他心里知道，现在局里的经费已经一穷二白，欠了好多施工经费不说，连一些日常支出都已经左支右绌。这次组建第三方团队，好多支出都是郝仁敬和周成功自掏腰包垫付的，财务人员几次去市结算中心报销，都空手而归。郝仁敬今天早晨没有去局里而是直接赶到江边，就是为了躲开那几个催债的人。拿着自己的钱干着公家的事，还要被外面的人骂，当一个部门领导真的很难，郝仁敬一肚子的委屈就和眼前的滔滔江水一样，绵绵不绝却又无处诉说。

周成功知道郝仁敬的难处，这个时候和他提经费的事，简直就是在他的伤口上撒盐。他对年轻人说："少点牢骚吧，赶紧去化工产业园和钢铁厂那一片转转。"冲锋舟费力地喘息几声，冲开波浪向下游驶去。

省城一家抻面店，魏森点了一只鸡架和一碗面，吃了两口觉得索然无味，又向老板要了半斤白酒，一口鸡架一口酒，坐在角落的位置狼吞虎咽。正喝得晕乎乎，他突然觉得眼前一暗，一个人在他对面坐了下来。魏森睁大蒙眬的醉眼，发现对方就是那天在信访局门口遇见的墨镜女人，他赶紧抓过纸巾擦擦嘴，一脸谄媚地说："美女，上次您让我做的事情，我可是分毫不差地做了，您还满意吧？"

女人冷笑不语，环顾一下店里其他人，见并没有人注意他俩，才从怀里掏出一个信封，推到魏森面前，低声说："这是给你的报酬，还有下一步你要去做的事。把这封信寄到省纪委去。具体时间、步骤纸上写得明明白白，别弄错了！"

魏森伸手去接，见自己满手油腻，赶紧在衣服上揩了几下，才恭恭敬敬地接过信封。他从信封开口处仔细一瞅，至少是四五千块钱的厚度，里面还夹着另一个封口的信函。他眉开眼笑地说："我办事，您放心！有一丝一毫的差池，您把我这吃饭的家伙摘了！"

女人冷笑道："你吃饭的家伙不值钱，我没兴趣摘。值钱的是那个人，你若办砸了，便宜的是他！"

"我和姓林的……"魏森刚说一半，女人冷哼了一声，他立刻压低声音，"我和他不共戴天，这辈子我都和他耗上了，有他没我！"

看着魏森龇出来的黄牙，女人的笑容有些神秘莫测，不知道是厌恶还是鼓励。她说："你好好去做吧，我们做的事都是有理有据，犯法的事我们绝不会干。下周的此时，我还在这里等你的好消息。"

看着女人飘然而去的背影，魏森兴奋得两眼放光，既有报酬可拿，又能把他的心中死敌林寒江整垮搞臭，这个神秘女人简直就是他救苦救难的活菩萨。他把瓶中剩余的白酒一口干了，一股辛辣劲儿涌上来，让处处遭人白眼的他突然凭空生出一股豪气，似乎天地尽在自己掌握之中。

江面无风，冲锋舟像一尾大鱼游弋在浅水区，身后拖着长长的尾流，岸边的草花正在含苞欲放，很快就会开满坡岸。周成功叹口气说："再过几天，这坡岸上的花就会开得像一片十几里长的花毯子，要是能躺在这毯子上晒晒太阳，多舒服啊！"

"我们的任务是在这花毯子下边找到肮脏的排污口，还要检测它们排出的水质……"心情不太好的郝仁敬忍不住给周成功泼了点凉水，此刻在他的眼里没有鲜花，只有那些散发着臭气的排污口。

被领导吐槽的周成功只能讪笑一声自我解嘲，他知道郝仁敬最近正上火呢。他偷偷看了一眼郝仁敬，郝仁敬有些晕船，正脸色苍白地坐在船尾。

对面江边风驰电掣地驶过一艘快艇，上面坐着两个花里胡哨的年轻人，其中一个对着郝仁敬等人又是吹口哨又是做鬼脸。郝仁敬皱皱眉头，不想招惹这些小混混，吩咐周成功他们往化工产业园附近去。周成功对这一带的排污管道分布情况很是熟悉，指挥着冲锋舟向一个江湾驶去。岸边的水面漂浮着一些白色垃圾，有快餐盒也有塑料袋，郝仁敬吩咐周成功："明后天我们组织一个江面清污行动，把这些白色垃圾彻底清理一下。对了，你和林副市长上次说的净土环保科技公司不是有这方面设备嘛，让他们过来试试身手。"

"好咧！"周成功开心地答应一声，林寒江给净土公司融资成功以后，他们购置了几个水上智能机器人，专门清除江面垃圾，就等着找机会大显身手呢。

郝仁敬忍住胃中的翻涌，说："是骡子是马，遛完了才知道。不过说实话，他们的'人工浮岛'水体修复技术，我觉得很对路子，等齐江沿岸的排污口封死以后，赶紧让他们把人工浮岛建起来。"

一处排污管口附近漂着几条肚皮朝天的死鱼，郝仁敬指着死鱼："开到那里去看看，什么情况？"冲锋舟停在死鱼边上，郝仁敬蹲在船尾用手机拍照，吩咐周成功："老周，这处排污口做重点标记，好好查一查是谁家的。毒死了这么多鱼，作孽啊！"

话没说完，一阵波浪涌来，把冲锋舟打了一个趔趄，郝仁敬差点被晃下水去。原来是那艘快艇贴着冲锋舟快速驶过，差点把冲锋舟晃翻。

周成功大怒，冲着快艇大喊："怎么开船的？我们在工作，离我们远点玩去！"

两个小青年冲着周成功一阵狂笑，呜里哇啦骂了几句。周成功三人低头查看死鱼，没想到那艘快艇又掉转船头向冲锋舟冲来，不知道是操作失误还是有意为之，快艇的右舷直接撞在他们冲锋舟的尾部，小小的冲锋舟在硕大的快艇面前不堪一击，登时翻了过去，船上三个人全部落水。快艇又转了一圈，载着小青年的狂笑声呼啸而去。郝仁敬不识水性，在水里拼命挣扎，他刚刚浮出水面喘口气，只觉头顶一阵剧痛袭来，原来倾覆的冲锋舟桨叶正好打在他的头上。

周成功和那个年轻人大声喊叫着，拼命向郝仁敬游来。喷涌而出的鲜血糊住了郝仁敬的双眼，他看见漫天的血水海啸般涌来。

"江里的水怎么都是血色的啊……"郝仁敬还没有意识到血是从自己身上涌出来的，这是他说出的最后一句话，说完他就像一截木头一样直直地向水底沉了下去。

市政府会议室里，正在参加政府常务会的林寒江腾地站了起来，他握着电话疾步走出门外，在会议室门口情绪失控地大喊："有没有生命危险？现在什么情况？送往哪个医院了？"

林寒江的声音清晰地传进了会议室，他的突然失控，吸引了会议室所有人的目光，包括李子平和刘耕野，大家都疑惑不解地看着门口发疯了一样的林寒江。

情绪失控的林寒江回到室内，一把拽住李子平的衣袖，激动地问："李市长，齐江市还有没有共产党？还是不是我们共产党人在执政？"

李子平满脸错愕，不知道发生了什么事情，只能强作镇静地说："寒江同志，你冷静点儿，到底是怎么了？"

其他人以为林寒江和李子平发生了争执，纷纷过来劝阻。

林寒江又冲着副市长兼公安局局长赵驰喊："赵局长，大白天的我们的工作人员被歹徒行凶袭击，你们的干警还在拖延磨蹭，非要说是意外事故！"

其他人隐隐约约有点明白了，看来是生态环境局的人执行公务时被人打伤了，所以分管生态环境的副市长林寒江情绪有些失控。在大家的劝说下，林寒江稍稍冷静下来，坐回了原位。

刘耕野从眼镜上面看了林寒江一眼，轻嗤一声："不成熟！我们齐江市每年执行公务时因工受伤的人至少二三十个，没见过哪个领导像你这么冲动的。"

林寒江的怒火再度燃起，他把手中的本子和笔往桌子上一扔，说："这次受伤的是生态环境局局长郝仁敬，他现在正在医院抢救，生命垂危！"

其他领导听到情况这么严重，都被吓了一跳。

林寒江对李子平说："李市长，对不起了，我得马上赶去医院！这会我不开了！"说完他霍然起身，急匆匆夺门而去。

会议室里的其他领导看着被狠狠摔上的房门，神情各异。第一次被人在政府常务会上摔门而去的李子平有些尴尬，自我解嘲地说："这个林寒江啊，一个白面书生，脾气却赛过黑旋风……"

刘耕野冷笑一声，说："黑旋风是个直心肠，我们的林寒江同志可比李逵厉害多了，能狠得下心，也能收买人心。"

公安局局长赵驰现场打电话询问案件过程，放下手机，他说："我问过现场出警的民警了，应该是一次意外事故，双方驾船技术都不过关，不小心撞上了。我已经让他们赶紧取证处理了。我们的林副市长也太激动了，一张嘴就问'齐江市还有没有共产党'，就好像齐江市现在是土匪窝一样！"赵驰的话里明显对林寒江有些不满。

听赵驰这么一说，李子平的尴尬缓解了不少，说："泰山崩于前而色不变，寒江同志还是年轻啊，沉不住气。他赶去医院也是对的，至少是代表我们市政府班子去看望受伤的郝局长。"他转头向赵驰："赵局长，郝仁敬同志虽然还是主持工作，毕竟是我们的领导干部在执行公务的过程中受伤了，对肇事者要依法依规严惩不贷！来，同志们，我们继续开会……"

赵驰含糊地答应一声，和旁边的自然资源局长低声嘀咕道："既要依法依规，又要严惩不贷，自相矛盾等于没说一样。"

自然资源局长也低声道："李市长从来都是这样，说话都是两头堵，他的真实意图我们只能去猜了。"两个人窃窃而笑。

齐江医院手术室外。

林寒江双手环抱在胸前，靠在墙壁上，焦急地看着手术室的门。

周成功过来劝他："林副市长，你都站了两个小时了，找个地方坐一会儿吧。"

林寒江神情沮丧，摇摇头道："老郝的爱人和亲属都在那边坐着呢，我没脸见他的家人，不知道怎么说才好，还是在这里站一会儿吧。"

周成功浑身湿漉漉，还没来得及换衣服，也陪着林寒江站在那里等。他把江上发生的事情详细地向林寒江讲述了一遍，最后说："林副市长，我感觉那两个小混混不是恶作剧，而是故意要撞翻我们的冲锋舟！"

林寒江眼神里闪过一丝精光，严肃地问周成功："你确定？"

周成功使劲点一下头，道："我确定！千真万确，他们就是要故意撞沉我们的。"

林寒江立刻掏出电话打给赵驰："赵局长，请您重视这个案子，我有充分的理由相信这不是一起简单的意外事故，很可能是蓄意为之！"

赵驰在电话那端故意装糊涂："老弟啊，你别着急，我们正在调查取证，江面上没有监控，又没有目击证人，很难取证的……"

林寒江焦急起来："赵局长，不能再延误了，如果这两个人逃跑了呢？那就更没有证据了！"

林寒江的话有些惹恼了赵驰，他毫不客气地撑了回来："对不起，寒江同志，你是副市长，我也是副市长兼公安局局长，你似乎无权指挥我办案，我不能凭你一句话就随便抓人！"

林寒江挂掉电话，面色苍白，紧闭双眼把头靠在墙上。

周成功在旁边把两人的对话听得清清楚楚，他很理解林寒江现在的心情，一个孤立无援、四面楚歌的人承受的压力该有多大。

闭目沉思良久，林寒江又拿出手机，一边打电话一边向外面走去："金波，我是林寒江，我有一件急事求你，请你务必帮忙……要是再这么拖延，这两个混混可能就要跑了……"

手术室的红灯亮起，一个医生走了出来，郝仁敬的爱人和亲属们一窝蜂地拥了上去，林寒江和周成功知趣地闪在一边。医生摘下口罩，说："伤者的生命暂时保住了，但是目前还处于危险阶段，我们已经尽了最大的努力。至于他能不能清醒过来，还要看他的恢复情况……"

郝仁敬的爱人是一个五十多岁的家庭妇女，看着比郝仁敬还要老，她有些不敢相信，磕磕巴巴地问医生："你是说，老郝他、他再也醒不过来了？"

医生苦笑着没有说话。医生的沉默证实了一个沉痛的事实，郝仁敬虽然暂时保住了性命，却变成了一个"植物人"。

郝仁敬爱人的脸上皱纹里浸满了泪水，她伸手抓住林寒江的衣服，撕心裂肺地问："领导啊，我们家老郝早晨出门还是好好的，怎么就变成了这样？你们市政府就是让人这样干活的？"她使劲摇晃着林寒江，林寒江一脸愧疚地站在那里，一句话也说不出来。

周成功和两个亲属过来劝阻郝仁敬的爱人，她抓着林寒江的衬衫袖子死死不放，"嗤"的一声，林寒江的半截袖子被她扯了下来。她歇斯底里地大哭："老郝只剩三年就退休了，只剩三年，他现在醒不过来了，你让我怎么活啊！……"

林寒江张口结舌："老嫂子，我……"

周成功过来劝说她："老嫂子，现在医学这么发达，没准儿郝局长过几天就醒了。"

郝仁敬的爱人攥着林寒江的半截衣袖，因为悲痛过度，突然就晕了过去，众人一阵手忙脚乱，赶紧喊来医生抢救。

林寒江在课堂上舌灿莲花，在会场上口若悬河，但是面对此情此景，他的嘴巴似乎被灌进了铅水，连安慰的话也不会说了。

林寒江看着昏迷不醒、插满管子的郝仁敬被推进ICU病房，不由得痛愧交集。郝仁敬虽然胆小怕事，但从不糊弄工作。自从他到齐江市以后，这个不争名不夺利的老好人一直是他最坚定的支持者。他知道郝仁敬因为背上处分的事心情不佳，一直想找机会安慰他，结果安慰的话还没来得及说，他却可能再也听不到了。

郝仁敬的爱人醒了过来，坐在那里抹眼泪，林寒江掏出一沓钱塞进她的手中。那是林寒江所有的现金。

林寒江摇摇晃晃地向外走去,外面阳光刺眼,春风和煦,可是他感到一阵透骨的寒气,让他瑟瑟发抖。

浑身湿漉漉的周成功追了出来,问他:"林副市长,水质检测的事,我们还做不做?"

林寒江回头看着周成功,那一瞬间,他看出了这个刚直不阿的老科长竟然也露出了一丝犹豫。林寒江相信周成功也能看出自己的软弱和犹疑,所以才会追问他。林寒江知道自己的决定将影响整个工作组的进退,他不能在部下面前丧失信心。林寒江稳定住自己的情绪,慢慢说:"水质检测照常进行,明天坐在冲锋舟上的人,是我!"

公安局审讯室,驾驶快艇的那两个小混混正分别被警察询问。两人似乎一点也不惧怕审问,依然是一副吊儿郎当的神态。

林寒江在医院里给金波打的那个电话,就是求金波帮忙,别让那两个小混混逃之夭夭,最好将他们先行拘留,带到局里审问幕后主使人。

一名警官厉声问道:"快艇哪儿来的?"

小混混:"上游的游船码头借来的,没事开着玩。"

警官:"你会开快艇吗?"

"跟朋友学过,在江上开过几次。这玩意儿简单,比开车容易……"

"容易?你知道这次事故的严重后果吗?齐江市生态环境局局长重伤,现在还没醒过来!"

小混混听了没有一点惊慌,他晃晃脑袋:"那是意外事故,我们也不知道他是什么局长啊!警察叔叔,你们可得秉公执法,不能因为他是局长就给我们妄加罪名吧?"

警官继续问:"经冲锋舟上的人证实,你们是故意撞上冲锋舟的?

是你们自己的主意，还是有人指使你们这么做的？"

小混混蹦起来，手舞足蹈地大喊："冤枉啊，冤枉啊！绝不是故意撞的，更没有人指使我俩！我就是驾驶技术不熟练，转弯时轻轻碰了一下。警察叔叔，你们可不能诬陷我，办案要讲证据的，他们说我故意撞的，证据在哪里？他们有证人，我也有啊！你们这是官官相护、草菅人命啊！"

警官厉声喝道："你给我坐下，会的词还挺多！不要张口闭口诬赖别人草菅人命，你的烂命值钱吗？你这次无证驾驶，致人重伤，就等着吃牢饭吧！"

小混混挑衅地向警官伸出双手，做出一个戴手铐的姿势，说："牢饭好吃啊，我出来以后还挺想念那里的饭菜滋味呢。我现在吃了上顿没有下顿，警察叔叔你把我送回去，我感谢你八辈子祖宗！你要是不把我送进去，我就得上你家里蹭吃蹭喝……"

询问的警官被激怒了，把手里的记录本子使劲一摔，喝道："你小子蹬鼻子上脸是不？自己是几进宫了，心里没数吗？"

小混混更加嚣张，懒洋洋地往桌子上一趴，做出一个困极欲睡的样子，说："反正我是烂人一个，要钱没有要命一条，我就是驾驶水平不熟练，意外伤人，你们能把我怎么样？我就吃住在这里了，看你们能关我多久？"

隔壁审讯室里另一个小混混更是无赖，警察刚问了几句，他就往地上一躺，说警察言语威胁他了，他心脏有病受不了刺激，要出人命了。

审讯室外面，副局长金波透过镜子一边看着审讯情况，一边浏览着手里的小混混档案。负责审讯的警察过来向他汇报："金局，这两个小混混的口供基本一致，看来他俩早就串通好了，很难问出个子午卯酉来。这两个家伙都是惯犯了，几进几出，一点都唬不住。"他指着审讯室里的第一个小混混说，"这小子十几岁就开始盗窃，打架伤人，后来还被强制戒毒，另一个是他的小马仔，天天厮混在一起。三年前，张小志被记过下派的案子就是这两人造成的。"

金波掩上档案，冷笑一声："这种人渣就应该好好收拾收拾！"

那个警察向金波打听："金局，听说张小志要调回来了？"

"没错，"金波点点头，"张小志现在是环保英雄嘛，局党委会已经研究过了，同意把他从凤山县调回来，也算给他沉冤昭雪了。"

警察问金波："金局，这两个渣滓怎么办？没有证据只能算过失伤人，我们也不能无限期关着他们。"

金波略一沉吟，说："不急，不能便宜他俩了，好好敲打敲打他们，看看有没有别的线索，这种人身上肯定劣迹斑斑。"

齐江江面，微波粼粼，两岸聚集着不少工作人员和看热闹的群众。江面上四艘冲锋舟往来穿梭，林寒江站在第一艘冲锋舟上面，右手上的绷带惨白而醒目，他指挥着生态环境局的工作人员做排污口记录，设立监测断面，并采取水样。驾驶冲锋舟的还是那天的年轻人，他指着远处的一处江面对林寒江说："副市长，那里就是郝局长落水的地方，要不要过去看看？"

林寒江面色凝重地点点头："好的，我们过去看看。"

这是他最得力的战友倒下的地方，他无论如何都要去看一眼的。到齐江市赴任的几个月时间，他的命运发生了巨大的变化，妻子车祸去世，身边战友倒下，自己也遭到黑衣人追杀，昨天夜里，严重失眠的他甚至怀疑自己是"天煞孤星"，专克身边人。

江水平静如昔，丝毫看不出这里曾经发生的一幕，当时染红的江水也早已流逝无影，江水不仅冲刷自身的污痕，也洗刷去人心里的痕迹。林寒江呆呆地看着江面，眼前幻现出郝仁敬在血水里沉浮挣扎的镜头，心中慨叹郝仁敬的血早已被齐江冲刷得无影无踪，低调木讷还有些胆小油滑的"好人精"早晚也会被遗忘。江水无情，这个社会也是如此，我林寒江会在齐江留下什么样的一笔？是名留青史还是千夫所指，甚至身败名裂？

在公安干警的配合下，林寒江亲自带领环保联合执法组，对沿江七家企业和产业园进行生态环境检查，并逐一提取水样，当场标号密封。所有水样分成两份，一份送往齐江大学生态环境实验室，由第三方团队检测水质；另一份直接送往市环保监测站，由省市环保监测站技术人员共同化验，最后两份化验结果一起对照核验。为了保险起见，林寒江亲自向省生态环境检测站请求技术支持，毕竟那是他曾经分管的部门，省生态环境检测站立即派出两名资深专家赶来齐江市协助。

联合执法队进到沿江几个厂区内检查，不约而同地受到工厂保安的阻挠，执法工作进行不下去。几个警察觉得事不关己，都回到车里休息了。周成功过去请求他们协助，带队的警官说协调厂区检查的事是你们生态环境局的事，我们不能贸然闯进去，否则会被举报破坏营商环境。联合执法队员们有些束手无策，为难地看着林寒江。

林寒江虎下脸来，就在齐江市化工园区门前召开现场会议，铿锵有力地对联合执法队员和公安干警宣布道："必须进所有厂区检查，严格按照工作条例逐项检查，一家也不能放过！如果有阻挠检查的行为，就视作妨碍公务执法！如果举报我们破坏营商环境，所有责任由我林寒江来承担。不管是厂区领导还是更高级别的人物说情，让他来找我，今天我的办公室就在齐江边！同志们，如果我们今天有一丝一毫的纵容懈怠，有一言一行的软弱妥协，就对不起血染齐江的郝仁敬！"联合执法队员齐声答应，几个配合执法的公安干警也变得严肃起来，主动进入各自组别，几个执法小组鱼贯而去。

化工产业园区门口站着两个保安，正在阻拦执法队员进去。一个叼着烟卷的保安队长一边系扣子一边从警卫室里跑出来，问："你们是哪个部门的？没有厂领导的同意，谁也不能进去检查。"

林寒江冲周成功努一下嘴，憋了一肚子气的周成功上去拿掉保安队长的香烟，扔在地上狠狠踩熄，沉声说："化工重地，严禁烟火！你敢在这里抽烟？"他向对方亮出一张执法检查通知，"执法检查通知已经发给你们园区了，你无权阻拦我们的执法检查！"说罢，一群人跟着周成功走进了园区。

保安队长气急败坏地问站岗的队友："他们是谁啊，这么霸道？"

队员低声告诉他："生态环境局的，听说带队的领导就是那个'独钓寒江雪'！"

保安队长的脸色立刻变了，赶紧抄起电话，不知道打给谁："他们来了，他们来了！带队的就是那个林寒江，跟鬼子进村一样……"

其实，林寒江并没有进到园区里面检查，他在外边等待李子平。市长李子平破天荒地第一次要来现场看望生态环境执法检查工作，还要慰问一线工作人员。

没有郝仁敬的血，是不可能请动市长大驾的，林寒江心知肚明。

李子平和公安局局长赵驰从车上下来，和林寒江热情地打着招呼，李子平说："寒江啊，你们生态环境局最近工作成效显著，郝局长又因工受伤昏迷不醒，我刚去医院看望他的家人，顺路赶过来看看奋战在一线的同志们。"

林寒江有意无意地纠正李子平："市长，不是'你们生态环境局'，生态环境局是全体齐江人的，在市委、市政府领导下的工作部门，我一定向大家转达市长的关心。"

李子平略显尴尬地笑一笑，他在路上本来设想了一个欢呼簇拥的场面，甚至都打好了讲话的腹稿，没想到迎接他的只有一个话里带刺的林寒江，让他心里有点失望。这个林寒江上来就讽刺他把生态环境局当成外人，真是不懂规矩，桀骜不驯。

林寒江心里惦记撞伤郝仁敬的案子进展情况，转头和赵驰说："赵副市长，这次联合执法感谢你们公安大力支持，有你们掠阵大伙儿执法时心里有底，不怕他们阻挠了。"

赵驰本来是不想出动警力参与这种执法行动的，但是林寒江事前向廖宇正和李子平请示了，他也不好不表态支持。听见林寒江这么说，他也只能敷衍道："为齐江市的绿水蓝天工作保驾护航，是我们义不容辞的责任，我们一定保障好生态环境执法检查。虽然可能遭到一些企业破坏营商环境的投诉举报，但是我们有这个担当！"赵驰是一个很会在领导面前汇报的人，不知不觉之中就能把自己的困难和成绩说出来，取得什么样的最终结果虽然不知道，但是向领导表态一定要铿锵有力。每次听到赵驰的汇报，林寒江都深感自己不够油滑伶俐，说的话总是让领导皱眉头。

林寒江借着赵驰的话题直接就问："赵副市长，郝仁敬的案子进展怎么样？"

赵驰看了李子平一眼，说："金波已经向我汇报了，我们组织力量审讯了肇事的两个年轻人，目前来看基本可以断定就是一场意外事故，是他们驾驶技术不熟练，操作失误撞到了一起，郝局长实在是不走运……"

听他这么说，林寒江心里的怒火"腾"一下又点燃了，他两眼发红，问李子平和赵驰："说是驾驶水平不够，你们信吗？我的部下亲口向我证实，他们先后两次故意撞击冲锋舟，第一次不成，又来第二次！这不是意外事故，这明明就是谋杀！"

赵驰一脸苦笑，说："林副市长，请你冷静一下，现在是公说公有理婆说婆有理，现场又没有监控视频，让我们很难做。我们是按照证据办案，没有证据的事我们绝不敢越雷池一步。谋杀这个罪名，我们可不能随口就说啊。"

市长李子平在一边阴沉着脸听他俩争辩，没有吭声。

赵驰又说:"林副市长,郝局长的事我们都很痛心。李市长在会议上专门交代我要依法依规严肃处理。"赵驰有意把"依法依规严肃处理"咬得很重,继续说道,"但是我们办案要讲程序重证据,不能意气用事,像您这次直接电话指令副局长金波拘留审讯嫌疑人,其实已经违规越界了,好在金波及时向局党委班子汇报了。我们不能在程序上出现漏洞,授人口实。"赵驰的话相当于在李子平面前告了林寒江一状,指责他越权插手公安局办案工作,李子平和林寒江都听出了他的话外之音。

李子平打圆场说:"寒江,你不要太激动,郝局长的事我已经安排卫健局和医保中心,一定会妥善解决他就医治疗的问题。其他善后的事你也不要操心,毕竟是因公负伤,又是我们的老同志,不能让他和家人心寒,我已经责成办公室和相关部门去办理了。"

林寒江心里正为郝仁敬后续的事上火,听了李子平的话,多少有些宽心,他点点头说:"谢谢市长安排得这么周到,我会向老郝的家人转达的。"

李子平又道:"寒江,你要相信公安干警,齐江市不是法外之地,天子犯法与庶民同罪。我们领导干部更不是法外之民,做事情要依法依规,不能干涉司法公正。"

林寒江默然不语,对李子平的委婉批评并不在意。他心里在想着赵驰刚才转述李子平的那句话"依法依规严肃处理"的含义,弄不懂最后会是怎么样的处理结果。

李子平又问:"寒江,现在的执法检查工作怎么样了?有没有遇到阻力?"

听到"阻力"二字,林寒江心里突然一亮,明白了李子平和赵驰过来,并不是看望慰问一线的同事们,醉翁之意不在酒,他们是另有目的而来。而这个"目的"很可能就是"求情",求他林寒江高抬贵手网开一面。齐江沿岸的这些企业都是几十年的老企业,深耕齐江,背后的关系盘根错节深浅难测。自从生态环境局向社会公布齐江水体治理方案以后，林寒江已经接到很多说情电话，市里省里不少领导都旁敲侧击地打过招呼。林寒江已经承受如此压力，一市之长的李子平能置身事外？

林寒江微微沉吟一下，内心瞬间也有些犹疑，李子平和赵驰的来意已经不言而喻，他是顺水推舟还是坚持己见？虚张声势见好就收的事情，林寒江也不是不会做，那样做的好处显而易见，至少他在齐江市不再是孤家寡人，不会再处处被人掣肘。但是，如果自己那样做了，对得起郝仁敬洒在齐江里的鲜血吗？对得起自己来齐江市的初衷吗？对得起因他而车祸离世的爱妻吗？

李子平和赵驰紧张地看着林寒江的表情，都在暗暗揣测他的内心变化。林寒江也看着他俩，目光在两人脸上转来转去，突然，他哈哈一笑，说："感谢李市长和赵副市长来看望慰问我们生态环境局的同志，现在虽小有阻力，但是我们有办法克服，全局上下一定继续努力工作，不辜负领导的期望。"

李子平的眼神有些期待，他知道林寒江已经猜到了自己隐而不说的含义。他期望着林寒江能识时务者为俊杰，哪怕睁一只眼闭一只眼，这个棘手的难题能有一个圆满的解决办法。但是他没听出林寒江刚才说出的"我们生态环境局"的意思，那是一种"道不同不相为谋"的宣示。

林寒江突然话锋一转，说："我这人不太会说话，一张嘴就得罪人，但是我今天把丑话说在前面，如果两位是来为某些企业说情的，我劝你们还是免开尊口。唱黑脸得罪人的事情还是由我林寒江去做吧，你们就不要牵扯其中了，话不出口还留有三分余地，话一出口就是覆水难收，很可能伤了彼此的和气。你们只要不张口，还是我的好领导、好同事，剩下得罪人的事，就由我林寒江扛着吧。"林寒江就像一个武功高手，抢先出招，一步封住了对方出手的招式。

李子平没想到林寒江如此决绝，心中瞬息万变，不过他毕竟是官场老油条，面不改色，热情地拍着林寒江的肩膀，说："寒江啊，你想哪儿去了？我这次和老赵过来，就是代表市政府在态度和行动上给你最大的支持，让你在工作中能扛住压力，放开手脚，依法依规严肃处理，我们市政府和公安队伍就是你防污治污最坚强的后盾。"

听着李子平义正词严的话，林寒江意味深长地笑笑。赵驰低着头用脚尖去踢地上的杂草，心里不知道做何感想。

气氛略微有些尴尬，李子平咳了一声，问林寒江："下一步工作你是怎么安排的？"

林寒江说："现在分了几个小组，正在分头对厂区的排污情况和水体污染进行采样检测，江上也按距离设立了几个监测断面，等检测结果出来，一些不达标的企业必须关停搬迁，沿江的排污口必须关停。我们会借鉴宜昌市的做法，尽快建立沿江生态保护红线……"

李子平显然更关心不达标企业的关停搬迁问题，对生态保护红线并不感兴趣。他打断林寒江的汇报，说："寒江啊，沿江这些企业的工业产值占了全市的三分之二多，如果都关停了，齐江市的经济指标可是一落千丈啊。齐江市现在是祸不单行，因为污染、腐败的问题已沦为全国的笑柄，若经济再出现大幅度滑坡，廖书记和我的压力都很大，有些难以承受啊。"李子平这番话确实有感而发，说得情真意切。

林寒江长吐一口气，望着远处的如带齐江，说："这是壮士断腕，势在必行，希望市长能给我们勇气和决心，不图小利顾大局，不图眼前顾长远。"

李子平的目的没有达到，气氛有些尴尬，他没有再说什么，和赵驰不咸不淡地聊了几句，就登车离开了。

林寒江看着远去的汽车，苦笑着摇摇头。他知道，自己以后的路一定更加难走，处处掣肘、重重障碍的状况免不了，脚上的泡都是自己走的，咬牙承受吧。

21
眼见未必为实

　　厂区里的执法检查还在进行，周成功出来汇报说，没有发现什么明显问题。林寒江大失所望，有些郁闷，背着双手一个人走上江堤。他侧头看着自己在水里的倒影，那是一个略显佝偻老态的身影，尤其是背手的姿态让他更显苍老。这种神态是他以前极为反感的，他曾时常提醒自己不要过早进入这种未老先衰的状态，但是最近接二连三的打击，从家庭到工作，让他确实有些不堪重负。

　　林寒江望着江面上穿梭的冲锋舟，心里反省着自己刚才和李、赵二人说的话，他想起史书里的一个故事：清朝光绪年间，有一年春闱，那位后来在"庚子事变"中上吊殉国的徐桐为会试总裁，有个翰林向徐桐谋求会试官的差事，徐桐义正词严地拒绝了他。

翰林不甘心，又请了朝中大臣前来说情，徐桐在大臣面前愤然拒绝，他说我用人必当其才，最讨厌请托，请转告这位翰林，不要再找人打招呼了，不然莫怪我不讲情面。第二天，徐桐上朝时，内阁学士、军机大臣、赠太子少保的孙毓汶前来找他（史载孙毓汶与大太监李莲英结为兰谱，是慈禧太后最为信任之人，平日里侦探内宫消息，视光绪皇帝如虚器）。孙毓汶对徐桐说，某某翰林不错，你可以给谋个官差嘛。徐桐刚要解释，孙毓汶脸色一沉，说朝廷美差那么多，不必这么认真，这也不是什么大不了的事。徐桐立刻变换颜色，躬身受命，回去以后立刻安排手下去请那位翰林，说奉徐总裁之命，请翰林立刻去会试馆出任协修的差事。原来徐桐不是不听打招呼，而是以前打招呼的人分量不够罢了。

想到这个小故事，林寒江无限慨叹，大江东去，世事往复，社会的进步并不能彻底改变人性的弱点，很多历史还在重复上演。就如今天的事情，自己可以断然拒绝李子平和赵驰的说情，但如果是省里甚至中央的领导呢？自己是否还会坚持原则，扛住那种压力？

林寒江想起刚才自己愤而出口的"谋杀"二字，确实有些情绪失控。但是他又转念一想，自己也曾遭遇过黑衣人追杀，郝仁敬这次事故会不会也暗藏着更深的阴谋？林寒江站在江边，突然浑身一阵摇晃，他瞬间意识到，如果自己的被人追杀、郝仁敬的受伤昏迷都是有人指使的，那么小雪的车祸……

江风徐来，岸边的野花正在开放，像一只巨大的手拂过江水和堤岸，把林寒江的目光引向远方。林寒江面色苍白，额头的汗水涔涔而下，他的目光从郝仁敬落水的江面一直延伸到遥远的下游，那里是齐江湿地。那天晚上在湿地边上小雪忘情地背诵了许多诗词，他曾经答应小雪，要陪她再看湿地圆月，一起守候暑往寒来。而如今，江水无言东流，江月每天照常升起，那个望月背诗的人却已缥缈。

片云天共远，永夜月同孤……

水质检测结果让林寒江大跌眼镜，检测出的结果波澜不惊，没有抓到林寒江预期的罪魁祸首。

耿正等专家集体向林寒江出具了水体检测报告：齐江大学环保实验室进行了24项检测，结果显示为普通江水，水质达到国家标准Ⅲ类；环保检测站的省市联合检测结果更细一些，做了氨氮、硝基甲苯、硫酸盐、氯化物、硝酸盐、铁、锰等40项检测，各项指标基本正常；省里来的专家只是最后提示一点：发现微量铬超标，但似乎污染量并不大。

看着两份不痛不痒的检测结果，林寒江有一种集中全身力气挥出一拳却打在空气中的感觉，尤其想到自己在联合执法队员面前下达的命令，又拒绝了李子平和赵驰的说情，林寒江不禁有些沮丧。

林寒江召集来生态环境检测站和经济部门领导以及几家企业负责人，召开了一个水质检测通报会。听完通报结果，参会人员都否认自己企业有涉及"三价铬或六价铬"的产品和业务。

化工产业园的总经理王彤也出席了会议，她对林寒江依然满面笑容，上次的不快似乎并未发生。王彤是海归化工高才生，她提示林寒江，说："林副市长，水质检验出铬超标，倒是让我想起一件事，是不是一年半以前上游发生的铬污染事件的遗留？"

林寒江一愣，说："那次污染事件我了解一些，但是都过去这么久了还会贻害下游，还会把江里的鱼毒死？"

原来一年半前，上游省份的一家工厂违规操作，将数千吨含铬矿渣倾倒进一个水库之中，形成的三价铬和六价铬污染水体，而六价铬具有致命危害性。当时水库被污染水体约30万立方米，六价铬超标近2000倍。消息被披露以后，不仅引起了国家环保总局的高度重视，也引起了齐江下游各省市的恐慌，不少城市出现了抢购矿泉水的热潮。一些关心此事的网民在网络上写出"君住齐江头，我住齐江尾，共饮一江水"的帖子，引来近百万网民关注，强烈呼吁政府调查真相，拿出应急措施。后来，上游省份紧急辟谣，说并未将矿渣倾倒进水库之中，但是承认确实有历史堆存的渣场缺少有效监管的问题。该省采取了一系列防止污染扩散的措施，将历史堆存的渣场紧急重建了堆场挡墙、雨污分流沟渠、渗滤液收集池、污水处理池等，紧急进行河堤灌浆加固，稳固矿渣堆场与齐江水系之间的防渗系统，对污水进行处理，防止进入齐江。

当时，下游的H省紧急启动了生态环境应急预案，林寒江也参与其中，在齐江上持续检测水质，并定期向市民公布情况，林寒江还在媒体采访时讲解了六价铬的危害以及处置办法。所以，王彤一提及此事，林寒江也是心有余悸。

经王彤提醒，与会人员议论纷纷，倾向于罪魁祸首还是齐江上游省份的厂区，是他们不负责任违规操作，让下游企业承担后果。一些企业负责人有些情绪激动，认为齐江市生态环境局没有弄清事情真相就野蛮地要关停搬迁企业，损害了企业的名声和利益，是对齐江市营商环境的最大破坏。王彤巧妙地将祸水转嫁到齐江上游，并将矛盾引向生态环境局，林寒江虽然心知肚明，无奈现在没有证据反驳她。

会场里各家企业争执不休，林寒江也无法定夺，只能暂时性要求：一是由周成功带队在齐江上设立若干个监测断面，继续检测水质；二是由生态环境局与上游省份取得联系，确定原来的矿渣堆放地是否还存在问题。会议在一片牢骚指责声中不欢而散。

王彤临走时还向林寒江礼貌地打招呼，林寒江面对她的笑容也在心里暗暗承认，这个女人笑起来善解人意妩媚多姿，网络上常说的一句话"微微一笑很倾城"，大概就是这种笑容。

王彤说："林副市长，对不起啊，怨我多嘴，一句无心的话，给您惹麻烦了。上游那个造成污染的企业经理是我同学，您如果想了解情况，我可以帮您问一下，或者让他过来向您亲自解释一下。"

林寒江犹豫了一下，谢绝了王彤的好意，说："这种事情我还是向政府部门了解一下吧，至少消息来源权威一些，否则还是难堵悠悠之口啊。"看着王彤迷人的笑容，林寒江心里不断提醒自己，这个女人还是远离为妙。

王彤有些讪讪地告辞而去。

其实，王彤那句话在林寒江内心点亮了一盏灯，让他的思路大开。齐江水系的治理，不能画地为牢分段而治，应该上下游协调联动。在这场充满牢骚与指责的会议上，林寒江萌生了关于齐江全域水系治理与发展的新思路。齐江不单是H省的齐江，也是全中国的齐江，要着眼协调推进、强调绿色发展、注重文化保护、推动高质量发展。

赵驰来找林寒江，给他带来一盒冻顶乌龙茶。

赵驰对林寒江的态度一直是谜，有时候暗中使绊子，有时候又表现得很亲热，一直让林寒江摸不着头脑。

赵驰这次来，特意向林寒江解释了郝仁敬案子的苦衷，请他理解公安办案的难处。

林寒江表面和他客套，心中猜测八成是郝仁敬的案子惊动了廖宇正。没有廖宇正的压力，赵驰才不会降低身价来解释。

果然，赵驰装出一脸苦相，说："今天西边那位把我剋了一顿，让我限期破案。"

林寒江现在已经能听懂赵驰的暗语了，他口中的"西边"是指廖宇正，"东边"是指李子平。

"寒江老弟，我得向你澄清一下，那天在齐江岸边，我虽然是陪着东边那位一起去的，但我可没有为企业求情的意思啊。"

"是吗？看来是我冤枉了你，还和你唇枪舌剑的，对不住啊。"林寒江故意装糊涂。

"齐江岸边那几家企业，以前都是在东边那位和王武势力范围的，和我没关系。"赵驰一脸神秘地说，"现在王胖子没了，估计有的人要重新抱大腿了。"

"势力范围？"林寒江一脸疑惑，"你能说具体点吗？"

赵驰意味深长地看着林寒江，大笑两声："老弟啊，你还能不明白？齐江的水再深，有的大腿也是淹没不了的。"

赵驰是个老油条，向上级汇报工作时字正腔圆、头头是道，私下里聊天时不是代号就是打比喻，让别人费尽心思去揣摩，林寒江每次和他说话都累得慌。

两人喝了几杯冻顶乌龙茶，赵驰皱紧眉头，低声说："寒江老弟，我可能在齐江待不长了，西边的对我不满意，东边的要把我挤对走、安排自己的亲信，老哥我现在难得很啊。"

"去哪里？省公安厅还是别的市？"

"去哪里我都不愿意啊。"赵驰一脸沮丧地说，"媳妇儿和孩子都在齐江，尤其儿子马上高三，我可不想这个时候离开。"

"你老兄的能力，去哪里都能一展身手，我看是好事。"林寒江安慰赵驰。他知道赵驰说的肯定不是真心话，估计这次调整的地方不是他满意的。

"明年西边和东边的两位很可能都走不成，'瘦头陀'也该去人大了，他的位置估计就是你的了。"赵驰一脸神秘地说。林寒江脑筋使劲转了几圈，才明白"瘦头陀"说的是刘耕野。赵驰说他可能要接常务副市长，其实是在投石问路探听虚实。

林寒江连连摇头："明年这个时候我不是被陈书记给免了，就是灰溜溜去任某个闲职了，常务副市长的位置，还是有德者居之吧。"

"说到省委陈书记，老弟你到底和他什么关系啊？"赵驰语气平淡，却难掩关切，这才是他带着冻顶乌龙茶来看林寒江的真实目的。

林寒江心下释然，笑呵呵地说："我和陈书记说的话，加起来也没有今天你我说的多。"

赵驰神色不变，但是眼中关切的小火苗慢慢熄了下去，林寒江看在眼中，却装作没察觉。齐江市不少人把林寒江视为省委书记陈庭坚的嫡系，赵驰也是其中之一，他现在感觉自己前途堪忧，于是想着借林寒江的关系攀上高枝，没想到却是个乌龙。

中午，金波也来到了林寒江办公室。他来是为了追问王武电脑的事，说是拖了好几个月，纪委那边也没有反馈，案子没有进展，自己这张脸没地方搁了。林寒江当场给严哲打电话求助，结果严哲告诉他们一个更沮丧的消息，王武电脑的硬盘原来放在省纪委的办案基地，可是在证物移交过程中竟然丢失了！

林寒江和金波面面相觑，金波忍不住骂了一句："这是有人故意不让我们查王武的案子啊！"

有人敲门，进来的是肖秘书，他给林寒江送快递来了。林寒江偶尔在网上买东西，留的地址是政府收发室，平时都是肖秘书帮他取来。

林寒江看见肖秘书，眼前一亮，指着肖秘书对金波说："电脑丢了，当事人没丢，王武的遗书都是肖秘书递交给纪委的，有什么问题你可以问他啊。"

金波仔细打量肖秘书，看得肖秘书有些紧张，他说："关于王武死亡之前有些细节，我们想找你再核实一下，看你什么时候方便？"

肖秘书似乎有些慌乱，连声答应："好的，随时可以找我，我一定知无不言。领导你们先聊……"肖秘书转身出门，却不小心在门框上撞了一下。

林寒江没有注意到这个细节，他低头在拆快递。金波看着肖秘书的背影，意味深长地笑了："这小子有故事！"

齐江新夜市一条街。

随着季节转换，夜市越来越火，吸引了很多网红前来宣传。这晚，一对模仿西安大唐不夜城不倒翁的网红正在广场演出，附近还有一个靓丽的女生牵了一只温顺可爱的羊驼在拍照，吸引了很多游客过来合影。心事重重的林寒江无暇顾及这些，他来到李五的店铺，挑了最靠边的一张桌子坐下。忙得满头大汗的李五见林寒江来了赶紧过来招呼，林寒江冲他摆摆手，说："你去忙你的，给我来碗手擀面就行。"

柜台上憨态可爱的招财猫冲着林寒江摇着胳膊，林寒江想起小雪手机里最后一张自拍就是和这只招财猫的合影。那天的小雪笑靥如花，如今却是物是人非，他不禁悲从中来。李五把面条端到林寒江面前，被林寒江憔悴的神态和灰白的头发吓了一跳，问他："老兄，几日不见，你这是怎么了？你不能为了工作把身体累垮了啊。"

林寒江苦笑着没有回答，他低头吃面，却无法控制内心的悲伤。他和小雪吃的最后一顿晚饭就在这里。当时他给小雪选了一根肉串，小雪和他撒娇说："还是老规矩，你吃肥的我吃瘦的。"他故意反对："抗议！每次都是我吃肥的，这次我们划拳决定。"小雪哼了一声，说："抗议无效！"……言犹在耳，而伊人却已香消玉殒。

一大滴泪水从林寒江眼角滑落，林寒江放下筷子以手扶额，顺势抹去眼角的泪水。

李五是一个外粗内细的人，他看出了林寒江的伤感，走过来坐在林寒江的对面，说："老兄，你到底遇到什么事了？你要是拿我当朋友，就和我说说。"

林寒江忍住泪水，看着李五说："李五兄弟，不瞒你说，上次在你这里吃完饭，我的世界就垮了……"

李五吃惊地瞪圆了眼睛，连声催他："发生什么事了，快和我说说！"

林寒江叹了一口气，把小雪遭遇车祸的事情一五一十地说给李五听。林寒江说得很慢，这段回忆他一直在痛苦回避、藏在心里不想去面对的，但是藏得越久，反噬的痛楚就越猛烈。林寒江今天第一次剖开自己内心的伤痛，既是向朋友倾诉心声，也是把自己这段时间心中杂乱的事情逐一梳理，就像把案头混乱不堪的书籍整理归位一样。

林寒江将说完了，心情略微平静一些，他已经准备将这段伤心事深埋心底，自此以后哪怕江水倒流也不再去触及。但是他这个念头刚刚浮现，就被李五的一句话打碎了。

李五起身把"今日休息"的牌子挂到门上，再回来坐在林寒江对面。他身体前倾，眼睛像钩子一样牢牢盯住林寒江，问："你觉得这就是真相吗？你有没有想过，很多我们看见的、听见的事情往往都不是真的，很多事情别人会欺骗你，你自己也会欺骗自己。"

林寒江一愣，他不太明白李五的意思。

李五继续说："对我这种人来说，我不相信自己的眼睛和耳朵，我只相信这个！"他用手使劲戳着自己的心口位置，又重复一句，"我只相信这个！你的眼睛和耳朵也会欺骗你，但是它不会！"

"你的意思是说，这件事情可能还有别的原因？"林寒江知道自己的语气很软弱，没有半点信心，但是他自己也有所怀疑，从他在江边和李子平、赵驰说出"谋杀"二字那一刻开始。

李五目光冷峻，甚至有些冷酷，让林寒江有种不寒而栗的感觉。李五说："安慰人，叫人家不要伤心之类的废话我不会说，那不是我的风格。你是我的朋友，这件事情就交给我去办吧，我帮你调查！"

林寒江有些吃惊："你，怎么帮我？警方都已经定案的事情，还能有什么办法？"

李五指着外面熙熙攘攘的街道，说："我有一位老师，他曾经教过我，不要轻信你看见的事情，'耳听为虚眼见为实'这句话就是他妈的扯淡！我们看见的世界只是一个舞台，是一个假的世界，在这个世界里每一个人都在演戏，都在扮演自己的角色，大家用喜怒哀乐、柴米油盐还有尔虞我诈，共同维系着这个假的世界。"

林寒江有些吃惊地看着李五，没想到这个看似五大三粗的男人竟然对社会有着如此精辟的见解。

李五继续说："有真就有假，与假的世界对应的是真的世界。每一个人都是有故事的人，他们把自己的真面孔隐藏在面具之下，我们看到的、听到的未必就是事情的真相。我老师说，人间就是一台木偶戏，提线操纵在一邪一正的两只手里，邪的是'贪婪'，真的是'良知'，每一个人都是亦正亦邪，走正路还是邪路，全看他内心的跷跷板，谁也不能例外。"

从李五口中蹦出如此深刻的话，就像让林寒江去跳脚骂街一样让人难以接受。林寒江好奇道："你老师是做什么的？研究哲学还是社会学的？"

李五没有回答他，指着外面街上一个抱着羊驼拍照的漂亮小姐姐说："就像这个小丫头，她是咱们齐江著名的网红，抖音上粉丝几百万，打开手机就能看见她，一年的广告收入等于我一百辈子的血汗钱，一百辈子！可是我知道，羊驼是她的宠物，她又是别人的宠物，她的金主是一个年纪快能当她爷爷的老男人。小丫头身边那个瘦高个的小伙子，天天陪着她，大家都以为是她的男朋友，其实那是老男人派来监视她的保镖。我们在手机里看到载歌载舞的她，不过是她的假象，被人像金丝雀一样豢养起来的人生，才是她的真相。"

林寒江看着那个笑容妩媚的小姐姐，正开心地和粉丝互动。谁能想到真相如此龌龊残酷呢？他沉默了一会儿，问李五："你准备怎么帮我？"

"我会用我自己的办法。具体的你不要问，问了我也不会告诉你，你和我是两个世界的人,有些事情你还是不知道为好。"

林寒江低头吃面条,咀嚼得很慢,他其实是在咀嚼李五的话。

李五在他旁边点起一根烟,给自己倒了满满一杯白酒,有些感慨地说:"这个世界就像江水一样,表面上平静,水底下却是暗流汹涌,甚至藏着吃人的怪物。而要想找到怪物,就不能当游客站在岸上看风景,甚至当钓鱼的渔翁也不行,那样太被动,只有潜进水里,才能发现真相,所以很多渔翁会养鸬鹚来捕鱼,因为它能钻进水里。我们齐江的鲢鱼为什么名贵,因为钓不到网不着,反而鸬鹚能抓到。"

林寒江从面碗里抬起头,像不认识李五一样重新打量着他,说:"我今天才算真正地认识你,我甚至怀疑你是不是从古龙武侠小说里出来的人物。"

李五微微一笑:"我不是侠客,充其量就是一条齐江的鸬鹚。我能看到别人看不到的水底,我也能找到别人看不到的真相。"

"这也是你那位老师教你的?"

"我的老师不是人,是监狱。"李五把烟灰弹落,淡淡地说,"最能教育人的地方,不是你的学校,不是你的机关,是监狱。学校教你的是知识,监狱教你的是生存。我在那里待了十二年,一生中最好的时候都耗在那里了。"李五的语气有一丝遗憾,更多的则是豁达,他举起杯一口气喝了半杯白酒。

原来李五年轻时因为打架伤人致残,被判了有期徒刑十二年。

"我今天见到的李五,不像是我认识的李五。"

"这恰恰证实了我刚才说的话。"

林寒江吃完了面条,这是他一生中吃得最慢的一碗面。李五让他刮目相看,肃然起敬,真正的英雄总是藏匿在市井之间。林寒江也反思自己,也许他真的像郝仁敬评价的那样,从不先以恶意揣测别人,对人缺少提防之心。小雪的去世、郝仁敬的受伤,让林寒江终于不再盲目善良。一碗面条，让林寒江的人生准则发生了动摇。

"告诉我那个肇事司机的名字。"李五用手指敲敲桌面，低声说。

"你确定要做那只鸬鹚？"林寒江反问他。

"咱们两个人的话，我更适合去当那只鸬鹚，你钻不进水里。"

林寒江心中一阵感动，他握住李五的手，他拿过李五剩下的半杯白酒一口干了。

夜深，林寒江起身告辞了，李五送他出去。

此时的李五又恢复了懒洋洋的神态，靠在门框上抽烟，他对林寒江的背影大声说："我不会安慰人，不过在我几乎活不下去的时候曾经听过一首歌，里面有一句歌词写得很好，'万物皆有裂痕，那是光照进来的地方'。你我都是有裂痕的人，我劝你不要回头看自己的背影，你的前方才有光。我相信你，你会挺过去，活过来！"

谁也无法将眼前的李五和那个手握板砖的人联系起来。李五说的真假世界，在他自己身上就是一个完美的诠释。

"挺过去，活过来……"林寒江重复着李五最后那句话，使劲挺直自己的脊背，他甚至听到一声骨节伸展的脆响。转瞬，他已没入熙熙攘攘的人群之中，人群如旧。

青峰集团总裁办公室。

钱起摁下电铃，秘书燕赵立刻像猫一样悄无声息地溜了进来。

钱起一边披上外套，一边问他："那件事情办得怎么样了？"

燕赵垂手恭敬地答道："已经在办理，估计很快就有答案了。"

钱起"哼"了一声："我的字典里没有'估计'两个字，密歇根大学就是这样教育你的？"

燕赵脸一红，立刻道："对不起，总裁，我马上就去落实，今天就向您汇报。"

钱起对燕赵的话未置可否，继续对着镜子整理自己的领带。燕赵又说："那个叫李云城的年轻人又来找您，说要见您，这是第三次了。"

"李云城？"钱起皱起眉头，实在想不起自己何时认识这个人，"不见，打发他走，怎么什么阿猫阿狗都来烦我。"

"他说，他的母亲是您的一位熟人。"

钱起似有所悟，面色铁青，挥手道："不见！"

燕赵领命，悄无声息地离开了。

不一会儿，传来一阵敲门声，苏娜带着休闲小镇的宣传文案来向他汇报。

苏娜说："对不起，钱总，占用您几分钟时间，向您汇报一下休闲小镇的宣传思路以及预期效果。"

钱起在集团里对别人向来是一脸严肃，唯独对苏娜从来都是笑容可掬的。听完苏娜的汇报，他说："上次'齐江盛景'的宣传，你的'入眼夺心'策略给我们青峰集团长脸了！你的宣传效果，让青峰集团从业界1.0直接跨越升级到3.0，我在国内一些竞争对手面前，终于可以扬眉吐气了。"

苏娜报以谦虚的一笑，说："钱总过誉了，不是我个人的功劳，是我们团队的成绩。"

"不，我这个人是非分明、功过分明、恩怨分明，这是我做人的三个原则。是你的功劳你无须否认，我心里自然有数。"钱起接着说，"在宣传方面，我还是那句话，你只管放手去做，具体细节我不会过问，我只看最后结果。为了这个结果，你可以不择手段、不惜代价！"

"好吧，钱总，既然您对这个方案没有意见，我就去落实了。"苏娜对"不择手段、不惜代价"的说法有些难以接受，但是她并没有表现出来，她收拾好方案，准备离去。

"苏总监，我只给你提一点建议。"钱起看着苏娜，有些欲言又止,他原地转了一圈,说,"三军夺帅可也,匹夫夺志难也。你的宣传文案即便做得再好,如果在那个人面前过不去,我们所有的努力都是零!"

苏娜一时愣在那里,不知道钱起说的那个人是谁。

钱起说:"你这次的宣传攻势,目标不是芸芸众生,目标只有一个,就是那个人!"

"您是说,林寒江?"苏娜犹疑地说出这个名字,不过她心里一时还想不通钱起为什么这么重视林寒江。

钱起哈哈大笑,说:"偌大的齐江市,不,应该是全省,如果有一个人能够改变我的学弟林寒江,那么这个人一定是你!我相信你不会让我失望的。"

苏娜站在那里,一瞬间她明白了自己被高薪聘请来青峰集团的原因,虽然她以前也有过猜想,但是此时终于从钱起口中得到了证实。原来自己并不是完全靠实力站在这里的,她骄傲的内心掠过一丝微微的失落。

齐江市公安局。张小志随着刑警队队长敲开了金波的办公室门。一身崭新警服的他难掩高兴,笔直地站在金波面前,敬了个礼。原来,经公安局党委会研究决定,他终于正式从凤山县调回了市局刑警队。

"金局,我回来了,特来向您报到!"张小志圆圆的脸庞全是笑容,重归刑警队让他兴奋难抑。

金波慢腾腾地抬起头,从镜片上方看一眼张小志,语气里没有丝毫高兴:"回来很好,队里正缺人手,过来就准备加班加点干活吧。"

"谢谢金局,哪怕累死我也愿意!"

金波吩咐刑警队长将张小志先安排进王武专案组,那个专案组现在缺人手,案情又陷入僵局,正让金波一筹莫展。张小志这样有冲劲儿的年轻人，也许会帮忙找到突破口。

"谢谢金局！"张小志鞋跟一碰，又来了一个标准的敬礼，"听队长说，在局党委会上是您力排众议，坚持把我调回刑警队的，我必须向您敬礼！"

金波还是从镜片上方端详着张小志，思考再三，语重心长地说："小志啊，你回到刑警队就踏踏实实重头来过吧，以前那种举报的事，我建议你还是别做了，无论你的出发点如何……"他慢慢喝了一口茶，冷冷地说，"我对那种方式，难以接受！"

张小志脸上的兴奋一下子凝固了，慢慢变得涨红。

金波把王武案件中关于迈巴赫车辆的调查情况都交给张小志，让他把齐江市所有的迈巴赫车重新摸排一次。张小志又敬了一个礼，转身离去了。

看着他的背影，金波扶正了眼镜，眼睛眯成了一条线。

齐江市政府，林寒江办公室。

林寒江脸色凝重地在一份批复文件上签下自己的名字。他右手的绷带虽然拆掉了，但掌骨还是隐隐作痛，提醒他签下的名字一定不会一帆风顺。

他把文件递给对面的周成功，他担心拆除一百多个小锅炉和烟囱，几家供热公司肯定会跳出来，到时阻挠施工、集体上访的状况都会出现，不知道周成功他们是否做好了应急预案。

郝仁敬还在医院里昏迷不醒，现在生态环境局的业务工作主要由周成功牵头。林寒江大胆重用这个老科长，让他主持局内工作。

周成功说："拆除的20吨以下的小锅炉和烟囱，涉及四家供热公司，但是三分之二都是金龙公司的，只要他们不闹事，估计工作就能平稳推进。金龙公司如果带头捣乱，另外三家也会趁机兴风作浪。前期协调会上，我们已经和信访局、执法局和公安部门都商量好了，还是以联合执法形式开展工作，把金龙公司作为重点对象，各自制订应急预案，确保全市的'蓝天行动'按时保质完成任务。"

林寒江还是有些不放心，问："那个金龙公司的朱光明最近怎么没有声音了呢？"

周成功挠挠头，说："也是啊，这老小子消停这么久，不像他的做派啊？他越销声匿迹，我心里越没底呢。"

林寒江活动着自己的右手，说："兵来将挡水来土掩，既要做最周密的计划，也要做最坏的打算。他们尽管出招吧，我们接着就是了。"

周成功吞吞吐吐地提醒林寒江千万别大意，朱光明是一个什么事都能干得出来的老流氓，都说狗急跳墙，他虽然是一只胖得喘不上气的肥狗，但还是会咬人的。他劝林寒江还是小心一些，郝局长生死未卜，他们再也经受不起任何闪失了。

周成功把朱光明比喻成胖得喘不上气的肥狗，林寒江被逗得哈哈大笑，眼前不由浮现捧着肚子喘气的朱光明的身影。他被人泼污水、持刀追杀、小雪的车祸离世，会不会就是这尊佛幕后指使的？林寒江的笑声慢慢停歇下来，眼神变得有些凌厉。

省城的抻面店。

店里只有魏森一个顾客，他还是像上次一样，一只鸡架、一碗面、一瓶酒，在那里满嘴流油地啃着。

不久，那个神秘女人如约而至，悄无声息地坐在魏森面前。她推开魏森面前的盘子和酒杯，放上一只旅行袋，听声音颇有些重量。

魏森手里捏着鸡骨头，疑惑地看着她。女人环顾左右见无人，轻轻拉开袋子一个小角，魏森的脑袋像被磁铁吸引过去一样，瞪大了眼睛去瞅。等看清楚袋子里的东西，他手里的鸡骨头一下子就掉在桌子上。他脸色黄里带红，呼吸急促起来，因为那是满满一袋子人民币！

女人若无其事地拉上袋子拉链，魏森的眼睛还像长了根一样，久久拔不出来。

"这、这是多少钱？"魏森紧张得口干舌燥，声音怪怪的。

女人向他竖起一根手指，说："100万！"

魏森几乎要喜极而泣，他在自己胸前揩抹着油乎乎的手，颤抖地问女人："我、我能拎一下吗？"他以为这100万是给自己的，感觉自己的膝盖已经开始慢慢变软，随时随地准备给对面的美女跪下去。

女人戏谑地做了个手势，示意魏森可以去拎袋子。魏森站起来，双手哆嗦着去拎那个旅行袋，他闭上眼睛，用全身的力气去体会着100万的重量。

"是不是很重？"女人的声音像划过玻璃的刀片一样，钻入魏森的耳朵。

魏森睁开眼睛，喘着气说："重！太重了！"说这话的时候，他已经把这个袋子当成自己身体的一部分，舍不得放下。

女人微微一笑："当然很重，因为这是那个姓林的重量！"

魏森像被电击一样，愣在那里说不出话。

女人有些嘲弄的意味，低声道："这不是给你的，是给他的！"

这句话像一盆凉水泼醒了魏森，他顿时像皮球泄气一样跌坐到椅子上。

女人从怀里掏出一个信封，说："这里面的一万块才是给你的报酬，还有你去做的事。"

魏森迟疑着松开旅行袋上的手，有些不甘地接过信封，问："我那发小吴成给你干活，是不是也给这些钱？"

女人面罩寒霜，轻叱道："不该你问的事，你还是别问了。好奇害死猫，懂吗？"

"我不明白,为什么还要给姓林的钱?"

女人说:"老板的安排,你还是不要问了。你按照信封里的要求去做吧,我警告你,别有歪心眼!"她把袋子推给魏森,目光凌厉地盯着魏森。魏森打了一个激灵,赶紧表态:"还是那句话,我办事,您放心!"

女人起身离开,魏森追问她一句:"您说的老板,是不是齐江两尊佛之一的朱总?"

女人戴上墨镜挡住自己的脸,意味深长地看了魏森一眼,说:"小瞧了你,你还挺有眼力见儿的……"

女人像空气一样飘走了,只留下一缕若有若无的香气。魏森看着那沉甸甸的旅行袋,内心挣扎了半天,最后抓过酒瓶一口全干了!

22

桃色新闻

晚上,齐江大学研究生宿舍。

林寒江正在伏案写作,他原来的写作计划已经被工作冲击得七零八落。突然响起一阵敲门声,他皱了皱眉头,看看手表已经是九点半,这个时间点,难道是长发老怪来找他?

林寒江疑惑地打开了房门,让他吃惊的是,站在门口的竟然是气喘吁吁的罗真子。她的马尾辫正汗水淋漓地垂在肩膀,她那露出二分之一后背的运动衫都被汗水湿透,紧紧地贴在身上,看来是刚刚跑完步。他脑海里不由得浮现出她顺时针绕着操场跑步的样子。

"这么晚了,你找我有事?"林寒江揣摩不透罗真子的来意。

"林老师，最近我都没看见您出来跑步，担心您是不是生病了，所以来看看您。"罗真子的神态带着几丝羞怯，但是羞怯之外又让林寒江觉得怪怪的。

林寒江微笑道："谢谢你的好意，我没什么事。"意识到自己只穿了一件背心，他回身去找外套披上。

林寒江回过身的时候，罗真子已经不请自进，坐在了他写作的椅子上，这个举动让他有些诧异。

"林老师，我觉得学外语没什么意思，将来就业也没什么方向，就想着能不能转到环境学院来。请您帮我出出主意，好吗？"罗真子从小到大都是学校的主持人，说话吐字清晰又带着一种柔媚。

屋子里唯一适合坐着的地方被这位不速之客占去，主人林寒江反而无处立足，一时有点局促。林寒江可以在讲台上侃侃而谈，在陌生女人面前却笨嘴拙舌。他手足无措地看着这个浑身香汗淋漓的美女，罗真子低着头，有一丝羞涩，似乎还有一丝期待。

"转院的事你可以咨询一下学院的老师，别人的意见只能参考，最终还是你自己拿主意。"林寒江字斟句酌地回答她。

"林老师，您知道学校里的女生怎么评价您吗？"

"怎么评价的？"林寒江嘴里应付着，眼睛却在寻找自己跑步的服装和鞋子。

"我们都说林老师是体制内讲课最好的，是老师群体里最有济世情怀的，是最像老师的官员，又是最像学生的老师。"罗真子的话有些羞涩，又像是有感而发，显然她这趟来，想和林寒江说的并不是转院的事情。

林寒江其实根本没细听她说什么，这种小女生的直率大胆让他面红耳赤，在她说话的时候，他已经蹬上了运动鞋。他打开房门，说："开玩笑的话，就不要当真了。我正好要出去跑步，有什么事情我们到操场去说吧。"林寒江觉得自己的房间里突然多了一个衣着暴露的美女，别人看见了不知道会有什么联想。

罗真子恍若未闻，坐在那里看着林寒江，眼中忽然充满了泪水，她哽咽着说："林老师，我在外面足足跑了一个多小时，才下定决心来找您……"

林寒江将房门慢慢打开，他看到罗真子浑身的汗水，知道她所言非虚，一定是经过漫长的思考才来找自己。林寒江说："时间不早了，你有问题就快点说吧。"

林寒江是一个谨慎的人，有女性深夜来访，他主动打开房门站在门口，不想给自己招来口舌是非。

罗真子看着林寒江，神情复杂，两行泪水慢慢滚落下来，和她脖颈间的汗水混在一起。她抹去泪水，问林寒江："林老师，如果您的学生里有人被逼无奈，做了对不起您的事情，您会原谅这个人吗？"

"谁被逼无奈，做了对不起我的事？"林寒江一头雾水。

罗真子此次是被逼而来，有违良心，此刻她泪如雨下，内心天人交战，声音颤抖："林老师，原谅我，您原谅我吧，我实在不忍心去害您，但是我没有办法啊，将来我一定倾尽所有补偿您……"罗真子哭得如一朵暴雨倾注之下的小花，她从椅子上滑下来，跪在了地上。

"谁逼你来的，是谁要害我？"林寒江有些没听明白罗真子的话，但是罗真子只是哭，不回答他的提问。

林寒江有点犹豫不定，他伸出手想去扶起这个楚楚可怜的女生，但是理智又让他心生警觉，一种直觉在提醒他："林寒江，危险，这可能是一个陷阱，把手收回来！"

"林老师，倾尽齐江的水也难以洗刷我铸下的大错，以后我只有把这条命赔给您！"罗真子使劲捂住自己的嘴，不敢让哭声传出房间。她跪着抱住林寒江的腿说："林老师，以后就让我跟着您吧，去哪里我都愿意，我相信只有您能救我！"罗真子的哀求情真意切，也许她真的把林寒江当成救命稻草了。

林寒江像拖着一座山，费劲地向门口挪去。他预感到自己可能掉进了别人的阴谋中，一个衣衫不整的女生深夜闯进自己的房间，一定是别有用心！不能犹豫，必须立刻离开这个房间。

罗真子泪眼蒙眬地对着林寒江说了一句英语："我觉得上天注定我们能在一起，我会赎罪的。"

林寒江弄不懂罗真子的意思，面对她歇斯底里的表白，他保持着最后的理智，使劲挣脱她，毅然决然地走了出去，房门在他身后吱吱呀呀响着。

罗真子泪流满面地瘫坐在那里，声音近乎呻吟："林老师，帮帮我，求您救救我……"

林寒江急匆匆走下楼去，站在夜色里深吸一口气，清醒一下自己的头脑。身后的宿舍楼灯光闪烁，整栋楼像一个摇摇欲坠的怪物，晃动着要扑到他的身上。他想给学校保卫处打电话，但是又改变了主意，最后他拨通了田小小的电话。

此时，田小小正在宿舍楼里洗脸刷牙，接到林寒江的电话有些诧异。她满嘴牙膏，口齿不清地说："领导大人，这么晚了还要给我们安排工作？"

"小小，我在外边跑步，我的宿舍里有一个特殊的客人，麻烦你过去帮我把她请走吧。"

"你的客人，让我去给请走？到底什么意思？"田小小咬着牙刷，一脸的诧异。

"是，这个客人我不方便见，但是一直在我房间里。"

"那你说清楚了，是哄走还是请走？"田小小吐出牙膏，瞬间露出了女汉子的精悍。

"你看着办吧，不过也别闹得满城风雨。"林寒江的声音里满是尴尬与无奈。

田小小冰雪聪明，已经隐约猜到了这个特殊的客人肯定是个女性："林副市长，别是你的桃花债吧，让我给你善后？要是那样，我可没时间奉陪。"田小小一直都是大大咧咧的性格，不管对方是谁，开口不是调侃就是嘲讽。

"小小，你别乱想，我不至于那般龌龊，现在整个齐江大学里我只能求你帮忙了。这是关系到名节的事，两个人的名节！我要是回去，可能就会掉进陷阱里。"

"把陷阱挖到你宿舍了，这也太夸张了吧？好吧，看在你不是坏人的分儿上，我帮你一次。"田小小侠气毕露，她抹去嘴角的泡沫，拽着一个室友夺门而去。

与此同时，齐江大学门口的轿车里，阿成正对着电话恐吓罗真子："他走了？那你也不许回来，他还不回来睡觉了？你就给我长在那里，今天晚上就是你的最后期限，不拿到证据，你摸摸自己的脸！"

罗真子在电话里哭得声嘶力竭："求求你们了，放过我吧，我实在做不了！成哥，求求您和老板说一下……"

阿成的声音阴冷恶毒："你不在意你自己的脸蛋，还得想想你的老妈和妹妹，老板的钱那么好花的？今晚你不完成任务，连我都要吃不了兜着走！"

电话里的罗真子只剩下哽咽抽泣声。

成哥从车窗里探出头环视一圈，又压低声音指使罗真子："开弓没有回头箭，既然今天已经撕下脸皮了，你就豁出去了。我们也不是一定要生米煮成熟饭，只要有能控制他的证据就可以。成败就看你的本事了！"

罗真子还在哽咽，阿成继续诱惑她："好妹妹，只要你做成这件事,老板说话算数,你欠的债连本带息立刻一笔勾销。你是去美国还是澳洲留学,看你喜欢,哥哥我已经给你联系好了,抬腿就走!"

"成哥,你们这是想把我逼死,逼我去跳江……"

林寒江宿舍房间内,罗真子握着电话正哭得梨花带雨,突然"砰"的一声,房门被人用力推开,田小小带着一个女同学进了房间。

罗真子吃惊地看着田小小两人,她没想到进来的不是林寒江,竟然是两个女同学。

田小小辨认出凌乱长发下的面庞,不由冲口而出:"罗真子,怎么是你?!"

惊愕的罗真子捂住了自己的脸,转身想向门外奔去,却被田小小拉住胳膊,一下子给推到墙角。田小小讥讽道:"你这是快递小妹啊,主动送货上门!深更半夜钻到人家领导的房间,还赖着不走,你想干什么?"

女人天生是女人的克星。罗真子在田小小的面前就像老鼠遇见猫一样,根本不敢和她对视,她只能楚楚可怜地捂住脸:"求求两位师姐,让我走吧。"

田小小怒斥罗真子:"你赖在别人房间里不走,是想当填房还是小三啊?人家躲出去了你还在纠缠,我们齐大女生的脸都让你丢尽了!"

罗真子的泪水从手指缝里涌出,声音微弱得像蚊子一样:"师姐,你们不知道,我也是没有办法……"

"人都被你逼走了,你怎么还死皮赖脸死缠烂打?"田小小掏出手机,对准罗真子前后左右一阵拍说,"我这是水印相机,还有视频,将来有人要是想咬人一口,我们就拿证据说话!"

罗真子连反抗的意志都没有了,任凭田小小拍摄,身子靠在墙角瑟瑟发抖,原来活泼朝气的马尾辫此时凌乱不堪,勉强挡住了脸。

和田小小一起来的女生有些胆小,悄悄问她:"小小,我们是不是过分了？"

田小小杏眼一瞪："怕什么？有人能豁出脸皮，我们就能狠下心肠。我们先小人后君子，万一她矢口否认呢？"

田小小晃晃手机，对罗真子说："你要是还赖这里，我就在校园网上把你校花的风采给你直播出去，让全校的师生都来欣赏一下，我们的校花是怎样深更半夜赖在别人房间里不肯走的。"

罗真子痛苦地呻吟一声，捂着脸冲出房间，走廊里有两个学生好奇地向她们张望，跟出来的田小小叱了一声："看什么看，没见过女生吵架啊？"

齐江大学门口，阿成见到狼狈不堪奔过来的罗真子，一看她的神情就知道事情办砸了，不由得恶向胆边生，不等罗真子张口解释，直接一巴掌抡了过去。

这一巴掌下来，罗真子反而不哭了，她擦去嘴角的血迹，冷冷地看着阿成："成哥，你带我去见老板吧，我没有办成事情，也不想再丢人了，要杀要剐随你们的便！"

罗真子的冷静反而让阿成有些不知所措，以前的跋扈凶狠好像使不出来了。他几次扬起巴掌作势要打罗真子，罗真子紧闭双眼，脸上的神色却丝毫不惧。阿成举着手原地转了两圈，最后狠狠地拍在自己的大腿上，打得自己惨叫一声。他双手抱头沮丧地蹲在地上，半晌他才抬起头，指着自己额角的伤痕对罗真子说："这是上次事情没办好，老板给我留下的记号。这次更惨，说不定要卸我的胳膊！"

罗真子两行眼泪慢慢滚落，却一脸鄙视地看着阿成。

阿成有些难以置信："你那么漂亮，神仙见了也会心动。那个林寒江难道练了葵花宝典，怎么能不上钩呢？"

罗真子冷冷地说："你以为天下的男人都和你们一样？物以类聚，人以群分，你们策划的阴谋诡计不过是暴发户的水平，一群土包子！"

阿成跳起来作势又要打罗真子，骂道："臭三八，土包子怎么了？你花我们钱的时候怎么不嫌土了？你这个吃里爬外的小婊子，是不是真的看上那个林寒江了？"

罗真子冷笑："看上谁，是我自己的事情，不用你来操心。我欠的钱我会还给你们的，以后你们要么杀了我，要么就不要再烦我！上次你们逼我去引诱……"

没等罗真子说出那个人的名字，阿成吓得一把捂住她的嘴。

"你疯了！那个人的事就不能挂在嘴上，万一传出去，你连尸体都留不住！"

"出卖色相的是我，不是你们！你们不让我离开，我凭什么替你们保守秘密？"

"我的好妹子，想想这些年朱老板宠你疼你，花在你身上的钱都能盖一所学校了，如今老板有难，你不得尽一点心意啊？"

"这种不要脸的事，我已经替你们做两回了，要是再有第三次，成哥你自己化妆顶上吧！朱老板不满意，把我的命赔给他！"罗真子有些歇斯底里，捂着脸跑走了。

"你想得美！想脱身没那么容易！"阿成看着罗真子消失在黑夜里的背影，脸上又慢慢堆积起恶毒的笑容，冲着她喊道，"你以为没有证据就整不倒那个姓林的了？只要你进到他的房间里，他就是跳进齐江也洗不清！等着瞧吧，看看最后谁去跳江！"

低着头的罗真子听见这话浑身一阵哆嗦，她加快脚步跑了起来。

林寒江知道罗真子深夜不请而来，背后一定藏着什么不可告人的目的，他以为自己及时跑出房门，这件事情就会烟消云散，但是，他想错了。

第二天下午，齐江市委宣传部网信办就给林寒江转来一则网上的消息。林寒江看完那则消息，脸色顿时变得铁青。他心中的沮丧和愤怒远远超过那次公益活动被当众污水浇头，这简直如同十盆脏水同时泼在他身上。

那则消息上写着：齐江市副市长林寒江勒索下属企业，公开留宿齐江大学女学生……勒索齐江市金龙供热公司500万元，在齐江大学与女学生罗某某鬼混一宿，时间地点和当事人写得清清楚楚，还配了一张林寒江讲话的照片。

照片里的"林寒江"三个字醒目刺眼，林寒江第一次不敢直视自己的名字。网上浏览量已经过万了，评论也有近百条，不少人在网上怒斥林寒江是"衣冠禽兽、腐化堕落"，呼吁纪委介入查办林寒江；还有网民开始"人肉"林寒江，说他妻子刚刚去世就去勾引女大学生……

林寒江的双手不受控制地颤抖着，胸中的滔天怒火炙烤着他，他抓起自己的茶杯使劲摔向对面的墙壁，茶杯粉身碎骨，几行水流顺着墙壁蜿蜒而下。林寒江可以容忍诬告甚至恐吓，但是这些涉及道德底线的伤害，却让他无法忍受。

久久地看着满墙的水渍，他的怒火慢慢平息下来，那些蜿蜒流淌的不是茶水，是他林寒江欲哭不能的泪水！世间有些人的恶毒总是让人出乎意料。

齐江市纪委找林寒江去了解情况，纪委的两个工作人员刚开始对林副市长还很客气，问了一些基本情况，林寒江都耐心地回答了，并将当晚情况向两人做了说明。但是纪委的工作人员可能觉得还不够细致，不时地询问一些细节，问来问去就露出了"有罪推定"的惯性思维。

那个稍微年轻些的工作人员问林寒江："您要详细交代，到底和女方有没有肢体接触？比如说，有没有搂抱、亲吻等。"

林寒江一听这话，霍然站起，双手撑住桌子，面色铁青地直视他们，把两人吓了一跳，以为林寒江要发飙，但林寒江只是目光如刀地扫视他俩一番，转身而去。

那一瞬间的林寒江傲气逼人，有一种刀锋一样的冷酷。

年轻的工作人员在后面喊他："林副市长，您还没有签字呢!"

林寒江再次成为齐江的名人，不过这次是因为他的"桃色新闻"，人们尤其喜欢把男女之事作为茶余饭后的谈资，而且这个话题的传播速度与添油加醋更让人津津乐道。有些熟悉林寒江的人知道此事大有悬疑，但是更多的人都在鄙夷林寒江丧偶不久就开始胡作非为。

听说林寒江和纪委工作人员闹得不愉快了，廖宇正把林寒江喊到了自己办公室。

林寒江知道书记找自己谈话的意图，铁青着脸坐在那里一声不吭。

廖宇正笑呵呵地给他倒上一杯水，推到他面前，说："网上说你勒索企业的事，纪委书记严哲已经向我汇报了，经过纪委调查，是子虚乌有的事，你不必放在心上。"

林寒江梗着脖子不去喝茶，他知道廖宇正谈话的重点还在后面。果不其然，廖宇正话锋一转，说："至于你和那个女大学生的事，尤其是你接受询问时的过激反应，就是你的不对了。"

林寒江不服，说："我反应过激？我没把桌子掀了就是对他们最大的尊重！有那么询问人的吗？他们缺少对人基本的尊重。"

廖宇正哈哈一笑，道："我说的'过激'就是你这种态度，触到你的敏感之处，你立刻就成了炸药包，有损你的身份和形象。"

"我的身份和形象，现在已经是一堆垃圾，我还有什么在意的？"林寒江心中的怨气一直难消。

"其实，你林寒江是最爱惜自己羽毛的，否则也不会这么失形失态。你把个人的道德和荣誉看得重于泰山，超过你的前途甚至生命，对不对？"

林寒江沉默不语，廖宇正的话其实说到他心里了，没想到这个接触不多的市委书记倒是很懂他，看出他是一个有道德洁癖的人。

廖宇正继续说："别人也许会误解你，但是我知道你肯定是受了委屈，我相信你不会是那样的人。当然了，这一切必须要以纪委监委的调查为依据，希望你还是要端正态度，好好配合人家的调查，不能碰了你的羽毛，你就张牙舞爪地反击。"

林寒江不再梗着脖子，慢慢放松了"战斗"姿态。他慢慢端起水杯，以身体语言表达了自己的妥协。

廖宇正看在眼里，微微一笑却并不点破，说："你的'桃色新闻'虽然是有人故意构陷，但是根子还是出在你自己身上，偶然中藏着必然嘛。"

林寒江感到委屈："根子怎么出在我身上，难道是我主动去招蜂引蝶？"

"篱笆扎得牢野狗钻不进，你想一想，你从来到齐江市之后就放弃了政府给你安排的住所，主动住到齐江大学，有人说你这是和齐江官场划清界限，我觉得这个说法言过其实。你到齐江市是来工作的，不是和大家为敌的，但是这个举动无形中证明了你的自由放任。寒江同志，自由主义的苗头可不能滋长啊。"

林寒江放下水杯想辩解几句，但是想了一想还是放弃了。他有些颓废地向后一靠，说："好吧，廖书记，我接受批评，是我的自由放任导致我自食苦果。我决定好好配合纪委同志问询情况，回去之后立刻就从齐江大学搬出来。"

廖宇正没想到林寒江这么快就妥协了，有点出乎意料。这个骄傲倔强的刺儿头难得一见地顺从听话，他预想中林寒江面红耳赤的争辩场面并没有出现。

其实，廖宇正并不能完全理解林寒江此刻的心情，就如同身陷烂泥坑的人，他只想尽快跳出来，而不想去追究是谁挖的坑。

齐江大学研究生宿舍。

耿正一边帮林寒江整理东西，一边说："你天天打趣我拈花惹草，没想到你自己弄出一桩这么大的'绯闻'，还有名有图有真相，你怎么收场啊？"

林寒江铁青着脸没有接茬，他把自己的衣服卷成一团狠狠塞进行李箱。行李箱的拉链几次都无法拉上，他恼怒地踢了箱子一脚，好不容易塞进去的衣物和书籍又滚落一地，一个精致的照片书签也掉落出来，是那年他和小雪在海南岛天涯海角的合影。林寒江弯下腰怜惜地捡起书签，摩挲着照片中的小雪，不禁有些哽咽："小雪，如果你还在，怎么会让我来收拾这些东西？"

耿正过来将那张书签夹回书里，说："寒江，你要学会向前看，不能总是沉湎往事，能让自己心如止水地面对生活中的离别悲喜，才是一个真正成熟的男人。身在地狱，心向天堂嘛！"

林寒江苦笑着摇头，忍住眼中即将溢出的泪水，他按着自己的心脏对耿正说："我曾经在这里给小雪和我设计了一个天堂，可是现在只剩下我了，这里不再是天堂了，他妈的是地狱！我每天拼命工作，就是想让自己减少一点思考的时间。一想起小雪，我就觉得自己才是害死她的凶手，我就是我自己的地狱！"他揪住自己的头发坐在那里，在老友面前，林寒江从来不掩饰自己的沮丧颓废，"别人泼我脏水，我能忍；诬告我恐吓我，我也能忍；现在又弄一个女学生来败坏我的名声，还让我忍？小雪虽然不在了，我依然觉得无颜面对她，她的老公怎么会和这种事情扯上关系？他们这些人，坏得太没有底线了！太他妈离谱了！"林寒江爱惜名誉胜过自己的生命，这次未遂的"绯闻"闹剧虽然没有给他造成实质性影响，但是对他的心理伤害却难以估量，他现在走在街上都不敢抬头。

耿正叹息一声，拍拍林寒江的肩膀，蹲下来继续收拾东西，他也找不到安慰老友的言语了。

门口突然俏影一闪，田小小进了房间，被房间里杂乱不堪的惨状吓了一跳："怎么了？进小偷了还是被人抢劫了？"

耿正看见田小小进来，大喜过望，说："别在那里咋呼了，赶紧过来帮忙收拾东西。被那个女生一闹，副市长大人也不能在这个斗室里住了。"

"真的？这就要搬走了？"田小小有些不敢相信，问林寒江，"一个'仙人跳'就把你吓跑了，你们当领导的都这么胆小谨慎？"

林寒江无言苦笑，他没法和田小小解释自己的苦衷，组织上批评他的自由主义，而田小小这样的年轻人又无法理解他的胆小谨慎，两头不是。

田小小从包里掏出一沓材料，拍在桌子上，大大咧咧地说："多大点儿的事啊，还把您老人家吓跑了？我已经去找市纪委了，说我就是证人，把那天晚上的事情和他们说清楚了。我有图有视频有人证，不能让他们随意冤枉好人！"

林寒江吃了一惊："你去找纪委了？他们有没有为难你？"

田小小哼了一声："和人吵架我还从没输过，况且我手里还攥着证据，我才不怕他们！"

耿正不知道那天晚上具体发生了什么事情，有些诧异："小小，你怎么会有证据？"

田小小："纪委办案的人看了我带的证据，尤其是水印相机上的时间，说这些证据只能证明我进到宿舍之后发生的事情，在那之前还是疑点。"

林寒江自然知道自己和罗真子交谈的那一段时间是个空白点，没人能给他证明，没想到田小小说："我当时就反驳办案的那个人，什么疑点、证人啊，我就是证人啊！当时我就在走廊里，等着要找林副市长有事，罗真子进去之后，他俩说什么我没听见，但是最多一分钟林寒江就出来了，然后我就进去了，剩下的事情都在照片里。"

林寒江心中突然涌上一股暖流，田小小在纪委面前撒谎了，她的证词掩盖住了罗真子向林寒江哭诉那一段缺失的时间。撒谎，有时候也可以救一个人。

耿正问田小小："难道纪委的人没有问你这丫头，那么晚的时间你去找林寒江有什么事？"

田小小一甩头发，笑呵呵地说："当然问了。我说那天晚上我在学校实验室里化验水样，发现了检测结果有重大问题，于是就急急忙忙去找林副市长，结果刚进走廊，那个罗真子就先敲门进去了。事情经过就是这么简单，什么留宿女大学生等等乱七八糟的，都是造谣诽谤！"田小小巧妙地把前阵子发生的事情嫁接过来，让自己的谎言显得更加真实圆满了。

耿正指着田小小哭笑不得："你这个丫头啊，又莽撞又精明，不打招呼就闯到纪委是莽撞，但把这件事解释得滴水不漏又够精明。你做了一件大好事，帮寒江洗刷了清白，做得好！我请你喝酒！"

"必须请我喝酒啊！他们前后找了我和室友两次核实情况，让我写了整整三四页的笔录，又是签字又是按手印的，折腾我半天。你俩得好好补偿我，不，还有我寝室的姐妹们，必须狠狠宰你们一顿！"

林寒江看着面前这张年轻朝气的面庞，百感交集。这个女孩不惜把自己也卷到这盆脏水里，身上的侠气远远胜过须眉男子。他抑制住激动，轻声地对她说："小小，谢谢你！我不知道说什么……"

田小小这时候反而有些羞涩，红着脸摆手说："哎呀，你怎么也这么酸，受不了了。"她看着林寒江，很认真地说，"我这么做，就是不想看到好人被冤枉。还有，林老师你在齐江市的事情还没有做完，我不想你稀里糊涂地被人打倒。"田小小以前一直客气地尊称林寒江为"林副市长",这时也不知不觉改口叫他"林老师"。

林寒江苦笑:"我来齐江的时候想得很简单、很豪情,我是来给这座城市治污的,没想到治污不成,我自己反而污了……"

"身上有污水的人不等于内心不干净,外表光鲜的人往往心里最肮脏!你问心无愧,怕什么?"田小小宽慰林寒江。

耿正已经把书籍打完包了,他直起腰来点根烟,说:"寒江,你搬回市政府招待所,是不是就意味着你以后不得不向世俗规则低头,忍气吞声同流合污,认认真真走你的仕途喽。你再也不能保持你的个性了,你那著书育人的梦想也只能是一枕黄粱了。"

林寒江摇头:"同流是同流,但是绝对不是合污。你别小瞧我,难道我就不能净化这条江水?"

耿正叹息:"一个人的力量太小了,很难改变一条江的水质,你不被同化就自求多福吧。"他摸着自己不安分的头发,说,"以我为例,我这样的人就不适合走仕途,很大可能会受不了诱惑和威胁,走上歪路,所以我有自知之明,珍惜生命,远离官场。"

林寒江"哼"了一声:"正因为谁都想明哲保身,谁都想躲起来当鸵鸟,所以齐江市才会一盘散沙、一潭死水。都希望别人去捅马蜂窝、去蹚污水,生怕自己湿了鞋,一般干部寄希望于领导,当领导的盼着拖到自己离任……冰冻三尺非一日之寒,齐江市的生态环境问题就是这么日积月累下来的。"

林寒江的话,让耿正连连点头:"你看的问题算是号准了齐江的脉,齐江不仅是污染的问题,还有精神上的颓败,再不整治就完了。"

"站在岸上看流水东逝,怎么叹息都于事无补,只有跳进江里,才有改变它的可能,一滴水也是力量。劝君莫作等闲看,我相信齐江水质会变清,我也相信齐江人,一定会激浊扬清、正本清源的。"林寒江发狠劲去捆一摞书，绳子都拽断了。

耿正使劲吐了一口烟，想说什么又咽了回去，呛得他拼命咳嗽。

田小小"嗤"地一笑："林老师，你怎么也学会喊口号了，还是长篇大论的口号？我看你离同流合污真的不远了。一滴水有用没用，还是先保证它别被晒干吧……"

罗真子自那天晚上以后就失踪了，网上的帖子出来以后，很多人都在找她，可不仅同学找不到她，连纪委的工作人员找她核实情况也联系不上，学校无奈之下只能报警。警方到处寻找她的踪迹，一直没有消息。

这天晚上田小小在大学图书馆查阅资料，听到邻座两个女生低声谈论林寒江和罗真子的"绯闻"，说这件事已经成全校学生热议的话题，各种传言在学生之间流传。现在校花罗真子踪影全无，那个无耻的副市长据说也吓得搬出学校了，听说他当初住进学校就是因为学校女学生多……

田小小把书往桌子上一摔，狠狠地瞪了一眼那两个女生，把人家弄得莫名其妙。

田小小一阵风奔回自己的宿舍，义愤填膺地在校园网上发了一个帖子：《这就是你们热议的真相》。

田小小不仅擅长主持活动，也是校报的笔杆子，仅用了四五百字就把那天晚上的来龙去脉写得清清楚楚、明明白白，又配上几张给罗真子面孔打了码的照片。

点击发送键的时候，田小小心里也曾闪过一丝犹豫，但是一想到林寒江无辜背负的骂名，她忍不住闭上眼睛，使劲点下了鼠标键。

田小小这个帖子，如同在平静如镜的水面扔下了一颗小石头，激起的涟漪能摇动多少水草，荡到哪一座堤岸，她并不知道，她甚至不敢去看跟帖的评论。网络的世界，本来就是真相与谎言交战的地方，谎言往往把诋毁拉来做盟友，所以真相就一直势单力孤。她只是做了良知要求她做的事，至于后果如何，就交给世间的人心吧。

田小小那篇帖子不知道被谁转发出去，并@了齐江市各大媒体以及纪委、宣传部等网站，在"桃色新闻"之后又掀起了一场舆论风波，成千上万的人在网上分成两派，一派同情林寒江被人陷害，一派认为这是受人操纵的水军出来带节奏。

晚上，招待所。

林寒江在房间里整理行李物品，从齐江大学搬过来的东西还没有拆包，乱七八糟地堆在床上、椅子和地板上，他只能坐在一包书籍上稍做歇息，手里端着一盒方便面还没来得及吃。冷不防耿正门也不敲直接推门进来，把他吓了一跳。

"走吧，别忙活了，跟我吃饭去。"耿正拍了一下林寒江的后背。

"我才不去，你的饭没有好吃的，不是贵族大小姐就是乱七八糟的人。"

"不是我，是王校长要请你吃饭，还是家宴！"耿正把"家宴"两个字咬得很重。

林寒江"嗤"地一笑："你编瞎话越来越没品了，王校长会请我们吃家宴？这老爷子一辈子都拿师母身体不好当借口，从来没听说过他请人去家里吃饭。"

话音未落，耿正一脸坏笑地躲到一边，门口出现了一个满头白发的身影："谁说我一辈子不请人到家里吃饭？"说话的正是王清源校长。

林寒江像装了弹簧一样跳起来，手里的方便面险些扣到地上："老师，我……"林寒江虽然已经是副厅级领导，但是每次看见王清源还像读书时一样紧张惶恐。

王清源背着手转了两圈，屋子里实在没有落脚的地方。他四下打量林寒江的房间，最后目光落在林寒江手里的方便面上，有些同情地说："我的学生身为副市长，却清贫到这般地步，我这当老师的是该心酸还是欣慰？"

林寒江不知道该怎么回答，赶紧扒拉开桌子上的杂物放下手里的方便面。耿正把他的外套扔过来，催他："别愣着了，师母在家饭菜都做好了，催我们赶紧过去呢。"

林寒江一边套衣服，一边问王清源："老师，怎么劳烦您亲自过来？"

王清源叹口气，说："我的学生在我的校园里被人诬陷，是我的失职。原来我是懒得过问，现在我是放心不下，所以来看看你。"

"对不起老师，是我自己不争气，给您丢脸了，也给齐江大学抹黑了。"林寒江说得很诚恳，因为这件事不仅是对他个人的羞辱，对齐江大学的形象也是一种损伤。

"我看过网上的帖子了，我相信你的为人，希望你能挺过去，最近你遭受的磨难太多了。"王清源看一眼两位学生，叹了一口气，"塔西佗瓶颈，我们身处其中，除了好自为之还能有什么办法？"

林寒江满面惶惑，心里却涌上一阵暖意，赶紧跟着二人上车。

出乎林寒江意料的是，在王清源家里竟然遇见了纪委书记严哲。

林寒江略带诧异地与严哲握手寒暄，王清源在旁边说："寒江，你来齐江市时间不长，可是没少给纪委惹麻烦，很多事情都要感谢严哲书记，人家可是默默为你化解了不少麻烦啊。"

林寒江紧紧握着严哲的手摇了几下，苦笑道："老师提醒得对，从我牵扯进王武的案子开始，一直到现在的绯闻缠身，真是麻烦不断，多亏了严书记网开一面，否则早就把我收进去了。"

严哲也笑道:"林副市长说笑了,谁不知道你是齐江的干将,功劳大自然非议多,但是组织一定会替你撑腰担当,不能让干事的人伤心。"

严哲又转头对王清源说:"老师,现在有句话很有道理,不经过纪委考验的干部不是成熟的干部,寒江现在已经很成熟了,请老师放心。"

原来严哲也是王清源的学生,他是读在职研究生时才投考王清源的门下,他虽然比林寒江和耿正大几岁,入门却晚。

几人寒暄完毕,分宾主落座,那个传说中病了几十年的师母从厨房端菜出来,虽然满头花白头发,但是神情矍铄,哪有一丝一毫生病的样子。

这时从王夫人身后闪出一个人来,端着一盘菜放到桌子上,林寒江一看,惊得嘴巴都张大了,这个人竟然是王肜。

王肜显然和在座的人并不陌生,她落落大方地坐在了林寒江旁边。

王清源向林寒江介绍:"这是我的侄女王肜,留学回国以后大半时间都住在我家里。"王肜含笑和各位打招呼,和林寒江对视时,故意眨了一下眼睛,漂亮的眸子里闪过一丝狡黠,似乎前几日在鱼馆里的龃龉并不存在。

这顿饭让林寒江吃得无比纳闷,他一直在想,王肜既然是王清源的侄女,那么王清源这位德高望重的校长是否也是"王氏家族"的一员?王肜口中的"地下组织部",王清源是否知情?王清源把严哲请来又有什么意图,仅仅是替林寒江表示谢意?

王清源遵循"食不言寝不语"的训诫,吃饭时并不多话。林寒江揣了一肚子的问号却不便开口询问,他偷看严哲和耿正,也都是一脸严肃,仿佛食不知味,尤其耿正,哭丧着脸简直像是在大学课堂被罚抄笔记。只有王肜美目流盼,一会儿像小女生撒娇卖萌,一会儿又学着齐江俚语说些街坊流传的段子，才使气氛免于沉闷尴尬。

王清源放下筷子，环顾一下桌上的几人："我的侄女心气很盛，前阵子到齐江岸边的化工产业园任职，她年轻不懂事，以后你们这些师哥多关照她一下。"

王彤很知趣地站起来："感谢伯父提醒，各位师哥，小妹现在在化工产业园就职，百废待兴，肯定有很多疏漏之处，还请各位师哥帮小妹一把。亡羊补牢，未为迟也。"

林寒江心头一震，知道这句话是对自己说的。

那边严哲和耿正已经满口答应，林寒江碍于情面，只得说："不要等羊跑了再去补牢，最好还是在亡羊之前把牢补好，这样才不会晚。"

王彤嘿嘿一乐："谢谢师哥，我一定把羊看好，跑不了！"

林寒江再也无心吃饭，看着满桌各怀心事的人，尤其是王清源的满头白发，他从来没想到王清源竟然会出面为王彤的化工产业园求情，这个齐江市内他最尊敬的人突然有些面目模糊。

林寒江三人告辞离去，王清源站在窗前看着三人的背影，王彤像一只乖巧的猫咪贴了过去，在伯父王清源耳边轻声说了半天话。

车里的林寒江正在沉思，耿正捅他一下："想谁呢？都走神了。"

"老怪，你和王彤认识那么久，你知道她是老师的侄女吗？"

耿正举手起誓："我也是今天才知道，我要是骗你，出门把腿撞断。"

林寒江的脸立刻抽搐一下，转头去看窗外。

耿正知道自己失言，触动了林寒江的痛处，赶紧闭口不言。

23
潜逃

省城,一处小旅店。

魏森正在哼着小曲对着镜子修剪自己的鼻毛,从来邋遢成性的他现在也开始在意自己的形象了。剪完鼻毛他又把一件新买的外套反复比画了两三遍,才穿戴整齐推门而去。

魏森暂住在一家小旅店里,路过前台时,他把一个信封拍给服务员,故意发出很大的声音,"这是上周的房钱,还有预支下周的,别他妈再追着屁股催我!"说完趾高气扬地离去了,服务员冲着他的背影狠狠瞪了一眼:"穷鬼,有点钱尾巴就翘天上了!"

那个神秘的女人让魏森今晚十点钟等她电话,说是又有重要任务交给他。魏森天没黑就按捺不住出来了,他要先去美美地吃一顿,再去泡个热水澡,及时行乐才能对得起腰包里的人民币。

路过省信访局接待大厅的门口，魏森看见那个熟悉的保安正站在门口，以前魏森来上访告状时没少吃过他的挖苦和刁难。他一脸挑衅地凑了过去。那个保安认得这个老油条，赶紧过来拦他，魏森挺胸憋肚，气运丹田，一口浓痰吐得如流星赶月，准确地落在保安脚前半尺："这个破门，以后跪着请老子，老子也不稀罕进去！"出了一口怨气的魏森大笑着离去，身后保安的咒骂声听起来那么酸爽，魏森脚下生风，美好新生活就从这口浓痰开始吧。

省城南郊有一处规模很大的烂尾楼盘，开发商曾经一度牛气冲天地说要打造H省最豪奢的楼盘，没想到利比亚战争爆发将他们的海外投资化为乌有，公司破产倒闭，最豪奢的楼盘变成了省城最刺眼的疮疤。晚上十点，魏森接到电话让他到这片烂尾楼会面。魏森如约赶了过去。然而到了地方，他看着四周黑漆漆的残壁断垣，心里一阵打鼓，踌躇着不敢走进园区。

远处有人打亮手电，冲着魏森晃了几下，招呼他过去。魏森壮起胆子，把脑袋缩进衣领，一溜小跑过去。

即便是深夜，那个神秘女人依然戴着大墨镜，她看着魏森惊疑不定的神情，鄙夷地笑笑："一个大男人，怎么长了个兔子胆？"

接着女人又夸了魏森几句，表扬他上次的事情办得很好。魏森眼里都放出光来了，以为又会得到一笔奖赏。谁知女人话音一转，质问他："听说你去监狱找你的发小吴成了？"

魏森吃了一惊，支吾道："是，是，他进去了，我去看看他。"

女人嘿嘿冷笑，墨镜下的眼睛看得魏森心里发毛。魏森心知不妙，自己找吴成打探消息的事估计被这女人知道了，他突然意识到了危险。

魏森胆怯地看着周围，似乎黑暗里藏着吃人的猛兽，正对着他蠢蠢欲动。他上下嘴唇有些打架："把我约到这么个地方，你们不会是要对我……"他越说越怕，不自觉地往后退，"我知道为你们办的事都是伤天害理的事，你们要是对我下手，我的朋友就会把你们的事全抖出去！"

女人嘿嘿一乐："要说下手，也是你先对我下手的。这几天你可是没闲着，到处探听我的底细，是不是？"

魏森惊慌后退，女人又逼近一步："你就那么想知道我的庐山真面目？要敲我竹杠啊？"女人的声音带有几分媚态，又透着一股慑人的狠辣。

上次办完事后，魏森确实暗中去打探过这个女人的底细。魏森贪财不假，可他不傻。他的发小吴成发生车祸以后，他隐约猜到了和这个女人有关，他去监狱探视吴成，顺便打听消息，心里已经开始谋划如何勒索这个女人。但是，此时此刻的魏森双手摆得像拨浪鼓，矢口否认："姑奶奶，您可别多想。您出钱，我办事，不多问，不乱说，我是懂规矩的人。"

"你既然能调查我，我当然也能去摸你的底，这些天你吃的每一碗面，我都安排人替你数着香菜叶。你还胡编有什么朋友，你姥姥不亲舅舅不爱，孤魂野鬼一个，就别在这里虚张声势了！"女人声音依然甜腻，说的话却让魏森汗如雨下，"吴成已经都和我说了，你准备敲诈我一笔钱，对吧？你不是一直想知道我是谁吗？来，我让你看仔细了。"

女人摘下墨镜，又抓住暗红色的大波浪长发一扯，露出假发下面的齐耳短发。女人捋一下刘海，在微弱的亮光下露出本来面目，赫然是王彤。

被发小出卖的魏森已经退到一个残土堆跟前，无路再退。他看着眼前的娇小女子，突然恶向胆边生，用尽全身力气扑了过去，叫着："你们敢卸磨杀驴，老子和你拼了！"王彤站在那里笑靥如花，看着拼命冲过来的魏森，一点也不惊慌。

一个鬼魅般的黑影在魏森身后出现，张牙舞爪的魏森被黑影一把抓住举在空中，拳头在他的后脑轻轻一敲，魏森就像面条一样软了下来。黑影把魏森扔在王彤面前，可怜一身新衣的魏森像一条破麻袋一样贴在地上，重重地一摔仍然不能让他苏醒，可见黑影出手力气有多大。

王彤用脚尖踢了一下魏森，说："卸磨杀驴，你也配叫'驴'？呸，癞皮狗都不如！"

黑影沉声道："本来不想这么早除掉他，还想留着他再咬几口，没想到他自寻死路，竟然还想敲诈勒索。"黑影有极高的警惕性，站在那里几乎和黑夜融为一体，看不清面目。

王彤冷酷得吓人，问："你能保证他没留后手？"

"放心吧，姐，他也就是一条只会叫不咬人的狗。"

"处理干净点。"

黑影把晕过去的魏森扛在肩上，一闪身没入了黑暗。

周成功陪着林寒江站在几十米高的烟囱下面，两人一直仰头看着烟囱顶端，那上面晃晃悠悠挂着两个戴安全帽的工人，正在砖壁上凿眼安放炸药。

这座烟囱明天就要起爆了，作为全市开展"蓝天工程"整治小锅炉工作的启动仪式。林寒江使劲转着发酸的脖子，打量一下周围的环境，发现周边全是居民小区，这根烟囱孤零零地戳在楼群中间，仿佛一根巨大的"毒刺"扎在那里。这根烟囱承担了周围几个小区的供暖任务，却也因为污染问题而饱受周围百姓的指责，现在它终于交出了接力棒，不再吞云吐雾了。

生态环境局的工作人员在布置明天的启动仪式，一群跳广场舞回来的大妈好奇地围着他们，叽叽喳喳问个不停。

一位大妈问工作人员:"小伙子,这是忙活啥呢,真要拆这烟囱?"

工作人员回答:"没错,明天上午九点,准时放倒!"

大妈狠狠一拍大腿,叫道:"我的妈呀,这个害人精终于要拆了!晴天一城烟,雪天一屋烟,把我们给熏死了,这可是天大的喜事啊!"

工作人员纠正她:"不是拆,是定向爆破!一会儿社区干部会通知周围的居民们做好防护的。"

大妈根本没心思听他解释,扭着舞步就冲进小区里散播消息去了。

周成功问林寒江:"明天的启动仪式你真的不来了?方案里定的可是你亲手按下电钮。"

林寒江不屑一顾:"作秀的事,我才不来,谁爱上谁上。我就不信了,领导按电钮它就倒,别人按电钮就不倒?"

周成功有些不托底,说:"按电钮是小事,主要是怕明天这现场出什么乱七八糟的事。"

林寒江立刻警惕起来,问周成功:"乱七八糟的事?怎么了,金龙公司那些人还敢劫法场?"

周成功面色凝重地点点头:"很有可能。拆了他的烟囱就是断了他的财路,按照朱光明的个性,岂能善罢甘休?"

"他敢!我们的供热市场准入制度摆在那里,金龙公司肯定是被淘汰的。对照我们制定的准入和退出管理标准,金龙公司连门槛都够不到。"林寒江有些生气,"朱光明敢来闹事,我明天就站在这里等他!"

其实周成功是真的担心如果林寒江不来参加启动仪式,万一遇到朱光明的人来闹事,场面失控,他可把控不了,听到林寒江这么说,他的眉头也舒展开了。他说:"从明天我们要炸倒的这个烟囱算起,后面还有100多个小锅炉和烟囱要销号,大部分都是金龙公司的。我担心朱光明会狗急跳墙，这个流氓什么手段都使得出来，我们得小心点儿。"

"他早就下手了，甚至已经得逞。"林寒江咬着腮帮子说，"不过，到目前为止我还能站在这里奉陪！"

"上次纪委的人来找我核实情况，我把你这半年多遭的罪，还有老郝的事，全给他们讲了一遍，让这些问责的老爷心里知道，我们也是九死一生地干工作，不能又让我们干活又让我们寒心。"周成功知道林寒江最近的境况，义愤填膺地替他鸣冤。

林寒江不让周成功再说下去，他仰头看着那座烟囱，总感觉它在风里摇晃，似乎随时都要垮塌倒下。这座烟囱有三十多年的历史了，沧桑斑驳，曾经在寒冷的冬季为周围的百姓默默提供温暖，这冒烟的烟囱决定着百姓们家里的温度。而如今时过境迁，这烟囱成了喷吐毒雾的罪魁祸首，原来关注它是否供暖够足的人们把它视为"眼中钉肉中刺"，必欲拆之而后快。林寒江有些感慨，社会进步，人们的要求提高了，一些老旧的东西必然要被淘汰。花无百日红，人无千日好，烟囱如人，毁之誉之，皆随世风左右吧。林寒江发现自己最近越来越容易伤感，有人说这是衰老的表现。

林寒江转头问周成功："听说净土环保科技公司也参与蓝天行动了，他们研制的新项目应用得怎么样？"

周成功咧嘴笑道："上次给他们融资成功以后，他们又联合外脑开发出一个监测大气质量的智慧平台，明天的启动仪式上将正式启用他们的智慧平台，现在正在全市布点呢。以后我们就省事多了，用手机APP就可以直接查看指标数据，而且可以第一时间形成分析报告和预警提示，再也不用把腿都跑细了。"

"希望净土公司和王辰这样的人才越多越好，齐江的生态环境治理工程是一场战争，还是一场持久战，只有拥有他们这样的资源，我们才能最终胜利。我们不能依赖1.0版本的思维去解决3.0版本的难题，我们以前的工作方法太落后了。"林寒江遥指着那根烟囱,对周成功说,"我和你,就像那根烟囱一样,虽然曾经发挥过作用,但是早晚会被时代淘汰,甚至一不小心还会成为前进的绊脚石。"两人一阵沉默。

"明天按下爆破按钮的人,我知道找谁最适合!"林寒江突然灵机一动,对周成功说。

"谁?"周成功一头雾水。

"这个人比我,甚至比市委廖书记都更适合按下按钮!"

夜晚的齐江街道,灯红酒绿,繁华喧闹,林寒江没有开车,走在行人如织的街头。在人群之中踽踽独行,其实是最难言的孤独。他的脚步超过成双成对的行人,将令人羡慕的亲近和温暖甩在身后的夜色里。

以前有小雪在的时候,他即便身在异地心中也会有一道温暖的屏障,如今他穿梭在人群之中却如同独行在空旷的荒野。罗真子的事情,让他感觉委屈难言,他可以承受失败挫折,但是这种攻击他道德尊严的招数,让他难抑愤怒。罗真子只是一个可怜的傀儡,背后指使她的人才是主谋,这个坏得让人瞠目结舌的人如果此时站在他面前,他一定狠狠地一拳挥过去,哪怕砸碎自己的饭碗。他平生第一次感觉到自己体内关着一头难以控制、充满攻击性的猛兽。

当天晚上,林寒江在熟睡中被电话铃吵醒。他睡眼蒙眬地摸起电话一看,是周成功打来的。

电话那头的周成功语气十分焦急,说:"我得到确切消息,明天的'蓝天行动'启动仪式,朱光明纠集了上百名公司职工,还夹杂着一些社会混混前来闹事,准备给我们出个大丑!"

"这个胖子胆量不小啊!"林寒江也被吓了一跳,一下子睡意全无,"他是真的要公开和政府对抗啊?"

周成功说:"前几天金龙公司到处虚张声势说要来闹事,没想到是来真的。今天晚上朱光明带领一些骨干开会到十二点,分派任务调配人手,准备把我们的启动仪式搞成一锅粥。这个死胖子准备要鱼死网破了!林副市长,明天的仪式还搞不搞?如果继续搞,一定要请相关部门支援!"

林寒江手握电话,脑子里飞速旋转。他在判断这个信息的可靠性以及可能出现的最坏结果,他始终不太相信朱光明有这种魄力和勇气,但是周成功得到的消息又不能不重视。他思索了一会儿,对周成功说:"老周,你不要着急,兵来将挡,即便朱光明明天开着坦克来,我们的'蓝天行动'仪式也要准时准点启动!他敢来硬的,我们更不能尿半分,有人把暴力抗法的典型送上门来,我们肯定笑纳!"

周成功还是有些顾虑:"万一现场闹起来怎么办?可别再出现钢铁厂那样的局面了,公安、信访等部门得赶紧做好应急准备。"

林寒江略一沉吟,下定了决心:"我马上就向主要领导汇报,请求支援,我们的启动仪式绝不更改!"

林寒江看看时间,已过了半夜,他先是拨通了李子平的电话。从睡梦中被叫醒的李子平听完情况,迷迷瞪瞪地让林寒江向廖宇正直接汇报。

"这个滑头市长,遇到困难就躲。"林寒江暗骂一声,还是拨通了廖宇正的电话。没想到此时廖宇正竟然还在办公室加班。林寒江言简意赅向他说明了情况,他建议市里要做好应急准备,防止再度出现突发情况。

廖宇正听完汇报,沉吟了一会儿,让林寒江稍等片刻,他向省里核实一下情况。

林寒江放下电话,心里满是问号,就算朱光明闹事,齐江市完全可以处置,怎么还要向省里核实?难道朱光明也是一个手眼通天的人物?

大约过了半个小时,廖宇正打电话过来:"寒江,你们的启动仪式该怎么搞就怎么搞，我已经通知赵驰他们安排警力。那个姓朱的如果敢来捣乱，严惩不贷，绝不姑息！"

林寒江说："书记，这个朱光明如此嚣张，扫黑除恶怎么把他漏了？应该好好查查他，肯定罪行累累。"

廖宇正在电话里"哈哈"一笑，说："你看人还挺准！"

林寒江听出了话外之音，问："莫非省市已经有安排了？"

廖宇正在电话里告诉林寒江，朱光明涉嫌勾结黑恶势力，称霸齐江市的供暖市场和水泥建材市场，已经被省扫黑除恶指挥部密令督办。省市的警方已经秘密工作了一段时间，应该很快就要收网了。他刚才向省里核实情况，其实就是询问案件的进展情况。

林寒江连连称快，说这就是对齐江治污工作的最大支持，既要清除环境里的污泥臭水，也要清除人群中的害群之马。廖宇正叮嘱林寒江一定要保密，不要把这个消息透露出去，以免打草惊蛇。

出乎林寒江的意料，第二天的活动仪式顺风顺水，别说朱光明，连他的徒子徒孙都没有一个露面，仿佛要炸掉的烟囱和金龙公司没有丝毫关系。朱光明的忍气吞声偃旗息鼓，让摆好架势接招的林寒江仿佛一拳打在棉花上，有点失望。

按下起爆按钮的是坐在轮椅上的郑医生，她是林寒江心目中最适合的人选，周成功费尽口舌才把郑医生请出来。比起上次见面郑医生的状态更加虚弱了，按下按钮的那一刻，她苍白的面颊难得地现出一丝血色，但是似乎也耗尽了她最后的力气。看着倒下的烟囱腾起的灰尘，她脸上有一种悲欣交集的表情，然而只是一瞬间，就被病容所淹没。

林寒江站在郑医生的斜对面，细心地捕捉到这一丝表情，心里有种莫名的感动。他想起郑医生上次说的话："我一个人戴口罩没什么，要是有一天全中国的老百姓都戴上口罩，那才叫可怕！"

偌大的齐江市，真正能与林寒江在环境问题上产生共鸣的人，竟然是这个气息奄奄的老太太。

周围小区围观的群众使劲鼓掌。那群广场舞大妈齐刷刷站成一个方队，随着一声令下，边跳边唱："解放区的天，是晴朗的天……"

一个耄耋之年的老爷子在社区干事的搀扶下颤巍巍走过来，非要把亲手书写的一幅字送给林寒江。林寒江打开卷轴一看，上面写了四个大字：甘雨随车。

林寒江被吓了一跳，他懂得这四个字的分量，不敢接受，赶紧推给周成功，让他陪着老人家唠嗑。

林寒江拨开乱哄哄的人群，赶过去送郑医生。

"林副市长，烟囱倒了，我也该去医院了。"郑医生看见林寒江时，似乎已经无力抬起头，只能以一种奇怪的姿势和林寒江说话，一句话让她喘了三次。

"郑医生，等你出院了，这里一定会建成一片绿地，还会种满鲜花。"林寒江心里突然涌起一阵悲凉，他看出来郑医生已经是油尽灯枯。

"不管种什么花，我都看不到花开了。明年这个时候，齐江的雾霾一定会减少了，我也看不到了。"郑医生苦笑着，用力地吸了一大口气，摸出口罩戴在脸上，"记着我的话，不要让我们一直躲在口罩下面。"

"我记着你的话，也明白你的意思。"林寒江轻轻握住郑医生的手。

"林副市长，你要是早来齐江几年就好了，也许……"一阵剧烈的咳嗽，郑医生无力地摆摆手，不再和林寒江说下去，轮椅被慢慢推走了。林寒江慢慢放下告别的手势，他没明白郑医生说的"也许"到底是什么意思。

"朱光明去哪儿了？拆掉了他的命根子，这厮竟然不露面？"林寒江问周成功，周成功问部下，问了一圈，最后问到奉命前来协助的金波身上。金波向林寒江眨一下眼睛，林寒江知趣地走到一边。金波笑嘻嘻地凑过来说："有两个消息，姑且都算是好消息吧，一个和你有关，一个和你无关，你想先听哪个？"

林寒江微微一愣："我想知道朱光明的动向，怎么又冒出来这么一堆和我有关无关的消息？"

金波嘿嘿一乐："和你有关的就是朱光明，这头肥猪昨夜失踪了，我问了他身边的马仔，说是被你吓跑了，离开齐江市了。"

林寒江心中一动，想起了廖宇正和他说过的话，朱光明早就被扫黑除恶专项工作组盯上了，莫非是得到了什么风声潜逃了？他问："你确定朱光明从齐江市潜逃了？"

"没错，这小子肥得像猪，可是狡猾得像狐狸，跑起来比兔子还快。"金波说，"这小子昨天半夜还调兵遣将，准备来启动仪式现场闹事，结果出了公司大门就消失得无影无踪了，盯着他的警察也大意了，被他金蝉脱壳溜之大吉。上次王胖子是假逃，这次朱胖子可是真逃。今天早晨省公安厅已经因为这事把赵局长和我一通批！"

"朱光明逃了，我听说他可是重点人物，上面肯定要批你们，你怎么看起来还高兴呢？"

"这么一个害群之马被踢出齐江市，我当然高兴了，挨一顿批算什么。"金波又说，"不过，这老小子一跑，算是便宜了不少人，齐江市不少人都松了一口气，今晚能睡个安稳觉了。"

林寒江听出金波的画外音，故意调侃他："不是你故意网开一面吧？救苦救难，普度众生？"

金波哈哈一笑："太小看我了，这头肥猪就算是天蓬元帅下凡，我也懒得为他卖命！"

"这个是和我有关的消息。无关的又是什么？"

金波恢复了严肃："记得魏森吗？那个钢铁厂的工会主席，天天蹲在纪委告你的大烟鬼。"

"他怎么了？"

"昨天半夜时分，这个大烟鬼在省城一栋烂尾楼上跳下来摔死了，人都快摔成两截了，肝脑涂地！"

林寒江吃了一惊："是自杀还是他杀？"

"现在省城警方还没有定论，只是给我们发来了协查通报。"

省城警方在魏森的尸体上找到了一封遗书，魏森在遗书中声称自己一直举报控告林寒江，却无力改变现实，只能看着他逍遥法外，良心备受折磨。自己多年前就患抑郁症，深受痛苦煎熬，一直梦想着纵身一跃，寻求解脱。希望世间会有公理正义，早晚将林寒江之流绳之以法……这封血染的遗书由于牵扯到省管干部林寒江，已经由警方转交给省纪委。这个情况，此时金波和林寒江都不知道。

林寒江有些意味深长地问金波："你不是又怀疑我吧？"

金波赶紧摆摆手："说了和你无关，我都查清楚了，他摔得四分五裂的时候，你正领着局里人开会呢。"

林寒江苦笑："说是和我无关，其实你一直没有解除对我的怀疑，该查的你一样没放过，对吧？"

"天天告你的精神病摔死了，你能说这不是好消息？"

"我到齐江市这么长时间，就没听过好消息。"林寒江突然想起一件事，"你说，魏森会不会就是经常给我打恐吓电话的人？"

金波不敢肯定："我和省厅沟通一下，请他们帮助查查有没有这方面的发现。"

林寒江想了想，又摇头否定自己的猜想："我感觉不像，魏森充其量是一条想咬我一块肉的疯狗，而那个人不一样，他是把我当成小白鼠，把自己扮成猫……"

朱光明突然潜逃的消息像长了脚一样，在齐江市内快速流传开了。有了上次王武的前车之鉴，各种天马行空的猜想都变成了小道消息，有的说朱光明知道内情太多，可能被某个大人物扔进齐江"栽荷花"了，有的说朱光明与国外势力有勾结，已经越境逃到国外了。但是朱光明毕竟不是体制内的领导干部，并没有像王武那样造成满城轰动。

廖宇正知悉朱光明外逃的结果，反而有些担忧，第二天傍晚他把林寒江叫到办公室，问他是不是在工作中走漏了消息，惊动了朱光明。林寒江拍胸脯向他保证，消息绝对不是从他这里泄露出去的。廖宇正脸色阴沉，在办公室里踱了两圈，有些气急败坏。

林寒江有些不以为然，说："书记，一个土包子企业家跑了，派些警力抓回来就是了，不至于大动肝火。"

廖宇正批评林寒江，说他工作时挺精明，想问题时就缺了根政治的弦，这一点就不如李子平和赵驰精明。这个朱光明被人举报涉黑涉恶，省扫黑除恶专项小组已经开始秘密调查，眼看着要收网了，他突然跑了，明摆着是内部有人给他通风报信，这个人应该就是朱光明的保护伞，省里肯定要严查的。"给涉黑涉恶势力当保护伞，这可是一条红线，谁碰谁完！"

林寒江恍然大悟，头天晚上李子平迷迷瞪瞪的竟然暗藏着大智慧，他是故意甩开这个烫手山芋。

林寒江问廖宇正："齐江市预先知道朱光明要被查办的人还有谁？"

"专项小组向我和李子平同时通报的消息，算上你，我们三个算是知情人。至于赵驰是否从公安系统知道了消息，我不太了解。"廖宇正确实有些担忧，他是担心林寒江在安排工作时走漏了消息，那么他也脱不了干系。

听廖宇正如此说，林寒江也不禁蹙紧眉头，认识到问题的严重性，这个朱光明外逃肯定要牵出一串的涉案人员。

两人说话的时候，朱光明已经气喘吁吁地一头钻进广西边境大山里的一个小村寨，这里离中越边境只有几十公里。头天晚上，朱光明在公司开会安排得力部下搅乱"蓝天行动"启动仪式，会议还没开完他就接到了一个隐藏号码的电话："出事了，快走！"朱光明扔了手机，立刻钻进轿车从公司后门溜出去，一路风驰电掣连夜赶到邻省的高铁站，他让司机继续开车奔回自己的农村老家，吸引警方注意力，而他自己则用别人的身份证买了一张票直奔广西，下车后被他的心腹直接送进大山深处。

朱光明老奸巨猾，早就转移财产在越南筹建了自己的落脚点，用他自己的话说："狡兔三窟，老子还差一窟呢。"

朱光明藏在小村寨里，一边盼咐线人为他办理过境手续，一边等着心腹阿成从海南绕道赶来和他会合。朱光明并没有在亡命途中冒险等候小弟的义气，他临走时交给阿成一个任务，务必把罗真子带过来，这个女人他供养了这么多年，不能便宜了别人。而且，这也是通知他逃离齐江的那个人的要求，必须把罗真子一起带出国。那个人的话，朱光明不敢违背。

苏娜主动约林寒江去喝咖啡，还在上次的咖啡馆。

见了面，林寒江有些尴尬，说自己最近沾惹上"桃色新闻"，有些没脸见朋友。苏娜却一笑了之，说自己根本不会在意这种无聊的事："你的委屈我做主持人的时候也经历过，恨不得向所有人解释自己的清白，但是谁会听、谁会信？清者自清，过一段时间谣言自然就烟消云散了。"

林寒江本来想对苏娜倾诉委屈，听她如此豁达，反而不好意思说了。

　　苏娜又说："你经历过的悲剧都不算是悲剧，更大的悲剧是，前一集已经谢幕了，你还在等下一集上演。"

　　林寒江知道她话里的意思，无言以对，只能低头看着咖啡杯。

　　苏娜叹了一口气，说："不知怎么了，我这人一看见你就想争辩吵架，而且一定要赢，本来是安慰你，说出来就变成讽刺你的话。"

　　林寒江苦笑："你说我不会说奉承话，你何尝又会说安慰人的话？咱俩彼此彼此。"

　　苏娜哼了一声，说："应了那句老话，不是冤家不聚头。"

　　二人沉默了一会儿，苏娜又道："今天约你来有两个目的：一个是对你夫人的事表示慰问，你现在的状态确实让我有些担心，希望你能尽快从悲痛中走出来；另一个是我受钱总之托，是来和你谈工作的。"

　　"工作？"林寒江有些纳闷。

　　"不错，上次在这里告别时我说过，我会以青峰集团总监的身份，和你谈工作。"

　　该来的总归会来，钱起重金聘请苏娜前来青峰集团，就是希望有朝一日苏娜和林寒江面对面坐着，为了各自代表的利益唇枪舌剑。林寒江想到此处，心里一阵凄凉，也许眼前这个他最珍惜的异性朋友也要失去了。

　　苏娜直截了当地告诉林寒江，她是受钱起的委托前来当说客的，想请林寒江在休闲小镇项目上对青峰集团网开一面，哪怕睁一只眼闭一只眼也可以。

　　林寒江不知道如何回答苏娜，只能看着苏娜苦笑。

　　两人相对沉默良久，林寒江正要开口解释，苏娜打断他："我把钱总的意思一字不落转达给你，虽然不是我的本意，但是我的职责所在，请你理解。"

林寒江点点头："我理解你，就如你能理解我一样，我们都是公私分明的人，不会把身上的职责和心中的情谊混淆。"

苏娜冷笑："其实，你不说，我也知道答案，我不希望你我因为工作的事伤了和气。话不必说到绝处，事不要触碰底线，我们没有必要为了青峰集团的利益争得面红耳赤。"

林寒江略微释怀，说："你真是这么想的？"

苏娜有些挑衅地直视林寒江："如果我说不是呢？"

林寒江一本正经地说："回绝一个五百强企业易如反掌，但是让苏大美女不生气难如登天。"

"我有那么不堪吗？"苏娜被逗得笑出声来，"能让副市长大人感到为难，我也没有白来一次。"

林寒江想了半天，最后还是张口说："苏娜，朋友是朋友，原则是原则，休闲小镇的项目，只要我还在这个位置上，我是不会同意的。请你理解，不，应该是请你原谅。"

苏娜睁大了眼睛瞪着林寒江，眼神由嗔怒慢慢转为温柔，说："你我之间，如果把话说得这么分明，就没有意思了。"她低下头搅动已经变凉的咖啡，"其实，来之前我就已经知道了事情的结局。如果你林寒江能够帮助青峰集团把休闲小镇落地，我在集团内自然会被众星捧月，待遇优厚。但是，这样势必要让你违背自己的内心和原则，你觉得我会那样去逼迫你吗？所以，这个问题我已经替你给出答案了。"

林寒江心中一阵感动，能为对方换位思考、排忧解难的朋友才是万中无一的知己。苏娜似乎不想在林寒江面前流露情感，眼神又慢慢恢复冷冽："我说过，我是一只逐利的鸟儿，我把工作当成艺术品来做。是否让休闲小镇落地是你的事，如果能落地我就会把它雕琢成我的代表作。你遵守你的原则，我对得起我的薪资，仅此而已。"

林寒江再次苦笑："你的艺术品代表作，很可能就是我的耻辱墙，甚至是墓志铭。"

苏娜轻啐一口："天天胡说八道，说得这么丧气，不和我吵架你能死啊？"

苏娜脸上忽然飞过一抹绯红，低声说："我的钱总，你的学长，好像，好像很关心你和我的关系……"林寒江想起耿正也曾经试探过这个话题，只能尴尬苦笑。

苏娜很大方地甩一下头发，说："我已经回复你的学长，我感谢他的好意，但是在这个时候谈及这个话题，是对你和小雪感情的亵渎。我和你，命中注定只能做冤家对头的朋友，做亲人……恐怕缘分不够。"苏娜爽朗干练，无论对工作还是个人情感，从来不会拖泥带水。

林寒江有些尴尬，赶紧转移话题："你不是说今天只谈工作，不谈私事吗？"

"不错，工作方面还有一件事，就是你上次问的青峰集团的情况。"

林寒江一愣，上次他向苏娜探听此事，却被苏娜毫不客气地拒绝，没想到今天苏娜竟然主动说起来。这个高傲冷艳的女人做事往往出乎别人的意料，高深莫测不可捉摸。

苏娜优雅地放下咖啡，说："一年半前，齐江上游的铬污染事件，你应该有所耳闻吧？"

林寒江吃了一惊："我当然知道这件事，而且还参与了防范和补救工作。难道青峰集团和这件事有关？"铬污染事件最近屡次沉渣泛起，在王肜口中提到过，成为水质检测怀疑的对象，今天又从苏娜口中听到，确实让林寒江心头一震。

"青峰集团和铬污染事件并无关联，那时候青峰集团正一门心思在江浙沪一带发展呢。"苏娜微微摇头，"那次齐江水体污染事件，在全国都闹得沸沸扬扬,后来为什么高举轻放,这个你总该知道原因吧？"

齐江铬污染事件发生后,虽然在全国轰动不小,最后的处理结果却是雷声大雨点小,拖了很久才出台,只是将造成污染的化工企业负责人撤职法办,政府一个副市长记过处分。因为拖的时间很长,网络上刚开始虽有一些抗议的声音,不久也就悄无声息了,事情就这么不了了之。林寒江等业内人士当然知道原因,据说是牵扯到一个叫赵恒远的神秘人物。而这个赵恒远的来头很大,他是H省前任省委书记秦风的养女婿。有了这层关系,能把一个惊涛骇浪的齐江铬污染事件处理得波澜不惊,也不算意外。

"你是说赵恒远,还有秦风？"林寒江有些怀疑地问苏娜,"钱起和他们有关系？"

苏娜看着林寒江,高深莫测地笑笑,对林寒江的疑问不置可否："钱起最近陪赵恒远去了一趟美国,美国企业签了一个合作协议,我是在青峰集团内部的报告上看到两人照片的,没想到他俩竟然是合作伙伴。"

"也许两人只是生意场上的合作伙伴,未必与齐江铬污染事件有关系。"林寒江还是很谨慎,有些不敢相信。

"不觉得你的'也许'太巧合了吗？"苏娜轻哼一声,"这世界上没有无缘无故的'巧合',就像我被青峰集团聘来,主要目的就是增加一枚影响你的棋子！"

林寒江无言以对,冰雪聪明的苏娜迟早会识破这一切,她虽然看似坦然地说出了这句话,但是心高气傲的她自尊无疑是受到了伤害的。

林寒江迟疑着问："你不是说不做'无间道'吗,怎么又向我提供这么重要的信息？"

"一切都是因为这个赵恒远。"苏娜声音平静,但是眼神闪过一丝愤怒,"当年我离开电视台,就是拜他所赐。"

"你不是说你离开电视台是因为不让你穿白衣服吗？"林寒江有些纳闷。

苏娜瞪大眼睛，像X光透视一样把林寒江仔细打量一遍："林寒江啊林寒江，你是真傻还是装傻？我是说过这话不假，可你不会当真了吧？要是这种话你也信，你早晚会被骗去跳齐江……"

林寒江右手抚额，苦笑着解嘲："你们女人啊，翻脸比翻书快，假话比真话多，我从来没想到你也会对我说假话。"

"你啊，真是傻透腔了，彻头彻尾一个傻蛋！"苏娜虽然嘴上嘲讽林寒江，看他的眼神却变得温柔，她问林寒江，"如果我故意骗你去跳江，你会怎么样？"

林寒江装出一脸痛苦状，说："这个城市里的800万人，谁都会骗我，但是你不会！"

"假如是真的呢？"

"我水性勉强可以自救，就算被你骗得跳江，我也能从这岸游到对岸。"林寒江不知道怎么回答，只好开玩笑道。

当年，苏娜在电视台的时候，曾经组织过一个《江流天地外》的专题采访活动，从齐江入海口溯江而上，一路采访齐江沿岸的生态环境情况。摄制组的核心成员是苏娜和摄影师大陈。大陈细胳膊细腿，很像一只大蜘蛛，外号"蜘蛛侠"。苏娜和大陈合作多年，非常熟悉，苏娜负责出镜播报和撰稿，大陈负责摄影和设计路线选点。摄制组在齐江上游采访时，发现了一家企业违规排放含铬矿渣，这家企业就是后来造成轰动全国"铬污染"事件的企业，不过那是苏娜采访两年后的事情了。当时，苏娜和大陈准备将这家企业的违规问题在节目中披露，但是制作好的节目最终没有过审，被电视台领导给压了下来。苏娜和大陈据理力争，随后两人被主管部门找去谈话，暗示两人删掉有关"可能影响企业正常运营的不实报道"。苏娜当场拒绝了，《江流天地外》节目也从此被叫停。后来有一天，大陈被朋友约去喝酒，从来谨慎小心的他竟然醉酒驾车肇事。交警赶到现场时，从一辆撞进路边绿化带的汽车里把醉得人事不省的大陈抬了出来。酒驾的大陈被电视台"双开"，拘役六个月。苏娜去拘留所看望大陈，责备大陈怎么会犯下这么低级的错误。大陈泪流满面，说自己只喝了两杯啤酒就突然晕了过去，对后来发生的事情全然没有记忆，再睁开眼已经在拘留所里了。听了他的话，苏娜知道大陈肯定是被人故意设计陷害的，下手的应该就是那个污染企业的人。大陈最后说了一句话："娜姐，我虽然丢了工作，但是要感谢他们手下留情，我还能留一条命回去照顾父母……"大陈的话让苏娜出了一身冷汗，那一瞬间她已经下定决心要离开电视台，否则下一个目标肯定就是她。果然，苏娜向台里提出辞职申请时，台领导并没有挽留，心灰意冷的苏娜走得义无反顾。后来，辞职的苏娜偶然间从一个商界大咖的口中听到消息，说那家企业的真正幕后老板是赵恒远，而他正是时任H省省委书记秦风养女的老公，大陈和苏娜的遭遇可能就是赵恒远的授意。两年后，那家企业终于东窗事发，在全国人民的关注下勒令关停，但那时候苏娜已经远走南方，大陈也远赴欧洲谋生。

听完苏娜的讲述，林寒江长叹一声，他虽然参与了"铬污染"事件的处置工作，但是并不知道背后还有这样惊心动魄的故事。

苏娜说："我这一辈子，看不起的人多如牛毛，但是真正从心里记恨的人只有一个，就是这个赵恒远，不仅因为我和大陈被陷害，更因为此人行事的猖狂卑鄙。我只是希望正义不要缺席，不要放过赵恒远这种人！"

"你的意思，青峰集团现在已经和赵恒远勾结在一起？"林寒江问得小心翼翼。青峰集团不仅答应要推动钢铁厂转型升级，还要在齐江市投资建设污水处理厂和垃圾综合处理厂，他实在不敢相信青峰集团也会浸到浑水中。

苏娜说:"目前,钱起的青峰集团和赵恒远到底是什么关系,我并没有确切的证据,但是以后我会密切关注的。也就是说,我答应了为你做'无间道'。如果青峰集团真的和赵恒远有关联,我想我知道自己该如何抉择。"

林寒江沉默一会儿说:"也许,我并不能帮你找回正义,那座大山不是我的力量能扳倒的,它太庞大了。"

苏娜不以为意地笑一下:"我也没有指望你能扳倒这座大山,你说我是齐江市唯一不会骗你的人,而你是齐江市我唯一相信的人!万一哪天我也没了,这个真相我可不希望烟消云散。"苏娜的话让林寒江心里一惊,再抬头时,苏娜已经款款而去。

林寒江一个人在江边林荫道走了一会儿,心中更加烦闷。他捡起一块小石子狠狠地扔进江里,远处的江面发出一声轻响,随即被浓浓的黑暗吞没。

齐江的水越来越浑了,而我,可能就是这块小石子吧。林寒江懊恼地想。他低着头走过一排停在树下的车辆,其中一辆迈巴赫车轻微地晃动起来,林寒江以为这车要从车位开出来,赶紧让到一旁,谁知迈巴赫并没有开出来,晃动反而明显加剧了,还带着一种左右摇摆的节奏。车里隐约有两个人紧紧地抱在一起,疯狂地亲吻着对方。"车震",这两个字像一根烧红的烙铁塞进林寒江的脑海,他顿时变得比车里的两个人还局促,赶紧低下头加快脚步离开。

其实,林寒江如果能看清车里的两个人是谁,很多困扰他的谜题都会有了答案,可惜林寒江尴尬地离开了。

齐江沿岸有钓鱼者举报说,浅水区又发现不少死鱼,怀疑齐江水质被污染了。林寒江与周成功等人赶去查看,坐上冲锋舟刚驶出去不远,上游就有百姓就高喊:"有人跳水了!"林寒江闻言立刻命人掉转冲锋舟赶了过去，只见一个长发女生在江水里上下浮沉，似乎已经没有了知觉。林寒江和周成功跳进水里，将女生合力抬到冲锋舟上，竟然是最近下落不明的罗真子。

原来朱光明潜逃以后，暗中遥控阿成等手下威胁勒索罗真子的家人，威逼罗真子就范。罗真子不敢声张，只能躲起来，又因为被田小小在网站上揭露了那夜发生的事情真相，她感到自己没有脸面在学校生活下去了，就在朋友圈里写下遗书，想跳进齐江一了百了……没想到机缘巧合，正好被林寒江和周成功救了上来。

罗真子苏醒过来，看见林寒江浑身湿答答地站在眼前，还以为是幻觉，等她神志恢复清醒，忍不住抓着林寒江的胳膊痛哭流涕："林老师，原谅我，是朱光明他们逼着我去害你的，我没有按照他们的要求去做，他们就威胁我的家人……"

林寒江虽然一直怀疑陷害自己的幕后黑手就是朱光明，但是一直没有证据，此时终于从罗真子口中得到了证实。朱光明既然能使出这等龌龊伎俩，那么小雪的车祸、郝仁敬的昏迷不醒，是不是都和他有关？林寒江站在那里，有些恍惚。

义愤填膺的周成功立刻要报警，让罗真子向警方说个明白，林寒江看了一眼瘫在地上的罗真子，对周成功摇摇头。周成功恨恨地跺一下脚，只好拨通了120急救中心的电话。

与救护车几乎同时赶到的还有田小小等几名女同学，原来罗真子在朋友圈的遗言引起了学校的重视，很多同学都自发到江边寻找她。

田小小脱下衣服盖在罗真子身上，愧疚地拉着罗真子的手，向她承认是自己在网站上发的帖子。田小小一脸痛苦，她也没想到自己一篇义愤之下的帖子竟然把罗真子逼上绝路。罗真子泪如泉涌，她并不记恨田小小，只是挣扎着向林寒江说："林老师，对不起，只要我能活下去，我会用一辈子赎罪……"

林寒江知道罗真子和朱光明之间一定还藏着很多秘密，但是他对这个女学生既心生恻隐又小心戒备，很多问题涌到嘴边又咽了回去。那些疑团还是等罗真子康复了，交给警方询问吧。有媒体赶来要采访见义勇为的人，听说跳进江里救人的是副市长林寒江，更激起了媒体的兴趣。林寒江可不想让媒体再把自己和罗真子联系起来，赶紧让周成功把他们打发走了。

救护车呼啸而去，林寒江的恻隐之心险些酿成大错。

当天晚上，罗真子在医院急诊病房里输液观察，陪护的田小小刚拿着换洗衣服进屋就被人从身后打晕在地，等她醒过来，罗真子已经被人劫走了。

金波带着张小志等人赶到医院，调看了医院监控，初步判断劫持罗真子的人应该就是朱光明的心腹阿成。等林寒江赶过来时，金波把他一通埋怨，说他满脑子里只有烂泥臭水，一点警惕意识都没有，罗真子既然已经承认自己是受朱光明指使的，这么重要的知情人找到了他竟然没有通知警方，最后被人劫走了不说，还害得陪护的田小小遭此一劫。

金波没有把林寒江当成市领导，数落他的时候一点不留情面。

林寒江和张小志在医院里相见，彼此有些尴尬。金波对他俩以前的过节略有耳闻，吩咐张小志："别愣着了，赶紧布控堵卡去啊。能找到阿成和这个女学生，就能抓住朱光明！这个立功机会，我送给你了。"

张小志领命而去。

田小小用冰袋敷着后脑勺的肿块，看见林寒江进来，没等说话就一咧嘴泪如雨下，原来这个侠义的女孩也有恐惧的时候。

林寒江柔声向田小小道歉："是我疏忽大意了，没想到这些人竟然敢明目张胆抢人，连累你也受伤了。"

田小小努力扮出一副满不在乎的表情："背后伤人的小蟊贼，本姑娘和他没完！我挨一记闷棍不算什么，就是不知道罗真子怎么样。人家罗大美女可是要用一辈子赔给你呢！"牙尖嘴利的田小小受了伤也不忘调侃林寒江。

林寒江突然想起李云城，问田小小："李云城呢，他怎么不来陪你？"

田小小眼圈一红："这个死木头，最近像是丢了魂，天天看不见人，一点也不把我放在心上……"

李云城在哪里？此时的李云城已经无暇顾及田小小，他用尽了积攒已久的勇气，把自己站成一根铁桩子戳在路中间。一百米之外就是钱起的迈巴赫车，正向他驶来。他已经尝试了数次，都在最后一刻落荒而逃。今天的他就是要在十二点之前握住德瑞那夫人手的于连，要么堵住钱起的车，要么死于钱起的车下……

迈巴赫车越来越近，李云城惶恐地闭上双眼，但是没有挪开哆嗦的身体……随着一声尖锐的刹车声，车头紧贴着李云城的腿停下了，秘书燕赵和司机一起跳下车斥骂这位不速之客。李云城不去理会他们，径直扑到车身上拍打着车窗，大声喊着："看看我的眼睛，我的眼睛！"李云城已经无数次拿着钱起的照片和自己对比，两人的眼睛如同复制粘贴的一样，即便是陌路人也能看出这是一对父子。

车窗摇下，钱起深邃的目光看着眼前这个年轻人，看不出喜怒哀乐。李云城手忙脚乱地指着自己的眼睛，他怕钱起不相信自己，又说："我的母亲是……"

钱起的男中音如同一阵春风："不要说了，上车吧。"

李云城在燕赵和司机惊诧的目光里，坐到钱起身边。钱起握住他的手，好像有一股神秘的电流传来，李云城立刻感到自己腰杆挺直、容光焕发，那股电流让李云城从脚趾到头发都抖擞起来，他被自己的变化震惊了。

此情此景李云城很希望田小小能看到，尤其要让那个富二代的追求者看看，到底谁才是富二代！

自从那天晚上李云城知道了自己的身世，他的人生目标就完全改变了。他原来的人生梦想就是毕业后有一份安稳的工作，一套不大的房子，能够迎娶漂亮的田小小，这就是他的幸福人生蓝图。但是自从知道了自己和钱起的关系，他的心里就悄悄长出了一棵树，这棵树没有硕果，而是长满了欲望的尖刺，那些尖刺让他寝食难安，魂不守舍。他要借助这些尖刺改变自己的人生。田小小也察觉了他最近的变化，问他怎么了，但是李云城心里的野马已经脱缰难返。

钱起和李云城在办公室里密谈，两人谈的什么无人知晓。时间滴滴答答溜走，屋内二人相谈甚欢，秘书燕赵疑虑的目光始终没离开过钱起的房门。钱起门前放着一尊北魏时期的石佛，而燕赵也几乎把自己坐成了一尊石佛。

六个小时后，钱起和李云城终于出来了，钱起拍着李云城的后背说："好好干，就从青峰集团的化工板块干起，从技术副总干起，我膝下只有两个女儿，做梦都想有一个继承家业的儿子。以后，青峰集团就是你的！"

李云城心中顿时一片金戈铁马万里江山，他师从耿正，在环境专业之外也爱读些诗词史书，那一瞬间，他想到了唐朝李渊起兵时对李世民的嘱托，想到了明朝朱棣造反时对朱高煦的嘱托。

李云城脚下踩着云彩一般兴高采烈地离开了。钱起的目光恢复了高深莫测，他有意无意地扫了燕赵一眼，又把自己关进房间。

燕赵看看四周无人注意，掏出手机不知给谁发了一条微信："钱总从天上掉下来一个儿子……"

阿成和罗真子消失了，齐江警方搜寻了一天一夜，没有发现一点蛛丝马迹。金波有些难以置信，一个带着女学生逃跑的小混混，竟然有这种通天的手段，安然逃脱警方的搜捕。

金波听完刑警队的汇报，拍桌子斥责张小志等几个刑警："继朱光明逃脱之后，又来一个无影无踪？是敌人太狡猾，还是我们太无能？你们这些年轻人，能不能考虑一下我这张老脸，我这老脸几乎被你们丢尽了啊，我没脸见人了！"

"金局，会不会有这种可能……"刑警队长说得吞吞吐吐，"我们内部，是不是出了问题？"

"你说什么？我不相信会有这种事！"金波拍案而起，眼镜都震落了。

"连续两次在我们眼皮底下消失，我怀疑我们内部有人通风报信，甚至帮他们安排逃跑路线！"

24
天降100万

　　齐江的水质检测问题,让林寒江很是挠头。死鱼就漂浮在眼前,检测结果却不痛不痒,无法成为关停这几家企业的理由。

　　他决定按照自己的思路和方案,来解决这件事。他请了三天假,说是回省城看望岳母,其实是去了齐江下游相邻的J省。他去J省有两个目的,一是邀请J省的环保专家在下游设置断面检测齐江水质,二是通过J省环保厅与J省委省政府主要负责同志做了一个汇报,提出一个齐江沿岸省市"统一治污、协调发展"的规划建议。

　　在出发之前,林寒江向省委陈庭坚书记和省政府分管领导做了电话汇报,陈书记在电话里对他的建议高度评价,授权让他做两省之间的联络员。

三天后，林寒江回到齐江市政府，他发现周围的人看他神色有点异常，很多人眼里都带着幸灾乐祸的嘲讽，刘耕野与他打招呼的语气更是阴阳怪气。市长李子平听完他的"统一治污、协调发展"的汇报后，竟然对这项工作不置可否，而是委婉地建议林寒江最好直接向省委陈书记汇报。

林寒江回到自己办公室，反思自己的所作所为，认识到自己越级向省委书记汇报工作以及和J省联系的事情，老百姓把这种行为称为"隔着锅台上炕"，是官场大忌。李子平肯定是因为这个，对林寒江心生不满。其实他之所以先斩后奏，是因为这个程序如果层层审批、报方案、报计划，再从H省到J省，最快也要两三个月。

林寒江知道自己犯了忌讳，他下定决心要在市政府会议上坦承自己的错误。君子敢为，更要敢当，只要能做成事情，承认错误接受批评不算难事。但是林寒江想简单了，路人侧目的原因不仅仅是他的工作方式，一片更大的阴影已经罩住了他。

耿正约林寒江晚上小酌一下，林寒江略一犹豫还是答应了，正好还给耿正借他的10万块钱。妻子去世以后，林寒江一直无暇处理小雪遗留的银行事务。林寒江去银行取钱，却发现他自己连妻子的银行卡密码都不知道。他平时在家里是一个名副其实的甩手掌柜，自己的工资卡长什么样都不记得了，平日里都是小雪操持这些琐事。林寒江带着妻子的死亡证明，找了一家银行的领导，折腾了半天才取出10万块钱。妻子银行卡里的钱数却让他吃了一惊，一共127.8万，林寒江纳闷两人怎么有这么多存款，小雪也从未和他提及此事。林寒江给岳母打了一个电话，问老人家是否知道小雪银行存款的事情，岳母说她平日里是给过小雪一些钱，但是似乎没有这么多。满腹疑虑的林寒江把十万块钱放进车后备厢里，准备晚上送给耿正。他本来想直接转账给耿正，但是耿正在电话里说他太客气了，不拿他当朋友，死活不肯要。

吃过午饭，林寒江准备参加下午的规划论证会。这是市政府专门听取青峰集团休闲小镇项目情况的会议，林寒江已经准备了很久关于这个项目的意见和建议。他是坚决反对这个项目的，尤其想起那天他陪小雪在月下湿地散步的情形，有些东西他豁出性命也要坚守。他决定要再一次冒天下之大不韪，哪怕再得罪一批人。

青峰集团聘请的规划专家正在会议室里演示PPT文件，钱起和苏娜正和李子平说着什么，见林寒江进来，二人热情地打招呼，准备过来握手寒暄。林寒江也伸出手去，心中却一阵感慨，今天的会议将是他和学长、知己第一次在公开场合唇枪舌剑的战场。钱起仿佛心有同感，和林寒江打招呼时格外热情，对他来说，也将如走上拳击赛场，林寒江就是那个摸不清底细的对手。

没等双方握手，市纪委书记严哲和两个表情严肃的中年人拦住了林寒江，那两人亮出证件，原来是省纪委的，请林副市长去协助调查一件事情。有些发蒙的林寒江来不及向李子平解释，只能乖乖跟随而去。

会场里的人静悄悄地看着林寒江被带走，李子平表情凝重，猜不透他心里想什么。钱起一脸愕然，他还没出拳对手就突然倒在他面前。而苏娜感觉一阵天旋地转，看着林寒江如羔羊一般被人带走，她想起了当年的搭档大陈。

副市长林寒江在会议室门口被省纪委带走，当天下午这个消息就传遍齐江市乃至H省，又引起一场地震。很多人奔走相告，"独钓寒江雪"终于也进去了！

当天下午的休闲小镇规划论证会，由于没有了林寒江的反对，加之青峰集团聘请的规划设计团队确实水平高超，围绕湿地区域设计的休闲小镇方案得到一致通过。市长李子平当场拍板决定，让常务副市长刘耕野牵头负责这个380亿的项目，带领招商、规划、环保、城建等部门，主动与青峰集团对接，要研究产业、就业等限定条件，在土地摘牌过程中确保不出差错，尽快推动这个项目落地施工，要把这个项目做成代表齐江市文化概念、环保理念和营商水平的样板工程。钱起满脸兴奋，表示青峰集团一定不会辜负齐江市领导的期望，把最优秀的作品呈现给齐江人民。而苏娜却不知道什么时候悄悄离开了会场。

青峰集团离开以后，市政府的会议还在继续，讨论的已经不是休闲小镇的项目，而是刚刚被省纪委带走的林寒江。李子平一脸惋惜地说林寒江同志有能力，有水平，肯干事，是省委陈书记点将来齐江的，没想到半年多就出事了，实在令人惋惜。省纪委的同志过来之前已经私下里和廖宇正、李子平沟通过了，说是省纪委向省委书记陈庭坚汇报了，有人实名举报林寒江接受贿赂，一笔就是一百万。陈书记当场表态，我们需要的是干净能干事的人，能干事却不干净的人要严惩不贷。在林寒江去J省沟通工作的同时，省纪委已经根据举报对他展开了调查。

刘耕野反对李子平还称呼林寒江为"同志"，他说按照规定，林寒江以后就不是我们的同志了。林寒江这种学而优则仕的干部，这些年在全国出事的案例不少，这些人有知识有头脑，思路与见识确实高人一筹，但是他们有明显的短板，没握过重权，没管过大钱，没受过磨炼，一旦被那些苍蝇蚊子盯上，很容易就湿了鞋。可惜啊，齐江的水，不是那么好蹚的。

政府一、二把手这么说，基本上是给林寒江盖棺定论了，其他几位副市长和局长也随声附和，资历老的都感慨现在当官是高危行业，位置高权力大，风险也大。齐江市官场接二连三出事，已经让大家噤若寒蝉，都不愿意出头担责干事。

李子平说的情况大致不差。省纪委前一阵子接到朱光明的实名举报信，说是往林寒江的银行卡存了100万，卡号和存款时间都写得清清楚楚。省纪委责成齐江市纪委暗中监控这个卡号，齐江市纪委今天上午报告，发现有人用这个卡号取款。省市纪委调出银行的监控录像，发现取款人正是林寒江，所以立即把林寒江带走调查。

林寒江在纪委的问询室里，承认取款人确实是自己，这10万块钱是还给同学耿正的，钱现在就在车里放着，纪委立刻派人在林寒江的车里搜走了这笔钱。市政府有人目睹了这一过程，立刻齐江市各种谣言满天飞，说副市长林寒江的车里被搜出巨款，办公室里也查出来源不明的巨款。甚至有好事之徒添油加醋造谣，说林寒江的妻子小雪也可能是畏罪自杀。

纪委工作人员向林寒江抛出一连串的提问："你是否了解妻子银行卡里的钱数？汇入的100万来自哪里？你是否有暗中收受企业贿赂的行为？"

面对纪委人员咄咄逼人的发问，林寒江说自己今天上午在银行才知道妻子银行卡里有多少钱，其他的一概不知道。纪委人员不相信他的解释，反复盘问了四个多小时，林寒江最后干脆拒不开口，以示抗议。当天晚上，省纪委宣布对林寒江采取留置措施。

林寒江在留置室里愤怒地扯着自己的头发，他对自己当初来齐江的决定感到了深深的怀疑。他后悔了，后悔自己选择来到齐江这个地雷阵、臭水坑，如果不是他来了齐江，小雪就不会遭遇后来的车祸，自己也不会被莫须有的罪名关起来。林寒江懊悔地扇了自己几记耳光，监控他的人以为他要自戕，进来阻止他。林寒江平静下来，向他们索要纸笔，说是要写材料。

林寒江写的其实是辞职报告，他的道德洁癖不能容忍这种气节上的侮辱，他决定出去之后就立即辞职，哪怕去一个最末流的大学里继续他的课题，也好过蒙受这种不白之冤。林寒江埋头写了大半夜，但是天亮时又把写好的辞职报告撕得粉碎。

第二天，留置室里的林寒江开始默写王阳明的名篇《瘗旅文》：古者重去其乡，游宦不逾千里。吾以窜逐而来此，宜也。尔亦何辜乎？

闻尔官吏目耳，俸不能五斗，尔率妻子躬耕可有也。乌为乎以五斗而易尔七尺之躯？又不足，而益以尔子与仆乎？呜呼伤哉……连峰际天兮，飞鸟不通。游子怀乡兮，莫知西东。莫知西东兮，维天则同。异域殊方兮，环海之中。达观随寓兮，奚必予宫。魂兮魂兮，无悲以恫……

《瘗旅文》写的是阳明先生目睹一个俸禄不到五斗米的小吏，与儿子和仆人在贬谪路上相继病亡，阳明先生带领学生将三人埋葬，心中感慨写下《瘗旅文》。林寒江默写这段话，是后悔自己抛家舍业来到齐江任职，结果赔了夫人又折了自己前程。后来他又写"按心兵不动，如止水从容"，他把这十个字写得如拳头一般大，贴在墙上，整整看了一夜。

广西边境，某出境检查站，几十辆车在排队等候检查。

化了装的阿成嘴上多了一抹胡子，他操纵着方向盘随着车流向检查站慢慢靠近，后排座的朱光明一脸紧张，大油脑袋上不停地冒汗。朱光明打扮得花里胡哨，像一个"港农"，他一只手牢牢攥住罗真子的胳膊，坐在他旁边的罗真子长发凌乱，面容憔悴得像个木头人一样。原来阿成将罗真子从医院劫走后，一路上避开高速公路专跑偏僻小路，换了三辆车赶到广西与朱光明汇合。听说要潜逃越南，罗真子拼命反抗，结果被朱光明一顿毒打。阿成曾经私下跟朱光明说，带一个女人过境不安全，干脆在大山里干掉她，朱光明大脑袋摇了又摇，说到了那边也需要一个人洗衣做饭，照顾自己的起居。阿成暗自嘀咕："老牛吃嫩草，还他妈的是一个情种……"其实，朱光明自有自己的算盘，只要罗真子在手，那个人的把柄就永远攥在朱光明手里。

见前方的武警战士正逐一检查证件和车辆，朱光明有些沉不住气，敲敲阿成的后背，问他过境的手续有没有问题。阿成安慰他说，重金聘请的线人经验丰富，从来没有失过手，肯定能平安过境。朱光明略微定下心来，攥着罗真子胳膊的手也松了下来。罗真子看着自己被捏紫了的手臂，拼命忍住泪水，不敢哭出来。

武警战士敲敲车窗，向阿成和朱光明索要证件。朱光明抹一把脑袋上的汗水，松开了攥着罗真子胳膊的手，毕恭毕敬地将证件双手奉上，脸上的笑容挤成一朵被压扁了的向日葵。身后失去钳制的罗真子，看着武警战士手里的冲锋枪，一瞬间做出了改变她命运的决定——她突然发出一声歇斯底里的尖叫："救命啊！他们是逃犯！"她拼命推开车门，向一名武警战士跑去。

阿成大骂一句："猪脑袋，到底砸在了这个婊子手里！"他掏出手枪瞄准罗真子的后背——一声枪响，罗真子后背绽开一朵鲜艳的血花。与此同时，阿成的胸膛也被子弹凿开几个血洞，他身子一歪滚倒在车轮下。

朱光明脑门的汗已经变成了黏糊糊的冷汗，裤裆里一热，似乎被吓尿了。他分不清是哭还是笑，双手合十向武警战士哀求："误会，误会！我可是良民，千万别开枪……"

罗真子在昏迷中不住地呓语："他们是逃犯，我不想当逃犯……"一名战士用急救包捂住她的伤口，鲜血还在不停往外喷涌。

这一路上，罗真子逆来顺受，终于在最后关口找到了拯救自己的机会。从主动敲开林寒江宿舍门那一夜开始，这个女孩的心里经受过什么样的痛苦和折磨，只有她自己知道。或者说，从她第一次接受朱光明钱财的那一刻开始，她的命运就走向了深渊，此时的她终于可以摆脱痛苦和折磨了。

生死未卜的罗真子被送往附近医院抢救，朱光明一脸油汗地爬进了警车。

…………

第三天，林寒江仍在留置室里奋笔疾书，他写的是《关于成立齐江湿地保护区的建议与实施路径》。

第四天，林寒江写的是《关于齐江水系污染治理与沿江省市环境经济协调发展的思考》。

……………

朱光明将被广西警方押解返回H省。消息传来,赵驰命令金波带人火速赶到省城机场,务必将朱光明带回齐江市审讯。

赵驰下达命令时声色俱厉,说这是市委、市政府主要领导的命令,必须坚决完成。金波不敢有违,带着两辆警车风驰电掣赶到省城机场。

飞机刚刚停稳,金波就带人堵住了舱门。肥头大耳的朱光明露出头来,见是金波等齐江市警察,竟然有一丝侥幸的神色。朱光明捧着肚子颤颤巍巍还没走下舷梯,又是一阵警笛鸣响,几辆警车冲了过来,十几名荷枪实弹的特警将金波和朱光明等人都围在中间,把齐江市的警察吓了一跳。

金波与他们交涉半天,才弄明白这些特警是受省扫黑除恶领导小组命令,前来交接朱光明的。金波无奈,只能在电话里向赵驰请示。赵驰态度很坚决,要求金波必须将朱光明等人带回齐江市。金波命令在身不肯妥协,对面的特警也决不让步,双方一时间僵持不下,只能分头向自己的上级请示。

机场上演的争夺逃犯大戏惊动了省委政法委、省纪委和省公安厅,受省扫黑除恶领导小组的指派,省公安厅一名副厅长赶到机场,责令齐江市公安局无条件退出交接行动。与此同时,廖宇正也给金波打来电话,把他劈头盖脸一顿怒批:"金波,你还懂不懂规矩,讲不讲政治?谁给你的胆子去和省扫黑除恶小组抢人?你想当保护伞想疯了吗?"

金波满腹委屈,辩解道:"赵局长说是您和李市长的命令,让我务必将人带回齐江市进行审讯,我到底该听谁的?"

"胡闹!我什么时候下过这样的命令?"廖宇正在电话里怒不可遏,"立刻给我滚回齐江市!"挨了骂的金波不敢再争辩,他预感到要有重大事情发生了。

金波把朱光明扔给特警，带着部下灰溜溜地走了。

朱光明得知自己要被省扫黑除恶小组直接带走，如丧考妣，全身发软，痛风的双脚再也支撑不住庞大的身躯，几乎是被两名魁梧的特警拖着走的。

第五天，市委书记廖宇正来到留置室。看到胡子拉碴、两眼通红的林寒江，廖宇正神情复杂，不知道是怜悯还是生气。最后，廖宇正只说了三个字："跟我走。"

廖宇正带着林寒江坐车前往省城。

一路上，林寒江以为廖书记会问他案情的情况，但是廖宇正只问了他一句话："青峰集团的休闲小镇项目已经在市政府常务会上通过了，你怎么想的？"

原来，林寒江被留置的几天里，青峰集团的休闲小镇项目不仅通过了规划论证会，而且也通过了市政府常务会议。林寒江听到这个消息，叹息一声，说："廖书记，不瞒你说，这个项目虽然有380亿的投资，对齐江的经济指标贡献很大，但是我坚决不同意这个项目落在湿地区域，因为那样，我们齐江的绿肺就遭到破坏，我们会成为齐江的罪人。"

林寒江向廖宇正解释，按照去年国务院下发的《湿地保护修复制度方案》，齐江湿地属于"地方重要湿地"，纳入H省生态保护红线的湿地范围，实施湿地"占补平衡"制度，湿地面积、湿地保护率、湿地生态状况等保护成效指标都应该纳入齐江市生态文明建设目标评价考核等制度体系。生态环境部和自然资源部等部门会依法对湿地利用进行监督，严厉查处违法利用湿地的行为。只能多措并举恢复原有湿地，增加湿地面积，尤其不能用作商业开发。市政府如果批准这个项目，一定会被严肃追责。

林寒江并不是抵制青峰集团的休闲小镇项目，毕竟380亿的投资对齐江市固投、税收等经济指标都有很大拉动作用，还可以解决大量的齐江钢铁转制工人的再就业问题。林寒江只是反对破坏湿地保护区，但是青峰集团眼光独到，看准了依江傍水、风光秀美的湿地区域，那个地块的性价比岂是别处能比拟的。

廖宇正一直闭目不语，林寒江摸不准他的想法。他想了想，故意又将廖宇正一军，说："齐江市有两条生态命脉，事关800万齐江人民的健康，一条是奔腾东去的齐江，另一条就是这个方圆百公里的湿地绿肺。齐江现在已经被污染了，污染程度和治理成本现在还不好说，这个齐江之肺如果再遭到破坏，那我们就会被子孙后代指着脊梁骨骂。我们不能只顾着眼前利益，却毁了子孙后代的家园……"

廖宇正睁开眼，慢悠悠地说："除了你说的两条命脉，还有一条命脉，就是齐江市的干部队伍，环境生态和政治生态，哪一条腿瘸了，我们都会被戳脊梁骨的。"

林寒江没有想到廖宇正带他来见的人竟然是省委书记陈庭坚，还有省委常委、纪委书记何鹏。

陈庭坚没有客套话，也没有关心林寒江的情况，他直接对省纪委书记何鹏说："抓人的是你，现在提议放人的也是你，你先说说情况吧。"

听陈书记这么说，林寒江吃了一惊，他被留置这五六天，外边一定发生了很多天翻地覆的事情。

何鹏先冲林寒江点点头，说："林寒江同志，委屈你了。"原来省纪委前些日子接到一个署名朱光明的企业老板的举报信，说他曾经在网上举报林寒江与女大学生有染、勒索民营企业，齐江市纪委置之不理。这次他实名举报给林寒江的银行卡里存进去100万，卡号和存款时间都写在举报信里。省纪委根据举报信进行调查核实，根据这个原因将林寒江同志留置了。

林寒江一阵苦笑，向陈庭坚、何鹏简单解释了"与女大学生有染，勒索企业"这件事情的前因后果。廖宇正在一旁帮他补充，说这件事情齐江市纪委已经向齐江大学的师生以及生态环境局工作人员进行了调查，林寒江同志确实是清白的。

何鹏道："朱光明收买女学生诬陷林寒江的事情，齐江市纪委已经予以澄清。至于收受贿赂这件事情，虽然看似简单，但是在我们纪委和公安部门的调查下，发现了三个疑点。"

所有人都一愣，陈书记催促道："小案子里往往藏着大阴谋，老何你就别卖关子，快点说吧。"

省纪委发现的第一个疑点是林寒江先后两次拒收朱光明的贿赂，朱光明的部下、生态环境局的工作人员都予以证明，林寒江没有理由拒绝500万现金，却接受了100万存款，舍多取少，然后故意留下存款痕迹。100万存入林寒江夫人银行卡的时候，当时林寒江正在环境监测站工作，而林寒江夫人当时正在高速公路上开车，在汇款之后的半个多小时就发生了车祸，车毁人亡。纪委调取了林寒江取款时银行的录像，银行工作人员证明了他确实不知道银行卡的密码和金额，也就是说林寒江并不知道他夫人的银行卡里突然多了100万。

听何鹏提到了小雪，林寒江不由得悲从中来，忍不住低头把脸埋进了手掌中。

第二个疑点，按照朱光明举报信的内容，这100万应该是他存进去的，但是实际操作另有他人。存款之时朱光明人在齐江市，操作的人在省城。虽然不排除朱光明指使手下操作的可能，但是也有可能这举报信就不是出自朱光明之手。

公安部门查询汇款人身份的时候，引出了第三个疑点……

省纪委书记何鹏说话慢条斯理，很擅长讲故事，聆听的人都被他环环相扣的故事吸引住了。

第三个疑点也是最可疑的一点。几天前，省城一处烂尾楼盘发生一起抑郁症跳楼自杀案件，摔死的人叫魏森，公安部门在尸体上发现了一封血染的遗书，遗书中还在控诉林寒江，希望世间会有公理正义，早晚将林寒江之流绳之以法。何鹏的描述，让陈庭坚和廖宇正相视苦笑，陈庭坚说林寒江："你能耐不小啊，把人逼得血荐轩辕，以死抗争？"林寒江不知道该怎么解释，只能长叹一声低头不语。

公安部门侦查发现，恰恰就是这个魏森亲手在银行给林寒江存进了100万！公安部门掌握的银行监控图像中，千真万确就是这个魏森，一个多次在中纪委、省市纪委和信访部门举报、投诉林寒江的人给林寒江存款。由于这个魏森身上疑点太多，他的自杀可能不是那么简单，目前省公安厅已经抽调力量重新调查魏森自杀一案。

不仅陈庭坚和廖宇正难以理解，就连林寒江自己都大吃一惊。这个魏森恨不能撕碎了他，怎么可能给他存款？林寒江脑子里一片混乱，他知道自己肯定掉进了一个巨大的阴谋之中。

何鹏让人送进来一台平板电脑，里面是朱光明被押解回来后的一段审讯录像。镜头中的朱光明还是汗流满面，努力挤出一脸讨好的谄笑，可惜此时此刻的谄笑挂在他的胖脸上就像被追尾的汽车一样难看。朱光明平时颐指气使，其实是一个软骨头，突审了一晚上就竹筒子倒豆子全撂了，很多涉黑涉恶的罪行他都招了，只有两个问题他坚决不承认：一个是到底是谁透露消息让他逃到广西边境，他还在负隅顽抗；二是他承认给林寒江行贿被拒，安排手下人当街给林寒江泼脏水，还指使女大学生陷害林寒江，但是矢口否认写过举报林寒江的信，他也没给林寒江存过100万。省纪委找他了解林寒江的情况，他说自己没干过的事打死也不能承认。朱光明说林寒江是他遇见的第一个用钱砸不倒的官员，这算是无意中替林寒江做了辩护。何鹏最后说："林寒江同志这个案子，很多细节粗枝大叶，甚至破绽明显，但是串联起来看，如果不是朱光明潜逃功亏一篑，策划这个计划的人几乎要成功了。存款人跳楼死亡，举报人潜逃境外，那么这就是一个死无对证的悬案，林寒江你永远百口莫辩。"

"这是一个连环局,表面的破绽其实是故意误导我们的调查方向,费尽心机的目标只有一个,就是你林寒江。"陈庭坚曾经主管过政法系统,对案情分析并不生疏,他听完介绍,去繁就简直接抓住重点,问林寒江,"你才去了齐江半年左右,就有人为你精心设计一个连环局,你得罪了何方神圣,非要置你于死地?"

林寒江困惑不已,他在这几个月里,查过凤山尾矿,搬迁过夜市,拆除过小锅炉和烟囱,还有追责处分垃圾处理厂的相关人员,沿江的排污企业对他也是恨之入骨。林寒江掐着手指头数了一遍,说:"这半年,我得罪过的人至少有上百个,花费这么大心思设计我的人,我还真想不出来是谁。"

陈庭坚"哼"了一声:"你一介书生,得罪了这么多地头蛇,这是变相向我邀功呢?"

林寒江赶紧乘势而上:"齐江治污任务艰巨,需要省领导大力支持,否则很难完成任务……"

陈庭坚打断他的话:"不要指望我会降低任务标准,你我的约定依然有效。如果没有我们的支持,会有今天的'三堂会审',会把你从留置室放出来?"

林寒江苦笑一下,赶紧闭上嘴。

陈庭坚转头问廖宇正:"听话听音,刚才视频里那个胖子话里有话啊,他说林寒江是他遇见的第一个没有被钱砸倒的官员,那言外之意,他至少砸倒了很多人。你们齐江的水,看来很不干净啊。"

廖宇正满面惶恐,搓着手回答:"请书记放心,我回去以后一定严查组织内部还有多少人被朱光明腐蚀了。"

林寒江请求警方正式对小雪车祸案、郝仁敬伤害案进行调查,他怀疑这两起案子也是连环局的一部分。

陈庭坚和何鹏对视一眼,陈庭坚沉吟一会儿,表示同意。他说:

"如果那天你和妻子一起坐在车里，那么今天我们可能就看不到你了。现在看来，有人想让你身败名裂，有人想让你身陷囹圄，而有人想让你永远消失。你怀疑这两起案子，有什么证据吗？"

林寒江摇摇头，但是坚定地说："人在做，天在看！一定会有我们没发现的证据藏在世界的某个角落里。"

陈庭坚问林寒江："你知道吗？你被留置这几天，虽然你不见踪影，但是你的影响力更大了。"

林寒江一头雾水，不懂陈庭坚话的意思。

陈庭坚指着廖宇正说："第一位就是你们的班长廖宇正同志，廖书记跑到我的办公室为你喊冤，他说你是一个很骄傲的人，不会为了区区100万就把自己给卖了。在廖书记的坚持下，才有今天的三堂会审。廖书记以党性向我保证，要给你争取一个证明清白的机会。我如果不答应，就显得太小气了。"

林寒江心中一阵热流涌过，想站起身来向廖宇正鞠躬致谢，却被廖宇正按住了肩膀。

陈庭坚接着说："第二位是一位能量不小的女士，她本人到省纪委为你鸣冤，又发动国家级媒体记者和律师行业的精英，一起联名质疑这件案子。何书记，是不是这样啊？"

何鹏微笑着点点头。陈庭坚的话有几分调侃的意味，但是林寒江一下子就猜到了这位"能量不小的女士"应该是苏娜。他鼻子一阵发酸，低下头去。苏娜虽然平时喜欢对他热嘲冷讽，但是关键时刻对他伸出援手的人一定是她。这几天她一定是奔波周旋，低声下气到处找关系。对自己她是宁为玉碎，为了林寒江她却甘愿屈尊求人。

何鹏书记插话道："其实，最关键的人还是陈书记，陈书记不点头，那些求情、质疑的声音我都能黑着脸打发走。但是陈书记先后两次听取纪委和公安的汇报，大家意见一致，认为这很可能是针对林寒江同志的一起陷害事件。"

在林寒江被留置的第二天,廖宇正已经找陈庭坚和何鹏汇报过一次,廖宇正认为100万不是想置林寒江于死地,更大的可能是想把他搞臭搞倒,或者把他驱离齐江。幕后策划的人是想利用法纪的武器替他扫清障碍,如果按照常规程序操作,恐怕正好落入对方的圈套。当时,何鹏书记还有些犹豫,担心程序上出现违规问题。陈庭坚大手一挥:"想要打败阴谋诡计,那就马上找出林寒江无罪的证据!"所以,林寒江在留置室里奋笔疾书的时候,纪委和警方也在加班加点全力以赴,甄别线索,寻找证据。

针对今天的案情分析,陈庭坚最后拍板,既然有人想让林寒江消失或者无法正常工作,那么我们就要反其道而行之,让林寒江重新回到工作岗位上,相信幕后的对手很快就会对林寒江继续施展手段的,从这点来说,林寒江也是一个钓鱼的饵!这么快把一个留置调查的干部放回去,何鹏书记那边肯定要承受压力,所以,在林寒江的事情没有水落石出之前,纪委和公安部门还要继续调查。目前来看,虽然林寒江很大可能受了冤枉,但是在涉及个人财物方面确实有处置失当的违纪情节,法不容情,该怎么处分就怎么处分。

林寒江一阵激动,起身向三位领导鞠躬:"谢谢组织和领导的关心和信任,我马上就回去工作。"

何鹏笑道:"林寒江同志,我也向你道歉,希望你回去好好工作,不要再写辞职申请了。"

林寒江脸上一红。被何鹏这一提醒,他想起在留置室里写的两份材料,赶紧掏出来递给陈庭坚和廖宇正,这是关于齐江治污工作的一些思考和建议,请他们过目。

陈庭坚戴上花镜,把两份材料足足看了二十多分钟,长叹一声,道:"习总书记几次提到重庆渣滓洞革命先烈的'狱中八条',让我们党员干部好好学习，现在我们齐江市又出了一个林寒江'蒙冤十四条'，这两篇文章里一共提出了14条治污工作建议，都是针对我们省的污染现状，有思考，有措施，更有创新，非常难得的14条建议。廖宇正同志，我也建议一条，让齐江市的领导干部，不，应该是全省各市的领导干部都来读读这两篇文章，学习一下环境保护与经济发展应该如何摆布。尤其是关于齐江水系污染治理与沿江两省六市环境经济协调发展的思考，统一治污、协调发展、上游治理、下游反哺，这个思路很好，我让省委办公厅与林寒江好好研究一下，尽快形成一个建议请示报国务院。"

林寒江没有想到自己发泄愤怒写下的文章，竟然能得到省委书记这么高的评价，一时有些发蒙，站在那里傻乎乎地笑。

陈庭坚又对他严肃地说："你可能心里还有委屈，组织不会给你澄清，不会给你沉冤昭雪。你呢，要摆好心态，还是以戴罪之身做好工作。我给你的一年期限依然有效，现在时间已经过半了，到时候我还是要严格考核的。治污成功之时，我会亲自到齐江为你恢复名誉。"林寒江的傻笑立刻变成了苦笑。

陈庭坚离开后，何鹏送廖宇正和林寒江下楼。廖宇正讲起两个小插曲：林寒江被留置后，齐江大学一个姓田的女学生拿着一封师生联名信到市委办公室去堵廖宇正，这些师生坚信林寒江是无罪的。女学生站在廖宇正门口，不吃不喝整整等了一天，工作人员怎么劝也不离开，最后迫不得已，廖宇正夜里十点从省城回来接见了这个倔强的姑娘。第二天早晨，有几个小商贩举着条幅跑到市委门前上访，上面写着"林寒江是冤枉的"。信访局长是一个二十多年的老信访干部，电话里向廖宇正请示，说他二十多年里接待过近千起群体访，第一次遇见老百姓为当官的喊冤，不知道该怎么处理。他让公安没收了条幅，把人劝回去，并对为首的人进行训诫。

林寒江被纪委带走，虽然对廖宇正冲击很大，但是他原来只想明哲保身，耐心等待省纪委的调查结果，但是那群师生和小商贩让廖宇正深有感慨，他相信林寒江是被人冤枉的，眼睁睁看着一个敢干事的干部身陷泥沼却不伸出援手，廖宇正不能面对自己的内心，所以他数次找到省委领导，为林寒江鸣冤申辩。

何鹏大笑说："那个女学生后来到省纪委，也是这般倔强，简直是一个'杨三姐'啊。"何鹏走时安慰林寒江，"有人诬陷你，有人相信你，所以你要对得起相信你的人，对得起自己的信仰，不要把路走偏了。"

林寒江心中涌上一股热流，眼睛有些湿润。田小小这个天不怕地不怕的丫头，已经数次为他挺身而出了。而那个被公安训诫的小贩，不用问，肯定是李五无疑。

齐江，真是一个让林寒江又恨又爱的城市。

林寒江和廖宇正站在省委门前的阳光下，林寒江身上的霉气似乎正在蒸发散去，他贪婪地享受着太阳的温暖，使劲地嗅着空气中的甜味。

廖宇正问他："100万要不了你的命，只能弄臭或者赶走，谁会这么干？"

其实，林寒江也一直在苦苦思索这个问题。他想起自己那天被纪委带走的情形，他正要参加的会议是研究青峰集团休闲小镇的规划，他突然间有一种预感，难道是青峰集团操纵了这一切？林寒江和廖宇正四目对视，其实已经从彼此的眼睛里读到了答案。

林寒江没有回答廖宇正的问题，"青峰集团"四个字已经涌到林寒江唇边，他还是使劲咽了回去。林寒江不相信钱起会这样对他，到了这种时刻，他还是不愿意用恶意揣测别人。

廖宇正催林寒江上车返回齐江，林寒江伸开双臂冲着太阳使劲伸了个懒腰，突然他慢慢滑倒下去，两缕鲜血从他的鼻孔中慢慢流出来……廖宇正和司机扶着他急促的呼喊声，似乎来自千里之外，遥远得不能再遥远。

25
六价铬中毒

　　林寒江苏醒过来已经是第二天的早晨，他躺在省人民医院的病房里，陪伴他的是廖宇正的司机，一个二十多岁的小伙子。

　　林寒江自嘲地笑笑："真是老了，身体不行了，有点上火，又熬了几宿夜，竟然在领导面前晕倒了，真是丢脸丢到家了。"

　　小伙子赶紧按住林寒江，说："林副市长，您躺着别动。廖书记交代说，不让您起来，您病得不轻呢。"

　　林寒江笑道："我睡足了觉，屁事没有，哪来的病？还病得不轻，咒我呢！"

　　正说着，廖宇正推门进来，林寒江满脸歉意地对廖宇正说："对不起廖书记，害得你一夜没回去。"

廖宇正面沉似水，他让司机先出去，转头问林寒江："你知道你为什么晕倒吗？"

林寒江不在意地笑笑："谁被纪委关好几天能不上火啊，他们那个态度，看谁都是犯人，把我气得想撞墙，再加上好几宿没睡好觉。我这身体也是糟了，还天天跑步，结果跑成这熊样……"

廖宇正严肃地看着林寒江，轻声说："寒江，你是中毒了，你的血液重金属铬严重超标，专家怀疑是'六价铬'中毒……"

林寒江脑袋里"嗡"的一声，张大了嘴却说不出话来。他是环境专业毕业，当然知道"六价铬"意味着什么。那是一种剧毒化合物，常用于电镀、制革等领域，人或动物喝下含有六价铬的水后，六价铬会被体内许多组织和器官的细胞吸收，实验显示六价铬可致癌，严重的可以直接夺走生命。

廖宇正告诉林寒江，昨晚他昏迷的时候，省人民医院的专家给他做了一次会诊，结论是怀疑六价铬中毒，而且排除空气接触的可能，应该是直接通过食物或水进入林寒江体内的。

林寒江面色苍白，有些不相信："你是说，有人给我投毒？"

廖宇正点点头，道："不排除这种可能。我们低估了我们的对手，他们绝不是普通的腐败分子和不法商人，他们是心狠手辣、行事缜密的犯罪分子。我今天早晨在电话里向陈书记汇报了此事，他也高度重视，让公安厅直接派人调查此事，一会儿省厅的警察会找你了解情况。陈书记还让我征求一下你的意见，反复强调一定要尊重你的意见。"

林寒江的目光转向廖宇正，想问征求什么意见，却发现自己突然疲软得发不出声音，崩溃甚至是绝望，塞满了他的心胸。这个消息击溃了林寒江，他感觉自己的身体在被一丝丝地抽空，这种感觉当他站在妻子遗体前时也曾经有过。

林寒江缓了好久才稳住自己的心神，问："征求我什么意见？"他的声音好像飘在窗外。

廖宇正说:"陈书记的意思是如果你此时选择退出去,他会尊重你的意见,也会恪守他的约定,同意你去大学任职。他说我们的工作是很重要,但不提倡用生命去换。"

林寒江坐在那里想了半天,才张口说话:"廖书记,请你转告陈书记,谢谢他的好意。我林寒江不是一个完人,刚才我就恐惧到了极点,心里第一个念头不是工作,而是保命,我想赶紧逃出这个是非圈子。但是我如果此时逃跑了或者倒在病床上起不来,那些人就得逞了,我的小雪就白死了,郝仁敬的血也白流了,我林寒江的道德、名声和尊严,也成了齐江里的一股黑水,再也不会有证明清白的机会。我的良知和我自私的尊严,不允许我退出去,我还会出现在那些人面前,请你们放心!"

廖宇正一声叹息,他用力拍拍林寒江的肩膀,没有说什么。

林寒江突然悲哀地大笑起来,笑出了眼泪,他说:"我研究了一辈子环境,今天才懂得,世上污染最厉害的是人心。我以前从没想到,生态环境真的需要用命去换啊。此时此刻,躺在病床上的,除了我林寒江,还有郝仁敬,他在医院昏迷了这么多天,我还一直没得空去看他……"林寒江的声音哽咽了。

廖宇正有些激动,站起来说:"寒江同志,我命令你在这里好好休养两天。至于郝仁敬同志,我今天回去就代表你去看他,不,是代表齐江市委去看他!"

林寒江没有在医院休息,等省公安厅的两名干警找他了解完情况,他立刻乘动车赶回了齐江市。当天晚上,他和周成功带领监测站的工作人员,再次以暗查的方式在齐江上提取水样。他不信邪,倔脾气上来了,市里检测不出来,他就带着水样去省里,省里不行,他就去北京。

这天凌晨两点多，刚刚睡着的林寒江就被电话吵醒，存放水样的环保监测站莫名其妙起了一场火，火势不大，但是恰恰烧毁了存放水样的化验室。

林寒江等人闻讯赶来时，火势已经被扑灭，几辆消防车停在那里，现在水漫金山一片狼藉。监测站值班人员惊魂未定，周成功等人都痛心疾首，大家都猜测这是内鬼作案，摆明了要毁掉水样，不想让检测结果暴露。林寒江面色苍白冷峻，一语不发。

金波陪同林寒江在监控室里查看监控录像，原来自从怀疑水样被调换以后，林寒江就让人在环保监测站秘密安装了两个摄像头，一处在水样存放室，一处在大门口。录像里看到凌晨两点多，一个穿着黑色帽衫、戴着黑口罩的青年男子翻过栅栏进入环保监测站，从侧面厕所的窗户撬开玻璃进入楼内，躲开值班室睡熟的值班人员，直接去了三楼的化验室，看来对环保监测站熟门熟路。化验室装的是铁门，窗户上也是安着铁栏杆，男子无法进到屋里，只能轻轻卸下一块玻璃，将一块似乎浸了酒精的破布点火扔了进去，化验室里的各种试剂是最好的助燃材料。男子迅速顺原路退出，直到消失在监控范围以外。录像里的男子看起来很谨慎，始终没有摘下口罩或脱掉帽子。

林寒江看着男子的身形似乎有些眼熟，但是不敢确定，有些失望和不甘心。金波安慰他："别着急，这是你们的监控录像，外面还有我们的呢。"

镜头追随着黑衣男子，一直走过了三四条街。凌晨的大街上空无一人，只有几辆出租车偶尔驶过。男子挥手打了一辆车，在弯腰上车的瞬间，他终于脱掉了口罩。林寒江凑近屏幕仔细辨认着，有些不敢相信自己的眼睛："李云城？"

金波让人记下出租车的号码，立即调取车内的监控。十几分钟后，一张A4纸打印的照片放在林寒江面前，金波问林寒江："抓他不？"

林寒江犹豫着，最后艰难地点了一下头。他知道点这个头的代价，这个年轻人的一生可能就此毁了。

李云城在审讯室里痛哭流涕，承认是自己纵火烧毁了实验室，目的是销毁里面的水样。警察问是谁指使他这么做的，李云城只是痛哭流涕，拒不回答。

审讯室外的林寒江叹息一声，转身离去。他知道，李云城的负隅顽抗没有什么意义，只是拖延时间而已。真相已经很近了，但是在真相即将来临的时候，他似乎有点不敢接受。

回到林寒江的办公室，金波告诉林寒江，在魏森的手机里找到了一个可以变声的软件，看来他有可能就是那个经常给林寒江打恐吓电话的人。

林寒江沉吟了一会儿，摇摇头说："我是在查凤山金矿案子时被人电话威胁的，那时候我和魏森根本没有接触。威胁我的人很可能和凤山金矿相关人员有关系。"

林寒江又说："电话里的人是把自己当成猫，把我当成小老鼠了。魏森如果有那股狠劲，他会天天去闹访缠访、写信诬告吗？你不也说过，打电话的人具有很强的反侦察经验，魏森有这本事吗？"

金波摇头："我还真小瞧了这个躲在暗处的人，看来他身上藏着不少故事呢。"

金波出去后不久，身穿便装的赵驰推开林寒江的办公室门，一股浓烈的酒气随着他一起飘进了屋内。

林寒江吃惊地看着满脸涨红的赵驰，想不明白这个公安局局长怎么会在工作时间喝得醉醺醺的。

赵驰毫不在意，他是来和林寒江告别的。他使劲拍拍林寒江的肩膀，说："寒江，老哥要走了，我们，再也见不到了！"

林寒江一脸诧异："怎么？你调走了？"

赵驰哈哈大笑，笑得眼泪都快出来了："调走？我他妈的进去了，进去了！"他伸出双手向林寒江比画了一个戴手铐的动作。

林寒江以为赵驰在开玩笑，给他倒了杯热水想让他醒醒酒。

赵驰一本正经地说："我已经在电话里自首了，十分钟后，抓我的人就会过来。我来这里是因为我觉得你是这楼里唯一的好人，我有句话要叮嘱你。"

"什么自首，你怎么了？"林寒江如坠云里雾里。

赵驰虽然一身酒气，但是说话思路清晰："朱光明那头肥猪是我放走的，我就是他的保护伞。我以为把他送出国外就万事大吉了，没想这个猪头竟然折在一个女人身上。我俩有过对赌，如果他进去48小时我还不能救他，他就要把我供出来。我这个人，一辈子当不了一个好警察，你知道为啥？因为我心不够狠，我要是干净利索地把这头肥猪宰了，就不会有今天的下场……"

林寒江心中一震，他万万没想到身为公安局局长的赵驰竟然是朱光明的保护伞。他端着水杯愣在那里，不知道说什么好。

赵驰对林寒江长叹一声说："齐江完了，齐江就是一潭深不见底的臭水，是你这块石头打破了齐江表面的平衡，是你让东西两边不能再貌合神离地继续演戏了。"他手指市委办公楼说，"西边那位只想当官，梦想着自己飞黄腾达。"他转个身又指向东边说，"东边这位不仅想当官，还想捞财，最重要的是，他还不想惹上麻烦。他奶奶的，好事都让他占尽了！我要是像他一样心狠手辣就好了。兄弟，你一定要防着东边那位，他是一头背后咬人的狼！"

"背后咬人的狼？"林寒江不明白这话的意思。

赵驰转来转去，一会儿指西一会儿骂东，让林寒江头晕眼花，都有点迷糊了。他没有料到在赵驰口中，李子平竟然是一个心狠手辣的人。

他满腹疑惑地问赵驰:"你让我防着李子平?"

"没错!王武的死,他脱不了干系。"

提及王武的死,让林寒江警觉起来,他问赵驰:"你是说王武的死是李子平所为?"

赵驰不去回答林寒江的话,恨恨地说:"我能理解廖宇正这种人向上爬的理由,因为他真干事。但是,为什么像李子平这种不干事不担事的人,反而比别人晋升得更快呢?听说他正运作让廖宇正离开,他接市委书记呢。"

赵驰说的这些小道消息,林寒江闻所未闻。他心里暗忖,这不过是五十步笑百步,官场小滑头看不起大滑头。他又追问王武之死和李子平到底有什么关系,赵驰却打着酒嗝不再回答。

赵驰酒意上涌,他重重地拍打了一下林寒江的肩膀,震得林寒江杯子里的水都洒了出来。赵驰像是下了最后决心一样,说:"李子平为了他自己的利益,把王武和我各个击破,把我们往死里整。我一不小心,上了他的当。省里要查办朱光明的消息,就是他拐弯抹角告诉我的,我犹豫再三,还是通知了朱光明那头猪……现在我想明白了,李子平是在借刀杀人!我临走之前,一定要和他来个了断!"

林寒江大惊,一把抓住赵驰:"你可不能冲动做傻事!"他是担心赵驰在酒意之下做出伤害李子平的举动。

赵驰抹开他的手,说:"放心吧,我不会杀人的。我要是想杀人第一个应该干掉朱光明那个猪队友。我今天是要和李子平理论清楚,老子进去了也饶不了他!"

赵驰借着酒意走进了李子平的办公室,房门在他身后重重地摔上。林寒江站在自己的办公室门前,呆呆地看着李子平的办公室。他脑海中甚至闪现了赵驰一枪打倒李子平的画面,或者赵驰一拳打掉李子平的眼镜,但是这一切并没有发生,没有枪声,没有争吵……那个房间里到底发生了什么，没有人知道。

林寒江有一种预感，赵驰和李子平的最后密谈，不会是仇人相见的翻脸摊牌，更可能是一种利益交易。林寒江突然感到一阵恐惧，不是他预感到的利益交易，而是自己的思维能和赵驰、李子平他们同频共振。他对自己的变化感到莫名的恐惧，原来活成赵驰和李子平那样的人只需转念之间。

十分钟后，两辆警车驶入市政府大院，省扫黑除恶小组的工作人员从市长李子平的办公室带走了赵驰。不难想象，齐江市又将迎来一场巨震，各种版本的小道消息将会塞满人们的耳朵。

林寒江把自己办公室的门重重地关上，似乎这扇门能帮他阻断外面繁杂的消息。

"王武的死，他脱不了干系。"他的心中被赵驰这句话塞满了。

赵驰当年也是从省里派到齐江市的干部，刚来时的他只想平安度过两年，在身上镀层金就赶紧返回省里，所以他在工作中左躲右闪，生怕给自己招惹麻烦。但是随着仕途无望，他不得不在齐江扎下根来，安心经营自己的下半生。他在齐江岸边买了一套价值不菲的电梯洋房，把妻子和孩子都接到齐江来。在买房的过程中，他通过王武结识了朱光明，朱光明让人直接给他免了三分之二的房款，一来二去，两人就这样在酒桌上成了朋友。刚开始，赵驰还能拒绝朱光明送来的钱财，直到有一天他喝醉了，醒来之后发现身边多了一个软玉温香的美女罗真子。罗真子向他展示了两人在床上疯狂的视频，赵驰才明白自己已经掉进了朱光明的圈套中，后来他对朱光明的钱财来者不拒，甚至主动提出要求。赵驰喜欢附庸风雅，朱光明就投其所好，为他提供了很多名画、古玩等物品。前两年，赵驰动了心思要去省公安厅谋个副厅长，朱光明资助他300万去搞关系，不料这钱竟然被一个自称中央某领导外甥的骗子给卷跑了，赵驰不敢声张，却从此在朱光明的网里越陷越深。全国开展扫黑除恶专项斗争以来，朱光明知道自己的底子不干净，就威胁赵驰要确保自己的安全，说有朝一日他被抓进去了，如果赵驰不能在48小时内捞出他，就做好准备一起坐牢吧。所以，赵驰听到省扫黑除恶小组要对朱光明下手，就赶紧安排他外逃。没想到朱光明在广西边境被抓，赵驰又假传命令，指使金波务必把朱光明带回齐江市，无奈最终功败垂成。赵驰知道自己难逃法网，犹豫再三，还是打电话向省扫黑除恶领导小组自首了。

26
化工产业园

因为赵驰，副局长金波也被隔离审查了两天，要他交代是否和赵驰有利益输送关系，以及为什么在省城机场要带走朱光明等问题。

等气急败坏的金波被放出来，才发现在赵驰被抓所引起的海啸之下，还掩藏了一朵微不足道的小浪花，市政府办公室的肖秘书也失踪了。

齐江市政府这大半年来就像一座鞭炮燃放场，三天两头响起一声炸雷。比起王武、赵驰、林寒江等重量级人物，肖秘书的失踪简直微不足道，很多人都以为他也被纪检部门召去审查了。

那段时间，齐江市政府人人自危，见面打招呼都不忘互相调侃一句："你还没进去呢？"

出事的三位副市长，肖秘书服务过两位，被留置审查是很正常的事,所以大家没有多想。为肖秘书着急上火的除了他的家人,就是金波了。小人物的价值,就在于他往往能扳倒大人物,金波一直认为肖秘书身上藏着不少故事。

金波一边调动警力追查肖秘书,一边咒骂审查他的纪检干部,要不是被他们耽搁了这两天,他肯定不会放过肖秘书这条线索。上次在林寒江办公室里,慌乱的肖秘书转身撞到门框那一幕,给他留下了深刻的印象,他预感到肖秘书肯定知道王武案子的一些内情。

金波的判断是正确的,第二天早晨,肖秘书的尸体在齐江里被发现了,他浮尸的地方恰恰是王武自杀的地方。

金波带着刑警队赶到现场时,警戒线外面围着不少晨练的市民,很多人都清晰记得半年前王武的尸体就是在这里被发现的,如今他的秘书也以同样的方式溺亡在这里,大家都在窃窃议论。

"和王武的死法一模一样,会不会是王武的鬼魂索命啊?"

"啥年代了,还有人相信鬼魂?"

"鬼魂索命不可能,依我看啊,会不会是出卖自己的领导,最后心生愧疚,以同样的方式自杀谢罪了。"

肖秘书脸朝下趴在水里,头发上缠绕着几条水草,身上没有任何伤痕。张小志等几名刑警勘查过现场以后,发现了一张几乎泡烂了的遗书,综合法医的溺水身亡的意见,初步认定为自杀。

"自杀?"金波在心里暗骂一句,"他要是自杀,下一个跳江的就该是老子了!"但他表面不动声色,并没有表现出来,他已经感觉到肖秘书的死亡方式、现场特征和王武案子一模一样,很有可能是同一人作案。可为什么要选在上次的案发地点呢?这个问题让金波百思不得其解,凶手是在挑衅警方,宣泄某种情绪,还是因为某种条件限制?他想到了上次案件中的迈巴赫车,对了,肯定是交通因素让凶手选择这个地点。这里夜间荒无人烟,只有早晨才会有晨练的市民过来,而且周围没有监控，方便车辆出入。金波让部下检查现场有无可疑的车辆痕迹，张小志等人检查了一圈，都说现场破坏严重，没有发现线索。

对面江岸上有几个人正在忙活什么，其中有一个好像是生态环境局的周成功。金波驾着冲锋舟驶过江面去问个究竟。原来周成功与净土环保科技公司的王辰等人正在安装"人工浮岛"设备。他们已经在这里忙活了好几天，肖秘书虽然就在江对面溺水身亡，但是由于事发在凌晨，净土公司的人并不知情。

金波本以为能找到目击者，结果一无所获，不由得有些失望。他摸着下巴上扎人的胡子，端详着王辰在"人工浮岛"上忙着安装设备，陷入了沉思。

月上中天，齐江岸边的湿地犹如一幅沉睡的油画，隔绝了城市的喧嚣。这里曾是林寒江和小雪月下背诗的地方，如今芦苇已经长得比人还高了。

一辆黑色的迈巴赫车慢慢从黑暗中驶来，停在芦苇丛前。车辆停了很久却没有人下来，车身微微晃动着，几声欢愉的呻吟在月色下荡漾如涟漪。

不知过了多久，一个女人从车里下来，向着空中的圆月做了一个拥抱的姿势："好美的月亮啊！钱起真有眼光，要是在这里盖一片楼盘，房价还不涨得和月亮一样高？"

女人回过头对车里的男人感叹，月光照在她的侧脸上，正是那个神秘莫测的王彤。

车里的男人戴着一顶棒球帽，连走路时都是微微低头的，把自己的脸藏得严严实实。他从车里下来，仿佛被一团黑气罩住了面孔。

王彤像个小女人一样向他做了个撒娇的姿态："在月色与水色之间，我是不是人间第三种绝色？"

男人从后面环抱住她，贪婪地闻着她发髻的香气，与她耳鬓厮磨良久。男人低声说："姐，我们能不能别再杀人了？"

王彤面色一冷，一把推开男人："怎么？无间道做腻了，想当个好警察？"

男人慢慢摘下棒球帽，在月色下露出那张长久藏在黑气里的脸，赫然是张小志。

张小志神情复杂，看着王彤那张美艳的脸庞，似乎难以决断："姐，我已经为你们杀了三个人了，很危险了。现在那个金波已经盯上了迈巴赫车这条线索，迟早会怀疑到我的。"

"怎么？你想加入我们的'老中青'组合，不交投名状就想加入？"王彤语气越发冷厉，"你说三个人，应该不止这个数吧？"

张小志看着王彤的漂亮面孔，右手的拳攥得紧紧的，青筋暴露。王彤毫不在意，指着那台迈巴赫车说："据我所知，这台车上就藏着两条亡魂，都是拜你所赐。那个替你背锅的修车工，刑满释放刚出来没几天就死于吸毒过量，是你的杰作吧？你一直想把自己的屁股擦干净，然后再找机会脱离我们，这么做是不是有点恩将仇报？"

张小志胸口起伏，似乎在拼命抑制自己的愤怒，额角已经淌下了汗水。他盯着王彤的脸，眼神渐渐恢复柔和，松开了紧攥的拳头。王彤冷笑一声："你刚才是不是想在这荒郊野外把我杀了，再塞进车里一把火烧了，这样你就可以一了百了、高枕无忧了？"

王彤确实猜中了张小志刚才的心思。张小志无数次想摆脱王彤的控制，这个天使与恶魔结合体的女人让他又爱又恨，又恋又惧，但是他无力跳出王彤的手掌心。

张小志马上变换一副表情，深情地将王彤拥进怀中说："你想到哪儿去了，我怎么可能有那样的想法，你可是我的恩人加情人……"他吻住王彤的嘴，双手在她身上抚摸。

王彤使劲推开他，喘着气说："你这念头我知道了没什么，你还能保住小命，要是被那几个老头知道了，你就会灰飞烟灭。你以为'老中青'是吃素的？"

　　"老中青"这三个字似乎有一种魔力，吓退了张小志的欲念。他松开王彤，默默地重新戴上棒球帽，整张脸立刻又藏进一团黑气之中。他问王彤："姐，这次给我什么任务？"

　　王彤语气冷厉，传达"老中青"的命令："老大说了，你帮组织解决了很多麻烦，决定正式吸收你为'青'字三名成员之一。"张小志并没有王彤期盼的那样兴奋，只是低声道："谢谢老大。"

　　"老大还说，我们给林寒江设的连环局，还有一个明显的漏洞，让我们赶紧亡羊补牢……"

　　张小志面色铁青，右拳又攥紧了，冷冷地道："说吧，让我杀谁？"

　　王彤媚眼如丝，换了一副小女人的娇柔，嗲声嗲气地说："弟弟，干吗说得这么冰冷无情，你可是'老中青'倾力打造的警界之星。"

　　"什么星也比不过你在我心里的重量！"张小志对王彤的柔媚无法抵抗，又将王彤揽入怀中，低声问，"今晚你要见的是谁？那个老家伙，还是那个伪君子？"

　　王彤娇笑一声："你啊，又打翻醋坛子了？"

　　"上次你和那个伪君子在一起，我在楼下等了一宿，我真想……"张小志面容扭曲，有些咬牙切齿。

　　王彤赶紧吻住他的嘴，含混不清地说："老家伙有钱，伪君子有权，没有他们做靠山，你我怎么在齐江打拼？"

　　张小志当年被两个混混诬陷，下放到凤山县，其间结识了王彤。张小志对王彤一见倾心，展开了猛烈追求，但是王彤岂会把一个落魄的小警察放在眼里？有一天半夜，张小志车坏了，他把车送到王彤所开的修配厂修理，看见旁边停着一辆钱起送给王彤的迈巴赫车正在贴膜。张小志一时手痒，就向工人要来钥匙试开一圈，工人知道他是老板的朋友不敢拒绝。谁知道张小志车况不熟，飙车到高架桥下时竟然撞死了一名环卫工人，慌乱之中张小志弃车而逃。他打电话向王彤求助，王彤在"老中青"的授意下，替张小志摆平了善后事宜。王彤重金收买了一名修配厂的小技工，让他顶替张小志入狱。前阵子小技工刚刚出狱，张小志急于消除隐患，就偷偷暗中施展手段将他除掉了，但是王彤对他的所作所为一清二楚。而那辆肇事的迈巴赫，借此机会向交管部门报废，实则是被王彤挂了几副假牌照，成为给"老中青"干脏活的黑车。至于张小志，从那一晚开始，就成为"老中青"手里的一把刀。

"老中青"到底有什么魔力，能让张小志甘心为其卖命？

小雪车祸一案的肇事司机吴成，后来被法院判处有期徒刑三年，但是他入狱不久就因为胃癌晚期造成胃部大出血，特准保外就医，送到省城人民医院就诊。此时的吴成浑身插满管子，刚从ICU转移到普通病房。吴成的妻子嫌弃他没有能耐，又有官司在身，懒得照料他，只有刚上高中的女儿利用课余时间来照顾父亲。

一个男人轻轻走到吴成床前，把一袋水果放到桌上。从睡梦中惊醒的吴成看着男人，眼中全是戒惧的神情。来人轻轻坐在吴成的身边，说："兄弟，这是我第三次来找你，你想得怎么样了？"这个男人是李五，他已经两次去监狱找吴成询问小雪车祸的真相，吴成入院做完手术后，李五又追到了这里。

面对李五的追问，吴成干脆直接装死，闭上双眼不予理会。

李五说："按照江湖道义，我三次来求你，这是礼，如果我第四次来，莫怪我撕破脸皮，先礼后兵了。"

吴成睁开双眼，却还是闭口不言。此时，吴成的女儿拎着热水壶进来，李五冷冷的目光转移到他女儿身上，如附骨之疽一样紧盯着女孩的每一个动作……终于，吴成受不了这种折磨，有气无力地吩咐女儿："丫头，你先出去一会儿，我和这个叔叔有话说。"

女儿出去以后，吴成恨恨地对李五说："我警告你，你要是敢动我家人一根汗毛，我做鬼也饶不了你！"

李五声音更冷："你害了别人的家人，我凭什么不能动你的家人？"

吴成一阵喘息，激动地咳了起来，他挣扎着说："杀人不过头点地，你把我这条命拿走吧，放过我的家人。"

李五摇头，说："我对你的烂命不感兴趣，我只想知道真相，到底是谁指使你的？"李五掏出一根烟点上，烟圈喷在吴成脸上，"如果我所料不错，你这条烂命早晚会有人来取的，干了这种脏活，人家能让你舒舒服服地咽气？"

听了李五的话，吴成顿时脸色发灰，半天不言语，因为他已经听闻了魏森的死讯，下一个估计就是自己了。

走廊里一个小护士进来，呵斥李五赶紧把烟掐了。李五立刻换上一副笑脸，毕恭毕敬地向护士敬个礼："遵命！"说完他若无其事地用手指把香烟掐灭了。小护士见状吓了一跳，赶紧溜出病房。

李五接着对吴成说："我知道你接这种活，定是为生计所迫走投无路。你现在是朝不保夕，不是死在病床上，就是死在别人手上，但是你欠别人一个真相，我就是追你到黄泉地狱，也一定要讨回公道！下次我来时，就不是这般嘴脸了，少不得要对嫂夫人和令千金不敬了，兄弟先给你赔个不是！"吴成浑身冷汗涔涔，躺在那里似乎晕了过去。

李五刚出医院大门，就被四个壮汉拦住，还有一个中年妇女躲在旁边对他指指点点。李五微微一笑，知道肯定是吴成的妻子找来了帮手。

为首的一个壮汉与李五年纪相仿，左脸上一道深深的刀疤从眼角一直爬到腮后。见了这道刀疤，李五想起这人是省城有名的一号人物"疤老大"，常年混迹货运司机圈子，但是为人非常讲义气，在司机圈子里很有威望。

李五扭头就走，四个壮汉默契地跟在他后边。走到一条小巷子里，李五停住了，四个壮汉像一堵墙一样围住了他。

李五给"疤老大"递了一根烟，却被对方一巴掌扇到地上。李五面不改色，弯腰慢慢捡起那根烟，点着火长吸一口。

"疤老大"目光如炬，瞪着李五："你就是那个乘人病危，欺负人家母女的混账李五？"

李五并不回答他，却反问他："疤老大，我听说你脸上这道疤不是别人砍的，是你为朋友担事自己划的，是真的吗？"

"疤老大"怒吼一声，一拳打在李五脸上。李五微微一晃，一缕鲜血溢出嘴角，他向地上吐了一口血水，里面还有半枚牙齿。李五淡淡地说："疤老大，我逼人妻女，这一拳确实是我该打，我受了！"

旁边一个壮汉骂咧咧对准李五一拳挥来，李五后退一步避开来拳，右手闪电般回击，后发先至一拳打在壮汉的耳根上，壮汉像一个布口袋一样栽了下去，人还没沾地就已经晕了过去。另一个人抬腿向李五小腹踢来，李五灵巧地跳开，一记窝心脚踹在对手的胸口，那人向后摔去，重重地撞上巷子里半堵残破的砖墙，灰尘弥漫，落下的红砖几乎把他盖住。

李五闪电般一拳一脚打晕两个壮汉，让"疤老大"大吃一惊，他喊了一嗓子："小心，这小子是个练家子！"

"疤老大"确实识货，李五年轻时曾经练过几年专业散打，可惜年轻气盛出手不知轻重，最终失手伤人，把自己的一生都毁了。见过李五的身手，"疤老大"和剩下的同伴登时气馁，进退不得。李五弯腰捡起一块红砖，"疤老大"和同伴面露惧色，连连后退。李五一拳将红砖打成碎块，他拍拍衣服上的碎屑，对"疤老大"说："'疤老大'，我李五不是为打架来的，我是为了公道来的。你的兄弟接了脏活，做了伤天害理的事，你还袒护他？我只想让他说出真相。等得到真相，我立刻转身就走，从此井水不犯河水。"

吴成所做的事，"疤老大"当然不知情。他是出于义愤前来教训李五的，听李五这么说，心知这里面肯定有隐情，对方仁至义尽，自己最好也就坡下驴。他回头去找吴成的妻子，那女人正躲在树后张望。她没想到吴成仰仗的靠山"疤老大"这般没用，一时惊慌失措傻在那里。"疤老大"一把将她拽了过来，厉声问她："到底是怎么回事，吴成干了什么？你们两口子给我们兄弟挖坑啊？"那女人估计也不知情，只是抹着眼泪叫屈说吴成那个病鬼做了什么事，从来不会告诉她的。

"疤老大"很有大哥风范，人倒场面不倒，他对李五说："吴成做了什么脏活，我不去过问，你要是想从他嘴里问出真相，至少得给他家人和这些兄弟一个交代。"

李五弯腰挑了一块带有尖角的碎砖块，在手里掂了掂，说："'疤老大'你当年能为了朋友划自己一刀，我李五万分钦佩，今天我也想效仿一下！"他将砖块的尖角摁进自己眼角下方的肉里，慢慢向下滑去……"疤老大"等几人都吃惊地瞪大了双眼，吴成的妻子更是捂住了自己的眼睛。李五划得很慢，鲜血像决堤的溪水一样流进他的脖子，触目惊心。从左眼角到腮后，李五脸上多了一道血淋淋的伤口，几乎和"疤老大"那道疤一模一样。

李五将沾满鲜血的砖块扔到地上，似乎眼皮都没有跳一下，他冲"疤老大"拱手："不知道这个交代，是否满意？"

"疤老大"向李五竖起双手大拇指："好汉子，讲义气，有血性！今天挨你一顿打，不冤！你能为了朋友的事自残面目，肯定不会真的去欺负一个将死之人的妻女，我不会看错人！"他铁青着脸冲吴成的妻子厉声道："告诉吴成，就说是我说的，李五想要的东西，给他！"说完，"疤老大"带着伙伴转身就走，看来这个"疤老大"也是一个恩怨分明的义气好汉。

等脸上缠着绷带的李五再次站在吴成床前，吴成主动说了一句："李五兄弟，我好久没看过夕阳落山了，你能推我出去看看吗？"

外面，夕阳如血……

当天深夜，吴成所在的病房漆黑一片，他在床上睡得昏昏沉沉，女儿在墙脚的地铺上也已沉入梦乡。张小志戴着医用口罩，身穿医生的白大褂，轻手轻脚地走进病房，将一管针剂注射进吴成的滴流袋内。昏睡中的吴成没有反应，一切都是神不知鬼不觉……突然，一个头缠绷带的黑影冲了进来，撞开张小志，一把扯下了吴成的滴流袋。张小志手中寒光乍闪，划向黑影的咽喉，黑影急退，肩头飞起一抹血珠。

黑影正是李五，他预感到吴成可能很快就会被人灭口，所以晚上一直猫在医院的应急通道里偷偷监视。

张小志见事情败露，将匕首舞出一片寒光逼退李五，一转身将匕首狠狠朝床上的吴成胸口扎去。李五舍命扑过去，用左手抓住了匕首，匕首的利刃割开了他的手掌，殷红的鲜血淌在吴成身上，李五忍住剧痛死也不放手。这时他的右手在身后的桌子上摸到吴成吃饭的筷子，他一咬牙将筷子插进对手的左胸。张小志反应也很快，一把攥住了李五的手腕，两人形成僵持，都是血染半身。两人电光石火的打斗，惊醒了吴成和他女儿，父女俩几乎不敢相信眼前的情形，女孩大声呼喊救命，走廊里顿时一片嘈杂。

张小志见行刺失败，松开匕首，向门外逃去。李五向吴成女儿喊了一声："快报警！"他丢下筷子和匕首，紧追而去。

张小志冲到走廊尽头脚步不停，直接撞向窗玻璃。随着一声碎响，张小志从四楼的窗户一跃而下。身后的李五大吃一惊，他以为这个杀手是情急之下跳楼逃跑，没想到张小志身手敏捷，竟然抓着一根早就准备好的登山绳从四楼瞬间坠下。李五也俯身抓住登山绳，谁知绳子刚入手就疼得他低呼一声，他仔细一看，自己的左手掌心的伤口深可见骨。李五大骂一声，只能眼睁睁看着那身白大褂逃出大门，钻进一辆黑色轿车呼啸而去。

第二天，青峰集团在齐江湿地边上竖起一块硕大的背景板，请来政府领导和商界嘉宾，利用网络直播青峰"休闲小镇"设计理念的发布仪式。

苏娜前期已经开始在网上宣传预热"休闲小镇"项目，她的"入眼、夺心、摄魂"理论在这个项目上得到了最好的发挥，她满怀信心要把这个小镇做成自己的代表作。

林寒江在办公室里用电脑观看发布仪式，儒雅的青峰集团董事长钱起站在中间，左右分别是市长李子平和常务副市长刘耕野，市政府一、二把手莅临发布仪式，说明对这个项目的高度重视。苏娜亭亭玉立，站在镜头前边介绍休闲小镇的设计理念。

活动之前，苏娜亲自来市政府给李子平、刘耕野、林寒江送请柬。

林寒江收下了请柬，却没有赴会，他对这个项目耿耿于怀。

此时他用鼠标放大活动现场那块背景板，看清楚上面写的字：善鼓云和瑟，尝闻帝子灵。曲终群贤至，江上数峰青。不用说，这几句话一定是钱起拟的，而且是他的亲笔墨宝，他对《湘灵鼓瑟》一直有一种偏爱。

活动还没结束，李子平的秘书向李子平低声汇报，说廖宇正对这个项目似乎不太满意，要按照"三重一大"的原则，明天召开常委会慎重研究一下。李子平两道粗重的眉毛立刻拧在了一起，他和刘耕野耳语数句,两人提前离开了活动现场。

林寒江也接到了通知,让他列席参加市委常委会,并做好发言准备,市委常委会要系统听一次环保工作进展情况。林寒江眼睛一亮,似乎明白了其中的含义。他立刻关掉电脑,赶到环保局,亲自带人准备会议材料。

林寒江关掉了电脑,却错过了一场网络直播的好戏。

发布仪式还没结束,李云城的母亲带着一个装满不明液体的矿泉水瓶子冲进了会场。保安想拦住李母,却被李母手中的瓶子吓得不敢靠前,谁也不知道这个面容憔悴、疯疯癫癫的女人瓶子里装的是什么东西。

李母把半瓶子液体泼到了背景板上,一行污浊的水迹顺着"江上数峰青"的遒劲笔锋慢慢淌下来。台上的嘉宾一时惊慌四散,李母拉住了钱起的衣袖,把瓶中的液体泼在他胸前,钱起立刻像被蛇咬了一样连蹦带跳。

李母面对着台下的摄像机和手机,声嘶力竭地说道:"这就是他们要掩藏的真相,这就是他们祸害齐江的证据,这就是他们在化工产业园里鼓捣出能毒死人的'六价铬'废水!"李母把剩下的废水慢慢倒在自己的头上,灰白的头发贴在两颊,让她更显憔悴不堪。她泪流满面地对钱起怒喊道:"你教唆云城去纵火为你毁掉水样,你可知道这样会毁了他一生?!他是你的亲生儿子啊……"

网络直播到这里被掐断了。

答案就像是天上的流星一样,有时苦苦追寻不可得,有时却在你眼前耀眼闪烁。李母的当众揭露被散播在网上,立刻引起各个部门的注意,省委宣传部、公安厅、生态资源厅等部门一起发来督办命令,林寒江一路上电话不断,生态环境部也打来了电话。齐江市生态环境局和监测站的工作人员在林寒江带领下,火速赶到化工产业园,现场查验各个排污流程。

周成功在检查化工产业园里一处装修改造工地时，推倒围挡，在苫布和施工建材底下，发现了一条私建的排污管道，排污口竟然暗藏在原来的出水口下面数米深处，有毒废水就是从这里排进齐江的。之前，无论是日常检查还是国家督察组检查，都被上面堆积如山的建材所蒙蔽，谁也没想到这地下数米的深处还有一条"暗道"。

林寒江在现场看到这一切，打电话给金波，让他赶紧派人把李云城和他母亲保护起来，防止出现意外。

一般来说，工业废水从车间排放出来要经过一系列严格的流程，需要经过格栅，去除大颗粒悬浮物质后才能进入调节池，然后按序进入一级反应池、混凝池、絮凝池、沉淀池，再进入二级反应池、混凝池、絮凝池及沉淀池，以达到去除水中含磷物质的目的，进入中间水池后由提升泵打入多介质过滤器进行过滤，然后才能进入排放水池，经计量排放槽计量排放，经过滤后的污泥定期委外处理，整个排放过程烦琐复杂。原来的齐江钢铁集团改制以后，青峰集团成为第一大股东，将原来一些落后的钢铁产能裁汰改制，初期效果是好的，但是青峰集团想利用原来的厂址开发房地产的设想被否决以后，土地被政府收回，青峰集团一无所获，却背了一个烂包袱在身上，入不敷出。青峰集团给麾下钢铁板块设定了扭亏为盈的指标，在指标的驱使下，钢铁板块决定恢复合金钢、电镀等业务，将原来齐江钢铁厂的部分生产线搬进化工产业园，这个化工产业园也是青峰集团控股企业，总经理就是王彤。化工产业园生产的废料中含有铬酸钠、铬酸钙等有毒物质，这些有毒物质经过雨水冲淋浸泡后会产生大量的六价铬离子，由于化工产业园的工业废水处理设施比较落后，一、二级反应池及沉淀池不堪重负，无法完全处理工业废水。化工产业园在利益驱使下，冒天下之大不韪，命令技术人员在每周一、三、五的半夜十二点以后，偷偷将含有六价铬的废水，通过园区改造时私建的污水管道排入齐江。

周成功将化工产业园废水水样检测结果、齐江排污口水样检测结果、下游J省环保厅的检测水样报告，一齐放在林寒江面前，几份报告上都刺目地标出了：六价铬严重超标！如果没有干扰，得出检测结果其实很容易，检测水样的难度不在于技术，而在于人的因素。检测报告证实了化工产业园确实是齐江污染源，必须依法关停。

林寒江、周成功等人在警方的陪同下再次进到化工产业园，宣读依法关停企业的决定。化工产业园总经理王彤见到林寒江依然笑靥如花，连连道歉说自己管理失职，下属为了追求业绩降低成本，背着她和管理层做出了这些损害齐江的举动，化工产业园愿意接受法律制裁，配合相关部门做好情况调查和止损措施。王彤一再强调，这次排污事件是下属部门的私自行为，和化工产业园管理层以及控股公司青峰集团没有关系。

一个哭哭啼啼的部门经理主动来到林寒江面前，抹着鼻涕眼泪向林寒江等人鞠躬道歉，说都是自己鬼迷心窍，做出了损害公司的愚蠢举动，他愿意承担一切法律后果。

林寒江面色平静地看着这一出闹剧，舍卒保车的伎俩，王彤这个小女人运用得不错。林寒江看了王彤几秒钟，微微一笑说："真相是什么，调查完了自然会浮出水面。"

林寒江的微笑是告诉王彤，他已经洞悉她的小把戏。王彤也以微笑回应，她反问林寒江："浮出水面的就一定是真相？我觉得，永远看不到的才是真相。要想知道真相就要付出代价，就像看见血淋淋的场面首先会闭上眼睛。"

林寒江不与她争辩，转身让开。王彤和五个部门经理被警方一一带走问话。王彤虽然表面若无其事，其实心里恨如烈火。她没有想到自己百密一疏，竟然被一个老太婆的一个矿泉水瓶子给破局了，不过王彤并不担心自己，她早就安排好了背锅的人，至于她，"老中青"的人不会坐视不管的。

王彤在恼恨李母，林寒江也在纳闷，一个下岗女工怎么会知道化工产业园的秘密？化工产业园一个部门经理有胆量做出废水直排入江的决定？谁又有能力替换环保监测站的水样？又是谁教唆一个硕士生纵火烧毁实验室？谁又胆敢收买流氓撞翻执行公务的船只？小雪车祸身亡的真相是什么？又是谁给他投的毒？无数个问题一起涌进林寒江的脑袋，他感到自己一阵眩晕，好像脑部失血一样，最近这种症状出现得越来越频繁，难道也是和"六价铬"有关？

看着远去的警车，林寒江问自己，齐江污染的真相就是这样简单吗？他大费周章追寻的答案，就这么像馅饼一样掉在自己面前，他要做的不过是拾起这个馅饼，把它交给公众和法律。林寒江一点也不觉得开心，反而有些失魂落魄，像打了败仗的感觉。

王彤这个小女人的动向似乎牵动了整个齐江市。

林寒江还没从化工产业园离开，就接到了耿正和钱起的求情电话。耿正还好应付，钱起可是十分恼火，说王彤能否尽快出来，关系着青峰集团在齐江市的投资信心。林寒江没想到王彤对青峰集团竟然这么重要，看来这个女人是联系王氏家族与青峰集团的纽带。

好说歹说劝完钱起，市长李子平又在电话里指示林寒江"依法依规严肃处理"，但是他又委婉地提示林寒江不要把事情闹大，尤其对化工产业园的主要领导还是以罚款为主。林寒江大声回答："请市长放心，我一定'依法依规严肃处理'！"

让林寒江意外的是老师王清源也打来了电话。王清源在电话里语气沉痛地告诉林寒江："老师已经老了，将来给我养老送终的只能是你师妹。"林寒江握着电话不知道如何回答，这是他敬重的王老师第一次这么求他。

最让林寒江意外的求情电话是纪委书记严哲打来的。这是严哲第一次主动给林寒江打电话，他在电话里打着哈哈，说："师妹出事，我们这些当师哥的都是有责任的，给她一次亡羊补牢的机会吧。"林寒江现在还是一个罪案在身的人，上次被留置的事情还没有结案，市纪委正配合省纪委调查取证呢，他当然知道得罪了严哲会有什么后果。

陪同前来的金波也试探林寒江的态度，他说："林副市长，公安局现在没有头儿，一段时间内我可以说了算。这块烫手的山芋，你是攥在手里还是想扔出去，我听你的。"

疲惫得几乎走不动道的林寒江干脆坐到马路牙子上。他心里明白，王彤不是烫手山芋，而是一颗拔掉保险的手雷，他要么把王彤撇出去，要么任凭她在自己手里爆炸。那一瞬间，林寒江真的有些犹豫，他捶着自己发软的腿，苦笑着问金波："记得你第一次到我办公室时说了什么吗？"

金波一愣，他没有什么印象了。

林寒江说："你说你只对一个词负责，那就是'真相'。而我今天告诉你，我也只对一个词负责，那就是'良知'！"

这次轮到金波苦笑了。他转身离去，一边走一边摇头叹气，不知道是敬佩林寒江还是为他感到惋惜。

林寒江好不容易挪出工产业园的门口，看着不远处的齐江，他感到自己双腿发软，似乎连走到江边的力气都没有了。此时的他，有一种难以言说的孤独与绝望。他以前曾经和耿正发牢骚，说生活中的每一个人都像拖着一张带刺的"网"艰难跋涉，现在这张网已经蔓延到无边无际，铺天盖地牢牢罩在齐江市的上空。他已经摸到了网上的尖刺，他有能力捅破这张网吗？

与此同时，青峰集团总裁办公室。

苏娜面若寒霜，问钱起："钱总，这几天有一个问题一直让我感觉如鲠在喉，我必须当面向您问清楚。林寒江被纪委留置，是不是和他执意反对青峰集团的项目有关？"

钱起看着苏娜，微笑道："你怎么会这么想？我们做我们的生意，他坚持他的原则，这里面有关联吗？"

苏娜目光倔强，直逼钱起，说："钱总，我真的不希望青峰集团以这种方式击败他的对手，即便我们胜利了，您会心安吗？"

钱起大笑否认："笑话，你把我钱起看成什么龌龊的人了？上次我们的'齐江胜景'项目也是被林寒江搅黄了，我还请他吃饭，送了他一份大礼。说实话，我也打心底敬佩这种坚持原则的人。"

苏娜并不相信钱起的话，说："谢谢钱总宽宏大量。我做文案可以夺心，但是我做人不可以夺志。林寒江是我最好的朋友，我不会害他，也不会看着别人害他而无动于衷，更不允许别人毁了他！"

钱起笑声更加爽朗了："苏总监你想多了，林寒江是我的学弟，我们对一些问题的看法虽然不一致，但是我怎么可能害他呢？"

苏娜说："钱总，您虽然给我的报酬很丰厚，但是抵不过林寒江在我心里的重量。希望钱总言出必践，不会报复林寒江，也不要再让我去做为难的事，谢谢钱总。"

看着苏娜离开的背影，钱起的笑容慢慢收敛。林寒江搅黄钱起的项目，钱起并没有挫败感，但是林寒江赢得了一个漂亮高傲的女人的心，这个女人为了维护他不惜得罪自己的老板，这反而让钱起心里泛起了酸酸的挫败感。

27
重要线索

第二天早晨,林寒江坐在郝仁敬的床头前,向昏迷不醒的郝仁敬诉说自己心中的一大堆疑问。郝仁敬平静地躺在那里,呼吸微弱,只有床头的仪器"滴滴"的响声,证明这个生命依然存在。

林寒江问过主治医生郝仁敬能否醒来,主治医生没回答,只是沮丧地摇摇头。林寒江看着这个战友,内心一阵酸楚,下一个像这般躺在病床上的人会不会是他?

齐江市委常委会准时召开,林寒江特意换上了白衬衫准备去参会。这时周成功为他送来了会议材料,并带来了一个噩耗:"郑医生今天早晨去世了。"

林寒江系扣子的手一下子僵在那里,这位让周成功不敢面对、让林寒江心生愧疚的女英雄还是没有看到齐江晴朗的天。

沉默了半晌，周成功问他："开弓就没有回头箭，你决定好了要这么做？"

林寒江反问他："换了是你，你会怎么做？"

周成功苦笑，笑出了眼泪。他想起很多年前，自己也曾经像林寒江这样，义无反顾地抱起炸药包冲了上去，所以他的正科足足做了十六年，成为整个生态环境系统资历最老的科长，连前任局长都曾是他的部下。十六年来，看着自己身边的人不断升迁，还有一些熟悉的人大发横财，而自己依然清贫度日，他也有过懊悔，但是每一次懊悔涌上心头又会被自己的良心压制下去。周成功给自己的定义就是做好人做正事，受得住清贫，扛得住磨难。

看着眼前腰背已经有些佝偻的林寒江，周成功激励他："老郝倒下了，你林寒江要是再倒下了，炸药包就由我周成功来扛！这件事一定要成功，否则就对不起我周成功的名字！"

林寒江感觉到了自己的虚弱，他心中的那张大网就和漫天的雾霾一样，让他窒息无力，但是他已经退无可退。"人的一生都该有一次辉煌，我的辉煌应该就在今天。如果'齐江之肺'没有了，我就准备去跳齐江！"林寒江本来想和周成功幽默一下，但是这句话说出来，他自己鼻子已经发酸了。

"林副市长，你后悔来齐江吗？"周成功问他。每次被问到这句话，林寒江都会心潮起伏。

想起去世的妻子，想起郑医生，还有昏迷不醒的郝仁敬，林寒江眼圈有些发红。他长叹一口气，道："如果真的有穿越，我不会来的。齐江的污水太多了，需要一座堤岸，就让我们这样的人去做抵挡污水的堤岸吧。"

看着走廊里踽踽独行的林寒江，周成功突然有种想大哭一场的感觉。

你在逃避某件事的时候，其实已经陷了进去，你以为距离能保护你，其实逃避不过是帮着对方扩张地盘，这就是人心的污染。林寒江知道今天的会议是一场没有硝烟的战争，而他林寒江，是打破齐江平衡的石子，还是炸破笼罩齐江大网的炮弹，抑或是被扫地出门的垃圾，就在这次会议上见个分晓吧。

林寒江面色肃然地走进会议室。

这次常委会最重要的议题就是林寒江汇报的环保治理工作。林寒江从环保督察组督办的六个案件入手，结合"蓝天工程"、雾霾治理、黑臭水体治理、沿江污染企业关停迁址等工作，并将自己关于建立湿地保护区、齐江流域综合治理等思考，做了一个全面的汇报。

廖宇正将林寒江被留置期间写的两篇文章让工作人员分发给大家阅读，传达了省委陈书记的意见，高度赞扬了"统一治污、协调发展、上游治理、下游反哺"的治理思路，建议全市各个部门都要认真学习。

林寒江被省纪委留置的风波还没过去，尤其纪委并未给他一个明确的结论，他虽然恢复工作了，但是对他的各种传言还在继续。刘耕野就在会议上阴阳怪气地发难："如果人是黑的，他研究的水是黑的还是清的？"参会的人一阵窃窃私语，有的人故意笑出声来。

林寒江气往上涌："清者自清，浊者自浊。谁站在清水里，谁站在浊水里，答案很快就会分晓。"

这些天来林寒江苦苦思索，从小雪的车祸到郝仁敬的昏迷不醒，从指使替换销毁水样到袒护污染企业，齐江的高层领导里很可能藏着大老虎，一只甚至多只，他们与这些污染企业有着利益输送的关系。他把怀疑对象集中在刘耕野、李子平、廖宇正三个人身上，他心中最大的嫌疑人就是刘耕野，他是一个土生土长的齐江人，与这些企业老板多年相熟，而他的所作所为十分符合幕后"大老虎"的角色。

廖宇正制止了二人的争吵，开始研究"青峰集团休闲小镇"项目。廖宇正开门见山地批评市政府没有遵从"三重一大"要求，这么大的项目竟然没有提交市委常委会讨论。市委常委会都没有上，土地还没有摘牌，那边就开始宣传预热，还在网络上闹出一个全国瞩目的笑话。

市长李子平的眉头紧蹙，明显感到市委书记的批评是针对他来的。他与廖宇正资历差不多，论年纪还长书记一岁，两人搭班子合作两年，一直不咸不淡，也没有明显的矛盾。突然在常委会上被这么批评，李子平感到有点下不来台。他刚想辩解几句，廖宇正却跳过他，直接让林寒江说说对这个"休闲小镇"项目的看法。

林寒江上次在规划论证会门口被带走，没有机会提出对小镇项目的反对意见，后来市政府常务会通过这个项目时，他还被关在留置室里。林寒江知道他的意见会给两位主要领导的矛盾火上浇油，但是他豁了出去，将休闲小镇的规划设计图和他带来的法律法规、国务院关于湿地保护修复方案、预测数据分析等材料全部摊上会议桌，按照他上次在车上给廖宇正讲的思路，足足讲了四十多分钟。结论就是他坚决反对这个项目落在湿地区域，哪怕是坐落在湿地区域周边，哪怕是做了顶级的环保方案，新的住宅区、商业设施还是会对"齐江之肺"造成不可估量的破坏，而且违反了国家规定，很可能会被国家环保督察组严肃追责。他的意见是在湿地区域建设"齐江湿地保护区"，扩大湿地面积，并将齐江水引进湿地附近的低洼区灌注成一个三十公里长的珍珠串型的湖泊，在湿地保护区内再建立一个候鸟保护区，形成江水、湿地、湖泊、鸟类互相依存的生态保护区。

林寒江说完之后，会场一片寂静，很多人都在沉思，却没有一个人发言。林寒江知道，不是他的建议没有人赞同，而是这些常委不敢明确表态，怕卷入两位主官的矛盾旋涡之中。林寒江知道，环境生态之所以会被官场生态打败，原因就在这里，不是领导们不懂环境保护的重要，而是屈膝于肩上的压力。

　　林寒江心中的书生意气在激荡他，尤其周成功的话、郝仁敬的鲜血还有郑医生的死讯，让他血气不断往上涌。他又站了起来，就像站在三尺讲台上一样，用演讲的姿态给这些领导讲了一个著名的污染案例：莱茵河污染事件。20世纪莱茵河水体遭到了一系列严重污染。20世纪中叶以来，随着工业的高速发展，莱茵河曾一度成为欧洲最大的下水道。仅在德国段就有约300家工厂把大量的酸、漂液、染料、铜、镉、汞、去污剂、杀虫剂等上千种污染物倾入河中。此外，河中轮船排出的废油，两岸居民倒入的污水、废渣，以及农场的化肥、农药等，使水质遭到严重污染。据估计，河水中的各种有害物质达1000种以上。1986年11月1日，瑞士巴塞尔的桑多斯化工厂仓库失事起火，近30吨硫化物、磷化物、汞、灭火剂溶液随水注入河道，造成大批鳗鱼、鳟鱼、绿头鸭等水生生物死亡；下游160千米内约有60万条鱼被毒死；480千米内的井水不能饮用；沿岸许多自来水厂、啤酒厂被迫关闭；使已经投资了300多亿马克的莱茵河治理工程前功尽弃。有二十多年的时间，莱茵河完全是一条"死亡之河"，而治理修复莱茵河的成本要远远超出收获的经济效益。

　　讲完了莱茵河的案例，林寒江又讲上游省份的"铬"污染事件，因为在座的人大都知道这起震惊全国的污染事件，每个人的记忆都被带回事件现场。

　　林寒江动情地演讲，这是他有生以来最酣畅的一次演讲，他的大脑高速转动，调动那些存储在他脑海中的数据。那些数据就像有生命的石子一样砸向台下一张张麻木的面孔，林寒江希望这些石子能敲醒那些瞻前顾后、谨小慎微的领导的心。这时的他丝毫没有察觉自己的鼻子又开始流血了，两行鲜血滴落在他的白衬衫上。会场上的领导们都吃惊地看着林寒江身上的血迹，他们也许没有听进去那些繁杂的数字，但林寒江的血染白衣让他们触目惊心。

林寒江并未意识到发生了什么，继续说道："我们的齐江已经被污染了，如果我们再贪图眼前利益而破坏了湿地绿肺，我们这些人就是齐江的千古罪人。我们能忍心让未来的齐江变成灰色的天、黑色的水、垃圾场一样的湿地？我们能不能闭上眼睛想一想，未来的齐江会是什么样子……"

林寒江真的闭上了眼睛，因为他第二次晕了过去，常委会的结论他又没有听到。

当天夜里，齐江岸边钱起的别墅里气氛诡异，整个别墅静悄悄的，用人和厨师都已经被他打发离开。偌大的别墅沉浸在黑暗中，只有书房亮着一盏台灯，台灯微弱的光亮又被厚厚的落地窗帘遮住。

钱起端着一杯红酒转来转去，他没有心思喝酒，不时低头看看手表，似乎在等什么人。

"老大越来越不守时了，每个月的例会总是让我们等他。"钱起终于忍耐不住发起了牢骚，"林寒江那个浑蛋屡次三番破坏我们的计划，要是早一点按照我的意见处置了他，哪还有今天的麻烦事？"

"老三，少安毋躁。林寒江毕竟是陈庭坚那老鬼派来的，要是初来齐江人就没了，我们肯定会惹火烧身的。"一个幽幽的声音传来，原来房间里还有他人。书桌后面宽大的座椅转了过来，齐江市市长李子平正缩在椅子上闭目养神，他似笑非笑地说："当时我们三个人不是每人拿出一条对付林寒江的计策吗，老大说你的计策太急，我的计策太软，却不知他自己的计策结果如何。"

钱起等得有些焦躁："这个急那个软，又忍又拖，害得我'齐江胜景'没了，'休闲小镇'没了。老大也太稳坐钓鱼台了，这都后半夜了，还不见人影。"

"老大不就是喜欢这样吗？人未到却已控制住场面，他的驭人之术越来越老辣了。"

钱起转了几圈，终于平静下来。他晃晃酒杯，欣赏着美酒在灯光下的颜色，问李子平："老二，这几年我一直有个问题想不通，你加入'老中青'是为了官爵，我加入是为了钱财，你说老大加入是为了什么？他不当官，不贪财，到底为了啥？"

"是控制。"李子平睁开眼睛，闪过一丝难以捉摸的笑容，"老大一心要做山中宰相，足不出户却掌控天下，像你我这般官场、商界的人物，不过是棋盘上的车马炮。老大本来想当下棋的手，但是时也运也，他也只能当'帅'，终归也是脱不了棋子的命运。"

钱起品了一口酒，深有感触地点点头。他又转了一圈，发了句牢骚："我们是车马炮，老大是帅，其实都是给那只手干活的，唉，身不由己啊。"

谨慎的李子平立刻竖起食指，对钱起做了一个嚅声的手势，看来他们对那只手十分忌惮。这次例会是李子平发起的，他要约齐"老中青"的"老"字三人商议重要的事情。赵驰被带走之前与李子平密谈，他威胁李子平说他已经掌握了他们谋害王武的秘密，还有李子平借刀杀人故意向他透露省里要查办朱光明的消息。当时李子平不露声色地与赵驰周旋，赵驰说："如果你们不动用最顶端的资源帮助我，我在里面就保不准会说出些什么。"自从赵驰被带走以后，李子平整日忧心忡忡。王武平时在工作中多次与李子平发生龃龉，在涉及企业的利益时又和"老中青"产生冲突，所以在"老中青"的谋划下，王武被成功除掉。赵驰如果真的掌握了什么线索，李子平可就危险了。

钱起安慰李子平，他分析赵驰并没有掌握什么真凭实据，不过是一些个人猜测罢了，否则早就捅出去了。李子平不认可钱起的分析，他比较了解赵驰，赵驰如果没有线索是不会找自己摊牌的。他是一个善于抓住救命稻草的人，狗急跳墙，很可能做出危及"老中青"的事来。

钱起冷笑一声："那么多官员都抑郁跳楼了，赵驰就不担心自己有一天想不开？"

李子平知道钱起动了杀心，说："所以咱们三个必须聚在一起商议一下。赵驰现在在省扫黑除恶小组手中，不是那么容易下手的，这件事要从长计议……"

钱起冷笑："我的项目泡汤了；你要被赵驰揭发；老大呢，他有什么闹心事？对了，他要救王彤。"

李子平又把食指竖在嘴边，对钱起说："好像老大来了。"

钱起侧耳倾听，寂静的别墅里响起一阵脚步声，脚步越来越近，有人推门进来……

林寒江在医院里醒来，耿正和田小小坐在旁边，关切地看着他。田小小眼睛有些红肿，林寒江立刻猜到她一定是为李云城哭过。耿、田二人以为林寒江是因为工作过度疲劳而晕倒的，都劝他把工作放一放，调养身体最重要。林寒江苦笑着点头，他知道自己中毒不轻。他本来想告诉耿正自己是被人投毒了，后来想起公安厅警察的叮嘱，又忍住了，免得他们为自己担惊受怕。

林寒江请田小小回学校打听一下有没有罗真子的消息，不知道她伤情怎么样了。朱光明一伙已经被公安部门端了，以后应该没有人再威胁她了，如果学校有她的消息，一定要告诉他，田小小点头答应。

林寒江问耿正："老怪，托你办的事情怎么样了？"

耿正一拍脑袋，说："是我记性不好，忘了和你说了。邻城的大学已经同意罗真子转学过去，我一会儿回齐江大学就找学生处办理这事。"

原来罗真子跳江自杀未遂那一天，林寒江知道她很难再在齐江大学待下去了，就托耿正找人将罗真子转学到邻城大学去。

田小小有些想不通，问林寒江："你为什么要帮一个企图陷害你的女学生？"

林寒江说："我痛恨的是朱光明那种人，不是罗真子。在朱光明眼里，罗真子和我一样，都是他意图操控的傀儡。罗真子本性不坏，只是被利益污了眼睛和心灵，给她一次机会就能唤醒她的良知。"

田小小问林寒江怎么定义"良知"，林寒江想了想说："良知就是一个人的道德感和判断力。它是我们内心的底线和行动的准则，也是我们在污浊的尘世里洁身而行的解毒剂。"

田小小由衷地说："林副市长，其实你做的那些工作，虽然成绩不菲，但是我只是对你敬佩而已，罗真子这件事，你却让我真心感动。你原来在我心里，不过是能干的官员，今天我给你加两个字，你是一个有'良知'的官员。"

林寒江想到田小小与自己非亲非故，却两次为自己仗义出手，还当了一回"杨三姐"，勇闯市委书记和省纪委书记的办公室。他对她说："其实在我们这些人中，最有良知的人是你田小小，我应该向你学习。"

田小小不禁羞红了脸。

林寒江知道田小小想找他为李云城求情，却不好意思开口，就主动提及此事。其实李云城被警方拘留的当天，林寒江就向副局长金波询问过，李云城纵火烧毁实验室的事实很清楚，他只有说出幕后指使的人，才能争取宽大处理。

田小小的眼泪又忍不住决了堤，她很快抹去眼泪，主动提出去做李云城的工作，让他迷途知返。林寒江立刻帮她联系金波，安排田小小和李云城见一面。

耿正和田小小告辞时，林寒江充满歉意地对耿正说："老同学，不好意思，你借我的10万块钱现在在纪委手里，我的工资卡也被纪委封着呢，我现在是真正的一穷二白了，只能等过一阵子再还你钱了。"

耿正哈哈大笑，说："你我谈钱太伤感情，这10万块钱就做一个基金，当我们俩以后喝酒的酒钱了。何日功成名遂了，还乡，醉笑陪公三万场。"

此时门口有一个俏丽的人影一闪而过。耿正眼尖，见是苏娜，他赶紧拉着田小小快步离开了。

苏娜进到病房，二人不由得相视而笑。

苏娜的笑是担忧变成安心的笑，林寒江的笑是自嘲变成感动的笑；苏娜的笑里含着眼泪，林寒江的笑里含着无奈。

苏娜说："其实，我们见面不说话的状态是最好的，那样我们就不会不断争辩。吵来吵去，早晚会有一天伤了和气。"

林寒江说："为了和气，我一会儿向医生申请，把我的嘴巴缝起来。"

苏娜伸手似乎想握住林寒江的手，中途却改变了方向，拿起桌子上的一个橘子，剥开递给林寒江。

窗外阳光静好，而安逸的时光短暂温馨。每一个人心中都会有另一个人，不必近在眼前，不必朝夕相守，当你想起对方时，就会有春日、阳光、浮云。最好的知己就是互相关心，却又不逾雷池一步。

如果你有一个能在病床边为你剥橘子的人，你一定要用尽所有的好去对待这个人。

那天的常委会场面异常激烈，充斥着硝烟味道。一个在市委办公室工作很多年的老同志后来回忆，这是他工作生涯中，第一次看见市委书记和市长两人这样直面交锋，唾沫星子都喷到对方脸上去了，原来这些领导生气时也会和贩夫走卒一样脸红脖子粗地互相指责，就差骂娘了。

后来常委会举手表决，6：3否决了青峰集团"休闲小镇"的项目，书记廖宇正赢了。市长李子平拍案而去，常务副市长刘耕野也拂袖离开。据说李子平第二天消失了一整天，有人说他去省里找领导告状了，也有人说他是要找门路调走。

那天常委会上发生的一切后来有人绘声绘色地描述给林寒江听，当时林寒江刚刚偷跑出医院，站在长兴垃圾处理厂督办改建进度，机器轰鸣，一阵尘土飞扬，将他裹进了尘土之中。林寒江一时忘记了躲避，听到这个消息，他是又喜又忧，喜的是湿地绿肺保住了，忧的是他点燃了齐江的战火，以后的日子更难了。

齐江市殡仪馆。

林寒江和周成功站在郑医生的遗体前，毕恭毕敬地向她三鞠躬。

林寒江掏出一块钱硬币，轻轻摆放在郑医生身前，轻声说："郑大姐，我代表齐江市所有的环保人，向您正式道歉！是我们让英雄受委屈了……"林寒江身后几十名着装整齐的生态环境局干部一起向郑医生鞠躬，默哀肃立。

队伍的最后一排，生态环境局那个泡病号的吴昊发牢骚抗议："一个八竿子打不着的老太婆，凭什么让我们全局大早晨来给她送行？少了一个上访的，高兴还来不及呢！"

林寒江脸白如纸，转身指着吴昊大喝一声："你！给我滚出去！"

吴昊毫不在意，骂骂咧咧地出去了："又不是我亲妈，凭啥让我给她鞠躬？"走到门口，吴昊又回身嘟囔一句，"林寒江，你一个被查的贪官，有什么好牛气的？"

林寒江被气得一阵咳嗽，这个吴昊自从被林寒江点名扣罚绩效以后，破罐子破摔，俨然成了第二个魏森。

公安局里，李云城的母亲坦承自己大闹会场的水瓶里装的其实是普通的化工废水，并不会对人造成伤害。警察问李母怎么知道"六价铬"的事，她说出了一个隐情。她原来在齐江钢铁废水车间工作，和当时的厂工会主席魏森比较熟悉，后来齐江钢铁被青峰集团收购，李母下岗了，魏森也被踢出领导层。魏森有一个小徒弟作为技术骨干被安置到化工产业园担任废水处理的技术人员，知道不少化工产业园的内幕消息。有一天魏森回到齐江钢铁厂打听王彤的底细，在路上偶遇李母。魏森告诉李母，化工产业园私自加工合金钢、电镀等业务，又将含有"六价铬"的废水在半夜排进齐江，齐江里经常漂浮的死鱼就是他们作孽的结果。两人在路边说了几句，魏森愤愤不平，说现在的老板为了挣钱丧尽天良，真应该去举报他们。结果一个月后，魏森就跳楼自杀了，说是抑郁症发作。李母虽然怀疑其中有猫腻，但是没有证据，只能明哲保身不敢吭声。但是后来李云城因为纵火烧毁环保监测站的化验室，也卷入了这件事，李母彻底愤怒了，她知道自己的儿子一定是被人教唆指使才铤而走险去纵火的。她担心儿子也会不明不白地被人害死，加上她知道自己时日无多，所以为了儿子，她干脆豁出去，在活动现场直播的镜头前愤怒地揭露其中的秘密。

李母泪流满面地说："我在废水车间工作了几十年，辛辛苦苦卖命，到头来得了肺癌，医生说是我常年接触有毒物质造成的。后来厂子被收购，我也被下岗了。这一切我都忍了，但是现在他们要把我儿子也毁了，我死也不能放过他们！"

由于案情牵扯到魏森的命案，立刻由治安科转到刑侦科，金波也向省厅做了汇报。

不知道王彤用了什么手段，那个"背锅侠"部门经理异常硬气，承认私自增设生产线、私埋排污管线、倾倒化工废水都是他个人的主意，与别人无关。

警方又去询问王彤，王彤依旧笑靥如花，一边欣赏着自己新涂的指甲，一边若无其事地与警察对答，什么魏森跳楼自杀、流氓无赖驾驶汽艇撞人的事情，她是闻所未闻，一概不知。案件一时陷入僵局。

金波来找林寒江，说检察院驳回了对王彤的逮捕申请，她的律师已经多次找到公安局，要求尽快放人，否则将起诉齐江市公安局。林寒江也无计可施，明知道是王彤这个女人作奸犯科却拿她没有办法。两人在办公室里大眼瞪小眼，相对无言喝闷茶。

这时，政府收发室的老大姐敲门进来，给林寒江送来一个快递信封，说这个寄给林副市长的快递已经在收发室放了两三天了。原来肖秘书出事以后，没有人给林寒江取信件、快递，就都搁在收发室了。

林寒江也纳闷，最近自己没网购什么东西啊，怎么还有快递？他撕开快递信封，一张照片掉了出来，照片的清晰度很低，隐约见到大雾之中有一辆黑色的轿车停在江边，车边站着一个戴着棒球帽面目不清的人，江水之中似乎还漂浮着一个人。林寒江看了半天不明所以，随手递给了金波。信封里还有一沓装订整齐的材料，林寒江掏出来一读，立刻面色大变，对面看照片的金波也倒吸一口冷气，两人异口同声："这是王武！"

林寒江盯着照片中的江水和雾气，陷入沉思，慢慢地江水和雾气似乎活了起来，江水流转，雾气升腾……

齐江岸边，雾气之中。王武一脸惊疑地看着对面的人，他瞪大眼睛也看不清棒球帽下的脸，那张脸仿佛一直笼罩在黑气之下。

"是这个人让我来帮你的。"来人冲王武晃晃手机上的名字和号码。

"我的事，他答应了？"王武戒惧之中又燃起了希望。

那个人盯着雾气萦绕的江面，嘿嘿笑了一声，又重重叹一口气，好像在惋惜什么："'老中青'让我向你问好！"

"老中青？"王武满面惊疑地看着那个人，浑身冰冷，"你要……"

王武刚说出两个字，人影就跨前一步，在他肩膀上猛地一撞。王武虽然胖得像一尊佛，可惜却是一尊下盘不稳的佛，猝不及防被人用力一撞立刻就失去了重心。他双手徒劳地在空中抓了几把雾气，终于向后一倒，像只大葫芦一样滚进了江水里。

那个精悍的人影慢慢蹲下，戏谑地看着在江水里拼命挣扎呼救的王武。

"救命！……"王武只喊了一句，喉咙里就涌进大量冰冷的江水。王武头脑中最后的影像不是他念念不忘的老母亲，而是他小时候溺水被人捞起、趴在岸边干呕的情形："一辈子怕水最后还是死在水里，终究是难逃宿命，谁说我能长命百岁？"

那个精悍的人影在若隐若现的雾气里显得更加神秘莫测，他一直微笑着看着渐渐沉下去的王武，摸着下巴自言自语："你弄脏了这条江，现在葬身其中，只会让它脏上加脏！"

最终，沉了下去的王武慢慢又浮上水面，像一截木头一样没有了知觉，那个人拍拍手站起来："杀一个孝子，损寿十年；杀一个弄脏齐江的贪官，增寿十年。这趟差事不赚不赔，收工！"

那人钻进迈巴赫车走了。

雾气之中，藏身树后的肖秘书慢慢探出头来，在远处惊恐地看着这一切。

王武把自首材料交给肖秘书以后，肖秘书就悄悄跟踪他，一直来到江边，没想到目睹了这一切。慌乱之中，肖秘书用手机拍下了眼前发生的这一幕，他不敢靠得太近，因为他认出了戴棒球帽的那个人，被那个人发现肯定一命呜呼。

肖秘书回到政府以后，并没有把王武的自首材料原原本本交给纪委。他打开王武的电脑，将王武的自首材料一通修改，把涉及齐江钢铁厂、化工产业园的人和事全部删减。肖秘书将修改后的自首材料交给纪委，纪委工作人员后来将王武的电脑带走了。肖秘书担心被发现电脑中修改的痕迹，心惊胆战好几宿没有睡觉，后来并没有人找他，他才渐渐放下心来。肖秘书这么做的原因其实很简单，因为他就是王彤发展的"老中青"中"青"字第二人。

肖秘书是喜欢疑神疑鬼的抑郁型性格，上次在林寒江办公室，林寒江让他配合公安部门调查，无意中的一句话触碰了他心中的防线，惊慌失措之下他甚至撞上了门框，被金波察觉到异样。回家后肖秘书彻夜难眠，越想越怕，后来他受不了折磨，鼓足勇气打电话给王彤，要挟王彤尽快给他提供一笔钱，说他要离境出国，否则他就将王武的自首材料、遇害照片提供给警方。

王彤答应了他的要求，约他在"王氏鱼馆"见面。肖秘书警惕性很高，听说在饭店里见面，他才敢应约前往。临走之前，肖秘书将王武的自首材料和那张照片装进快递信封，收件人是林寒江。如果他平安回来，寄给林寒江的快递还是会落到他的手里；如果他回不来，他就祈祷林寒江能将证据交给警方，为他报仇。

前往"王氏鱼馆"赴约的肖秘书与王彤谈判顺利，一手交钱一手交货，将王武的自首材料原件和照片卖给王彤。自以为聪明的肖秘书刚离开鱼馆，就被暗中尾随的张小志一拳敲昏，塞进车厢。张小志从肖秘书的手机中找到了照片和自首材料文档，他销毁了手机，以为从此死无对证。张小志打心眼里瞧不起肖秘书这种喜欢出卖别人的人，所以将肖秘书弄到王武落水的地方，一脚将他踢下水去，还像上次一样蹲在岸边看着他活活淹死。卖主求荣的小人，就让他以同样的方式去见他的主人吧……

林寒江把王武的自首材料交给金波，说里面有不少涉及化工产业园的事情，足够警方拘捕王彤这个女人了。只要能撬开她的嘴，就能找到她身后的人。王彤肯定是个关键人物，否则不能这么大费周章地除掉王武来保护她。

金波指着照片上的棒球帽，说："王武的案子和肖秘书的案子发生在同一地点，相同的作案手法，应该都是这个人所为！"

林寒江问金波："照片里的人和车，你查不出是谁？"

金波把照片横过来竖过去地看了好几遍，说："按照照片的辨识度，很难确认人和车，但是……"

"但是什么？"林寒江有些焦急。

"但是我有办法把这个人钓出来！"金波依然慢悠悠的，"不过，我需要你帮忙。"

"我？"林寒江指着自己的鼻子，一脸诧异。

28
监控录像

两天后,苏娜敲开了林寒江办公室的门。

林寒江一边手忙脚乱地给她沏茶,一边问她的来意。

苏娜开玩笑说她是替小雪姐姐来看一下病号。苏娜虽然是玩笑话,但是触到了林寒江的伤心事,他坐在那里看着茶杯发呆。

苏娜聪明伶俐,马上道歉说自己不该触及林寒江的伤心事,平时讽刺他成了习惯,不埋汰他几句就不会说话了。苏娜转移话题嘲笑林寒江的茶叶就和锯末一样,老朋友来了也不拿点好茶叶出来。林寒江说只有你这种贵客来了才有茶喝,别人来了就是一瓶矿泉水。

苏娜怜悯地看着刚从工地回来满身尘土的林寒

江，有些惋惜地说："林寒江，你应该是学术讲坛或者大学课堂上的宠儿，当一个只干活没有钱、只担责不进步的副市长，实在屈才了。你要是下海，年薪肯定比我高多了。"

林寒江也调侃她："你跟我说实话，青峰集团到底给你多少银子，能把你收买过来卖命？"

苏娜冲他竖起三根兰花指晃了一下，林寒江咂舌："一年300万？！超过我半辈子的工资了。"

苏娜不屑地"切"了一声："青峰集团的钱不好挣啊，钱总聘请我过来运作'齐江胜景'和'休闲小镇'的项目，结果这两个项目都被你林副市长给掐死了，我是挣不到这份钱了。"

林寒江尴尬地笑笑："你不会让我赔给你吧？我就算砸锅卖铁、粉身碎骨也赔不起啊。要不你求求钱总给你换个项目，至少能让这份年薪落到口袋？"

苏娜白了他一眼，轻叱道："你林寒江也会说弯腰折膝的话了？这点钱还不够收买我的尊严，我也不会那么轻贱自己。我今天来，是来向你辞行的。"

林寒江一惊："辞行？你不干了？300万的年薪不要了？"

苏娜眼里满是不屑："我是一只逐利的鸟儿，哪棵梧桐树上的钱多，我就飞往哪棵树，我就是因为这个原因才来到齐江的。你一定心里笑话我满身铜臭，可是我喜欢这种随时离开的自由洒脱，我没有你那么多拘束。一辈子很短，如果让我像你一样整天谨小慎微、瞻前顾后，还不如杀了我。"

林寒江赶紧解释："你是又香又美的凤凰，非梧桐不栖，怎么会有铜臭味？"

苏娜笑道："你林寒江终于学会哄女人说话了，虽然是假话，我还是爱听。"

苏娜不再和林寒江斗嘴，正色道："我找到了青峰集团和赵恒远他们联系的证据了，所以我要离开。"

林寒江一惊，苏娜这么说，肯定是已经嗅到了危险的气味。

苏娜从包里掏出一沓材料，递给林寒江，说："你断了青峰集团的财路，可是还要厚着脸皮指望人家给你的环保事业添砖加瓦，你还是醒醒吧。我被钱起忽悠来青峰集团，虽然只有半年左右，但是我私下里给他们做了一个资金链分析。青峰这棵大树，早晚要倒的，我虽然不是凤凰，可也懂得良禽择木而栖的道理，我才不想给青峰集团殉葬呢。"

原来青峰集团由于扩张过快，在外域的资金链出现了问题，钱起收拢资金，本想利用"齐江胜景"楼盘和休闲小镇项目渡过难关，准备在这两个项目开工后，以在建工程抵押贷款的方式向银行贷款融资，延续企业发展。但是这两个项目先后铩羽，他的融资贷款计划也搁浅了，青峰集团已经岌岌可危。

苏娜接着说："他们聘请我来，其实只是想利用我来软化你，可谓用心良苦。但是这样的做法冒犯了我的自尊，我的骄傲不会允许我自己成为棋子，我不会为他们做拉拢人、控制人的事情，多高的薪水也不行。况且我也有自知之明，我既不能说服你，也不能软化你，我只有辞职走人了。辞职报告明天就会摆上钱起的案头。"

林寒江怔怔地看着苏娜，说："你辞职，其实只是为了我，我心里明白……"

苏娜也看着林寒江，眼眶有些潮湿，说："我不想危及自身，更不想你因为我而遭到别人的威胁……"

林寒江心中一阵激荡，很想握住苏娜的手，但是理智又让他缩回了手。

苏娜略微有些紧张地对林寒江说："除了资金链的问题，我还发现了一个青峰集团的秘密，正是这个秘密，才让我下定决心必须离开青峰集团。"

林寒江问她："什么秘密？"

苏娜说："青峰集团背后有一只神秘的手。青峰集团只是这只手的赚钱机器，青峰集团的大部分利润都秘密流向这只手操控的账户，这是造成青峰集团资金周转困难的主要原因。说白了，青峰集团只是一个傀儡般的赚钱机器，他们的血液源源不断被人吸走，他们还有一个神秘的幕后主人。"

林寒江大吃一惊："青峰集团只是一个被人操纵的傀儡？以钱起睥睨天下的性格，他会甘心这样被人操纵？"

苏娜冷笑道："钱起表面跋扈霸道，唯我独尊，其实背后也是有苦难言。就好像电影《异形》一样，一个人的身体里钻进了一只怪兽，已经完全操控他的意志和行为。我现在看到钱起，心里其实很同情他。"

林寒江越发好奇："这只神秘的手是谁？难道就是你说的赵恒远？他能有这么大的能量，将钱起这种枭雄治得如此服帖？"

苏娜目光闪亮，看着林寒江："赵恒远肯定是和这件事情有关联，但他是不是最终的主谋，我也不知道。"

林寒江翻看着材料，里面密密麻麻的数据让他有些目不暇接。

苏娜又说："查出这个最终主谋已经超出了我的能力范畴，我可不想惹祸上身，说不定有一天我也会遭受不测。我只能帮你到这里了，如果有一天青峰集团真的出事了，你只要把这份分析材料交给警方，这只手很快就会被查出来的。"

林寒江面色凝重，觉察出这份材料的分量，也体会到苏娜承担的风险。这个高傲的女人表面上不答应帮助他，其实却是在用自己的性命为他探路。

苏娜又说："青峰集团的发家底子并不干净，他们创业之初是靠破坏生态环境起家的。他们在齐江上游曾经吞并过大小数家沙厂，大肆倒卖河沙，由此积累了原始财富，后来在外省投资光伏产业，因为大面积破坏植被被政府严厉处罚，当时青峰集团几乎面临倒闭，但是后来又神奇地挺了过来，进而一路壮大，直至上市成为民营企业500强。我分析，当时帮助青峰集团渡过难关的人，可能就是这只神秘的手。钱起借助这只手的力量渡过难关，但也从此被这只手钻入体内，被人吸血操控。"

"赵恒远会不会就是这只手？"

苏娜摇摇头："青峰集团的起落与命脉，很多环节都能看到赵恒远的影子，但赵恒远就是一个官二代与富二代的合体，我觉得他充其量是这只手的一根手指，这只手能量很大，又让人找不到痕迹。"苏娜的话，让林寒江一下想起笼罩在心中的那张巨网，这只手和那张网有没有联系？

"难道是H省前任省委书记秦风？赵恒远的妻子就是他的养女，这是一个不是秘密的秘密。"

苏娜不置可否："没有证据的话我不敢说，这是你们体制内部的事。"

听完苏娜的分析，看着青峰集团的资金链分析，没想到看似风光无限的青峰集团，却有这般凶险的幕后背景，而幕后操控的人又神秘莫测。他想起青峰集团答应为齐江市建设的几个环保项目，都事关齐江市环保工作的要害，他否决了青峰集团的开发计划，对方肯定也会釜底抽薪，让他的一系列计划破产。钱起原来答应的安置齐江钢铁工人就业、低价商品房、污水处理厂和垃圾综合处理场，这一系列计划估计都要泡汤了，林寒江不由得陷入沉思。

良久，林寒江回过神来，感激地对苏娜说："你还是为我做了无间道，又为我舍弃高薪，以身犯险，我该怎么感谢你？"

苏娜微微一笑，饱含惆怅："林寒江，我不需要你的感谢，我只是不想看见你被人加害甚至打倒。即便你和整个齐江城为敌，我也会站在你这一边!"

林寒江心中一热,忍不住剧烈地咳嗽起来,咳得惊天动地。

突然一阵香风袭来,苏娜竟然给了他一个轻轻的拥抱。林寒江惊醒过来,苏娜已经闪到门外,对他回眸一笑:"林寒江,齐江这篇故事的结局,我就不陪你看了。这里水深浪急,你要保护好自己,我可不想让自己掉进江里。如果你有一天想明白了,想换一个活法,记得找我,我还会给你探路去……"

"你要到哪里去?"林寒江追问苏娜。

"我要去享受一段没有污染的人生……"

这只逐利的鸟儿像一片云一样飘走了。她也是一只聪明的鸟儿,嗅到了危险的气味,提早振翼而飞。苏娜告别的话,是劝说他跳出体制,还是别有所指,林寒江一时陷入了迷惘。

晚上林寒江回到招待所宿舍,发现耿正在门口等他,给他带来一大包水果。耿正提醒他,他脸色很难看,叮嘱他注意休息。林寒江心里有点感动,这个多年的老友,是这个城市里为数不多的真心关心他的人。林寒江赶紧烧水给耿正沏茶,耿正却说没时间磨蹭了,钱起约了几个校友晚上聚一下,特意让他问问副市长大人能赏脸不。林寒江确实想见见钱起,但是这种场合见面实在尴尬。他拜托耿正帮他约一下钱起,由他做东,他们三人另外找个时间小酌一下。

送走耿正,林寒江端详镜子里自己的脸,明显比刚来齐江那会儿憔悴多了,肌肉松弛发黄,鬓角隐隐变白了,尤其中毒以后,不仅经常流鼻血,每天早晨起来枕头上都是一堆头发,他已经微微有些秃顶了。为了去除体内的毒素,医生给他开了一大堆药,他吃得丢三落四,如果小雪在身边,一定会帮他打理好这些事情的。想到小雪,镜子里的林寒江眼圈发红,当初他没有听小雪的话,怀揣着一腔英雄情结来到齐江任职，没想到却被彻底改变了人生。孤独一人的林寒江咬着枕头看着窗外的黑夜，要不是有人敲门，他都不知道怎么打发这个漫漫长夜。

来的是省公安厅的两名便衣警察，他俩负责秘密侦办林寒江被投毒的案件，已经是第二次来找林寒江了。两人询问了一些情况，包括林寒江住在齐江大学研究生宿舍的情况。可能是中毒和吃药的原因，林寒江感觉自己最近记忆力明显衰退了，很多事情都像云雾一样缥缈。两名警察问不出什么有价值的线索，有些失望，只能又收集一些水样和食品，准备带回去化验。林寒江干脆穿上运动服出去散步，让他们在屋里忙活。

中毒以后，林寒江已经没有力气跑步了，只能偶尔散步。他心里堵得厉害，一口气走到了齐江边上。

江边一个女子的孤独背影在徘徊，这个背影林寒江有些眼熟，却又不敢确定。他咳了一声，慢慢走了过去，那个背影竟然真的是田小小。

泪眼婆娑的田小小回头看见林寒江，也吃了一惊。

林寒江有些担心地看着田小小，以为她伤心之下要做出傻事。

田小小大大方方地抹了一把眼泪，说："这是我最后一次为他流泪了，你以为我会像罗真子那样愚蠢地跳江？"

林寒江问她："你去见过李云城了？"

田小小点点头，对着江面上升起的月亮，长吐一口气："我决定了，和李云城正式分手了，以后他是他，我是我。"

林寒江暗暗苦笑，年轻人的爱情，终究经不起磨难的考验。

田小小似乎猜到了他的想法，讥讽地看着他："林副市长，你是不是看不起我，觉得我们是大难临头各自飞？"

林寒江摇头："你们年轻人的事，我不好评判。"

田小小杏眼圆睁："我分手的原因不是李云城犯了罪，做了傻事，而是他认钱作爹，膝盖太软，为了一张卡、一套房子就主动去当狗了！"

原来田小小和李母在警察的陪同下，与李云城见了一面。李云城在警察面前还能硬撑着不说，但是在母亲和女友面前，终于崩溃得像决堤的洪水一样，把事情前因后果交代得一清二楚。警察让田小小带路，从齐江大学化验室的铁皮柜里搜走了银行卡和房屋钥匙。据说，李云城跪在地上哭得撕心裂肺，反倒是对面的两个女人异常冷静。尤其是李母，她看着一摊烂泥一样的儿子，说："我以为他们是逼着你去做傻事，没想到你是主动找上门去当狗。我养了你二十几年，如果想要钱起的一分钱，我早就要了。我含辛茹苦把你拉扯长大，就是想向钱起证明，我做了错事我扛着，但我绝不会向他卑躬屈膝。而你，太让我失望了，你真是他的好儿子，骨子里流淌着和他一样的见利忘义……"

田小小看着跪在地上的男友，始终一言未发。

采集水样的那天晚上，王肜和钱起的秘书燕赵一起来找了李云城。燕赵送给他一张50万的卡，还有一套三室两厅房子的钥匙，说是钱总给李母治病的钱，房子是给李云城结婚用的。王肜在旁边撺掇说："钱总让我告诉李副总一句话——你要拯救你自己的企业！"

那天晚上李云城在江边默默坐了半夜，终于套上了那件黑衣服……

田小小说："原来我和李云城的梦想很单纯，不求大富大贵，只是想做个有气节的好人，铁骨铮铮，浩然正气，谁知道铁泡在脏水里也会变烂……"一语未完，田小小已经泣不成声，"我没想到，人心会变化得这么快……"

林寒江安慰田小小："污染江水的是毒物，污染人心的是金钱。人生一世，就如一条江河，会遇见各种毒物侵袭，只有坚守良知，才能持正除邪，渡过劫难。"

林寒江又说："你们校园里流行一句话——成长无非是一场大

醉,勇敢的人先干为敬。经过这次大醉,你往后什么磨难都不会放在心上。"

田小小慢慢止住泪水,又恢复了大大咧咧的样子。她指着远处一个夜钓的人说:"对我来说,爱情就和钓鱼一样,有的人上钩,有的人逃跑,现在我就是逃跑的那一个。"

两人在江边行走良久,林寒江郑重地向田小小致谢,感谢她在自己遭受磨难的时候两次帮助自己。田小小说:"李云城让我觉得希望破灭在眼前,而你让我觉得还有希望在远方。林老师,你是一个好官,更是一个好人。我帮你,是因为我希望好人一生平安,不希望这个世界上坏人太嚣张。正义可以迟到,但绝不能缺席,否则这个世界就没有希望了。"

田小小的话让林寒江很感动,他说:"正是因为有你这样的青年,我才相信齐江的水终究会变清,这个世界终究会变好。我们治理环境,还要保护希望,一个没有希望的城市,即便江水清澈、天空蔚蓝,又有什么意义?"

田小小有些惆怅地说:"林老师,我要离开齐江了。这座城市让我喘不过气来,我已经报考了北京一所大学的博士生,不过没有了学霸的帮助,也不知道能不能考上,你愿意为我祝福吗?"

林寒江认真地点头,说:"心正,气清,则行必胜,你一定会考上的!"

田小小眨眨大眼睛对林寒江说:"林老师,我最后送你一句话,'对坏人软弱,就是对邪恶纵容'。我希望你离开齐江的时候就和来时一样,不曾弯过腰。"

田小小踏着月色而去,林寒江在月色下默默看着齐江无语东流。

尽管有了王武的自首材料,几件事情都指向齐江钢铁厂、化工产业园，包括幕后的钱起和青峰集团，但是都缺少关键的直接证据。王肜身上的嫌疑越来越大，已经引起警方高度重视。

王肜虽然是一个娇弱美女，性格却像梁山孙二娘，脖颈硬得很，所有的事情老娘一概不知，随你们处置。公安局只能重新整理证据，再次向检察院申请拘捕王肜。

青峰集团办公楼。

林寒江第一次正式去青峰集团拜会钱起，这个传奇学长依然满面笑容，声音悦耳，似乎最近发生的所有事情都与他无关。

钱起在挂着"江上数峰青"草书木匾的会客厅接待林寒江。林寒江仰头端详木匾良久，木匾是钱起亲笔所书，遒劲有力，"峰"字一竖剑拔弩张，似要破匾而出；"青"字却略微垂头，似被重物所压，有些颓势。

林寒江问钱起："学长，恕我冒昧来访，我是厚着脸皮想来问你答应建设的污水处理厂和垃圾分类综合处理场，具体什么时候开工，还有齐江钢铁厂并购以后如何调整产业，原来的下岗工人怎么安置，青峰集团答应的低价楼房还算不算数。"

钱起依然风度翩翩，给林寒江斟上茶水，说："既然你开门见山，我也不好遮掩。青峰集团现在遇到了资金周转问题，原来指望'齐江胜景'和'休闲小镇'项目，贷款融资盘活整个集团资金流转，如果顺利的话，这几个问题就不是问题。但是现在，老兄我要先养家糊口，然后才做济世之举。"

两人相视而笑，彼此都心知肚明对方的想法，却不点破。

林寒江又问："有一个后辈学生李云城，据说和学长有些渊源，他做了一件纵火的傻事，毁了大好前程，不知道是受何人指使？"

钱起哈哈一笑："难道你是怀疑我去教唆一个孩子？老兄我在商界摸爬滚打几十年，怎么会做这么愚蠢的傻事，都是我的部下爱厂心切，做了错事想去掩盖,最终错上加错。"

林寒江替李云城惋惜:"李云城马上硕士毕业,正值大好年华,我想不明白他怎么就突然为了化工产业园而自毁前程呢?"

"不瞒学弟你说,这李云城确实是老兄我年轻时一时风流留下的债,我知道他是我的儿子后,心里很高兴,我钱起总算有后人继承家业了,我也答应他在集团中给他一个位置。谁知道,这小子可能太着急表现了,误听了别人挑唆,身陷囹圄,我是真的替他惋惜啊。不过,他总归是我儿子,血浓于水,在里面锻炼几年,出来以后青峰集团还会有他的位置。"

钱起说得好像并不在意,其实心里是哑巴吃黄连。俗话说"虎毒不食子",其实钱起并没有教唆李云城去烧毁水样,王彤和燕赵的所作所为也并非他的授意。

钱起与李云城父子相认,引起了秘书燕赵的警觉。燕赵名义上是钱起的秘书,实际上是"老中青"中"青"字第三人,是那只"手"派来监视钱起并负责转移青峰集团资金的人。钱起从天上掉下来一个儿子,很可能会打破原有的平衡,破坏那只"手"对青峰集团的控制和安排,所以那只"手"密令燕赵赶紧除掉这个隐患。燕赵心机很深,他找来王彤设计了一个"一石二鸟"的计策,挑唆李云城以身犯险,借助警方的手除掉这个天上掉下来的儿子。钱起知道李云城做了蠢事被抓以后,勃然大怒,把王彤和燕赵一顿大骂,但是他忌惮那只"手"的威力,不敢公然翻脸,只能打掉牙齿和血吞。

林寒江端起茶杯一饮而尽,笑嘻嘻再问:"化工产业园总经理王彤,简直就是梁山孙二娘、顾大嫂转世,很讲义气,所有的问题到她那里都是一概不知,看来她是要和警方硬杠下去了。你们青峰集团不会是打算丢卒保车,把这个美女经理甩出来背锅吧?"

钱起一脸惭愧,道:"甩部下出来背锅,这绝对不是青峰集团的作风。这件事是我教育属下无方，识人不淑。青峰集团在排污处理方面制定过130页的操作手册，可是集团四五千人，难免良莠不齐，有些人就是贪图利益，做出了违背操作流程的事，污染了环境，损害了齐江人民的利益，青峰集团一定吸取教训认真整改，愿意接受处罚。至于王经理的所作所为，你们尽管按照法律程序处理，她犯法了，就该接受惩治。她若没有犯法，法律自会还她公正。青峰集团从上到下，绝没有法外之人。"

林寒江在大学读书时，最崇拜的风云人物就是钱起，和他接触过几次，一直觉得他儒雅和善，风度翩翩。但是经过最近几件事情，尤其刚才的面谈，林寒江才发觉钱起是一个不折不扣的奸雄，喜怒无形，深不可测。在钱起面前，林寒江感觉自己就是一碗水，而钱起却是泛着寒气的深潭老井。

钱起又斟了一杯茶，说："你问了我三个问题，我也有一个问题，想请教林副市长。你是我的学弟，按说我们应该是一个战壕的人，你要是去钻研学术课题，我可以在大学里给你设一个学术基金；你要是想仕途高升，我可以出资百万，帮你摆平道路。学弟，你为何苦苦相逼，死盯着老兄的两个项目不放，一心想置青峰集团于死地呢？"

林寒江凝视着茶杯里"江上数峰青"木匾的倒影，轻声道："学长，你错了。读书的时候，我很仰慕你，甚至梦想能成为你这样的风云人物。但是现在，我和你不是一个战壕的人！我做这些事，既不是为名也不是求官，只为两个字——"

钱起有些好奇："哪两个字？"

"良知！"林寒江轻声说。

钱起顿时沉默不语。

"齐江确实因为你而改变了，但是能改变多少呢？"钱起手指轻叩茶几，似是感慨，又似惋惜。

"一滴水，也是力量。"林寒江用食指蘸着茶水，在茶几上写了一个"一"字，他说，"载营魄抱一，这个'一'是'道'，也是我的良知。"

钱起盯着林寒江的眼睛，慢慢说："门后的世界不是我们想象的样子，你还没找到开门的钥匙。"

林寒江沉默，因为他知道自己面对的是一张滔天巨网，能不能掀动这张网，他毫无把握。但是既然他坐在了钱起对面，他已经决定了不会做网中之鱼。

二人话不投机，茶叶喝得寡淡无味。

林寒江告辞时，指着那块木匾问钱起："学长，这是你的墨宝吧？"

钱起点点头，林寒江笑着说："好诗，好书法，如果有一天真的'曲终人不见'，学长一定要记得把这个'江上数峰青'送给我。"

钱起顿时一脸青气，林寒江这是嘲讽他的青峰集团已经到了穷途末路了。

送走林寒江，钱起站在落地窗前看着林寒江有些佝偻的背影，脸上浮现出一丝难以察觉的冷笑。一只小手指长的黄蜂飞来，落在玻璃上，呆头呆脑地看着钱起。钱起看着这只黄蜂，突然面色发灰，把窗帘狠狠地拉上。

林寒江站在青峰集团的楼下，觉得无比疲惫。他和钱起直面摊牌，其实是两败俱伤，钱起的宏图大计搁浅了，他的好多环保计划也要泡汤。关停那些污染企业容易，可是那些从业的员工怎么安置，生活着落在哪里？原来设计好的产业结构怎么升级？齐江市的工业就此滑入谷底，到底是谁胜谁败？

周成功向林寒江汇报，净土环保科技有限公司的科研项目，由于得到了林寒江帮助拉来的500万融资贷款、120万科技企业扶持政策，公司钻研的土壤和水体修复课题项目取得了重大突破，目前正在向国家申请科技专利。治理污染只是第一步，净土公司正在试验修复的工作，治理加修复，才是一个完整的环保工作流程。

周成功说："我们过去的发展侵害了土壤、水体和大气，以后要下大力气研究修复工作，那也是我们赎罪的过程。"

林寒江对周成功愈加敬重，正是因为有周成功这样的人，绿水青山才有了坚实的群众基础。林寒江问周成功是否想进步一下，周成功笑着拒绝了："老郝倒下以后，我主持工作实在勉为其难。我年纪大了，不太适合做官，只会研究点工作业务，机会还是留给年轻人吧。"

林寒江也向周成功坦承自己的想法："齐江市的污染治理工作虽然已经闯出一条路，但是还有很大的问题在后边考验我们。比如说青峰集团搁置的污水处理厂、垃圾分类标准化处理厂等项目谁来接手？还有怎么安置原来关停和产业淘汰而下岗的员工，以及未来考虑的一系列环保修复工作，我们不能'治而不管'，现在要通盘考虑这些问题。需要有国企或者大规模的民企来接手进行市场化运作，净土环保科技有限公司做一些技术研究可以，但不能指望他们来操盘一个城市的生态环境综合工作。"

林寒江准备向市委、市政府主要领导汇报自己的想法。

晚上十一点半，齐江市公安局刑警队。

金波正带着几个刑警研究案情，最近齐江市出了一起杀人分尸案，被网络热炒，刑警队压力很大，很多案件都搁置一边，集中精力侦破这个案子。

张小志端着几盒方便面进来发给大家，打趣说："金局，让大家先垫垫肚子吧，吃饱了没准儿就能把凶手从面汤里拽出来！"

大家呼呼啦啦泡方便面，一个办公室的女警察在门口探着头说："金局，市政府的林副市长把电话打到值班室了，说有要紧的事要找你。"

金波掏出手机一看，骂了一句："该死，手机没电了。"他一边倒热水一边说，"我懒得去接，让他打到这个屋里吧。"

女警察应了一声转身走了，张小志冲金波竖起大拇指："金局，还是你牛，副市长的电话都不接。"

金波撑他："副市长就得让我溜须拍马？天王老子来了，我也得先吃饭。你小小年纪，就满脑门子阿谀奉承，我看你是学坏了。"

张小志吐一下舌头，坐在办公桌上吃面。

这时，张小志身边的电话响了。金波手里正端着方便面，没空拿电话，就摁下了免提键。林寒江焦急的声音传来："金波，十万火急，发现重大线索！"

"什么重大线索，你把杀人分尸案的凶手抓住了？"金波不以为意，大口咽着面条。

"肖秘书的案子，有人看见了杀人凶手！"

"你说什么？"金波愣在那里，一半的面条还挂在嘴上。

"不是看见，是我们监测站委托的净土环保科技公司在试验'人工浮岛'时，在浮岛上安装了监控设备，没想到拍下了作案全过程，净土公司的总经理王辰在整理监控资料的时候发现的。我给你打了半天电话你也不接……"

"监控资料在哪里？"

"就在总经理王辰的电脑上呢。"

通完电话的金波兴奋异常，使劲喝了一大口方便面汤，拍着自己的腿大叫道："冥冥之中自有天意，这叫得来全不费功夫！"

金波冲刑警队员们拍拍手，说："都别吃了，赶紧干活吧！"

他命令刑警队长："赶紧和那个什么净土公司联系一下，派人把监控资料拿来，老天真开眼，这么大的一个馅饼掉脑袋上了啊！"

刑警队长面露难色："金局，这都半夜了，人家公司肯定也没人了，明天早上去拿行吧？"

金波似乎被这个意外喜讯冲昏了头，冲着队长摆摆手："抓紧时间联系，你看着办吧。"他背着手唱起了南腔北调的京剧，踩着台步转到隔壁办公室门口，又冲那个女警察喊："方便面不禁饿，为了庆祝这个好消息，能不能给弄点饺子吃啊……"

深夜一点，净土环保科技有限公司。

公司所在的整幢楼突然漆黑一片，有人拉掉了电闸。一个黑影闪了进来，净土公司的门锁几秒钟就被他弄开了。黑影头戴棒球帽，又用一个黑色的口罩遮住面目，他从背包里掏出一支小巧的军用手电筒，扫了一圈公司的内部布局，总经理办公室在走廊西边尽头。黑影把口罩挂在耳朵上，用嘴叼着手电筒，拿出一根铁丝在王辰的门锁里捅了几下，房门无声无息地打开了。黑影打了一个响指，似乎在赞许自己的身手。

黑暗中，王辰的电脑还亮着屏幕，黑影心里纳闷，整栋楼的电源都被他断了，怎么还有电？他仔细用手电查看，原来是连在备用电源上。黑影来的时候已经做了两手准备，如果能找到那个监控资料就卸走硬盘，找不到就干脆一把火烧了这层楼。黑影点开电脑准备查找监控资料，谁知道屏保画面一打开，就看见屏幕里金波跷着二郎腿坐在那里，原来这台电脑的摄像头已经连上了公安局的监控设备。

金波笑嘻嘻地说："张小志啊，你上当了！实话告诉你吧，压根儿就没有什么监控录像。"

黑影从震惊之中慢慢镇静下来，摘下帽子和口罩扔在桌子上，果然是张小志。

他也在电脑前坐下来，问屏幕里的金波："金局，你是不是早就怀疑我了？"

"啧啧，在摄像头里看你，这身黑衣服太难看了，没有警服帅。"金波面前摆着一盘饺子，他用手捏起一个饺子扔进嘴里，含混不清地说，"要说怀疑呢，确实很早，大约在把你调回刑警队之前，那时候我就发现你和王彤暗中有联系。把你调回警队是我的主意，我要看看你什么时候沉不住气。"

张小志骂一句："你真是一只老狐狸，原来你一直在给我设圈套。"

"前几天你在省城医院大闹一场，被筷子扎伤的地方还没愈合吧？把你送过去就可以帮省厅结案了。对了，王武、魏森的案子也都是你做的吧？"

省公安厅在刺杀吴成的现场已经提取了张小志的血液，昨天给齐江市发来协查通报。金波接到通报以后，认为可以收网了，就和林寒江设计了这么一个圈套。

张小志面色铁青，看着金波恨得牙齿咬得咯咯作响。

镜头前的金波还在大口吃着饺子，问张小志："你还干了什么我不知道的，和我说说吧。"

张小志冷笑："这天底下没有人能抓到我！"

金波看看手表，有些不满意地说："那些家伙怎么晚了三分钟，我早就说过平时要多流汗勤练兵，一到关键时候就掉链子……"

楼里灯光大亮，有人推上了电闸，走廊里传来嘈杂的脚步声，刑警队长带着一群人冲了上来。张小志冷哼一声，回身一拳将窗户玻璃击得粉碎，他把一根带有卡索的登山绳套在桌子上，撞开窗户从五楼一跃而下。等刑警队长他们破门而入，张小志已经消失了。

从摄像头里看到张小志逃跑的手段，金波惊得连声大呼："了不得啊，这身手！是我轻敌了……"气急败坏的金波把饺子都扔到了地上。

女同事递给金波一张表格，那是张小志的档案资料。金波扫了一眼，发现张小志当年曾代表警校获得过全省格斗冠军、射击比赛第二名，还是登山俱乐部的成员。

金波气得背手转圈，嘴里一直念叨："这么好的苗子，怎么就学坏了呢？不是冠军就是亚军啊，当个刑警多好……"

齐江的夜空被警笛的尖啸惊醒，十几辆闪着红蓝警灯的警车分头出击，全城搜捕张小志。金波站在公安局二楼的监控大屏幕前，听着对讲机里各处汇报的消息，各个小组都没有发现张小志的踪迹。金波揪着下巴苦苦思索，判断着张小志的逃匿方向。

29
残酷真相

其实张小志此刻就在金波的脚下,与金波只隔着一层楼板,就在公安局一楼预审科。

预审科的两名干警正在加班夜审王彤,检察院第二次驳回了公安局的逮捕申请,金波逼着预审科抓紧时间拿下王彤的口供。此时的王彤披头散发,已经精疲力竭,耷拉着脑袋昏昏欲睡,预审干警的所有问话她只是机械地摇头。

朦胧中,王彤似乎听见两声重物倒地的声音。她睁开眼睛一看,眼前站着一个魁梧挺拔的身影,正是张小志,那两名预审干警已经晕了过去。

张小志过来紧紧抱住她:"姐,全完了!我说的那一天到了……"

王彤花容失色,惊呼:"怎么会这样?我什么都没说！"

张小志不由分说抱起王肜，夺门而出。王肜浑身颤抖，紧紧抱住他的脖子，就像溺水的人抓住一块木板。

楼里警铃响起，值班的警察睡眼蒙眬刚出来，一个黑洞洞的枪口已经指在他额头。张小志挥起枪柄打晕他，抱着王肜冲进院子。

院子里停着那辆黑色的迈巴赫车，张小志将王肜放进车里，身后已经有三四名警察冲了出来，有人冲他举起了手枪，喝令他缴械投降。张小志满脸不屑，抬手两枪打爆了门口的灯，算是他的回答。院子里停着两辆待命的警车，那几名警察赶紧躲到警车后面。

金波在二楼听到警报和枪声，站在窗户向下观望，张小志看见他的身影，大喊道："金局，你设计了我，我不恨你！你是一个好警察，我替齐江留着你！"张小志抬手一枪打碎了金波面前的玻璃。金波面色铁青，并未躲避。他在心里暗暗叹息这张小志确实是一条硬汉，可惜却选择了一条不归路。

躲在车后的警察开枪还击，张小志浑身一震，左腹中了一枪。他忍痛冲着那两辆警车连开数枪，压制住对方的火力，却没有伤及一人。

张小志用最后两颗子弹打爆两辆警车的前胎，然后把打光子弹的手枪一扔，冲楼上的金波喊一声："刑警队，我回来了！我走了！"他跳上迈巴赫车，使劲踩下油门，像一头野兽撞进了黑夜。

东方欲晓，晨曦之下的齐江似乎睡着了，江面平静无波，平静之下不知道藏着绝望还是疯狂。

张小志将迈巴赫车开到最高速度，路上几次险些失速翻车，吓得王肜惊叫连连。

追赶他们的警车已经被甩得不见踪影。张小志松开捂住伤口的手，鲜血已经流淌到座椅上，他用沾满鲜血的手掏出手机，摁下一个号码。

睡梦中的林寒江被电话惊醒,他闭着眼睛接听电话。张小志在电话里哈哈大笑:"林副市长,对不起你了,这是我最后一次在电话里和你玩游戏了。"

林寒江一惊,有些不相信地问:"张小志?那个打骚扰电话的人是你?"

"不错,就是我!猫捉老鼠的游戏我玩腻了。"张小志大笑着说,"换了个声音逗了你那么久,实在抱歉!"

"你能给我打电话,难道金波他们没能抓住你?"林寒江清醒过来,明白了金波和他设计的计谋并没有成功。

"我戏耍了你大半年,你最后摆我一道,也算公平,我们扯平了!"迈巴赫车继续像猛虎一样向前冲去,张小志单手打方向盘,堪堪躲过一个晨扫的环卫工人。旁边的王彤吓得捂住了眼睛。

张小志说:"林寒江,我最后和你说一句话,你是齐江最虚伪的人!"

"我虚伪?"林寒江有些不服气。

"你想当齐江的英雄,你所有的行为都是你沽名钓誉的英雄情结在支撑你,齐江市里我是唯一看透你虚伪的人!"张小志的伤口还在流血,他的脸因为疼痛显得扭曲狰狞,"我不相信你真的会成为英雄,我没有成功,你也不会。齐江黑了臭了,你也会烂的,就算你是一根铁钉子,迟早还是会烂的!林寒江,你是一个虚伪的骗子,你骗了齐江,也骗了你自己!"

林寒江想起张小志曾经要用身上的警服来赌他的前程,问他:"张小志,你我的赌约,还有效吗?"

"哈哈,这一局算你赢了,但是你能永远赢吗?"张小志大笑着,把手机扔出车窗,手机瞬间就摔成了零件。

张小志之所以给林寒江打恐吓电话,并不单纯是戏耍他,而是认为这个社会不会再出英雄了，林寒江的所作所为无非是在沽名钓誉，故意给自己的英雄形象涂脂抹粉，而他张小志就要毫不客气地揭穿林寒江的假面具。腐烂的齐江不应该有英雄存在，就算有英雄，也应该是他张小志，而不是林寒江。那是一种嫉妒、仇视、戏谑地交织在一起的复杂心理。

巍峨的齐江大桥在拐弯处浮现，张小志踩下刹车，迈巴赫尖叫着，车轮冒出一股黑烟停在路边。张小志已经不去捂自己的伤口，任由鲜血横流，他喘息着说："姐，知道这里是什么地方吗？"

王彤虽然手段毒辣，但是看见鲜血还是会害怕，她胆战心惊地问："这是哪里？"

"当年，我肇事撞死人，就在这里，刚才那个环卫工人又差一点撞上，这个地方和我犯邪啊，我走不出去了。"

"小志，你去医院吧，或者我们逃离齐江……"

张小志挣扎着下车，把王彤从车里拽出来，说："姐，我和你从这里开始，就在这里结束吧。"王彤顿时面无人色，她以为张小志垂死之际要和她同归于尽。

那一年春天，齐江风淡云清，岸边野花正炽，年轻的张小志驾车从高架桥下路过，对面的王彤一身红衣，长发飘拂，开着一辆敞篷小跑车招摇而去。张小志对王彤一见倾心，惊为天人，急忙掉转车头追随而去，两个人的故事就是从这里开始的。后来张小志在这里撞死人，从此就陷进王彤的旋涡而不能自拔……终于到了今天的绝境。张小志返回市公安局去救王彤的那一刻，他只是想向王彤证明一点，这个世界上最爱她的人是张小志，不是那个亿万身家的老家伙，也不是那个伪君子。

"小志，你快点逃走吧。"王彤伸手扶住摇摇晃晃的张小志，张小志的脸已经因为失血过多而变得苍白。

远处一阵警笛鸣叫，追赶的一长列警车已经隐隐可见。

张小志打开后备厢，把一大桶汽油泼在车上，从挡风玻璃到座椅，整辆车散发着浓浓的汽油味，他把剩下的汽油全部浇到自己身上。

"小志……"王肜明白了张小志的意图，泪水夺眶而出，哀号一声，奔上来要抓住他的胳膊，张小志一把将她推倒在路边。追赶的警车距离只有一百多米，张小志挣扎着重新坐回驾驶席，他对王肜说："我确实有过和你同归于尽的念头，但是我不忍心，因为你是我最爱的人。作为一个警察，我劝你向警方自首吧，不要再为'老中青'卖命！作为最爱你的人，你犯下的所有罪行，你记住了，都是我张小志干的，与你无关！"

张小志把点燃的打火机扔在车顶，车身立刻腾起一团烈火。他将油门踩到底，迈巴赫轰鸣着，拉着长长的火焰，像一头着火的雄狮，又像一颗巨大的陨石向齐江大桥高速冲去。

十几辆警车呼啸而至，将王肜围在中间，王肜泪眼蒙眬地看着那辆流星般燃烧的车。追上来的金波等人也只能眼睁睁看着那辆着火的迈巴赫撞断大桥护栏，带着炽烈的火焰冲向江面，在半空中发出一声巨大的爆炸声，数不清的火焰散落在江中……

包围圈里的王肜瘫坐在地上，双手捂住眼睛，终于发出一声绝望的哀号。张小志最后的话，彻底动摇了她顽抗的信心，虽然她平时运筹帷幄、心狠手辣，但是真正面对血火爆裂的场面时，她感到自己不过是一个柔弱无助的女人。这个世界上最爱她的人在她眼前灰飞烟灭，她被一阵悲凉的虚空压倒了。

第二天晚上，林寒江到李五的小馆子吃饭，李五被林寒江憔悴的容颜吓了一跳："你们当官的就是不禁折腾，被纪委关了几天就成这熊样了？"

林寒江不想告诉他自己中毒的事，故意反问他："听说我进去那几天，有人在市委门口打条幅为我喊冤，还被警察训诫了一顿？"

李五不回答，只是哈哈大笑。林寒江也看着李五大笑，笑出了眼泪。

林寒江问起李五脸上的伤痕和手上的绷带，李五轻描淡写地说了一句："和一个小贼过了几招，我给他也留下了记号。"林寒江欲再细问，李五却不愿多说。

李五说："这两天我好几次想找你，你身边一直有条子跟着，我不敢靠近。是不是纪委的事还没了，还被人监视呢？"林寒江一直没发觉有警察跟着自己，听李五这么一说有些恍然，应该是省公安厅的人在秘密调查自己的案子。

李五神秘兮兮地在他耳边低声说："水底下那条鱼，我给你抓着了。"他把一支录音笔塞进林寒江的包里，叮嘱他说，"性命攸关的事，你别马虎了。"

林寒江还想再问，李五看看周围吃饭的人，拍拍林寒江的肩膀就回到后厨了。

深夜，林寒江躺在床上快睡着了，突然想起李五的录音笔。他爬起来，刚打开录音笔，里面的第一段话，就让林寒江睚眦俱裂。

……我叫吴成，是我开车撞死了林寒江的老婆。我当时不知道他叫林寒江，后来才知道，还是一个副市长。警察找过我，我没承认，就说自己疲劳驾驶。今天我说出来，是因为你救了我一命，我无以为报，只能拿这条命还给你。

（具体是怎么一个经过？）（李五的声音）

那天早晨，我用一辆共享电动车，故意刮倒了一个老太太，刮完我就跑了，这老太太也是他们给我的照片和地址。然后我就开着大货车在高速公路口等，等从齐江过来的车，我在车上睡了大半天，那边来电话了,说车出来了。

(你怎么知道是哪辆车?)

他们给我的车牌号,提前给了我20万,让我撞死这车里的人,不管车里是谁,完事之后再给我30万。我偷偷录音了。

(谁给你的钱?)

一个戴墨镜的长发女人,很漂亮。她说是魏森的朋友,但是我感觉她不是,魏森交不起那样的朋友。她化装了,戴着假发。

(魏森是谁?)

魏森是我的发小,小时候一起长大,后来他在齐江钢铁厂当工会主席,最后也下岗了。是他把我介绍给那个女人的。

(魏森知道这事吗?)

他就是一个中间人,他嘴不严,我不敢相信他,估计那女人也不敢相信他。

(那女的说过是受谁指使没?)

没有,她是在省城的一个饭店里给我的钱,现金,这么大一个运动背包装着。毕竟是害人性命的事,我不敢轻信她,第一次拿完钱,我偷摸远远地跟踪她,后来看见她和一个戴棒球帽的年轻人开一辆迈巴赫走了。我暗地里记下他们的车号,上网一查,压根儿没有这个车号。

(第二次给钱,也是这个女人?)

是,第二次给我30万,我也跟踪她,不过这次来接墨镜女人的是一个戴眼镜的中年男人,换了一辆宝马,车号是齐江市的,99567,很好记。

(你今天为什么说出来?)

前阵子,我在监狱里听说魏森突然跳楼死了,说是抑郁症,那孙子要是能抑郁症跳楼,地球都能跳出宇宙。他曾经来监狱探视我,想找我打听那女人到底让我干什么了,我当然不能和他说,他要是知道了,全世界都能知道。魏森肯定是被人推下去的，下一个就该轮到我了，我能不怕吗？在监狱里我天天不敢合眼睡觉，连吃饭都怕被人下毒，没几天胃病就犯了。医生说我的胃已经烂成抹布一样，最多还能活六七个月，监狱把我送出来治疗，我心里更害怕，这是摆明了让人方便杀我。那天晚上，要不是有你，我这小命估计是没了。我现在宁肯回去吃牢饭，死在牢里，也不想不明不白死在外面……

（钱在哪儿呢？）

我把钱留给我老婆，给女儿治病做手术，现在花得差不多了。当时警察问我，我不能说，一说这钱就没了。现在女儿做完手术，我和老婆也离婚了，我什么都不在乎了。对了，那个戴眼镜的中年男人，好像在电视上见过，讲过课……

林寒江把自己锁在办公室里整整坐了一天。省公安厅办案的警察给他打来一个电话，林寒江木然地听着，仿佛说的事情与己无关。

好不容易熬到傍晚，林寒江给耿正打了个电话："晚上我要请你和钱起吃饭，务必前来。"

耿正说他没问题，就不知道钱起是否有时间。

林寒江咬住嘴唇，一字一顿地说："告诉学长，他必须来，性命攸关的事！"

夜市一条街，李五的小饭馆。

林寒江面前放着一只热气腾腾的铜火锅，桌子上摆着一盘葡萄、几根香蕉和一碟瓜子，他木然地嗑着瓜子，等钱起和耿正过来。

耿正急急忙忙开车过来，见林寒江的神态有些奇怪，问他发生了什么性命攸关的事。林寒江像哑巴一样不吭声，耿正只能坐在那里陪他嗑瓜子、吃葡萄。

钱起一直拖到晚上七点多才来，耿正已经吃完了一盘子葡萄。钱起上次和林寒江一番博弈以后，已经等于挑明了彼此的立场和态度，断然没有了学长学弟的情谊。他风度翩翩地坐在那里，让李五的小店显得更加狭小。其实钱起心里多少也有点惴惴不安，他在揣测林寒江葫芦里卖的什么药。

　　李五把涮火锅的羊肉和青菜摆上桌子，林寒江把瓜子一扔，第一句话却是对李五说的："李五兄弟，今天我和两位学长说事情，屋里的三张桌子我都包了，有客人来就请到外边就座，你上完菜也不要过来。"李五连声答应，过去关上了门。

　　三人面前各摆了一瓶白酒，还是红星二锅头。林寒江倒满酒杯，说："小弟来齐江十个月，从来没请两位兄长吃一顿饭，是我的不对，我罚一杯！"说完一仰头干了满杯酒，耿正慌忙陪了一杯。钱起只尝了半口就放下了酒杯，他感觉到这是一场"鸿门宴"，林寒江接下来一定会有惊人的举动。

　　林寒江又倒满第二杯，说："我来齐江，做了很多事，有对有错，破坏了学长青峰集团的发展大计，是我对不起学长，再罚一杯！"

　　林寒江第二杯酒又干了，耿正端起酒杯，不知道喝还是不喝，求援似的看着钱起。为了缓和一下气氛，他说："都是好兄弟，一个学校出来的，千万别伤了和气，发财机会有的是，慢慢再找机会呗。"

　　钱起笑容满面，目光却慢慢变冷，这杯酒只是沾了沾唇就放下了。他慢条斯理地剥了一根香蕉吃了起来。

　　耿正左右为难，只好一咬牙干了杯中酒。

　　林寒江倒满第三杯酒，端起酒杯眯起眼睛："第三杯酒，我替九泉之下的小雪敬两位兄长，她要是还在，一定会感激两位兄长对我的照顾关爱。"林寒江眼圈发红，端起酒杯直逼二人。钱起和耿正对视一眼，有些犹豫，最后三人还是相互碰杯一饮而尽。

三杯白酒下肚，林寒江把酒杯一摔，瞪着通红的眼睛看着耿正，问他："耿正，老同学，我最好的兄弟，你为什么给我……投毒？！"

　　耿正一惊，筷子都掉到了地上，哑声道："你说什么？"

　　钱起一把拦住他，阴森森地问林寒江："寒江，你这是在给我俩下套吧？"钱起左右环顾，他的意思是指林寒江可能带了录音录像设备，来套两人的话。

　　林寒江慢慢掏出手机，扔进火锅的沸水里，然后站起来，扯掉上衣，脱掉长裤，只剩下一件贴身短裤。他张开双手转了一圈，示意自己身上没有任何录音录像设备。

　　钱起放下心来，嘲笑林寒江："你是副市长，注意身份哟。"林寒江脱光衣服，虽然出格，却让钱起这只老狐狸安心不少。

　　林寒江近乎全裸坐在那里，双目如刀地紧盯着耿正。耿正不敢和他对视，汗都冒了出来。林寒江有些残酷地笑道："你们刚才吃的水果，就是耿正那天带给我的水果。"他又晃晃酒杯，"喝的酒里，我也放了同样的东西！"

　　耿正和钱起像被蛇咬了一样跳起来，耿正立刻用手指伸进喉咙干呕起来，钱起的脸上也冒汗了，指着林寒江："你堂堂副市长，竟然拿'六价铬'来害人？"

　　林寒江的语气像一股寒风："钱起学长，我从来没说过'六价铬'三个字，你是怎么知道水果和酒里有这东西？莫非这一切都是你的指使？"

　　钱起一愣，立刻反应过来，慢慢坐下来。耿正还在那里抠嗓子眼儿，钱起反手一巴掌抽在耿正的脸上："你他妈的给我坐下来，别在那里丢人现眼！吃了'六价铬'，一时半会儿也死不了。"

　　耿正捂着喉咙坐了下来，原来亲切和善的眼神突然变得像蛇一样瘆人。他挪开椅子离林寒江远一点，充满怨恨地盯着林寒江。

林寒江双手一摊，坦然承认，水果确实是耿正带去的水果，酒却是地道的好酒。

　　钱起此时反倒是一脸笑容，他压低声音，问林寒江："你有什么证据证明是耿正做的？"

　　林寒江冷笑："省公安厅已经介入调查，从他带来的水果里检验出'六价铬'，水果上、纸袋上都有他的指纹，他抵赖不了。"

　　原来白天省公安厅的警察给林寒江打电话说的就是此事。

　　钱起抓起一根香蕉扔在耿正脸上，咬牙骂道："蠢货！"

　　耿正像蛇，钱起就像是蛇的克星"平头哥"蜜獾，耿正在他的目光威慑下慌了手脚，支吾解释道："林寒江住大学宿舍那两次简单，放进纯净水桶里就行，后来搬到招待所就麻烦了，我只能抹在水果上给他送过去。"

　　钱起觉得不解气，直接抓起眼前的水果盘，砸在耿正的脸上："还他妈狡辩！你怎么不在袋子上把你的名字也写上？"

　　耿正的眼镜被砸掉了，他哭丧着脸趴在地上摸眼镜。

　　钱起转过脸看着林寒江，挤出一脸的笑容，又恢复了儒雅的神态，说："寒江学弟，你来齐江，得罪的其实不只是我，还有耿正。"

　　"我怎么会得罪他？"

　　"你一门心思想当齐江大学副校长兼环境学院院长，搞你那可笑的研究，那时候你就绝了耿正的活路。你当副校长兼院长，耿正往哪里放，你就没想过？你来齐江当副市长，又断了耿正的财路，你吵着闹着要关停化工产业园，又是取水样又是抽查的，化工产业园每年都要给他分红的！"

　　林寒江恍然大悟，道："前两次水样被人暗中替换，其实是耿正捣的鬼，并不是李云城所为。而第三次烧毁水样，则是你借机会甩掉讹上你的私生子李云城，你从始至终都没有想给李云城任何好处。"

李云城一事给钱起造成的痛楚，林寒江当然不知道内幕。钱起铁青着脸，闷哼一声："我的家事，就不劳林副市长操心了。"

林寒江冷笑道："我的学长，对你来说，儿子是拿来蒙骗的，朋友是拿来出卖的，部下是拿来牺牲的，对不对，钱大老板？你的部下王彤为你背锅，你的私生子李云城为你去纵火，你的朋友耿正是不是你下一个牺牲品？"

钱起哈哈大笑："一将功成万骨枯，我的路，本就是拿这些人铺就的。曲终人不见，江上数峰青，这是我最喜欢的话。功成名就之时，这些人当然看不见了，我就是那最后剩下的唯一青峰！"

耿正戴上眼镜从桌子底下爬了出来，他冷静了许多，说："林寒江，你应该感谢我，是我救了你一命。要不是我给你打那个电话，你就和小雪一起下地狱了。我说你这个人用钱收买不了，钱起他就想直接除了你！要不是我，你早就变成灰了。还有，'六价铬'是我给你下的，但是我只想让你回省里养病，我如果真想毒死你，一次就够了。"

一听到这话，钱起更加怒不可遏，又是一巴掌抽在耿正的脸上，骂道："当初要是听我的，哪有今天的麻烦事。"

钱起对耿正抬手就打，看来平时两人的客气都是假的，钱起更多是把耿正当成一个可随意打骂的奴才。

耿正又趴到地上摸他的眼镜，在桌子底下叫屈："是老大不同意你的计划，你们哥三个每人给林寒江设计了一条计策。老大说你的计划太急，不要轻易直接干掉林寒江，他毕竟是一个副市长，弄死了影响太大，可以先拿他老婆给他一个警告，让我从小雪那里弄来银行卡号，然后再依次使用老二和老大的计划……"耿正越说声音越低，他自知说漏了嘴，把后面的话生生咽了下去。

钱起嫌耿正多嘴，狠狠踢了他一脚："你他妈给我闭嘴！"

耿正的话让林寒江吃了一惊，他以前一直想不明白魏森怎么知道小雪的卡号，没想到却是耿正利用小雪对他的信任骗取的。林寒江没想到自己在齐江的日子，每天都在阴谋诡计、刀光剑影的笼罩之下，爱妻小雪竟然被自己最信任的老同学害死了，更没想到他两人之上还有神秘的"老大、老二"。

林寒江一把揪住耿正的衣领，怒吼："小雪的车祸你真的参与了？！"

耿正偷眼瞅瞅钱起，不敢回答林寒江的提问。林寒江用尽全身力气打了耿正一记耳光，重重地将他扔在地上，那一瞬间林寒江心里突然升腾起杀人的欲望，他差点儿把火锅里的热水倒在耿正头上。

林寒江红着眼睛喘息了半天，抑制住自己的怒火。他问钱起："你是老三？谁是老大、老二？"钱起嘿嘿冷笑，压根儿不回答。

耿正刚想爬出来，林寒江一拳挥在他脸上，把他又打回桌子下："这一拳是替小雪打的！你的车号和你的指纹，现在都在警察手里，你就等着警察找你吧！"

满脸是血的耿正像一条被抽筋的蛇，瘫在桌子底下喘粗气。

林寒江愤恨不已，把桌上的酒瓶子砸在耿正的后背上："去你妈的'三剑客'！去你妈的'醉笑陪公三万场'！"

林寒江左右手各抄起一个碟子扔在耿正身上："去你妈的'几十年的老同学，如果连这点信任都没有，这世界还不如垃圾场'！"

林寒江怒不可遏，又抄起邻桌一摞盘子全扔到耿正背上："去你妈的'为了自己相信的正义要勇敢去拼，不要做缩头乌龟，否则就是活千年，不过是千年的禽兽'！你就是货真价实的禽兽，你这条虚伪的毒蛇！"

屋子里静默下来，只剩下火锅的"咕嘟"声和耿正的喘息声。林寒江慢慢穿上衣服，带着几分嘲笑问钱起："老大、老二到底是谁？难道你钱大老板能容忍'江上数峰青'的峰头上再起一尊佛？还是你的头上按着一只手？"

钱起目露凶光："你想知道真相？除非你不想看见明天的太阳。我告诉你，真相都是浸在血水里的，代价你承受不起！"

林寒江丝毫不惧，问他："魏森的死，也是你俩下的手？是不是和你们的计划有关？"

钱起冷哼一声："你太小看我了，一个卑鄙小人，不配脏了我的手！"

"那王武呢？肖秘书呢？"

"要想知道真相，就要看你的造化了！"钱起不想多说，他拽起浑身沾满菜叶的耿正，推门而出。

门外站着李五，他把一个纸袋子扔在耿正身上："这是林寒江还你的10万块钱！"

耿正抱着纸袋子，失魂落魄地爬进他那辆"99567"车牌的宝马里。

钱起正要上车，李五拍了一下他肩膀。钱起刚一回头，只觉眼前一黑，李五的板砖结结实实拍在了他的脸上，钱起立刻眉骨开口，鼻子歪斜，满脸的鲜血。李五骂道："你这种人，才是齐江最大的垃圾！"

林寒江摇摇晃晃走在夜市里，身后灯红酒绿、人声鼎沸，他却感到前所未有的孤独和凄凉。他揭穿了钱起和耿正的真面目，最受伤的却是自己的心。不知不觉鼻孔又开始流血，他却懒得擦拭，这个世间真的污浊啊。

省公安厅的两名警察走进李五的小饭馆，向李五出示警官证，然后在柜台上的招财猫身上取出一个微型摄像头。小雪生命中最后一张自拍照就是和这只招财猫合影，林寒江把摄像头安在它身上，或许是想让妻子在冥冥之中保佑自己的计划圆满实施。

李五吃惊地张大了嘴巴，心想："林寒江总算变聪明了，他终于学会用手段了。"

警察问李五："给我们说一下吧,那个撞死林寒江妻子的吴成,他的录音是怎么得来的?我们需要找他核实情况。"李五满口答应,并提醒警察要立刻将吴成控制起来,免得夜长梦多。

林寒江在夜市尽头的"水幕灯光秀"那里,足足坐到半夜,看着眼前水幕上变幻无穷的各种图案,一朵朵繁花像焰火一样在水幕上升腾,在灯光秀前面合影留念的一对又一对年轻人,来了又去。这些年轻人的身影让林寒江思绪飞远,林寒江想起了自己当年和小雪的恋爱时光,也想起了和耿正、王武读书时代的同窗情谊。"繁花之上再生繁花,梦境之上再现梦境",当年的"三剑客"下场各异,王武葬身齐江,他最信任的朋友耿正害死了他最爱的妻子,又亲手给他投毒,人生比梦境更加诡异残酷。

十二点已过,水幕灯光关了,夜市的商铺也纷纷开始打烊,喧闹的广场重归宁静。林寒江站起身摇摇晃晃往回走,一阵轰鸣响起,一辆没有车牌的轿车箭一样向他冲来,林寒江一瞬间吓住了,僵在那里。他心里想的是:小雪就是这么被他们害死的!突然一个人影从旁边扑过来,拼命把林寒江撞出去老远,尖啸而过的轿车从那个人影的右腿上轧过,冲到对面的马路上。

林寒江回过神来,发现救他的人是满脸瘀青的耿正,此刻他正抱着被轧断的腿痛苦地哀号。那辆车在前面掉头,轮胎和沥青地面摩擦发出尖利刺耳的声音,车里隐约可见两个黑衣人。轿车的车灯打开,两盏雪亮的大灯直刺过来,牢牢罩住林寒江,发动机咆哮着,车头对准林寒江又要冲过来。林寒江不知道从哪来的力气,抱起耿正向夜市街里跑去,轿车尖啸着追了过来。

林寒江拼命跑进夜市,急促地喊道:"李五、李五!快来救我!"

轿车在他身后连续撞飞商铺外摆的桌椅。

送走警察的李五正在收拾打烊,听到林寒江的喊叫,立刻冲了出来，一些没有离开的商贩也跑出店外，和李五一起把林寒江护在身后。一群人与那辆野兽一般的黑车对峙着。那辆黑色的车犹如噬人不成的恶虎，咆哮着，似乎就要冲过来碾压这些手无寸铁的人。李五等人面无惧色站成一排人墙，牢牢将林寒江挡在身后。

发动机咆哮良久，那辆车终于慢慢退回黑暗里，鬼魅一般消失了。抱着耿正的林寒江也筋疲力尽，软软地倒了下去。

耿正右腿被轧得粉碎性骨折，白花花的骨头刺破皮肤，血肉模糊，惨不忍睹。在等救护车来时，他拽着林寒江的衣袖，泪水长流："老同学，我对不起你！我听见钱起打电话，命令人必须今晚做掉你，他下了死命令，车里的两个人就是那次在公园里追杀你的人。我急忙赶过来，还好来得及。寒江，这是我最后一次帮你了……"

林寒江看着这个既害过他又救过他的老同学，神情复杂，不知道说什么好。

耿正喘着粗气向林寒江解释：按照钱起的想法，在林寒江阻止"齐江胜景"项目计划时，钱起就想直接把林寒江做掉，先是在林寒江夜跑时制造歹徒抢劫杀人案件，结果杀手被李五打跑；后来又指使王彤制造车祸，司机吴成早就收买好了，魏森和吴成的灭口计划也准备妥当。当时，耿正力劝老大不能操之过急，于是老大、老二和钱起集体商议，三人每人给林寒江设计了一条计策，老大把钱起提出的制造车祸的计策给折中了，让他安排人只撞死小雪，给林寒江一个警告；老二的计策是让耿正弄来小雪的银行卡号，指使人存款栽赃，用国家机器的力量来收拾林寒江；如果林寒江执迷不悟，最后就用老大的计划，让耿正给他下毒，一点点加大剂量，逼他回省城养病。耿正利用水样异常的借口，在高速公路口把林寒江叫回齐江，保住了林寒江一条命……后来他按照老大的命令先后三次给林寒江投毒，他每次使用"六价铬"的量并不是很大，他希望林寒江能够回省城养病，活着离开齐江市。今天晚上的事情发生后，钱起终于恼羞成怒，没有请示老大就要直接干掉林寒江。

林寒江问耿正："老大、老二到底是谁？"

耿正一脸恐惧："别逼我了，想想我的老婆孩子。'老中青'是一张大网，我惹不起，除非他们全部落网了，我才敢开口。我这一生都让'老中青'给毁了！林寒江，就算我在给你投毒的时候，我心里也是敬佩你的，你千万别像我一样走错了路……"

林寒江第一次听到"老中青"的名称，他逼问耿正这是一个什么组织，耿正痛哭流涕却不回答。

省公安厅和齐江市公安局联合行动，逮捕青峰集团总裁钱起。

警车呼啸着驶入青峰集团，大批员工惊惧地拥到楼前围观。钱起的几个骨干部下纷纷被警方带走，他的秘书燕赵却不见了踪影，这个平时不显山不露水的"青"字成员好像提前得到了消息，狐狸一样悄悄溜走了。

青峰集团里并没有钱起的踪影。金波布置警力全力进行搜寻，机场、车站、高速公路全都如临大敌，严阵以待，却都没有发现钱起的行迹。

金波给林寒江打电话，问他是否知道钱起藏匿的地点。

林寒江此时人在医院，正推着耿正从手术室回病房，医生说耿正的腿虽然保住了，但是以后走路肯定要短一截儿。

耿正在一旁听到钱起消失的消息，内心挣扎了许久，最后他痛苦地闭上了眼睛，两行眼泪从脸颊滚落下来。他只说了三个字："养老院……"

30
致良知

　　林寒江带着金波等人风驰电掣地向城郊养老院驶去。

　　在车上,林寒江问金波是从什么时候开始怀疑张小志的。

　　金波露出老刑侦的狡黠,说张小志引起他的怀疑完全是偶然的。林寒江有一次被耿正拉去王彤的"王氏鱼馆"吃饭,席间有一个醉汉闯进包房吵闹要鱼眼睛吃,其实就是金波安排的侦查员。那个时候金波一直怀疑林寒江隐忍不露,其实是和王武的死大有关联。侦查员本来是派去跟踪监视林寒江的,没想到监视林寒江的过程中又发现了王彤这个神秘人物。那次酒局林寒江拂袖而去,不欢而散,留下来的侦查员发现王彤竟然和张小志厮混在一起,从此张小志就进入金波的侦查视野。在调查神秘的迈巴赫过程中,又发现王彤名下曾经有一辆报废的迈巴赫,所以两人的疑点增大,正好此时局长赵驰收受了王彤的好处,在局党委会上提出要把张小志调回市局,金波顺水推舟主动把张小志要到刑警队。金波给张小志安排的第一个任务就是让他去重新摸排迈巴赫的情况,张小志不仅一无所获,还偷偷把那辆报废的迈巴赫的相关线索都销毁了,包括那个顶罪的小技工也不明不白地死了,金波因此安排了一组侦查员暗中监视张小志和王彤,发现在魏森跳楼、肖秘书溺亡、吴成遇刺几起案件中都有张小志的影子,从肖秘书一案的作案手法、转交的证据来看,王武自杀案子里张小志也有重大嫌疑。所以,金波让林寒江当托儿,在张小志面前演了一出双簧,终于把他钓出水面。

林寒江由衷叹服,夸金波真是一只警界中的老狐狸,还好这只老狐狸对猎人忠诚,要是唱对台戏那还了得?

金波故意谦虚道,发现张小志的嫌疑多亏了林寒江,林副市长才是居功至伟。

林寒江心里苦笑,问金波:"你表面上和我有说有笑,其实一直暗地里派人监视我,你压根儿就没相信过我吧?"

金波连连摆手:"林副市长你莫见怪,我这人对犯罪分子从来都是高看一眼,重视过头,总觉得越是不可能的人身上越是藏着秘密,职位越高的人越会韬光养晦。老百姓不都口口相传,主犯都在前三排嘛!"

"你是在变相骂我们这些当领导的,还标榜什么重视过头。你这个人,狡猾狡猾的!"

"我们的局长赵驰就是很好的例子啊,他也是副市长,开会坐前三排,谁能想到他暗中和朱光明有一腿,拿了人家的钱,还共用一个女人……"

林寒江心中一动,正要打听一下赵驰和罗真子的情况,青峰集团的养老院已经映入眼帘。

养老院的凉亭里，钱起正在宣纸上挥毫泼墨："善鼓云和瑟，尝闻帝子灵。冯夷空自舞，楚客不堪听。苦调凄金石，清音入杳冥。苍梧来怨慕，白芷动芳馨。流水传潇浦，悲风过洞庭。曲终人不见，江上数峰青。"

那个神秘人的电话又打进来，钱起接起电话，声音依然浑厚，没有一丝焦急惶恐："事已至此，大势所趋，天命所归，再做挣扎徒劳无益，我就在这里等警察来吧。"

神秘人的声音有些焦急："凌晨就通知你了，为什么还不离开齐江？我们已经在广州安排人带你离境。"

钱起冷笑："跑到哪里去？我的血已经被你们榨干了，我身无分文地跑出去，只能是你们的累赘，让我天天看你们的脸色讨饭吃？哪天你们心烦了，我就会悄无声息地消失了。"

那个声音有些阴冷，充满威胁："别做傻事，想想你在美国的妻子和女儿！"

钱起哈哈大笑："我如果和她们在美国团聚，我们一家人可能都被你们一锅端了，我只有在中国的监狱里，她们才是最安全的，对不对？我现在没有价值了，只有我心里的秘密才是我最后的财富，我就拿心中的秘密换我妻女平安，你们敢不仁，我便敢不义！"

电话里的声音变成呵斥："老头子栽培你三十年，你现在要忘恩负义反戈一击吗？"

钱起嫌恶地把手机挪远一点，大声说："我半辈子都是你们赚钱的机器，该报的恩我钱某人早就肝脑涂地报完了，我所有的心血都被你们吸走了，青峰集团早就成了一个空壳。事到如今，你们还想带我出去当奴隶，其实就是担心我把你们的事抖出来。老子只送你四个字——去你妈的！"

钱起把手机扔进水池，水面绽开一圈涟漪，又慢慢平复如常。钱起表情轻松，如同扔掉一个无比沉重的包袱。他挥手做了一个高尔夫击球的动作，然后继续低头写字。

警笛声呼啸而来，警车鱼贯驶进养老院。钱起的字终于写完了，他满意地看着"曲终人不见，江上数峰青"这一句，一笔一画地署上自己的名字：己亥年钱起绝笔。

林寒江和金波等人走到钱起面前，钱起满面笑容，主动举起双手迎接手铐。

林寒江看着这个学生时代崇拜的偶像身陷囹圄，百感交集，一时说不出话来。

钱起反倒是主动和林寒江说："这就是你想看到的真相，浸泡在血水里的真相。青峰集团倒了，但是全国还有多少个这样的企业你知道吗？"

林寒江摇头，还有多少靠吸取大自然血脉发家的企业，他真的不知道。他问钱起："你当年修建这所养老院来消除你的罪愆，那个时候，是不是就已经预料到会有今天的下场？"

钱起哈哈大笑："成王败寇，胜负难料。当年这里竣工的时候，我确实是这么想的。成，是我消罪之所；败，是我谢幕之地！林寒江，门后的世界你还是没有看到，你找不到开门的钥匙。"

钱起上车前转头对林寒江说："王武的老母亲在这里生活得很好，虽然有阿尔茨海默病，但很可能比我们这些思维健全的人还要长寿。我答应过王武的事，一定会兑现的。"

原来钱起就是王武磕头托付老母亲的那个人。王武虽然对青峰集团麾下的化工产业园和钢铁厂多方照顾，与钱起有过交情，但是他并不知道自己的自首其实危及了整个"老中青"。王武向钱起托付后事，无疑是与虎谋皮，引火烧身。

警车呼啸离去，林寒江站在凉亭里发了半天呆。他把钱起写的书法条幅默默卷起，一张尺许见方的宣纸被风吹起，翩翩如蝴蝶。林寒江一把抓在手中，那上面只写了两个大字"黄蜂"，他一时纳闷，难道是钱起把"青峰"误写成"黄蜂"了？以钱起的谨慎不可能出现这样的笔误。

林寒江站在风中沉思良久，终于想明白了钱起留下"黄蜂"二字的含义：有一种黄蜂是许多蜂类幼虫的天敌，它有一根利刺，凭借与生俱来的本能找到地面下它所需要的蜂类巢穴，一旦找准地方，它就会挖出地下巢穴，挥舞利刺，将峰卵注射进那些可怜的幼虫体内，吸取幼虫的养分。黄蜂手段毒辣如强盗，毫无愧意地把人家的巢和茧当成自己的，等到来年，善良的主人已被谋杀，抢了巢杀了主人的强盗反而出世了。

也许，钱起和他的青峰集团就是这么被背后那个神秘的人控制的，所以钱起最后写下"黄蜂"二字，他是宣泄愤怒还是满怀悲凉？

林寒江不知道是同情还是伤感，突然一阵迷惘，让他有种虚脱的感觉。他拨通了苏娜的电话，告诉她："钱起，他被抓了，青峰集团，曲终人不见了……"

电话那端，苏娜的叹息声夹杂在山风呼啸之中："钱起，青峰集团现在已经离我太遥远了。"

"你在哪里？"

"我在冈仁波齐山脚转山，朋友说在这里能看见最美的神山，看见最干净的星辰，这里是离天最近的地方，或许，这里能找到我喜欢的没有污染的人生……"

林寒江忽然感觉鼻子一酸，他和小雪没有实现的梦想，苏娜却替他们实现了……

离国家环保督察组复查齐江市不到一个月时间了，省委书记陈庭坚带队来到齐江市进行检查，与陈书记一同前来的不仅有生态环境厅领导，还有财政、发改、国资、文旅集团、城投集团、水务、自然资源厅等部门的主要领导。

听完廖宇正和林寒江的汇报后，又实地查验了环保督察组督办案件办理情况，在齐江钢铁、化工产业园拆除现场，机器轰鸣声中，林寒江向陈书记汇报了关停污染企业的过程，一一指出沿江封闭的上百个排污口，并介绍了划定沿江生态红线的进展情况，将在这里建设一个十几公里的休闲绿地公园，与湿地保护区、候鸟保护区相连，湖泊、湿地、绿地星罗棋布，把蓝天碧水和芦苇、候鸟、江鱼还给齐江人民。

陈庭坚在大会上表扬了齐江市知耻而后勇，环保治理工作取得了显著成效。陈庭坚在会上宣布了一个喜讯：国务院批准了H省提出的关于齐江水系综合治理与沿江两省六市环境经济高质量发展的建议，建议里林寒江提出的"统一治污、协调发展、上游治理、下游反哺"的思路得到国务院的肯定，经过国务院协调和部署，下游的J省每年将划拨给H省两个亿的齐江水系专项治理经费，用于环境保护与修复，发展绿色生态产业，弥补上游H省做出的牺牲，而J省也将大大减少治污成本。

陈庭坚在台上问林寒江："你们关停的七个污染企业，一年损失税收是多少？"林寒江回答说每年大约6700万。陈庭坚当场表态，两个亿的专项资金每年拨给齐江市一个亿，齐江市关停企业的损失，省里给补回来，齐江市还赚了3000多万。台下一片掌声。

陈庭坚又问齐江市环保工作还有什么困难，林寒江站起来说："现在最大的困难是那些关停企业员工的就业安置问题，我们砸了他们的饭碗，就应该给他们找一条维生之路，这才是我们保护环境的本意。其次，我们治污取得了阶段性的胜利，但是未来的路还很长，要形成政府主导、企业参与、人民监督的可持续发展之路。现在青峰集团倒闭了，很多环保配套设施搁浅，缺少强有力的社会资本来促进后续工作推进，恳请省里协调解决。"

陈庭坚当场让省国资委的领导，与齐江市共同研究，先由城投集团针对齐江市污水处理、垃圾分类处理等配套设施，开始布局建设。利用国企改革的契机，在省城投集团下面成立一个环保板块，吸纳社会资本，来促进齐江市和其他地区的环保事业。同时让省人社厅、省文旅集团与齐江市政府研究，一方面要立足本地增加就业机会，消化解决下岗工人就业问题；另一方面要发挥齐江变美了的优势，科学合理开设齐江沿岸生态旅游路线，多措并举增加就业岗位，综合解决关停企业员工就业问题。

陈庭坚说："齐江的环保攻坚战是一场没有硝烟的战争，有的人蒙受了不白之冤，甚至遭遇投毒，有的人至今昏迷不醒，有的人为此献出了生命……胜利来之不易。我今天在这里，就是要兑现我的承诺，我亲自来齐江市为林寒江同志恢复名誉！"

台下的廖宇正和林寒江对视了一眼，林寒江没有半分喜悦，反而眼中全是苦涩。昨天省纪委对林寒江留置一案的处分正式出来了，虽然澄清了林寒江没有收受企业贿赂的事实，但是林寒江没有及时发觉爱人银行卡存款情况，处置方式失当，省纪委给予他党内警告处分。廖宇正和严哲向林寒江通报时，林寒江态度很平静，坦承自己确实存在失误，愿意接受处分。其实他心里清楚，党内警告会让他一年之内不能评优晋升，严重影响他的仕途，但是他已经不在意了。

主席台上的陈庭坚继续说："我想告诉大家的是，省委、省政府一直在关注工作的进程，你们提出的环保配套设施建设、关停企业员工安置、上下游综合治理、全域水系高质量发展等问题，省委、省政府都在积极寻找解决办法，给予你们支持。在生态环境工作的认识方面，我作为省委书记，也有过认识上的错误，我也犯了急功近利的错误。我给了林寒江等齐江市同志一年的攻坚时间，时间节点固然要严格遵守，但是我也在反思，环保工作是一年时间就能毕其功于一役的吗？生态环境工作是一个系统工程，需要我们政府部门和全社会的力量共同参与，这项工作没有尽头，永远在路上，因为这是关系后代子孙福祉的事业，永远不能画上句号。生态环境的胜利不能忽视每一滴水的力量，现在H省6500万人民，每人都是一滴水，就是6500万滴水，全国有14亿人民，就是14亿滴水，这些水滴注入我们的大江大河，足以让江河变清变美。生态环境工作与每一个人都休戚相关，绿水青山就是金山银山，是我们生活的家园，我们要把碧水蓝天还给人民，把乡愁还给人民，共同建设美好未来和伟大梦想……"

在省里的支持协调下，由省国资公司和齐江市国资公司注资成立的齐江市生态环境产业集团很快成立，全面接手各项生态环境工作，并采取市场化运作方式，入股了净土环保科技有限公司等几家小企业。净土环保科技有限公司的几项科技成果被集团应用，那群年轻人已经着手齐江市的水体、土壤、大气修复、数据监控等工作。

齐江市生态环境产业集团成立仪式，林寒江本要带周成功一起出席，但是周成功再一次消失了。林寒江在电话里责怪他又习惯性躲起来，周成功回答他："攻城可以有我，成功不必有我。"林寒江心里感慨万千，这个马上正科十七年的老科长，虽然现在已经是主持工作的副局长，功成之日就退居人后的习惯依然没有改变。正是有周成功这样的人，才有了抵挡污水的坚固堤岸，才有了金山银山的基石。

一个月以后，春节前夕，国家生态环境督察组回到齐江市复查。

王宬把林寒江喊去长兴垃圾场，说："陈庭坚说的那些表扬话，我不会说，我这人只会挑毛病，问题导向。上次在这个垃圾场，我几乎毁了一双鞋，今天我特意穿了一双旅游鞋来。"王宬使劲跺跺脚，林寒江低头一看，真的是一双旧旅游鞋，和王宬身上的西装格格不入。

林寒江向王宬汇报整治情况，王宬摆手不听，说："材料表格我自己会看，今天的考官是我的眼和我的鞋。我的鞋如果还是像上次那样，你说得天花乱坠也没用！"

林寒江哈哈大笑，说："这两个考官应该没有你本人苛刻，我有信心。"

复查结束后，王宬认为齐江市在一年的时间内，初步建立起智能高效的水利管理服务体系、亲水宜居的城市水域连通体系，开展生态水网、江河水系连通以及景观节点精致化建设，以绿地生态、沿江生态公园打造串联生态廊道与城市生态水系，建设了靓丽的齐江水利景观线。对原来督办的几个问题都能认真整改，不是急功近利搞一刀切，兼顾环境与发展、环境与民生的效益，逐步实现了循环发展、低碳发展和绿色发展，成绩是有目共睹的，他很满意。

"那个署名为'迟到'的举报者，你们找到了吗？"

林寒江尴尬地摇头："我没有去调查，我一向对这种人躲得远远的……"

"看来你们齐江的故事还没有谢幕啊。"王宬感叹道。

王宬最后问林寒江："生态环境工作最难的是什么？"

林寒江想了半天才回答："治环境易，治人心难……"

送走督察组，林寒江一个人站在齐江大桥上，看着桥下流水如斯，不舍昼夜，不由感慨万千。一年的齐江生活，让他把爱人、朋友都葬送在了这座城市，他的健康、幸福也丢在了这座城市。但是在他最痛苦彷徨的时候，又是最淳朴的齐江人帮助了他、救护了他。齐江，是一座让他爱恨交织的城市。

电话铃声响起，是一个陌生号码，声音却是林寒江熟悉的。他有些惊喜："苏娜，你在哪里？"

苏娜笑道："我从西藏转到了三沙市的海岸边，我要在自己的地图上走出一条没有污染的轨迹。你听，这是最南边的海浪的声音！"林寒江在电话里隐约听到一阵海浪拍打礁石的声音，还有几声尖锐的海鸟叫声,这声音让林寒江似乎感到身边的雪花在融化。

苏娜问他:"你的一年之约到期了,准备何去何从?"

林寒江一时语塞,不知道怎么回答。苏娜也沉默,电话中海浪的声音、鸟叫的声音越来越清晰。林寒江叹了一口气,看着纷纷扬扬的雪花:"我这里下雪了,雪停了,我就告诉你答案。"

苏娜有些幽怨:"林寒江,你还是不敢面对现实。当日和你告别时我说的话,如果你还记得,它对你依然有效……"

电话挂断了,林寒江的思绪一下子从海南回到眼前的冰天雪地。他清楚地记得苏娜告别时的话:"如果你有一天想明白了,想换一个活法,记得找我,我还会给你探路去……"

霏霏细雪飘洒而下,桥对面走来一个人,是市委书记廖宇正。他走到林寒江跟前,握住林寒江冻得冰冷的手,说:"寒江同志,我是来向你告别的。"

林寒江一惊:"你要去哪里?"

廖宇正面色沉郁:"省委组织部刚找我谈完话,我被调回省里一个闲职部门任书记,下周就去报到。名义上是平级调动,其实我知道,没免职已经是照顾我了。"

林寒江明白了,廖宇正与李子平的争斗,省委早就知道了,一定会出手解决的,没想到先走的竟然是廖宇正。廖宇正去闲职部门,说明他晋升副省长甚至省委常委的可能性彻底没有了。

林寒江替廖宇正有些抱屈:"为什么走的是你?"

廖宇正苦笑:"齐江市出了这么多问题,生态环境污染我难辞其咎,领导班子多人腐败,我这个班长更要承担领导责任,感谢组织给了我一年的时间弥补过错。我知足了,在我犯错的地方,至少我可以站着离开。"

"你走了,谁来接你?李子平?"

"他?够呛能接上。"廖宇正笑笑说,"刘耕野可能要提拔重用了，不是任市长就是去人大当主任。"

林寒江苦笑着摇头："我都弄不明白，我们的组织部门选拔干部标准是什么，怕事躲事不干事的人，往往无灾无难到公卿。"

"你啊，总是直抒胸臆发牢骚，嘴皮子痛快了，麻烦也来了。这点你就不如别人成熟，以后少点牢骚吧。"

"可是牢骚往往是真话啊，现在真话没人爱听了。"

廖宇正叹了一口气，说："根据你提供的证据和材料，钱起、耿正等人都已经被省公安厅缉拿归案。公安部门反馈，结合王武的自首材料，以及钱起、耿正和赵驰等人的交代，李子平可能也牵扯其中，省纪委很快就要对李子平立案审查了。"

林寒江并不吃惊，反而有些质疑："这个'老大'，我最开始怀疑是刘耕野，但是后来否定了。他思维固化，视野只是局限在他鼓捣了几十年的经济工作上，他的能力不足以成为幕后黑手。我第二个怀疑的人就是李子平，他有韬略、有能力，隐忍克己，是个能干大事的领导，但是我觉得他降服一般人可以，很难让钱起这样的枭雄俯首帖耳。我见过钱起提到'老大'时的神态，敬重、畏惧，还有不敢表露出来的愤怒，李子平似乎还没有这样的威力。如果这些人把李子平指认成'老大'，我却反而怀疑李子平是替人背黑锅的傀儡。"

廖宇正有些好奇："如果他俩都不是'老大'，你该不会怀疑我才是这个幕后黑手吧？"

林寒江凝视着廖宇正的眼睛，凝视良久，细雪的霰粒化成冰水，顺着二人的眉毛淌下。林寒江终于开口说道："你不是，你不是'老大'！"

廖宇正使劲吐出一口气，说："吓我一跳，我还真怕你说我就是'老大'。"

林寒江面对着滔滔齐江，说："说实话，我也怀疑过你，你是我怀疑的三个目标之一。但是那天，在医院里，你拍拍我的肩膀，说代市委去看郝仁敬，我就知道你不是，因为你是含着眼泪出去的，你还有'良知'！"

廖宇正问林寒江："你认为'老大'最可能是谁？"

"你听说过'老中青'这个组织吗？"

廖宇正使劲摇头："没听说过。"

"温瑞安的小说里出现过'老中青'这个称谓，是老不死、中间人、青梅竹三个人的合称。但是，齐江的'老中青'和他们不一样。这个'老中青'是一张巨网，覆盖了企业、政府机关、国家机器等领域，到底有多少人，我也不了解。"

廖宇正肃然，他在齐江工作多年，却不知道平静的齐江下面暗藏着这般可怕的暗流。

林寒江又道："钱起和耿正多少都透露过，'老中青'之上可能还有一只神秘的手，这只手一直在操控'老中青'，榨取青峰集团的血液，他可能在齐江市，也可能在H省，甚至可能在更高层。这个神秘的'老大'，他就像人心里的恶，真实存在又神秘莫测。但是我相信，真相总有水落石出的一天！"

廖宇正眼神也变得迷惘，叹息道："我以为我离开齐江市问心无愧，现在看来，齐江的治污工作，只是完成了一半，人心里的污还没有根治，我还是留下了遗憾。"

林寒江说："我不会放弃，我会向纪委和公安部门说出我的怀疑。"

江面上一片雨雪蒙蒙，廖宇正道："我们可以给这个城市治污，却很难治理人心里的污，治污的过程，何尝不是治心的过程。破山中贼易，破心中贼难啊。"

"治污，其实是催化一个城市和人破茧重生，没有尽头……"

廖宇正问林寒江身体怎么样了，林寒江苦笑道："每天还在吃药，吃得我已经秃顶了。"他摸摸自己稀疏了一大半的头发，说，"比起郝仁敬，我算幸运了。他还在昏迷不醒，不知道什么时候才能醒来。"

廖宇正告诉林寒江一个心烦的消息：凤山县被免职的常务副县长张镇和生态环境局的吴昊两人现在勾结在一起，已经几次去中纪委举报林寒江，理由是林寒江收受企业贿赂，充当涉黑企业的保护伞，省市领导包庇林寒江，在留置期间就将林寒江放出来，让他带"病"工作，中纪委已经着手调查。

林寒江大笑，只笑了一声就被冷风吹进气管，他弯腰咳了好一阵子。

廖宇正坦率地向林寒江承认，他最初对林寒江来齐江市是有戒备和误解的。他认为林寒江带着尚方宝剑是来齐江市找麻烦的，后来这话被市委的人传出去，使林寒江的工作数次处于被动。他认为林寒江孤僻不合群，也曾经故意找碴儿对林寒江提出过批评。林寒江取得阶段性成绩时，他又想利用成绩扭转在上级领导眼中的形象。但是林寒江的"蒙冤14条"，让他真正折服，他觉得与林寒江相比，自己太注重仕途得失了。正是在林寒江的激励下，才有了他与李子平的激烈摊牌。齐江市生态环境领域后续发展问题，廖宇正也做了深深的思考，向省委认真做了汇报，最终促成省委陈庭坚来齐江调研，给予了林寒江巨大的支持，解决了林寒江无法解决的难题。

廖宇正的坦诚，让林寒江心中一阵感动，他紧紧握住了廖宇正的手。

廖宇正掏出一张宣纸，递给林寒江："这是我送给你的临别礼物，希望你我以后以此共勉。你激起了我的良知，我也希望你永远不要忘了这两个字。"

林寒江打开宣纸，上面只有三个魏碑大字："致良知。"

廖宇正在雪中离去，林寒江望着他的背影，把宣纸仔细折叠好揣进怀里。

"良知"是意，"致良知"则是知行合一，能把"致良知"作为座右铭的人，纵然遭受委屈，也能负重前行。

31

幕后黑手

这一场纷纷细雪一直下了两天两夜还没有停,齐江市变得玉树琼装,洁白无瑕,从齐江岸边回眺城市,仿佛是一座玉砌的古老庄园,散发着一种脱胎换骨的美。

林寒江一个人开车来到湿地,站在当初小雪对着圆月吟诵诗词的地方,在飞雪之中凭吊爱妻。今天是小雪的生日,她说自己生出的那天也是这般细雪飞扬,所以她的名字就叫"小雪"。昔我往矣,杨柳依依;今我来思,雨雪霏霏。想起小雪和自己往日的恩爱画面,想起这一年的齐江岁月,想起那些死去的、昏迷不醒的、身陷囹圄的面孔,林寒江佝偻的腰更弯了。

林寒江走进风雪之中,在一处枯萎的芦苇前单膝跪下，那是小雪当日吟诗的地方。林寒江默诵："片云天共远，永夜月同孤……小雪，你喜欢的这片湿地终于保住了……"

林寒江搓搓冻红了的鼻子，用手机拍下江边冰雕玉砌的树挂，以前小雪最喜欢看这些晶莹剔透的树挂，总是拉着林寒江为她拍照片。透过屏幕，他仿佛看见白衣红围巾的小雪在树下为他背诗，"渌水净素月，月明白鹭飞。郎听采菱女，一道夜歌归……"

一阵风吹来，雪花落进林寒江的眼睛，让他的眼前一阵模糊。屏幕中有一个人向林寒江走来，在雪地上踩出一串凌乱的脚印。林寒江几乎以为自己看错了，他脱口而出："王老师，您也来江边看雪景？"

王清源眉毛上也挂着霜，看来在江边走了很久。他走到林寒江身边使劲呼出一口白气，似乎想把肺里清洗一空，又有些感慨："这片你当成宝贝的湿地到底是什么样子，我总得来看看。为了这片湿地，代价太大了。"

王清源的话，让林寒江有些迷惑。

"林寒江，你知道这座齐江城什么时候最美吗？"王清源问林寒江，就像当年在课堂上提问他一样。

"此时此景，不就是齐江城最美的时刻？一场大雪，至少把齐江城不干净的地方都遮盖住了，她看起来顺眼多了。"林寒江恭敬地回答。

"不，不是此时此景。"王清源摇头，"最美的是你俯瞰这座城市的时候。飞机盘旋降落，你在空中俯瞰她，一点点接近她，一页一页翻阅她，如果正好赶上黄昏日落，半城斜阳半城新月，那就是齐江城最美的时刻。"王清源仿佛身临其境，正坐在缓缓下降的飞机上。

林寒江有些诧异地看着自己的老师，他从未见过刻板严谨的王清源如此抒情。

王清源继续说："从天空降落到这个城市，你就会对她有一种控制的欲望，她的呼吸、脉搏，面貌更新，甚至她身体里的阴阳交换，包括你们这些走马灯一样的、名义上的城市主宰者……"

林寒江突然觉得眼前的老师变得陌生而遥远，不再是他熟悉的王老师，难道王老师身上也有李五说的那种"真假世界"？

王清源的神情有些执拗和神往，也许此时在他心中，他已经和这座城市融为一体，甚至他就是这座城市。

"林寒江，我就是'老大'。"王清源的声音很轻，似乎有些解脱，"我的路，走到尽头了，我也累了……"

王清源的话在林寒江的头脑中引发了声势浩大的雪崩，仿佛把齐江城所有的雪捏成一个巨大的雪球，狠狠地砸在他的头上。

"我是因为爱才，所以才力邀你来齐江大学。即便后来阴差阳错你当了副市长，我也让耿正和王彤多次去劝说你，希望你能和我站在一起。林寒江，你是唯一拒绝我的学生。"

林寒江弯下腰，抓起一团雪揉在自己的太阳穴上，冰冷的雪水减轻了他的眩晕。他定定心神，问王清源："老师，'老中青'到底是什么组织？王武的死和你有关系吗？"

"今日之后，'老中青'必然灰飞烟灭，不提也罢。"王清源背手前行，林寒江恭谨地跟在旁边，还像在当年校园里一样。那时候林寒江是向王清源讨教《传习录》的精义，如何破掉"心中贼"。

"王武和李子平矛盾激化，两人成见越来越深，李子平想利用国家环保督察组之手除掉王武，又不敢自己做主，向我求助，我考虑再三还是答应了他的计划。按照李子平的计划，王彤安排了张小志给督察组投信举报王武，剩下的事情你都知道了。"

林寒江恍然大悟，督察组长王戍关心的署名为"迟到"的举报者，不是一个人，而是整个"老中青"。

"后来，'老中青'制订撞死你的妻子小雪、给你投毒的计划，我都同意了。对不起你，寒江……"

林寒江怔怔地看着老师，雪中的齐江和城市一片模糊，他的思绪仿佛又回到当年的学校，绿树掩映的操场，蝉鸣悦耳的课堂，那时候王清源看自己的眼神，是多么慈爱平和。几十年过去，人为什么会变成这样冷酷……

神秘的"老大"竟然是自己最尊重的恩师，是他策划主导了发生在自己身边的一系列惨祸，知道了真相的林寒江却没有了报复的欲望，甚至连责问王清源的力气都没有了。那种虚脱的感觉再次弥漫全身，林寒江拄着自己的膝盖，弯腰干呕。

过了良久，林寒江抬头问王清源："我知道'老中青'上面还有一只手，他是谁？"

王清源看了林寒江一眼，既有惊疑也有赞许："你还是当年那个样子，抓住一个问题刨根问到底。这个人我警告你，不要以卵击石。你今天还能站在这里，是我和耿正为你斡旋留下一条命，你以为凭你的一腔热血能在齐江市走多远？"

"老师，我想不明白，你不贪名不爱财，为什么要加入'老中青'？为什么要甘心受那只手的驱使，做他的棋子？"林寒江有些激动。

"浮名与金钱，对我没有任何意义。"王清源悠然神往，看着眼前的大江和远处的城市，"我关注的只是这座城市，就像我的花园一样，和她同呼吸共命运，不容别人破坏她。"

王清源在原地转身，冷冷地看着林寒江："说到棋子，你以为只有我是棋子？难道你林寒江不是棋子？"

"我怎么成了棋子？"林寒江一脸不解。

"陈庭坚为什么选中你空降齐江？为什么是你，不是别人？你被留置以后，为什么短短几天就回到工作岗位？你以为这都是巧合？"

林寒江一阵茫然，这些问题他从未想过，难道真的如王清源所说，他林寒江也是别人布局的一枚棋子？也许，齐江真的只是这个棋盘上的一个点。他不由得用手捂住脑袋，因为"六价铬"的原因，他的头会阵发性疼痛。

"当年，我还年轻的时候，也曾和你一般心怀热血，勇往无惧，结果到头来，不过是帮东风压倒了西风罢了。所以，后来我蜗居齐江大学，任由城头变幻大王旗。"王清源盯着林寒江良久，目光充满慈爱，伸手拂去林寒江头上的积雪，"你虽然破坏了'老中青'，但仍然是我最优秀的学生！当年我教你破除心中贼，没想到我却被贼摄了心，这条知行合一的路，还得靠你自己摸索着去走……"

王清源走上江堤，那里停着三辆警车，金波靠在车头上，饶有兴趣地看着这对师徒。

王清源整整衣冠，神色平静地拉开车门。他似乎还有未了的心事，回身对林寒江说："林寒江，有时间去看看你的师母，她身体不好……"

林寒江鼻子一酸，眼睛模糊了。

金波留了下来，笑嘻嘻地对林寒江说："你这人到底有什么魔力啊，为什么进去的人都喜欢找你托付后事？"

林寒江苦笑无语，那一瞬间他感觉自己在加速衰老，衰老的速度和落雪的声音一样，轻微又冷冽。

金波告诉林寒江一个喜讯，王彤在里面全招了。自从张小志死后，这个残忍又强硬的女人仿佛变了一个人，沉闷了几天后，她主动向警方吐露了全部犯罪事实，包括"老中青"成员。

原来"老中青"里"青"字有三人，分别是张小志、肖秘书、燕赵，他们只是负责做具体的事的。这里面最狡猾的竟然是燕赵，他已经暗中将青峰集团的财富转移他处，然后悄然而去。钱起在接到逃跑命令的时候，才知道自己的家业已经被燕赵攫取一空，所以他愤而写下"黄蜂"二字。

决策层是"老"字三人,老大王清源,老二李子平,老三钱起,这三个人负责整个组织的人员招募和行动审定,三人之中又以王清源为尊,可以最后拍板。

"中"字也是三人,第一个是已经和燕赵一起潜逃国外的赵恒远,他几乎很少在国内露面,但是很多秘密命令都是他传达给"老"字三人。第三个是耿正,本来耿正的位置是给林寒江留的,林寒江没有加入,才把耿正替补进来。排名第二的人最神秘,这个人外号"伪君子",他的真面目谁也没想到。

"这个人到底是谁?"林寒江少有的好奇。

"走吧,我带你去看一出好戏!"金波不由分说把林寒江拽上车,看金波的着急劲儿,仿佛生怕林寒江不配合他的行动。

林寒江问金波:"'老中青'里为什么没有王彤这个女人的位置?"

"王彤是整个组织的联络员,负责所有成员的联系和传达指令。'老中青'每一个层级都按照政府、企业的比例配备,整个组织按照职位、年龄做了梯次安排。老中青三结合,了不得啊!"金波一边开车一边发出由衷的赞叹。

林寒江想起那天在"王氏鱼馆"里王彤对他说的话,她当时说的齐江市"三个人"应该就是赵恒远、那个"伪君子"和他林寒江,因为林寒江拒绝加入,她才发展了耿正。不知道耿正是欣然加入还是迫不得已。而这个赵恒远,虽然一直没有露面,但是按照苏娜的分析,这个人才是这张巨网的核心和灵魂,就算王清源、李子平、钱起也没有他重要。林寒江想得头疼欲裂,干脆闭上眼睛。

金波还在为张小志惋惜:"可惜了张小志,多好的苗子,人聪明身手也好,可惜遇见了王彤这个蛇蝎女人。"

林寒江闭着眼睛问:"王彤怎么蛇蝎了?"

"她和张小志犯下的命案至少有五六起,还不算杀人未遂的和伤人致残的。"金波说,"王彤周旋于钱起、伪君子和张小志三人之间,和他们同时都有情人关系。不过这个女人现在一心求死,并没有把罪行都推到张小志身上,也算是给张小志一个补偿吧。"

原来,张小志当年因为抓捕两个盗窃小混混,反而被诬告,后来在舆论压力下,从市局被下派到凤山县,从社会舆论到他的单位公安局,都没有给予他关心和理解,当时的他失望又绝望。而此时乘虚而入给他关心的人是谁?就是这个王彤。张小志爱上了王彤,拼命追求她。王彤利用自己的美貌和能言善辩,一点一点把张小志拉拢成自己的心腹。张小志在委屈和诱惑面前,逐渐迷失了自己,成为王彤的"内鬼"。而恰恰那两个小混混后来也被王彤收买,驾驶快艇干扰执法,故意撞伤郝仁敬。王彤按照"老中青"的命令,让张小志署名"迟到"举报王武,替李子平除掉对手。又让张小志向林寒江和督察组先后举报凤山金矿矿渣违规填埋、垃圾处理厂"污泥搬迁"案子,其实就是想转移林寒江和生态环境局的注意力,不想林寒江总是盯着化工产业园和钢铁厂。张小志出于嫉妒仇视的心理,在命令之外,又借题发挥恐吓骚扰林寒江,向他施加压力,希望把林寒江从齐江市逼退。王武、魏森、肖秘书、车厂技工等人都是被张小志杀害的。本来张小志良知未泯,不至于沦为杀人犯,但是架不住王彤的引诱,终于滑落深渊。两人还按照"老中青"的指令,雇人制造了小雪的车祸、刺杀吴成等行动。

金波讲完张小志和王彤的孽缘和罪行,叹息道:"一个有志青年在这个社会里慢慢变灰、变黑,其实也是这个城市被污染的一个体现吧。你也不是曾经说过,污染有生态环境的污染,还有人心的污染?"

林寒江也叹息:"每一起污染的背后,都藏着一个变坏的灵魂。"

钱起在青峰集团的幌子下面,以王彤为核心,暗中培养了一些见不得人的打手杀手，还有曾经追杀林寒江、开车撞伤耿正的两人，在钱起被抓以后已经潜逃外地，据说他俩手上也有血债，警方正在通缉他们。现在这件案子引起了省委的高度重视，已经不单是破坏生态环境的案子，还牵扯出青峰集团创业初期时的一些案件，涉嫌腐败、涉黑涉恶、谋杀等，省纪委、省委政法委、省公安厅都已介入调查，齐江水底的礁石露出来了。金波得到专案组通报，市长李子平已经被正式立案审查，正在配合调查，齐江市又要迎来一次地震了。

听完金波的介绍，林寒江沉默了一会儿说："这次地震来得好，激浊扬清、激奋人心、正本清源、正当其时！齐江的水，终于要清了！"

"赵驰进去之后，开始时他说要检举齐江市一只大老虎，争取立功赎罪，但是后来他又矢口否认，估计是在做交易。这个赵局长啊，不适合当警察，应该去当商人，一辈子都在算来算去。"

林寒江想起赵驰自首前与李子平的密谈，估计和这个肯定有关系。既然赵驰态度突然发生转变，肯定是密谈的效果显现了，林寒江判断，是那只"手"的威力。那只"手"在止损，想把破坏降到最低。

金波说："我来之前，在里面见到钱起了，他拜托我向你转达几句话。"

林寒江一愣："钱起对我说的话？"

金波点点头，道："第一句话，青峰集团那块'江上数峰青'的木匾他送给你了，他说你本质上和他是一路人，这块木匾最适合你；第二句话，拜托你把他的骨灰一半撒进齐江，一半埋在那个养老院。他当年捐资建立这个养老院时，曾经发下这个誓愿，成了当作睥睨天下的英杰，败了就做齐江江畔的孤魂。"

"成了当作睥睨天下的英杰，败了就做齐江江畔的孤魂。"林寒江重复钱起这句话，不由得一阵唏嘘。

齐江市纪检系统正在召开全市年终总结会议，严哲在主席台上足足讲了一个小时，他思路严谨，逻辑性强，平和中有一种威严，不像林寒江那样跳跃抒情。结束时，台下一片掌声。

严哲穿过人群走到门口，两个省纪委的人在等他，向他宣读了留置决定。严哲就是"老中青"里"中"字第二人，外号"伪君子"，王彤的情人之一。就像当时严哲领人把林寒江带走一样，严哲也在会议室门口被带走，会场里的近百名纪检干部目瞪口呆地看着这一切。

林寒江和金波在走廊里也目睹了这一幕，金波说："这下子我弄明白了，王武死时为什么急急忙忙就给定性为自杀，肖秘书胆大妄为修改王武的自首材料而没人追查，然后王武的电脑硬盘莫名其妙就丢了，原来有这么一个后台。"金波看看林寒江，又说，"还有，当时你要反对休闲小镇的项目，就是他在这个门口领着纪委的人把你带走的……"

严哲与林寒江擦肩而过，意味深长地看了林寒江一眼，眼神中有几分嘲讽，有几分羡慕，也有几分悲凉。

林寒江对金波道："麻烦你带我去专案组，我还有重要的情况向专案组汇报。'老中青'之上，还有一只神秘的手，王清源、李子平、钱起还有严哲都是被这只手操控的，他们这些人都没有完全坦白，他们很可能已经达成了攻守同盟，有了舍卒保车的计划。那只手想案子到这里就为止，我不会让他如愿的！不揪出这只神秘的手，齐江的水就不会真正清澈……"

这次轮到金波大吃一惊，他赶紧去发动汽车。

雪终于停了，汽车驶过齐江大桥，浩瀚大江在风雪中无言东去。

林寒江的手机屏幕闪了一下，收到一条微信，是田小小发来的："我已考上博士，祝福我吧！如果将来你的学术课题需要助手，一定要给我留个位置……"

林寒江想起田小小爽朗的笑容，这个为他多次仗义出手的女生，终于不用依靠学霸也能考上博士了。他被田小小的好消息感染，笑了起来。

电话又响起，不是田小小，是陈庭坚的声音："林寒江同志，你守约完成了任务，我也要兑现我的承诺。我给你三个选择：一是留在齐江市，巩固好你的阵地；二是去另一个市，继续扛炸药包冲锋攻占高地；三是回你的母校，搞你的学术钻研去。"

等了这么久的这一天终于到来，林寒江却忽然感觉脑子一片空白，一时不知该如何回答。

陈庭坚说："我给你三分钟时间思考，三分钟后你回答我。"

林寒江从车里下来，站在桥上凝望着雾气氤氲的齐江，好一条气势磅礴的大江，源清流洁，本盛末荣，浩浩荡荡，奔流到海不复回。她流入天地外，流入史书中，流入人心里……

苏娜的话，林寒江该如何答复？

三条路，林寒江该如何选择？

2020年12月28日